40

改革开放四十年文学丛书

非虚构文学

下卷

陈晓明 主编

作家出版社

目 录

胆小人日记

董夏青青

一　苦达伊阿玛奈特

搬来新家的第一个早上，我大敞着门，在客厅里手忙脚乱地对付五个硕大的纸箱。这些纸箱里装着母亲为我从北京托运来的电视机、电冰箱、微波炉、书桌、炒菜锅、枕头、碗盆碟、菜板、擀面杖、菜刀，外加一支竹笛。

很显然，母亲把我来新疆想成了远赴非洲原始部落。在电话里，她忧伤地嘱咐我务必不要出门，在楼道里见到可疑人物一定要大喊救命，如果在家憋得将要丧心病狂，就赶紧拿出笛子来吹一吹，好消愁解闷。

回想当年，只要看到人家的孩子弹钢琴，我总惊羡不已，但母亲坚决不同意将我送去钢琴班，她不是舍不得钱，也不是觉得我不是弹钢琴的那块材料，对此，她解释说："钢琴是贵族玩的乐器，你一个贫下中农的孩子，要为将来的生计打算，万一哪天我和你爸突然蹬了腿，你就带着笛子上街卖艺讨生活，这多方便，要是学钢琴，到时候你还能背一台钢琴去地下过街通道弹琴卖艺吗？"

如今，我抚摸着这支笛子，不禁百感交集。收好笛子，我取出菜板，准备拿去厨房。一转身，却看见一个天使站在门口。油黑的头发，白净的脸蛋，大大的眼睛，浓密纤长的睫毛，红红的嘴唇，朝我甜甜一笑，腮上立马陷下两个深深的酒窝。

我赶紧眨巴两下眼睛，这回看清楚了，他不是天使，天使长着翅膀——那由婴儿的呼吸制成的翅膀，而他没有。他和我一样，是一个头、两只胳膊、两条腿的凡人。不过他真小，头发尖刚刚触到门锁的位置。

"你是谁？是我的邻居吗？"我像丑女人见到美男子就粗手粗脚地搓揉裙角那般，捏起嗓子柔情万分地问道。

他歪着头，一只脚在地上来回划动，嘿嘿地笑而不答。

"你为什么不和我说话呀？你是我的邻居吗？"我放下手里的脏抹布，走到他跟前，他的眼睛闪烁着秋天树上最美果实的光泽，长长的睫毛，在他的脸蛋上投下细密的阴影，那简直可称得上是全宇宙最安逸的一片阴凉，是忘忧的丛林。

"嗯……你不是我的邻居，你是我妈妈的邻居。"他仰起脸，一笑，露出两排珍珠粒一样的牙齿。这些珍珠并不是颗颗圆润齐整，但它毕竟是无可模仿的自然的产物，它不是塑料，也不是琉璃，而是真主的创作。

我笑了起来，他也和我一起笑。

"妈妈的邻居，不就是你的邻居吗？所以我们是邻居，对吗？你是你妈妈的小宝贝，我是你妈妈的邻居，就是你的邻居……"我绕了一段自己也没想清楚的话。

"那……那，你叫什么名字。"

"我叫董夏青青。"

"你也是维族人？"他皱起眉头，两道黑黑的小眉毛，一下牵起了手。

"嗯……我不是维族人，我是汉族人……"

"那你……那你的名字怎么四个字啊……"

"嗯……好听嘛……"

"我叫凯德尔丁。"他快快地说道。

"什……什么？艾尔丁？"

"不对！是凯旋的凯，德……嗯，就是凯德尔丁的德，尔，丁，丁就是那个丁……"他皱起眉，嘬着嘴，极认真地解释道。

"哦，好吧，凯德尔丁。"

"那，那我叫你什么呢？阿姨，还是姐姐？我能不能叫你冬夏青青?"他抿住嘴，摊开手，耸耸肩，笑了。

"嗯……除了阿姨，叫什么都行，姐姐才二十岁，你几岁?"

"我五岁了，那，那个，苏比诺尔，她，她都，都已经八岁半了呢……"

其实，如果照他说到苏比诺尔年龄时那种惊恐、崇拜、肃穆的神情来看，他叫我"老不死"真是一点儿也没问题了。

二十岁，对于小小的凯德尔丁而言，已是多么令人绝望的年龄啊。

离开北京的家已经三个礼拜，做梦却和醒着一样：空旷辽阔的蓝天、硕大柔软的白云、装饰着漂亮花纹的清真建筑、说着我听不懂的话的异族人……这就是阿凡提和他的毛驴走过的美丽地方，唯独没有出现我的父母和朋友。

在七月十七号上飞机之前，父亲闪动着希冀的眼神对我说："你害不害怕? 说实话，我一点儿都不为你担心害怕。"

我不敢说完全不恐惧，但也的确不怎么担心，所以只是摇了摇头。

"就是，"父亲接着说，"害什么怕嘛，你是军人啊!"

自我出生以来，父亲总是好犯兵瘾，状态好的时候，他是我和母亲的知心班长。大年三十一大早，就把我俩提溜起来召开家庭民主生活会暨年终总结大会。当母亲提议要一边包饺子一边开会时，父亲便怒不可遏地冲进厨房摔盆子砸碗，恶狠狠地大骂我们母女是两只不思进取的饭桶，愤愤地搓揉自己蓬乱的头发。可对于深谙他秉性的王氏母女来说，每当他打算自燃，我们都会像两只看见嫩草的绵羊一般注视着他，给予他"你正在被认真关注"的友好暗示。于是，不用过多会儿，他就渐渐地恢复了常态，一面仔细扫着地上的残陶碎瓷，一面快乐地高唱道："碎碎平安朗里格楞……"状态不好的时候，他便是人见人嫌的野大兵，仗着三分本事就敢四处叫板，有时候，他的铁拳真能拍烂某一块好钢板，但许多时候，他拍中的都是捕鼠夹。每当他沮丧地回到家中，便不论白天黑夜今夕是何时地拉开灯，在我和母亲中间挑选一个睡得不那么死的倾诉衷肠。其实每次都是我最先醒过来，都是可怜的母亲最先沉不住气。

"你瞎鼓捣什么啊? 明天我还要上班，孩子还要上学!"

"少睡才减肥，你看你闺女那两条大象腿。来，哥们儿，聊聊天，来，我有个事你帮我参谋参谋……"父亲讨好地抓住母亲的肩膀，用力猛晃。

"我不懂，我不会参谋，咱们家就你最能干了。"母亲在睡梦的边际上挣扎，像条案板上的鲫鱼，直想赶紧摆脱父亲搭在她肩膀上的那只利爪。

"我胃疼——死——了，哎哟，要疼死了。"我常常认为父亲应该从事艺术创作，因为他总能把他个人的欢乐和痛苦改装成能压垮一座城池的巨石墩子。他最向往的事情就是他笑，全世界都笑；他哭，全世界都哭。但最终达到的现实效果却是——他笑，全家人噤若寒蝉地笑；他哭，全家人鸡飞狗跳地哭。

"你晚上没吃饭？"

"没有……一直开会……"

"煮点面条你吃？"

"再拍根黄瓜……"

母亲叹口气，关上灯，轻轻拉上房门，在那一瞬间，依稀能看见父亲闪着甜蜜荧光的一口白牙。

我不知道我到新疆这件事，对父亲来说究竟是不是百炼成钢？但从他坐到哪里腿就抖到哪里的激烈程度来看，他的内心必定隐隐地翻腾着一股弄得他寝食难安的澎湃激情。相比那些拼死让孩子留在天子脚下的父母，他格外地体悟到了一种唐太宗挥别文成公主的悲壮情怀。如果不是六十年前毛主席在城门上登高一呼，他一定会蹑手蹑脚地走到我身后，一拖鞋将我拍晕，接着抄起文具盒里的大头针，在我的两根象腿上分别刺上"精忠"和"报国"，最后从我书架上的二十四色水彩笔盒中挑出一支最喜庆的为它们上色。

我想，当我来到刚刚恢复平静的乌鲁木齐，父亲和很多人一样，一定以为我这个幸运的作者挖到一座富矿——我大手一挥就将这神秘壮美的西部风情捞进了笼子，先用报告文学清蒸一遍，接着扔进散文里过一道油，再捞出来放到诗歌煮沸的汤料锅里咕嘟一阵，扔进去几瓣惊悚，淋一瓢悬疑，撒上点儿情爱，最后，捞出来盛在出版商抛过来的华丽盘子中，端到早已在等待中热泪盈眶的双亲跟前。

然而，对于这些日子我经历的、听闻的各种故事，我却总是木讷有余而激情不足。众所周知，没有激情的兴风作浪，怎会蹦出文字的锦鲤要一试龙门高低？可就算激情受了潮，点不着火，也不能让这头脑里的记忆因此一片黑灯瞎火，无论好坏，总归"不能熟视无睹"，倘若运气好，至少能当文学书的吧？

拿出纸笔，还没把凳子坐热，就接到收发室的电话，说有我的信。跑去拿回来一看，是父亲寄来的。

不等关上门，我赶紧把信拆开来看。刚把叠好的信展开，凯德尔丁就跑进了屋子，爬到我旁边坐下，好奇地盯住我手里的信看。

"你欠别人钱了吗？"他问。

"没有啊，姐姐没有借人钱啊。"

"那你拿的不是欠条吗？"他谨慎地看着我，以防我撒谎。

"当然不是，这是姐姐的爸爸给姐姐的信。"说完，我突然发觉凯德尔丁说得很对，这封信的确像一张欠条。

"哦，信？你爸爸把它放在风筝上，然后飞过来的吗？"他又问。

"对，是个好大好大的风筝把它带过来的……"

"有多大？有我这么大吗？"

"有，有……"我笑了。

"你爸爸说的什么啊？"凯德尔丁伸出小手，指着信中的一段问道。

在他指着的这一段中，父亲写道："去新疆工作，尽管我和你妈妈有些想法，但现在看来，觉得你的选择是正确的，一毕业就留在这儿，总是同过去的同学、熟人在一起工作，就很难长进，都市生活很容易把人的锐气消磨掉……面对领导和老师们的关爱，心里有数就成了，没必要焦虑，要有平常心，路遥知马力，日久见人心，只要你持之以恒地努力，就不会辜负他们的期望，你说呢……凭你现在的阅历、年龄、知识面、所见到的真实情况，还不具备发言的水平和条件，为此，要静下心来，多观察多思考，多请教周主任和其他前辈，多做实事，少说大而空的理想……"

看到父亲说出如上的话，我惊讶得瞠目结舌。回想三个月前，当他听说我执意要去新疆工作时，愤然把桌上的碗碟悉数砸光。在我离家那天，天花板、墙壁上，仍然留有菜汤的痕迹，而父亲的脸仿佛也像是那面被菜汤泼了的墙壁。平日总听人说"一脸菜色"，直到那天，我才真正见识。

"我爸说要我好好和你玩，不要欺负你。"我回答他。

"真的？你爸爸认识我？"他睁大眼睛。

"真的呀。"

"那我爸爸妈妈认识你吗？"

"认识啊。"

"他们结婚的时候你就认识他们了？"

"对呀。"我大言不惭，"哦，他们结婚的时候我不在，我好像在家里，哦，不对，我在……我忘记那天我在哪里了……"

第二天早晨十点多，我仍然不死不醒地耗在被窝里，纵使梦里全是"毒池刀林"也绝不起来。突然，迷糊中听见有人敲门。那敲门声才刚刚礼貌地响了两下，便立即变成毫不客气、极其凶恶地狂乱砸门。我吓坏了，哆嗦着从床上连滚带爬地落到地上，光脚一路小跑到客厅。眼见门板在墙上一晃一晃，地板都在震。

"谁？"我问道。

令人失魂落魄的敲门声霎时止住，门板的那一边，响起一个小小的声音："阿姨，是我。"

打开门，眼前站着的，正是我在新疆交到的第一个朋友，我的小凯德尔丁。此时，他穿着一身白色的秋衣秋裤，上面印着淡绿色的卡通小人头。

"不许叫我阿姨，叫姐姐！"

"哦，好吧，冬夏青青，快！快来！来我家，我家有H1N1流感！"凯德尔丁十万火急地拽住我的上衣，满脸愁容。

"啊？"我那两个嘴角直扑耳朵根而去。

"你看！我家的电视在演呢！在演流感……"

"哦……"

"流感吓不吓人？"坐在他家的地毯上，我问他。

"吓人……得了流感会死亡……青青，你知道死亡是什么吗？"

"死亡……就是睡死了呗。"

"真的？"我的小凯德尔丁立即泄了气，他的睫毛落下去，那是太阳西沉了。

"走，到姐姐家玩好不好？"

"好。"他微笑地看着我，慢慢地回答道。

我在厨房里找零食，回到房间，看见他正趴在卧室的床上，和我床头的三个玩具说话。见我进屋，他立即问道："青青，你这几个娃娃里面，哪个是维族的？"

我的面前摆着三个玩具，一只用绿色灯芯绒布缝制的小兔子，是到厦门甦民舅舅程冰舅妈家旅游带回来的；一只趴趴熊，那是念大学时，从学校宿舍楼道的垃圾堆里捡回来的；一只毛线乌龟，是济南的小园阿姨照着网上教的方法，亲手织的，乌龟的头和四条腿是土黄色，乌龟壳上，则有湖蓝、草绿、枣红、明黄、玫红、粉红六种颜色。

"嗯……当然是这只乌龟啦，它是维族的。"

"为什么啊……"

"因为……你看……它的眼睛，是不是又大又亮呀？还有它的衣服，那么多种颜色，多漂亮呀。"我解释得理直气壮。

"它的眼睛是两粒扣子……"

"漂亮的扣子嘛……"

我的小凯德尔丁，不知道他要长到多大才会明白，乌龟，哪会有维族和汉族的区别呢？他轻轻地抚摸着这只乌龟，神情如此庄重和温柔，任何枯萎的生命，都能在这样的眼神中汲取活命的营养。

凯德尔丁又跑回客厅，爬到沙发上，荡起两条细细的腿，像空中的风、海里的潮。他说："冬夏青青，你看，我的嘴巴，它干了没有？"他高高地扬着脸，用小小的手指着自己的嘴唇。

我凑上去看了看，笑着回答："嘴唇说它干了，要喝水。"

"好吧，青青，那我们拿水给它喝，喝了它就不会干了。"

我从屋里拿出一瓶矿泉水，打开给他。

他双手捧着瓶子，仰头咕咚咕咚地喝。他喝水的声音多么好听啊，在他的喉咙深处，仿佛涌动着一股生命之泉，那泉水，充满着神秘和甘美。

咽下嘴里最后一口水，他长长地嘘了口气。接着，凯德尔丁磨蹭着下到地上，走到我用五条长板凳搭起来的花架前，盯住花架上的花花草草，认真地说："冬夏青青，它们也口渴了，我们给它们喝水吧。"

"好啊，你给它们喝水吧。"

小凯德尔丁精神抖擞地朝我点点头，踮起脚尖，给这些花草喂起水来。

与眼前这个小小的身体相比，有些人即使穿着再漂亮的衣裳，也掩饰不住一个令人伤心的、可笑的躯体。凯德尔丁像风中的蜡烛一样弱小，但他的精神和灵魂却从未有过溃疡留下的疤痕，他是如此无忧无虑、端庄肃穆，既不松软、浮肿，也不冷酷、歪邪。

凯德尔丁就是这样的恰到好处，像天空的蓝色，不会更深，也不会再浅一些，安静地将一种绝对的、由衷的、神圣的温暖献给人世，将甘美的亲切眼光倾注在万物之上。

"姐姐，我要尿尿。"凯德尔丁一定是在给花浇水时，受到了水声的诱惑。

"来，带你去厕所。"

我拉着凯德尔丁的小手，把他带到厕所，替他打开灯，关好门，自己回到客厅。没过多久，突然听见凯德尔丁"啊"的一声大叫，我赶紧冲过去，隔着门问他："怎么了？凯德尔丁，怎么了？"

"对不起……"凯德尔丁小声地嘟哝了一句，那声音是如此沮丧，仿佛一株一触即碎的蒲公英。

"怎么了？没事儿，姐姐不会怪你，怎么了？"

"青青，我没有跟你说话呀，我刚刚……在跟尿道歉。"凯德尔丁的声音重又中气十足了。

"啊？为什么啊？"

"嗯，因为，因为我把尿，我把尿尿在坑外面啦……"

"……"

人们赞美波德莱尔，因为他用诗句将妓院门口的泥土变成了黄金，但和凯德尔丁刚刚的"万物有灵论"相比，波德莱尔输在了对蕴含自然力的任意事物的崇敬心上。

我小小的凯德尔丁，他会唱 "Touch your mouth, Touch your ear, Touch your eye……"他会每天一起床就叫着要找冬夏青青，饭都不好好吃，气得妈妈要打他；他会和我家的每一件物品亲热地说话，偷吃我买的四川香干，然后辣得满屋子乱跑，一路撞掉了桌上的碗、台灯、电视遥控器；他会拉着我的手，对他的朋友们大声说我叫冬夏青青，是他的朋友。因为他，我认识了可爱的姑娘迪拉热，暴躁的小伙子艾利，还有早熟的姑娘苏比诺尔。我们一起玩儿猫捉老鼠，在躲避小伙伴们的"围攻"时，我的鞋跑掉了好几回。他会在我洗澡之前，认真地拉住我说："洗澡的时候你要当心啊，不然就淹死了。"当他的竹蜻蜓飞到树上，他会叫我用扫帚把竹蜻蜓救下来，可当我面向浓密的树枝高高抛起扫帚时，竹蜻蜓掉下来了，我的扫帚却卡在了树上。绝美的夕阳余晖之下，我独自在树下又跳又叫，捡碎石头砸树，凯德尔丁呢，早就带着伙伴们到更空旷的地方玩儿竹蜻蜓去了……

昨天上午，我和凯德尔丁一同出了家门，我找朋友吃饭，他则是跟着妈妈去参加亲戚的聚餐。到了大院门口，他兴奋地挥着小手，大声地对我说："苦达伊——阿玛奈特！"

我知道，他在说"再见"。

清澈澄净的阳光下，我也挥舞着手，大声喊："苦达伊——阿玛奈特！凯德尔丁！回来见！"说完转过身，我几乎要哭出来。

他如此喜欢我、信任我，给我的每一个眼神，都芳香新鲜得如同婴儿的毛发。我这个异乡之人，告别亲人和朋友，独自一人来到这里，竟然收到他给我如此宝贵的慰藉，让我安心地走出门去打量这个尚且在阵痛中昏睡的城市。这真是无穷无尽的充实，是让人流泪的幸福。

然而，也就在昨天，在我下午一身疲惫地回到家时，却听说我的小凯德尔丁，真主最宝贵的恩赐，他哭了。

"丽曼姐，凯德尔丁怎么了？"我在楼梯口遇上了正从包里取钥匙开门的萨丽曼，凯德尔丁的好妈妈。

丽曼姐的汉话说得很生疏，她一手按住胸口，慢慢地说："哦哟，气死我了，我们不是和你一起出的门吗？我上了公交车，然后还要转车，我不知道路，就问车上的一个小伙子，五一夜市怎么走？他指了一个相反的方向，我们就坐反了，怎么坐也坐不到。凯德尔丁在车上就饿了，等我们找到五一夜市，我的亲戚都吃完走掉了，他就开始哭，饿坏他了……你说，那个小伙子怎么这样呢？他看见我带着这么小的凯德尔丁……为什么要这样对待这么小的娃娃呢？"

"……"

丽曼姐穿着缀有蕾丝花边的漂亮衣裙，那双深邃、幽静的眼睛，像黑夜和白昼一样分明、无限。我的小凯德尔丁睡在妈妈的怀里，呼吸均匀，小脸蛋被眼泪烧得红红的，像被轻风戏弄了的浮云，在傍晚时分跑去夕阳的宫殿，在廊柱下暗暗地赌着气。

我的小凯德尔丁，当你长大之后，你还会记得一个善良的汉族阿姨亲手织成的毛线乌龟么？我的小凯德尔丁，当你懂得越来越多，你还会快乐地唱歌给我听、对别人说我是你的朋友么？

二　天涯何处无父母

因为常常以凯德尔丁的后备保姆形象出现，我渐渐赢得了凯德尔丁父母的肯定和信任。我爱这个善良的维族家庭，并为能成为他们的朋友而感到由衷的骄傲。

"青青，中午别去食堂了，我做汤饭！"丽曼姐从门口探出脑袋来，满头绿色发卷。

"晚上我们带你去吃烤肉怎么样？"库尔班大哥一面提鞋，一面粲然一笑。

库尔班大哥就是凯德尔丁的爸爸，是个英俊幽默的男人。他每天早上都去位于华凌商贸城的地毯商店上班，全年仅有肉孜节、古尔邦节、春节能休息几天。"七五"事件之后，单位暂时歇业，库尔班大哥遇上了难能可贵的假期。对此，他一路笑得灿若星辰地回到了家，丽曼姐也高兴不已在门口迎接，递上拖鞋，但这件明摆着的大好事却苦了同时停课在家的凯德尔丁。

与别的小孩不一样，凯德尔丁有着超乎寻常的学习热情，每天起床的第一件事便是打开电视机和碟机，将音量调至常人无法忍受的程度，哈欠连天地跟着英语碟片唱唱扭扭，连排泄也要将坐便器拖到电视机前，一边拉屎一边左摇右摆哼哼唧唧。于是乎，尚蜷缩在床上的库尔班大哥，便会在轰鸣声中痛苦地搓揉被褥，难受地把身子长长地拉直又快快卷起，像条被喷了药的菜虫子，其状极惨。

吃早饭时间到了，凯德尔丁却根本没有要进食的意思。他嘿嘿嘿嘿地笑着，躲进窗帘后、床底下、柜子里，在沙发上呼啸而过，躲避其母在他身后的围追堵截。对这种乏味的游戏，库尔班大哥开始时置若罔闻，他端起饭碗，呼噜噜地两三下吃完，接着喝下一杯茶。他斜靠在沙发上，眯起眼，用眼神追踪着跑得两眼闪光、嘴露痴笑、面颊绯红的凯德尔丁。接着，他掏出新买的苹果手机，从文件夹里进入声音文档。

　　"凯德尔丁，过来吃饭。"库尔班大哥友好地召唤道。

　　"不吃不吃不吃，我就——不吃。"凯德尔丁将两个食指堵在酒窝上，露出一口亮丽的小白牙。

　　"我再说一次，你吃不吃？"库尔班大哥的拇指摁在手机键盘上，像摁住导弹发射的遥控器。

　　"就——是——不——吃。"凯德尔丁不知从哪儿学来一口京腔。

　　刹那间，只见库尔班大哥的拇指向下按去，伴随那一个悠然响起的声音，凯德尔丁几乎同时"嗷"地放声大哭，猛扑向库尔班大哥，痛苦地挥舞着拳头，一边乱砸一边哭号道："你这个皮伢子……"

　　这时，丽曼姐便赶紧过去抱起凯德尔丁，"哦哦"地拍着他的背，一面在房间里来来回回地颠着走，一面不忘愤怒地看一眼正得意洋洋的库尔班大哥。

　　"他还小，胆子小得很。前两天电视里不是在播《聊斋》吗？你大哥晚上不睡，等到好晚播放时，用手机把那个鬼的声音录下来，只要凯德尔丁不听他话，就放出来吓唬他，他一听就哭，哦哟，我心疼死了……"丽曼姐开门扔垃圾，正巧碰上凑在门前听热闹的我。

　　"那他吃了没有？"我问。

　　丽曼姐皱着眉头笑了笑：

　　"还在吃呢，刚刚才吃了三口，他爸爸就跑过去抱他要亲一个，吓得他全吐了。你看，我刚收拾完卫生，把地毯也刷了一下……"

　　丽曼姐是这世上最疼凯德尔丁的人，正如我母亲是这世上最疼我的人一样。对于我的每件衣物，母亲都会拿着针线为我缝上记号，在领口、袖口上，或者是一只蜻蜓、一朵花，或者是一个字："夏"，到目前为止，每件衣服上的记号都各不相同。有一天，体育课前换衣服，初中的同班同学发现了我衣服上的秘密——

"这是什么?"同学问。

"我妈给我缝的。"我说。

"哦……你妈是不是叫桂花?我看见你作业里的家长签字了。"

"不是桂花!是桂华!"我很生气。

"就是的!就是桂花!哈哈!你穿的这是桂花牌运动衣……"同学笑着跑远了。

一语成谶,我的桂花牌系列服装渐渐成了大家的秘密,并逐步演变为一方传奇——"她穿了妈妈做的桂花牌衣服,百毒不侵,刀枪不入,长生不老……"如果我考试成绩不错,他们便会说:"因为她有桂花牌内衣护法。"如果我跑步摔跤了,他们便会说:"幸亏穿着桂花牌秋裤,她才没有摔断腿。"

现如今,可以自豪地说,我之所以能健康快乐地成长至今,并有胆量来到乌鲁木齐,正是因为我常年穿着"桂花牌此爱绵绵无绝期系列品牌服饰"。

某天,我下楼扔垃圾,看见凯德尔丁在院子里孤独地骑着脚踏车。

"凯德尔丁,怎么不看喜羊羊呀?"我问。

"爸爸不给我遥控器,他看那个……杀人的,特别吓人,我都哭了。"他停下车,抬头看着我。

"那你跟我回家看动画片吧?"

"不好……"他低头摁着单车上的小喇叭,"青青,你知道我爸爸什么时候去上班啊?他去上班多好……"末了,凯德尔丁沉重地叹了口气,任由大大的单车载着他小小的身体,一摇一摆地走远了。

我站在原地,对着凯德尔丁落寞的背影出了神。想起小时候由于父亲工作的特殊性,他总是每天下午出门上班,凌晨三点以后下班,全年无休。于是,平日里只有等我周末学校放假时,才能见到他。

记得一个星期天的早晨,我从卧室出来,看见奶奶正端着一个碗,肃穆地站在紧闭的卧室门前。见我出来,奶奶顿时面露喜色。

"来,青青,给你爸爸把这碗蛋汤端进去。"奶奶慈祥地说道。

"啊?他还在睡觉,肯定不喝,到时候把他吵醒了,又要发脾气。"我说。

奶奶信心满怀地看着我，说："不喝不就把胃搞坏啦？去，你是他闺女，他还能怎么样你？"

我端过碗，脱下拖鞋，小心翼翼地拧开房门，一步一步地逼近睡梦中的父亲。此时，他正像条等着大厨往身上刷酱的烤鱼，反扣在床上，被子都在身子底下皱皱巴巴地窝着，嘴唇在腮帮子和床板的挤压下微微张开，顺势流出的口水沾在床单上，闪着淡淡的低调光泽。看到这里，我完全忘记了自己的职责，失去控制地轰然大笑起来。

这时，眼见床上的父亲微微动了一下，接着遭电击了一般从床上跳起来，像看见一个死人那样地盯着我。

"老爹，奶奶要我把蛋汤端进来给你……"我颤颤巍巍地伸出手去，一颗小小的心充满了梅花鹿向老虎行礼的痛苦和恐惧。

"你他妈的有毛病啊！滚——你他——妈——的，滚——出——去！"父亲声震寰宇，惊得我那胃径直掉进了小肠里。眼见他气得连眼珠子都要掉到蛋汤碗里，毛发直立，就快神经失常了，我吓得失魂落魄，张开嘴巴，拼命地打了一个大大的哆嗦，迅速地退出屋子。其间，手里的蛋汤竟然没有洒出一滴。

"怎么啦？被骂出来啦？"奶奶关切地凑上前来，小声询问。

"你知道还让我去？"我快步走到餐厅，气愤地放下蛋汤。

奶奶朝我笑笑，温柔地说："我昨天去送，也被赶出来了，我还想着你去送他能不骂呢……你是他闺女嘛……"

中午，被奶奶宠了大半辈子的父亲醒了，他先是在屋里大打一个哈欠，用声音示意我们应赶紧做好迎接其出屋的准备，很快，他便一手挠肚皮一手抠头皮地出现了，啊——就如旭——日——东——升。我、奶奶、刚加完班回到家的母亲，三人端庄温顺地坐在饭桌前，齐齐向他热情地送上招呼。

"嗯，嗯，你们先吃吧。"父亲看上去情绪很高，显然忘记了早晨的不快。

我们三人顺从地端起饭碗，开始慢慢地吃饭。等父亲洗漱完毕上桌，几人这才开始快快地吃起来。因为父亲讲究"食不言，寝不语"，所以每次吃饭，母亲总是忍不住要低头看铺桌子的报纸，看到好笑的事，还会间或喷出饭粒或菜渣。

"说了多少遍了，吃饭就是吃饭！你再看我把报纸撕了啊！"父亲声色俱厉地在母亲脸前敲了一筷子。

母亲吓得一愣，两只小眼睛惶恐地闪闪发亮，而后鸡啄米样地点点头，可用不了多会儿，只见她面色尚无太大变化，却腹部颤抖，鼻孔出气不已。除了脸部，其五脏六腑都已笑得失魂落魄，我想幸好是她嘴里堵着米，不然，张嘴就要咳出一片肺叶来。

"你笑什么笑？我要掀桌子了啊！"身高刚过一米七的父亲腾地站起来，像美猴王手里那如意金箍棒中的一截子，上不顶天下不挨地，唯见其唾沫洋洋洒洒地落入那绿油油的青菜之中。

母亲是个很讲究家庭和睦团结的传统女人，见惹怒父亲，她并不迎面反击，而是麻着胆子真诚地望向父亲的双眼，拿筷子戳着桌上的报纸说：

"刚看的这个事太有意思了，我说给你们听啊。有个人，卖废品的，但是他特别爱好做菜刀。有一天，别人卖给他一个大炮弹，他仔细一看，不得了啊，那是日本人当年攻打长沙投下的哑弹啊，是好钢啊，结果他就想拆了做菜刀，家里人劝他别瞎鼓捣，他就是不听，结果不知道没注意动着哪儿啦，炸弹一响，人被炸得满屋子都是……"

大家完全被母亲嘴里"有意思的事"吓傻了，这个故事里有贫穷，有战争，还有死亡，可怕极了，有意思在哪儿呢？看着笑得眼泪都冒出来的母亲，桌上其余三人，皆五味杂陈地将注意力集中在饭菜上。奶奶曾是抗日战争时期的地下党，她叹口气，摇摇头，神色凝重。

父亲沉默不语地抄起碗来，呼啦呼啦地连菜带饭一起吞下，好像连嚼都不嚼。听奶奶说，他从小吃饭就像饿死鬼投胎。长大后一个叔叔跟我说："哎呀，你刚满月的时候我去你们家看你，中午在你家吃饭，你妈还没上桌，就看见你爸把一盘子豆角炒肉吃得只剩肉末子了。你看你爸吃，你也饿呀，就在旁边哎呀哭得太惨了……"此时，母亲见状，寻思了一会儿，便兴奋地冲父亲说道："哎！哥们儿！你闺女星期一要参加国庆演讲比赛，稿子写好了，你说起个什么题目就响亮了？"

对于父亲而言，女儿是他最骄傲的作品，我的事，从来比他自己的事还重要。听母亲说完，他立即放下饭碗，什么酸辣土豆丝，去他妈的。他兴致勃勃地与我讨论演讲内容，眉飞色舞地替我出谋划策，此过程中，我一面享受着酸辣土豆丝，一面缓缓地转动脑筋。

"我想到了！就叫这个怎么样？你注意听啊——如果祖国是一只雄鸡，我宁愿做一粒米。怎么样？好不好？太好了！就是它了！"父亲激动难耐，亢奋不已。

先人教导我们孝顺孝顺，孝即顺也，听罢父亲建议的标题，我胃口全无地放下筷子，勉强抬起沉重的眼皮，拖长嗓音——"大王英明，就用它吧……"

周一上午，走上学校的演讲台，背靠大红色横幅标语，面向台下一片肃穆庄重的脸庞，我庄严地念出了那个标题，结果，可想而知。

演讲结束后，我在厕所听见有人很小声地议论道："哎！你们听见那个没？什么……如果祖国是只大公鸡，她就是碗米饭那个？笑死我了……"

"听见了听见了，我也快笑死了……"另一个人也热情地随声附和道。

放学后，我神情悲戚地独自走出校门，夕阳将我颓丧的背影拉得很长，很长。在车站，正巧碰上一个初二的学妹，她身材娇小，白白净净，模样很招人喜欢。

"学姐，你今天去听了你们年级的演讲没有？听说有个女的特别彪，她的题目叫'为了祖国，我愿意做一只鸡'！"学妹两手插兜儿，脑袋偏向一边，天真地注视着我。

家里，父亲为了亲耳听到我的好消息，将出门上班的时间一再推迟。见我进屋，他赶紧迎上来，我看见他那张脸，顿时万念俱灰，放声痛哭起来。

"怎么啦？你没讲好？"他为我脱下书包，紧张地问道。

我扭头冲他悲愤地大喊："都是你！都是你起的那破标题！都是你！"

父亲一怔，接着愤怒地将我的书包扔向墙去，遭了杀戮似的大吼道："要不是老子帮你想，你讲个屁你讲！老子好心帮你还啰里吧唆！白眼儿狼！以后有事别想再请老子出山！"

"要得！"我骨气凛然，俗话说得好，"老子英雄儿好汉，老子无能儿混蛋"。这样的老子，不帮我也罢。

父亲气坏了，满屋子窜着要找管制类凶器惩治我，奶奶赶紧跑上前拦住他，并叫我快进屋躲起来。我撒丫子冲进屋里，隔着门板，惊魂甫定地平躺在床上，合上眼睛，听见父亲不依不饶、反反复复地大骂着这一句——

"你给我出来，小人！你这个小人！出来，你个小人……"

小人？我当然不会买这个账，因为我那天正巧穿着"桂花牌死皮赖脸秋季主打款秋衣"。

在库尔班大哥身上，我找出许多与父亲相似的地方，比如说在对凯德尔丁的教育方面，他也从不含糊。

在大院里，很多孩子都玩上了滑板车，凯德尔丁也很想要一辆，但丽曼姐一问价钱，稍微好一点的要五百多块钱，便一直拖着不肯给他买。为此，凯德尔丁一整天没吃饭，呆坐在沙发上，眨巴着泪潸潸的眼睛。

晚上，库尔班大哥回来了，随他一起进屋的，还有一只毛茸茸的小鸡仔。

"啊，小鸭子！"凯德尔丁飞奔过去，意乱情迷地傻笑着接过小鸡，充满感激地看着父亲。

"不是鸭子，是小鸡。"库尔班大哥纠正说。

"哦……鸭鸭，你叫什么名字？"

"是鸡，不是鸭子。"库尔班大哥又耐心重复了一遍。

"好吧……它是鸡，但是它叫鸭鸭，行不行？"

"行。"库尔班大哥点点头。

日后的几天时间里，就在院里其他孩子玩滑板车的时候，凯德尔丁骄傲地赶着他的鸭鸭出门了，像遛狗一样地遛鸡。接着，玩滑板车的孩子们也被吸引来了，霎时间，大大小小的黑手齐刷刷地伸向黄艳艳的小鸡。小鸡微弱、颤抖的叫声被迅速淹没在众儿童的吱哇乱叫之中。晚上，丽曼姐把小鸡关进一只鸟笼，放在客厅电视柜的前头，好让凯德尔丁第二天一早起床就能看见他的好朋友。

如是几天之后，第五天的晚上，库尔班大哥半夜起床解手，摸黑进了客厅，完全忘记了有小鸡存在这回事，一脚撞飞了小小的鸟笼。等打开灯一看，小鸡正好被两道栅栏卡住了脖颈，已经救不过来了。

想到凯德尔丁第二天起床之后伤心欲绝的模样，库尔班大哥非常伤心，他蹲在地上，看着小鸡出神，绞尽脑汁地想明早该如何给孩子解释小鸡的离世。

第二天一早，库尔班大哥歉疚地坐在凯德尔丁的床上，慈爱地等候他醒来。

"凯德尔丁，爸爸有件事情要和你说。"库尔班大哥对刚刚睁开眼的凯德尔丁说道，"这件事确实很难过，但是你要坚强。"

凯德尔丁打了个大大的哈欠，接着揉揉眼睛，认真地看着爸爸。库尔班大哥觉得心一下子被揪得很紧，他缓了口气，有些哽咽地说："今天早上，爸爸起床的时候发现，小鸡死了。"

"哦，好吧，我待会儿要看《喜羊羊与灰太狼》。"凯德尔丁心平气和地说。

听凯德尔丁说完，库尔班大哥呆了几秒钟，紧接着，他集中在胸口上的血液迅速回流，他怒不可遏地把凯德尔丁倒扣在床上，在他小小的屁股上啪啪啪地连打了好几巴掌。凯德尔丁被这突如其来的灾难吓坏了，他一面哭一面捏紧两个小拳头拼命捶床，哭得气都调不上来了。

丽曼姐跑进卧室，拉开已经气得失去理智的库尔班大哥。

"库尔班！你干什么？娃娃又怎么气到你了？"丽曼姐自己也要哭了。

"这个太没有良心了！那只小鸡陪他那——么多天，给他带来那——么多的欢乐，现在小鸡死了，他一点——点的伤心都没有……"库尔班大哥眉头紧皱，嘴像牙齿底下嚼着一块牛皮糖似的动。

凯德尔丁伤心欲绝地哭着，间或无辜地猛烈咳嗽几声，完全哭糊涂了。

库尔班大哥抹了把脸，愤怒的情绪渐渐平息之后，忽又伤感不已："我小时候养羊，从小小的，养到大大的，它跟着我吃饭、睡觉、出门，等到长大了，家里要吃它的肉我就难受得啊，那个肉我从来没吃过一口，我都买别人家的羊肉吃，这个他是我儿子吗？"

之后的某天，幼儿园老师叫小朋友们在家养一只小动物，每天观察它的生活习性，然后到课上说给其他小朋友们听。听说老师布置的这个作业，库尔班大哥给凯德尔丁带回来一只小白兔，小白兔乖巧地住在小鸟笼里，非常讨人喜爱。可是无奈天妒红颜，就在小兔去院子里玩的第一天，就因吃下刚打过农药的绿化草而毒发身亡了。

得知此噩耗后，凯德尔丁还没等丽曼姐安慰，就哇的一声哭了。

丽曼姐一边心疼地替凯德尔丁擦去眼泪，一边说："先别哭，等爸爸回来了再哭……"

晚上，我正裹着毛毯在家里看电视，忽然听到丽曼姐在门外叫我。

"青青，有个事情要麻烦你。"

打开门，丽曼姐将一本书伸到我脸前："青青，你看应该是读'音乐（lè）'，还是'音乐（yuè）'呢？你大哥说肯定是读'音乐（yuè）'，但是这个'乐（lè）'不是'快乐（lè）'的'乐（lè）'吗？应该读'音乐（lè）'嘛！你说我和你大哥谁对？"

我不好意思地冲丽曼姐笑笑，说："丽曼姐，大哥读对了……这个'乐'，是个多音字……"

丽曼姐的脸唰地红了，嗫嚅道："哦……太麻烦了，汉字太麻烦了……"

这时，只听见大哥在屋里大叫："怎么样？我说对了吧！青青过来屋里坐会儿吧，帮凯德尔丁看看他的作业。"

进了屋，丽曼姐赶紧为我斟茶，端出杏干、巴旦木，凯德尔丁拿着他的美术作业爬到我身边，库尔班大哥歪着身子坐在铺于地毯上的褥子上头，哈欠连天。

"大哥，还没休息过来啊？"我问。

库尔班大哥噘着嘴揉揉眼睛，神情痛苦地说："不是没休息好，昨天晚上没睡好。这个嘛，昨晚上三点了还没睡，坐到这里看那个韩国电视剧，哦哟，哭得啊，我本来睡得好好的，突——然听到有人哭，哭得那么伤心哪，吓坏了，赶紧跑出来，就看到这个，边看边哭得勺子一样。我说：哎，你哭啥哭啊，要哭你躲到厕所里哭噻。这个还在哭，一抽一抽，话都不会说啦。"

大哥一边说，一边耸起肩膀，下嘴唇包住上嘴唇，学丽曼姐的样子一抽一抽地哼唧。丽曼姐无辜地皱着眉头，抿着嘴唇，双手羞涩地捂住脸颊。

"凯德尔丁嘛，也醒了，跑出来问，我妈妈怎么啦？我妈妈怎么啦？然后母子两个一起抱头痛哭，哦哟，太——可怕了……"

我和凯德尔丁紧紧拥抱着，浑身颤抖，两人笑声之大，恨不能逼得房倒屋塌。

"这个嘛，刚刚又跟我争到底是'音乐（lè）'还是'音乐（yuè）'，韩国人把她给洗脑了一样。"库尔班大哥无奈地摇摇头。

"汉字本身就是挺难的。"我说。

库尔班大哥朝我这边侧了个身，右手撑住脑袋，说："不得不说，你们的汉字是太落后了，我们的维语和英语一样，只要把字母学好，就可以任意排列组合，变成单词。可是五千个汉字，有那——么多你们都不会说、不会写。对我们来说，学汉语不像学英语、学俄语，那些我们很快就掌握了，因为很接近。"

"可是汉字是最有艺术美感的，而且毕竟有几千年历史了啊……"我说。

"借口。"库尔班大哥朝我摆摆手，"我很喜欢看汉族人拍的历史剧，《雍正王朝》《宰相刘罗锅》，好多我都看了，那些官僚、贪官，不也有几千年的历史了吗？和珅哪个朝代都有，几千年里有好的也有不好的，不要总是觉得自己最厉害，别人都不行。"

"嗯。"我点点头。

"维族人已经不是'文化大革命'时候的那个样子了，汉族人会把孩子送出国，我们也会，我好多朋友，他们的孩子在土耳其、哈萨克斯坦、印度，还有很多在欧洲，他们带回来很多消息，我们知道世界是什么样子的。"

"是啊，时代变了。"

"大家一说就是沿海城市怎么怎么，不就是有个海吗？新疆和好多个国家接壤，我们和全世界的人做生意，很多外国人通过新疆了解我们国家，可是有的口里人还总认为我们还在喝羊血、穿兽皮……"

"是啊，那些人不了解，所以就瞎说。"

"国家的发展，是我们每个少数民族都出了力的，但一些人瞧不起我们，有个教授说坎儿井是汉族人发明的，可笑！"

"只是传言……"

我沉默半晌，往嘴里填进一枚杏干。在刚刚说话的时候，凯德尔丁和丽曼姐进屋睡下了，库尔班大哥轻手轻脚地关上卧室的房门，坐回沙发上，熄灭烟蒂，不紧不慢地说：

"我明天就开业上班了，多赚点钱，你看我们连滑板车也不舍得给他买，是想等凯德尔丁读完高中，就送他出国念书。"

我的父亲和库尔班大哥一样，没日没夜地苦干，只为能给儿女更好的条件。然而，我却在此事上辜负了父亲的一片好意，他的女儿既没有浪迹香榭大道，也没有依偎于自由女神像下，而是抛家弃父，跑去了一个他认为危险的地方。

只是他不理解，正如一位比丘尼所说："精神旅程非关天国，也不是要到达某个美妙的地方。事实上，我们就是因为如此看待事物，才会这么痛苦。我们以为可以找到永久的快乐，并因此而逃避痛苦。"我在这里，和在这世界上的任何一个地方一样，欢乐不会更多，痛苦也不会变少。

乌鲁木齐的时光已是初秋，几个湿冷的早晨过后，一个似是而非的季节来临了。房间里，金色的阳光犹如非洲草原上的贝壳般珍贵，像金子制成的饰品，点缀着床铺和墙壁某处。我感到生命在减速，在变弱，旺盛的精力正在蒸发消散，变得越来越透明。房间像没入一片平静的海底，一切都在歇息。

给母亲打去电话，那头，母亲的第一句话便是："完了，我捅着马蜂窝了。"

"你又惹着他啦？"

"不是我！"母亲声辩道，"昨天他去毛伢子那里玩，别人一看见他，就跟他说，大哥啊，你女儿在乌鲁木齐要小心啊，我侄子刚从那边回来。人家好心说了这么一句，他就兀地一下站起来，把人家的椅子一脚踹倒，呼哧呼哧就回来了，一脸铁青。见了我就骂，都是你！给你闺女说新疆如何如何好，要是你闺女有啥事就是你害的！你说我冤不冤，莫名其妙被臭骂了一顿，这人真是难伺候……"

我抬起头，看见父亲写给我的信静立在书架的一角。他总是这样，一分钟之前还想得通的事情，三分钟后就一头撞向牛角尖了。父亲啊，父亲，何必如此谨小慎微呢？要知道，在新疆，我可是天天穿着"桂花牌福大命大逢凶化吉天道酬勤系列品牌服饰"的呀！

三　你比海天更美丽

　　年轻人的诚实记忆总是可靠的，在那个事件发生的晚上，我在学校宿舍里看书，读到一本诗歌合集的其中一首，如果没记错，那首诗歌由法国诗人桑德拉尔创作，名为《你比海天更美丽》：

　　　　当你爱上了谁，就该出去走走
　　　　告别娇妻幼子
　　　　告别亲朋好友
　　　　告别心上的人儿
　　　　当你爱上了谁，就该出去走走
　　　　……
　　　　这儿有空气这儿有风
　　　　有山川大地和天空
　　　　这儿有孩童这儿有动物
　　　　有煤有花有草有木
　　　　……
　　　　当你爱上了谁，就该出去走走
　　　　不要微笑着哭泣
　　　　不要在两人的怀抱中栖息
　　　　歇口气，迈开步，出发吧，走吧

　　　　我边洗澡边打量自己
　　　　我看见这熟悉的嘴
　　　　这手这腿和眼睛
　　　　我边洗澡边打量自己

　　　　这世界好好地依然存在

生活却总有那么多惊异

我出了药房的门

我正巧走下磅秤

我称称这八十公斤的自己

我爱你

　　我流着莫名其妙的眼泪，以不可思议的热情反复诵读着这首诗的每一个段落，它仿佛是从我脑袋顶上掉下来的一把头发，是源自我心脏汩汩跳动的延绵血液，是我今天早上起床之后回忆起的一个芳梦。

　　突然，电话响了，同学上来第一句便是："董夏，你知道乌鲁木齐闹事了吗？"

　　"不知道。"我回答。

　　"你赶快上网看看！"同学嘱咐道。

　　"好，看完再给你回电话。"

　　连上网络，关于事件的消息果然已经越燃越炽，各大论坛众声喧哗，国外媒体已开辟登载相关事件真假难辨的图片的专网。

　　约摸一个小时过后，我接到父亲的电话。

　　"青青，你在上网吗？"

　　"在。"

　　"乌鲁木齐出事了，你知道吗？"父亲问。

　　"知道了。"我回答。

　　"那你想好了还去不去？"父亲又问。

　　"去，应该得去吧……"我说。

　　"你老妈到你二姨家玩儿去了，还不知道，你千万别和她说，她听了肯定受不了。"父亲嘱咐道。

　　"好。"

　　刚刚放下父亲的电话，电话又响了，是母亲打来的。

　　"青青，刚刚你熊阿姨来电话，说乌鲁木齐出事了，你在上网吗？你快去看看到底怎么回事！看完给我打电话，不要告诉你老爹啊，要是他知道了肯定担心死了，不会让你去的……"

　　"好，我上网看看，一会儿给你打过去。"

关上电脑，我找来一张白纸，将这首《你比海天更美丽》誊抄下来，塞进钱包，之后，在床上躺下来。

我想，若不是因为年轻气盛的自己爱上了谁，"去新疆"这种豪气的志向是断然做不出来的。也正是因着这无法与人说清道明的隐晦之情，使得当至亲好友好心询问为何要把自己一竿子打飞到天涯尽头时，我却只能对个中缘由咿呀无语，讳莫如深。

眼下，此事既出，对于身边爱我的人是更沉重的一击，但于我自身而言，坦白地说，却真无所谓多大影响。相比自己即将去到一个相对危险的地方，哪怕他的一个落寞神情都会使我倍感熬心和焦虑。那一种担心年长于我的他可能要先我而去的恐惧，是如此强而有力，以至一想到他终有一天要死去，而我再不会听见、看见活着的他时，心底便即刻涌上一阵无法消解、中和的酸软，蓬勃的五脏六腑都随之懈怠了。

这种无可解释的情感，于我是种绝对的折磨，可也有唯一的好处，那便是使得我从未觉得守在离他很近的地方，就能真正获得安慰；同样的，当我离开他，去到我总说成潘帕斯草原的帕米尔高原，也未必是真的离他远了。

在爱的学业上，我所信奉的，即是桑德拉尔的诗中所写。对于诚实之爱的艰难，里尔克也早在写给青年人的信中说到了同样意思的话：爱的要义并不是什么倾心、献身、与第二者结合（那该是怎样的一种结合呢，如果是一种不明了、无所成就、不关重要的结合），它对于个人是一种崇高的动力，去成熟，在自身内有所完成，去完成一个世界，是为了另一个人完成一个自己的世界。

到新疆去，并不是在爱的神经错乱中任意抛掷自己，像心急的农民从地里拔出一棵烂胡萝卜之后远远地扔出去，这个决定，也绝非是在陷入窒闷、颠倒、高烧不退的状态之后，轻易夸下的海口。正因为我已体会到这以人爱人的差事之苦，时时感到自身强烈的厌恶、失望、贫乏，并总会在冲动时刻把这支离破碎的情绪施压到所爱之人身上，给尚无爱我之心的人造成困扰，一错再错，这才想到要去远方。

何况这样做，也不是要轻率地断绝曾经的爱，急于草草地过上一种毫无负担、四平八稳、绝无险阻的娱乐性生活，而是要让内心完全宁静，以进入一个长久的专心致志的时期，凝聚整个生命的能量、喜悦、寂寞、痛苦，去学习这最艰苦、最重大的事情。

当无力让所爱之人的心永远绽放着微笑，我能做的正确的事，也许便只能是这般若有似无地存在、无利无害吧。

七月十七日上午从北京首都机场起飞，下午两点到达乌鲁木齐的地窝铺机场。晴空万里，不知是否因为轻微的高原反应，乌鲁木齐天空的云，格外富有表情和神采，抬头便恍若看见它的清澈微笑。

度过三个月的熟悉期后，我从四肢俱全的正常人变形为一台新交付使用的割草机，在苍茫戈壁的滚滚红尘中迅速启动，带着满身零件的轰响，以异常亢奋的激情没入汩汩涌动的人潮。和煦的夏日风中，我一路撒丫子翻滚向前。

晚上十点多，我拎着一套白底镶紫色小花的瓷碗敲开隔壁凯德尔丁家的门。

"你每天都在房子里太没意思了吧？"库尔班大哥笑眯眯地问我。

"是啊，是啊，过不了几天我再过来，就可以从身上摘下霉蘑菇来了，正好让丽曼姐炒一顿吃……"我恹恹地回答。

凯德尔丁右手挥舞着一把塑料长剑向我攻来，大叫："为什么你身上会长蘑菇？"

"人太久不出门就会发霉，发霉就能长蘑菇了，知道了吧？"我装出循循善诱的和蔼嘴脸，接着一把抢走了他手里的剑。

凯德尔丁朝我扑上来，吱哇大叫："还我！你快还我！"

"不还，你个小气鬼！借我玩一会儿不行吗？"我高举着剑，任他凶猛地一顿挠抓。

"去——你的！不借！就是不借！"凯德尔丁气焰汹汹。

"给你给你，去你的，你个小气鬼……"我把剑扔给他，两人都已争得面红耳赤。

"哎呀，看样子你要找个男朋友才行，每天就有事干了。"大哥伸了个懒腰，认真地建议说。

"我有事干呢，我要写东西。"我不服气地说。

"写东西我懂哪，和我做生意一样，要了解社会，是不是？和三教九流都要交朋友，我说得对不对？你写的东西都要来源于生活嘛，如果写新疆，就要全面了解这里的人，不光了解汉人，也要了解维族人，全方位地看，才能写清楚一个问题……"大哥说。

"那大哥带我去华凌上班吧！"我可怜兮兮地说。

"可以，愿意你就来吧。"大哥答应得很爽快。

华凌是乌鲁木齐市最大的商贸城，出入其中的，既有口里人、土生土长的新疆人，也有老毛子和中亚各国的商人。大哥在新疆和田地毯对外出口贸易商店上班，这个商店的老板是广东人，老板的夫人是新疆土生土长的回族人，除了库尔班大哥这位维族经理，还有哈萨克族的库管、柯尔克孜族的销售。

这里的地毯美得如同晴夜的满天星辰、四月草坡上的烂漫山花，我看着它们，就像看着一群美艳至"不足为外人道"的姑娘，直想冲上去拽住她们，哪儿也不许她们去。虽然贵为一家店的经理，但库尔班却是最忙碌的一个，店内的一切大小事务都得由他拍板点头，遇上重要的客人，他还要亲力亲为，使出浑身解数做成生意。而最近几天最令他头疼的事情莫过于店老板两口子因买车口味不同失和，都罢工不来店里了。

"青青，把这几位客人带到贸易城三楼的三三〇，他们还要买彩电。"大哥站在一摞高高的地毯上，朝我喊道。

"好嘞！这就走！"我满脸堆笑，尽职尽责地把客人一路带去三三〇，再优哉游哉地回到店里。

不多会儿，大概一到两个小时之后，三三〇店铺的伙计阿不力孜便轻车熟路地跑来店里，喜笑颜开地找到大哥，塞给他"一条金鱼"。"一条金鱼"即是一百块钱，大哥运气最好的时候，一天能吃到八条金鱼呢。

中午，外卖送来了拌面，大家各自潦草地胡乱扒拉几口，大哥带人发货去了，剩我留守店内。我脱下鞋子，找一摞最合我心意的地毯爬上去，四仰八叉地倒下，大大地叹上一口气。

"青青……青青，青青！"

蒙眬中，大哥的声音直直穿过我的脑子。我噌地坐起来，发现身前站着好几个人，除了大哥，其他人一律面生。

"你到那块地毯上去睡，客人要看看你睡着的这块。"大哥要笑不笑地命令道。

我理理爹起的毛发，迅速爬向大哥指示的对面那摞地毯包。

"你们这个服务员的睡眠质量太好了！估计我们把她当货物一起搬走了她也不知道。像我们这些老家伙天天晚上失眠，真羡慕这些年轻人，走到哪里睡到哪里……"客人一边摇着头，一边发出啧啧的慨叹。

大哥笑着摸摸头发，舔舔嘴唇："我们的地毯好嘛！所以她一躺下就睡着了，你看我们店里有钢丝床，她不肯睡，光——要睡地毯，找店里最最漂亮的地毯睡上去。所以你们也看上她刚睡的这块了嘛……她是北京来的大学生，在我这里帮忙，她代表的是首都人民的品位啊……"

几人探讨了一番，终于进入最关键的价格谈判阶段。

"哎，老哥，你看，为了民族大团结，你再给我们低一点！"其中一位男士说道，河南口音非常明显。我去石河子的时候听人说，因为当地河南人颇能闯荡，于是，很多维族人学成之后都是一口流利、标准的河南话。

"哎呀，我给你的价格已经是为了民族团结最低的价钱啦，我们党讲的是全中华民族大团结，不能只是我团结你，你也要团结我。"大哥据理力争。

"再便宜一点！为了庆祝祖国六十周年，再便宜一点吧！"河南大叔把手做刀状，左一下右一下地砍。

"老弟，我和你这么说吧，你是一头斗牛，我是斗牛士，你来买我的地毯，就好像牛追着斗牛士跑，跑跑跑跑了一阵以后，咱们哥俩现在开始谈价钱了，就好像我抓住了你的牛尾巴，不是我不肯便宜，是我一松手就摔断脖子了嘛！"大哥委屈地一缩脖子，嘴巴一噘。

最后，这笔生意终于以汉维两族人民互帮互助团结友爱的大好价格谈成了。

十月，在偌大的商贸城里，曾有的阴霾早已消散，满商铺的人精神焕发，饱含斗志和欲求。人们来了又走走了又来，来去匆匆，谈成了手舞足蹈，谈崩了唉声叹气。人们调动身体中的一切能量，以求把钱从对方的口袋里弄出来，于是乎一切人的行动、表情都如此丰满、刺激，好像寻获了永葆青春的秘药，服下了活力永驻的回春之水。

对我而言，当我在店里看着这些漂亮的地毯、来往的各族甚至各国人，总能对他淡忘一些。一天之中，脑子转动得滚烫，心却微凉地寂静着，不发一言，既没有昏迷，也尚未觉醒。

我不知道是真的看破了自己内心瞬息万变的诡计，还是我只暂时把眷恋、情感搁置到了一个高处，当某天我不小心碰倒了理智的架子，它便又会毫无预警地跌落下来，我将被那充沛的情感再度砸晕，痛则痛到涕泪横流，气则气到怒不可遏，悲则悲到伤心欲绝。于是当我晚上独自在家时，我便感到紧迫，想日后如若能承担关于所爱之人的一切消息，无论是好是坏，我不是都该预先熟悉诸如疾病甚至死亡的概念，在对其反复的思考中渐渐习惯它们的实意么？

最近的夜里，我开始诵读《地藏菩萨本愿经》，不为此世积累功德，不为避求冤情债主莫将我带入下辈子的轮回苦业，只是想获得此生的觉悟，让内心像天空一般，当人世七情六欲的斑斓彩虹出现天空时，不会对其谄媚；当"无常"骤现，突然生老病死的凄风苦雨来临之时，我的心，也能在灿烂光明的自性之中，洞开认知之门，全然地辽阔、自由和深远，从而让一切变化之物显露出本有，而至永恒。

周末，本与傅老师、铁梅姐约好一起去游南山的寺，清早，接到傅老师的电话，却说南山之行无法兑现了。

"我马上要回一趟老家，我哥哥的儿子没了。"傅老师说得急促悲伤。

再次见到傅老师，是一个星期之后。

"我对死已经好久没有概念了，大概大半年了吧？"傅老师吸溜下一口茶，对我说道，"我本来以为我妈会想不通，老人家嘛，结果全家就我妈想得最开，还劝我哥，说是这个孩子不孝，命嘞……"

"你不知道，死得太蹊跷了。老家屋前不是有个水塘吗？那天我哥去山上看田，孩子在家里，过一会儿，孩子也跑到山上去了，对他爸说，爸，别忙了，你看你身上都湿了。我哥就说，好，一会儿就回家，你先回吧。结果我哥回家发现没人，四处喊都没人，就觉得不对劲，看见孩子的鞋怎么在塘边？就知道完了。我哥跳下去，开先摸了三趟都没摸到，第四次跳下去的时候就找到了。但是奇怪得很，孩子肚子里没有挤出水，喉咙也没有呛水，表情也很平静，一点都不痛苦。后来我哥就想起开先孩子说的那句话，爸，别忙了，你看你浑身都湿了。"傅老师说。

我听着，恍惚能清楚地看见很远的地方，有颗父亲的心正在一堆灰烬底下，耗尽似的叹息。然而，在乌鲁木齐的东风路上，抬头看天空，星星就像滚入河中的石头，在泥夜中深深陷落，它的喘息，即衍化成滚滚波涛，在人的脑海深处麻木而缓慢地翻腾。我想，也许过了今晚，明天我就将彻底忘记此事，以及当我刚听说此事时的惊愕和悲哀。

"死了就死了，我们还能怎么样呢？"傅老师说。

"可能真是等过了这阵儿就没事了，该干什么干什么了。"他又说。

我从未见过这个十二岁的孩子，对于他的死，我似是看见一只飞走的鸟儿，只是怅惘。而当我告别傅老师，霎时想起他，想到他有可能在我活着的某天死去，这幻想中的死亡的感觉，则像在地平线附近沉落的太阳，其坠没的痛苦，永留在某个重要器官的内膜壁上。

这个时候，请别说这爱是靠不住的，虽然谁都难以保证永远地爱谁，无法证明人心是生而牢靠的，请别说那人心终是善变的。这实在的感觉即是：无论日后走到哪里，灵魂的线绳都仿若在所爱之人的手中；无论日后境遇如何，赤子之心都会因所爱之人更从容不迫地跳动；无论日后相见与否、情意是否一如今日一般新鲜，似是只消听见他好好地活着，就是人生的大喜悦。

如果死亡能放过我们珍视的人，而不是我们将珍视之人从心头放过，该多好。

当人一旦习惯一个地方、一种生活，时间便会长出小腿和小脚，飞快地跑远。每天，我除了在单位正常坐班，就是去华凌乱窜，偶尔接送凯德尔丁并出席他的幼儿园家长会，和傅老师一家人吃饭聊天，和新认识的朋友互诉情义。

一天，丽曼姐把我带去了她的大姐家，参加他们的家庭聚会。一进门，我即刻被这个美丽的家庭所打动了。在来新疆之前，我从未见过如此富丽的家，浓重的伊斯兰风情在此一览无余——在一百多平方米的地板上，铺了三大块颜色相近、花色迥异的羊毛地毯，墙上贴着饰有金色花朵的银灰壁纸。屋顶上，美丽的装饰与流溢灿烂光华的伊斯兰风格吊灯默契辉映。餐厅的一侧墙壁，摆放着三个雕花精细的实木橱柜，在暖色灯光的照耀下，各种纯银器皿闪烁着小伙儿一样的热烈眼神；瓷质餐具上，色彩层层爆炸；各种花朵、植物疯了似的绽开，妖冶又招摇；长长的餐桌和凳子，都铺有精致的蕾丝布垫。另一侧墙壁上，则挂有几个深色木质相框，里面镶嵌着《古兰经》中摘录的箴言。

加上丽曼姐，她的家里一共五个姐妹，大姐、二姐、三姐说得一口相对流利的汉语，都向我热情地问好。她们的孩子也纷纷跑到我跟前，往我手里塞玩具、点心。过了一会儿，丽曼姐的妹妹从屋里出来，笑着朝我走来，与我握手，向我点头问候。

"这是我的妹妹，她过几天就要生了，医生说是双胞胎呢！她的汉语不好，你不要误会她不喜欢你。"丽曼姐挽着我的胳膊，对我解释说。

餐桌上，我注视着这个美丽的怀孕女人，她的脸像洁白纯净的满月，没有一丁点儿瑕疵；她的褐色鬈发正好在她的脖颈处停住，活泼而安静。她坐在那里，微笑着倾听众人的谈话，双手温柔地抚摸着肚子。这个家，仿佛因着她而着上了一层圣洁的光辉。这种气质是如此动人，以至让曾感受过的人终生难忘。

在我身旁，丽曼姐八十岁的母亲同样静静地坐着，她那果绿色头巾上开着饱满的白色山茶花；深蓝色的丝绒长袍上，印着黑色的抽象图纹；十个手指，除了拇指，都戴有造型各异的金质戒指。她不会说汉语，也听不懂，但她却一直看住我的盘子，一旦盘子空了，她便起身为我夹菜，笑着示意我多吃。

我也不停笑着连声说"热和买特""热和买特"，但她不知道，当我低下头，看见面前满满一餐盘的抓饭、杏干、鸡肉、羊肺子时，眼泪却要掉下来了。

五天后的上午，我正准备出门上班，突然听见丽曼姐在门外叫我，我打开门，丽曼姐正激动非常地站在那里，眼睛红红的。

"青青！我妹妹刚刚生宝宝了！龙凤胎！"说完，她便赶紧捂住嘴，眼泪随即流了出来。

"太好了！真的？是龙凤胎？太好了！"我也高兴得忘乎所以，完全不知道该如何是好了。

"青青，如果你周末有时间，我们就一起去看他们吧！"丽曼姐喜极而泣。

"有有有，有时间，我一定会去的……"

接下来的两个工作日里，我总能没来由地笑出来，被家中门板挤到了手，我笑；在办公楼里上厕所没带纸，我笑；在食堂打饭时没端住餐盘，菜汤泼到了裤子上，我还笑。

周五晚上，我和朋友在北门的一家甜品店里边吃边聊天，突然，电话响了。

"青青，你在哪里呢？"库尔班大哥问道。

"大哥，我在外面和朋友聊天呢。"我高兴地回答。

"你什么时候回去？凯德尔丁在艾利家，想麻烦你回去的时候接他一下，我和你丽曼姐在医院，她妹妹今天早上突然心脏不好了，下午住院，刚刚送进重症监护室去了，医生在治疗着哪。"

"严不严重？怎么突然就心脏不好了？"

"是啊，昨天晚上还好着哪，我们还聊天哪……你先把凯德尔丁带到你家去，我们晚一点回去，麻烦你了妹妹。"

把凯德尔丁从艾利家接回来之后，我们俩便坐在沙发上看韩剧《传闻中的七公主》，放广告的时候，我就配合着他玩他新学会的一个游戏。

时间到十二点过五分的时候，我对凯德尔丁说："凯德尔丁啊，我们先睡觉好不好？"

"不好。"

"睡吧，姐姐的床特别软，被子好舒服呢。而且姐姐好累，好想睡觉啊……"

"青青，我爸爸和妈妈呢？他们怎么还不回来……"凯德尔丁说。

"凯德尔丁，你的小姨妈生病了，爸爸和妈妈都在医院呢，要很晚才回来，爸爸说要你先睡，他晚上回来就抱你回去，好不好？"

"我知道！我知道他们去医院了。"他暴躁地打断我。

"小姨妈不是生病，她死了。"凯德尔丁突然说。

我怔住了，接着重重地推了他一把，吼道："凯德尔丁！你怎么这么坏！小姨妈对你好不好？啊？好不好？"

"好……"

"你喜不喜欢小姨妈？"

"喜欢……她的龙凤胎宝宝特别可爱，他们都说那个小男孩长得像我……"凯德尔丁似乎根本没有察觉到我的怒气，他天真地抬起头，对我挤出一对酒窝。

"那你为什么要咒你的小姨妈呢？为什么这么坏！"

凯德尔丁终于感到了我的不友好，沉默地低下头，没有再说话。我生气地起身去厕所洗漱，等回来的时候，他已经在沙发上睡着了。他静静地睡着，呼吸均匀，我轻轻叹了口气，帮他盖上被子。

迷迷糊糊地睡到不知道什么时候，我清楚地梦见自己正在家里的客厅，父亲、母亲与我坐在一起。一开始，我们三人聊得很好，但不知怎的，我不知道说了什么不该说的话，惹怒了父亲，他突然腾地站起来，指着我，说我伤了他的心，他要抛下这个家，离开我和母亲，让我们再也见不到他。看到父亲如此坚决的神情，我吓得赶紧起身去追他，但他越走越快，无论我多么努力往前跑，父亲的背影都离我越来越远，就在眼见着父亲的背影即将彻底模糊的时候，我的电话又响了。

"妹妹，凯德尔丁睡了吗？"大哥问。

"睡了，我们十二点多就睡了。"我笑着揉揉眼睛。

"好吧，让他睡吧，我们今晚回不去了，丽曼姐的妹妹刚刚过世了。"

"大哥……怎么会这样呢？"我也不知道自己那时是如何问出了这样一句软绵绵的话。

"是啊，妹妹，就是这样。"大哥回答。

挂上电话，我望向卧室的窗外。靛蓝的夜色中，深黑色的树木像贴在窗户上的剪影，毫不真切。我仿佛被个恶人一把推倒在地，而毫无反击之力，只能窝窝囊囊地哭上两声。也是在这一刻，我突然意识到，虽然我一直以为自己是与人世的无常面对面而坐，自己已长久地、牢固地盯住了它，从未生出逃避之心，直到因它而起的痛苦会在某天自动瓦解，消融成一团雾霭，而后消散，消失得不留余地，然而事实上，我从未摆脱死亡对我的宰制，对于死生的无常，我根本没有真正地预备好什么，学习到什么。人说，当你对死亡心存敬畏之时，便是心生慈悲的时刻。然而，这句话也是错误的不是么？因为，什么是慈悲？

索甲仁波切说："慈悲不只是对受苦者表达同情心或者关怀，也不只是向他们简单传达你心中的温情，或清清楚楚地认识到他们的需要和痛苦；它也是一种持续不断的决心，愿意付出一切，以实际行动帮助他们减轻痛苦。"对于此刻已深深感到死亡带来的切肤之痛的我而言，能做什么？想到那正活着、已逝去的人们，我既没有决心，不知该付出什么，也不知道可以做什么。一种深沉的无力感紧紧地缚住了我，我感到一颗脆弱的心在面对无常之时，所生出的绝望，一种单纯、诚挚的绝望。

走出卧室，我在客厅的茶几旁轻轻坐下。看着熟睡中的凯德尔丁，我真的很想推醒他，问他为什么要在那时说出令人痛心的话，是不是他早早地看见了什么？感觉到了什么？还有，在我这么长久的睡眠时间中，几乎从未梦见过父母，为何偏偏在今夜会梦见他们？而且这梦在即将转恶的时候，是被这样一通电话所打断？这个夜晚如此复杂、多义，一切貌似有关联的讯息缠绕成一团，我怎么理也理不顺，怎么解也解不开。

因为爱上了比海天更美丽的你，而出来走走的我，的确找到了一个"这儿有空气这儿有风，有山川大地和天空，这儿有孩童这儿有动物，有煤有花有草有木"的好地方，我也因为爱上了你，而更加"会跑会唱会吃会喝，会吹口哨，会劳作"。但是，我却并未真的放开了对情感的执着、分别，以及妄想。

凯德尔丁在梦里皱起眉头，哼唧着翻了个身，全然不理会我的悲哀。

与陪衬过无数人类痛苦的夜晚一样，这个夜晚就像一场永不可能被治愈的痼疾，在此后一生的时间里，我的嘴唇上将永远留下洒在病榻前那消毒液的味道。

末了，我想起那晚和凯德尔丁一起玩过的那个游戏，游戏是这样的——

我和凯德尔丁本来说好玩剪刀包袱锤，但当我伸出来一把剪刀的时候，凯德尔丁却同时伸出双手，左手是剪刀，右手是锤子。

他看看我的手，接着迅速地将左手收回身后，高声说道："左出一个，右出一个，情况不妙，收回一个。"

小小的凯德尔丁是如何通晓上天逻辑的呢？一切无常总是如此，不是么？情况不妙，收回一个。而且有的时候，还不止收回一个。

四　铃儿响叮当

今天是萨丽曼妹妹的下葬之日，在这"头七"的时间之中，我接连两天高烧至三十九度。对于我们这些刚强众生而言，发烧本来就是司空见惯的事情，无非是打个针、吃服药就解决掉的"小意思"，但在最近猪流感沸沸扬扬的节骨眼儿上，发烧却成了比癌症还可怕的事情。据说，只要踏进正规医院的大门，凡是烧到三十八度以上的病人，都会被送入隔离病室，之后填写一份表格，其中内容包括：你发烧后到过哪些地方？与哪些人接触过？他们的姓名？工作单位？家庭住址……

也许是出于恐惧，或者是别的什么，抽掉体温计，我没有到大院正门的医院去就诊，而是裹上羽绒服，从后门悄悄地溜去了家属门诊。这时想来，我这样任性的确有些冒险，但在当时，脑子里却只有一个念头：宁可躺在床上，把自己的一条小命全然交付给老天爷，也千万不要被送进一个前途未卜的地方，在看不见一个亲人的陌生场合默默静候一纸鉴定。

"医生，我真的不是猪流感，最近我哪儿也没去，可能就是前两天遇上点儿事，情绪一激动，就发烧啦……"坐在诊所的椅子上，我感到说不出口的委屈。

"知道了，猪流感一烧就烧到四十度，你这不是猪流感，肯定是着凉了。以前在新疆过过冬天没有？"

这个诊所的医生姓王，是个身材高挑、匀称的美艳妇人，之前每天从诊所门口经过时，都能隔窗看见她在病人之间往来穿梭的样子，她那火热的俊俏模样，简直和从良的潘金莲一样。

"我刚过来几个月。"

"那难怪了，水土不服，一换季的时候不适应肯定要感冒。"王医生快言快语地说完，一支秀气的针管已经捏在手上。

"王医生，轻点打。"我含泪请求道。

"哎哟，别说得小可怜一样，这都是娃娃用的五号针了，没有比这更小的针了，我给你轻轻打，然后慢慢——推，你都不知道我打了没有……"

"好……一定要慢慢——打，我爸妈都不在这儿，打疼了都没人管我……"我一面撅着屁股，一面声音颤抖地说道。

"真的啊？哦哟！还真是小可怜啊。那王医生管你哦，王医生保证把你病治好，你就又活蹦乱跳了。"

"嗯……谢谢王医生。"

"谢啥？好了！穿裤子吧！"

"打完了啊？"

"对啊！我说了不疼的！"王医生骄傲地说。

打完退烧针，接着挂上了吊瓶。躺在病床上，我渐渐睡了过去，不知睡了多久，母亲打来了电话，一看是她的号码，我赶紧反复清了清嗓子。

"喂？你在干吗？"

"我在看书啊。"

"在看书？不对吧？你骗我吧？"母亲的声音沉下来。

"没有啊，我真的在看书。"我感到自己的声音明显在发抖。

"你是不是哭了？到底什么事？"母亲一下警醒起来。

我欲哭无泪地辩解道："没事，没个屁事，我哭什么哭！"

"你肯定有什么事，你别瞒我呀，你告诉我，我不会告诉你老爹的……"母亲选择了一种"请君入瓮"的口吻来劝说我倾诉衷肠。

"你在干吗啊？"我问。

"哎呀，刚才尹志文到我办公室来了，一瘸一拐、一拐一瘸的，见了我一脸苦相，说，于姐啊，我快死了。我就问他，你不是在吐鲁番吗，怎么回来啦？尹志文就说，啊呀！于姐哎，凡是过去的湖南援疆干部，没有一个不大病一场的，我作孽嘞，烧到四十度嘞，吊针都打到脚上去了，搞得我路都不会走。我当时就跟他说，你这才去了几天哦？我女儿已经到那边几个月了，就一直没病啊……"母亲活色生香地说到这里，即被我又哭又笑的错乱声音打断了。我一面流着眼泪，一面笑得肚皮贴到了脊梁骨上。

"都是你！哎哟，都是你害的……你别说破呀！你一说我没病，我不就病了吗！我比人家尹志文好不到哪里去，我烧到三十九度啦！"

"真的啊？哎呀！"母亲说完，也跟着我没心没肺地哈哈大笑起来，"那你看病没有？快去打针……哎哟……真是太巧了……"

"正在打呢，刚打了退烧针，已经舒服多了。你可千万别和尹志文，还有单位同事说我生病了啊！"我笑得上气不接下气。

"我坚决不说！刚刚才跟人吹出牛皮去，一说不就太没面子啦，哦？"

"就是就是！"

当天下午我便去单位上班了，看书的时候，读到一则故事：

在第一次世界大战中，有一种德国特种兵的任务是，深入敌后去抓俘虏回来审讯。一个德国特种兵以前曾多次成功地完成这样的任务，这次他又熟练地穿过两军之间的地域，出现在敌军的战壕里。一个落单的英国士兵正在吃东西，毫无戒备，一下子就被缴了械。他手中还举着刚才正在吃的面包。这时，他本能地把手里的面包递给与他对面站着的德国兵。德国兵怔住了，结果，他没有俘虏这个敌军士兵，而是自己一个人回去了。

合上书页，我想，如果，我能学几句温柔的维语，那么当某一天我突遇暴徒、生死一线之时，我嘴里迸出的词句，说不定就像英国士兵手里的面包一样，打动对方石头一样的心，从而使我得以把一条小命从地上捡起来。想到这里，我禁不住心旌摇曳，感动地笑了。

出去上了趟厕所，回来时发现手机显示有一个未接来电。

"大哥，怎么了？我刚才看见电话。"

"青青，今天下午是凯德尔丁幼儿园的家长会，我和你丽曼姐都过不去了，她妈妈又病了，你去替我们开一下吧。"库尔班大哥不好意思地说。

"行啊，几点？"我问。

"六点半。开完家长会之后你就把他带到你家去，我晚点过去接他。"

"嗯，好的。"

放下电话一看，时间已经是六点十分了，我赶紧溜出单位，跑回家换衣服。临出门时，在手忙脚乱地穿风衣的过程当中，我仿佛把一个什么东西从桌子上碰掉了，但时间已然来不及了，在听见那东西落地的一声响之后，我径直冲出了门去，想着反正开完会再回来捡，便全然没考虑那究竟是什么。

火急火燎地赶到凯德尔丁的班级教室之后，我直接被挡在了门外。

"你是哪位孩子的家长？"一位二十岁出头的汉族女老师对我问道。

"我是凯德尔丁的姐姐。"

"姐姐？"女老师脸上的五官一下子朝左侧倾斜过去。

我突然想到，虽然我来过几趟幼儿园，但由于园内的安全规定，我从来没有上过楼、进过教室，这位女老师自然不认识我。

"对，我是凯德尔丁的姐姐。"我硬着头皮说道。

"你是他什么姐姐？"女老师奇怪地盯着我，一排下牙伸出来，轻轻咬住上嘴唇。

"就是……就是他姐姐。"几个简单的字眼吃力地从齿间往外挤。

"我是问你是他什么姐姐？你……是汉族人吧？"女老师耐着性子又问。

"对，我是汉族人，我是他的邻居，他爸妈今天有事来不了了，就委托我过来开家长会，老师您可以把凯德尔丁叫出来，他认识我。"

"好，请你等一等。"

不一会儿，老师领着凯德尔丁从隔壁的屋子出来了。

"凯德尔丁，你认不认识这个姐姐？"老师弯下身，对凯德尔丁问道。

凯德尔丁不好意思地扫了我一眼，似笑非笑地点点头。

"好。"女老师站起身，舒了口气，对我说，"那你快进去吧，家长会已经开始了。"

一进门，讲台上的老师便向我问道："您好，请问您是哪位孩子的家长？"我愣了一下，很快回答："凯德尔丁。"

话既说出，一时间，整个屋子的眼神都唰地盯在我身上，无论是欧式深眼窝还是亚式肿眼泡，其中的眼神都是一样的怪异和离奇。

听我说完，讲台上的老师也怔住了，片刻之后，她礼貌地说："快请坐吧，下回注意时间。"

我在最后一排靠过道的位子上坐下，脸上发着烫。坐在我身边的是一位汉族母亲，头发棕红色，烫着硕大的发卷，穿一件黑色短款皮衣，露出大红色的毛衣边，一条棕色泛着金光的铅笔裤，紧紧绑在腿上，脚上穿着一双黑色漆皮大高跟鞋。

"那个，老师刚说的凯什么，是你儿子？"她突然扭过头，正脸对着我，问道。我一下蒙了，目光紧紧凝聚在她蚯蚓一样的上下两条淡黑色的眼线上，支支吾吾地说："不，不是啊，我是他姐姐。"

"那我知道了，我知道了，你是他家保姆是吧？我也不是贺子涵的妈妈，我是她家请的钟点工。"她亲切地朝我所坐的方向挪了挪。

"不，不是，我不是他家保姆，我是他姐姐，他们家的邻居。"

"嘿哟，你这种人我还真是头一回碰到，你太有意思了。"她扬了扬头，把飘荡在后脑勺上的一把乱发顺势向后一拢，紧凑地问道："邻居你管那么多干什么？他们给你什么好处？"她眨巴着亮闪闪的眼睛，像好几部照相机的闪光灯同时对准我。

"没好处。"

"后排的两位家长注意一下，凯德尔丁的家长，迟到是不好的，开会的时候说话也是不好的，请注意。"讲台上的老师直直看着我，这一下，进屋的那一幕又只好重新演过。

"是，老师，对不起。"等那些齐齐后转的脸蛋都回正之后，我说道。

接下来的时间里，老师分别说到了作业问题、课堂表现问题、就餐问题，而在每个问题当中，凯德尔丁几乎都名列"黑名单"，这样一来，我又再次成了诸位家长的杯中水、盘中肉，被各方眼神扎实地数落了一把。

由于数天的东奔西跑、夜晚的失眠，我感到十分疲惫。坐在椅子上，听着老师远远的声音，我的头脑好像堵了的抽水马桶，破袜子、方便面盒、瓜子、烤包子、盆栽，齐齐漂在黄汤里。没来由地，我突然间很想把这间教室里的所有椅子都摔得稀巴烂，摔成能塞进灶里煮饭用的柴火棍子。

"你还说是他姐姐，他现在落后啦，你要多教教他……"

家长会结束之后，坐在我身旁的那位大姐还不忘再嘱咐两句。我欠身对她笑笑，讲了句"再见"之后，她便带着吵架一般飞起的蓬发腾地站起，接着用很响亮的脚步摇摇地走出屋去。走在回家的路上，凯德尔丁一手紧抓着我的手，一手举着灰太狼图案的棒棒糖，一边走，一边吧唧吧唧地舔。

"凯德尔丁，你教我一句维语好不好？"我问。

"什么?"

"就一句话,你听好了啊,'请放了我!'"我说。

"kongci!"他迅速回答。

"去你的!"我骂了一声。虽然我不通维语,但今天家长会散会之后,我看见迪亚尔重重地推了一把凯德尔丁,与此同时,毫无善意地掷出一句"kongci"!

"kongci到底是什么意思,说!"

"屁股。"凯德尔丁笑嘻嘻地看着我,太阳在他白净得像面粉袋子一样的面庞上闪闪耀耀。

我安静下来,不再同他说话。试想想,当一个暴徒把刀架在我的脖子上,我却对他温柔地说一声"kongci",结果会是如何呢?

突然地,凯德尔丁又说:"青青,我脖子后面好疼,我一抓就痒痒的。"

我仍然自顾看着大街上来往的行人,漫不经心地搭腔:"是不是长了小疙瘩?"

"不是……"他回答。

"那我们回家的时候看看那里怎么了好不好?"

"好……我妈妈呢?她还不回来吗?我不想住在奶奶家,她好老了。"凯德尔丁闷闷地说。

"你不许再这样说了,奶奶给你买了好多好吃的呢。"

"好吧……"

走着走着,他在一家书店门口停下来,拽了两下他也不动。

"干吗?"我问。

"迪亚尔今天拿了奥特曼的贴画过来,他一张都不给我。"凯德尔丁伤心地说。

我看着他仰起的小脸蛋,叹了口气,拉着他进了书店。奥特曼的贴画书就摆放在门边的货架上,拿上书,我们径直走到款台结账,付账的时候,收钱的一位五十来岁的大姐小声问我:"那不是你孩子吧?"

"不是,我是他姐姐。"我笑笑。

"哦,我就说嘛,你们刚刚在门口的时候,我就观察,怎么看都觉得不像嘛。"大姐爽朗地笑起来。

我看了一眼凯德尔丁，他正在聚精会神地翻看手里的奥特曼贴画书，在翻页的时候，不小心把棒棒糖粘到了书页上。

"青青，怎么办？粘到一块儿了。"他抬起头，一脸沮丧。

"那能怎么办？命呗。"

"什么命啊？"

"命，就是活该的意思。"

"哦，那你下次摔倒了我就对你说'命呗'！"

到了家门口，凯德尔丁靠在墙上看书，我则在包里翻找钥匙，可是怎么找也找不见。这一下，我终于记起下午临出门前，从桌上碰掉的东西是什么了。

"凯德尔丁，姐姐把钥匙落在家里了。"我说。

"那怎么办？我们去找我妈妈吧。"他合上贴画书，认真地说。

"不用，我还有一把钥匙，放在另一个姐姐那里了，我们去拿吧。"

"好。青青，我脖子后面又开始疼了。"

"等我们回家之后再看好不好？"

"好。"他顺从地点点头。

跑到朋友店门口，才发现她的店屋门紧闭，打去电话提示说对方手机关机。

"青青，我们要去哪里？"迎着寒风，凯德尔丁小声嗫嚅。

我替他拉高衣领，戴上帽子，说："姐姐带你去买《喜羊羊与灰太狼》的漫画书好不好？你看，迪亚尔每天都带那么多好看的图画书过去，但是你没有，你是不是就会不开心？"

"嗯，会。"

"所以我现在就带你去买呀，然后你明天就可以带去幼儿园了，是不是很好呀？"

"是！"他高兴地原地蹦跳了两下，随即奉献出一场可爱酒窝的激情表演。

听说北京在十月二十九日那天晚上下雪了，下得很大，三天之后还没有化掉。而乌鲁木齐却紧扯着秋天不撒手，每当听人说起，"哎呀，明天一早应该就全白了"，第二天就一定是个艳阳清冽的好日子。"奇怪，怎么乌鲁木齐有秋天了？"人们在这会儿都这么念叨。但夜晚还是冷的，当白昼慢慢地耗，耗向那峭壁、沟壑一样黑秃秃的夜，寒冷就像山涧淌出来的流水，漫入了每一条街道。这就是秋冬之际的乌市夜晚，没有阳光，不动声色，像马戏团撤走帐篷之后留下的一片不生毛草荒凉的广场。

寒风顶着我的喉咙，使它不时发作阵阵咳嗽，汽车开过的声音稀疏地从远处响起，挨近身边时撩起一阵热闹，接着又迅疾地远远消失了。与其说我俩在相互牵着昏昏沉沉地赶路，倒不如说是在这夜晚、这街道上骨碌碌地滚，像两只掉进阴沟的小耗子，我们滚在沟中。

李叔的推车已经早早地停在那里，小小的书摊挤在两家水果摊之间，抬头即是一间热闹的卡啦啦欢唱城，硕大的广告招牌艳光横流，衬得李叔的脸格外声色犬马。我从隔壁水果摊的摊主大哥那里借了张小板凳，让凯德尔丁躲在一筐苹果后头坐下，他接过《喜羊羊与灰太狼》的漫画书，接着便安静得像从这世上消失了一样。

"李叔，今天生意还行吧？"

"还可以。"李叔头戴黑色皮质鸭舌帽，双手插在裤兜里，一面轮换着抖腿，一面朝我挤挤眼。

"啥书卖得最好？"

"还是那些嘛，'文革'秘闻、心理操纵术、养生的，然后就是易经的、八卦运势书……"

李叔肩膀一耸，清瘦的脸庞上满是笑纹，"还有手相面相学、看命的卖得好，我看你也能喜欢看，买本回去看看，要知己知命，方能百战不殆，你说是不是？嘿嘿……"

"李叔啊，命哪是那么容易就知道了？"

"我说你看看《三十必嫁》啊、《格子间女人》啊也可以，女人只要嫁个好男人就有好命了。"

"嗯，找个本领大的，啥都会干。"

"嚯嚯，找个孙悟空那样的。"

说到这里，我忽地又想起他，先前，我一直以为他是一块隐蔽很深的耳屎，只消狠心使劲掏掏就好了，结果没想到，他其实是耳膜。

风好大，月亮像个善良的老妪，在夜空踽踽独行。街道边，一家废弃的店铺，靠着玻璃门板的地方放着一棵圣诞树，汽车快速开过，车灯打进玻璃门，纷纷扬扬地落在这棵怪模怪样的圣诞树上。破损、蒙灰的树身上缠着银色的雪，树顶上，站立着一个金色的天使，赤裸身子，奋力挥动着大大的翅膀，胖乎乎的手中捏着一把锃亮的圆号。

"凯德尔丁，你见过圣诞老人吗？"我问。

"没有……"凯德尔丁小声回答，"但是，但是我知道他特别老，好长好长的胡子，然后他有好多好多礼物，都是送给小朋友的。就是送给我的……"他眼睛瞪得大大的，用一种孩子一旦说到童话就会冒出的神情，庄重地看着我，深深的瞳孔倒映着圣诞树的流光溢彩。

"没有圣诞老人，没有的，其实。"我说。

"真的，没有。"我正说着，被脚底下一块向上翘起的路砖绊了一下。

凯德尔丁哈哈笑了："活该。"

"你说什么？"

"哦，不对，命呗！"

回到院子的时候，朋友的店已经打开了，她正在里面打扫卫生。从她那里取到钥匙，我和凯德尔丁溜溜达达地回了家。上床睡觉之前，替他脱下衣服的时候，我突然看见他脱下的内衣领上，钉着一枚又长又硬的化纤标签。

"青青，我的脖子好疼。"凯德尔丁轻轻地摸摸脖子，扭头看着我。我缓缓地转过他的脖子，发现有一块皮肤红红的，像是擦伤了。我这才记起，他已经不是第一次对我说脖子疼了。

"对不起，凯德尔丁。"

"咋啦？为啥？"

"没啥。"

凌晨两点，我从梦里醒来。

梦里，有位老人坐在我的床边，俯身对在半梦半醒之间的我说："你好，我姓田，是位将军，以前住在你现在住的这个屋子里，但是我不想走，我真的不想走。"

我真诚地看着他，之后委屈地问道："那您不搬走，我怎么办啊？"

彻底清醒之后，我失神地坐在沙发上，突然完全记不得这几天都做过些什么、和谁打过交道。只想到你，想到远离我的你，你不会看见我，不会看见我坐在这里想你，怀揣湖畔之上萦绕的柔光。再说，你不是我，也不会真的了解我想你的这一切。

但是，为什么我还要哀伤呢？
要是你知道，来说给我听听。
告诉我，为什么当我失意时，
连这些树木也都好似病倒了？
它们会和我同时死去么？
天空会死去么？你也会死去么？
很想给你打去电话，于是真的打了。
我把电话，
放在嘴边。
喂，我是董夏。
你知道么？你笑了，你刚才说话的时候，我以为是圣诞老人。
我也笑了，你听过圣诞老人说话？
对啊，就和你刚才说话一模一样，
一开口说话，还能听见有那个背景音乐，叮叮当，叮叮当，铃儿响叮叮当，就是那个。
我扒火车时，
你在家午睡；
你日夜高档餐厅吃饭，
我勉强买得起一个油馕；
你每天关注世界新闻，
我连自己都顾不过来；
我说新疆风光甲天下，不来是傻瓜，
你在电话那头沉默，
闭口不答。
我问你还要这样劳累工作到何时，
你说，你不如问我什么时候倒头就死。
我不敢再多说一句瞎话，
而你点着雪茄，掐断电话，掉头走了。
世界垮塌了，

我和电话扑通扑通掉进去年一本圣诞忆旧集，

你不知去向，

在宇宙的谷底，

我双手捂住脸，

哭了。

五　青山不碍白云飞

我们谁也不知道阳阳的真名，只不过乌鲁木齐华凌三楼家电层的男人女人们都这么叫他，于是我也客随主便，叫他阳阳了。

他老板的店就在振帆店的斜对面，振帆困倦地坐在椅子上，一脸厌恶对我说："青青啊，阳阳特别讨厌，你少和他燃。"

"阳阳挺好的，不讨厌。"我说。

"你知道么？今天早上他过来，十分严肃地跟我说，蔡振帆，我有个事跟你说。我就问他，什么事啊？他说，我给你两百块钱，你晚上跟我回家。"

振帆叉开腿，空踹了一下："他妈的，气死我了！我就说，牲口！老子就值两百块钱啊？他就说，你以为？就你这张脸，给你两百块钱已经很给你自尊了，靠！气死我了。"振帆说完，大大地打了个哈欠。

华凌最近生意兴旺，振帆每天早上九点半起床，晚上忙于应酬，待到睡觉的时候，一般已是凌晨三点多了。但即便如此，我们还是坚持熬上一锅电话粥，聊他白天碰上的客人、做成与没做成的生意、受到的教训和点拨。比如他会对我说："我今天和毛子做成了一单生意，你知道是怎么做成的么？"譬如我这种负责任的好听众，自然就会亢奋躁动不已地高声说道："不知道啊。"于是他就笑了，冬天窗玻璃上水汽般的声音，处在斧头下木柴一样的眼神，"今天，店里进来一个毛子，在店里转了两圈后就往外走，我就叫他，说：老兄，你觉得我店里的东西不好么？他说：不是，你店里的东西不错。我说：既然不错，为什么你还要走呢？坐下聊聊吧。我把椅子搬开，给他叫了一瓶茉莉清茶。他说：老弟，这么说吧，你卖的这些牌子太大了。我是吉尔吉斯斯坦的，说实话，来中国进货是要拿回我们那儿去卖的，你卖的彩电是东芝、松下之类的高端品牌，但在我们国家是没几个人认这些牌子的，绝大部分人都会选择便宜的海信和海尔，大家都认这两个牌子。"说到这里，振帆停下来。

"青青你在听吗？"他问。

"在听，你接着说。"我回答。

"好，我接着说。听他说完，我突然想到一些话，于是我就和他说了。我说：大哥，你说的我也知道一点，确实，在吉尔吉斯斯坦，老百姓非常认中国的海信和海尔这两块牌子，但换句话说，是不是等于你们国内的彩电行业，所有人都在做海信、海尔？也就是说，国内市场已经接近或者说早就已经到饱和状态了，这个时候，如果你继续做这两个牌子，除了打价格战根本没有别的出路。对么？然后，他就回答说，对。然后我接着和他说：大哥，您听我说完一句话，说完之后，您决定买不买我们的彩电。他就说，好。我说：诺贝尔经济学奖的获得者博尔在一次演讲结束之后，接受记者提问，有个记者问他，博尔先生，请问您是如何始终站在世界经济大潮的风口浪尖之上的呢？博尔就笑着回答，因为世界经济的大潮从来都是由我掀动的。听我说完，他就问我：我听懂这句话了，但你想对我表达什么意思呢？我就说：你们国家目前只是还没有人有这个胆识和魄力去做高端品牌，并不代表没有巨大的市场，每个国家都有富人和穷人，在穷人身上赚钱，就像从鳝鱼身上拔毛，累死也挣不到钱，但是如果这次你敢做，那么日后这个市场上，你就是领头羊，你说了算。我说完之后，大概十秒钟吧，他说：好，小兄弟，打包十四台东芝！但愿你刚才跟我说的话能尽早实现！"

振帆说完了，对面是一阵很累的清嗓子的声音。和他在一起，我每天都有这样的故事可听，无论是他的，抑或是别人的，关于财富、创造、智慧、心机。那些缜密的心思、兴奋的陶醉、冒险的话语，就像奔跑的豹子、叼在虎口中的水獭、儿童习字时所画下的横杠杠。每一出算计，每一个灵感，都在我朋友振帆聚精会神的额头上，在各家店铺的门板上，在乌鲁木齐熟悉亲昵的巷道上、扭捏展开的马路上，闪烁着义无反顾的希望之光。

以振帆看来，虽然阳阳与他一样，都在相同的地方工作，但阳阳可说得上完全不是个有热情的生意人。从某种角度上说，他甚至是个拒不接受世界的人，不会在红尘大道边盖起小屋，冷而不知其冷，热而不觉其热。他活在自己的人生气候里，他了如指掌的，唯有大地的坚固，和一颗无一滴灰泥、无一点色彩的独朗心珠，供自己闲来无事时，无端狂笑无端哭。

第一次见阳阳，是在三天前，那时我到振帆的店里给他送书，碰巧阳阳正在振帆的店门口表演"站街"。后来我才知道，这是阳阳每天的保留演艺项目，只要有华凌同行刺激他两句，他就会兴致勃勃地为大家来上一段"男妓拉客"。当时，他像一根吊在干藤上的蔫丝瓜，极瘦削的身体上罩着一件深紫色 V 领毛衣，一条松垮的水洗白牛仔裤，一双看不出牌子的白色球鞋，汩汩冒出发旧的黄——极其萎靡不振、不登大雅之堂的尿汤色。在阳阳左手的小拇指上，晃动着一串亮闪闪的钥匙，右手插在裤子口袋里，右脚向后撩起，脚尖儿一下一下地磕着地板。

"来，来玩玩儿，哥，有地方，打炮一块一，包夜一块七，买一赠一，临走还送打火机……"阳阳一面说，一面花枝乱颤、风情万种地扭动腰身，像风中的树枝，再落上一只小鸟的重量就要折断了。

在他对面，站着几个店伙计，饶有兴致地看着他，看他大大的眼睛里像烧着一团塑料薄膜，咔嚓咔嚓地冒着浊气。

见我走进店里，振帆迎过来叫我，站在门口的阳阳也看见了，他瞥了我一眼，不动声色，顺势歪着身子翩然栖落在店里的椅子上。

"滚出去，我们这里不是鸡店，不欢迎你。"振帆似笑非笑地冲阳阳说。"哎哟喂，蔡少爷，您忘性还真大，您都忘了昨晚您是怎么激情澎湃、欲仙欲死了吧？"阳阳捏着兰花指，伸出的手臂柔美如鹅颈。

"你好好的，别乱说。这是我朋友，青青。青青，这是阳阳，在我对面那家店上班，你把他当姐姐就好了，他晚上在夜店有演出，男扮女装，可好玩儿了，等我忙过这几天，我们一起过去。"

阳阳庄重地伸出手，说："大名阳阳，艺名白云飞。"

"白云飞？"我问。

"男朋友起的。哎，青青，你真的是菜包子的朋友吗？"阳阳把脸侧向一边，睥睨地盯着我。那串亮闪闪的钥匙一直在他指头上纠缠，像个钢管女郎。

"是啊，很好的朋友。"我回答。

"你怎么会和这么土的人交朋友啊?"他问。

"啊!"

"你知道蔡振帆在我们这儿，大家都叫他什么吗?"阳阳的每一个眼神都不落空，变着颜色地花样翻新，"蔡金链子!从他第一天来华凌上班，哦哟，天天脖子上拴着一根这——么粗的大金项链，老远就看见那金子闪哪，我现在想想还是眼睛疼。如果不是他运气好，上个月金链子丢了，我现在只能上大街当阿炳了，哪儿还能在高级场所出卖色相呢?"阳阳飞快地说着:"还有呢，你看他腰上这根皮带，了不起，LV呢!四千多块钱，我老跟他说，哎，峰峰啊，下回你要是路上遇着人打招呼，你老远就先把肚子挺出去，然后说，嗨!您好吗?我这根皮带可贵了呢。"

阳阳说着，便扑倒在蔡振帆的肩膀上，做出要吻他的模样。

蔡振帆腾地站起来，一把拎起阳阳，猛地一下把他推出了店去。"滚!贱货!"蔡振帆笑着，语气带着硬邦邦的威胁。

"去你的，再贱也比你值钱。"阳阳站在店门口，双手叉腰，软绵绵地回应道，"你以为有钱就有脸吗?像你这种暴发户土包子，就算浑身贴满人民币也还是那么廉价。回头你娶媳妇装修房子，就用美金、欧元糊你家墙吧。哼!"

"哎，我不穿的那几件衬衫已经给你收拾好了，什么时候要就赶紧吭声，我从家带过来。"振帆说。

阳阳又带着如万贯家财在一场大火中悉数丧尽的迷离神色跑进了店里，一把搂住振帆的脖子，侧脸紧紧贴在振帆的后脑勺上说:"我就知道你爱我。"振帆使劲挣脱开，大骂:"你他妈的就是头牲口。"

阳阳突然安静下来，扑通坐进椅子里，双手交叉，轻轻将下巴搭在手背上，双眼迷迷烁烁地说:"是啊，做我们这一行的就是命苦，不像你们这些公子小姐，哦嚯——命太歹了哎!我就是一只玉臂千人枕，半点朱唇万人尝。"说完便起身走了。

振帆回到椅子上，看着我说:"你觉得他有意思吗?"

"有意思。"

"其实他特别命苦，他刚生下来，妈就死了，他爸又娶了一个，但是那女的从小就得了小儿麻痹症，不会走路。阳阳出来工作的第三年，他爸又死了。他告诉我，他以前不是这样的，后来发现当男同性恋很赚钱，他就变成这样了。他口才特别好，谁都说不过他。我们俩身材比较，我是说比较接近，所以他问我要旧衣服穿，但他特别唠叨，拿了衣服每回还骂我。"振帆又打开一罐咖啡，打从我进了店里坐下，他已经喝下两罐子了。

"别喝了，巴尔扎克就是喝咖啡喝死掉的。"

"巴尔扎克？他演过什么电影？"

"他不是演员，他写过《人间喜剧》。"

"哦，编剧啊。"

晚上在家，随手翻开一本讲禅宗的书，越读越觉得有意思。在第一百三十七页迎头撞见一个故事。

神会问六祖："佛法根源从何处出？"祖曰："若论佛法本根源，一切众生心里出。"

道悟又问："如何是佛法大意？"师曰："不得不知。"曰："向上更有转处也无？"师曰："长空不疑白云飞。"

白云飞，听着像一阵可怕又凄凉的服丧的雨，鸿蒙寥廓，天地俱不醒。

半夜，天空飘起大雪，万事万物都已沉入昏沉醉梦。第二天清早，我跑去了修建在水磨沟公园后门的清泉寺。雪还在似泼墨气势地下着，天懒云沉，石颓山瘦，寺庙里寂静空旷，茫无人迹。

走下大殿石阶的时候，碰巧遇上外出归来的住持寂仁师父。

初识寂仁师父是上个月的事情。某天，我陪生病的古阿姨到庙里烧香，她的眼睛已经基本丧失视力，我搀扶着她，慢慢走进寂仁师父的房间。

"寂仁师父，我这辈子也没干过一件伤天害理的事情，为什么变成个老瞎子？生活不能自理，老是得麻烦别人，是不是我阿弥陀佛念少了？"古阿姨问。

寂仁师父哈哈笑了，说："你都到这个岁数了，得病是很正常的事情，我也有糖尿病啊，一下跪磕头就头晕。你是不是眼压很高？"

"就是，住了一个月医院了，眼压还是下不来。"

"哎呀，你这人啊，我一看你就是性格太强了，肯定风风火火了一辈子，啥事都要好，要个完美，所以到老了，身体就吃不消了，眼压高也是很正常的，你不必太焦虑。"

"我多念念阿弥陀佛能不能好？辛苦了一辈子，没想到到老了再多的钱也花不动了。"

"要是光靠念佛就能治病，那医院就全拆掉盖寺庙了。"寂仁师父笑着说，"百病都可心药医，你这就是要强要出来的毛病，你说凡事能有多完美？你的日子够不错了，出门车接车送，在家有人服侍，应该想着知足常乐呀。"

"嗯，好，我就每天念他个八万遍阿弥陀佛。"

寂仁师父愣住一下，接着慨叹着摇摇头："哎呀，你本来就上火，再念个八万遍，口焦舌燥，茶饭不思，不就更好不了了吗？不要在意到底念了多少遍，念经、念佛号也只是为了静心，你要是带着任务念，如果任务完不成，你不就又动气了吗？"

"对，对……"古阿姨失落地笑笑，张嘴叹了口气。寂仁师父只是静静地微笑着坐在那里，不再发言，之后，我们便起身告辞了。

一开始，我以为寂仁师父不会记得我，没料想他看见我之后，便招呼我说："这么大雪还过来了啊？进屋暖和一会儿再走吧。"

"好。"我又转身跟着寂仁师父爬上了石阶。

"你那个阿姨好一些没有？"

"没有，还在住院呢。她只是觉得她一辈子没做坏事，不该得这种病，太不公平了。"

"唉，世上哪有那么多绝对的公平呢？如果实在要讲公平，出了清泉寺左转，一直往东走，到东山公墓去看看，这世上只有那里最公平。"

屋子里，寂仁师父拿给我两本册页样式的《金刚经》。告别寂仁师父，即要下山之时，我不自觉想起古人一句感慨，说：世无花月美人，不愿生此世界。

那么，这美人应是何人呢？自然就是阳阳，白云飞。诸看官莫笑话我不知美人当是相貌如洛神、神思似西施、多情比貂蝉，只是，古之美人，如陈玉石于市肆，瑕不掩瑜，今之美人，却如古玩于商贾，真伪难知。

要知道，妙唱非关舌，多情岂在腰？白云飞他自然是这世上一位清新脱俗的朝露佳人。不论身处何境地，始终是随口利牙，不顾及天荒地老，翻肠倒肚，哪管它神哭鬼愁？

走出庙门，路上一片昏黄的大雾，不见有车经过。等了将近半小时，终于见到有车灯明灭，一辆黑色桑塔纳缓缓停在我跟前。

"到哪儿？"司机是个三十岁左右的男人，光头，戴着一顶呢料灰白格鸭舌帽，穿一件黑色皮衣，一条灰色牛仔裤。

"去华凌商贸城。"

"上车。"

"您这是什么车？"

"便民车，不过是要收费的便民车。"他真诚地看着我，一手搭在方向盘上，一手搓着光滑的脸颊。

"多少钱？"我问。

"到了再说。"

上车之后，我在想自己是不是太缺乏考虑了，但我实在太累了，我闭上眼，又试着想了想，我确实需要这样一辆车，快快将我带离那里，可以自己待一会儿，暂时用不着说话。但很快地，我就发觉自己想岔了。

"人家都讲究初一、十五烧香拜佛，你怎么今天来？"鸭舌帽问道。

"没什么，我喜欢人少的时候。"

"你信这个？还是像我和我兄弟似的，遇上事儿了就跑过来求爷爷告奶奶？"

"我没有皈依，只是觉得这样一个清净的环境很舒服，喜欢待在里头，看看来往的人，听他们聊天。"

"那你这是拜的哪门子佛？我告诉你，我早先不信佛，去年我一兄弟过生日，他，我，还有一个从小玩儿的朋友，我们仨一块约着来清泉寺上香，上完香，山脚下不是有那些小摊子吗？我就在有家摊子上顺手拿了一块玉，那种东西又不值钱你知道吧？"他兴奋激动地看了我一眼，"根本不是好东西！然后我拿了就装在兜里，送给过生日那小子。我说，哎，你今天过生日，送你个小玉佛，你好好挂着啊。他当时很感动啊，就戴上了。然后，说了你都不相信，第二天，我这兄弟就被人拿刀砍了，住院缝针，整个人都皱了哎。"鸭舌帽接着说："他妈的，我从那儿就知道了，这玩意儿太灵了，不服不行。幸好我当时给他戴上了，如果我自己留着，肯定也会出事。"

听他说完，我说不上是好笑还是恐惧。车在大马路上平稳地前行着，看雪花不遗余力地扑向车玻璃，我内心平静而激动。

"给多少钱合适？"

"这么着急啊？还没到呢。"他笑着说，顺手拧开广播。

"我想先把钱预备好。"我说。

"四十。"他说。

"四十？"

"对，四十。"他说得干净利索。

"怎么要得了四十呢？"

"你平常坐过我们黑车吗？他们给你什么价？"

"出租车价。"

"小妹妹，我们冒着罚款坐牢的风险开出便民车来，方便你们出行，你们就只给个出租车的价钱，这是违背良心的！亏你还是个信佛的人，老想着占别人便宜，不想被别人占便宜，你这叫积德行善吗？我们不容易，除了打架，就靠这点收入赚个医药费，你还跟我讲价钱，你手里还拿着佛经，我看你这佛经也是白念白读了，哎呀……白读了呀——"他摇头晃脑地唉声叹气，好像我是他犯了错误的亲儿子。

"行，四十。"

"哦哟！也太爽快了吧？吓我一跳。"他挑眉瞪眼，左手摁住胸口，装作受了惊吓。

广播里，主持人在接听脑筋急转弯的听众热线，主持人的问题是：大家都知道刘德华有首歌叫《忘情水》，那么请问，忘情水是谁给的呢？

有位王小姐拨打进热线，说，是"啊哈"给的，因为，歌中唱道："啊哈，给我一杯忘情水。"

这题答对，宾主尽欢，可主持人又问了，那么王小姐，你知不知道"啊哈"又是谁？

王小姐支吾半天之后，只得作罢。鸭舌帽腰板弹起来，一拳捅在调频器上，以天雷勾动地火之势大喊道："他——妈的！我知道啊！'啊哈'就是刘德华他娘嘛！小妹你听过那歌儿吧？'啊哈，这个人就是娘，啊，这个人就是妈……'唠叨吧？哈哈！太唠叨了！"

我将《金刚经》递给阳阳，他恭敬地接过经书，微笑着细细翻看。振帆凑过来，问我："青青，你怎么不送我一本呢？"

阳阳白他一眼，拿胳膊肘顶了他胸口一下，说："佛教书太深奥了，你怎么可能看得懂呢？估计你连这里头的字儿都不会念。"

"去你妈的！我动动脑子就都认识了！"

"哎哟，我的路易威登·蔡少爷啊，你那左边脑子里装着水，右边脑子里装着糊糊，所以千万别动脑子，一动就是一脑子糊糊……"

振帆捂着胸口，笑趴在了桌上，随后又张嘴打了个很大很大的哈欠。

店里进来了三个客人，振帆看着赶紧迎了过去，桌上又只剩下我和阳阳。

"青青，如果没有释迦牟尼佛祖，我早就死了。"阳阳看着经书，说。

"怎么了？"

"我酒精过敏，有一次，我们老板把我叫出去，夜总会的老板，让我招待一个县官，那人非叫我喝酒，不喝不行，我就喝了两杯，然后嘭地从椅子上一头栽到地下，什么也不知道了。我朋友叫了救护车，把我拉到医院抢救，其实我一直有知觉你知道吗？他们任何人对我说的任何一句话我都知道。我知道我妈来了，坐在我的床边，但我就是说不出话。而且你知道我看见什么了吗？就在病房门口，站着两个人，穿着一黑一白的中山装。"

"那是黑白无常。"我说了句废话。

"过了一会儿，我爸我妈也过来了，说要来接我走，我当时听着特别高兴，赶快答应了，说跟他们一起走，然后就走了。走啊走，走啊走，太漂亮了，我觉得那肯定是天堂，那个建筑，那种美是你无法想象的，还有花香，太香了。我和他们聊得特别好，聊我现在的工作啊、感情啊、朋友啊，什么都说，三个人一路走一路说，特别热闹。但是走着走着我就觉得不对了，他们都死了啊，如果我跟他们走，是不是我也就死了呢？我不能死啊，我还有一个活着的妈呢，我死了她怎么办？于是我赶紧掉头就走，招呼都没打，我听见我爸我妈在后头叫我，但我还是一直跑一直跑，突然就跑进了一片漆黑，黑，光是黑，什么都没有。我觉得肯定是要死了，就这个时候，我耳朵边上有了佛乐，就是唱佛机里的那种歌声，一直唱，声音越来越大，然后我一抬头，看见释迦牟尼佛祖的脸。他说他为我铺了一条路，让我心无旁骛地专心走，就能走出去了。果然，眼前出现了一个很小很小的发光点，我想那肯定是出口，就开始走，一直走，一直走，然后我就脱离危险了。"

阳阳的嘴唇安静地嚅动："后来我妈跟我说，说我昏迷的时候一直拿手按着佛珠，中间还猛地拽了一把，但是没有拽断，我估计那会儿如果佛珠断了，我就死了。"

"你能不能告诉我，你信的这个佛是什么样子的？"

"我这么跟你说，也说不明白，我给说个别的事儿吧，说完你可能能明白点儿。"

"好。"

"我有一姐，她一朋友在上大学呢，然后学佛就学到走火入魔了，每天找我姐，一会儿说她看见佛光了，一会儿说看见佛祖显灵了。我姐就找我，说，阳阳啊，你不是也好这口吗？能不能帮忙给整治整治？我就答应过去看看。我就问那个女孩，我说，你什么时候见到佛了？她说，做梦的时候。我接着问，那你见到的佛是什么样的？她说，佛的金身，佛身后头光芒万丈，刺得我眼睛都睁不开了……我立马打断她，说，好了，你什么都不用说了，所有刺眼的东西都是假货。"

"我懂了。"我说。

"你不懂。"他说着笑了，"我有个朋友，从小父母双亡，就在寺院长大，后来流浪，跑到乌鲁木齐来卖黄片。有一天，他把所有的黄片都交给我，说，我要出家了，然后就在清泉寺出家了。今年那个佛学院考试，他是第二名。前阵子回来玩，还带回来三个和尚，肉也吃，酒也喝，佛也照样学，不碍事。"

"你爸呢？"

"死了好几年了，你都不知道哎。"他不住地笑，整个上半身都在前后晃动，"给我爸办追悼会那天，我们夜总会那票人去帮忙你知道吧？我的天哪，整个搞得像一台春节联欢晚会，一个比一个能演，哭得呀，比喜儿还惨。还有个人，你都不知道，天哪，化装成一个女的，我妈没认出来，看他哭，还反过来安慰他，说，妹子啊，别哭了，哭伤心哪。我实在是忍不住了，就冲出去，跑到旁边一个小树林里，搂着树笑。我们那个舞蹈总监跑过来说，哎，别笑了，追悼会呢。我说，去你妈的，都被你们办成一桌喜酒了，还搞他妈的屁追悼会啊，干脆把我爸抬到慢摇吧接着办完吧。"

阳阳看着我，长长的睫毛下，目光像燃着一匹烈马的火焰，沸腾着夜夜不眠的海水。

"阳阳！阳阳！别聊了！"阳阳的同事木拉提打着地板滑儿杀到店里，拼命冲他招手示意。

"振帆，我们晚上去看阳阳的演出吧。"振帆刚刚做成一单生意，心情大好，便请我到茶厅喝茶。

"不要。"他说着，把腿架到另一条腿上，两只手臂向后张开，搭在椅背上。

"为什么？"我问。

"我扇了他一巴掌，我在那讲电话，本来耳朵边上就吵，他还非凑过来，一顿瞎闹，气得我回头打了他一巴掌。他也回了我一个，骂我，你有病啊。然后一下午都不理我，我都到他店里去三趟了，他每次都说，蔡振帆，我懒得理你，滚吧。"

我笑着拍拍振帆的肩膀，说："没事的，我们去给他捧场，他就高兴了。"

"好吧。"

"和我说说今天的生意吧。"

只要谈到生意上的事情，他从来都是一点就着。他直起身子，朝前挪了挪座位，双臂交叠放在桌上，开始说了："今天中午，店里进来五个人，看他们的长相吧，是中国人，但是他们的汉语说得都不标准，俄语说得很漂亮。后来聊天的时候，知道了原来他们的祖先一直在伊犁，是伊犁的回族人，后来为了躲避战乱，就跑去了俄罗斯，然后一直在俄罗斯生活。再到后来呢，我们双方有一千五百美金的利，谈不妥了，谁也不肯让步，然后我就提议说，既然大家都累了，就干脆先休息一会儿吧，喝口水，放松一下，聊点儿别的，然后再谈这个钱的事情。他们说，好，可以。聊天的时候，中间有个人就问我，说，哎，小伙子，你的俄语怎么说得那么好呢？我当时也累了，懒得动脑子，差一点就说，因为我是从俄罗斯留学回来的呀。但是，就是那一刹那的工夫，我把嘴闭住了，我想了想，跟他很真诚地说，你知道吗？回族是个很聪明、很智慧的民族，它懂得如何做好生意、做好人。和你们一样，我的父母，当然还有我，我们一家人都是回族，所以我会知道应该把俄语学好，这样才能把生意做好。我说这话的时候，他们都在听，等我说完，他们就说，好，小伙子，这一千五百块的美金归你了。"

"真好。"我说。

振帆笑了，笑得像水、空气、草地和蓝天。他低下头，摆弄着杯子，半晌，小声说了句："走吧，找阳阳去。"

这也是一间黑漆漆的场子，灯光喘息如丧家犬，笨拙的爪子挠过一切和谐相配的肉体，惊奇，烦闷，崩塌，神志错乱。阳阳挽着蔡振帆，我跟在他们身后，坐在离长条形舞台最近的一张台子上。

阳阳穿着贵妃醉酒的服装，爬上舞台，大喘气地说："今天胸垫沉了，只好爬着走。"

不得不承认，涂脂抹粉的白云飞确实惊艳，每一个细微的眼神、轻微的动作，都宛如一朵怀有慈悲之心的云。

台下接连响起一片起哄的声音，白云飞连连摆胯过后，指着台下的一个胖子说："别人接着叫好，就你，你给我收声。你看你，要是按照自然规律长，肯定长不成这样！"

话落，又是一片叫好。

"各位好朋友，我这种女人吧，有本事把男人折腾得思想混乱，精神错乱，家庭离散，一次性完蛋。连我自己都觉得应该把上海东方明珠电视塔给顶头上，压一压这一身妖气。"

振帆笑得一口酒没含住，哗地吐在我的外套上，我俩却是笑得更欢闹了。话毕，云飞扭头往回走，准备对嘴型开唱。他那男儿身妩媚地走着，似是拼命压制一种自然的生理力量，这是他的职业，他必须用小刀一点一点地剃掉这些筋骨、肌肉，像一位死了孩子的母亲，从墓地沉沉地往回返，颠着一对浑圆鼓胀的乳房，却得想尽法子将它们慢慢挤空，变成挂在墙壁上落灰的酒囊。

燕市之醉泣，楚帐之悲歌，歧路之涕零，穷途之恸哭，于这些人生之大殇中，何妨再加上一句浪子之白头呢？要知道，云飞已是年过三十的人了啊。

有一回，云飞对我说到他的爱情。他说，此生到目前，就爱过一个人，是个男模特。我问他，然后呢？他说，然后？没有然后啊，我们俩就是婊子爱上娼妇，谁也燃不过谁。但是我俩又谁也离不开谁，从分手到现在，每年都会有一个月他心情不好，然后这一个月里的某一天，他会给我打一个电话，和我聊天。有一次，他说，云飞，你说实话，你一年四季三百六十五天二十四小时不关机是不是为了我？我说，是。他说，我们还能不能在一起？我说，不能。

他接着说，我很现实，但我男朋友特别浪漫。有天下大雪，他站在雪地里，拿雪球砸我家窗户，结果把我家窗户砸了个窟窿，天，我和我妈差点冻死。但他光记得点烟火让我欣赏，结果连修窗户的钱也没给我。我大半夜的还得多跑一个场子，才能把一块完整的玻璃钱给赚出来，这种男人，我再爱他也没法和他一块过。到我家来玩的朋友都知道，千万别买花、买水果，就买最实在的，要么带食用油，要么买米买菜。

"那我下回给你拎袋面过去，我单位发的。"我说。

"不用了，你已经帮我大忙了。行了，我不想欠你太多。"

云飞说的这个忙，即是让我帮他想一个墓志铭。他说，人一辈子，到死了总不能把个LV的商标刻在墓碑上吧？得找句有档次的话刻上，这样自己住着舒服，别人看着也舒心，不至骂一句"这逼死了活该"。

我给他找来一首诗，他看完之后很满意，把诗塞进了钱包。我给阳阳找的那首诗全文如下——

> 这个姑娘死了，死了，死在情场上。
> 他们把她埋葬，埋葬，在黎明时光。
> 他们让她独寝，独寝，装饰得漂亮。
> 他们让她独寝，独寝，在棺材中央。
> 他们回来，高兴，高兴，趁白昼晴光。
> 他们唱得高兴，高兴："都有这一场：
> 这个姑娘死了，死了，死在情场上。"

他们又去种地，种地，像平常一样。

这是我能用自己的专业知识为他做的唯一一件事，我可做的事情可说是少之又少。在与他们相识、相处的过程中，我越来越看清自己的无能，甚而觉出笔下功夫的轻薄。许地山曾写过一篇叫《愿》的小文章，中间有段写道——

"在这树荫底下坐着，真舒服呀！我们天天到这里来，多么好呢！"

妻说："你哪里能够？……"

"为什么不能？"

"你应当作荫，不应当受荫。"

"你愿意我作这样的荫么？"

"这样底荫算什么！我愿你作无边宝华盖，能普荫一切世间诸有情；愿你为如意净明珠，能普照一切世间诸有情；愿你为降魔金刚杵，能破坏一切世间障碍；愿你为多宝盂兰盆，能盛百味，滋养一切世间诸饥渴者；愿你有六手，十二手，百手，千万手，无量数那由他如意手，能成全一切世间等等美善事。"

时至今日，我仍能回想起当初看到这段话时的内心悸动，就像看见纯洁燃烧的玫瑰花瓣。我渴望让这慈悲的火焰控制我，烧我的双眼我的头脑，让我饮尽这世间的光辉、人的温热，让心地的洁白，永远浸在暗红的黑色梦中。然而，如今我所做的，能做到的，却只是匍匐围绕在众生怪梦的脚边，进入不了命运统管的领地，只得看那些忧郁琐屑恨恨地飞溅，愁苦之泉如火蛇喷吐，肉质的心如顽石僵硬，如珍珠雪白的内心落入煤层。

没错，我的理想从许地山的妻那里跑开了，落入了刚强众生永不休止的轮回之中——在恐怖的酒桌上喝倒了便钻进宝华盖，想八面玲珑就戴上一串净明珠，看不惯谁就给一棍金刚杵，实在脏透了就跳入盂兰盆中搓个澡，六手，十二手，百手，千万手，管它什么如意手，都是为自己牟利谋福的高级秘书小助手。我可以诚恳地说我愿意为了全世界人民去死，但很现实的，我不会让阳阳的痛苦陪我过夜。我只是，需要搞点儿建筑材料，七盖八垒地写点儿什么，如是而已。

在又大又冷的世界上他们什么也不是，只是红花般的意林小故事。在极度的复杂情感中，歌唱不出声，精致如玉的艺术工作停止了。低头看谷，流水相忘游鱼，游鱼相忘流水，即此便是天机；仰首望天，太空不碍浮云，浮云不碍太空，何处别有佛性？而我们，亦如同云朵，在世间，匆匆而过，心中满是痛苦徒劳的威力。世界之大，雪花之大，我们并非一无所知，然而，这又能起什么作用？皓月如炬，却照不逾一面窗玻璃。知事者从此一无所知，只好随大象跳跃，随轮廓似岩的白云滚动。

我问阳阳，你男人叫你白云飞，是不是因为有一句诗叫"长空不疑白云飞"？

阳阳回答，不是，我男人喜欢的那句诗，叫"青山不碍白云飞"。

到东莞

丁 燕

一

在一个潮湿、闷热、低云灼烧的日子里，我拿到了东莞居住证。在新疆乌鲁木齐，我过的是靠稿费为生的自由写作生活，抵达东莞后，我的生活本质并未发生改变，所不同的，是我的外部环境。新环境让我每每陷入发窘、颓废、悲愤乃至深思中，好像我太孱弱，根本无法承受这些浓烈的情绪，我总是那么敏感。我被投进一个速成器，在短短的几个月内，要将本地人用十几二十年掌握的生活能力，悉数学会。

适应东莞生活的第一步，是从以"公斤"计算的习惯，改变成"斤"。

这种东西陡然少了一半、而价格比原来还贵的日常生活，对操持一日三餐的主妇来说，是痛苦的。核算出一根黄瓜价值四元时，我的心尖一抽一抽地疼。我从不轻易买肉。如果馋，就买秋刀鱼，放上豆瓣，将膻腥味遮住。我敏锐地发现，每晚九点后，超市的食物要打折，便总赶着那个点去抢购。

在银行，我的新疆身份证常引来制服女的尖叫，除了汉字，还有这样一种她们从未见到过的文字。在大街上，我突然愣怔，招牌上明晃晃的"猪脚饭"，令我的眼仁生疼，像即刻就要流出眼泪（在新疆，某些词语是禁忌的）；在公交车上，我听不懂妇女叽里呱啦地聊天，一个字都听不懂。我是从"出边落紧雨"（外面正在下雨）、"有嗨担遮啊"（带伞了吗）开始学习"白话"的。

不惑之年，我让自己重新变成婴儿。

我结束了在故乡的全部优势：我对周边环境的熟识，我在那里开创的一点点文学局面，我和亲友、同学、同事所建立的关系网，而将自己推到一个全新之地。曾经的高低贵贱暂且放下不表，我进入到另一个环境，要适应这里的生存规则。

在东莞，拥挤在街道上的，不仅有出入酒店的长腿女、边走边吃盒饭的打工妹、推木板车卖橘子的黝黑老妇，还有提着菜兜儿的主妇、白衫黑裤的职场女、拽着孩子奔向校车的母亲……这里是珠三角最炙热的生存场，是中国制造业的前沿，人们在此地所遭遇到的生存境遇，格外严峻、尖锐。

东莞没有中心：三十二个镇区，星星点点，编织成网。在每一个小镇，都能看到蜂巢状的街道、长茅草的田埂、灰扑扑的厂房、紧闭大门的仓库、低矮的瓦房、硕大的酒店、吊挂在树枝上的衣衫……各种事物争相浸润其中，令这里更像个大村庄。这里交叠着农业的废墟和工业时代的各种痕迹——美的地方不可思议；丑陋处，也清晰可辨。

过去的三十年里，这里发生的转型势不可当，接二连三，而这，正是当代中国的典型特征。成千上万的打工者涌入这里，让自己投入一场巨大的洪流中，其成果，在如今已明显可见。日益增多的商贸机会，使东莞声名远扬，像一块磁石。街道和房屋涟漪般扩散，到处可见正在修建中的高架桥、半截子楼房。

财富如期增加，而往昔的穷人，渐渐显露出新的信心。这种信心的另一方面，便是新歧异、新认同的突起。

当我走进工人们租住的瓦房区、穿过摊贩混杂的集市、路过墙面满是裂缝却有青草冒出的出租楼时，总会被这些具有"舞台效果"的街景，震惊得双眼圆睁。

我掏出笔记本，记录下这些细节。

我希望把这个特定地点和特定时刻记录下来。

是的——东莞不是我的出生地，但我却不能拒绝和漠视它所呈现的全部细节。我无法将自己"孤立"出来。面对这个崭新的居住地，我既是旁观者，又身处其中，这种既亲切又疏离的观察角度，让我眼里的东莞，总是那样不同凡响——它既不是城市化程度很高的大都市，也不是安宁、节奏缓慢的小城市，更不是有着明确中心区的中等城市，它的形态更复杂多样，生活更斑斓紧凑。它像一块毛茸茸的生活碎片，正需要作家用细致的目光，去细细盯视。

我从不想俯瞰东莞，而只想以个人视角，平视这个城市。

我写下吃、住、行这些日常生活琐事，以及一些生存的真实场景；我希望袒露我的观察后，能有一些事实引起大家的关注，而对另一些谎言及误解，有所甄别；我希望我的写作是一次艺术的活动，而不是直接的呐喊或时事评论。

这样的要求在操作时，简直是自设藩篱。首先，我要写的是亲历；其次，又不能仅限于一种平铺直叙的表达。我的态度要相对客观，文笔要更严谨；同时，在我说出我所知道的真相时，又不能违背我的艺术追求。

二

看到莞樟路上下班的女工，穿梭在厢式货车的夹缝中时，我被震慑得不能动弹。

现实中国的巨变，远非书本、影视所描绘的那样。在中国追求现代化的变革时期，个体的社会地位已发生改变，打工族业已形成特殊的群体，已创造出一个新的话语空间。

无视这个群体的出现，将完全不能理解当下之中国。

我决定去工厂打工。这是我成为东莞人，所必须要补的课。

在新疆，我常见到这样的游客：斜倚在一匹白马旁，旁边是松树环绕的湖泊，让别人咔嚓一张照片，以为他便从此带走了那里的一切；在东莞，当我从餐厅、剧场和酒店走出时，我感觉自己就是那个愚蠢的游客。那些大理石的地板、水晶灯、轻音乐，它们太干净、太优雅，毫无泥腥味，让我觉得我根本不在东莞，我始终在它的外围打转转，而没有摆脱程式化的隔膜。

我要到工厂去！

我知道，比任何想象、阅读、泛泛之谈都更强有力的方式就是——将自己的肉身作为楔子，深深地插入生活底部——只有这样，才能彻底挽救自己。有时，把身体交出去，把眼睛、手指和心脏交出去，让它们的触角带回陌生，让记忆以更慢的速度被遗忘，也许，是最古老、最直接、最有效的办法。

"有礼貌、诚实、技术熟练……"在这样的招工标准下，女工显然比男工更具优势。

资料显示：在外出打工的农村劳动力中，女性比例约占百分之八十；而在东南沿海某些轻工业企业中，超过百分之九十的工人，是年龄在二十五岁以下的女性。

这个数字的含义是骇人的：它意味着女性群体将挑战现存的城乡二元对立结构，还会改变传统的父权家庭制度，重塑男女性别关系。

当我试图去打工时才发现，我几乎已丧失了这种机会。

穿行过"大量招收普工"的红色横幅，我在警卫室就被挡住：只招收十八至三十五岁的女工。

我转身往回走。穿过这些贴满小广告的巷子，看到路口有个卖甘蔗的老人正在削皮。他指着一堆甘蔗说："中间的这段最甜，两块；两头的一块。"

我的心尖一抖。

女孩子们的全部青春折合起来，就值两块钱吗？

我终于找到一家电子厂：它没有最高年龄限制，也没有学历要求。

进入车间后，我发现生活如此辉煌：它庞大、生机勃勃、令人敬畏，我同时发现，人们对女工的了解，少之又少。如果我没有动手干那些活，我会把车间想象成和办公室差不多的地方，但从车间走出后，我知道，街景下的东莞，是被简约化的东莞；真实的东莞，始终裹藏在车间里，隐而未现。

开始工作前，我买了几个巴掌大的小本，即便在封面上别支笔，还可轻松地装在裤兜里。通常，我是躲在女厕所里开始潦草记录的。我害怕时间一长，那些劈面相逢的场景、故事和人物，就会变得和原来不一样。这种收集素材的方式，于我是第一次；而我的观察，也因这种争分夺秒，变得深入起来。

在我的记忆中，所谓厂房，是些长、宽、高都猛然阔大的区域，而这家电子厂，却是幢普通楼房，就摆在村子边。这里的行人很古怪：没有孕妇，没有骑自行车的人，没有背书包的人，没有老年人，只有整齐划一的工人。四方楼房，一幢挨着一幢，像不断重复的相同音符。这里的节奏看起来和日出而作的田间并无差别，但是，时间在这里凝固，人们劳作的姿态，似乎令他们必须紧缚于这个钢与铁的世界。

进入楼房内部，走廊昏暗，前台昏暗，会议室昏暗，库房昏暗……这种暗，却和乡村不同。在野外，落日只占浩大天空很小的一部分，光线慢慢收拢，直至每一条丝线都缩进月亮的匣子；而现在，昏暗的景象发生在清晨，这种暗是人为的、沉闷的、黏稠的。那些长条桌、靠背椅、塑胶箱、刷子、电子板……皆释放出一股辛辣、发霉、潮热的混合味，像存放了很多棉衣的柜子，在春天被第一次打开。这种味道进入鼻孔后，像是永久地定居在那里。之后很久，我的鼻孔周围，总有被焦煳味蒙住的感觉。

车间拐角的窄桌上，突兀地亮起盏日光灯，让墙上A4纸上的三个字母——OQC（Out Quality Control：出厂质量控制）显得粗大黝黑。桌上是插着纸张的文件盒，成堆的电子板上，粘黏着黑色、蓝色、红色的导线。木凳上的女孩，正在翻检着电子元件，拿起，塞入，按键，整套动作匀速快捷。前台的弧形桌，因灯光太暗而变成道黑线。文员是个长发妹，侧面阴沉，和靠背椅融为一体，像要陷落进暗夜的幽谷。

我完全不能相信，这就是电子厂的早晨……而这里，更像卡夫卡笔下的洞穴。

我目睹她们——那些拥挤在拉线旁的女工，海浪般喑哑、幽深、庞大，她们脸色灰黄，油垢满面，穿着不成样子的工装，有人把袖子卷了起来，露出手臂；有人把领口敞开；有人趿拉着塑料拖鞋。自进厂那刻起，她们便失去了名字，而成为工牌上的那串数字。为打发机械劳作，她们总是低声聊天，满嘴俚语，互相调笑。

电子厂是个阴性帝国，轻柔、耐心、反复是这里经久不衰的主题，而男人们引以为傲的毅力、体能和创造性，则被理解为粗心、次品、被开单。电子厂永远都欢迎女工而排斥男工。男工是捣蛋、胡闹、不安分的代名词。

那些电子板，小巧、脆弱、精致，像蚕宝宝，稍微大力些，便会粉碎。

女工的手指被灯光单独截取下来，以同一频率、同一速度、同一姿态舞蹈。那些手指惨不忍睹，粗糙干裂，像树棍，又像耙子，但因不断地运动，又有罕见的灵活性。

我干的第一个活是贴Pass纸。

Pass：前进、通过、超过。

国际化的巨变就发生在我的周围，而它所能分配给我的份额，就是这些密密麻麻、粘在黄色油光纸上、星群般的小长条。先翘起纸的一角，顺势轻拽，再捏在指尖，对准电子板上CC7和CC8间的位置，贴下去。

那是两座微缩小山，其凹陷地带格外逼仄，纸片贴下去，既不能歪斜，也不能将底部丝印盖住，要恰好在中间。我俯身，瞪眼，以缓慢而决绝的动作，贴上去！顿时，电子板活了：不再是混搭着二十多个元件的材料，而沾染上了人的气息。

我逐渐习惯，能通过目测，找到合适的位置，将手指的节奏和呼吸合并。

一次贴纸等于一次呼吸。

熟练的手指等于有耐心等于不厌烦等于准确。

我用眼看，用手贴；而我周围的那些女孩，已贴了一万次乘一万次之多。

最初，手指碰到板子边角时，会感觉锐痛；当痛不断叠加后，皮肤下的血肉便会变得黯淡。像葡萄，一旦碰破皮，便会喷出汁液。干久了，指节僵硬粗糙，指甲盖破损残缺。

Pass，Pass，Pass……一秒秒的时间，像火车车厢，有形状，有重量，必须用手指搬运。当装满八十个板子的纸箱被拖车运走，摆在我们面前的板子，却一个都不会少。每天都有新板子运来。我们的手指舞，上午四小时，下午四小时，晚上四小时。

第二个活，是装袋：将蓬松的气泡袋，装入闪着铅色水波纹的防静电袋中，将电子板包裹。气泡袋很快装完，我起身朝墙角走去，幸福感突然降临：折叠太久的身体，猛然被抽长、打开、舒展，快感令我几乎不愿迈步，只慢慢移动。

啊，锈死的细胞在复活，韵律重启，河流汩汩向前……

然而，这只是个梦。墙角很快到了。抱起两摞袋子，堆在胸前，转身朝那凳子走去。现在，我才知道，我有多讨厌它。窄小的圆形凳子，凳腿很高，中间架着横杆，黄色的油漆斑驳。当我坐下，那凳子马上变成一个刑具，我的膝盖、肩膀和颈项，像猛然拉下道闸门，咔嚓，上锁，整个身体僵硬不动，只有手指在飞舞。

打黄胶的活并不难。为了将电子板上的元件固定住，用一个装满胶的小壶，朝元件根部挤出团黏稠液体。这个活，只需要掌握挤压的力度便可。接下来的活计相对轻松：检查电风扇按键，将损坏处贴上红色的不良标识。而安装液晶显示屏，则需要技术——要将左右各八条引脚，斜侧着插入电子板上的洞孔，再将另外八个插入另一旁。

当我插好一、二、三只引脚，要插第四只时，前面三只却又弹跳出来。插了七八分钟，还是未能将引脚归位，只好放弃，将板子递给拉长。她将歪曲的引脚在桌边捋直，不到一分钟，轻巧地将十六只引脚全部安插到位。

第二块板子，我插入了左侧八只引脚后，无法插入右侧，只能再次将板子递给拉长。

直到第八块板子，我才能独立操作。

在拉线上，每个人都是固定的螺丝钉，每个工位，都被清晰而准确地规定好身体应该采取的姿势。工人们仅仅被训练成某道程序的熟练工，而很少能掌握整个工艺流程。一个人，只要足够的细心和遵守纪律，那么他所需要的，便是机械地重复、重复、再重复。每个人都是有用的，但却并非不可或缺。

尽管每一项工作都尽可能地被精细分解，但仍然无法使每一道工序都在相同的时间内完成，于是，有些人不得不比其他人工作得更快一些，而另一些人，不得不去干更复杂或更艰苦的工作。当堆积如山的工作一旦完成，人的身体会感觉到分外的自由。

在电子厂，我生平第一次发现，时间是有硬度的。时间不是空气，不是流水，而是一堵用钢筋和水泥堆砌而成的墙，它就伫立在我的对立面，它的阴暗潮湿冰冷，就抵在我的鼻尖下。拉线是一只电子虎，为了最大限度地降低成本，它催促着女工尽可能迅速地干活。劳作着，劳作着，脑袋里却空空荡荡。

我身旁的女孩说："我真希望拉线停下来，我连喘气的工夫都没有。"

我看不清她的眉毛和嘴巴，只觉得她像个泥塑。我确信，我在她眼里，同样是泥塑。

完全没有预兆，有人小声说："下班了。"

我面前还有几个板子没插上引脚，想着干完再走，可我身旁的那个女孩，却像遭遇触电，用手将板子朝前一推，即刻离开凳子，转瞬间，人已闪出房门。紧接着，"啪啪"两声，车间顶部的日光灯被关闭，整个车间瞬间改变了基调和颜色，扑通一声，像跌入河谷深处。

所有的人在瞬间消失殆尽，如夏夜星空中的闪电！

我惊诧无比，站起身，走了几步，又回头：刚才还嘀嘀作响的机器、轰隆隆转动的履带，现在，变得僵硬、喑哑。这里的一切即将被埋藏起来，像坟墓要合拢。

我的年龄大那些女孩一倍，可我的"受损程度"，却远不及她们。表面上，她们在安静地工作，不说话，可浑身都蕴藏着疯狂气息，像不断膨胀的气球，鼓胀到了最后一秒，即将爆破。离下班时间越近，她们的心跳得越疯狂。

她们太累了。

只有累到骨髓的人，才会以如此迅疾的速度，让自己解脱。

这种累，如一座山，长年累月风吹雨淋，到处都是洞穴，只需手指轻轻一点，便轰然坍塌。

三

走下楼梯，置身阳光，双眼即刻灼痛，流出液体。

楼下拐角，黑笔草书：乱丢垃圾，罚款五十至一百元。

可垃圾就在那里，就在从厂房通往快餐店的灰白路面上：餐巾纸、塑料袋、快餐盒、筷子、报纸、烤串的木棍、香蕉皮、可乐瓶……当它们凑在一起，并不丑陋，反而有种鲜明的统一性，散发着不可捉摸的活力。

一条废水河，横在工厂和街道间，穿过桥面时，墨汁般的河面如固体，其上，浮游着一堆堆白饭盒，像沉重的黑色浴袍上，粘着白色纽扣。在这里，黑与白，浑然一体。

走进一家快餐店，我点了西红柿炒蛋、炒茄子。菜装在快餐盒的两个凹陷处。等到打米饭时，小贩示意，让我摊开饭盒，然后不由分说，将勺中米饭扣过来！

在电子厂，一切皆被简化：青春、娱乐、餐具、生活……那些精致而无声的美，在这里，被缩小、被淡化、被粉碎；与之相连的想象力，也在磨损中失去血色。当整个世界被浓缩成这个多用饭盒时，其实，是撕开了一道裂痕，让我在瞬间，看到了这里所有的人，这么多年真实的生存状态。

看起来，人是在吃饭，实际上是在展示饥饿。其中泄露出的饥饿感，过分得已忍无可忍，可她们必须得忍，让自己失去知觉，不知是谁，在何地，吃着怎样的午餐。

我侧面的女孩，瘦、黑、小，束马尾，看似成年，但其实一举一动都泄露着少女味。她的肩胛骨微微挺起，脊背有道优美曲线，紧绷而窄小的臀部，混合着青涩稚气。在她面前，米饭还剩一团，菜几乎全部吃完了，吐出的骨头，整齐地归纳成堆。她离桌前，将米饭拨进饭盒的凹陷底部，翻过盖子，扣住，恢复了饭盒的闭合状态，又将筷子齐齐地搭在盒盖上，让一切显得协调、规整。

她还延续着过去生活的某种状态，让习惯驱使着，下意识这么做。

而我对面的女孩，同样瘦、黑、小，同样束马尾，有着瘦削的肩和紧凑的臀，吃饭时，动作又快又实际，像在干其他的任何活，匍匐着，将脸全部埋进去，而胳膊却如着魔般，以同一节奏律动。这动作的果断，减弱了她的少女气息，更多了些熟女气韵。偶尔，她抬起头，一张窄小的脸，眉眼分明，但看上去，她比实际年龄更显大。

她的饭盒里，里脊拖着红色黏液，形迹可疑，月牙状的西红柿边角发青，洋葱像白布条，剔去肉的骨头，像根根烧焦的木炭……突然，她的胳膊停止拨动，像是听到一声哨令，她倏地起身，对着大门，直挺挺踏步而去。她将整个现场遗弃在桌上：米粒、里脊、西红柿、洋葱、一双随手扔下的筷子……

这女孩，不过十八九岁，瘦小而灵敏的身躯，还残存着少女模样，可她，已懒得将食物嚼碎，将饭盒盖上，将筷子归拢……她视周遭的一切为沙砾，她以沙砾之齿咀嚼沙砾之食，收获的，只有沙砾之味。她对沙砾，谈不上喜欢，也无所谓厌恶，只是习惯性地，将从拉线上取下的手臂，以匀速频率，再次进行填塞运动，之后，不知滋味地离去。

当我举起筷子时，这个敞开的、车库般的快餐厅里，人群突然消失了一大半，像荒原上下了场暴雨，地皮刚湿，云便走远。没有比这充斥着食物残骸的现场更悲伤的地方了；甚至，这里更甚于忙碌的车间。

我费劲地将米饭塞入口中，让它们穿过漫长、喑哑的食管，进入胃部。这种没有油水，粗糙的饭食，吃两口就唇焦舌燥。本来就渴，现在变得更难受。碗里的汤，两口就喝完。没有茶。店里卖一种瓶装可乐，没有商标，一元一瓶。男孩们插了吸管后，喝得咂吧咂吧响。我抵挡不住诱惑，也要了一瓶，啜饮了一口，即刻知道是在地下加工厂制作的，但是，依旧有可乐味。

吃饱了，没活干，没有监视的眼神笼罩，且能晒到太阳……我一步步朝工业园的电子厂走去时，感觉身体像一根颤动的琴弦，既刚劲，又柔和。在拉线旁坐久了，我早已丧失了自我；而此刻，我又能自己掌握自己，忽然就生出一份感动，一种惊奇，一丝幸福。

路过库房后，我返回车间。还未到上班时间，拉线是停止运作的。

一个女工，趴在操作台上睡觉。短裤，T恤衫，脑袋旁放着个粉红手机。头顶的吊扇并不旋转，她的额头汗津津的。这个空间里充满了阳光的重量，闷热无比，和那少女鲜嫩的肉体并存的，是四周堆放着的塑胶壳、LED灯、液晶显示屏、测试架、控制板、电子元器件、烙铁、洗板水、焊锡丝、防水胶、防静电包装袋、包装箱……

那女孩合着眼皮，瘦骨脸上浮现出安详，正酣然入梦。

她的身体里有种芳香，虽已湮没，可依旧流泻出一缕。这个空间里的全部物件，本已粗俗至极，但因着这柔软女孩的体香，又变得有了暖意。

那晚从电子厂回到镇中心，我惊讶地发现，夜色下的小镇根本不沉寂，反而越发喧嚣。

每一幢华彩的玻璃楼，都涂抹着红、黄、蓝、紫；每一幢玻璃楼的光与影，都掩藏着南方的暧昧和私密。那些白天裸露而出的残败之相，皆被夜幕所遮盖，各种茶餐厅、咖啡馆、酒吧，皆亮了起来。

我陡然生出幻觉，好像那正在酣睡的女工，从指间滴落下的鲜血，汩汩流淌而来，滋润着这些璀璨灯光。

这些来自乡村的简朴女孩，充满着渴望，被吸入东南沿海的厂房后，很快就发现，这里并不需要古老的礼仪、戒律和恪守，不需要良好的素养，除了钱，这里似乎什么都不需要。她们漂浮在这个城市的河流中，有些迷失，不能自拔。

四

关于工厂内部的生活，拿着照相机或扛着摄像机，是无法看到真相的。

当我穿上工衣，被主管派了活计，开始工作时，整个车间的景象，才像雾气消散后的树丛，所有的隐秘皆暴露无遗：枯枝、败叶、新芽、鲜花，它们簇拥成团，活色生香。

工厂的日子，是一连串的链条，没有什么人会对女孩子们夭折的青春负责，她们沉默着，倦怠而早熟，比实际年龄要老十岁或二十岁。在她们饱满的躯体内，蕴藏着最荒凉的记忆。当这些女孩要求享有某种被延误的事物——平等、同情、理解和自由，并对这样一种要求仅仅加以承认时，还是无法取代那些逝去的青春的——那芬芳和甜美，水分和透明，失去了就无法重生。

从工厂回家后，我即刻进入写作。我写得很快，无论描述或评判，都信手拈来，毫不生涩。当我敲打键盘时，手指还胀疼，头发上还有机油，脖颈持续僵硬……我的整个身体，还延续着劳动的亢奋状态，以致那些敲打下的字体，都裹挟着焦煳味。

我写下女工的自尊和柔韧，以及她们面对生活的坚硬，并惊诧地发现，知识分子在评判他人时既武断，又可笑。在工厂，女工同样有属于自己的快乐；并且，她们的快乐，为多数人所不知。

正是这些众多的女性——少女或母亲——构筑起当代中国的最底层。她们潜伏着，无语着，持有最坚韧的力量。她们的生命，由寒酸的服饰、寒酸的收入、寒酸的住所、寒酸的希望构成，如果不给予尊重，这些血肉之躯汇聚而成的海洋，会汹涌澎湃，湮没城市的每一个地方。

五

路过海景房，车厢内人们说话的语气发生了改变：豪宅、楼王……据说若要参观这样的海景房，要先交五万"诚意费"……他们说，这个豪宅区因现代、简约、高雅，一开盘就夺人眼球；这里业主的坐驾，拥有率最低的是奔驰，大多为捷豹、路虎、宝马。

我并非不喜欢现代、简约、高雅的住宅，可这些词一再让人和人之间的距离加大，变得陌生。那些瘦长楼房斜斜地插在海滩上，裸露的阳台，能让主人享受到海风、白云、日出。那不是阳台，而是检阅台，冷漠地高悬于半空，对楼下发生的一切，都浑然不觉。

听说海村房价很低，我便兴冲冲地赶去。

村子位于商业区旁，公交车一路堵塞。对这个老区来说，所剩的空间已经很少了，到处是摩天大厦，楼挨楼，而炎热的天气，似乎将所有的人都驱赶到了大街上。街道上人满为患，车速明显低于别处，两旁是酒店、餐厅、银行……一条停泊车辆的黄线，将那边世界隔绝于公交车之外，那里的人，格外优雅、阔绰。一拐弯，熠熠生辉的玻璃大厦变成三四层的低矮灰楼，街道依旧拥堵，壅塞着便利店、水果摊儿。

问询保安后得知，对面一拐便是。热浪夹杂着沙尘，滚动在街道上，窄巷变成更小的里弄，车辆稀少，到处是匆忙的双腿。

终于看到两个大字：海村。

这是片灰暗楼宇，近百幢混凝土建筑体饱受风吹雨打，发霉、污黑，密麻麻交织成片，脏兮兮、病恹恹的模样。和近旁玻璃大厦的鲜亮恰恰相反，这里是个颓落之所，像个巨大蜂巢，四五层或七八层的灰楼，一幢和另一幢，都一模一样。从火柴盒大小的窗户里，探出各种颜色和款式的衣服，被夹子夹着，飘荡在半空中。

这片楼宇的问题根本不是混乱，相反，步入其间，我惊诧地发现它有其自身的道路、结构和顺序，但在它的顶部，笼罩着一股无法遮掩的颓败之气，那是自建成之后，因无力修缮造成的。它像个巨兽，再也无力奔跑，被远远地抛在某处。

中介男约二十五岁，北方话，白衬衫，分头，态度严肃谦恭，坚决让我先填写一张表，写下电话号码，说要给上司交代，否则不能看房。我填了。故意写错了号码中的一位数字（之后，他们会疯狗一样拨打电话）。于是，他拎起那串钥匙，带着我，走向一栋灰楼。

路边的楼房不断地重复着自身，四方块，四方块，一栋又一栋。迎面而来的，是穿汗衫的老年男子，手里摇着蒲扇；拍皮球的黧黑小孩，衣着脏污，但尖叫声充满活力；拎着菜兜的主妇们，碰到熟人，便展开闲聊……看上去，这里的人们依旧生活在原来的秩序里，所有的事物都还那么固定化，所有的人都安之若素；然而，当更高的楼房挺立于近旁时，这里的内部，已发生了异变。

中介男边走边劝我，不要租房，要买房，说这里马上就要拆迁，补偿费会很可观。我问他何时拆，他却变得支吾，含混地说，周围都发展了，不可能只剩这么一块……

原来，那拆迁——是他个人的预测！

这幢六层楼的入口通道很狭窄，简直可以阻挡住一辆小汽车，进入后，大团浓烈的黑暗倾倒而下，将人全部罩住。这个建筑的层高非常低，感觉肩膀上就扛着楼板。楼内是条大通道，两侧是门对门的单间，像某些大厂的宿舍。楼梯上满是瓜子皮、糖果纸、黑泥浆、纸屑。摸索着上到三楼，在一间防盗门已坏的屋前停住，中介男取出钥匙，捅了许久，像小偷作案，又用身子一挤，才将门撞开。

一股霉味扑鼻而来，呛住喉咙——我感觉眩晕、窒息，几乎要呕吐出来。

我扶住墙壁，定神细看：其实，这只是一间房，中间靠墙是张双人床，对面柜子上有台电视，大衣柜是原木色的，一推，吱嘎响，小阳台邻着厨房和卫生间，面积袖珍得只能让一人缓慢转身（若转得快，鼻尖会撞到墙壁）。

屋里很憋闷，我到阳台上呼吸了几口新鲜空气后，试着再次认真观察这间屋：卫生间有喷头，厨房里有垃圾桶，双人床旁有个木凳……这个空间实在狭小，什么小东西到了这里，都被变形，放大，赫然展现。这房子三十平方米，卖三十五万。

另一间四十平方米的屋子，卖四十五万，其内部光线略微明亮些，也是一间屋，被隔挡分开，外部为客厅，内部是卧室，同样是双人床、柜子、电视；左侧为厨房，右侧为卫生间。这屋子的各处都要宽松些，让人的压迫感减少了许多，但却依旧令我皱眉：在这样的屋子里居住，人的需求全都遭遇萎缩，生活简化成倒头就睡、就吃、就上厕所。唯一的娱乐，是看电视。但中介男说，这样的屋子如果出租，很抢手。

这个膨胀的城市需要帮手，需要劳力，那些来自乡下、来自偏远省份的人，不会嫌弃它的狭小、低矮、幽暗，而更中意于它毗邻商业区的位置。

带电梯的房子六十四平方米，房价八十七万。敲门后进入，房主是个二十七八岁的女子，黑色连衣裙，饰有蝴蝶结，一张黄脸。客厅的沙发上堆着杂物；圆桌上是货单、订书机、复写纸；小卧室的单人床摊着被褥；阳台仅有半米，从铁栅栏里撑出去了几件衣服；大卧室被改造成仓库，搭起一层层隔档，塞满花花绿绿的童鞋盒子；大阳台被改造成厨房，各种调料罐就放在窗户下，沾满油污；卫生间出乎意料地小，架在墙上的淋浴器，就垂直挂在马桶上方；站在客厅里，各种嘈杂之声从楼下翻腾而上，直逼耳膜。

这屋子和这女子一点儿也不配。这里没有流苏花边、毛绒玩具、鲜花或字画，这里一点都不洁净，甚至连她的床铺，也是混乱肮脏的……她将这屋子改造成办公室、仓库、展示厅的综合体，而她，只需一个倒头就睡的地方。

和中介男挥手告别后，我朝车站走去。阳光下，汽车尾气像一团团燃烧的雾气。拐弯处，闪光的摩天大厦已近在咫尺，我驻足，回头，那片我刚刚走出的城中村，像个巨大的垃圾堆……而它，也许很快就要被拆迁了。

站台上，一男子穿着中裤、T恤、拖鞋，脚下是个透明的大塑料袋，可见乳白色枕头、绿格被套；旁边的男子，浅蓝色短袖衫、黑裤、皮鞋，肩上斜挎电脑包，正抖动着右腿，眉头紧锁地吸烟，一脸阴郁；后面是两个女人，一胖一瘦。瘦女人斜挎亮光皮包，怀里抱着个巨大的玩具熊，可她显然已超过二十岁；胖女人穿黑丝袜、黑裙，一脸痴憨，脚下是个拉杆箱。

我站在他们身旁，和他们一起，构成了这个城市的内里：动荡、迁徙、怪异的温馨。

在我身旁的墨绿色垃圾桶上，贴着张广告：富商/富豪寻特陪。

广告上有两张照片。上图为一男一女的并排照，女人面容模糊，看不出年龄，但举着手指做 V 状，用文字注明：女富婆与男公关；下图为四个女子的合影，写着：私人助理/伴游。更下部的文字为：现场直聘、免押金、包养、情感陪护、高级厅房服务员、接待司机、公关、男/女十八岁至四十八岁、联系人华姐、电话……

垃圾桶的侧旁，是个装满甘蔗皮的竹筐，再旁边，是个手推车，车上摆着一溜整齐的甘蔗，两口大锅的底下，炉火正旺，煮着花生米和玉米，冒着汩汩香气，即刻将整个氛围引入乡野田间。

那男人将一根甘蔗用塑料袋捆起，高高地绑在路灯的柱子上做招牌，而他自己，斜侧着身，握着窄刀，一点点刮着甘蔗皮。那是根很长的甘蔗，高过他的头顶，而他，几乎是在表演，动作娴熟到不假思索，运动的手臂上下起伏，像风吹过竹林。当他刮到第五节时，突然停下，用力一掰，令其断开，啪嗒，丢进大堆，继续刮下去。

这男人和中介男，和站台上的男人，皆不同。

他个子不高，脸上有须，平头，格子长衫，黑裤，黑皮鞋上落满灰尘，斜挎着棕色皮包。他周身齐整，神态安然，虽被烟雾和尾气笼罩，但因周身环绕着甘蔗、玉米和花生，又显得格外笃定、持重。

他像一幅梵·高笔下的油画。

又像我不大想起的，我在家乡的大哥。

六

雨后的东莞街道，一辆亮闪闪的大面包车滑动而来，车头上顶着起点和终点。

每当看到公交车的影子逐渐清晰，我的喉咙就会发紧，浑身像被一种旋律控制住，心跳加重。我大口大口地吞咽着浓烈尾气，努力辨析车头上的标志。

公交车仿佛是个城堡：首尾部动荡繁杂，中间相对稳定。车头有电视，有老弱病残孕专座，门口有垃圾筐。公交车没有前奏和终曲，只有运行中的此时此刻。一辆辆公交车驶来，提前设定好了规则和路线、价格和章程，让我们成为它的附庸，领受一份理所当然的窠臼。我们能看得清每一个站台，却不懂它为何必须如此。我们习惯了拥挤酸臭的公交生活，无论其中，蕴藏了多少愤怒、无奈和绝望。

公交车内没有富人，只有沙丁鱼，鱼儿们争抢着，将自己挂在吊钩上。在乌鲁木齐，我从没见过如此之多的乘客，如此疲倦：从闭眼假寐，到彻底睡着，到听到那控制不住的鼾声。

那一天，我的硬币已用完，又没有公交卡，便到报亭里买了份报，换上零钱（南方人叫散钱），走到街对面。我要去的是东边，可我却着魔般地跳上了西去的车。当我蓦然清醒，试图返回时，已过去半小时。

我不断地坐错车。在到达这个城市的最初几个月，我的日子几乎由坐错车构成。错了……又错了……糊涂中，我没有看清车牌；或者，把十九路记成二十六路；或者，看见一群人拥挤，我便让自己也裹挟进去。一次、两次、三次……我是在不断地坐错车中，逐渐廓清了这个城市。

有一段时间，我去某处上班，来回耗费三小时。

三、小、时！

回到家就想睡；没睡醒就要起来，赶车。

最吊诡的感觉是，前一天傍晚摇晃着回来，第二天早晨又坐着同一辆车、同一个座位，如同中间的那个夜晚根本不存在，而那座位上的人，从傍晚到黑夜到天明，一直停留在那里，根本没有睡觉！

只要我不得不去坐公交车，就得像沙丁鱼一样站在盒子里。站久了，车厢的顶部逐渐从白昼变成黑夜，雪亮的星辰浮现出来。如果有座位，坍塌下的身体便逐渐昏沉、消散，只留下衣服和鞋帽在摇晃。

我无法不这样沉沉睡去。我根本控制不住自己。我曾睡过去多少次呢？

猛然间醒来，手里还下意识地捏着皮包带，四周的困倦面容，像人们的另一副面具。

只要一上公交车，乘客便立刻被司机的霸道征服。通常是个男人，阴郁着脸，是这车厢的CEO，围绕着他的是多面镜子：长方形、大圆形、小圆形。他总是憋着满腔的怒火，偶尔发声，骇人一跳：靠边！靠边！朝里！朝里！往后！往后！每句话都挟带着料峭寒气，让他的身影如从白铁皮上剪下的人形儿般，铁石心肠。

他隔岸观火地看着人们一个个涌动而上。

我佝偻起身子，一边嫌恶着自己，一边盯着那壮硕的手臂看过去，嘴角挂着谄媚的笑。我总是忍不住揣测：他昨夜睡得如何，他的心情如何……这是件折磨人的事。当你不得不暂时倚仗另一个人时，便不由自主地矮化自己；而那个人，他的下巴、眉毛、嘴角、手指、衣领、头发，无一不在宣布：我正恩赐于你！

乘夜车回家时，车厢内没几个人，窗外路灯下的棕榈树闪着金光，远处的楼房，被灯光切割成一个个小方格，站牌均匀地撒在道路两旁，滚动的车轮奔驰过一个个路口。

如果说电子厂的车间，能让清醒的人变得恍惚、丧失自我，那么公交车的车厢，则让人变得孤独和绝望。

那些黄色拉环上，悬挂着不同颜色、不同型号的手掌。整个人体，都得仰仗手指传导出的力量，才能将脊椎绷紧。吊挂在拉环上的人体毫无美感，女人乳房坚挺，体形弯曲，而男人则不断喘息，呼吸深重。每个握着拉环的人，都和拉环达成共谋：拉环因人体而不再空荡，人体因拉环而不再摇晃。

那些自动辞职的人、被迫辞职的人、无奈辞职的人……刚上公交车时，是轻的、薄的、碎的，当手抓住头顶的拉环时，才逐渐变得有力起来。

七

短裙，细长腿，高跟凉鞋，红脚指甲。一个女孩拽着个大箱子，一瘸一拐走来。

上车时，她弓起身，裸出半截白皙腰肢，奋力拖拽箱子。没人搭一把手。她实在……太像野鸡。

人们投向她的目光，虽然不是明晃晃的鄙夷，但却是冷漠与不屑。而她，只顾忙着奋战，完全无视周围。她那圈赤裸的腰肢，将人群的呼吸绷到极点。她几乎是在移动一间房子，那房子里有她所需的一切：牙膏、牙刷、毛巾、拖鞋、内衣、外套、枕巾、被单……她死死地拽着它，腰肢仿佛就要断开，发出咔嚓声。

没人帮她……

她从何处来，要到何处去，为何一个人……关于她的一切，都被公交车所淡化，人们看着她挣扎，却不帮她。在这个城市，这是她的真实写照：她不过是个拽着大包的孤单女人。

这样的女人，在东莞，不止一个。

她们高矮胖瘦，拎着包，裸着腿，裙子短得要露出底裤。

她们不断地被我碰到。我害怕碰到她们。害怕极了。我害怕她们的高跟鞋在奔跑时，陡然断掉；害怕箱包内的物件，如鱼肚般爆裂，肠肠肚肚，稀里哗啦；害怕她们闷声尖叫，像绵羊被摁倒在木板上时，发出的那种颤声。

车门开了，上来两个人：一个中年妇女和一位老人。那老人拄着拐杖，披着破衣，投币后向后走去，突然，司机如遭电击般大叫：你当我是傻逼！

这时，老人已走到车厢后部。听到骂声，中年妇女摇晃着转身，连忙说道：他老了，眼花了。

没想到，那老人自己拄着拐杖，蹒跚过来。当他要掏钱时，握着的拐杖突然松开，朝前跌去。有人惊恐地站起，扶住拐杖，又伸手欲扶老人……但老人，不肯让他扶，哆嗦着，扯开包，掏出硬币，当啷，投进箱中。之后，摇晃着身体，拄着拐杖，于众目睽睽之下，走向后车厢。那张满是皱纹的脸，没有羞愧，没有悲戚，没有懊丧，什么都没有，那是岁月的灰尘沉淀得太久了之后波澜不惊的表情。

我的心紧缩起来。

他实在……太老了；咒骂他的语言实在……太刻薄了。

整个车厢被冷酷的冰霜凝结。我羞愧万分。虽然我上车后，并没有偷偷省下一块钱，但我承认，有时候，我也怀着和老人一样的冲动。

老人和中年妇女很快就下了车……我怀疑，是老人的自尊心作祟，不愿在这辆车上多待一会儿。他们下去后很久，我都不愿看那个司机的后脑勺，那是块僵硬的石头。

坐在我前面的女人，灰外套，扎马尾，头发是脏的。

在南方，很容易区别穷和富——富人的脸庞饱满，指甲的长度恰到好处，而头发，干净蓬松。穷人则总是来不及洗浴。没有那么多卫生间，那么多洗发水，那么多时间……而头发，是全身最敏感的地方，让它的主人赤裸裸呈现身份的秘密。

现在，灰衣女顶着粘连成片的头发，就坐在我的前方，身旁是三个巨大的编织袋，两个红色水桶。一个桶里，翘出两只红拖鞋，鞋底上还粘着干硬泥巴；另一个桶里，放着个钢精锅，用尼龙绳勒住，盖子洗刷得干净如银。

可以想见，昨夜，女主人在灯下整理家什，用于烹饪的钢精锅，被她尤为看重。她用钢丝球蘸上洗洁精，一点点地擦拭，让污垢中的银白裸出来。她擦拭着那物件，像擦拭着她的整个世界。她要让锅盖体面地出门，因而没太多时间清洗自己的头发。

公交车嘎吱了一声，猛然停住，上来两个男人，年长的男子头发花白，西装皱巴；年轻的，白衬衫，窄腿裤，站在灰衣女身旁。他们放下一个电动机（上有蓝细管、圆形小表，木棍上绑着线）、一个木箱（一角凸起，裸出尖锐利刃）、一个软包（棕色敞口，可见内里的起子、锥子、钳子）。

这两个男人和灰衣女，组成了一个临时之家：这个擦洗锅盖至天明的主妇，有着干电工的丈夫、当学徒的儿子，他们以三人之家，来对抗浩渺的城市，像大海上有了赖以存活的舢板。

三站后，父子下车。父亲搬起发动机，儿子提起木箱和敞口包，两人一声不吭，配合得天衣无缝。他们没有和灰衣女告别，而那女人的面部，像湖水般波澜不惊。

一切都是我的假想，只和我有关，而和他们无关。

灰衣女身旁的女人，穿着白衬衫，却毫无白领气质，面料里添加了银亮横条，使服饰趋于俗艳。我一直看不清她的脸。她将左臂圈起，脑袋深埋，手臂黑如焦炭，泛着沥青色油光，像刚从田间劳作归来。

事实令我目瞪口呆：快到下一站时，灰衣女纹丝不动，而白衫女，突然从沉默中醒来，越过灰衣女，从座位底下搜出根长扁担，将包裹拢成一堆。

车门一开，前排的一个男人嗖地跳下去，接着，另一个男人出现在车门口，而白衫女，像陡然间生出十只手，不仅将那三个大包、两个红桶递下去，还从椅子底下搜罗出各类零碎：装满牙具的小塑料盆、发白的牛仔包、几个扎着口的塑料袋……他们三点一线，暴风骤雨，将所有东西，一股脑儿，一瞬间，倾泻出去。

待我朝窗外眺望时，他们和那堆浩荡行李，已陷入人潮，踪影全无。

另一件奇怪的事情发生了：当灰衣女的周遭没有了那些桶和包时，她陡然间，变得文雅起来。虽然，她的头发还是那么黏糊。但也许，那只是忙碌文员连续加班、疲乏无力而疏忽所致。

下一个站点到了，她跳下车，果然，走向一幢写字楼。

又一个站点到了，车门打开，轮到我下车，我下意识地朝四周张望，不知此刻，是否有人在暗中打量我的头发。

没错……我已三天，没时间洗头。

八

我永远记得那一夜：车如海盗船般起伏跌宕，惊心动魄。

那是个并不寒冷的冬夜，一场会议结束后，我赶去会一个明天就走的文友，便跳上那辆公交车，让它带着我，驶了三十一个站。我是第一次到达这个始发站，我也将第一次到达那个终点站，在这两站之间的那三十一个站，于我，都是第一次……

天色浓黑，人群攒动，空气中弥漫着黏稠……无论是不是第一次，我都要跳上那辆命定的公交车！这种体验，遍及每一个到达南方的人，每一个打工的人……人们完全不知道自己下一步要遭遇什么，一切都不可预设。

自从离开家乡，离开熟悉的地图，人们便从血肉之躯变成钢铁塑料，不再脆弱，反而持久耐用；人的身体成了全部本钱。人们携带着它，如战士扛着战旗，踏入烈烈征途：大风起兮云飞扬……人，必要被某种坚韧的力量附体后，才有勇气，朝未知的地方前行；若听不到胸腔里砰砰作响的鼓声，人，早已瘫软在迁徙的路途中。

一个又一个站台，被我第一次瞥见，又通通一下子甩到脑后。我开始……惊恐，甚至……欣喜，继而……亢奋。我怕的不是陌生，而是在温水中僵死。离开冻土西北，来到慌乱东南，我就是要看看自己到底能变成什么模样。我带着长期练就的沉默、天生坚韧的农人骨骼，仙鹤般凝立车厢，默默注视窗外，偶尔灵魂出窍。

我无法向那些花园洋房里的公主描述这种体验：我不断打破自己，再从破碎的切口，探寻出希望。我能从现实的街道，一下子拐进冥想的街道。那一拐弯所形成的弧度，印章般刻在我的身体上。我虽然无法说出，但却能明白感受。我的心脏有时会跃出身体，像抓住一根葡萄藤的梢头，打了个秋千，一荡，便逃离开。

某个路口，道路破损，戴红帽的人正在路边干活，另一条路高于我们正在行驶的路面，腾空而起的灰色路身上勾连着绿丝网，墨迹赫然袒露如文身：担保……发票……之后，是片农田。这农田令我迷惑——也许，这是这座城市的最初模样，像迈克尔·杰克逊身上最后一块黑皮肤，还保留着粗糙胎记。

和那些已开发成工业园的街道相比，公交车到了这里，猛然陷落进浓烈的乡村黑暗。那是最原始的黑，如死去的底片，满坑满谷，全都放在了这里。这种黑，像我每次从乌鲁木齐回到故乡哈密，走的乡间夜路；像火车穿过河西走廊，一头扎进塞外，茫茫戈壁上的那种黑。那是孤独无助的黑。苏武牧羊的黑。

很快，灯光陡然亮起，喧嚣和杂乱的人声扑窗而来，楼挨着楼，像一张张传单，写满灯光词语。这，正是东莞；这，就是东莞。

突然，对面驶来另一辆公交车，急吼吼仿佛要擦上这辆，似已蹭出火花，又呼啸闪过，转瞬即逝。

过收费站时，我已在这个车厢内仙鹤独立了五十五分钟。我吐了口气，期待着一个座位的降临。

又过了三个站，座位终于在绝望到极点时有了。我坐下，像昏迷者被抱上床。我听到一声来自胸腔深处的叹息……我是件瓷器，长途颠簸中已充满细碎裂痕；我上腭干燥，喉咙冒火，双腿僵硬，除了叹息，无法干另一件事。

事实上，我很快就干了一件意想不到的事：看到门边男子皱眉，我不顾斯文，用在南方不受待见、二等公民般的普通话大叫：售票员！

她在车头和司机闲聊。我再次凄厉大喊。

她磨蹭回头。我问：哪有塑料袋？

她从头顶横杆上拽下一个，走过来，顺着我指的方向，递给那男人。

浓烈酸臭，那味道从他身体里翻腾而出。他羞愧无比地将脸长久地埋进黑塑料袋，只露出后脑勺软塌塌的头发。

一声接一声。

这个一米八的大汉，在呕吐中变成了根面条。

那男人吐完，捆扎起袋子，丢在脚下，缩起右腿，整个头倚着栏杆，手臂无力地垂下。

那手臂……白得吓人。

车厢内的每个角落，都充斥着他的呕吐味。那是种混合之味，里面有垃圾、寄生虫、灰尘……这味道一旦释放，被空气催生，便以成百上千倍的速度膨胀。我变成了条落水狗，眼耳口鼻，皆塞满浑浊之水。

我拎起包，朝后车厢逃去——那里，已空出几个座位——坐下来后，双腿打抖。

扭头看窗外，一间间小店，芝麻开门，绽放一窟一窟的暗光叠影。我呼吸，在脑海中想象丁香、玫瑰、孜然、柠檬、茴香、黑胡椒的味道。我呼吸，呼吸，再呼吸。

"台湾工业区到了……"我感觉，连报站声也充满了酸臭。

窗外是片荒乱工地，路边是个大土堆，树木如布景，移动着铲车、推土机。

道路继续向前、向前，我要到达的地点，终于出现。那个五星级酒店，披着玻璃外套，如此华美，它的地板如此光洁，连垃圾桶，都被擦拭得像餐具。

当我灰扑扑地站在大堂时，感觉我所走过的每一步，都有呕吐味；我在公交车上积攒下来的绝望与慌乱，如大豆般一颗颗泄露在地面上。

我完全陷入公交车后遗症：看什么都像是车厢。

甚至，这大堂，也不过是个放大了的车厢。

车厢里的人们在清谈。在他们的口中，偶尔会闪现"打工"或"底层"等字样，然而我知道，他们的头发干净蓬松，出门有小汽车接送，口袋里装着鼓囊囊的红包。

九

穿过柏油路豁口处的花池，我走到对面车站转车。

每次在这里，我都会被旁边的一幢二层楼吸引，像孩子盯着玻璃柜后的奶油蛋糕般，紧盯不放。那是幢简易楼房，敞开的露台上搭着根长长的晾衣竿，挂着二三十件衣裤。那些衣裤一缕一缕，在风中摆动，如腊肠。它们总是挂在那里，像上一次转车时就是这些衣服，到这一次，还是这些，好像从未曾更换。

那是普通劳动者的衣服。如果以后，当他们穿着这些衣服走进正在建造的大楼时，会在大理石的倒影中感到自卑吗？那个高楼，虽被绿网罩着，但其在未来不可一世的姿态，已可见一斑。

傍晚归来，穿过被粉红花朵装饰的街道时，我想起第一次从家乡哈密到乌鲁木齐，看到宽阔大街被鲜花隔离时的惊叹。现在，我觉得自己翻过鲜花隔离带时的身影，多么像个贼——我用粗糙的气息，裹挟着沉重的脚步，夹带着浓烈的灰尘，强行扰乱了鲜花此时此刻的安宁，然后，扬长而去。

日复一日，我磨损着自己，形容枯槁；套上工装后，我将属于我的特征抹掉，变得含混不清；我看到我的血从指间流淌而出，汩汩向外，滋养着酒店璀璨的灯光。我来不及流泪，来不及哀叹自己到底被剥夺了什么。我耗尽青春，像甘蔗渣般被甩出。微光照着我的脸颊，让我感觉和这个世界不再有任何关系……

这时，一缕馨香传来——啊，是那片，我每天早晚，都要从它们侧旁跨过的粉红鲜花。

是它们，为我送来生命的体香。

我的心一抖、手一颤，想给母亲打个电话，报声平安，然而，来不及，来不及，呼啸的公交车已戛然停止，它裹挟着我，驶入潮热的海风。

当我伸出笨拙的手，握住头顶的黄色拉环时，啊，东莞，我已和你融为一体。

飞机配件门市部

刘亮程

一

我在网上看到一篇博文，说新疆大盘鸡是我发明的。博主叫"飞行员"，自称是我早年的朋友，二十多年前的一天，他从乌鲁木齐到我家做客。正是秋天，门前菜园的蔬菜都长成了，院子里养的鸡娃子也长大了。我妻子很热情地宰了一只鸡，摘了半盆青辣子，整个鸡剁了跟辣子炒在一起，里面还加了土豆芹菜，盛在一个大盘子里端上来。他从来没见过这种吃法，就问这叫什么菜？我脱口说出"大盘鸡"。

那时这一带的饭馆都有炒鸡的，有叫辣子鸡，有叫爆炒小公鸡，都不叫大盘鸡。他说我把"大盘鸡"这个名字叫出来后，所有的鸡都跟辣子整个炒了，都装在大盘里，都开始叫大盘鸡。

我在相册中看见一张旧照片上头戴飞行帽的博主，站在一架很老式的小飞机下面，冲着我笑。他是我的朋友旦江。早年我在沙县城郊乡当农机管理员时，他在首府开飞机，是我们县出去的唯一一个飞行员。多年不见的朋友在网上遇见，就像在梦中梦见一样。我和旦江的认识也像一场梦，我那时早就知道每天头顶过往的飞机中，有一架是我们县的旦江开的。但我从来没想过会认识旦江。那个时候，认识一个汽车驾驶员都觉得风光得很，谁会想到还会认识飞机驾驶员。可是，我妻子金子的同学帕丽跟飞行员旦江结婚了。帕丽在县电影院上班，是金子最好的朋友。有一天，帕丽把飞行员旦江带到我家，金子热情地炒了大盘鸡。我和旦江喝了两瓶金沙大曲，很快成了好酒友。以后只要旦江回沙县，帕丽就带着他来我家，金子每次都炒大盘鸡，我和旦江你一杯我一杯喝到半夜。后来我到乌市打工时，旦江已经转业到一个旅游公司当办公室主任。有一阵子旦江家就是我的家，我经常去他家混饭吃。金子来乌市时我们也一起住他家。帕丽和旦江都是好热闹的人，常在家里招待朋友喝酒。旦江家的酒宴，直到有一天帕丽出车祸下身瘫痪为止。那时金子已经调到乌市工作，我们在城里有了自己的家。金子依旧常去看帕丽，每次都买一只鸡带去，给帕丽炒大盘鸡吃。我却因为忙很少去他们家了。只听金子说帕丽瘫痪后，旦江办公室主任不干了，值夜班给公司看大门，这样白天可以在家照顾帕丽。

我在旦江的博文中没看到有关帕丽瘫痪的事，有几篇文章写他早年的飞行经历，一篇写到他开飞机飞过家乡沙县的情景，他违章把飞机高度降低，几乎贴着县城飞过。他本来想从自己家房顶飞过，但整个县城的房顶看上去都差不多，他从天上没找到自己的家。

旦江的文章一下把我带回到二十多年前那个小县城。我问金子要来旦江家的电话，拨号时突然觉得这个号码是多么熟悉，好多年前我曾背熟在脑子里。

我说，旦江你好吗，听出我是谁了吗？

旦江说，你的声音我能忘掉吗？你现在成名人了，把老朋友都忘记了。

我说，我看到你的博客了，你在那里胡说啥，大盘鸡怎么是我发明的呢？

旦江说，大盘鸡就是你发明的。你干了这么大的事你都忘了吗？

旦江的口气非常坚定。他说每次吃大盘鸡，他都自豪地给朋友介绍大盘鸡是我发明的。他写的博文也早在网上流传开了。

旦江的话让我有点恍惚，那是二十多年前的事了。我只记得大盘鸡刚兴起那会儿，我在城郊乡农机站当管理员，开了一个农机配件门市部，我是否发明过大盘鸡，真的记不清了。我从十九岁进农机站工作，到三十岁辞职外出打工，这十几年的时间，我干过多少重要的事情都忘记了，包括是否真的发明过大盘鸡。可是，我开农机配件门市部这件事却一直记得。那是我年轻时干的最隐秘的一件事，到现在没有人知道，我挂着卖农机配件的牌子，开了一家飞机配件门市部。

二

每天有飞机从县城上空飞过，从我的农机配件门市部房顶飞过。我住的县城在一条飞机路下面。我注意到天上有一条飞机路是在开配件门市部以后。门市部开在城东，那里是三条路的交会点，从东边南边北边到县城的路，都会到这里。我看到飞机的好几条路也在头顶交会。由此我断定飞机是顺着地上的路在飞，因为天上并没有路，飞机驾驶员盯着地上的路飞到一个又一个地方。这个发现让我激动不已，我本来想把我的发现告诉单位的老马，老马说他坐过飞机，不知是吹牛还是真的。我和老马骑自行车下乡，头顶一有飞机过，老马就仰头看，然后对我说，他坐过的就是这种飞机，或者不是。老马能认出天上飞机的型号，就像一眼看出拖拉机的型号一样，这让我很是佩服。有几次我都想问老马，他坐在飞机上是否看见下面有一条路。但我没问。我觉得飞机顺着地上的路在飞，这肯定是一个重大的秘密。如果我说出去，大家都知道了飞机沿着地上的路在飞，飞机就飞不成了。因为飞机是有秘密的。没有秘密的东西只能在地上跑，像拖拉机。拖拉机没啥秘密，我是管拖拉机的，知道它能干啥，不能干啥。尽管我时常梦见拖拉机在天上飞，那都是我在驾驶，我的梦给了拖拉机一个秘密，它飞起来。飞机的秘密注定是我们这些人不能知道的，那是天上的东西，即使被我这样的聪明人不小心知道了，我也要装不知道，给它保住密。

我跟飞机的秘密关系就这样开始了，虽然我没坐过飞机，连飞机场都没去过，但我知道了飞机的一个大秘密，它顺着地上的路在飞。我们天天行走的路原来有两层，下面一层人在走车在跑，上面一层飞机在飞。地上的人除我之外都只能看到一层，看不见第二层。有时我往西走，看见一架飞机在头顶，也往西飞。我就想，我要一直走下去，会追上这架飞机。但我不会追它，我不是傻子。我们县上有一个傻子，经常仰着头追飞机，顺着路追。我不清楚他是否也知道飞机沿着路飞的秘密。他后来被车撞死了。

飞机飞来时路上的行人都危险，因为好多开车的司机把头探到驾驶室外看飞机，骑自行车的人仰头看飞机，这时地上的路只有飞机驾驶员在看。我知道飞行员在隔着舷窗看路，就故意挺直胸脯，头仰得高高的，不看飞机，很傲气地望更高处的云和太阳。我想让飞机上的人看见我的高傲，知道路上走着一个不一样的人。

我确实是一个不一样的人，在我二十岁前后那些年，我跟这里所有的人都不一样。后来就一模一样了。

三

星期天，金子带着帕丽来到配件门市部，自行车停在门口，两人站在墙根望天。金子说，帕丽盼望的飞机要过来了，旦江给帕丽打电话了，他今天开飞机去伊犁，路过沙县。

我早知道帕丽的男朋友是飞行员。帕丽经常给金子说旦江开飞机的事，晚上金子又把帕丽的话说给我。旦江一年到头回不来，旦江开的飞机却经常从县城上空飞过。全县城的人都知道我们这里出了一个飞行员，他开的飞机经常从县城上空飞过，这是帕丽告诉大家的。帕丽经常带着朋友看飞机，好多人把旦江开的那架飞机记住了，一听见飞机的声音就说，看，帕丽的飞机过来了。帕丽带着朋友在县城许多地方看飞机，到我的农机配件门市部前面来看是第一次。金子说，她让帕丽到这里来看的，她跟着帕丽到好多地方看过飞机，都没有城东这一块飞机多。

金子很少来配件门市部，她不喜欢店里机油黄油柴油还有铁锈的味道。那就是一台破拖拉机的味道。金子不喜欢拖拉机，不喜欢满身油污的拖拉机驾驶员到家里来。尽管拖拉机驾驶员都不空手上门，不是提一壶清油，就是背半袋葵花子。那些驾驶员坐在她洗得干干净净的沙发单上，跟我说拖拉机的事。金子不爱听，就到门前的菜园收拾菜地。配件门市部开张后金子只来过有数的几次，她怎么知道这一块天空飞机最多呢？

金子说听见飞机声音了，喊我出去。飞机先是声音过来，天空隆隆响，声音比飞机快，从听到声音到看见飞机，还得一阵子。我把路对面的小赵、路拐角的饭馆姚老板，还有电焊铺的王师傅都叫出来，一起看飞机。隆隆声越来越大，东边的半个天空都在响，却看不见。飞机的声音只有链轨拖拉机能和它比。飞机就是天上的拖拉机，一趟一趟地犁天空。早年我写过一首叫《挖天空》的诗，在那首诗里，我的父亲母亲，还有一村庄人都忙地里的活，我举着铁锨，站在院子里挖天空。我想象自己在天上有一块地。后来我看见了飞机，知道天上已经没我的事了。

帕丽尖叫起来，说来了来了。我们往帕丽指的天空看，一个小黑点在移动，帕丽使劲朝小黑点招手，金子也跟着招手，还尖着嗓子喊，飞机在她们的招喊声里很快飞到头顶，飞机从头顶过的时候，我感觉它停住了，就像班车停在路上等客一样。帕丽挥着红丝巾跳着喊旦江旦江，金子也跳着喊，好一阵子，飞机一动不动停在头顶。

我说，帕丽，你看旦江把飞机停下让你上去呢。

帕丽顾不上跟我说话，她仰着脸，挥着红头巾，本来就苗条的身体这下更苗条了。她的腿长长的，屁股翘翘，腰闪闪，胸鼓鼓，脖子细细，下巴尖尖，鼻子棱棱，眼睛迷迷，整个身体朝着天上。

飞机开始慢慢移动，要是没有那几朵云，几乎感觉不到飞机在移动。但一会儿，人的脖子就开始偏移。我看见帕丽的脸仰着，整个人就像一个梦幻。我就想，我一个人在梦中飞的时候，有没有一个人这样痴迷地仰着脸看呢？

帕丽的脸渐渐往西边扭过去的时候，飞机就小得剩下一点点了。帕丽说，她想爬到门市部的房顶上看飞机，让我赶快搬梯子来。金子也让我赶快搬梯子。我磨蹭着说梯子在房东的院子里，不好搬。又说梯子坏了。说着说着飞机看不见了，飞机的声音还在，过一会儿声音也没有了。

四

我选择在城东开店是动了些脑子的。我们这里的人分动脑子和动身子两种。我身体不如别人强壮，但脑子多。这是老马说的。老马根据我和他下象棋的路数，知道我的脑子比他拐的弯多，我给他让一个车，他都老输。不过不久后老马又说，可惜你的脑子动偏了。老马嫌我的脑子没用在工作上，私自开一个农机配件门市部，经常不去单位上班。

我开店的城东是一个破烂的小三角地，路上坑坑洼洼，路边很早就有一家汽车修理铺和一个电焊铺。我的农机配件门市部离它们有一截子路。我不喜欢那个电焊铺切割铁的声音，刺刺啦啦，活割肉一样。我在三岔路口的西面租了间里套外的房子，里面库房兼卧室，外面营业，房租每月六十元。这真是一个卖零配件的绝好地方，门口车流不断。经常有从乡下开来的拖拉机，突突突突开到这里坏掉。也有汽车摩托车开到这里坏掉。那时候从乡下到县城的路都不好走，大坑小坑，那些破破烂烂的拖拉机，好不容易颠簸到县城边，就要进城了一下坏掉。县农机公司在城西。农机修理厂也在城西。要在以前，坏车会被拖到城西修理。现在不用了，城东有我的配件门市部。开车的师傅提着摇把子进来，问我有没有前轮轴承。我说有。问我有没有活塞。我说有。啥都有。都在库房里。库房远吗？不远。十分钟就拿来。

我骑摩托车一趟子跑到城西县农机公司，花十几块钱买一个轴承，回来二十几块卖给等待修车的师傅。这些精密零配件只有农机公司有，农机公司零配件齐全。我的门市部摆放的大多是常用的粗配件，比农机公司的便宜，就是质量差一点，这个我知道。我进的是内地小厂子的货。正规厂家的配件我进不起，人家要现金。小厂子的货款可以欠着。经常有推销农机配件的人，来到门市部，拿着各种农机配件样品，我跟推销员谈好价格，签一个简单的购销合同，不用付定金，过半个月，货就到了。再过一个月，推销员过来收款。前面的款结了，不合格的零配件退了，再进一批新货。有时钱紧张，货款还可以拖欠，越欠越多。两年后我的门市部卖掉时，还欠了一个河北推销员一千多块钱。在以后的几年中，那个推销员找过我好多次，我的门市部关门了，他问对门理发店的小赵，小赵告诉他我们家住在园艺场，他找到园艺场；我大哥说我搬到县城银行院子了，他找到银行院子；我岳父说我到乌鲁木齐打工去了。那几年，只要我回去，就能听到有关河北推销员在找我要货款的消息。他们还告诉了他我在乌鲁木齐打工的单位。我想着那个推销员也许找到我最早打工的广告公司，又找到后来打工的报社，我换单位的频繁肯定使他失去了继续找下去的耐心，也许他还在找。而那些配件，也一直在园艺场的旧房子里堆着。我也一直想找到这个推销员，他发给我的劣质转向杆弯头，因为断裂导致好几起车祸。有一起车祸是转向杆弯头断了，小四轮方向盘失灵，撞进渠沟，坐在车斗上的一个人当场摔死。车主找我麻烦，我说配件是厂家生产的，去找厂家。车主说就不找厂家就找你。我没办法。我也想找到那个推销员。我一直等着他找上门来，等得我都快把他忘记了。就在不久前，我竟然梦见了他，我开着小四轮拖拉机，拉着一车斗锈迹斑斑的劣质农机配件，去河北找这个推销配件的人。我找到生产配件的厂子，门口蹲着一个很老的人，说厂子早倒闭了。我觉得这个老人面熟，又想不起是谁。问合同上的推销员，那老头给我指了一个大山中偏远的村子。我开着小四轮往山里走，走几里坏一个零件，我不断地下来修理。坏的全是我车上拉的那个转向弯头，直到我把车上的弯头全换完，小四轮也没有开到地方。我茫然地坐在坏掉的拖拉机上，前后都是没有尽头的路，坐着坐着我醒了过来。

　　醒来我才想起来，那个坐在厂门口给我指路的老头，就是我要找的推销员，他曾多次到配件门市部，跟我签了好多个购销合同。我在梦里竟然没认出他，反让他又骗了一次。

<h2 style="text-align:center">五</h2>

　　那是我一生中最清闲的几年，我在乡农机站当统计和油料管理员。统计的活是一年报两次报表——半年报表和年度报表。这个活我早就干熟练了，不用动腿也不用动脑子，报表下来坐在办公室一天填完，放一个星期再盖上公章报到县农机局。农机站的公章我管。站长老马对我很放心。管公章是一件麻烦事，每天都有来开证明的驾驶员，那时去外面办个啥事都要开证明。马站长文化不高，字写得也不好，经常把证明开错，让驾驶员白跑一趟县城。后来他就让我写证明，写好递给他盖章。再后来就把公章交给我了。农机站有两个管用的章子，公章和我的私章，都在我手里。私章是在供油本上盖的，挂在我的钥匙链上，我经常不在办公室，我和老马都喜欢下乡，来办事的驾驶员就开着拖拉机四处

找我们。大泉乡有十三个村子，西边七个，东边六个。驾驶员先开车到十字路口的小商店门前，打问我们朝哪个方向走了。小商店更像一个不炒菜的小酒店，门前一天到晚坐着喝散白酒的人，浓浓的酒味儿飘到路上。我和老马骑自行车路过，常有人喊马站长过去喝酒，老马知道下去有酒喝，就说不了，忙呢。

只要我们下到村里，拖拉机师傅马上把机器停了，不管是在耕地还是播种，都停了，剁鸡炒菜陪我们喝酒。驾驶员说得好，你们也不是经常来，耽误就耽误半天。酒喝到一半儿，听到突突的拖拉机声，办供油证的驾驶员找来了，他们在小商店门口打问清楚我们朝东走了，就在东边的几个村子挨个找，很快找到了。

春天播种时我们必须要下村里的，检查工作的内容每年都不一样，有时是督促农民在种子中拌肥料，有时是让农民把单行播种改成双行，这就要改造或新购买播种机，过一年又重新改成单行。但有一个内容每年不变，就是让驾驶员必须把路边的庄稼都播直，这样苗长出来好看。路边的庄稼都是长给人看的，那是一个乡政府的门面。上面检查工作的领导，坐小车里扫一眼，就知道这个乡农业种植抓得好不好。所以，路边的庄稼一要播直，有样子；二要把县上要求必须种的庄稼种在路边；三要把肥料上足，长得高高壮壮，把后面长差的庄稼地挡住。

老马干这个工作很卖力，看到有驾驶员播不直，就亲自驾驶拖拉机播一趟。下来大声对驾驶员说，把眼睛往远里看，不要盯近处，盯着天边边上的云，直直开过去，保证能播直。驾驶员都佩服他。

我从来没开链轨车播过种，不知道照老马说的那样眼睛盯住天边的云一直开过去是什么感觉。那些年我的注意力都在天上。我写的一首叫《挖天空》的诗，发表在首府文学杂志上，好几年后我见到杂志编辑，她向同事介绍我说：这就是那个站在院子里，拿一把铁锨挖天空的人。

那是我写的许多天空诗歌中的一首。我天天看天，不理会地上的事情，连老马都埋怨我，嫌我工作不认真，懒。他不知道我这个乡农机站的统计员，在每天统计过往飞机的数字。

六

每天都有飞机从县城上空飞过。我把从东边来的飞机叫过去，从西边来的叫过来。我在笔记本上记今天过来一个，过去一个，别人看不懂我记的是什么。有时候过去三个，过来两个，一架过去没过来。我就想，那架飞机在西边的某个地方过夜，明天会多一架飞机过来。可是，第二天，过去三个过来三个，那架过去的飞机还没来，我想那架飞机可能在西边过两天再过来，第三天那架飞机依旧没过来，第四天还是没过来，我就想那架飞机可能不过来了，一直朝过去飞，这样的话，它就再不过来了。有些东西可能只过去不过来。

也可能它在什么地方落下来，就像拖拉机坏在路上。飞机不会坏在天上。它坏了会落下来。或者落在沙漠，或者落在麦田，或者落在街道。飞机太可怜了，它在地上可落的地方不多，除了机场，它哪儿都不能落。它没过来，肯定是落在哪儿了。

夜里过飞机，我会醒来，我从声音判断飞机是过来还是过去。有时我穿衣出去，站在星空下看。飞机的灯很亮，像一颗移动的大星星，在稠密的星星中穿行，越走越小，最后藏在远处的星星后面看不见。

如果我醒不来，飞机的声音传到梦里，我会做一个飞的梦。我从来没在梦里见过飞机，只做过好多飞的梦。一个梦里我赶牛车走在长满碱蒿的茫茫荒野，不知道自己往哪儿走，也许是在回家，但家在不在前方也不知道，只是没尽头地走。走着走着荒野上起黑风了，我害怕起来，四周变得阴森森的，我听到轰隆隆的声音，像什么东西从后面撵过来，我不敢回头看，使劲赶牛，让它快跑。轰隆声紧跟在身后，就要压过头顶了，牛车一下飞起来，我眼看见牛车飞起来，它的两个轮子在车底下空转，牛的四个蹄子悬空，我还看见坐在牛车上的我，脑门儿的头发被风吹向后面，手臂高高地举着鞭杆。隆隆的声音好像就在车厢底下，变成牛车飞起来的声音。

另一个梦里我开着链轨拖拉机播种，眼睛盯着天边的一朵云，直直往前开。这是老马指导驾驶员播种的动作。在梦里我的视线很弱，周围都迷迷糊糊。或许是梦把不相干的东西省略了，梦是一个很节省的世界。我努力往远处看的时候，那里的天和地打开了，地平平地铺向远处，天边只有一朵云。我紧握拖拉机拉杆，盯着那朵云在开，突然听见头顶隆隆的声音，一回头，发现拖拉机已经在天上，我眼睛盯住的地方是遥远的一颗星星，拖拉机在轰隆的响声里飞起来，后面的播种机在空中拉出直直的播行。

更多的时候是我自己在飞，我的手臂像飞机翅膀一样展开，额头光亮地迎着风，左腿伸直，右腿从膝关节处竖起来，像飞机的尾鳍。过一会儿又左右腿调换一下姿势。

我飞起来的时候，能明白地看见我在飞。看见带我飞翔的牛车和拖拉机车底的轮子。自己飞起来时我看见我脸朝下，仿佛我在地上的眼睛看见这些。我在天上的眼睛则看见地上。

那时我还没坐过飞机，也没有机会走近一架真飞机，我甚至没有去过飞机场，不知道飞机是咋飞起来的，我看见的飞机都在天上。我的梦也从不会冒险到让我开不熟悉的真飞机，它让我驾驶着牛车和拖拉机在天上飞，那是我梦里的飞机。我这样的人，即使在做梦，也从来不会梦见不曾拥有过的东西。

只要做了飞的梦，我就知道夜里听见飞机的轰隆声了。飞机的声音让我梦中的牛车和拖拉机飞起来。飞机声越来越小的时候，我回到地上。有时在半空中梦突然中断，我直接掉落在床上，醒来望望窗外，知道有一架飞机刚刚飞过夜空。

我把跟飞有关的梦记下来。我喜欢记梦。我在农机站那几年，记满了一个日记本的梦。飞的梦最多。我在天上飞时，一直没遇见飞机。这样的夜晚有两个天空。一个星云密布，飞机轰隆隆地穿行其间，越飞越远。而我做梦的天空飞机还没有出世，整个夜空只有我在飞。

七

帕丽又来配件门市部看飞机。自从金子带她来看过飞机，她就认定城东这一块飞机最多，旦江的飞机不管从哪儿开来，总要经过这里。帕丽来时先约上金子。有时金子先到，坐在门口等帕丽。有时帕丽先到，站在路边等金子。帕丽和金子一样不喜欢进配件门市部，不喜欢货架上油乎乎的铁东西和里面油污铁锈的味道。但她喜欢跟我说话，说话时眼睛直勾勾地看着我。

帕丽每次来我都有点紧张，她当着金子的面也眼睛直勾勾地看我。她仰脸看飞机时眼睛却是迷幻的。好多看飞机的人眼睛都不一样。飞机过来时，我的注意力都在看飞机的人身上。我不喜欢跟一群人看飞机。我喜欢一个人站在荒野，仰头看一架飞机在天上。可是那样的时候很少，因为飞机顺着地上的路在飞，它经常飞过的地方，必定是人多处。人多眼睛就多，心思也多。越来越多的人跟着帕丽来城东看飞机，我担心飞机的秘密会保不住。大家都知道了城东这一块飞机最多，他们会不会也想到这里是飞机路的交叉路口，进一步想到飞机是顺着地上的路在飞呢？

后来我相信或许没有人这样去想。这样想事情要有这样的脑子，好多人的脑子不会往天上想，大多是凑热闹看看飞机，又低头忙地上的事。哪儿有我这么闲的人，天天看天。

帕丽很早就知道我是诗人。我和金子谈恋爱那时，金子带我去看帕丽，金子说我是大泉乡农机站的，帕丽看我一眼，对金子撇撇嘴。金子又说我会写诗，是诗人。帕丽眼睛亮了一下。那时帕丽还没跟旦江恋爱，我也不知道每天头顶过往的飞机有一架是我们县的旦江开的。我只是喜欢看飞机。我和飞机的缘分很小就结下了，村子旁种了大片的蓖麻，大人说，蓖麻油是飞机上用的。那时我连天上的飞机都很少见到，但蓖麻油是飞机上用的这句话却影响了我的童年，我经常一个人钻进蓖麻地，隔着头顶大片大片的蓖麻叶子看天空。后来每当我看见飞机，就想起大片的蓖麻地。再后来我开了这家农机配件门市部，开了两年，这期间我为小时候的梦想做了一件事。到现在都没有人知道，我开的是一家飞机配件门市部。

帕丽来看飞机都打扮得很漂亮惹人。我知道好多年轻人是追着看帕丽来的。帕丽不怎么理他们。飞机没来时帕丽就眼睛看着我说话，我不记得她说过些什么，只看见涂得红艳艳的嘴唇在动。她说起话来嘴唇不停，我根本插不进话。她可能只是想让我听她说话，并不打算听我说什么。

那天帕丽来我家，金子去菜园摘菜，屋里剩下我和帕丽。帕丽翻看我的笔记本，上面都是我写的诗。我把写好的诗记在一个硬皮笔记本上，放在家里。没写好的诗和那些写云的诗写在一个软皮笔记本上，那个本子放在门市部柜台里。

帕丽说，你写的诗真好，我一句都读不懂。

帕丽说，我早就给金子说，让你给我也写一首诗。金子经常说你给她写诗，把她写得美极了。金子说，她给你说了，你不写，说你只给她一个人写诗。

我看着帕丽说，写诗要有灵感。

帕丽说，怎样才能让你有灵感。帕丽眼睛直勾勾地看着我。她不知道我把她写到诗里该是多么美，她本来就美。

一次，帕丽从乌鲁木齐回来，给金子说，旦江带着她坐飞机了，旦江开着飞机，她就坐在旦江旁边。她还说，飞机没有方向盘，旦江在天上手放开开飞机，就像那些男孩子双手撒开把骑自行车一样。

那飞机转弯的时候咋办？金子问。

朝左拐的时候，旦江朝左挪一下屁股。往右拐的时候，就右挪一下屁股。帕丽说。

金子唯一能向帕丽夸耀的是我把她写到了诗里。在帕丽看来，我把金子写进诗里，就像旦江把她带到天上一样神奇。她不知道被写进诗里是什么感觉，就像金子不知道坐在开飞机的旦江身边是什么情景。

晚上熄了灯，金子给我说，她听帕丽说坐着旦江开的飞机，在云上飞来飞去，可羡慕了。说跟着我到现在只坐过小四轮，突突突突的，黑烟直往嘴里冒。

金子说话的时候，我面朝黑黑的房顶躺着，我在等一架飞机，我知道每晚这个时候，有一架飞机过去，然后到半夜，又有一架飞机过来。我得等它过去了再睡着。有时候好多天没有飞机过去，我等着等着睡着了。这个晚上飞机会不会过来呢？我眼睛朝上望时，能直接穿过房顶看见星空。

过了一会儿，金子侧身钻进我的被窝，我把金子搂到怀里，金子说，帕丽也很羡慕我，我给她说你给我写了好多诗，她都羡慕死了。我给帕丽还说，我们家老公写诗的时候，脑子都在天上转，跟飞机一样。金子说，帕丽想让你给她也写一首诗。我说我们家老公只给我一个人写诗。

就在这时我听见飞机的声音，整个天空轰隆隆地在飞，我突然翻过身，像我无数次在梦中飞翔那样、脸朝下、胸脯朝下、手臂展开，一下一下地朝上飞，身体下面是软绵绵的云，它托举着我，越飞越高。

八

我不统计梦见的飞机，尽管我知道夜里有飞机过，被我以飞的方式梦见了。但我不统计。也从来不估计。不像我做农机报表，有的村子太远，去不了，不想去，就把去年的报表翻出来，以去年的数字为依据，再估计着加减一个数字，就行了。其实去年我也没去过这个村子，去年的数字是在前年的基础上估计的，前年的数字从哪儿来的呢，肯定是在大前年的基础上估计的。好像每年都顾不上去那个村子，它太远，站上又没小车，骑自行车去一天回不来，遇到下雨，路上泥泞，几天都走不成。我做年终报表的时间很紧迫，报表发下来，到报上去，也就一周时间，全乡十几个村子，一天跑一个，也不够。一天最多能跑一个村子，上午去到几个农机户问问数字，进了门肯定是出不来的，统计数字的时候，外面院子已经在剁鸡炒菜了，数字没统计完，菜已经摆上桌子，主人说边吃边喝边统计，酒一喝开就数指头划拳了，谁还有兴趣给你报数字，一场酒随便喝到半下午，剩下的时间，就仅够骑自行车摇摇晃晃回家。所以报表来了，就近村子跑跑，远点的就顾不上。

每年这样，我在城郊乡的好多年，年年做报表，全乡十三个村庄，有一个村庄我可能从来没有去过。我只是从统计报表中知道这个村庄叫下槽子，知道村里有一台链轨拖拉机，一台东方红28胶轮拖拉机，这个数字咋来的我忘了。可能是我到农机站那年随便填的，我调到这个乡农机站那年是在十一月，上班没几天局里的年报就来了，要求一周内报上去，下去每个村子跑数字显然来不及。我找出去年的年报，挨个地抄数字，给一些村子增加一些拖拉机，因为农机保有量每年都要增加的，这个叫下槽子的村庄竟然没有拖拉机，我觉得不可能，一个村庄怎么能没拖拉机呢，没拖拉机地怎么耕呢？我很冲动地给它加了一台链轨拖拉机，又觉得它还需要有一辆搞拉运的轮式拖拉机。后来我弄清楚那是个牧业村，地少，一直雇用邻村的拖拉机耕地。但是晚了。拖拉机已经填在报表上，不可能划掉。只能再增加，我觉得它还应该有几台小四轮拖拉机，以后几年我就每年给它增加一台小四轮拖拉机。我的胆子小，不敢一下加太多，觉得加多了心里不踏实，就一年年地加吧，因为加一台拖拉机，就要为它编一个车主的名字。这个车编给谁家呢。我到乡派出所找到下槽子村的户口簿，把两台大拖拉机落到两个大户人家，小四轮就随便落了，反正这些人家迟早都会有拖拉机的。

每年我都想着去下槽子村看看，或找个下槽子村的人问问情况。可是，从来没有下槽子村的人到我办公室办过事。好像那个村庄没有事。我给站长老马说，我们抽空去趟下槽子吧。老马说太远了，去了一天回不来。

那个让人一天回不来的村庄，就这样阻碍了我。

九

帕丽不来的日子，我一个人看飞机，听到天空隆隆的声音我从门市部出来，仰头看一阵，把飞机目送走，然后回店里，在笔记本上记下过来或过去。其实坐在店里听声音就知道飞机是过来还是过去，我出来是为了让飞机看见我。因为我知道飞机驾驶员眼睛盯着这条路，其他地方或许他会一眼扫过，但是这个三岔路口他会仔细看，三条岔道通三个地方，走错就麻烦了。他探头下看时，准会看见仰头望天的我。每次都是我一个人在望。他会不会被我望害怕？

理发店小赵也喜欢看飞机。只要听见飞机响声，准能看见小赵站在路上，脖子长长地望天，有时手里还拿着剪刀，店里理发的人喊她她也不理。小赵看飞机的样子和帕丽一样好看，我站在对面，看一眼小赵，望一眼飞机。小赵因为喜欢看飞机，我觉得她跟别的女孩不一样。喜欢看飞机的女孩子腰身、脖子、眼光都有一种朝上的气质，这是我喜欢的。我和小赵时常在飞机的隆隆声里走到一起。有时我把飞机看丢了，小赵就凑过来，给我指云后面的那个小点。小赵指飞机的时候，我看见她白皙的胳膊、细细的手指，一直指到云上。

小赵美容店的名字是我写的。配件门市部开张的第二个月，路对面开起一家美容店。店主小赵和我妹妹燕子很快成了朋友。小赵听燕子说我会写诗，是个文人，就让我给理发店起个名字。我想了半天，没想出来。小赵说，你先给我写上"美容店"三个字吧，以后想好名字再加到前面。小赵要去买红油漆，我说我店里有。我写招牌时买了一大罐红油漆，剩好多呢。

写字时我站在凳子上，小赵在下面给我举着油漆罐。"美容店"三个字直接写在门头的白石灰墙上，跟我的"农机配件门市部"一样。我写一笔，刷子伸进油漆罐蘸一下，有一点红油漆滴在小赵的手上，小赵的手又小又白皙，她的脖子也白皙，从上面甚至可以看见领口里面的皮肤，比手更白皙。我不敢多看。第一个字"美"就没写好，写"美"字时我往下多看了几眼，下来后发现"美"字写歪了。

我站在凳子上写字时好多人围着看，我写一个字，扭头看看下面。没人说一句话。写完后我下来站在他们中间一起看。还是没人说一句话。我看看小赵，小赵说，写得真好。

但我觉得"美"真的没写好。不过小赵说好了，也许不错吧。字都是这样，刚写到墙上，看着别扭不顺眼，或许看几天就顺眼了。我坐在配件门市部门口，看了好些天，仍然觉得那个"美"字没写好，一点不美，呆呆的。等想好了店名，往"美容店"前面写名字时，我把"美"字涂了重写一下吧。我想。可是，直到我卖了配件门市部，离开县城到外地打工前，都没想好名字，"美容店"成了它的名字。

来理发的大多是过往司机，有汽车司机、拖拉机司机。好像车开到这儿，司机的头发就长长了。小赵不喜欢给司机理发，一来司机头上都是油，车坏了司机就要把头伸到机器里修，洗司机的头太费洗发水；二来司机嘴里没好话，啥脏话都能说出来，要碰到太耍赖的司机，小赵就把我喊过去，坐在一旁看她理发。

没活干时小赵就坐在门口，她知道我在看她，朝我笑，有时走过来，和我妹妹燕子说话。她过来时，手里总抓着一把瓜子，给燕子分一点，给我分一点。她给我瓜子时手几乎伸进我的手心，指头挨到手心，我的手指稍弯一下，就能握住她的手。她每次只给我几颗瓜子，我几下嗑完，她再伸手给我一点。瓜子在她手心都焐热了，有一股手心里的香气。

每天都过飞机。帕丽来看飞机的时候，我们都出来帮着看。更多时候帕丽在别处看飞机，或者帕丽的飞机没来，天上飞着我和小赵的飞机。小赵比我看得仔细，我只是看看飞机是过来还是过去，然后回店里记到笔记本上，小赵一直看到飞机飞远，看不见。

我和小赵很少说话，飞机来的时候我们走到一起，其他时候只是隔着马路看。有时我背对小赵，也能感到她隔着路看我的眼睛。小赵也能觉出我在看她，只要我盯着她看一会儿，她总会扭过头来对我笑笑。现在想来，我和小赵只是隔着马路远远地看了两年，然后我卖了门市部走了。

十

帕丽第一次带飞行员丈夫旦江来我家是在八月的一个傍晚，正如旦江在二十多年后的网文中写的那样，正是秋天，我们家菜园里的各种蔬菜都长成了，养的鸡也长大了，金子高高兴兴宰了一只鸡，从菜园里摘了半盆青辣子，整个鸡剁了跟青辣子炒在一起，用一个大平盘盛上来。帕丽和旦江都没见过这种吃法，一盘菜就把饭桌占满了。

接下来就是旦江在网文中写的那个重要时刻，旦江看着堆得小山似的一大盘菜，吃了一口，味道奇香，跟以前吃过的辣子炒鸡都不同，旦江就问，这叫什么菜。我脱口而出，大盘鸡。

在以后多少年里传遍全疆、全国的大盘鸡，就这样发明了。我却一点记忆都没有。我只记得跟飞行员旦江一见如故，酒喝得很投机，边喝我边向旦江打问飞机的事。我问飞机轮子是咋样的，多大，跟哪个型号的拖拉机汽车轮胎一样。飞机那么大的机器，上面一定有好多大螺丝吧，那些螺丝都是什么型号。

旦江说他只驾驶飞机，保养维修都有专人负责。

我说，你经常开飞机从我们县城上空过，从空中看我们县城是什么样子，能看见啥？

看不见啥。旦江说。就是一片房子，跟火柴盒一样。

那你在天上怎么掌握方向？我们在地上开拖拉机都有路，飞机在天上也有路吗？

旦江看看我，端起酒杯说，喝。

旦江即使喝醉了也没向我透露过飞机的任何秘密，这让我对旦江更加敬佩。开飞机的人心里一定有好多不能让别人知道的秘密。但旦江做梦都不会想到，我心里也有一个有关飞机的大秘密，我也不能把这个秘密说出去。如果我说给旦江。旦江回去告诉管飞机的人，说飞机飞行的秘密已经被人知道，那样的话飞机肯定会改道，沿着别的道路飞行，不经过我们县城。

有一次酒喝到兴头上，我几乎问到了关键的问题，我问，你开的飞机在天上坏了，怎么办？比如一个大螺丝断了，假如正好在沙县上空坏了，你会选择降落在哪儿？

最好是返航。旦江说，找最近的机场迫降。

那没时间返航呢？就像拖拉机突然在路上坏了，动不了了。

那就选择平坦地方降落，比如麦地，麦地是平的。苞谷地棉花地都有沟，颠得很。

那天晚上我梦见自己开着小四轮在天上飞，车斗里装满特大型号的零配件。我听谁说一架飞机在天上坏了，说坏的地方很高，在一堆像草垛的云上面，我开着小四轮满天找坏掉的飞机。我的梦做到这里没有了。做梦有时跟做文章一样，开一个头，开好了就津津有味做下去。有时梦也觉得这样做下去没意思，就不做了。我关于飞的梦都是半截子，我从来没做过一个完整的飞的梦。也许连梦都认为飞是不可能的事，做一半就扔了。但我跟飞有关的门市部却一直开了两年。

十一

我开农机配件门市部那年，从乡里到县里，到处是倒闭的公家的修理厂和农机公司，那些公家的农机库房里，堆满大大小小的农机配件。我骑摩托车在乡里、县里和附近的团场转，找到那些公家的农机库房，想办法认识管库房的人，塞一点好处，里面的东西就可以随便捡了。好多地方的机耕队撤了，农机配件当废铁处理，装一车斗，估个价就拉走。我除了捡一些好卖的拖拉机零配件，只要看到特大号的螺丝，我是不会放过的。那些特大的螺杆螺帽，库房保管员都不知道是啥机器上的，只说在库房躺了好多年，库房保管员见我买这样的特大螺丝，对我刮目相看，他猜想我手里肯定有一台了不起的特大机器。

我把收购来的大大小小的螺杆螺帽摆放在柜台。特大号的螺丝柜台放不下，堆在地上。我是学机械的，知道这些螺杆螺帽的用处。它们用来连接固定东西，机器都是由许多个零部件组成，这些零部件都靠螺杆螺帽连接在一起，连接件是最容易坏的。我还收购和这些螺丝相配的各种型号的扳手，有活动扳手、固定扳手、拧大螺丝的扳手加长管。我的门市部螺丝型号最全。这是一个汽车师傅说的，他的汽车上一个不常用的螺丝断了，去了好多地方，最后竟然在我这里找到了。还有一个搞过大工业工程的老师傅看了我的这些螺丝后，点了好几个头，说，年轻人，等着吧，等到一个大事情你就发大财了。等不到，就是一堆废铁。

他不知道我等的是一个天上的东西。我在等一架飞机。可是我不能给他说，给谁都不能说。

门市部卖给别人那天，这些螺杆螺帽没有同农机配件一起卖掉，人家不要。我找了两辆小四轮拖拉机，拉了三趟，把它们运到城郊村的院子，我离开沙县后，我弟弟把它们全卖给房后面搞电焊的老王，听说卖了五千多块钱。

我说，卖这么便宜。我弟弟说，称公斤卖的，一公斤八毛钱。

我买的最大一个螺丝帽有拖拉机轮胎那么大，当时它躺在打井队院子里，上面坐着几个人，我问这个螺丝的螺杆呢，这么大的螺丝帽，它的螺杆一定顶天立地。打井队的人也不知道它的螺杆是什么样子，只知道这个铁东西在这里扔了好多年，因为太重，谁也拿不走它。我花了很少一点钱买下它，叫来一辆小四轮拖拉机，又找了几个朋友，带着绳索撬杠，折腾半天，这个铁家伙只挪动了几公分。最后，我只好把它存放在打井队院子里，等有用的时候我再来拉。

以后我也忘了这个大家伙。多少年后，有一天我回沙县路过打井队院子，才回想起这个大螺帽。进去找，以前放大螺帽的地方已经变成一片菜地，问锄草的老头，直摇头，说他从来没见过那么大一个螺帽。拖拉机轮胎大的螺丝帽，可能吗？那得用多大的扳手拧它。问打井队的负责人，说打井队早散了，他就是井队的职工，这个院子十几年前就卖给他了。

十二

每年都有好多新购的拖拉机。自从我开了拖拉机配件门市部，找我报户口和办油料证的人直接把拖拉机开到门市部门口，事情办完顺便买几个农机配件，再请我到一旁饭馆吃大盘鸡。我能感到路上的拖拉机在年年增多，但不会多过我报表中的数字。乡领导需要我们加大农业机械化发展速度，这是年终县上考核乡上的重要指标。我们站上也需要快速增加拖拉机马力数，这样分配给我们的平价柴油就会多。平价柴油是按马力分配的，一马力一年分多少油，有规定。那些年我无端增加了多少拖拉机，那些报表中的拖拉机拥有量和马力数，有多少是真的，多少只是数字，我自己也不清楚。

好多拖拉机只是一个数字，没有耗油、没有耕作、没有发出突突的声响。它们只存在于报表中，每年增加。这些虚数字，有个别被真实的拖拉机填补，因为每年都有农民购买拖拉机，拖拉机的数量在每年增加。多少年后，这里的拖拉机数量远远超过我编的数字。有的人家大小拖拉机有三四台。我虚编了那么多拖拉机数，到后来全成真的了。农机发展速度远远超出我的编造能力。

编造一台拖拉机，就要同时编造一个机主。在我的农机报表中，那些村庄的好多人家，拥有了各式各样的拖拉机，他们开着它干活，每年的耗油量、耕地亩数、机耕费收入、修理费都统计在报表中。这些在报表中拥有拖拉机的人，并不知道自己有拖拉机，他们雇别人的拖拉机耕地播种，给别人机耕费。几年后，他们中的一些人真的买了拖拉机，到农机站来报户。我在户口簿上看到他们的名字。

那时我想，等哪年我调离这个乡的时候，一定花点时间，把全乡的拖拉机数搞清楚。我当了十几年拖拉机管理员，我想知道报表中的数字和实际的差距，究竟有多少虚构的拖拉机，有多少真实的拖拉机。我似乎觉得自己需要一个真实的数字。就像我梦中在天上飞的时候，知道有一个地。但我没有实现这个愿望。我的调离通知下来时，已经没时间去干这个事了，我被调到另一个乡当农机管理员。

那个乡也在城郊，我在那里工作了一年多，做了两次农机年终统计报表，然后我辞掉工作到乌市打工。到现在我还记得那个乡有十七个村子，是我从乡政府报表中抄的。我调去的时候是十一月，直接赶上了年终报表。

我给站长说，我刚来，对这个乡情况不熟悉，想下去跑跑数字。

站长说，你闲得没尿事了。你不是老统计了吗，咋样报报表不知道吗？

我花了一周时间，在去年报表的基础上做一些改动，变成今年的。这对于我是轻车熟路。我想把今年的报表应付过去，明年开春搞春耕检查时好好把全乡的村子都跑一遍，把全乡的拖拉机数调查一下。我在大泉乡留下遗憾，工作十几年最后竟然没机会把农机数搞清楚。在金沟乡不能再胡整了。我怀疑我照抄的这些数字可能都是假的。既然是假数字，那随便改改就无所谓。还是等明年好好统计吧。

第二年我都干啥了，记不清，好像突然年终报表就下来了，一年就要结束，根本顾不上去调查那些数字。最后一年我只匆匆做了半年报表就辞职走了。走之前我把历年的统计报表转交给一个同事，我好像还翻开去年的报表看了看，我对自己编的一些数字似乎有点不放心。我给这个乡新编了多少拖拉机数字现在全忘了，只记住全乡的村庄数：十七。这是我从乡上报表中抄来的数字，一直没变过。啥都可以编，村庄的数字不能编。这是我认为的一个原则。

在这十七个村庄中，有一个叫野户地的村子我始终没去过。我想起在大泉乡待了十几年，那个叫下槽子的村庄也一直没去过，我经常到村里转，转了那么多年，都没转到那个村庄。调到金沟乡的一年多，我也跟随乡上的各种检查团去村里，我以为这个乡的村庄全走到了，却没有。报表中的野户地村我一直没去过。

现在想想，即使我再多待几年，可能也不会走进那个村子。因为野户地村或许根本不存在，它只是在报表中有一个村名，有户数人口数，有土地面积，有农机拥有量，有一个户口簿，有每家的户主和家庭成员名字及出生日期，乡上的各种通知都发往这个村子，乡长在讲话报告中经常提到这个村子，表扬这个村的村长工作能力强，表扬村民素质高，从来不到乡上告状找事，乡上安排的啥事都按时做完，最难做的事情都安排给这个村。这个村庄是农机推广先进村、计划生育先进村、社会治安先进村，村里电视最多、村民收入最高。我从来没有走进这个村庄，我怀疑它很可能只在报表中。就像我在大泉乡从没去过的那个下槽子村，我也不敢保证它是否真的存在。我每次说去下槽子，马站长都说太远了，路不好。也许根本没有一条路通向那里。

十三

我一直想着给帕丽写一首诗。我觉得和帕丽有一种秘密的缘分。她经常来配件门市部看飞机。她看旦江的飞机。她不知道我在看谁的飞机。我天天看飞机，就喜欢跟我一样爱好的人。甚至喜欢走路仰着头的人。我上小学时，村里的语文老师就是一个仰头走路的人，我老担心他被地上的土块绊倒。他很少看地上。他喜欢站在房顶看远处。有一天，语文老师从房顶掉下来。我们半年时间没上语文课。听说老师把脑子摔坏了，教不成学了。

帕丽走路胸脯挺挺，目光朝上，金子也是。还有小赵。我想让帕丽和小赵认识，因为小赵也喜欢看飞机，但帕丽不跟小赵说话。帕丽穿着红裙子黑高跟鞋，高傲得很。她仰头看飞机，其他人跟着看，看完她就骑自行车走了。她上车子时左脚踩在脚蹬，右脚蹬地助跑几步，然后裙子朝后飘起，一会儿就飘远了。

一次帕丽来看飞机，等了半天飞机没来。帕丽就坐在柜台边跟我说话。帕丽的眼睛又大又深又美丽，我不敢看她的眼睛，但她硬把眼睛递给我看。她可能想让我记住她的美丽，然后把她写到诗里。

帕丽盯着柜台下一个巨大的螺丝问我这是干什么的。我说，我也不知道能干什么。在废品站看见了就买了来，肯定是大机器上的。

我知道帕丽坐过飞机，就问飞机上的螺丝都很大吧。

飞机都被铁皮包着的，看不见螺丝。帕丽说。

那飞机轮子多大你看见了吧？

跟拖拉机轮子差不多吧。帕丽说。

那天旦江来我家喝酒，我也问了相同的问题。旦江说，飞机有两个秘密，一是飞机的动力，只有专门的技师才能接触到；二是驾驶室，这一块的秘密只有飞行员知道。所以，我们飞行员只知道怎样操纵让飞机起落飞行，但不清楚它的动力部分是怎样运行。管动力的技师只知道机器的秘密，但不知道怎样把它开到天上。

　　旦江的话让我觉得飞机和拖拉机似乎一样，有开车的有修车的。好多开车的不会修车。但开车修车却不是秘密。为啥开飞机和修飞机会成秘密？这可能是因为从地上跑，到天上飞，这中间本来就有一个秘密。这个秘密很早就被我们的梦掌握，后来又被少数人掌握。我是知道这个秘密的少数人。因为我学过机械，知道飞机是一个大机器，大机器是由大零件组成。除此我还知道飞机顺着地上的路在飞，这一点整个沙县只有我一个人知道。我一直收集大零件。那些堆在柜台旁和库房里的大零配件，经常让我觉得自己是一个干大事情的人。

　　帕丽不知道这些大零件干什么用。小赵也不知道，她天天在路对面看我，跟我一起看飞机，但她做梦都不会想到吧，我真正做的是啥生意。连帮我看店的小妹燕子都不知道。金子对那些铁疙瘩也没兴趣。在金子眼里我只是一个乡农机管理员，一个卖拖拉机配件的人。她不知道我一直挂着农机配件门市部的牌子，在卖飞机配件。这里天天过飞机，只有我想到做天上的生意。

　　金子一直羡慕帕丽，她和帕丽一样漂亮，在学校时都是班花，帕丽找了飞行员丈夫，挣的工资多，给帕丽买好多漂亮衣服。她却嫁给一个乡农机管理员，也调不到县上，每天骑一个破自行车往下面跑。还住在城郊村的土房子里。金子羡慕住楼房的人，冬天不用早晨起来架炉子，尤其天刚亮时，炉子的火早灭了，屋里冰冷，只有被窝里是热的，那时候谁都不想出被窝。早晨架炉子一般是我的活。我把火生着，屋子慢慢热起来时，金子起来做饭，女儿要睡到饭做熟、房子烧热了才起来。

　　金子最年轻美丽那些年，和我住在城郊的维族村庄，土路土墙土院子。我们在这院子生了女儿，门口的沙枣树跟女儿同岁。我和金子结婚那年冬天，金子想吃沙枣，我在街上买了一袋，第二年春天，对着屋门的菜园边长出一棵沙枣苗，金子先发现，叫我出来看。她用枝条把树苗护起来，经常浇点水。金子的身子渐渐丰满起来，等到十一月，我们的女儿出生，沙枣树已经长到一米高，落了它的第一茬叶子。等我们搬出这个院子时，沙枣树已经长过房顶，年年结枣子给我们吃。

我们在这个院子住了好多年，菜园里每年都长出足够的蔬菜。我结婚前不吃茄子，吃了恶心。我妈说小时候烧生茄子吃造下的病。住进城郊村院子的第一个春天，我在菜园种了一块西红柿、一块辣子、几行黄瓜、一块豆角，菜苗长出来后，金子说怎么没有茄子。我说我不吃茄子。金子说，你不吃我还要吃，我肚子里的孩子要吃。金子从路对面邻居家要了茄子苗，把辣椒拔了，栽上茄子。我从那一年开始吃茄子。金子炒茄子里面加一些芹菜、豆角和辣子，渐渐地我不觉得茄子难吃，茄子从此成了我最爱吃的蔬菜。

我在这个院子写出了我的第一本诗集，大都是写云和梦。我的心事还没落到地上，甚至没落到这个家和金子身上。金子给帕丽夸耀我给她写了好多诗，其实我没给金子写过诗，她正在比诗还美的年龄，我想等她老了，再给她写诗。可是她一直不老，多少年后，跟她同龄的人都老了，帕丽老了，小赵可能也老了，金子一直没老。到现在我一直没给她写一首诗。

十四

有一阵我想调到县气象局工作，乡上一个同事的媳妇在气象局上班，我在他家里吃过饭。同事媳妇说气象局的工作就是天天望天。我想，我要干这个工作一定能干好，因为我不干这个工作都天天望天。天上的事我知道得太多了。我可能适合统计天上的事情，地上的事多一件少一件，也许不重要。就像那些村庄的拖拉机，多一台少一台，有啥呢。我想让它多一台，改个数字就行了。

我统计过往飞机的时候，顺便把每天刮什么风、风向大小都记了。我把风分成大风、中风和小风。大风是能刮翻草垛的风，一年有几次，我们这里还有一种黑风，也被我归入到大风中。黑风就是沙尘暴，一般来自西北边，一堵黑墙一样从天边移过来，从看见它移到跟前，要有一阵子。路上的人赶快回家，挂在外面的衣服收回去，场上的粮食盖住。黑墙渐渐移近，越来越高，空气凝固了，不够用了。那堵顶天的黑墙在快移到跟前时突然崩塌下来，眼前瞬间淹没在黑暗中。呼吸里满是沙尘，沙尘中裹挟着大大的雨点，落在身上都是泥浆。

中风是能刮跑帽子的风。小风刚好能吹动尘土和树叶，又吹不高远。再小的风就是微风了，不用记。

我们这个地方多数是西北风，东南风少。我统计风的时候，又顺便把云和雨雪统计了。雨雪好统计，每年下不了几场雨，冬天雪下得勤一些，也没有多少场。

云比较难统计，我就用诗歌描写，看到有意思的云，我就描述一番。描写的时候还抒情。我把好多情抒发在云上。我想抒情时就逮住天上的一朵云。我把云分成忙云和闲云，还有白云和彩云。我主要关心云的忙与闲。云在天上赶路的时候，我停下看云。满天的云在跑，不知道发生了什么，整个天空变成一条拥挤的路，云挤云，有时两朵云跑成一朵，有时一朵跑成好几朵。云忙的时候比人忙。闲云我不说了，如果云在天上看我，一定认为我是地上的一个闲人。

我一直没像描写云一样描写过飞机。我只记录每天过往的飞机。我不描写它。飞机是不能描写的。云可以描写。可以写云的诗。

我描写云的本子放在配件门市部柜台里面，我在外面看天看云，想好了回来趴在柜台上写。我不在的时候，小赵经常过来和我妹妹说话，还翻出我写云的本子看。我知道小赵喜欢看我写云的诗以后，就写得更勤了，每天写一首诗，跟过来过去的飞机数字记在一个本子上。小赵肯定看不懂那些过来过去的数字是什么意思。但她或许看懂了我写云的诗，我在门市部时，她朝这边看得更勤了。

小赵第一次给我理发是一个黄昏，我骑车回来，小赵和燕子坐在门口聊天。小赵说，哥，你该理发了。那时我头发茂密油黑，喜欢留长发。小赵给我理过有数的几次发，都是在黄昏。在渐渐暗下来的理发店里，小赵的手指在我的头发上缓缓移动，她好像在数我有多少根头发，我的每一根头发梢都感觉到她的手指，耳朵和脖子的皮肤也感觉到了，理鬓角时她的手背贴在我的脸上，她理得仔细极了。

小赵男朋友穿着崭新西装、戴着大墨镜回来那天，我正好在门市部，没看清他长啥样，以为是一个来理发的，进来出去晃了几下就走了。后来燕子说那是小赵的男朋友。

小赵的事都是小妹燕子讲给我的。我去农机站上班后，剩下的时间就是燕子和小赵的，有顾客时各自招呼一下，更多时候，两个人坐在窗口看路上过往的拖拉机汽车，小赵把自己的事全说给燕子，燕子又说给我。

燕子说，小赵男朋友是做生意的，经常坐飞机全国各地跑。他这次是坐飞机到伊犁，又坐小汽车回来。说在伊犁谈成一笔进口钢材的大买卖。

小赵让她男朋友带她坐飞机，男朋友说坐飞机危险得很，有一次他坐的飞机在天上坏了，说是一个螺丝断掉了，天上又没有修理铺，你说咋办？

那后来怎么样了？那架在天上坏掉的飞机后来怎么样了？

燕子说小赵没说，她不知道。

在我记录飞机的本子里面，有好多架只过去没过来的飞机，我用红笔标着，我一直都想着那些飞机怎么样了，或许都在天上坏掉，过不来了。或许还有另外的路，不是所有飞机都从我头顶飞过。但我一直在等所有的飞机，在这个三岔路口。

十五

门市部前每天都有等车的人，去乡里的班车一天跑一趟，错过了就只能搭便车。配件门市部前是搭便车的好地方，常有拖拉机停下，驾驶员进店里买个配件，出来车斗里坐了几个人，笑嘻嘻地说师傅辛苦了捎一截子路。

每个周末我都看见一个干部模样的人在路口等车。他背着公文包，手里提一把镰刀。等累了，到我的门市部看看，我知道他不买农机配件，不怎么搭理他。他也不没话找话，趴在柜台上看看，柜台边有一个方凳，他是盯着那个方凳进来的，他有一眼没一眼地看看他根本看不懂的农机配件，然后，把方凳搬到屋外，坐在门口等拖拉机。

配件门市部卖掉的前一个月，我在另一个朋友的酒桌上碰见了他，他叫董自发，在县委工作，是我朋友的朋友。我还在酒桌上听到有关董自发的事。好多年前，董自发下乡支农时，把一块手表丢在了海子湾水库边的一片草滩。那是刚工作时家里给他买的一块表。支农是县上组织干部下乡帮农民抢收麦子，董自发的手表就丢在麦地边的草滩上，他没敢告诉同伴，也没告诉村里人。支农回来后，他每个周日提一把镰刀，去海子湾水库边割草，边找手表。第一年割到落雪没找到，第二年又在同一片草滩上割草。听说为了下去割草有理由，他还养了一头牛，又养了两只羊。

我知道了董自发的事以后，看见他来搭车就赶紧招呼，帮他早早搭上车。董自发走路说话都低着头，眼睛看着地，可能是找手表养成了习惯。那块表即使不被人捡走，也早锈掉了。董自发为啥还去找它，我不方便问。结识董自发后，我就老想着他丢掉的手表。一块表掉在草丛里，嘀嗒嘀嗒地走，旁边的虫子会以为来了一个新动物。表在草丛走了一圈又一圈，停了。表停时可能已经慢了两分钟。因为发条没劲了，就走得慢，最后慢慢停住。表可能停在深夜的一个钟点上。表不走了，时光在走。围着草丛中一块手表在走。时间有时候走在表指示的时间前面，有时候走在后面，有那么一个时刻，时间经过表停住的那个时间点，表在那一刻准确了。表走动的时候，从来没有准确过，一天走下来，总是慢一分多钟。在草丛停住后，一昼夜有两次，表准时地等来一个时间。准确无误的时间。这一刻之前之后，草丛中的表都是错的。时间越走越远，然后越走越近。漂泊的茫然的永无归宿的时间，在草丛中停住的一块表里，找到家。一块表停住的时刻，就是时间的家。所有时间离开那里，转一圈又回来。

董自发的这块表就这样在我心中走不掉了。以后再没见董自发提个镰刀去割草找表，也许董自发发现我知道他的秘密后，从另外的路下乡了。也许一块表的意义逐渐变得轻微，他不再去找了。但我却一直在想那块表，我卖掉门市部离开沙县前，还骑摩托车去他丢表的那个叫海子湾的村庄，我不知道他的表丢在哪块地边的草滩。他也从没把确切的位置告诉过别人。我问村民，许多年前有一个干部来村里帮助割麦子，有这回事吗？还有，一个干部的手表丢了，这事村里人知道吗？

没人知道。

我带着这块丢在草丛中的表离开沙县。从那时候起，有一块时间在我这里停住了。它像躺在房顶的"飞机配件门市部"招牌。像我做农机站统计时虚构的那些跑不到地上的拖拉机。像那个我一直没有去过、不知道是否真的存在的野户地村、下槽子村。我带着这些离开沙县。离开的那年，我刚好三十岁。

十六

现在该说说我的"飞机配件门市部"了。

农机配件门市部开业不久，有一天，我买了七张一点二米宽二米长的三合板，天黑后叫一辆小四轮帮我拉到门市部前，我上到房顶，驾驶员站在车斗上帮我往上递。全递上房后我让驾驶员回去休息，我从门市部拿出两罐油漆，一罐白的，一罐红的。我用白油漆给三合板刷了底色，然后用红油漆开始写字。一张三合板上写一个字。那个晚上月亮很亮，星星也又大又亮。房顶因为离天近一些，比地上更亮。

我从来没写过这么大的字，有点把握不准。我先用大排笔刷写了"部"字，再写"市"字，写"门"字的时候已经很随手了，接着写"件""配""机"字，一个比一个写得好。写"飞"字时我犹豫了一下，想写一个繁体的"飞"字，笔画没想清楚，就写了简体的。

七个鲜红的大字"飞机配件门市部"赫然出现在房顶。我乘夜把从外面收购来的大零配件一个一个搬上房，压在三合板角上，每个三合板压四个大配件，稳固在房顶。沙县经常刮风，城东这一块风尤其猛。我担心三合板被风刮走。大铁配件压在大招牌边，都是给天上的飞行员看的。

第二天一早我又爬上房顶，看见七个鲜活大字对着天空，我坐在房顶等飞机。那天怪了，从早晨到半中午没一架飞机。我被太阳晒得头晕，下房去喝了口水，突然听到飞机的声音，赶紧上房，站在油墨未干的"飞机配件门市部"招牌旁。那是一架过去的飞机，往西开，飞机到头顶时我朝天上招手，发现飞机速度慢了下来，几乎停在我头顶。我似乎看见飞机舷窗里的一双眼睛，正看着写在房顶的招牌，看着压在招牌上的巨大零件，还有仰头看天的我。

"飞机配件门市部"的招牌一直不为人知地贴在房顶。上房的梯子我藏在房后面。有天刮大风，燕子在理发店跟小赵聊天，看见对面房顶一块写着红色大字"飞"的三合板飞起来。燕子跑过马路喊我。那块三合板只飞过马路，就一头栽进了机关农场大渠。我和燕子好不容易把它从渠里捞出来。我抱着板子回来是顶风，感觉板子在怀里飞，要把我带飞起来。我累得满头大汗，我说你飞吧。我丢开板子。板子叭地倒在地上，不动。

风停后我赶紧把写着"飞"字的板子拿上房顶，燕子在下面递，我在上面接。还搬了几块砖上去，压在"飞"字上面。写了"飞"字的板子飞了三次，都被我找回来。

另一场大风中"配"字和"门"字飞起来，"配"字从房顶翻转着掉下来，叭地摔在路上，正好一辆拖拉机开来，直直轧过去，留下一道黑车印。"门"字飞过马路，小赵和燕子都看见了，红红的"门"字朝下。我在乡农机站接到燕子打来的电话，说"门"字飞过大渠掉进果园了，让我赶快回来去追。

下午我回到门市部，"门"字已经被燕子和小赵追回来，立在门市部门口。小赵说，我帮你把"门"字递到房顶吧。我说，就扔这儿吧。小赵说，没有"门"上面就缺一个字。我看着小赵，怎么上面的字小赵都知道了。我又看燕子。燕子说，有一次羽毛球落在房顶，小赵上去拾羽毛球，看见了上面的字，喊我上去看。

还有谁上去看了？房东的大儿子也上去看了。

还有呢？电焊铺的老王也看了。

那是啥时候的事情？几个月前吧。

我想起那天和小赵看飞机，小赵说，哥，你坐过飞机吧？小赵随着燕子叫我哥。我说没坐过。要有一架飞机落到我们县城就好了。小赵说。那飞机驾驶员就会找你来剪头发。我说。才不会呢。小赵说。他会找你。找我干啥？小赵看着我笑笑。没回答。原来她早就知道我写在房顶的"飞机配件门市部"，知道我一直挂着农机配件门市部的牌子，做着卖飞机配件的生意。

十七

飞机真的来了。那天，我骑摩托车走在两旁长满高大玉米的乡道上，看不见村庄，路一直通到田野深处。我忘了骑摩托去干什么。平常下乡我都骑自行车。因为站长老马骑自行车，我不能比他跑更快。

摩托车无声地行驶着，它的声音被高大的玉米地吸收了。我仰着头，头发朝后飘扬，光亮的大脑门顶着天空，风从耳边过，但没有声音。这时我看见一架飞机斜斜地冲我飞过来，屁股后面冒着烟。我马上想到飞机在天上坏了。飞机是从县城上空斜落下来的。飞机坏了后飞行员肯定着急地往地下看，他首先看见我贴在房顶的"飞机配件门市部"，接着看见压在招牌四周的巨大螺丝，方圆几百公里的地上，只有一个经营飞机配件的门市部。他赶紧想办法降落飞机，不能落到县城，也不能落在路上。县城边有大片的麦田。麦田都是条田，跟飞机跑道一样。高高的玉米地后面就是大片麦田，我赶紧把摩托车开到地里，飞机几乎擦着我的头皮飞过去，我被它巨大的轰鸣声推倒在地，连滚带爬起来，看见飞机滑落在麦地。它落地的瞬间，无数金黄的麦穗飘起来，一直往上飘。然后，我清清楚楚地看见飞机，银灰色的，翅膀像巨大的门扇一样展开，尾翼高高翘起。接着舱门打开，飞行员下来，拿一个大扳手，钻到飞机肚子底下。可能飞机上一个大螺丝断了，要换个新的。飞行员把机舱门锁住，往路上走。他在天上看见县城边有一家"飞机配件门市部"，还看见了大螺丝。他走几步回头看看飞机。飞机像几层房子摞起来一样高。飞机落下时巨大的风把条田的麦子都吹到天上了。附近村庄的人朝飞机跑来。这时候，我的摩托车已经开到麦地中央，麦子长得跟摩托车一样高，我看见自己在麦芒上飞跑，车后座上绑着一个大螺丝，是我在乡废品站买来的。本来驮回店里的，正好遇见飞机落下来。我朝走在麦地里的飞行员喊，"卖飞机配件""卖飞机配件"。飞行员疾走过来，看见摩托车后座上的大螺丝，眼睛都亮了。他看来看去，最后说，有更大号的螺丝和螺杆吗？我说有，多大号的都有。飞行员说，太好了，你给我全部拉来，有多少我要多少。

这时拥来的村民已经把飞机围着。飞机轧了他们的麦地。有的村民说要回去取扳手，不赔钱就卸飞机膀子。有的说要卸飞机轱辘。我赶紧骑摩托车往回赶，在路上拦了一辆拖拉机，又拦了一辆，总共拦了四辆拖拉机，开到我的农机配件门市部，又叫了好几个人帮忙往车上搬螺丝。小赵也过来帮忙。小赵说，你终于来大生意了。我不好意思地看看小赵，她已经知道有一架飞机落下来，落在附近的麦田了。她也知道我在经营飞机配件。我装了满满四拖拉机大螺丝，我骑摩托车在前面带路，拖拉机在后面一排跟着，路边都是人，都知道一架飞机落下来了。有人滚着半桶柴油跑，也许飞机缺油了，落下来。卖馕的买买提驮了一筐馕往城外跑，飞行员肯定饿坏了。我的摩托车和跟在后面的拖拉机跑得最快，远远地跑到前面，好像路越跑越远，两边长满高高的玉米，什么都看不见。终于跑到麦地边，满天晚霞。太阳正落下去，阳光刺得我睁不开眼。我让拖拉机停住，我朝麦地里走，走过一个田埂，又走过一个田埂。怎么不见飞机了？麦子也长得好好的。是不是飞机修好飞走了。不可能啊，它修好飞走了也在天上，怎么天上也没有飞机？

　　我呆呆地站在麦地中央，站了很久，一直到天黑，星星出来。

十八

　　后来的情况是，我的农机配件门市部卖掉后，租的房子退给主人，房顶上的"飞机配件门市部"招牌没动，交房子钥匙的前一天，我找出写招牌用剩的半罐红油漆，爬梯子上房。招牌上的字已经不那么鲜红，落了一层尘土。我打开油漆罐，里面的油漆结了厚厚一层漆皮，用刷子柄捣开，剩余的油漆依然鲜红。我原想把飞机的"飞"字改成"农"字。我不想让人知道我在开一个"飞机配件门市部"。尽管小赵、电焊老王都知道了，他们并没笑话我，还把我当成一个干大事的人一样尊重。但是，更多的人可不这么想，他们要是知道了，肯定会当成一个大笑话去传，多少年后都是可笑的。就像董自发去海子湾割草找手表的事，现在说起来我们还会忍不住笑。我不能留下一个笑话。这个让我做了好多梦，那么悠闲地度过从二十岁到三十岁这段岁月的地方：每天过飞机的城东三角地、城郊乡农机站、我有了妻子女儿的大院子、我的年终报表中有拖拉机和没有拖拉机的村庄，我希望安安静静被它们记住或遗忘。

　　飞机配件门市部和我的农机配件门市部只一字之差，我只要把"飞"字改了，谁都不会知道这个招牌是给天上的飞机看的。尽管县城上空天天过飞机，但谁也不会想为飞机开一个配件门市部。"飞"字改

"农"字很简单，上面的横改成宝盖头，再向左拉出一大撇，就基本上是"农"字了。我在心里构思好，刷子拿起来时，手却不由自主地，把这个"飞"字改画成了一架飞机。

我在飞机下面还画了两个吊着的轮子，我不知道飞机轮子是什么样，我照着小四轮拖拉机的轮子画。我很欣赏我画的飞机，尤其那两个轮子画得最像。我还想在飞机屁股后面画一股子烟，但是没地方了。我收起画笔正要下房，听到天上的响声，一架飞机正从东边飞来，我一手提红油漆筒，一手拿油漆刷子，仰着头。

那一刻，我知道了飞机或许不是顺着地上的路在飞，它有天上的路。除了传到地上的声音，它跟我，跟这个县城，跟我开配件门市部的三岔路口，或许都没有任何关系。但我为什么一直在看着它呢？我做了那么多飞的梦，花好几年统计飞机过往数字，还有云和风的数字，都在笔记本里。也许这就是我跟它的关系。它跟我没有关系并不等于我跟它也没有关系。

记录飞机的笔记本放在柜台，配件门市部卖掉清理存货那天，我拿起本子看了看，我想以后不会再翻开这个本子，别人也看不懂那些记录着"过来""过去"的数字。我把写云的诗页撕下来，本来想送给小赵。我让燕子去喊小赵。燕子说，小赵男朋友回来了，她男朋友这次在做一个更大的生意，用钱很多，小赵把理发挣的钱加上抵押理发店贷的款都给男朋友了。我扭头看见一个穿西装戴墨镜的男人站在理发店门口，他就是小赵说的那个经常坐飞机从我们头顶飞来飞去做大生意的人。他不知道我和小赵经常一起看飞机，那些飞机中或许有一架是他乘坐的。或许他根本就是一个连飞机都没见过只在想象中坐着飞机满天空跑的人。

我把撕下的诗稿又夹在笔记本里，和即将卖掉的配件扔在一起。

配件门市部卖掉后不久，我便辞掉农机站的工作，去乌市打工。我本来没想要出去打工，在大泉农机站时我一直等着老马退休，那样站长就是我的了。农机站四个人，我、站长老马、出纳努尔兰，还有老李。老李快退休了，努尔兰写不好汉语，站长肯定是我的。可是，我被调到了金沟乡农机站，那个站长年龄跟我差不多，我没指望了。再加上金子也鼓励我出去。金子两年前就对我说，你再在农机站待下去就完蛋了，最后像老李一样退休。我那时还不以为然，我怎么能像老李呢，我退休时最差也会像马站长一样，被大家称为刘站长。

可是我没当上站长。我这个人，可能天生不适合在地上干事情。我花好多年时间看天，不为人知地经营天上的事，现在我明白，其实我才是一架飞机呢，经常从地上起飞，飞到一个只有我知道的高远处，然后盘旋在那里，手臂伸展，眼睛朝下。看见我生活的城郊，我开在路边的小店；看见写在房顶的"飞机配件门市部"，红色的，每个字每个笔画都在飞；看见领着一群人仰头看飞机的帕丽；看见小赵和金子，站在他们中间的我。

然后，我飞累了落回来。

有一天他们在地上找不到我的时候，会不会有谁往天上望，谁会在偏西的一片云海中看见我。我经常一个人在天上飞，左右手插在两边的裤兜里，腿并直，脸朝下。有时跷起半条腿，鞋底朝上，像飞机的鳍。我顺风飘一阵，又逆风飞一阵。逆风时我的头发朝后飘，光亮的脑门儿露出来。我不动手。我是一个懒人。我想象我在地上的样子，也是多半时候手插在裤兜里。我在地上没干过什么事。当了十几年农机管理员，一直做统计。现在想想，我坐在办公室随意编造的那些数字，最后汇总到县、省、全国的农机报表中，国家不知道它的农机数据是错的。这些数字中有一些是一个乡农机管理员随便想出来的。也许它根本就不在乎这点差错。我每天记录的飞机过往数字没有差错，但没有谁需要。我开了个农机配件门市部，主要卖飞机配件。配件门市部开了两年，没挣什么钱，贷的一万块钱还了，剩下的就是库房里的一大堆大螺丝螺帽，这是我两年挣的。

还有，就是我写在房顶的"飞机配件门市部"。店卖掉后房顶的五块招牌都被风刮跑了。我听小赵说的。离开沙县前我找小赵理发，我原想剃个光头，这样出去打工就不用操心头发的事了。小赵说，我给你造个型吧，你出去做事情穿着打扮都不能太随意，不能让别人看不起你。小赵很仔细地给我理了一个老板头，我在镜子前端详半天，还是觉得那个头不是我的。正在这时飞机的声音传进来，我和小赵一起出门，我看着路对面已经是别人的配件门市部，心里一阵酸楚。小赵也没抬头看飞机，她一直看着我。小赵说，那天刮大风，房顶的五块招牌都飞了，有一块飞得特高特远，上面画着一架鲜红的飞机。那个招牌飞过我的理发店，飞过大渠，飞过机关农场果园，一直飞得看不见。风停以后我还去果园那边找，没找到，飞掉了。

　　小赵的美容店在配件门市部卖掉的第二年被银行封了。美容店的房子是别人的，小赵给男朋友贷款抵给银行的只是两把理发专用的躺椅和墙上的一面玻璃镜子。小赵被她父亲叫回家种地。后来嫁给一个村民。再以后什么样我就不知道了。这些都是燕子告诉我的。燕子初中没毕业就辍学，给我看了两年店，后来开饭馆、开歌厅、开网吧，现在是沙县最大的电脑专卖店老板。帕丽嫁给旦江后调到乌鲁木齐工作，一直跟金子保持着密切联系。在我的印象里帕丽有很多朋友，而金子似乎只有帕丽一个朋友。帕丽出车祸半身瘫痪，金子依旧是她最好的朋友，经常在家里炒了大盘鸡去看她，有时买了鸡到帕丽家炒。旦江不开飞机后在一家旅游公司当办公室主任，帕丽出车祸瘫痪，旦江辞去主任职位，给公司看大门，晚上上班，白天在家休息，照顾帕丽。至于我，农机配件门市部卖掉后，我开始专心写诗，计划写一部万行长诗，主要是关于天空、关于云以及云朵下面一个村庄的事情。没写到一千行，我扔掉诗稿进乌市打工。我的诗人生涯从此结束了。我在乌市打工期间，把我写完没写完的诗全改成散文。在那本后来很有名的写村庄的书里，没有一篇文章写到飞机。那个小村庄的天空中飞机还没有出世，整个夜晚只有我一个人在飞。

宣传队
林那北

在百度上输入"宣传队"三个字，显示的结果是这样一行字："本词条内容尚未完善，欢迎各位编辑词条，贡献自己的专业知识。"这一天是二○一三年六月六日中午，芒种节气刚刚过去，没有雨，但也不见阳光，从早上起一直是阴沉沉的，而云之后却隐约有光。这是一种有着阴险气质的天气，过于暧昧，让人浑身像蒙着一层塑料布，汗在将出未出之间徘徊。

我把眼从电脑屏幕移到窗外，长嘘一口气，仍然放不下刚才的诧异：居然"本词条内容尚未完善"！

如果是从前……这个"如果"像一坨重物就这样迎面扑来了，它是时光深处一株枝繁叶茂的大树，带着芬芳与果实，并且色彩明丽。三十、四十、五十年前，时光往前推移，宣传队这个名称有几个人不知道呢？毛泽东思想文艺宣传队，这是它的全称。唱歌跳舞弹奏器乐可以宣传思想，这似乎有点奇怪，但那时没有人追问，不敢问，也不觉得需要问。有一个疑惑其实一直在我心底盘旋：那时的人比现在单纯吗？

所谓单纯不过是用一种简单的方式，没头没脑地信任这个世界。世界那时候其实非常斑驳，斗来斗去已经连绵几年，包括我父亲在内，他不过是一个微不足道的小芝麻官，居然也未能幸免地成为"走资派"——走资本主义道路的当权派，被戴上高高的纸帽，胸前挂起大牌子，上面写着粗大的侮辱性字眼，打倒、批臭、永世不得翻身之类的，还用红笔画上叉，然后游街，批斗，关牛棚。

他从牛棚里"解放"出来已经是上个世纪六十年代末或七十年代初，生活被一截两断之后又徐徐往下进行。进牛棚之前他是公社副社长，之后是另一个公社的革委会副主任，分管教育文化卫生以及全公社上山下乡这桩事。没提升，也没降职，牛棚里的那一次次批斗、审查、检讨都如同一场游戏，而他看上去也无丝毫损伤，终日依旧不管东西南北地亢奋，行色匆匆，好大喜功，高亮的笑声和昂首急速行走的姿势，仍虎虎生风，仿佛被批被斗不过是向水里扔了一块石子，水波漾了漾，很快又了无痕迹。为什么会这么达观呢？肉体上也许真没多大损害，可关于尊严的那种痛，是触及一个人心底最彻骨的痛，怎么可能转眼消失？相比较而言，似乎上吊的邓拓、投湖的老舍、吞安眠药的杨朔、跳楼的上官云珠、跳井的范长江等人更合情合理。当然反过来我又庆幸父亲能够那么迅速地自愈，终于守得云开见明月，"解放"了，重新走上工作岗位了，周围的人反正也没几个是风平浪静度过的，彼此彼此，难兄难弟，生活还得往下继续。

关于宣传队，我打算就从这个时候说起。

一

大概父亲都记不清自己结束牛棚生涯、恢复工作的具体时间了，即使记得，我现在也无从问起，两年前他已经去世。出生于一九二八年四月的父亲，那时四十岁刚出头。打量着身边往来行走的熟悉不熟悉的四十多岁男人，我终于忍不住揣想起父亲的当年：也是那般健康、自得、踌躇满志？一张"文革"前拍的全家福照片上，父亲留着工整的三七开分头，穿灰色呢子中山装，围双色羊毛围巾，而中山装的口袋上则非常隆重地插着一支钢笔。母亲多次半开玩笑地嘲讽她丈夫，说他很骚，从年轻到老都"爱装"——福州话里就是爱打扮的意思。父亲后来的"骚"，我们都充分领教过了，比如九十年代末期他就有一套亮灰色绸缎唐装，上有福禄寿喜团花图案，是我出差浙江买给他的家居服，他觉得有范儿，昂然穿上街头，回头率百分之两百。后来唐装在男人中盛行，他得意地反复自夸，仿佛那潮流是被他引领出来的。再老一点，他穿西装系领带都上了瘾，任何正式场合其实都与他无关了，如此正式穿戴无非为了坐在家里看看报纸和电视新闻联播。冬天时则穿黑呢大衣、黑礼帽，手上再加一个拐杖。我不知深浅，觉得一个拐杖令他顿时老迈几分，他却铿锵反驳道："蒋介石以前手上都要拿一个的！"我如梦初醒，把他的穿着联系起来看，原来他心中藏有这么一个大偶像啊。他年轻时的那个时代，不敢放胆打扮，能够派上用场的只有一条在当时算得上奢侈品的羊毛围巾。而那支钢笔则是另一种装饰：建国初期通过扫盲班才识点字的工农干部在农村占多数，父亲在福州英华中学读过书，钢笔是他表达有文化，与大老粗们不一样的重要标签。

罗列父亲的这些外部特征，是为了说宣传队。注重穿着打扮，又自以为有文化，父亲的文艺腔一直不得要领地保持到生命的终点。在当时，则转化为对宣传队的豪情壮志。

"文革"开始时奶奶已经被送回她娘家，我们姐弟三个也先后跟随。奶奶的娘家是福厦公路旁一个原本相当大的村子，如今村子的大部分土地都已经被一家大型合资汽车制造公司所盘踞，宽阔的厂房和一辆辆工整排列的汽车把退缩在角落里的村庄反衬得寒酸局促，但"文革"前却是另一种模样。背后是像一把大扇子连绵摊开的小山岭，前面是广阔而肥沃的田野，春秋水稻或者芋头、甘蔗、荸荠，蔬菜此起彼伏，高低错落不一而足，蓬勃滋润得像一位初长成的少女。奶奶只是寄居，没有一寸土地，我却可以在每一块地头自由奔跑跳跃，傍晚则伴着夕阳，拿一根竹竿、一个自制的塑料袋，袋口上箍着一道铁线，这是钓青蛙的必备工具。然后入了夜，如果没有月亮，整个村子就漆黑得像滑进墨池里。还没通电，家家户户点的都是煤油灯，为了省钱，灯芯捻到最小，玻璃罩早被烟熏黑，透出来的光朦胧而晦涩。就是在这样的油灯下，每晚奶奶重复做的一件事就是讲鬼故事。那时很奇怪她肚子里为什么能装得下那么多鬼，后来才知道，其实大都是《聊斋》里来的。她不认字，也是道听途说，然后演绎发挥，夸大诡异惊险的部分，见我们听得龇牙咧嘴面无人色，才很有成就感地咧嘴轻轻一笑，吹灭灯睡觉。灯熄后很久，我都闭紧眼大气不敢出，仿佛四处窸窸窣窣，有鬼横走。

她说夜里在外行走，每个人肩上都亮着两盏灯，转一次就灭一盏，两盏都灭了，鬼就扑过来了。不是开玩笑，每次她语气和神情都认真而庄重。我信了，不可能不信。哪天夜里她忽然头疼难忍，需要去一趟小药铺，买一种已经多年未见的名叫"安乃近"的药；或者烟丝没有了，她必须一筒接一筒吸水烟，这时候被逼出门的往往就是我。乡村狭窄的青石板路幽长而寂静，各种不知名的虫子藏身角落哧哧鸣叫。我快速地跑，却又跑得僵硬局促，鞋底与石板撞击出的声响居然有惊悚回音，我真怕骚扰到鬼。等回到家，肩膀沉而且酸——为了维护亮在上面的两盏无形的灯，一路上我绷紧身子，脑袋往旁微微侧一下都万万不敢。

到了父亲恢复工作，奶奶又带着我们一起跟来了。这是个江水环绕的大镇，需要坐船抵达，上了岸也仍见四处蜿蜒丰沛的河水，水系纵横，流淌有声。我那时只有七八岁，瘦小黝黑得不成人样，好动，热爱上树下河，坐没坐样站没站样，到处惹是生非，总之无一处值得父亲引以为荣。父亲好像也顾不上这些，他太忙了，没完了地开会，没完没了地下乡。交通工具缺乏，公社总共两辆自行车，首先保证革委会主任使用，余下的这个副主任骑走了，那个副主任就只能徒步，一走就是一两天。

随奶奶到镇上的第三个晚上，公社宣传队有演出，当地人称为"晚会"，能进场就是待遇。我应该不是跟着父亲进了影院，反正是去了，里头连过道都站着人，但很有序，每个人脸上都是庄重而欢欣的，像融入一桩神圣的大事件。我注意到灯光，或者说被灯光所吸引。光泛黄，一盏盏都缺乏咄咄逼人的锐利，却因为数量足够多，便有了一种铺天盖地的丰盈感，像无数的手从上面伸下来，团团护着你。

对于这个晚会的记忆是零碎的，我一直想梳理打捞，最后脑子里浮起来的仍然只有灯光。

镇上的电影院外表不起眼，围墙仅一人多高，刷着淡黄色的漆，已经斑驳脱落，有各种简陋粗俗的涂鸦，里头却宽大整洁。因为有灯，灯扑面而来，夜顿时如昼，它们应该是我在村庄的夜晚里一遍遍渴求的，所以淹没了那晚舞台上的一切。反正都是歌舞，吹拉弹唱，蹦蹦跳跳。当时我大概觉得这些东西都属于成年人，离自己很远，毫无关联。

那时街头贴着"复课闹革命"的标语，一首歌也雄壮地唱："……复课闹革命，我们坚决来响应。一边上课，一边闹革命，一边上课一边闹革命——嘿！"学校似乎已经恢复上课一阵子了，我在村庄里不知道，也不迫切，父亲把我们带到镇上，最主要的目的就是让我们姐弟三个"复课"。荒芜了几年，从老师到家长到学生，都有点惊魂未定或者魂不守舍，就复得混乱，比如停课前是五年级，一复课却复到四年级去，没人觉得有什么不妥，课堂更多时候只是一件无关痛痒的容器，把适龄孩子囫囵吞枣随便一装就了事。

我不记得自己上的是二年级还是三年级，虽是插班，却坐到了第一排。一是因为个子矮，二是因为父亲的缘故。他分管教育卫生文化，全公社各中小学自然就在他权力范围内。而我被招进宣传队，是否也是因为父亲？现在已经无从考证了，总之，进入这所小学不久，我就成为校宣传队的一员。

<h1 style="text-align:center">二</h1>

地主是整个社会的反面角色，需要批倒批臭，狠狠踩在脚下让他们永世不得翻身——这个概念是电影、连环画、各种批斗会告诉我的，但是周围的一切偏偏都与地主有关。

公社的院子很大，门口却偏窄，只是一个矩形的石门，跨进去后是一条长长的通道，通道上方是作为干部宿舍的楼房，穿过去，便是一处花园式的空地，种着扶桑、杨柳、夹竹桃之类的树木，有幢狭长的小楼从右侧贴着围墙向后延伸。穿过小楼或者旁边的空地，能看到一株粗大的一个成年人也抱不拢的白玉兰树，树下有一张长石条凳，绕过石凳前行二三十米，就是一座略为西化的红砖大建筑，两层楼在地面上，还有一层是地下室，屋顶有高耸的雕花石刻。这在当时，已经是须仰视才见的高楼。楼的后面是新修建的食堂和会议室，而跨出食堂后门，则是一个种满柑橘的大园子，园子旁一条河蜿蜒而过。

我耐心地描述公社机关院子，是因为时光正在倒转，它们像一群抢着索要表扬的孩子，喊叫着拥挤而来，那么清晰地一一重现眼前。矩形门后有间传达室，一个肥胖的看门老伯养一只黑色掺些黄杂毛的土狗，有次我从院里往外奔跑，不知怎么惹到狗，被它追上在小腿肚子上咬了一口，皮肉破了，有血。老伯拉起我裤管看了看，淡定地提起毛笔，在伤口上写了一个"虎"字。这是唯一的处理方式，不似如今，哪怕仅被自家养的狗爪子抓了一道，都要先打血清球蛋白，再接二连三地注射狂犬疫苗。据说，狂犬病毒潜伏期最长可达三十年，算了一下，早过了，平安无事。

推测起来，公社院子占地大约不过三四千平方米吧？也算不得特别辽阔，却成为当年的乐园。每天早晨挂在树上的高音喇叭就传出《东方红》乐曲，然后是新闻、各种批判稿和革命歌曲、样板戏唱段。公社干部的子女有十几个，年纪虽参差，但玩起抓贼、跳格子、抓沙袋之类的游戏却没有隔膜。红砖大楼的小会议室里还有一台刚买回不久的黑白电视，屏幕常吱吱呀呀的麻点密布，显不出一点图像，也还是时时令我们流着口水往前凑。有一天正在食堂吃着饭，忽然听到几声尖厉的号叫，桌上的大人面不改色，继续有说有笑，话题很自然蔓延到这个号叫声的来源。原来某村出了命案，那个号叫的人正是嫌疑犯，被抓来，暂时关在红砖楼的地下室里。

红砖楼的地下室原来是牢房！

我后来数次趴到牢房外窄窄的小铁门上久久打量，里头黑乎乎的模糊一片，有潮湿浑浊的气味上下弥漫。这当然是意外的，楼再精致美观富丽，也仅是一座普通的房子，但带牢房的房子却是万里都未必挑一。刚开始我以为是公社干部故意建的，是无产阶级专政的需要，后来慢慢知道不是，楼早就有了，解放前就有。楼是地主的，牢房是地主用来关押与他作对的人——按书上说，就是那些受压迫的可怜的贫下中农。

不仅红砖楼，整个院子都是地主家的。

不仅院子，出了矩形石门，隔着一条青石板路，对面那幢木构院落仍然是地主家的。它们本来连在一起，为了行走方便，才一截两断了。木构院落里最靠青石板路的那间房子，住着奶奶和姐姐，而我和父母及弟弟，则住在矩形门通道上面一间大木板房里。

我后来很多不着边际的冥想都是由此而生的。那时母亲还在另一个公社的中学任教，周末才能来一次，弟弟常被奶奶留在矩形石门对面的木屋里，而父亲正热爱下乡，和贫下中农打成一片，一去几天不见踪影，剩下我独自一人在那间大木板房里，每到夜里就风声鹤唳。从前牢房关过什么样的人？从前谁住在这么大的房子里？从矩形石门进来，穿行到后面的柑橘园，地主一天的生活是怎么过的？吃什么？穿什么？家里都有什么人？长什么样子……

有一本叫《宝葫芦的秘密》的小人书就是在那时看到的，一个小男孩想要什么，宝葫芦就给他变什么，连他和同学下棋，想吃掉对方的棋子，棋子也马上就飞进他的嘴里，而他考试题一道都不会做，别人完成好的卷子宝葫芦却帮他对调了过来。这太诱人了！这本书是当时批判的毒草，把青少年毒害得只想不劳而获。我其实想说，一直到现在这个宝葫芦都是我喜欢的。谁不是欲望比现实大呢？但"心想事成"其实是多么大而无当的一个词，一年年过去，会一点点后撤，一点点气馁，然后妥协，然后认命。

所有的地主应该都有一只宝葫芦吧？那时我就是这么猜测的。地主被打倒了，宝葫芦就失踪了。会不会藏在牢房里？或者这个院子里的哪个角落呢？

镇上的小学离公社院子不过两三百米远。没有大门，前面是个大晒谷场，左边有幢大房子，保留着一圈宽大的风火墙，里头却拆空了——那几年我大部分时间都是在这间大房子里度过的，这是后话。而右边是幢外墙砖泥混筑、内里木构的两层楼房。在拆空的大房子和双层木构房中间，是条沟状的石板路，走三十多米拾级而上，半坡上有座三合土垒起的肥硕房子，抹着白灰，覆着黑瓦，这是老师们的办公室，办公室边上是青砖修建的两层高的教学楼和一块不大的操场。

这就是镇小学的全部。

我后来才知道，小学的所有房子和地皮也是另一个地主的。即使是青砖教学楼，也是拆了原先的再重建起来的。

关于教室里的记忆已经非常稀少，印象最深的是一天我把生番薯带进学校，语文课时实在馋得忍不住了，掏出番薯藏在抽屉里偷偷削皮，想趁老师不注意时咬几口。结果小刀是新买的，非常锋利，心里又紧张，用力出了偏差，一刀下去，刀刃直冲左手大拇指，顿时开了大口，半个手指头都被殃及，鲜血如注。我没敢吭声，同桌想告诉老师也被我阻止。同桌就撕笔记本递过来，撕了一张又一张。我用它们包住伤口，紧紧抓住，坐得笔直，双目前视，心跳如鼓地等着下课的铃声响起。

左手大拇指上的伤痕至今仍清晰可见，是一条杏黄色的弧线，从指甲沟蜿蜒到指心的螺旋处。是疼痛与恐惧让这一天定格下来，顺便记住的是教室的幽暗和污黑的木板墙以及结了蜘蛛网的天花板。

这间教室就是右边那幢外墙砖泥混筑、内里木构楼房的底层。后来它很快不再做教室了，而是成为宣传队的排练室。带宣传队的是两个女老师，一个白胖一个黑瘦，白胖的那个就住在楼上，她是主要负责的，可能为了方便，她把排练安排在楼下。一年多以后，才转到左边那座内里被拆空的大房子里。

跳新疆舞时，需要学会扭脖子，就是那种身子不动，脖子左一下右一下移来移去的动作，看似容易，其实很难。八个女孩被一胖一瘦的老师一个个拉到门后，一个身体被门板夹住了，其余的人嘻嘻哈哈地挤在门后用力推着，然后老师双手托住你下巴，向左扳向右扳。我怕痒，老师巴掌一伸向下巴两侧，还未触及皮肤，我就先缩起脖子咯咯咯笑。老师脸一下子黑了，推肩膀、扳脑袋，下手很重。这不是请客吃饭，不是绘画绣花，不能那样雅致，那样从容不迫文质彬彬。演出已经迫在眉睫，而演出是政治任务。

那扇夹身子的门就在木构楼房的底层，我曾经削破大拇指的地方。

三

究竟是从什么时候开始再也不需要进入课堂了呢？完全想不起来了。"文艺汇演"这个词现在已经消失，当时却极其亢奋地盛行着。我相信，整个公社的盛行首先是因为父亲。"汇演"的全称应该是"汇报演出"——说是向贫下中农汇报，最终却演变成了各个中小学间的竞赛，与学校的面子密切相关。一台晚会下来，节目彼此串在一起，谁优谁劣谁强谁弱一目了然。

就较上劲了，不敢轻视。全公社各小学中能与我们抗衡的是十几公里外靠乌龙江边的一所，那里有位知青以前在城里是宣传队的，因为舞跳得好，被招去当民办老师，专门带宣传队。那所小学在排什么节目、跳什么舞，是我们老师需要搜集的情报热点。到了汇演时，其他小学的节目我们可以懒得看，那所小学从服装到在台上的一举一动却必须纳入我们视野，老师挤在幕布旁盯着看，看完再拿人家作榜样，告诉我们时不我待。

为了排练，已经不用上课了，每天空着手去学校，进的不是教室，而是那间木构楼房的底层。每次排的都不止一个节目，三五个总得有，以防这个节目栽了，还有另外的补救。

我渐渐觉得这件事有趣起来，不用上课是其一，其二是每次演出后公社食堂都备有夜宵，咸菜粥为主，不限量尽管吃。挤挤挨挨的一群人，脸上都还留着泛起油光的彩妆，再熟悉的彼此都陌生了几分。那时有几人肚子里油水过剩？三餐之外多出来的这一餐，就像中了大奖，哧溜哧溜的喝粥声在浓郁的脂粉味中响成一片。

当然，最重要还是因为服装。平时只能穿简衣陋衫，裤子短了，接上一截，衣裳破了，补上一块，而一旦演出，却可以花枝招展，红衣绿裙次第而来。

《红太阳照边疆》《延边人民热爱毛主席》是朝鲜舞，《向着北京致敬》《北京的金山上》是藏族舞，《草原上的红卫兵见到毛主席》是蒙古族舞，《阿佤人民唱新歌》是佤族舞，《万岁毛主席》是新疆舞……我后来对北方的向往或许正始于此，朝鲜族、蒙古族、维族都在北方，而藏族、阿佤以及彝、苗等族虽在西南，当时我却辨不清方位，所有的遥远都归于可望而不可即的北方。

服装常常是老师带我们一起制作的。先在自己头上量出尺寸，用铁线箍出一个圆圈，然后再以蓝、红、绿等碎布条绕着铁线编出五彩辫，一圈编满了，留一撮近尺长的布条垂在左侧，这是跳藏族舞时必需的；新疆舞的帽子，用料节俭，把硬纸皮剪出瓜瓣似的弧形，以订书钉固定住顶部，用广告颜料画上花纹，两侧再各钻个孔系上一根橡皮筋就成了。演出时把橡皮筋勒到下巴，怎么蹦跳旋转，帽子都不会甩下来。

新疆舞的黑绒布背心跳藏族舞时也可以混用。背心是请服装店的师傅做的，绒布在当时算是奢侈品了，灯光下能泛起光泽，但还不够抢眼，必须把金银纸剪成一块块小圆圈，在胸前竖着贴出几排，方才有了舞台感。

最有舞台感觉的是藏族女孩的围裙，要先把红、绿、金、蓝诸多颜色的油光纸剪出大小略有参差的长条子，色泽越多越亮越好，然后再把它们交错贴到一块舌头般的长布条上，这便是围裙了，系在腰间，可一直延伸到膝盖以下，整个人顿时夺目，它是点睛之物。

裙子最费衣料，一开始曾把医用纱布染成深褐或浅黑，或者把彩旗改造一下围起来。彩旗是丝绸的，品质当然不错，只是太贵，总是用不起，也太轻飘了，旋转时撑不起来，反而常常贴到腿上，缺乏美感。后来日本尿素袋子出现了，尼龙纤维的，悬垂感好，染一染，也很吃色，质地马上就高档了起来。

蒙古舞就不需要我们操心，老师买了廉价的棉布找师傅制作，领口、襟边、下摆加两道滚边，怎么看都与旗袍类似——无非下摆宽大一些，腰间再扎一条彩绸做装饰。

蒙古舞不好跳，需要用力前后甩肩膀，每个动作有棱有角，腰、背、肩都很费劲，这不是问题所在，问题在于这套服装让我一下子就想起奶奶的旗袍。

算起来奶奶那时不过六十出头，眼下这个年纪的许多女人还有意无意残留女儿态，一不小心还敢穿着热裤、吊带裙冲上街头，拿那时的奶奶和她们比，似乎奶奶都可以当她们的奶奶。当然在年幼者的眼里，即使二三十岁的人也是苍老的，可拿出当年的照片来看，没错，皱纹如果仅是表象，那么浓厚的黯然倦怠神情总不至于骗人，它们都似残烛，比残烛更枯萎。奶奶一直这样，一直这么老，我想不起她还有另外的样子。但据说年轻时她是那一带数得着的美人，所以才有镇上的小康之家托人到村里说媒，二十四岁刚一守寡又有镇上另一殷实之家的子弟登门想强娶，她坚决不从，抱着出生才九个月零八天的我父亲逃回娘家，靠给人不分昼夜辛苦做女红养大儿子，并把儿子送进福州的学堂。而在我父亲之前，她生过一个女儿夭折了，再生一个儿子又夭折了，终于我父亲来了，还来不及高兴够，丈夫却突然死于伤寒。所谓的命运，她真的有资格举手质问苍天。以寡母之柔弱无依，独自养大顽皮的儿子，这个过程每个缝隙确实都被泪水和汗水浸透了。年轻的辛苦，到晚年再回忆，那股酸楚已经发酵出诸多滋味，她觉得仅自己一人独享太亏了，于是一遍遍地铺陈。只要我们哪天作怪，违她的意造她的反，她就会把右掌像一面旗子往前一举，如同古玩收藏家炫宝般凌空亮出食指、中指、拇指上骇人的粗大厚实的杏黄色茧子，那是当年她做女红挣钱留下的，几十年都没有褪尽，一粒一粒，蔚为壮观。她自己显然抢先被感染了，体内某个开关被霍地拧开，往事一下子都醒过来，潮水般倾泻而出，语调或高或低地飘忽，表情或明或暗地起落，其用意是告诫我们，如果没有她当初的坚贞绝不低头，就断无我父亲的长大成人，当然也就没有我们来这个世界的可能，所以我们的不孝不敬就是可耻的卑鄙的忘恩负义。

关于我们来到世上的途径，从伦理学上讲她的逻辑似乎也没错，但从生物学上看，父亲就是长成歪瓜裂枣、地痞流氓、缺胳膊短腿，也照样恋爱娶妻生儿育女，而我们即使不是父亲带来的，也可能由别的谁弄来，总之，该来的终究都会来。不过当时我们还是被奶奶饮水思源的强大暗示震慑住了，一想到自己差点不能来到这个世界，心里就打几个颤。她抑扬顿挫纵情陈述时，我常常会联想起在敌人铡刀前昂首挺胸的刘胡兰。前几年某英模报告团光临，单位组织前往，进场前同事腹诽的有，抱怨的也有，结果却统统被感动得泪水涟涟。那天我突然想起奶奶，她最合适的职业原来是当一名光荣的宣讲团成员啊。

"文革"开始后，服装遭了殃，男女老少都款式一致色彩统一，除了黑色就是军绿色，奶奶却不在此列，她终生穿自制的旗袍，或深蓝或月白或湖蓝，春夏秋冬无异。倒没有收腰裹臀，而是直筒的，从上直直延伸到脚面上，也没高开衩，开衩没意义，她不出门，也不打算诱人。要说这样当然非常费布料，不是因为她胖，而是因为她高。我的表叔，也就是她的侄子有一次对我说：你奶奶至少一米七三！我想不起来了，小时候我的眼睛还没学会丈量人，看站着的她，觉得像平地竖起一根竹竿，她躺下来也没其他可像的，还是像一根倒在那里的竹竿。同一时代的女人中，我没有见过比她更高的，高而且瘦，终年躺着不动，却长不出多余的肉，到死腹部都是平平的。

她不出门不是她不想，而是她的脚不让。非常小啊，蜷成一块馒头大小的肉团子，五个脚趾叠成尖尖的笋状，上面永远浮着一层斑斑点点的白，我后来知道，那是死皮。在乡下那几年，晚上挤一张床睡，她和弟弟睡一头，我和姐姐睡一头，棉被明显偏短，她长腿一伸，就伸到我眼皮底下了，我的反应每次都是一致的：迅速闭眼，转身，缩进被窝。

就是因为小脚，奶奶每天都心安理得地躺在床上。那时隔壁住的是姐姐当年的奶妈一家，奶妈是一个质朴善良的结实农妇，每天早上她为自家挑水时，就顺便多挑两担给我们，碰到需要买米买柴之类的重活，奶妈三个体壮如牛的儿子就踊跃代劳。三个儿子叫他们母亲不是"妈"，也不是"娘"，而是"依奶"，叫父亲则是"依哥"。很奇怪，这种叫法在福州并不普遍，不知起因究竟是什么，反正我们姐弟三人也从了他们，一起"依奶""依哥"地叫。没有他们，我们老的老小的小，很难挨过那段岁月。

躺在床上奶奶起初也做点事，比如缝补衣服，这是她拿手的，却也是她最厌恶的，火气在每一个针眼上跳动。眼睛不好了，我们帮她穿线，要是手脚慢一点，她立即就找到出气的借口。"狗母货！"这是她的口头禅，一边骂一边欠起身子试图揍过来。等到给自己备好几身衣服和几双鞋子后，她就再不肯碰一碰针线了。有一件阴丹士林旗袍做得最精致，襻扣从领口绕到腋下，再整齐排列到接近脚踝处，做好后她折叠起来，存到箱子里。与之藏在一起的，是双尖头小鞋子，红绸面，绣着黄绿相间的菊花。每过一阵她都要把它们拿出来看一看，晒一晒太阳。她说："我死了之后穿的。"

我至今没穿过绣花鞋，也永远不打算穿任何绣花鞋。

不再做女红，奶奶打发时间就剩下吃零食和吸水烟了。冰糖、冬瓜糖之类的是常备的，烟丝也一刻不能少。身体懒得动，嘴却不能不动。现在回想，会不会正是由于她总是不动弹，才致使两条腿越发没有了力气？都这样大门不出二门不迈了，终日横陈床上，她却每天不厌其烦地早起洗漱打扮，梳子沾上油一下一下把已经非常稀疏的头发拢到脑后，盘个小小的髻，然后整齐地穿好旗袍，每一颗襻扣都纹丝不乱系上，到了晚上再脱下，工工整整折叠好，换上短衣，日日循环往复，一丝不苟。偶尔下床行走，她必须小心扶住墙，一步一摇晃，风吹杨柳状，随时会倒下去似的。

做这些叙述时，远去的往事和亲人都隐约摇曳在时光深处，清香缕缕不绝，令人内心柔软。但有个事实却无法回避：我是个不受奶奶喜欢的人。姐姐出生后她已经强压怒火，结果我又是女孩，令她差点对林家传宗接代绝望。母亲说生我坐月子时，根本没看到奶奶露过面。幸亏几年后弟弟出生了，但二孙女是多余的这个纠结她一直没打算消除掉，其中的原因，有一大半来自我母亲。当一个原本素不相识的女人半途杀出来，成为寡母捧在手心辛苦养大的那个儿子最心爱的女人，麻烦肯定就紧随而至了。寡母认为这是抢，我母亲却认为理所应当，两人都没打算妥协，针尖厉害，麦芒也不逊色。我被殃及是因为母亲的严重偏心，这当然不好，在多个子女中如何等量付出疼爱，是计划生育政策实行前，既考验做父母的智商，也考验他们情商的头等大事。母亲聪明伶俐，一双巧手似乎无所不能，裁缝、打毛衣，甚至做家具、砌砖墙都技惊四邻，但在平衡子女这件事上，她得分不高。晚年她也不时反省，相当懊悔，却已时过境迁，一切难以更改。我猜想，如果当时不是因为奶奶的发力上阵，非要咄咄逼人地替姐姐争个长短，或许情况不会那么糟。而当奶奶奈何不了心高气傲的儿媳妇之后，她也只能掉转枪口，对付一向不知乖巧为何物的二孙女。"凡是敌人反对的，我们就要拥护；凡是敌人拥护的，我们就要反对。"在有意无意之间，每个人都可能忽然如此幼稚无理性。

记忆里总是听奶奶喊头痛，能令她平静下来的是万金油。太阳穴、额头反反复复涂抹，以至于那股辛辣的药味成为她的标记性气息，在屋里每一件家具和她的衣服鞋袜间挥之不去。一九七二年秋天她在医院去世，正在县城出差的父亲赶回来时，一边踉踉跄跄地俯着身子奔跑，一边尖厉失态地呼喊号叫，脸上湿漉漉地布满眼泪鼻涕。我当时正站在门旁，看着父亲这么古怪地迎面而来，吓得猛地缩紧身子。从来没见过他这样，他一直爱说爱笑，一旦沉下脸又是威风八面令人生畏。孤儿失去寡母，他的悲切应该甚于一般的丧母之痛。

丧礼开始时，不知是谁捧着一个老式相机来给我们合影。相机那时还是稀罕物，所以就有点非同寻常。就在狭小低矮的太平间里，已经略有僵硬的奶奶被抱到椅子上坐定，而我们全家穿白衣罩白布围着她站立。我在左边，隔得有点远。摄影的那个人招着手说近一点近一点。我移了移脚，费了很大的劲以为已经近了，其实并没有。恼怒的父亲从后面伸过手，狠狠一揪，我趔趄着，一下撞到奶奶身上。

我很难描述当时的恐惧之感，恐惧到无以复加的绝望。那个拍照者后来又殷勤洗来一大沓照片，父亲一开始把它们放在桌上，慢慢改放抽屉里、箱子中。无论它们在什么位置，都成为我避之唯恐不及之处，我远远避开桌子，我绝不拉开抽屉，我打死也不会碰箱子一下。

死的时候，奶奶果然穿的是她自己早早做好的长及脚面的阴丹士林旗袍和那双精巧的红缎面绣花鞋。谢春妹，这个名字是后来为她扫墓时，才从墓碑上看到，非常普通，乡土味浓郁，这与她沉寂落寞的一生是协调的。

各种舞蹈里，我跳得最不好的就是蒙古舞，一穿上那身服装，万金油、烟草以及老年人特有的酸腐味就混合着扑面而来。除了阿拉善，至今我没去过内蒙古的其他地方，呼伦贝尔草原、锡林郭勒草原、贡格尔草原都仍在远处。总有一天我会抵达那里，至少是其中之一，那时候我要双手叉腰，用力地前后甩动肩膀，努力把这个动作做得优美而有劲道。

奶奶说，女孩子抛头露面干什么？我任何一次演出她都没看过。

四

其实我不是家中第一个宣传队员，第一个是我母亲。母亲乐感非常好，能唱出高亢脆亮的歌，这个优点她遗传给了我弟弟，没遗传给我。她是福州下杭路一位藤行老板的女儿。下杭原称"下航"，与之平行的另一条街称"上航"，古代"航"与"杭"相通，所以又称"上杭""下杭"。清道光二十二年，即一八四二年，在鸦片战争爆发后两年，《南京条约》签订。根据这个条约，福州被辟为"五口通商"口岸之一，成为大宗进出口货物的集散地。到了咸丰三年，即一八五三年，福州更是成为中国四大茶市之首。在付出鸦片一批批运入、嗜烟者一批批涌现的代价后，福州街头也出现了商贸的繁荣。

下杭街在这期间跃到舞台前，嗅到商机的精明者从各处涌来，在此开设行栈，经营物品达上百种之多，商品辐射全国，甚至远销东南亚一带。光绪三十一年，即一九〇五年，福州商务总会在下杭街成立，这至少从一个侧面反映出当时下杭街的商业景象。

我外公的藤行在这些大商行间其貌不扬，无非编制出售藤床、藤椅、藤篮等等，生意做得一般，不过一家人倒也衣食无忧。母亲印象中，她家的房子当年从下杭街可一直通到上杭街，她在两条商贾云集的路上溜来逛去，每天眼花缭乱。可惜她母亲早亡，父亲再娶后，继母虽对她小心客气，十八岁前连水都没让她烧过，但她毕竟觉得家中的不自在。后来她父亲过世，藤行渐渐衰败，挨到解放，又被公私合营走了，家中越发萧条，她便随人出城，要自食其力，到县里当教师，这样就遇上我父亲。

父亲比母亲大六岁，但母亲始终不相信这个数字，她私下里忿忿抱怨过多次："你爸可能改过年纪，他骗我。"即使没改过，六岁差距也不算小了。城里的娇小姐，年纪上又有距离，父亲可能从一开始就打定主意必须处处让着妻子。大女儿出生时，母亲二十二岁，唱歌跳舞穿衣打扮才是她所热衷的，根本还没做好当妈的准备。女儿一来，首先贪睡的她再无法睡个安稳觉了，女儿哭她也哭，一气之下还动手往那个小小的屁股上甩巴掌。我奶奶哪里能容得下这样的做派？儿媳是外人，孙女才是自家的，她本来就对儿子毫无原则地宠老婆一肚子不高兴，这下子终于爆发。两个女人的吵骂声快把屋顶掀翻。父亲得罪不起母亲，又拿城里藤行老板的千金没办法，只好到奶奶娘家那个村子找了奶妈，把他出生才十六天的女儿送走。母亲后来对自己的任性再三后悔过，当时她没有想过这样做对大女儿意味着不公平，也没有料到这个行为终于成了一生的死结，几十年的时光都无法抹平。

我和弟弟出生时，母亲不敢再由着性子。父亲于是从有限的工资中拨出一份雇保姆的钱，这事当然令奶奶怒火中烧。她由己及彼，一个小脚女人在无依无靠的旧社会都可以独自养大我父亲，你一个有胳膊有腿的为什么却不可以？母亲不管，她就是不可以，没有保姆她也活不下去了。当时她在县城中学工作，父亲则在一江之隔的另一个公社当他的副社长，一家人分两地，奶奶和姐姐归父亲，我和弟弟归母亲。后来弟弟也归父亲去了，留下我一人。

我现在怀疑母亲把弟弟也送到江对岸去是因为宣传队的事。已经结婚生子，成为三个子女的母亲了，但她看上去仍是灵巧活泼的，凹凸有致的身材一直保持到七十多岁，因为带了几年孙子，才累得变形。单纯天真的人往往不易衰老，这多少有点道理。好在那时和她一般天真的同事不算少，也都拖儿带女了，却玩得很嗨，唱歌跳舞演话剧弹器乐，天天忙着排练，然后煞有介事地一场场演出，倒也人才济济。

弟弟太小，母亲就顾不过来了，我也不大，不过三四岁，如果不是因为不讨奶奶喜欢怕受委屈，母亲大约也会断然把我送走。晚上排练时，母亲有时会把我带去。校园足够大，远离教学楼的那幢存放各科器材的大楼，怎么闹都影响不了晚自修学生。灯光明晃晃，那些年轻和不太年轻的教师高高兴兴有说有笑。他们高兴不等于我也高兴，我总是打瞌睡或者吵着要离开。母亲有时开恩让我随其他教师子女疯玩去，要是哪天气不顺，则把我独自锁在宿舍里。

这所中学现在是县一中，师资雄厚生源强劲，每一年高考成绩都非常骄人。我有几个同学在里头任教，有时因事找他们，一进校门，第一个感觉就是逼仄。校园面积没扩大，校舍却越建越多了，占去一块块空地，操场少了，花圃没了，路窄了。它不再是我记忆里的那所中学了，我曾经以为整个世界也不过如此广阔。

学校给母亲的宿舍在最北面，紧挨着大食堂。食堂那时烧煤块，从宿舍木条钉起来的窗子望出去，可看到空地上堆着山一样的煤块。白天我常去那里玩，捡些不同形状的煤块扔来扔去，把双手和脸蛋弄出滑稽的污黑。白天我不怕煤，但夜里就不一样了。夜里食堂空无一人，灯也逐一熄掉，只剩下无边的黑。如果是月夜，月夜更糟，光落在煤块上，会不怀好意地反射出不确定的幽光。我那时还没学会阅读，母亲也没觉得有必要阅读，她把门一锁走掉，让我早点睡觉。哪里说睡就能睡？我有时会趴在墙上听来自隔壁的动静，背靠背的隔壁屋子是一间体育老师妻子开的小卖部，有各种让人流口水的糖果出售。他们家有两个脑袋非常大的儿子，年纪一个比我大一个比我小。一个家庭只要有两个以上的儿子，就很少再有安静的时候，但隔着砖墙，声音无法清晰传到这边。

打蚊子是现在能记起的那时唯一打发时间的事情了。靠近食堂，污水沟正好从门前经过，就少不了蚊虫来犯。我放下蚊帐，拿一只小瓶子，将拍死的蚊子一一装进瓶子里，居然颇有成就感。我那时穿的是母亲做的罩衫，就是双手从前面伸进，一串带子绑在后背上的那种，母亲出门前一般都先把带子解了，脱下罩衫，有次却忘了。罩衫脏，不能穿进被窝是她的训导，但她排练得起劲，迟迟不肯回，而我困了，又解不开后背上的带子，绝望得嘤嘤嘤哭。终于见有一男生经过，像捡到一根稻草，大喊一声，然后爬上靠窗的桌子，背对着窗外，让男生把带子解了。

不知那位男生是谁，不知确切发生在哪一年，但这一幕一直顽固留存在脑子里。"三角角"，这是我当年的外号。我出生时是光头，好不容易长了几年，终于有了些头发，母亲迫不及待开始标新立异，给我绑了三个朝天辫，左右两个，头顶一个，她的同事怎么看都觉得好笑，就赐给我这个外号，众人皆知。我的意思是，那个帮我解过罩衫带子的男生，如果因为这个外号想起这件事，麻烦告诉我，我要把一个迟到的感谢送上。有些事在彼微不足道，在此却可能影响深远。

母亲可能永远不知道她锁门而去后，我留在小房子里的孤独、恐惧与悲戚。那些日子她一辈子都没有泯灭掉的童心正熠熠生辉，除了唱歌跳舞，还学了拉二胡，在家时也常乐陶陶地咿呀咿呀地拉，从曲不成调到后来的流畅丰富。

他们演出时，我照例都跟去，坐在第一排。有次母亲演一个年纪比她轻很多的男教师的女儿，表演唱逛新城之类的，旋律我至今都记得，张口就能哼得出来，唱词里有"全靠毛主席，生活顶呱呱"一句。母亲梳两根垂胸大辫子，脑袋歪来歪去地喊那个男教师爸爸，眉飞色舞，一点不忸怩。我坐台下，却无端觉得不好意思。果然这个男教师后来一直让我喊他外公，我弟弟偶尔从江对岸被父亲带来，男教师见了，也逼他喊。我们不可能喊，男教师就换了一种方式，他指着自己说："你要是敢喊我外公，我就对你不客气！"我没上当，弟弟上当了，气汹汹地喊："外公！外公！"男教师又扩大战果，指着刚下过雨积在地上的泥水故作凶恶地说："你要是敢踩这里，我就对你不客气！"弟弟瞪了他一眼，抬脚重重踩下，溅起一片笑声。我母亲也笑，笑完回去给倔脾气的儿子洗鞋洗衣服。

这个男教师姓徐，后来我师专毕业也当起教师时，他和我成了同事，每次重提这事，他还是笑得满脸都是牙。

县中学的教师宣传队在"文革"开始后才鸟兽散。停课、工人阶级宣传队（简称"工宣队"）进驻学校办学习班后，说说笑笑的一团和气一下子被猜忌、提防、警觉所代替，互相揭批，人人自危。戴红袖标的工宣队员坐在门口传达室里值班，寄出去的信必须经他们一一审看。母亲有几次大约急着与江对岸的父亲统一口供，信不敢让工宣队看，封好，装入我裤袋，让我做出若无其事的样子，出了校门，丢进邮筒。若干年后，当我看到《野火春风斗古城》《青春之歌》这类小说时，不禁哑然失笑，原来在小小年纪时，我也曾似英勇穿越封锁线的地下党啊。

学习班揭批白热化时，母亲把我送到江对岸交给奶奶。奶奶住在公社院子旁的一间民居，屋前是个大晒场，每天总是一大群小孩在上面闹腾，这当然让我欢喜。有一天嬉闹正欢，听到几十米外电影院锣鼓大作，高音喇叭播着革命歌，还有彩旗，还有口号。以为是演戏，一群小孩都怕自己吃亏了，拔腿抢着往那边跑。电影院里都是人，连过道也站满了。我们从大人们腋下钻来钻去，终于钻到一个视野稍开阔的地方，抬起头，我看到了父亲。他居然站在舞台上，穿着蓝棉布对襟罩衫，已经很旧，肩膀处被磨得花白。之前的概念里舞台是神圣的，登上去都有喜事。没见父亲演过戏，唱歌跳舞也从未有，怎么忽然……不对，父亲头上多出一顶白纸糊出的又高又尖的帽子，胸前还有一块牌子，上面有字，还打了个叉。旁边的玩伴手一举大声喊起："你爸！你爸！"很多人都看过来，大人的脸还能掩饰，小孩却不会，像发现新大陆似的涎着脸嬉笑。我愣愣站了片刻，往下一缩，然后猛地转过身，像一只被人泼了滚烫开水的狗。我跑回家，跟奶奶说了所见。奶奶抿着嘴没有说话。过了一会儿，电影院里人散出来，排着队喊着口号而过。奶奶和我们一起趴在门后，从门板上一道开裂的缝隙里寻找父亲的身影。他还是头上有高帽，胸前有牌子，他行走在队伍中，不时被呵斥推搡。他的背此时已经微弯，整个人也不免委顿。如果可以选择，他宁可在黑暗里独自被鞭抽被棍打，也不愿在家门外被人羞辱。门里有把他从小像一块嫩豆腐一样捧在手心、时时担心会有闪失的寡母，只要有人伤了他欺侮了他，寡母从来都像自己的肉被割一般，她会瞬间跳起拼命，凶恶地、声嘶力竭地宛若绝望的母兽，所以之前父亲从未在我们面前表露过已置身窘境。保持高昂、伟岸的形象，是他一生对自己的要求，他尤其需要为寡母演出世界已被他从容踩在脚下的英雄气概，以令她欣慰和骄傲。

此时却偏偏如此不堪。

五

镇小学一胖一瘦两位管宣传队的女老师其实都不会跳舞，但她们懂得借力，肯磨嘴皮，能下功夫。通常的步骤是这样的，先印出歌曲，白胖的那个老师会弹风琴和手风琴，由她教我们唱，然后再从外面请人来教动作。

这个镇离福州城二十公里不到，风调雨顺土地肥沃。既然到乡下去接受教育是逃脱不掉的，城里的知青就希望能去近一点、富庶一点的地方。那些年轻的、白净的、貌美的都市男女拥来了，越来越多。他们如果能唱或跳或弹，就算有一技之长，不用说立马就脱颖而出，而能进公社宣传队，则是向招工、当兵甚至上大学的可能性靠拢了一大步。

父亲当时掌握着这些年轻人的命运。他晚年时我一再开类似的玩笑，我说革委会主任、副主任在小说里都是淫荡邪恶下流的角色，最喜欢把美貌女知青玩弄于股掌之间什么什么的，你是不是当年也这么干啊？不干你不是枉担虚名了吗？父亲对这样的无厘头发问早已习惯，他以为我不过又拿他开涮，调皮捣蛋而已。其实玩笑之下，我心里存着真切的好奇。有？没有？直觉与情感都选择了后者。母亲也说，他那时多么革命啊，一心想进步，就是想做也没那个胆！

公社宣传队的男女后来与我都非常熟悉，跳舞的那几个女的谁衣服最多、谁最爱耍脾气，演话剧的那几个男女谁普通话最好、谁最常演主角，以及乐队的那些人谁可以兼奏几种乐器、谁还可以客串跳跳舞唱唱歌等等，我都一清二楚。

《洗衣歌》是藏族舞，一群藏族女孩想方设法帮亲人解放军洗衣裳，军民鱼水情谊深。公社宣传队先排了这出舞，曲美舞好，跳的人和看的人都很兴奋。我们小学老师也兴奋了，于是把那个领舞的吴姓女知青请来教我们。"呃，是谁帮咱们翻了身呃？是谁帮咱们得解放呃？是亲人解放军，是救星共产党，呷拉羊卓若若尼格桑梅朵桑呃……"黑瘦老师分工管舞蹈，她站在一旁看，动作比我们还强烈，手挥动着，要这样这样！这样这样！这样主要指的是表情。我们几个还没发育的小丫头平时连自己衣服都不想洗，不明白为什么帮别人洗衣服会那么高兴。即使上了舞台，被迫挤一点笑意到脸上，也完全是敷衍性的。

那时县里的汇演也接连不断。各公社自己演过后，挑出好节目往县里送，镇小学是公社主力，一次都没落下过。《洗衣歌》被选去的那次，县里又从汇演里挑出十几个节目，凑成一台，开始在几个公社巡演。

县城相当远，我们镇在福州城南面，而县城在福州城的西面，得先坐船再坐汽车，穿过城，绕一圈才能抵达。出行的日子总是格外兴奋，因为巡演，从这公社到那公社，一曲《洗衣歌》就被无数次重复，今晚洗了，明晚再洗，每天晚上当一回藏族姑娘，抢着帮亲人解放军洗衣服……写到这里音乐响起了，那拖腔拖调的长长一声"呃——"响起了，"是谁帮咱们翻了身呃？是谁帮咱们得解放呃？"然后在我心底，在脑的深处，与音乐相呼应的舞蹈动作也次第浮起，一个一个，一串一串，竟是那么清晰可见。我以为早忘了，其实没忘，它们只是歇息着、冬眠着，忽然之间又种子般春风吹又生。

细算起来，藏族舞确实是我们那时最喜欢也最经常跳的。去年我在中篇小说《雅鲁藏布江》里写到两位宣传队男女的故事，他们当年分别是《洗衣歌》里的两位主角：卓玛姑娘和解放军炊事班长，在几十年后重逢、纠葛、感伤，经历因欲望膨胀而造就的种种伤痛后，蓦然回头，才发现当初荡漾在洗衣衫这样的小事里的人与人间彼此单纯关爱与温暖，是多么可贵与难寻。小说中主人公对藏族舞有这样的感叹："懒洋洋中透出的柔媚，是把激情揉碎后渗进每一寸骨骼后的绽放，臂虽如柳枝等闲拂动，腰虽似行云恣意飘荡，一招一式却又有丝丝入扣的精致与华丽。"对吗？不知道，这是我个人的理解。我还理解它与蒙古舞正相反，应该浑身每一个关节都极度放松，松不是松垮，而是以一股蛇行般丰饶的内劲从容掌控的松弛，"懒洋洋"只是假象，覆盖着的是无边的、蓬勃的、随时要拔地而起的妖娆。

二〇〇九年七月我第一次去西藏，飞机在拉萨降落时，从机舱上往下看，看到著名的雅鲁藏布江，那一瞬失望与沮丧突奔而至。当然转眼我又释然了。所谓的狭小、平凡、普通，只是相对于我想象中的那条浩瀚的大江而言，当年无数歌曲夸它捧它神话它，其实都并非它的本意，它与天下所有江河没有区别，静静置身高原上，默默穿行雪山间，几千年一如既往承载着只属于自己的命运。此次出行前不时有人威胁说高原反应如何如何可怕，举出谁谁谁的例子。我有过一瞬的紧张，碰到西藏作家扎西达娃时还特地向他咨询。扎西达娃头一甩，蓄着杂乱胡须的脸上呈现慈祥的表情。他说：没事！扎西达娃在那里出生成长，他的没事不具参考性。但即使有事，我也打算一意孤行，大不了倒在高原上，融化在雪山间。

拉萨市海拔三千八百多米，出机场时同行的已经有人开始高原反应，抱着便携式氧气瓶不放手，我没有。从机场直接去林芝地区，得翻过五千多米的米拉山口，并在山口附近的军营吃晚饭，许多人渐感不适，头晕，头疼，心慌，半夜还有人心脏出问题喊来120急送医院，而我除了在米拉山口走动时脚有点飘外，其他都尚好。第三天再过米拉山口，我去买了几条经幡系到高处为家人祈福，风迅疾而至，经幡像一双双硕大无朋的手漫天舞动，欢快、随意、无拘、妩媚、懒洋洋——这便是藏族舞蹈的精髓吧？我兴奋莫名，高举双手追着经幡奔跑，并喊叫，被当地人严厉制止，说这样太耗氧。确实有点喘，胸口那里堵着东西，嗓间有点黏，像刚经历剧烈运动，但还好，能接受。接下去在日喀则，在纳木错，就越发无恙。有一种说法是，瘦的人更扛得住高原上的诡异变化，我却想到或者是因为年少时一次又一次穿藏族衣服跳藏族舞的缘故？那时积的因，才有后来的果。

必须特别提及的是，就是在西藏期间，我写出了长篇小说《我的唐山》的故事大纲。

那次一行十几人，当地一位藏族女干部独独主动给我取了个藏名：次仁卓玛，就是长寿女神的意思。这是我本名、笔名之外的第三个名字。

六

从外面请来教舞蹈的人中，现在我要写一写其中的一男一女。

男的姓陈，在公社宣传队里既跳舞又拉小提琴，个子很高，脸很长，有着外扩的腮帮，总是笑。不记得他具体教的是哪个舞，但记住了他的姿态。男人跳女人舞在我们那时看来有趣占了上风，就把其余的淹没了。十余年后我上师专，报到那天有人在背后重重拍了下我肩膀，扭头一看是高个子男人，长脸，腮帮外扩，笑眯眯的。他问你是不是林雄标的女儿，这是我父亲的名字。我点头，他又道出自己的名字。再往下说，就说到当年去小学教我们跳舞的事了。我有一阵发傻，觉得诧异。当年见他时，他是青年我是儿童，这么多年过去，我已经是人高马大的十八岁，而他看上去还仍是翩翩青年，时光在他身上静止了，不增一分不减一分。最意外的是，他居然和我成了同学。我想了想，记起当年确实是喊他叔叔的，既是同学了，我故意问要不要再喊叔叔，他大笑，手又在我肩头连拍几下。叔叔称谓本身并无太多笑点，我后来理解他其实是为终于能够成为"大学生"兴奋难耐。虽隶属于福州师范大专班，我们其实只是扩招的，有点不伦不类。我是在父母逼迫之下不甘不愿地来的，而他作为"老三届"，即使在公社宣传队卖力跳舞拉琴，仍无法跋涉上岸，无望挣扎十几年后，终于挤进课堂，再不济也有枯木逢春的惊喜。

师专也有演出，排过舞蹈排过话剧，当导演的都是他。有位老师写了一首歌词，名字就叫《大专班之歌》，也由他谱了曲子，然后抬出风琴，边弹边教大家唱。毕业不久他全家移民加拿大温哥华，每年回来一次，一到家就招呼同学吃饭。他开头几年在外面过得很辛苦，辗转几家饭店打工，慢慢有点积蓄后开了家超市，日子总算安稳了下来。

有次他说起一件事，是一盘CD，一首歌。他说一个朋友从国内带了盘CD给他，他随手一放几天没拆开。那天下雪，他很晚才从打工的饭店深一脚浅一脚踏雪回来，冲过澡，坐到沙发上歇一阵，想起CD，就放进机器。是彭丽媛的专辑，他喜欢民歌，到了国外尤其喜欢，便一首首跟着唱，手还一下一下叩击沙发打起拍子。到了《白发亲娘》旋律响起，"娘啊娘啊，白发亲娘……"彭丽媛清丽悠扬的声音一下子把他击中了，他想起留在国内的母亲。他说："真的不行了，忍都忍不住啊，不好意思，我大哭起来，就跟小孩似的，都泣不成声了。"

有意思的是异国的颠簸生活，仍很难磨损他的外表。二〇〇九年冬天我到温哥华，忽然想起他，便向国内的同学要了他电话，打过去，他在电话那头习惯性地说出英语。我报出名字，话筒里电流空响了片刻，接着就听到大喊一声。天已经晚了，我只想通电话问候一下，他却执意开车过来。那时当地华人朋友正设家宴请我们一行人，我向他们做了预告，说有位六十多岁的老同学将抵达。六十多岁，比全屋所有人年纪都大，下意识里大家就把他想象成长辈。一会儿他走进来，身板挺得直直的，腹是扁平的，脖子是细长的，肩是平缓的，看上去至少比在座的一半以上的人年轻。屋里刹时悄无声息，直到我解释说他曾是跳舞的，他们才噢了一声释然了。"真年轻啊！"这是他们共同的感叹。

这两年他再回来时，看上去终于开始老了，有些白发，脸也起皱，但身材仍然没有变形。去年他请同学吃饭时，感叹起国内的好。什么好呢？晚上公园可以跳舞。他已经去过几次，闲置太久的手脚一动起来就引来喝彩，这肯定很令他虚荣。他说没想到国内有这么多人在公园跳舞，真的太好了太好了太好了。正是这一点诱发了他，他已经有再干一两年就把超市交给女婿管理，自己和太太一起回国的打算。回国来，为了跳舞。他的太太以前也是宣传队的，会好几种器乐。

差不多就是在请他到小学教舞蹈的同一时期，另一个女知青也出现在我们眼前。她不是本公社的，而是县文艺宣传队的。县宣传队来公社巡演，白胖老师就把跳得最好的那个女演员请来了。她教我们跳的舞是《纳军鞋》，她的名字叫翁毓玲。

宣传队的排练厅，此时已经从木构楼房的底层移至内里拆空仅剩一围厚厚风火墙的大房子，空间顿时宽阔了许多，老师把唯一的一张乒乓球桌也搬到这里。平时其他同学要上课，而宣传队的不上，于是球桌就归我们所有。每天在白胖、黑瘦老师来临前，我们全部的任务就是打球，以至于后来有一年公社举行中小学乒乓球赛，学校组队拉去时，竟没找出更强的人选，上阵的清一色是宣传队的。

那天正打着乒乓球，翁来了。几年前我在一篇随笔里专门写过那天的情形，我用"貌若天仙"来形容她，在此之前我确实没有亲眼见过比她更漂亮的女人。纤细、柔软、甜美，但这些词并不能全部概括她。我在那篇随笔里说，她的美貌和舞姿一下子击中我，让我对未来生出朦胧的期待。因为迟熟，之前我确实活得懵懂，过剩的精力都挥霍到上树下河与无尽的奔跑跳跃上，对所谓的前程从未有一瞬的打量。

而翁，她似一根标杆忽然立在眼前。女人原来可以在世间活得这么美好。

其实后来她的日子并不是一直美。后来她调去市歌舞剧团，在轰动一时的话剧《泪血樱花》里扮演妖娆时尚的日本女孩，接着又在一部香港功夫片里扮演受尽凌辱奋起反抗的小寡妇。话剧在电视里播过，电影也正式上演过，然后她就消失了。有消息说正是在拍电影期间，她触犯了法律，大约是出卖国家机密之类的，于是入狱。那已经是八十年代中期的事了，而我一路颠簸，也跨进文学的门槛。那年暑假突然想她，要去看看她，就跑到省作协开了张介绍信，然后去了女监。

正是中午，女监在半山上，从山底一路上去，两旁光秃秃的仅剩零星一些杂草，顶着大太阳晒到女监门口，已是下班时间。有介绍信也没用，必须等。于是只好等，等到上班，领导模样的女警出来接见，一问才知翁不在这里，而是在另一所监狱。

那天下山时又饿又累，在火辣辣的太阳下走得无比沮丧，心一下子老了，满腹纯真的热情一去不返。但她依旧时时会在不经意间突然浮现，令我怅然一下，怀想一阵，宛若一位命定的亲人。传说她早已出狱，做了生意，消息都是零星的碎片，不真实，似也不可靠。前年我托一位户籍警在全国公安网上查找她，没有，任何蛛丝马迹都没有。改名字了？出国了？不知道，音信全无。她的存在像一个幻觉。

我一直谨慎地让生活与小说保持距离，换一句话说，我的小说呈现的往往是别人的生活。民工、钉子户、下岗女工、街道主任或者其他什么，他们都在我的视线之内，却又与我没有直接关联。"我的生活无可奉告"，这是我多年前一个中篇小说的题目，事实就是这样。躲在文字背后，借别人的故事发出叹息，这样已经把自己对世界的想法表达出来，并与生活建立一种安全而妥当的联系，对我而言已经足够了。但在那部十余年前百花文艺出版社出版的长篇小说《蔷薇前面》里，却倒映着我很多的生活影子：一个舞姿撩人的美貌女知青，一个懵懂的十余岁黑瘦小丫头，一个公社革委会副主任，三个人物构成了整部小说的故事核。我把自己少年时代的许多经历与感受写进小说的第一部分，然后想象，然后虚构，然后完整了这个美丽女知青波涛汹涌的一生。父亲看过我绝大多数文字，年轻时他也曾经在报纸上发过小文章，大概因此还做过作家梦，"文革"被批被斗后才忍痛弃之，忽然子女中有人接替他拿起笔。尽管这条道并不是他最期待我走的，但他还是得意地逢人便吹嘘。他没看过我这部小说，我有意瞒下了，所以对于我把革委会副主任与女知青悲戚苦恋的杜撰，他没机会表示不满或赞许。

县宣传队的翁教我们跳的是山东大嫂为前线军人《纳军鞋》，而在《蔷薇前面》里，女知青吕佳薇教的却是芭蕾舞《我编斗笠送红军》。

七

"万泉河水清又清,我编斗笠送红军。军爱民来民拥军,军民团结一家亲,一家亲……"我们跳这首曲子不是请人来教,而是去了福州,在市工人文化宫,那里有幢在当时我们眼里几乎与皇宫类似的房子,大门、大广场、大楼,楼的入口处耸立着高高的圆柱。因为海峡对岸的那个岛,新中国成立以来,福州一直是前线,"时刻有来犯之敌"的概念几乎妇孺皆知。并非危言耸听,一九五五年一月二十日,对岸数架飞机忽然降临,投下三十六枚炸弹,离文化宫一两百米远的小桥头一片火海,屋被毁四千余间,被炸死烧死一百八十八人,重伤九十人,这些都已被史料记载下来,不曾被记载的是母亲的火海逃生。她那时新婚不久,独自从乡下回娘家,娘家离小桥头也仅一两百米。炸弹从头顶狂泻下来时,母亲正在小桥头一位同学家里聊天。忽然警笛响,忽然轰隆隆飞机响,然后地动山摇。好动的母亲身手灵敏,她一直到八十岁仍然可以行走匆匆,和我一同出行,其速度甚至更胜一筹。那天在房屋倒塌的瞬间,母亲飞速钻入床底,然后又迅速跑出火海捡了一条命。身在异地的新郎吓得魂都没了,又无法通消息,差点连夜徒步赶往市里。后来父亲每提起这件事,都加重语气肃穆地说:"要是那一次……就没有你了!"应了那句"一朝被蛇咬,十年怕草绳"的老话,活在枪口下哪还有安全感?福州乃至整个福建省在那几十年里都缩手缩脚不敢盖像样的楼,一眼望去低矮破旧的木头老房子乌压压一片,蝇飞鼠走,蟑螂纵横。

所以市文化宫青砖和钢筋水泥砌成的大楼房就突兀而立。工人阶级那时领导一切,主人翁地位显赫。在母亲的娘家,她继母还活着,同父异母的弟弟一家与之住在一起,那里就成为我们来福州的落脚点。春节或者别的什么节日,母亲就照例带我们来一趟,住几天。她与继母虽有隔阂,但彼此礼数是到家的,倒也和和气气。我与表妹表弟都比上一辈简单,该说就说,该笑就笑,该玩就玩,一玩往往就玩到文化宫来了。周围唯有这里最开阔热闹,广场上都是人,老人下棋,中年人聊天,小孩嬉闹。没想到有一天老师会把我们带到这里学跳舞。

《我编斗笠送红军》，是芭蕾舞《红色娘子军》里的片断，六个海南妇女穿湖蓝色的大脚裤、浅绿和本白拼接的短大襟衫，手拿大斗笠，优美而抒情地为红军女战士编织斗笠。教我们的是个瘦削的中年女人，不怎么爱笑，但很用心，一个动作反反复复地挑剔。不过最终她也没太费神，早上去，至下午拿下，傍晚我们回公社。有点像一支小小的作战队伍，每个人都有昂扬感，都相信这个节目一旦搬到公社的舞台上，一定很长脸，哗啦啦的掌声已经预先听到了。

公社电影院也属于父亲的管辖范围，电影放映队的几个人每天都在公社食堂吃晚饭，他们放下筷子走出公社大院时，后面通常就多出一个小丫头了。即使当时没有跟上，在电影临开演前，我只要挤到电影院门口，那几个检票的人也不可能拦着我。《蔷薇前面》有这样一段文字："检票员看到黑压压的人群中钻出一颗黑瘦的脑袋，脑袋上梳着一个稀疏的小辫子，辫子朝天翘起，像一根芦苇划过水面，越过人群游弋而来。这时候，他们总是理所当然地扬扬手，甚至笑一笑，就把我放进门内了……"这个辫子朝天的黑瘦脑袋其实就是我，我差不多每天出现在这里，不出现的原因只有一个：电影院当晚关门或者我外出了。

真是太闲了，闲得除了样板戏，再没其他可消遣。几年前有次接受采访，记者问最初的文学启蒙是哪些，我脱口道出《红灯记》《沙家浜》和《智取威虎山》，这三出老牌样板戏当时我背得出所有的唱词和对白，它们滋润过我。

芭蕾舞剧《红色娘子军》那时刚被拍成电影，它的上映犹如一池干荷叶上盛开出一朵新莲。太新鲜了，居然可以用脚尖跳出那么波澜壮阔的故事。到处可见吴清华的剧照，最著名的是一张她在空中高高跃起的瞬间，这个丰腴饱满的女子身穿火红的残破衣衫，凌空劈开腿呈斜斜的一字形，上身后弓，左手握拳，右手向后舞动几乎与高跷的左腿触碰到一起——这个被定格的动作有个很霸气的名字，叫"倒踢紫金冠"。很少有人会在这个剧照前无动于衷，它太超越我们生活常规了。速度、力量、技巧，三者有效叠加，最重要的是肢体在空中必须足够舒展优雅，这才是舞蹈语言的最高境界。

我相信白胖或者黑瘦老师必定也是在一遍遍看这部电影时，因血液流速过快，脑子失去判断，才忽然有了把《我编斗笠送红军》搬到公社舞台上的念头。

"呐，嗦，咪呐咪哆嗦，呐嗦咪哆咪呐咪，呐哆呐呐嗦，呐嗦……"多么悦耳的旋律，四拍子的，在每一个节拍的最强音和次强音中，我们贴着舞台底部，背对观众，一个接一个举着斗笠，用脚尖踩着小碎步上场了。

可是没有芭蕾舞鞋啊，学校根本买不起或者没打算买。有点骑虎难下，既然已经奔赴福州煞有介事地把舞学回来了，总不能半途而废吧。不知是谁出了一个主意，让我们穿塑料鞋跳，就是那种咖啡色的、脚趾部分密封的男式硬塑料鞋，从前部队里常见，普通人也爱穿，因为它便宜而结实。

内里拆空仅剩一圈厚厚风火墙的大房子，地面是方砖铺出，年久失修，已经遍布深浅不一的坑。从前我们不会在意地面，即使是跳《东风吹战鼓擂》这样非常费力气的舞，脚踩得再狠，也仍然无碍。从脚板到脚尖，与地面接触的面越窄，要求却越高。勒紧鞋带，把脚拇指夹紧，与其余四只脚指头夹成小角度的人字形，然后脚弓一使劲，膝盖一用力，整个人猛地高出一大截。

后来怎么想都觉得匪夷所思，有条件要上，没有条件创造条件也要上，在世界芭蕾舞史上，这算不算最怪异的一个品种？还没排练几天，我们的脚就出事了，首先是脚拇指破了、趾甲开裂，接着其余几个脚指头也纷纷破损出血。但是老师仍然不打算后撤，我们也多少舍不得撤。涂紫药水、绑胶布，每天眼泪滴滴答答着居然也熬到了登台的那一天。

没有意外，非常轰动。隔着银幕毕竟在远处，哪能与眼皮底下的真实蹦跳相提并论？

"万泉河水，清又清"，这是诗歌中比兴手法的运用。"我编斗笠，送红军"，这一句才是精华所在，需要重点突出。送——红——军！第一段曲子到这里，舞蹈中的六个人在"送"字时，转到台前站成弧形的一排，背向观众，把脚尖往上一跷的同时，双手也把斗笠高高一举，然后在"军"字时，又迅速地、整齐地往后一转，再把腿一别，微侧着身子，霍地坐下了，双手仍然揪着斗笠的边沿，不是用手掌抓住，而是用拇指、食指、中指，轻柔地、优美地揪住。多么富有想象力的舞蹈语言啊，壮观、华丽，起落有致，感人肺腑。而第二段，第二段在到这里时更加妙不可言，在"送"字时，六个人斜斜地站成平行的两队，斗笠从身体的前侧横向送出，往前往上画一条弧线，然后在"军"字时，让斗笠从头顶上方猛然往下落，落到一半，又突然定住，定在胸前，而脚部，这是最关键的，脚原先是平踩地上的，在斗笠迅速下落中，左脚尖猛一用力，把整个人往上抬起，而右腿则向前举起，举在斗笠的下方。

这个造型与"倒踢紫金冠""常青指路"一起成为《红色娘子军》中最经典的瞬间。

不记得究竟演出了几次之后，学校领导终于肯拿钱买芭蕾舞鞋了。鞋是粉红色的，上面有隐约的银光，鞋底高高弓起，鞋头是平的，有块梯状的橡胶物垫在里头，后跟则系两条长长的缎带，像拖着大尾巴。那天还是去市文化宫，还是在那间学舞的房子里，还是那个不爱笑的中年女人。大约是她帮忙买到的鞋，又是她教我们如何绷直脚尖套进鞋，再把那两根缎带从脚踝处交叉捆绑到小腿上。美观是必需的，结实也是必需的。

我们坐在地上，地上是木板的。因为鞋尖多出那块橡胶，绑好带子后，脚一下子陌生了，长出一截是其次，真正吓人的是突如其来的华丽、庄重、仪式感。小心翼翼地站起，踮起脚尖，行走，跨步，抬腿，旋转，地板咚咚咚响，仿佛是敲击一个空置的木桶发出的，微弱的回声宛若私密的耳语。

许多年后的某天，我在半夜突然梦醒，然后睁着眼在黑暗中久久发呆，一遍遍回味着梦境中的那双脚——它们起舞了，居然穿着粉色的、闪着银光的芭蕾舞鞋。

八

小时候我能够明确母亲宠我奶奶厌我，至于父亲，一直到成年之前我都不知道他对我是否疼爱。似乎也无所谓，宠不懂珍惜，厌不觉悲戚，就是不闻不问不管死活，反正也没什么大不了的。当然这只是我现在的回望，当初或许正因为有母亲强大的笼罩，我才可以漠视其余。一把那么大的伞撑在头顶，即使屋漏也不怕风雨了。

写这一节时恰好是六月十六日，六月份的第二个星期日，父亲节，微博上满屏都是对父亲的感恩与怀念。我觉得也有必要写些话，遥致天上的父亲，他去世已经近两年。

严格说起来他并不是标准的好父亲，可我们要的标准又是什么？

在我记忆里找不到一次与父亲面对面纵情交谈的场面，或许真的从来没有过。如果是两个沉默的人，倒也不算奇怪，但我基本上算多嘴多舌，而我父亲他几乎有强烈的说话爱好。公社那时常常在电影院里召开大会，一旦是文教卫生系统的，父亲的表演时刻就来临了。台下黑压压一片，教师、医生或者其他，一边打毛衣一边听台上的人念稿子。父亲却从来不用稿子，他往主席台上一坐，咳两声，然后开腔，有一小时他说一小时，有两小时他说两小时，绝舍不得浪费掉半秒钟，并且永远眉飞色舞，声若洪钟，口若悬河。

我读师专时，班上一位"老三届"同学之前就在公社当民办教师，他数次对我说："听你爸说话跟听评话似的。"评话是什么呢？网上有比较规范的解释："福州评话是以福州方音讲述并有徒歌体唱调穿插吟唱的独特说书形式，流行于福建省的福州、闽侯、永泰、长乐、连江、福清、闽清等十几个县市及台湾和东南亚的福州籍华侨集居地。福州评话起源于明末清初，相传是柳敬亭的大弟子居辅臣到福州双门楼授徒传艺而流传下来的。"简单的理解，应该与北方的评书相类似。这位老同学的意思是，父亲把刻板乏味的政治大会，开成了男女喜闻乐见的娱乐聚会。"每次全场都哈哈大笑，那些女的连毛衣都没空打了。"他补充道。

我相信这是父亲幸福感横溢的时刻，官不大，但场面够大，各种俚语、谚语、警句、顺口溜平时他专门拿一个本子记，这时候都可以灵活机动地派上用场。老了后不再有这样的机会，他只好不放过电话，每天用大量时间拿着话筒，和这个老同事聊半小时，和那个老朋友再聊一两小时。

他不与我们聊，当然首先是我们回避与他聊。山川河流花草树木，天底下有如此丰饶的话题，却都不是他感兴趣的，于他而言政治才是一切。感谢有电视，世界一下子把众多消息传递到他跟前，他早上起来泡上一壶茶，然后端坐到沙发上看新闻，国际国内、省内市内，这个台新闻一结束，立即就调到另一台。到了中午、晚上重播时，还得再重新看一遍。这种状态很像苦苦恋爱中的人，对方的任何一丝消息都舍不得遗漏，已经获知的又疑虑、猜测、揣度，总是放心不下，所以得不厌其烦地反复确认。九十年代初我调省直机关工作，每次回家父亲最常问的就是谁最近是不是出事了，他说出的人名有时是北京的，有时是省里市里的，都是官员，所谓"出事"是因为一连几天此人没在电视上露面了。我哪里知道，或者他忽然打电话问，中央在此时召开某个会议有什么用意？我手中正有急事，却被这样不靠谱的问题打断，真是气不打一处来，咬着牙把"不知道"三个字说得像一块硬邦邦的铁锤。说过，就忘了。在外面的客客气气总很难搬回家中，弯曲地活在世上已经非常辛苦了，回到家当然必须扭直过来放松一下，这是我们给自己的借口，越亲的人越舍得伤害。他过世后这些细节浮起，绵长的疼痛成为惩罚。

在三个子女中，父亲肯定暗自做过一番分析比较，过程的煎熬只有他自己知道。当他把结果端到我面前时，立马惨遭一顿嘲讽。他居然认为我应该从政，他说："你有这个素质！"当官需要什么特殊的素质？给把椅子，无论谁往上一坐立马就人模狗样了。我如此一说，他就一声接一声地叹气，似乎沮丧到懒得再提半句，但过不了太久，还不等我内疚消失，他已经自愈，必定又旧话重提，屡战屡败，屡败屡战，直至中风躺进医院。

我相信父亲也把"素质"二字当仁不让地安放在自己头上过。福州英华中学是福建师范大学附中的前身，父亲在里头读过两年，然后跟人上山打游击，成为闽中游击队的一员，解放后又从土改、镇压反革命、三反五反等运动中穿行而过，喜欢卖力也喜欢卖弄，每天都有挥霍不完的干劲，却一直怀才不遇。如果没有理解错，公社副社长是副科级，这是父亲二三十岁时就拥有的，他那时的梦想是从这个级别出发，然后一步一个台阶，慢慢迈向权力的高处。没料到一直到他离休，斗转星移，岁月催人老，这个级别却像被焊住了，始终纹丝不动，直至后来才安慰性地"享受"了正科级待遇。有客观原因，也不见得与他个人性格没有一点关系。和他一起关过牛棚的人后来告诉我，在里头很多人吃不下睡不着，父亲一闭眼就呼噜声惊天动地，吃也很欢畅，吞下自己那份，又毫不客气地把人家弃下的馒头也拿起，先咬下一口，说："你不吃我吃。"专案组让他检查，他却用比人家更豪迈张狂的声音狠狠夸起自己，什么时候到哪里，做了什么，解决了多少问题等等等等。人家一怒猛拍桌子，他竟更怒，把桌子拍得更响。这种人合适官场吗？他真是天真了。有才又如何？万一能"遇"那得有中大奖的命。

我表叔是父亲的小表弟，每年到乡下给奶奶扫墓时都是他陪着我们。他记得父亲小时候特别爱唱歌，声音又高又响，并且有个怪癖，喜欢爬到人家屋顶上唱，声播四方，因此不免踩坏屋顶的瓦片。人家上门索赔，只好赔。奶奶气急败坏地骂不起作用，只好由表叔的父辈，也就是我父亲的舅舅们轮番出手教训。

我后来一直想，如果父亲的唱歌或写作的爱好能够得以延续，他这辈子会不会活得更从容安稳些呢？晚年他搬到福州生活，以异地离休老干部的身份主动加入区老干活动中心，总算没有"脱离组织"。老干中心平时也有很多总结材料需要写，父亲屡屡要求代劳。我想象过那个场面，人家本来有相关的工作人员，父亲笑嘻嘻地迎上去，像小孩渴望糖果般请求让他来写。对方于是顺水推舟，又轻闲又服务了老干部，倒也两全其美。父亲字不错，但他还是生出学电脑打字的念头。我把一台旧电脑给他，他试了一阵，打出来的字比他用笔写慢多了，这显然影响了他"创作"材料的情绪，终于还是放弃了，重操钢笔。老干中心逢节日还会组织合唱团，他也成为一员，开口一唱时，旁边的人总是客气提醒他要小声点。他以为自己技艺不够，为了苦练，特地买回一个卡拉OK机。他住院后，老干局的人来探望，跟他打趣道："老林，快好起来，我们很多材料都没人写了。"邻居们来探望，说的也是类似的话："老林，快回家唱歌给我们听！"父亲唱歌通常在傍晚，他对音量已经不敏感，常常一开就开大了，结果歌声在楼间距狭窄的小区里荡开。母亲曾多次对我提及她的不好意思，她说："你爸唱的歌都是跑调的，邻居都笑死了。"那时父亲已经满口没几颗牙了，假牙也挡不住哧哧往外漏的风，唱《社会主义好》跑调，唱《团结就是力量》跑调，唱《革命人永远是年轻》还是跑调，他不知道合唱团让他小声唱的原因正在于此，他差点把大家的调都带跑了。跑调成为小区一景，没有邻居觉得是噪音，有个熟人天天免费出丑给他们看，他们一边煮菜或者吃饭，一边当成小品来解闷，倒不失为一桩趣事。

一个人从十几岁开始投身于一件事，然后几十年心无旁骛一意孤行，许多东西早已与之血肉相连了，他是真真切切地爱着这个国家与政党，感同身受，休戚与共。建国初期他给中央写过一封信，对《义勇军进行曲》定为国歌颇有意见，陈述一二三诸多意见。解放了，胜利了，怎么还说"中华民族到了最危险的时候"？这是他最不能容忍的。后来朱德给他回了信，信肯定是朱办秘书写的，但用毛笔粗粗签下的"朱德"二字，却是朱总的亲笔。七十年代中期，我还见过这信，学校里很多老师也见过，可惜后来多次搬家不知去向。那时国歌仍是聂耳作的曲，田汉的歌词却省掉了，父亲正是因此十分得意，把信拿出来传阅，并大胆将此归为自己的功劳。后来歌词恢复，我开玩笑问他还有意见吗？要不要再给中央写封信？他悻悻地动一动唇，不再说什么。中风后他在病床上躺了四年，有一阵意识迷糊混乱时，已经认不出我们，连我母亲也不认得，嘴里却能清晰喊出如下词语：毛主席、共产党、群众、同志、社会主义……

除我之外，父亲其余的两个子女都读了英语专业，然后各自过平静的日子，根本不肯向他仰望的那条路上付出努力，他的儿子甚至举家迁到遥远的异国。父亲因此失败感顿生，他像一位攻占城堡的指挥官，自己已冲锋至力竭神衰，原本指望手下的士兵们接过大旗继续杀出血路，一转头，却看到那些没出息的兵将丢下枪，也丢下他的号令，径自跑到远处逍遥自在去了。他从来不曾想过，我们的背道而驰与他其实有直接关系。一场接一场的批斗游街审查，他自己没有被伤及，创口再血流如注转个身又马上完好如初，而我们却不能。那么年幼就开始在惊吓中战战兢兢地生长，怎敢再有跃上这个枝头的志气？

不过七十年代初时，这一切都未徐徐展开，父亲仍觉得自己未来可期，而他的子女好像也开始为他争光了。

他儿子的顽皮，公社干部都领教过了，不过这儿子嗓子好，也不怯场，一登台独唱就有烈士赴刑场的英雄气概，挺着胸，下巴扬得高高的，唱杨子荣时做出座山雕的凶狠表情，唱李玉和又显得比日本鬼子鸠山还阴险狡猾。台下很欢乐，欢乐也有惯性。那么小小的一个小人儿，顶着圆乎乎大脑袋，本身就够滑稽，再对角色演绎过度，人家觉得要是不笑，连自己都对不起。

这只是我弟弟成为公社明星的初始阶段。

那时候中学里来了一位上海体育学院体操专业毕业的老师，我父亲脑子一热，马上成立体操队。弟弟成为其中一员，前手翻后手翻，前空翻后空翻，成串的跟头又高又飘。专业而系统的训练是冲着正规比赛去的，到市里参赛，弟弟拿过两届福州市少年组全能冠军，又拿过省里全能第三名，因此被省体工队招入——这是后话。比赛成绩当然令父亲脸上有光，但他觉得还不够光，应该更光。公社文艺汇演于是多出一个特别的节目：体操队拉上舞台翻跟头和倒立。有点滑稽，十几个七八岁的小男孩穿着比赛用的背心短裤，双手撑地，像一条条带鱼似的从舞台这一头"走"到那一头，又一个接一个助跑上台，翻出一串串跟头。

镇上的人哪见过这个，巴掌都拍红了。这个最不文艺的节目顿时成为最受欢迎的，然后才是芭蕾舞。

那时我也成为体操队的一员。中学里除了有那位上海体育学院的毕业生外，还有一位福建师大体育系毕业的老师也是练体操出身。我父亲大约有近水楼台先得月的念头，便宜不占白不占，总之，让他的一子一女都加入了。每天早上五六点起床晨跑操练，压腿下腰拉韧带，傍晚再继续到棕垫上练技巧上器械。这种生活持续了一年左右，然后有一天早上起来，我忽然脸黄得像一片枯菜叶，到医院一查，转氨酶奇高，急性黄疸性肝炎，于是退出体操队。

九

花钱买下粉红舞鞋后，宣传队的日子悄然起了变化。

世上那些形形色色的制服大约首先是为了给自己打兴奋剂，然后再去震慑别人。舞鞋不是制服，但既然没买它之前我们穿塑料鞋就可以跳，那么把舞鞋等同于制服又有什么不可以呢？鞋尖证明今天不是昨天，这样不是那样。

在排练间隙，老师开始安排"练功"这个环节，有时是让我们下腰劈腿，有时是排队走"碎步"——就是绷直腿，前掌后跟轮番踩地，步子走得又快又小。这好像是戏剧演员常用的，我们哪用得着？

县文化馆老师来公社教化妆，现场由一位公社宣传队女演员当模特，先化左边妆，是明眸皓齿的美貌女子，再化右边妆，是咖色抹腮帮、眼角鱼尾纹的老妇人，一个人顿时分裂成两个人。这种专业的技术活跟我们这些业余小选手有十万八千里的距离，老师还是急巴巴地争取到机会，把我们悉数带去现场。黑瘦老师沉着脸叮嘱："认真学，以后用得上！"她忘了我们已经很久没进入课堂了，差不多快把自己作为小学生的身份忘光。那时部队偶尔会来招些文艺体育专长的小兵，如果有空眺望未来，我们能够看到的是凭借一技之长，或许可以侥幸获得被招入部队穿上军装的机会，却没想到几年之后风云突变，派上大用场的是文化课而不是化舞台妆。

《白毛女》也是芭蕾舞，它其实在《红色娘子军》之前就拍成电影上映了，但我们排《大红枣儿甜又香》却是后来的事。编斗笠送红军编出成就感了，连校长都有大干快上的激情，于是红枣来了，《北风吹》来了，接着居然要排一出小芭蕾舞剧，内容是生产队失火了，为了保护集体财产，红小兵不顾个人安危奋力抢救，大致就是如此。

既是救火，情节与场面难免大起大落，女主角的动作也随之加大难度，跳、跨、跃、旋转，总之，柔韧度要有，力度也要有，能蹦能跳。我在体操队的那些训练可以派上用场，我成为女主角。

但是找不到男主角啊。芭蕾舞里的男主角仅是配角，干些托和举之类的力气活，但要能配得上，也不好找。之前我们学校一直主打女生，男孩只是偶尔起用一两次，比如那个在《洗衣歌》里跳炊事班长的，比如跳杨白劳的，却都已升上中学离去。老师拍着脑袋懊恼，她们终于知道自己不切实际了。有了舞鞋，也根本放不起卫星。事已至此，首当其冲被打击的人就是我，我窃喜了半天，分明已经进入女主角状态了，并且私下里偷偷开练，甚至企图练出"倒踢紫金冠"的动作一鸣惊人。

结果没有，男主角没找到，我紫金冠也没踢出来，拖了一天又一天，小学毕业了。

我进入中学前，母亲已经从外地调来，就在这所中学。中学的房子相对宽裕，我父亲还兼任中学党支部书记，小王国里有些方便，就把家从公社院子搬到了校园。

该怎么形容这所学校呢？"大""美"，词很俗，却很准确。到现在我都不知道种在半山坡上那十几棵一个人抱不拢的大树叫什么名字，应该是松类的，枝干笔直挺拔，针状的枝叶有限地铺展着，每一寸肢体都喷发着热烘烘的骄傲感。想看到它的顶部，必须仰起头，它的末梢与云衔接在一起，蓝天成为衬布。

从半山坡上下来，是两座并排的青砖教学楼。楼前种着芙蓉和扶桑，芙蓉是早晚变化的粉、白、胭脂红三色，扶桑是玫瑰红的，中间挑出一束米黄的花蕊。再往前走，一条微微弯曲的青石小道细长幽深，两旁是密不见天的松树林，秋天时松针落下，在地上铺出厚厚的棕黄，踩上去柔软得恨不得倒下去打几个滚。

这些，不过是整个校园的一角。

扳着手指头粗粗算了一下，我现在能数出来的一共有十三幢楼房，其中还有个小院落，它们分别拥有简单明了的名字：一号楼、二号楼、三号楼……十三幢高矮不一的青砖红楼错落地在校园各处散开，像一个个割据一方的诸侯，中间隔着一个田径场、两个排球场、五六个篮球场以及难以计数的白玉兰、夹竹桃、合欢、榕树、桉树、桃树、相思树、番石榴树。

至今我都没见过比它更优雅从容、宽阔俊俏的中学校园了。

三号楼是幢两层的建筑，入口处舌头般伸出一块遮阴的雨披，砌了宽宽的栏杆，上面可坐人，而雨披的顶上，则是二楼的露天阳台。这是全校最精致的房子，有几分西洋建筑风格。它的左前方有两棵不知名的树，开出嫩黄色的花，结出两头尖中间隆起外翘的果，果不能吃，据说有毒，薄薄的皮一被划破，就流出牛奶状的液体。只要一会儿，破损处迅速变黑，结出微微隆起的疤。我们家曾安在这幢楼房的一层。我最乐此不疲做的一件事就是和这两棵不知名的树过不去：把它喇叭状的黄花拔下，插到旁边的桉树枝上，然后坐到栏杆上，等着路过的人惊叫桉树开花了；待到它结果，摘下，在半截处用指甲划出眉毛、鼻子、嘴巴，转眼间它就活脱脱成了一个戴帽子的日本鬼子兵了。

几年前我曾回去参加过一次校庆，校门改道了，楼房逼仄了，树木少了，气派倒是气派了，却多出所有城镇建设一致的通病：混乱、无序、暴发户气息横溢。有几幢老房子尚存，夹在新楼房间无辜地看过来，眼神却已浑浊。许多东西被时光带走了，淹没了，就永远不可能再回得去。

初一教室是在那排扶桑花后面，一个年级八个班。因为"复课闹革命"时的混乱，学生年纪参差严重，成熟与稚气的脸交相辉映。我是最小的一个，个子也小，坐在第一排。第一天课间，窗子外趴着几张脸，叽叽喳喳地看我。"这个先生仔才这么一点点大啊！"这是他们的好奇之处。"先生"是当地人对老师的称呼，福州话可以远溯中原，古意盎然。我母亲教初中两个年级的美术课，并担任隔壁班的班主任，所以也是他们的"先生"。

久违了教室，重新坐进来虽手脚憋屈，还是顿觉新鲜。居然有英语课，老师是印尼回国的侨生，穿衣发型都与一般人不一样，很花的衣裳或尖头的皮鞋都敢穿到课堂，头发是自然卷，黑中带隐形小花的大发卡夹起耳旁的头发。她丈夫也在这所学校教英语，建国初他们青春年少时携手归来建设新中国，结婚、生下两个儿子后，终于又后悔，正想法子重返岛国与父母兄弟相逢，但来得容易，走却不易，走首先需要有我父亲的支持，所以她特别关注了我，认真改我的作业，不时过来指点。我也觉得这豆芽菜似的文字不错，读和写都好玩，打算好好学，跟着这位洋气的、说话有股奇怪腔调的女老师学。

但一个多月后中学宣传队把我招去，我再次离开教室。

十

一直以来，这所中学的宣传队在全公社各中小学里都处于老大地位。有一支强大的乐队，文艺汇演时第一个节目往往是他们的大合奏。师生一起上，磅礴弹奏，震天动地，气氛马上就出来了。还有几个漂亮的女孩和同样漂亮的男孩，女舞蹈不缺人，男舞蹈也不缺人。其中一个女孩是我们小学白胖老师的女儿，外号"一一"，意思是全镇第一，这指的是她的跳舞水平。她高中还没毕业就成为公社宣传队的一员，这个待遇她是第一个，也是最后一个。

初进中学时，我曾以为不可能再进宣传队。这所学校有一千多号学生，宣传队已经有足够的人手，个子也高出我一截。一个舞蹈，总得挑个子差不多的上场，而我小学宣传队的那一茬女孩，或者是低一两个年级的，或者转学，或者休学，一起升到初中的只有三个。这当然是件沮丧的事。有天傍晚我从学校对面那条狭长的小巷子走过时，被一个瘦得背微驼的中年人拦住了，他看着我的手，并叫我把巴掌张大给他看。我跟他不熟悉，但我知道他是谁。附近的人都叫他苏老师，据说曾是邻县一所中学的音乐老师，因为肺不太好，所以一直在家休养，时常看到他在附近走来走去，步子很轻很慢，怕惊扰到谁似的。他的二儿子跟我同一个年级，所以没什么可惧怕的，我听话地张大手掌。他用食指和拇指轻轻捏住我的中指，翻过来翻过去看了看，然后慢吞吞地说："你来跟我学琵琶吧。"顿一下又说："你一定要跟我学琵琶啊！"这是我第一次听到他说话，声音很细小，微微有点喘，听起来就像刚受了委屈，惊魂未定，无限忧伤。

这个太突然了。有几次县文艺汇演上有琵琶独奏，一个人孤零零地抱着一把葫芦状的琴坐在偌大的舞台中央，麦克风被压低了，抵近琴弦，左手在上面从容按弦，右手指扎着假指甲在下面繁忙地拨弦，叮叮咚咚响。好玩吗？一点都不好玩。从早上睁开眼到夜里被母亲逼着熄灯睡去，白天对于我永远都不够用，我得跑步，得游泳，得打球，得东游西逛，忙都忙不过来，那么静态的琵琶哪里能吸引我？

但最终母亲还是买来一把简陋的没有上漆的琵琶塞到我手中。苏老师居然找到我家，说服了我母亲。他的理由是从我手指头引发的，"这么细长的手指头，天生就是用来弹琴的，不弹太可惜太可惜了！"说到"太可惜了"时，他的脸色可能越发苍白语气愈加忧伤，我母亲的柔肠或许正因此被揪了一下，于是咬着牙破费一次，买下琴。我一想也好，进不了舞蹈队，弹好了琵琶说不定还有机会进乐队啊。

我开始了背着琴去他家的经历。先进行手指训练，右手拇指、食指、中指、无名指、小拇指逐一蹦弹拨动，要快，要有力。他要求必须不停地动手指，即使行走、坐下、躺下，也不妨碍手指头的弹拨，旁边但凡有任何东西，桌子、椅子、门板、墙壁、玻璃，总之是个坚硬的实物，都要随时以手指弹击，弹出来的声音越快越响越好。不把指头练灵活，练得掌控自如，怎能从容拨动间距那么小的琴弦？

写到这里我停下来，把右手掌张大，举到眼皮底下端详，我看到的是一只起皱的色泽晦暗的毫无特色的手，为什么苏老师当年在它面前决计当伯乐，竭力说服动员？那时我个子还没长开，手指却已经提前拔节抵近最终的长度，整个人在比例上确实很古怪。当初体操队招人时，让我们逐个张开胳膊趴在棕垫上，以尺子从这个指尖丈量到另一个指尖，再站直了量身高。如果两臂距离超过身高，就淘汰。为什么？以那个上海体育学院体操专业毕业的老师的经验，臂长的小孩以后个子肯定高，而高个子离心率大，怎么适合翻滚腾跃？我从棕垫上起来后，就听那个上海来的老师嘟噜一句："这么长！"尺子从脚底拉到头顶，果然超出，超了很多。而我弟弟则基本相等，是可造之才。我没被淘汰是看在我父亲的面子上，后来事实证明人家没有误判。

苏老师却看走眼了，手指的假象蒙蔽了他，他以为忽逢千里马，结果却是一头蠢驴——我很快就把琵琶弄丢了。背琵琶去他家练习，出来时只要稍稍拐个弯就可以先回家把琴放下，那天我却像只刚从笼子里钻出的野鸟，一刻都等不及就奔向田径场。那里可玩的东西很多，很多人都在玩，我仿佛亏了，把琴往田径场旁一放就扑进去了。天色暗下后，我早已疯得魂魄四散，边擦着汗，边抚着咕噜叫的肚子想象母亲可能煮出什么好吃的，一路快跑回家，把琴丢到脑后。待记起，回头来找，没有。

母亲怒不可遏地大吼，吼过扔下一句话："不管你了！"所谓不管就是不可能再花钱买琴。我顿时大喜，恨不得笑出声来。那时三个从小学宣传队升上初中的人已经一起进入舞蹈队。单单我们三个本来不够，不过一个年级集合了全公社诸多小学升上来的学生，各小学都有宣传队，从中再挑选出五六个，这一茬又凑齐了。我们称舞蹈队为"前台"，乐队仅是"后台"，二者明显差一个等级，我自然不必再试图以乐器曲线敲开门。但若干年后这却成为我心头的一块隐痛。世上很多好东西都似高处的星空，仿佛可触，却除了念想与垂涎，终其一生都遥不可及，所以得而复失或擦肩而过，才格外扼腕叹息。当然，豁达的话也可把一切归于宿命，吟一句"得之我幸不得我命"也就释然了。

苏老师有两子一女，他们后来分别是省、市、县剧团的演奏者。二十年前有一次我在县城电影院看苏家小女儿演出，某个瞬间恍惚了一下，想起那个黄昏，那个狭长小巷，苏老师慢吞吞地告诉我应该跟着他学琴。舞台中央那个高瘦的女子仿佛是我，我问自己：这是我要的生活吗？没有答案，我不知道。

学校的舞蹈队与乐队其实并不矛盾，舞蹈队的女一号"一一"，就能弹一手好扬琴。大合奏时蝴蝶状的扬琴摆在舞台正中央，其余乐手围绕着铺开，美丽的"一一"众星拱月般端坐，成为一景。说到底是我自己造化不够，丢失琴仅是外因。

　　带宣传队的是音乐老师，也能唱能跳能弹，钢琴、风琴、手风琴都不错。她个不高，大约仅一米五五，胸却奇大，走路总是把下巴向上扬起，仿佛那样便可拔长身高。夏天时她不知从哪里弄来一双鞋跟五公分左右的凉鞋，这在当时也属惊世骇俗之物了。人家啧啧称奇，羡慕嫉妒恨都有，她无所谓。"我这么矮，我就要穿！"这话一说，谁也没办法了。

　　我初见她时觉得脸熟，后来听母亲一说才想起来，原来她从前也在县城那所中学，母亲和同事欢天喜地唱歌跳舞时，她就是其中一员主力。她和母亲一起跳舞，再教母亲的女儿跳舞，世事从来纵横纠缠，所谓"缘分"就是一种最通俗的解释了。

　　日子没什么变化，不用进课堂又是小学时的重复。即使有一阵清闲了，无须整天排练，终于坐进了教室，突然哪天中央什么会议召开，几中几中全会，并有重要公报，在消息传来的当天晚上，公社往往要以文艺晚会来庆祝，于是上场。这时总是需要一个欢呼舞，有时是我们独立排一个，有时要以人海战术营造更热烈的场面，就得和其他学校或公社宣传队的混在一起，下午排一下，走一下台，明确队形和各自站位，晚上就匆匆拉上去了。其实很简单，男的彩旗，女的长绸或者纸质花束，做临近喜极而泣状一队队冲上台，把手里的东西上下左右死命舞动，虽每次曲子不同，动作却是老一套，彩旗哗啦啦响，长绸蛇一样游走，五色花束把台下人眼晃花，无非如此这般，技术含量低得我们都可以当南郭先生，随便混在里头出几个错也不会有人知道。

　　一次正上着语文课，有人在教室外对我勾了勾手，我立即站起，提着书包不跟任何人打招呼就径自出去。来人也是宣传队的，她是受命来喊我们的。这种事不是第一次出现，所以正上课的老师也不意外，随便你。一切为宣传队让道，这是全校的共识。在这一刻小小的虚荣心总是很享受，一坐进教室，就开始盼中央开重要的会——忽然之间就与父亲不谋而合了。

　　那时父亲已经调县体委工作，独自去了县城。他离开了，学校里的文艺热忱并未消减半分。除了应对公社和县里的各种汇演，学校每年照例在五一、国庆或者元旦还有两三次汇演。各班、各年级出节目，最终评出等次，授予奖状和奖品，奖品是笔记本。一评奖，马上就有了比赛性质。反正也没其他可比，升学率及格率之类的词还远远没有出现，所以每个老师都憋着劲要为荣誉而战。这个班如果有校宣传队的，马上就占了便宜，自编自导自演就够了，班主任乐得轻松。

学校其实也有一些其他方面的激励，来什么运动就推什么积极分子，学雷锋积极分子、学《毛选》积极分子、批林批孔积极分子、体育积极分子等等。前几样奖状我从来没拿过，初一时同桌是个结实微胖的圆脸女孩，她每天煮早饭时都对着灶里的火光读《毛选》，一篇接一篇地背诵，所以学《毛选》积极分子总是非她莫属。她一登台拿奖状我就羡慕，但她一下了台我就忘了羡慕。我背不下那些话，反正也没人逼着背。每年的文体积极分子是我拿到的唯一奖状，我觉得自己占了便宜，都是玩的东西，还能被表扬。

高一时重新调整班级，很巧，两个宣传队的男生和我同一班。从附近初中也升上来一些新人，其中一个女生坐在我前排，清秀、娴静、脸窄长，唇非常薄，说话细声细气，轻轻咧嘴笑起时，唇边一颗小黑痣一跳一跳的。我一眼就认出来了，她曾是乌龙江边那所小学宣传队的。有了她，恰好两男两女，可以排出很多花样的节目。

从另一所初中还来了一位胖乎乎的女生，脸圆得像只球。总是笑，动不动就咯咯咯大声笑，嗓音甜美高扬。她始终未被校宣传队接纳，只是代表班级登台。独唱、小合唱时，她也很正儿八经地唱革命歌曲，但私下里她唱《洪湖赤卫队》，唱《人说山西好风光》《我的祖国》《九九艳阳天》《苦菜花开》。"娘啊娘啊，儿死后，你要把儿埋在高坡上，将儿的坟墓向东方……"我没想到歌竟然可以唱死、唱坟墓；"九九那个艳阳天来呀，十八岁的哥哥呀坐在河边"，这暧昧得简直很奇怪啊！"姑娘好像花儿一样，小伙儿心胸多宽广"，青春居然还可以被如此吟唱。高中两年，这个能唱很多"文革"前电影插曲的女生，成为我最好的朋友之一，她的笑声和那些歌滋润了那个岁月。后来她成了一家民营工艺厂老板的妻子，好多年没联系了，我现在有点想她。

邻班也有两个校宣传队的女生，当我们还按惯性排少数民族舞时，她们却赴福州请人教跳芭蕾舞《沂蒙颂》。"蒙山高，沂水长，军民心向共产党心向共产党……"没有舞鞋，也不似我们当年傻乎乎地以男式塑料鞋代替，但动作全部芭蕾舞化，身体完全打开，幅度极大，抑扬顿挫舒展流畅，与早些年县剧团翁毓玲教我们跳的《纳军鞋》是一路风格的。真漂亮，她们排练时，宣传队的几个女孩都忍不住跑去学，仿佛一下子备下了B、C、D、E诸多配角。有人开玩笑说，到汇演时要是你们谁病了也没关系啊，我们随便哪个都可以代劳。

演出后十几天，那两个女生中个子稍高的那个果然就病了，住院、病危、死亡，一切突如其来得像场噩梦。她其实早就有严重的肾病，只是我们一点都不知道，完全看不出来啊，难度这么大的舞她都敢跳，她对自己的体力如此自信。肾病得控制盐分的摄入，但她是家中独女，偏偏爱吃咸东西，父母怎么拦都没用，就一下子恶化，救不了。这些都是我们半懂不懂听来的，究竟什么病，又因什么去世并没人真正弄清。我们全傻了，一连几天凑在一起脸色苍白地交换消息。她入殓时弄出很大动静，因为死在医院，按当地风俗不能回家，尸体只能摆在家门外，请来乐队弹奏，还请人念经做"迷信"。好多同学结伴去她家，我也跟去，离二三十米处又不敢了。后来听人说她化了很好看的妆，脸蛋和嘴唇都红红的，好像要演出，衣服也是粉红色的，像演出服装。不过她的鞋后跟被剪开，这样做鬼就跑不快了，跑太快怕她会去追哪个活人，尤其可能把谁家男孩子拖到阴间当丈夫。

那一年她才十六七岁。

这事很快过去了，对于学校而言无非少了一个学生，对于宣传队来说，她本来也不是最核心的那几个之一，总之，都无关紧要。我也继续吃喝玩乐，每天东游西逛不谙世事，但是一入夜，想象她躺在棺材里的样子却成为重大主题，挡也挡不住。这么年轻居然也会死？这是我之前万万想不到的，之前我以为死是老人的专利，而老离我还有几万年之遥，即使偶尔听到哪里哪个小孩因病死掉，也觉得不过像小人书里的故事，不真实得如同骗人的鬼话。但这个邻班的女生却不同，她明明不久前还活蹦乱跳，明明我们还跟着她一起跳《沂蒙颂》，明明刚刚开过A角B角C角的玩笑，突然之间说死就死了。

我终于也开始对自己不放心了。急性黄疸性肝炎时吃了很多西药，白毛藤、扁柏之类的中药也接连喝下，还打过很多B₁₂针剂。它们全部被我讨厌，偷偷丢掉药片，或者趁母亲不注意吐掉草药汁等等，每回成功都得意地味味小笑，此时却后怕得想抽自己几巴掌。转氨酶早正常了，医生说已经痊愈，但真的没事了？会不会因为没吃够药量留下病根？会不会忽然也恶化？也无法救？也死去？那几个月我再也不敢右侧而睡，肝在右侧，我怕把它压累了，生出是非。

人生的险恶第一次山一样横亘眼前。我那时想，要是我活不过二十岁，母亲怎么办？

十一

宣传队总难免有风花雪月。

最早被触动是小学时，排京剧《沙家浜》里一个片段，需要七八个男生，男生中有个叫某光，女生则有一个叫某娜。某娜是我同班，而且同桌，我们一起去排练不上课，课桌总是蒙着一层灰。《要学那泰山顶上一青松》是《沙家浜》里郭建光的唱段，激情四溢，豪迈得惊天地泣鬼神。排练时都好好的，该唱该跳都没异样，可是有一天突然有人把歌词改了，改成："要学那，某光和某娜！"大声唱，追着他们两人唱，唱得嘻嘻哈哈开心快乐。是他们两人真的有苗头被发现，还是纯属恶作剧？我相信应该是后者，都才多大啊，混沌未开，两人都不过十岁出头。小学一毕业，某娜的父母调到另一个县工作，她也就消失了，而某光本来比我高一两个年级，后来因为休学，到高二时又与我同班。中学毕业几年后，有次同学聚会，见到某光，他原先在本县税务部门工作，已调邻县了。正奇怪为什么要有这种反常规的调动，他自己揭了老底，说因为老婆在邻县，他的老婆就是某娜。某光最大的特点是不肯正儿八经讲话，嘴角永远挂着恶作剧的坏笑，所以我没信。他急了，反复强调不是胡闹，"她真的是我老婆！"我眼瞪大了，愣了半响，唱一句"要学那，某光与某娜"。人生果真有传奇啊，他们究竟是排《沙家浜》时就有故事发生，还是仅埋个种子，后来机缘巧合才春暖花开？问某光，他又恢复淘气样，打着哈哈，语焉不详。两天后电话响了，是某光打来的，他说有人要跟我说话。还不等我回过神来，话筒里换成了女声，嗓门很大，很兴奋，她说："我是某娜啊！"前年夏天，某光的电话又来了，还是道一句有人找我，然后某娜声音又传来了。这次多说了几句，关于生活，关于孩子，她的言语间都是幸福和满足，不时有脆亮的笑声雷一样炸开。她说有空见见面啊！我说好，却一直未见上。她留在我记忆里的是骨架奇小，脸窄窄的，嘴更小，精致得像枚小瓷器，那副样子与电话里传来的声音是衔接不起来的。对着话筒那么澎湃地说话，按经验推测是个胖肥健硕的女人，脸宽阔，下巴挂满赘肉，两条腿行走时都会摩擦出窸窸窣窣的声响——今天的某娜是这样的吗？应该不是。但愿不是。

美丽的"一一"注定也会有些故事，只是她比我高两届，即使有暧昧消息，传到我耳边时也已是云淡风轻了。有一年学校里突然多出三位瘦削的高个子男生，他们是三兄弟，他们都拉小提琴。老大好像转眼就毕业了，老三是我同学，老二长得最好，腼腆、青涩、干净。他入学不久就进校宣传队了，很沉默，几乎没听到他说过话，却被活泼的"一一"爱上了。"一一"的母亲不同意，反对无效，山盟海誓愈加坚定。斗争过程的戏剧化我是后来才听到的，不多，零星点滴而已，却似颜料落入清水，慢慢洇开。

初二上学期加入校篮球队后，我的个子开始迅速往上拔节，座位因此从第一排持续向后移，一直移至倒数第二排。身体跑步追上，脑子却仍然没有发育。除了打篮球，还被田径队招入，我觉得忙极了，忙得生活里没有其他空隙。

有天晚上忽然听到哭声，不是一般的哭，有唱歌般的嘹亮广阔，而且是合唱。循声而去，是宣传队排练场楼下的小会议室，一群人，男的女的肥的瘦的像叠稻草般层层叠叠围了几圈，看不到他们的脸，脸都朝下，两臂张大，互相勾住肩膀，就这样绵长地、声嘶力竭地号啕大哭。我趴在窗户目瞪口呆，半晌都没回过神来。看不到脸没关系，他们一个个即使是后背也是我所熟悉的，跳舞的，拉手风琴的，吹笛子的等等等等，都是在校寄宿的几位朝夕相处的宣传队队员。他们凑在一起哭，却把我落下了。

一会儿老师来了，劝了半天，哭声息下，圆圈散开，头抬起，可是彼此仅对看几眼又猛地往前一扑，手又勾住彼此的肩膀，再哭，再号唡，壮阔似波浪汹涌。原来是毕业季，第二天就有几人要离校，于是不约而同聚在一起，伤感至极。

"人生自古伤别离"，这是我后来读到的诗句，那时却不懂，那时除了有些许被他们集体行为所抛弃的落寞外，便是唏唏暗笑。至于吗？至于吗？

从生物学的角度看，迟熟并不损害生命的最终质量，却可能错过一些窗外风景。《林海雪原》《青春之歌》之类的小说里，有一鳞半爪与男女爱情相关的文字暗香浮动，看了不免好奇，却还是没开窍。开窍也是一种能力的体现吧，有些人天生对自己的身体敏感，早早进入女人的性别自觉中顾盼生姿。前几年房子装修，有次逛家具城，女设计师把她三岁多的女儿一起带上。那是个小美人，五官精致得像画出来的，她自己显然知道这一点，经过每一面镜子前都停下来，扭腰、举手、做表情，久久不肯离去。如果远处有年纪相仿的男孩，她眼光就飘来飘去的，肢体摇曳生辉。这令我有点不悦，几乎震惊。一朵花居然可以这么早就开放啊，想到自己的从前，真是自愧不如。

高二下学期时一封厚厚的信寄到我手中，字很好，词很丰富，落款却没有名字，而是一句毛泽东的诗。我相信诗是一个谜语，写信的男生可能惧于我母亲是本校教师而不敢公然标明身份，他是谁？是谁？到底是谁？我对这个谜底的好奇远远超出信本身，看后随手就把信扔到桌上，却给班上一个男生寄去一封信，他有一个独特的姓，信中我洋洋洒洒分析毛主席这句诗与他姓之间的关联，言语间几乎溢满自以为是的得意，并且要他回答：我猜得对不对。他没有回答，一直到今天，见了面他也从来不置可否。或许这事他早忘了？或许信的真正主人并不是他？本来我也忘了，但写这篇长文时，许多似乎早已消失的往事都嘶喊着、蹦跳着从四面八方涌来，仿佛它们穿着隐身衣已经委屈在某个角落太久了，忽然被召唤，顿时翩然起舞。

这件事后来节外生枝：扔在桌上的信被我母亲无意间看到，她大惊失色中开始质问对方是谁。我摇头，心里嘀咕：我也想知道他是谁啊。母亲半信半疑，她果断把信拿走，最终是撕毁不了了之，还是暗中展开侦查之路？我没有过问，当时不敢问，转眼也没了问一问的兴趣。那一阵母亲肯定加紧对我的看管，不时走到桌旁瞥一瞥我在做什么，我出门后，她也少不了又东翻西翻，以图再有斩获。总是一无所获后，她究竟该庆幸还是失望？她这个已经十六岁，并且身高长到一米六七的女儿原来还是一个不靠谱的二百五。

高一时，有个从乌龙江边升上来的唇边有颗小黑痣的女生，我现在把她称为Y。班上两位宣传队男生中，一个黝黑一个白净，黝黑的那个不是校宣传队常客，只是偶尔被唤去的边缘人物，而白净的那个是男舞蹈队主力，他是W。当我、Y、W一起在校宣传队排练，再一次次去公社、县里汇演时，从来没觉察到身边这两个同班同学神情有什么不同。高中只有两年，两年我们都这么过来了，然后毕业了，各奔东西了，然后音讯全无。我以为Y和我一样也不再关心W的下落，他虽然长得周正，衣服从来干干净净，喜欢抿紧嘴显出几分高傲的神情，但也仅此而已，与我与Y全无关系。

其实我错了，有天在街头碰到一位女同学A，双方惊喜地寒暄后，A就拍着我肩膀问我知不知道Y和W的事。不待我回答，她就饶有兴致地说开了。原来Y和W中学时就谈恋爱了，都能歌善舞，都模样俊俏，恋爱很顺利，毕业后也一直延续，眼看就可以男婚女嫁了，但有一天，Y的弟弟游泳时出了意外，尸体几天后才找到。Y的父母悲伤自不待说，接下去的难题是Y的父母只生了姐弟二人，忽然弟弟没了，Y就不能嫁出去，而必须招女婿上门。如果W家中兄弟众多，这个角色想必他是愿意承担的，但W是独子。那时独子极少，福州话里被称为"罕仔"，W怎么可能弃自己父母而去？山盟海誓在坚硬的现实面前碎了一地，分手成为必然。A说，Y快哭死了。

我见到Y是几年前的一次同学会上，她也来了，乍一看脸，变化不大，脸蛋还是清秀端庄，也还是话语不多，浅浅一笑时，薄薄的唇边那个小黑痣还是轻轻一跳一跳。但我注意到她的手，她的手掌粗大厚实，指尖有些开裂，隐约布着细碎的褐色纹路。这是一双辛苦的手。她早嫁人了，和丈夫一起开家水果店谋生，那个丈夫自然不是W。同学会总是沸腾的，当年班上男女同学彼此间假正经几乎不讲话，各自被生活历练后，嘴皮子已经油乎乎的一个赛一个，嘻嘻哈哈，各种腥味的玩笑此起彼伏。但那天没有人拿Y和W取乐。W坐在男同学堆中依旧平静地笑着，皮肤仍是细白滋润，变化也不大。

有一瞬我突然起了疑心：A所说的故事真实吗？

十二

一九七三年，有一个叫张铁生的陌生人忽然被我们热爱。他考大学时面对试卷一头雾水，几乎交白卷，于是索性把卷子翻过来写下一封信，这有点像赌博。他赢了，被树为"反潮流英雄"，学上成了，也出名了。我们学校和全国各地一样，开大会小会学习一篇叫《一份发人深省的考卷》的社论，号召以他为榜样。差不多同一时期，一个北方中学生也喊出我们的心声："我是中国人，何必学外文。不学ABCDE，也能当接班人。接好革命班，埋葬帝修反。"

其实就是不号召，书也已经没法读了。批林批孔、评法批儒、反击右倾翻案风、评《水浒》、学小靳庄、走"五七"道路、工业学大庆农业学大寨……整个社会像吃错了药，诸多运动纵横交错，哪还放得下一张安静的课桌？我们这些傻孩子，在营养吸收力最好的时期白白荒废了，却以为占了天大的便宜，整天乐呵呵。

后来我一直后怕：若是没有宣传队，该如何是好？

学校在半山上有个农场，种些番薯、茶之类的农作物，恰好要学大寨，耕种、耘草、收获就找到廉价劳动力了，各个年级各个班轮番拉上山忙乎，但至今我都不知农场的模样。宣传队的成员可以不参加劳动，排练成为最好的挡箭牌；甚至可以不开会，不写批判稿，不需要"灵魂深处闹革命""狠斗私字一闪念"，当然更不需要考试。

"毒草"小说在宣传队里流传不是秘密，甲以《小城春秋》和乙交换《苦菜花》，甲、乙再以手中的《苦菜花》《小城春秋》和丙丁戊己庚辛壬癸交换《野火春风斗古城》《红旗谱》《林海雪原》《三家巷》《激流三部曲》《红日》《上海的早晨》……封面全都不见了，纸也发黄，微黑，边沿起卷。通常为了加快交换的频率，一本书停留在某人手中仅限一两天，于是站着看，走着也看，夜里还必须把睡觉的时间省下来。

母亲曾经最经常吼的一句是："以后眼睛会瞎！"煮早饭时我把书伸到灶口借光，晚上又迟迟不肯上床。被母亲逼急了，先躺进被窝，等她屋里一熄灯，又迅速爬起，跪着，屈起身子，佝着背，以被子把整个人密实裹住，用早已藏在枕头边的手电筒照射在书页上。到后来，印刷体的书中夹进一些边沿不工整、规格不正常、以纱绳或麻线草草装订的"书"，上面的字是用钢笔或圆珠笔七扭八歪抄写的。"手抄本"的出现真是那个时代最有文化质感的事件，谁手上没存一两本，都会觉得有点没面子。其实也良莠不齐，最让人欲罢不能的是《一双绣花鞋》和《第二次握手》，前一本惊险跌宕，后一本与爱情直接相关。

既然一个人能抄，其他人就也纷纷效仿。再窝在被子里打手电筒写字肯定不现实，我白天就已备好纸张，夜里在母亲眼皮底下先躺下，熄了灯，做入睡状，等里屋悄无声息了，再蹑手蹑脚爬起，抱着被子把桌子团团罩住，然后人钻进去，再拉开台灯，尽量弯下背，眼贴近纸，手不停地写下一行又一行。《第二次握手》我抄了一昼加一个通宵，那天清晨从被子底下出来时，眼前有一瞬乌黑，然后一颗颗金星铺天盖地飞舞，眼眶锐痛，泪水漫出来。那一刻，我想起母亲的警告："以后眼睛会瞎！"不禁心一紧，恐惧、慌乱、后悔蜂拥而来。

在老花眼降临之前，我的眼睛其实不负重望，它们超常运转，三四年前体检时，视力一直都是五点二，据说这是飞行员的视力。人生许多溃败都是来自内在的毁坏，外部的风雨就是把浑身淋透，只要阔步走到阳光下晒一晒，又能很快得以修复。

阅读的惯性就这样被启动了。学校图书馆此时已经关闭，保管员是校长的妻子，她因为能说会道麻利能干，被我父亲赐了个"阿庆嫂"的外号，这是京剧《沙家浜》里春来茶馆女主人的名字。放寒暑假，学校里空荡荡的，阿庆嫂忙着为两个漂亮女儿缝纫衣裳，却不时被我打断。我要进图书馆，有时阿庆嫂不耐烦地把钥匙递给我，有时匆匆过去开了门把我反锁里头又忙自己的事去。其实里头也没什么好书了，能烧的大都已经烧掉。不过没关系，眼睛好歹有了觅食的去处，在里头憋屎憋尿都很愉快。有天翻出一本薄薄的《小品文选》，是福建人民出版社一九五五年出版的，夏衍作序，丁听插图，打开目录居然看到父亲的名字。我以为只是同名同姓的人，回家后还当成轶事告诉父亲，父亲一听脸色霎时变了，愣了片刻低声说："就是我！"那一瞬我的震惊远远超过父亲。写书的人一直被我看成遥在天边的神仙，忽然眼前就有一位，而且是我的父亲，可是之前他或母亲怎么从未透露过只言片语呢?

一九七四年西沙那边起了战事，然后就有一首《西沙之战》的长诗问世，非常长，有好几百行，除了序诗之外，又分出一二三几个部分。学校排了一个诗朗诵，二三十个人浩浩荡荡站在台上，人数是气势的保证，男男女女交错变化，不时做些动作比比画画。"炮声隆，战云飞，南海在咆哮。全世界齐注目，英雄的西沙群岛。涌浪里，风云中，海燕排空上九霄。壮志鼓双翅，豪情振羽毛，飞翔吧，海燕! 歌唱吧，海燕! 快告诉我们，西沙军民是怎样把入侵者横扫……"这是我背诵下来的第一首诗，也是最长的一首。

不知谁先动了写点文字的念头，刚开始是与《西沙之战》类似的高亢句子，不长，短短的几百字，写好了也不署名字就在宣传队里传阅，大家也仅当又多出一个微型手抄本，没有人去追究作者是谁。后来写剧本渐渐成了时髦，反正也没法知道深浅，胆都肥得不行。既然写了，当然最好有人拿去演，学校汇演就是最好的消化之处。跳舞得懂得肢体语言，话剧只是说说话而已，说话谁不会? 高二时班上排一个话剧，剧本就出自那个白净的、嘴角总是显出几分高傲神情的W。话剧名叫《争夺》，无非是红卫兵为保卫集体财产，如何与地富反坏右做斗争。我是女主角，W是男主角，瘦小的男生C演地主，另外还有两三个走过场的小角色。一个很粗糙的节目，福州人糟糕的普通话通过麦克风，又放大了咬字中的f、h以及前后鼻音不分的毛病。

但亮点却在演出开始后轰隆隆地出现。

为了打扮出地主分子的可笑模样，C特地向食堂工友老伯借了一件对襟褂子和一条裤子，问题出在裤子上。工友老伯穿的是大裤腿大腰围的裤子，当地人称之为"别别裤"，裤头有五六尺宽，没有任何收口，穿上后对折到腰间，扎上带子就行了。这种式样的裤子据说民国时很普遍，当时却只有为数不多的老人才穿，所以我们都没经验。C按平时穿裤子的习惯用一根皮带扎在裤头，一开始平安无事，他在后台走来走去，两条大裤管像两面黑旗在我们眼前飘来飘去。上场后，或许是紧张，裤头渐渐从皮带里挣扎出来，先是一边往下掉，C连忙拉这边，但那边马上也跟着闹事，他又忙不迭地拉那边。如果动作幅度不大，倒可以与剧情配合，表现出地主阶级的猥琐狼狈，但情况越来越不妙，C以为裤头只要重新塞进皮带，一切就安然无恙，他忘了前台无法有后台时的从容淡定，越急着拉着塞着，裤头就越不听使唤往下滑。下面早就笑倒一片，笑声让C更加不知所措，终于他忘词了，两臂抱在腹间，呆站在那里。

剧情里有我和W躲在假山后面查看地主如何搞破坏的情节，假山是用木头叠起的，我们在台前竭力绷住脸装严肃，一缩到木头后，就咻咻咻捂着肚子狂笑。这一笑，就像闸门被拉开，再上台抓地主破坏现场时，也没法止住。笑笑笑，台上台下融为一体。

这是那个演出季最沸腾的节目，在场的人都记住了那条调皮的裤子，而那个C留在我记忆里的形象也与一条大阔腿裤重叠在一起。适度出丑总是挠胳肢窝的秘器，让隔岸观火的大家获取俯视生活的轻松，每个人暗含的幸灾乐祸之心因此得到小小满足。我推测，这也是后来赵本山等小品演员走红的一个原因。

那一次，我也写了一个小话剧，被初一年级拿去排演，内容也不外乎红卫兵与坏人坏事做斗争，弟弟是参演者之一。剧本用油墨刻印出来后，送了一本到我手上，封面上有作者名字，这确实是挺让人兴奋的事。汇演结束，学校给我颁了一个创作奖，奖品破例不是笔记本，而是一本小说《高高的苗岭》，封面上是个头箍白毛巾的苗族少年，他雄壮地站在山头，弓步向前，浓眉大眼，英气勃勃。这是第一本真正属于我的小说类图书，我特地拿塑料纸包好，再用缝纫机把边沿团团车好，做好了保存一辈子的打算，事实上很快在搬家中就把它弄丢了。一九九八年五月我参加中国作协组织的重庆笔会，从市区坐长途车去黔江有三四百公里，处处险峰不断，常常一边是万仞高壁，一边则是万丈悬崖。刚下过雨，不时见碎石块滚落在路面。我与舒婷坐一起，前排是叶辛和当地一家报社的记者，记者很敬业，一直与叶辛聊文学。我有恐高症，车窗外的险峻让我一直魂不守舍，幸好舒婷凭她的一张铁嘴不时说说笑笑，多少缓解了一些紧张。就在这期间前排的对话让我猛地一怔，他们在说《高高的苗岭》。记者询问写作该书的经过，叶辛温和耐心地一一回答，原来这本书是他的处女作，也是成名作。我回过神来时发现自己身子是前倾的，双手紧紧抓着前排椅子靠背上的铁扶手，眼皮底下就是叶辛浑圆的脑袋。从当年写小话剧得奖品，到眼下如此近地抵达作者身后，这中间充填着多少不为人知的梦想与渴望。那一瞬，竟有些眼湿。深吸一口气，想告诉叶辛这本书与我的联系，又不免羞涩，就忍下了。

但几年后在一次电话里，我还是告诉了叶辛，并向他讨要一本《高高的苗岭》。他找了找，仅找出一本，是他手中唯一的，就把封面扫描了发给我。

十三

秋叶的静美是被岁月曝晒出来的，从一场场阳光与风雨里穿过，荣与辱都消化为生命的温暖底色，不以物喜不以己悲。抵达这种成熟境界的人被交口称道，一个社会亦然。上个世纪七十年代，这一切却远未到来，诸多跌宕起伏的大事件迎面扑来，生活恰似过山车。一九七六年显然是最诡异的，哀乐动不动就响起，周恩来去世，朱德去世，毛泽东去世，这中间还夹着一个巨大的天灾：唐山大地震。

有时会听到父母亲悄悄议论，他们脸上都有些不安，我们却没有。毕竟离得太远了，反正也轮不到我们操心。那一年十月，北京有大动静，"四人帮"倒台了，我们上台蹦跳欢呼。紧接着，一九七七年夏天来了，我们毕业了。拿到毕业证书时，我根本不知道数学里的正负数是什么意思，如同我也数不清中学四年里究竟上台参加了多少次汇演。

几个月后，高考突然到来。上大学不再推荐保送，也不再与工农兵衔接在一起，每个人都可以平等地面对一张试卷，这肯定是许多人等待已久的梦。有资料表明，一九七七年冬天，全国有五百七十万年轻和不再年轻的人走进考场，这其中也包括我。我是被父母赶去的，他们一下子回过神来，觉得事关前途命运，便宜不该让别人独占，却忘了我的小学和中学是怎么度过的。于是开始补课，翻开书本才知道，正负数原来是初一就要解决的数学问题啊。太难了，巨大的空洞摆在那里，哪里可以在一天两天内填满？匆匆走进考场，基本上是另一个张铁生。半年后再考，有点小波折，终究也只上了师专。

"一一"是我所知的宣传队成员里唯一在一九七七年考上大学的人，这个出色的女子身上有太多优秀因子，或许天下任何高处，只要她猛跨几步，就可以随时登临。余下的还有谁？没有了，至少本科没有。曾经风光的一群人，被时代的洪流所裹挟，赐予一点点小虚荣，然后一夜之间潮退了，一个个都被晾在沙滩上，大气难喘。

有天突然接到一个电话，她说了自己是谁，又说是从哪里获知的我的手机号。她是 H，低我一届，宣传队的绝对主力，兼着跳舞和报幕。约她见面聊聊天，她说此次不行，她平时一直在西安，回来办个事又得马上走。她说："下次吧!"一直到今天，已经两三年过去，"下次"还未到来。向别人了解过，她在西安开茶叶店，生意不小，过得不错。不错就好。从街头任何一家茶叶店经过时，只要有女主人悠哉端坐其间，我都会马上想到 H。她是这样吗？是这样吗？这样吗？生意之余，她会抽空去公园、广场跳跳舞吗？

舞蹈成为民间体育锻炼方式之一，似乎是这几年才忽然热乎起来的。晨夕间，街头稍稍宽裕点的空地上，往往都会聚集一堆人，跟着录音机播放的音乐起舞，虽手脚僵硬动作别扭，却很投入，并且自得其乐。继卡拉 OK 把唱歌艺术草根化后，舞蹈也烟火气浓郁地紧随其后了。开车从旁经过，看到那些从拘谨年代正儿八经活过来的人如此旁若无人地自娱自乐，会觉得坚硬的生活忽然一软。

我先前住的那个小区的空地上，也有一群上年纪、身材已经变形的女人每天都把脸跳得红扑扑的，即使下着小细雨，她们也舍不得停止。有时候，一个身材不高的中年男人也出现在队伍里，他的动作与音乐相融，节奏到位，眼跟着手走，身体转动有棱有角，在那群胡乱舞动的女人中显得鹤立鸡群。与他不熟，但有天在电梯里碰到时，我还是忍不住问道："你以前是宣传队的吧?"他笑起，点头，伸出四个手指头说："中学跳了四年!"我说："噢，现在怎么不每天去跳呢?"他摇了摇头，又笑起："手脚忍不住了才跳。"我心里咯噔一下，一时语塞。

这些年电视综艺晚会、歌手选秀等节目都很红火，他们唱和跳都非常专业，却始终不能留住我的目光。为什么呢？我从来没想过为什么，似乎刻意把它回避了。按理应该有亲切感才是，但每次却忙不迭地摁掉遥控器，手指头分明有一些不耐烦。

我自己也不唱不跳，嫌歌厅吵，太吵了，五脏六腑都被震得扭来扭去。碰到让我开腔，我气不够用，调子稍高一点就噎住了，放不出声。

前几年贵州的一次笔会上，几个作家在歌厅玩得开心，唱着唱着就跳起来了。不是交际舞，是随着曲子任意扭动，一首曲子可以跳出各自的花样。有一位杂志女主编跳起藏族舞，很投入，也很有韵味。我看着，身子不知不觉间轻轻晃动。在旁的一位男作家让我也跳，我跨前一步，手脚动了动，忽然却被一股不自在慑住了，举起的手和跨出的脚怔怔地定在那里，片刻就退了回来。无端的怯懦在那个瞬间把我打败，我已经没有当众起舞的能力了。

当然也有例外的时候。在家中和丈夫闲聊往事时，话题有时会拐到宣传队。童年少年，在人生最蓬勃生长的季节里，我的生命与这个集体交融在一起，它像一座大山横亘在那里，无论如何都越不过去。丈夫听多了，忽然就说，你怎么不写一写？去年他在写一组回忆知青生活的散文，有天感慨涌起太多，从电脑前站起，对我说到当年下乡劳动的辛苦，插秧时会有多少蚂蟥附上腿，收割时又要挑多重的担子走多远的路。我脱口就说："我也劳动过啊。"然后手脚就舞动起来，锄地是这样，插秧是这样，割稻是这样，挑担子是这样，擦汗是这样。当年在舞台上曾无数次跳过劳动场面，每个动作都像捡金元宝那么欢快而轻松，我边跳边嘻嘻哈哈，不认真，只是为了更有效地陈述。丈夫看着，沉吟片刻，说："你真的应该写一写宣传队，时代的很多东西都挤压在里面了。"

我心动一下，但还是不想动手。

我已经不习惯让自己站到前台，任别人目光睃巡。把曾经的生活嚼碎了，一点一滴地渗进虚构的故事里，让我觉得有更多的惬意与安全。但是二〇一三年六月六日中午，我在办公室里小憩，一首熟悉的歌从马路对面的美发店里隐约传来。四拍子，柔美、抒情、欢快、奔放，它是《我编斗笠送红军》。我脚指头不知不觉跟着动起来，接着体内也仿佛有无数水草蓬勃生长，合着音乐节拍，缓缓舞动。有风，风把音乐吹得断断续续或有或无，淡得像一张褪色的旧照片。

我就在这时把"宣传队"三个字输入电脑，搜索的结果竟然是"本词条内容尚未完善"。

然后我写下这些。

『鸭子』的使命

袁劲梅

一　沙　丘

西内布拉斯加在美国西部。

西内布拉斯加的北面，是沙丘。但是，"沙丘"是一个太小的名称。一千一万个沙丘加在一起，也不能符合我说的"西内布拉斯加的沙丘"。中文不分单复数，凡指多数，我们在名词代词后面加"们"或加"群"。可是，就算把这些表示复数或众多的词用上，把"西内布拉斯加的沙丘"叫作"沙丘们"或"沙丘群"，也通通不对。词不达意。

也许，中文里根本没有这样的词来描述"西内布拉斯加的沙丘"；也许，人的任何语言都没有合适的词来描述"西内布拉斯加的沙丘"。我早就听说过"Sandhills（沙丘）"这个英文词了，可一直也没动心思去看一看，因为，从来没把这个"沙丘"当回事儿。海，我见过；沙漠，我也见过。"沙丘"能是什么呢？海滩上的沙堆？沙漠里的沙山？

结果，都不是。在这个秋天，我终于去了"西内布拉斯加的沙丘"。我去，是因为"鸭子"使命。我这么说，大概谁也不会懂我在说些什么。要不，就是以为我是到沙丘中间的某个湖泊去研究野生动物了。对不起，不是。关于"鸭子"，我下面再说几句，听起来可能要更离谱：

我去西内布拉斯加的"沙丘",不是去研究野生动物,而是去寻找一段发生在中国的"鸭子"故事。或者,叫美国的"鸭子"故事也行。等我把故事讲完了,我们最后再定名字。

这是一段历史。这段历史,我们的教科书里没写。所以我们的许多孩子都不知道,这不怪他们。但是,因为我们的孩子会长大,还会走到世界上去,我就想:也许,我应该把我发现的这段历史告诉他们。

我说的这段历史里,当然有英雄。但我想说的,不光是某个或某一些英雄的英勇和他们对中国人民的贡献。我想说的是一种人生,或者说一代人的人生。我会说到一个美国英雄,典型的、敢以个人勇气面对世界的美国英雄。但他却不是美国大片里的英雄,是真人。他的形象,也许不符合任何一个中国人假设的或见到过的英雄形象。但他却符合他的时代、他的土地、他的伙伴们,他真是让人喜欢。当我见到他时,他就是一个刚从玉米地里回来的老农民,头发全白了,皮肤是太阳的颜色。他九十二岁,刚做过肺部手术,还带着小小的氧气盒子,飞快地吃完了一大碗牛肉炖豆腐。准确地说——只吃牛肉,豆腐全不吃。他的孙媳妇艾米问他:"您还能开联合收割机吗?"他一直没说话,这时,头一抬,咧嘴一笑:"当然。这还用问?"好像他的孙媳妇问了个很滑稽的问题。从他那一笑,我明白了,开联合收割机的人,吃豆腐,不过瘾。

这时候,我很后悔,怎么请他到这家日本餐馆来吃饭呢?那牛肉切得太小太细。每份菜里不是豆腐就是鱼子。那是吃情调的,请文人和姑娘吃还差不多。在"沙丘"上过生活的男人,无论往哪儿一站,脸上都写着"西部",身上都写着"牛仔",和年龄没有关系。吃豆腐?笑话。

说到豆腐和大"沙丘"的不相配,我还得细细说说"沙丘"。我说的这位西部英雄,家就在"沙丘"中的一个小镇,盟军镇。我是从认识"沙丘"开始,认识到他的品格,从而认识到他那一代人的品格。其实,在去他家的这一路上,我就想一件事:如何告诉所有没有见过西内布拉斯加"沙丘"的人,这个"有始者,有未始者,有有未始者,有有有未始者……"的"沙丘",原来在这里!

在这里,最丰富的语言要目瞪口呆,最古老的词句要失声。想用语言来定义"沙丘",是白费工夫,还是用你的想象力吧。别把土地想象成一片片田野，想象成梯田也不对，把土地想象成生命——巨大的、充满活力的、全身是发达肌肉的宏大生命。土地再也不能叫土地了，叫太平洋、叫百慕大、叫大道流行、叫宇宙大化。土地翻起巨浪，哪里的大洋大海浪最大，哪里就带上一点儿我说的"沙丘"的灵气。从此别在这里说"天""地""人"。"人"在这幅图画中，没有位置。天和地就够了。连天都是陪衬，"西内布拉斯加的沙丘"比天大。

把一条弯弯曲曲的土路扯直了，当横坐标，再指一架风车做纵坐标。直冲蓝天，正三百英尺是浪尖；俯视湿地，负三百英尺是浪谷。把横坐标想象成从古到今，到未来，无限长；把纵坐标想象成从地狱到今生，再到天堂，无限长。这样的坐标系还是要被"西内布拉斯加的沙丘"撑破了。在沙丘一片无尽头的浪尖上，找一个，爬到上面站一站。你脚下，就是生命。它们的呼吸立刻就打湿了你的鞋。每一个"水"分子都在动。更准确地说，每一个"土地"分子，每一个"沙"分子都在动。生命在"沙"里，把"上善若水"改成"上善若沙"就对了。"沙丘"，海浪一样起伏的曲线下，是一片水，一片无边无际的地下湖。大自然把一个大湖藏在"沙丘"下亿万年，什么样的沙还不都能养活了？只是那个地下湖与"鸭子"无关。我要说的"鸭子"故事可以从"沙丘"开始，但是，它跑到中国去了。再稍等一会儿，我讲完"沙丘"就会讲。

现在，你想象吧：在"沙丘"上开联合收割机的人，是怎么活的。先想象一个书法家，大笔一挥，在一大张宣纸上写下"天行健"；再想象一个西部牛仔，用一座小山那样大的联合收割机当"笔"，大笔一挥，在无边无际的"沙丘"上写下"天行健"。能有这样的想象，就有点儿接近我说的这位英雄人物的人生了。认识他，是认识一种传统，也是认识一批英雄。在一个光活着、却缺乏生命的时代，他走过来，说："我九十二岁，名字叫泰德·那卡奇（Tad Nagaki）。"

泰德·那卡奇一年又一年开着联合收割机，那张他用来写"大字"的大纸，有一千英亩大（四百零四万六千点八六平方米或六千零七十亩）。对土地的面积，我没有多少理解能力。这一千英亩或六千零七十亩有多大，我想象不出来。我小时候在中国江南看到过三亩水田，三亩掉进六千零七十亩，就真成了一滴水。那三亩水田，是分给某大学下放到乡下的哲学系和中文系教授们插秧用的。教授们用一根线，从地这头拉到地那头，沿着线把稻秧一根一根插下去。一点儿一点儿往前爬，永远也插不完。我们小孩子，就站在田埂上，非常同情地给他们唱插秧歌。三亩，在我对土地大小的理解中，就已经像天那么大了。六千零七十亩是多大呀！单单敢一个人面对这么大一片土地，就已经是英雄了。

因为沙丘下有那个了不起的地下湖，西内布拉斯加的沙丘就和哪里的都不一样。它水草丰茂，沙丘看上去并不是沙的颜色。夏天，沙丘是多维立体的绿色，上下起伏的正弦曲线；秋天，沙丘是多维立体的金色，上下起伏的余弦曲线。在沙丘上的空间，也因此变成色彩变化的多维弯曲空间。夏天，蓝色的空间，扭成一朵巨大的、无形的喇叭花，一天二十四小时都在说"早上好"；秋天，金色的空间长成一颗酸甜的、剥开金皮的大橘子，到处都是维生素C的味道。

泰德·那卡奇家的几头黑色奶牛在弯曲的空间里，被挤压成扁扁的几片黑剪纸，或立着，或卧着。它们是游到沙滩上来的小蝌蚪，一根细细的黑尾巴，来回摆，优哉游哉。连它们的姿态都像竹林七贤，没有时间概念。

泰德·那卡奇也有竹林七贤的姿态。吃过晚饭，坐在露台上，面对他六千零七十亩的大农场，看着他大手笔下长出的新玉米，那一万亿行整整齐齐、绿头绿脸绿飘带的童子军，在风中头向一边倒，笑出很响的沙沙声。泰德·那卡奇脸上就会有这种竹林七贤的神色。泰德的孙子雷恩并不认为他的爷爷有可能沾多少东方文化的光，他强调了几次说："我爷爷是美国人。地地道道。西部牛仔。"

二　八只鸟

现在，我要回过头来讲泰德·那卡奇和"鸭子"使命了。先说一下泰德·那卡奇的名字：那卡奇是姓，是 Nagaki 的音译。这个姓可以还原成日本字，泰德的名字应该叫泰德·永木。他姓永木，泰德·那卡奇是第二代美籍日裔。

再说"鸭子"使命。和"鸭子"一起，同样应该被记住的还有其他几种鸟："喜鹊""火烈鸟""红衣主教鸟""麻雀""鹌鹑""和平鸽""大乌鸦"。这八种鸟是八个使命，二战时八个用鸟名为代号的军事使命，除了"鹌鹑"和"大乌鸦"使命，其他全发生在中国。泰德·那卡奇参加了"鸭子"使命。这使他和中国联系起来，使西内布拉斯加"沙丘"里的故事，成了中国孩子也应该知道的故事。

这是一个好故事，我第一次发现这个故事很偶然。盟军镇有个小小的军事博物馆，我决定进去看一眼，也算是到过了盟军镇。一进门，看见墙上有哲学家约翰·米勒（John S.Mill，一八〇六至一八七三年）的一首诗，开头两句，用大红字写着：

战争是丑恶的东西，
但是还有比它更丑恶的东西。

还有什么能比战争更丑恶？诗里说：践踏别人的自由。

当人的自由没有了，"人"就不复存在。当人捍卫自由的时候，一个更美好的"自我"就在他身上诞生。约翰·米勒这么说。

在美国西部，在这片无边的大"沙丘"里，看到关于"自由"的诗句，似乎是最正常不过的事了。我顺着这个小小的博物馆再往下看，突然看到"China（中国）"这个字。在一个角落，在一篇美国"第一〇〇步兵大队，四四二连作战队"的报道中的第一段。我没有想到，在这天高地远的"沙丘"，还能发现和中国有关的故事。这篇报道挂在墙上，字很小，墙角还放了一个玻璃展柜，让我不能靠近。我就这么斜侧着身子，站在那篇文章前仔仔细细地读了二十分钟，把那篇文章读完了。这是一篇关于泰德·那卡奇和"鸭子"使命的报道。

也许，盟军镇有很多二战时期的英雄。西内布拉斯加的"沙丘"上，全是曲线。可是，就算没有一条直线，那些无边无际的"沙丘"，也是字正腔圆的好男人。这里的"沙丘"是二战时的伞兵训练基地。在欧洲战场诺曼底登陆的成千上万空降兵，就是从"沙丘"里的盟军镇空军基地出去的。他们在这里受训的时候，突然间，蓝天上冒了无数朵飞无定迹的半圆水母，白云一样飘向"沙丘"。绿色的"沙丘"和白色的降落伞像男人和男人那样拥抱，然后分开。白色的降落伞，就飞到了欧洲战场。有很多，永远没有回来。而"沙丘"却一如既往，以一个最普通的名字，存在于一个最普通的地方，沉着镇静地等着……在盟军镇，大概有很多很多伞兵在欧洲与法西斯作战的故事。如果我有时间，我会去寻找这些故事。

但是，现在，泰德·那卡奇和中国的故事是我最感兴趣、最想知道的故事。我问盟军镇博物馆的馆长："这位泰德·那卡奇还在盟军镇吗？"馆长说："当然。一个月前，我还在镇上的酒吧里看见他和镇上的老兵们聊天哩。盟军镇不大，你认识我，我认识你。"我说："我想见他，可以吗？"馆长立刻找电话号码，一边找，一边说："当然可以，你还应该去找玛丽·帕利维特（Mary Previte），她是新泽西的议员，她找了五十二年，找到了泰德。你一定要看玛丽写的文章。"

这样，我见到了泰德·那卡奇，在前面说到的日本餐馆吃了饭。我也读了玛丽·帕利维特的文章，还读了凡我能找到的与"鸭子"使命有关的文章和书籍。下面就是"鸭子"使命：

一九四五年七月，以公正、严格、实事求是闻名的威廉·皮尔斯上校（Col. William R. Peers）[1]，刚完成他在缅甸的美国战略情报局（The Office of Strategic Service，缩写OSS）一〇一独立支队的工作，准备回美国。却突然接到新命令，叫他到战略情报局在中国的二〇二独立支队去，做长江以南的日占区的敌后工作。到了中国才四个星期，皮尔斯上校突然又接到新命令：立刻到昆明报到。紧急。皮尔斯上校四十八小时没睡觉，日夜兼程赶到昆明。他听到的新消息是：日本要投降了。有情报传来，在华的日军有可能在投降交接完成之前，杀害在各地日军监狱里的联军战俘和犯人。

在战争的最后阶段，美国在华战区总司令魏特曼将军知道日军投降只是一个时间问题，在中国军民的帮助下，他已经掌握了比较准确的情报：大约有两万多名战俘和犯人被关押在数个日占区的监狱里。其中有

---

[1] 威廉·皮尔斯上校从一九四三年十二月起领导OSS一〇一独立支队，与史迪威将军一起在滇缅抗日。至一九四五年七月，联军重新夺回仰光，缅甸战局胜利。一九四五年八月，威廉·皮尔斯上校带领首批国军空降兵，在日本宣布投降后，空降南京，收复并保护了这座被日军屠杀和践踏的首都。一九六九年，威廉·皮尔斯已为上将，亲自调查了美军在越南MyLai村的屠杀事件，伸张正义。

一九四二年四月十八日，美国空军将领杜立特领导的十六架飞机首次轰炸东京时，不幸落在日占区而被捕的两架机组的飞行员们；也有在太平洋战争初期被捕的瓦克岛美军将军康宁汉（Commander W.S.Cunningham）[1]；还有其他很多联军将领和士兵、中国抗日军人和游击队员，以及日本敌对国家的在华侨民。魏特曼将军以军事战略家著称，美军和日军在海上、天上和陆地上打了五年，从过去的经验中，他看出日本兵纪律严明，绝对服从上司，不怕死，但不善于应付突然变故。他仔细计划并布置了前面说到的八个以鸟为军事代号的使命，突然出动。由皮尔斯上校执行。

皮尔斯上校接到的任务是：在日本人尚未杀戮之前，组织八个小分队，执行这八个使命，直接空降到这些监狱所在地，解救各监狱里的战俘和犯人。在时间上，不给敌人机会动手，保证在大部队开进来正式接受日本投降之前，日军不能杀害监狱里的战俘和犯人。因为这些使命太危险，小分队的士兵们等于是从天上直接跳进虎口，以少对多，谁也不知道会发生什么。日军的残忍和拒不投降，已是尽人皆知。皮尔斯上校接到的命令指明：小分队的士兵只接收志愿报名者。就是只接收那些在胜利到来之际，依然愿意去执行一次有可能有去无回的最后使命的士兵。

皮尔斯上校只有四十八小时组织他的小分队。他日以继夜，两天内组织起了头五个小分队。他从一百多个志愿者中选出一些已在"中缅印战场（CBI Theater）"有数年作战经验的老兵和战略情报局军人。每个小分队七个人，包括一个军医、一个日语翻译、一个中文翻译等。他的这些小分队成员个个都是人物。

泰德·那卡奇是其中之一，他是美国战略情报局一〇一独立支队的军人，又是日语翻译，原来就在威廉·皮尔斯上校手下工作。他在"鸭子"队。"鸭子"队的队长是斯坦雷·斯泰格少校（Major Stanley A. Staiger），美国战略情报局二〇二独立支队的军人，在中国作战几年了。他瘦、高、帅，严肃、成熟，讲话清清楚楚，一句废话也没有。他就是不说话，往那儿一站，也有一种谁也别想糊弄他的架势。参战之前，他

---

① 见葛宁斯《四人回来了》（Carroll V.Glines，2011.Four Came Home.Princeton：D.Van Nostrand Company，Inc.）。

是奥尔根大学三年级学生。现在，他是一个再合适不过的小队长。队里还有个中文翻译，叫王艾迪（Eddie Wang），从地面炮兵部队来。"鸭子"队的医生叫瑞曼德·汉切尔克（Raymond N.Hanchulak），生长在美国宾州，矿工的儿子，第二代捷克斯洛伐克移民。上士音信·詹姆斯·摩尔（Ensign James W.Moore），也是美国战略情报局二〇二独立支队的军人，他的父亲在中国南方传教，他在中国上的小学，也会中文。小分队里另一个士兵少尉也叫詹姆斯，全名是詹姆斯·汉伦(Lst Lt James J. Hannon)，他在当兵前，正准备到阿拉斯加去历险淘金，因为战争，他的历险跑到中国来了。队里最小的士兵是纽约男孩比德·奥利切（Peter C.Orlich），电报员，才二十一岁。当兵前他收到哥伦比亚大学的奖学金，没去，到了中缅印战场，几年下来，成了老兵了。[①]

"鸭子"使命是到潍县（今山东潍坊）。潍县有一个大监狱，里面关了一千六百人。潍县在山东，山东的文化大概就是中国最传统的文化了，潍县老百姓忠实敦厚，从一九四三年三月日本人把潍县的集会中心变成潍县集中营后，潍县老百姓就没有停止过帮助狱中的战俘和犯人。甚至还有过帮助两个飞行员成功越狱的例子，他们还把一个从 B-29（当时最大最先进的轰炸机）上跳伞下来的受伤飞行员，威廉·仁帕勒曼少尉（Lt.William Zimpleman）藏在潍县的游击队中六个月。

"喜鹊"使命到北平。和潍县相似，有自由的人从来没有把没有自由的人忘记。早在三个月前，战略情报局就已经派了三个美军亚裔情报人员化装进入了北平城，搞清楚了城内有军事监狱，瓦克岛的康宁汉将军就关在这里。而且，丰台还有一个大监狱，有六百四十多个联军将士。后来，当"喜鹊"使命小分队成功进入北平之后，意外发现了杜立特将军被捕的两架机组的飞行员们，还有四人活着，也关在北平。他们都被救出来了[②]。

"红衣主教鸟"使命到奉天（今辽宁沈阳）。这队人中有泰德·那卡奇的一个老同事，叫"班长黑斯曼第二（Captain R.F.Hilsman，Jr.）"，也是美国战略情报局一〇一独立支队来的士兵。他在缅甸与日军打仗，

① 见玛丽·帕利维特《营救潍县监狱集中营之歌》（Mary Previte，2001.Song of Salvation at Weihsien Prison Camp.）。

② 同 173 页注①。

受了伤，也不投降，躲在缅甸丛林里，和土著人一起跟日本兵打了一年的游击。他的爸爸叫"少校黑斯曼（Colonel Hilsman）"，在菲律宾的尼格罗斯岛（Negros Island）和日军作战。日军大批压境，"少校黑斯曼"当时是岛上的美军司令，看看打不过，只好率军投降了。到一九四五年，战略情报局已知道"少校黑斯曼"就关在奉天。"班长黑斯曼第二"自愿报名参加了"红衣主教鸟"使命。"班长黑斯曼第二"后来回忆说，他突然站在"少校黑斯曼"跟前，"少校黑斯曼"躺在一张小木床上，瞪大眼睛，不知所以。"班长黑斯曼第二"说："爸，你不是在做梦。""少校黑斯曼"过了半天，坐起来看着儿子，说："我就知道你这家伙没事。"①

总之，每只鸟都有故事，"火烈鸟"到哈尔滨②；"麻雀"到上海；"和平鸽"到海南岛；"鹌鹑"到越南的河内，"大乌鸦"到越南和老挝。所有这些使命，都由美国空军第十四飞行大队参与执行。

一九四五年八月十五日，日本天皇在收音机广播"日本之音"中发布演说，宣布日本向盟军投降③。在中国的日军听到没听到收音机广播，不知道。但是，威廉·皮尔斯上校的小分队队员们已经准备好了。他们从昆明飞到西安，在西安基地等待，他们打牌、聊天、开玩笑、吃口香糖、睡觉。这些老兵，经过战争的残酷，知道"使命"是什么意思。他们中间有很多人，包括泰德·那卡奇，都在敌后工作过。据说，他们中间有一个夏威夷出生的第二代日裔士兵，在日占区工作的时候，居然被当地守军中的日本军官请了去，参观各连队的设防堡垒。现在，战争的胜负已成定局，他们只等着出发令，把最后一个任务完成了，好回家。

回家！让所有"没有回家自由"的人，都可以回家。这样，八队"鸟儿"们最后的使命就完成了。"让人们能回家"，为了这个最普通的要求，成千上万的人得先死去，这是人类发明的最荒唐、最丑恶的游戏。现在，作茧自缚，那些发动战争、把成千上万人逼进地狱无家可归的日军，要接受正义的审判了。

---

① 见福特《OSS的多罗凡》（Corey Ford, 1970.Donovan of OSS. Boston: Little, Brown and Company.）。
② "火烈鸟"使命在最后一分钟取消，因中共和苏联军队已进驻了哈尔滨。
③ 一九四五年九月五日日本投降正式签字，距天皇的收音机讲话有二十一天。

三　潍县疯了①

一九四五年八月十七日，潍县热不可当。县城外，潍县监狱集中营里，战俘们除了知道"外面也很热"以外，对于外面的世界一无所知。曾有一位集中营里的战俘，在一九四三年给国际人道组织写下过一篇《潍县集中营报告》②。里面说道：集中营里的新闻，就是战俘们之间传来传去的小道消息。战俘给外面亲友写明信片，不能超过五十个字，写信不能超过一百五十个字。日本法西斯知道，想让战俘听话，就得什么也不让他们知道。

要说潍县集中营里关着的人都是战俘，实在不准确。关在集中营里的很多人，都是一些日本人认为是他们敌对国家的平民。最早进集中营的人，主要是一九四三年初从北平、天津、青岛强制迁来的侨民。开始还按地区分三个食堂自己开伙，后来人越来越多，什么样的人都有了。若按国籍分，集中营里有十四个国家的人。有主教，还有四百多个神父和修女，有国际银行的总裁，有外国公司经理，有商人，有画家，有教授，有医生，有运动员，有被日军抓到的联军飞行员，还有很多抗日联军士兵和游击队员③。最奇怪的是：在一九四三年夏天，日本人突然决定把四百多个神职人员迁回北平（原因只有日本人知道）。这些神父修女刚走，日本人又把一群"Chefoo（芝罘，即烟台）教会学校"的小学生关进来了。所以，潍县战俘中还有一大群小朋友。

到一九四五年八月，小学生们已是老犯人了。为什么要把小朋友们关在集中营里？也许不需要理由。不可理喻，在战争中是侵略者的游戏规则之一。日本兵在美国对日宣战之后不久，就抓走了小朋友们的美籍校长布鲁斯先生，封了学校的教室，又向小朋友们宣布：从此，这里是

---

① 这是玛丽·帕利维特二〇〇五年八月在山东潍坊市纪念潍县集中营解放六十周年大会上的讲话中的一句话。
② 见豪沃德·高特(Howard S.Galt, 1943. "The Internment Camp at Weishien, Shantung Province, China, March–September1943")。
③ 按MaochunYu《OSS在中国》一书中的说法，他们是从滇缅战区被抓来的，有英军和美军。见Yu, 1996.OSS in China:Prelude to Cold War.New Haven:Yale University Press.

天皇的领地了。然后小朋友们就失去了自由。膀子上被别上标志，全被送到一个叫"庙山"的地方，然后又被送到潍县集中营。这些小学生还很小，不知道世界怎么会突然成了这个样子，小孩不能在野地里疯跑了，不能回家跟爸爸妈妈撒娇了，不能想笑就笑想闹就闹了。他们不知道那些在监狱门口和周围走来走去的日本兵，凭什么要把他们和那么多成人的自由拿走。

一千六百多人的集中营，就是一个小社会。每天早上，小朋友们和大人一起，拎着小铁桶排队打水。然后就盼着潍县农民的驴车和平板车进来，送菜送煤。农民的驴车和平板车是集中营和外界联系的唯一通道。突然有一天，日本守兵下令：农民不准进来了。驴车和平板车只准停在集中营大门口，犯人得派人自己赶驴车、推平板车到厨房储存室。可是，没想到，中国的驴通人性，懂声音。一到门口，农民不走，它们也不走了。任你是银行总裁，还是租界警察，不是主人的吆喝，驴子就听不懂。平板车也不好推，一不小心货物就倒了。战俘和农民们都请求日本守兵取消不准农民进来的新规定。日本守兵断然拒绝，就是不准农民进来。但是，他们不知道，当一个强权不停地对人们说"不"的时候，它所得到的回报绝不可能是服从。日本守兵也绝没有想到，唯一一个他们允许进入集中营的中国伙夫，居然就是OSS的情报员[1]。

小朋友们小小年纪，就看着那些文质彬彬的成年人白天在集中营里做各种各样的苦力，为食物计划来计划去，只要一没有日本兵看见，就悄悄地用各种方法和监狱外面的农民们换食物。小朋友们知道监狱里有一个不被人注意的角落，那个角落里有一棵树，等在那棵树下，监狱的墙外面，会有农民突然扔进来几个馍，或者几个红薯，偶尔运气好，还会突然有一只鸡从墙外面"飞"进来。外面的农民知道，监狱里关的是什么人，也知道不管里面还是外面的人，他们都有一个共同的敌人。反抗共同的敌人，各人有各人的方式。给监狱里面的人扔食物，是潍县农民们抗日的方式。

犯人中的老师们给集中营里的孩子们办了两个学校，一个美式制，一个英式制。老师们坚信：孩子们绝不可以忘记他们是自由人，总有一

---

[1] 见伊丽莎白·麦当劳《便衣女》(Elizabeth O.MacDonald，1949.Undercover Girl.)。

天他们要重新拥有外面的世界。两年半里，学校居然还在监狱里培养出了五六个小学毕业生。给毕业生开毕业典礼，是所有大人和孩子在集中营里的唯一节日。什么都可以被毁灭，希望不能灭。

这些战俘中有一个画家，他坚持教小朋友们画画儿。不仅潍县集中营的中式门楼和门前两棵弯成拱形的树被小朋友们画进了图画，那从墙外"飞"进来的鸡，也进了儿童画[1]。那只能"飞"过高墙的鸡，让小朋友们对"飞"充满梦想。

孩子多了，闹。日本宪兵下令犯人们成立一个"狱纪委员会"，指令一个以前在北平市政厅工作的劳勒斯先生（Mr.Lawless）管理犯人秩序。劳勒斯很高兴地接受了工作。他很高很壮，样子就像个警察，但他对小朋友总是网开一面，很开明。犯人们暗地里拿日本兵开玩笑，说："日本人笨呀，选谁当警察不行？选了劳勒斯。选错人啦。"因为劳勒斯名字的英文意思叫"无法（Lawless）"[2]。毫无疑问，劳勒斯先生自己的脑子里也整天想着怎么"飞"出去。最关不住的东西，就是"自由"，像是关不住的花香。墙、高碉楼和铁丝网是潍县集中营的特征，"自由梦"也是。一千六百个"自由梦"，像地下的火山岩浆，日夜燃烧着。

一九四五年八月十七日，是个闷热的大暑天。早上九点来钟，战俘们垂头丧气地坐在院子里墙根下的一点儿阴凉里。小朋友们东倒西歪，没有精神出来玩了。有个小姑娘正发着烧，躺在监狱医院靠窗的一张硬板床上，想着自己是不是再也见不到爸爸妈妈了。突然她听见了飞机的声音，犯人们都听见了。越来越响，一个大飞机越飞越低，快碰到树梢了。犯人们站起来，跑到院子里，仰着头，说：

"这不像是日本的飞机呀，日本没这么大的飞机。"

"这是我们的飞机！快看，飞机上是一个白色五角星！不是那个红肉丸子。"

"对，是我们的！看机翼上是美国星条旗！"

这架大飞机在他们头上盘旋，飞了一圈又一圈。这是一架B-24！战俘们高兴极了，对着天空叫喊，挥舞着拳头，在院子里跳舞。突然，

---

① 当年小朋友在狱中的图画，成了历史记录。见"潍县画网站"：http://www.weihsien-paintings.org/
② 同176页注②。

他们再也不听日本守兵的规矩了，全都向潍县集中营大门跑去。那个躺在板床上生着病的小姑娘也跳起来，跟着大人跑。她突然知道：自由要来了！这时，飞机肚子打开了，一个接一个跳下七个全副武装的美国空降兵，七个降落伞，七朵白云，七个自由梦……

潍县疯了！

这架 B-24 飞机叫"盔甲天使"，它低飞到离地面一百四十米时，第一个跳下"盔甲天使"的是"鸭子"队长斯坦雷·斯泰格少校。他已经确定下面就是他们要找的潍县集中营，在飞机上，他就看到集中营里一小块空地上，人们向他们挥舞衣服，他都能看见有些是带格子的苏格兰短裙。按照使命的计划：队长第一个跳下去，脱了降落伞，什么也不管，准备直接面对日本兵，若对方有动武举动，立刻回应；若没有，立刻把魏特曼将军的"通告日军投降协作信"交给日军。他的降落伞不收，给下面的物资空投做标记。

紧跟着队长跳下去的就是泰德·那卡奇。他要给队长翻译。泰德·那卡奇往下看，潍县集中营越来越大，他们在飞机上看见的铁丝网清清楚楚就在眼前。现在，他更清楚地看见了集中营里无数人在奔跑，让他无比吃惊的是，这群人中，有很多很多孩子！他知道，他们的任务包括营救美军飞行员和抗日将士，却怎么也没想到还有这么多孩子等着他去营救。在这场战争中历经千辛万苦的全部意义，突然明明白白地举在那无数双向着天空挥舞的小手上。

第三个跳出"盔甲天使"的是牧师的儿子音信·詹姆斯·摩尔。他也看见了疯跑的人群中有很多孩子。从福音传递者的家庭出来，成了军人，这是很荒唐的事。但是，在一九四五年八月十七日这一天，"鸭子"使命让他感到了福音和正义的统一。

第四个是准哥伦比亚大学生比德·奥利切，他自己还是个大孩子。他把眼镜用胶布粘在头上，很滑稽的样子。这时，完成"鸭子"使命在他心中已具体化了：没有一个孩子应该待在集中营里度过他的童年。

第五个是中文翻译王艾迪，他讲起话来尖声尖气，像个姑娘，说英文还带着一点儿广东口音。这个使命应该说是跟他本人最有直接关系的。下面的土地是他同胞的土地，跳到下面，说不定还能找到他的远房亲戚。他会中文，他可以跟他们交谈，告诉他们旧金山有一个唐人街，大人卖菜，孩子上学。

第六个是做过阿拉斯加淘金梦的詹姆斯·汉伦。那个梦还没来得及做成，今天，他已经成了在下面那群孩子的梦里出现过无数次的"盔甲天使"。

第七个是医生瑞曼德·汉切尔克。根据潍县地下情报送出来的消息，"鸭子"使命队知道在潍县集中营有二十多个重伤病员得赶快救治，送进医院。

如果世界上有心理战的话，这七个从"盔甲天使"上跳下来的勇士，在他们张开降落伞，无所畏惧地飞向潍县集中营的时候，他们就打赢了这场心理战。一千六百个日夜梦想自由的心，突然什么都不怕了。一千六百个渴望自由的犯人像洪流一样向那个有两棵弯树的中国式的大门冲去。守门的日本兵也看见了飞机和七个全副武装的"盔甲天使"直奔集中营飞来。慌乱中，他们还没来得及决定是对天开枪还是报告，潍县集中营里的战俘们已经疯了，他们对日本守兵视而不见，居然不管不顾夺门而出，挡也挡不住，全都向着那七个降落伞降落的方向跑去。

就在这么短短的几分钟内，这场没人策划、没人组织的胜利大逃亡成功了！战俘们一冲出大门，就和外面的农民们混成一团，追着降落伞跑。在这群冲出监狱的战俘中，也有那个从医院板床上跳起来的小女孩。这个小女孩就是后来成为新泽西州议员的玛丽·帕利维特。那年她十二岁，是一个传教士的女儿。她说：那天，当看见七个美国军人从飞机上跳下来，所有战俘的心就再也不能承受重见自由的喜悦和兴奋了，他们全爆炸了。那天，是战俘们两年半里，第一次跑出集中营大门的日子。他们太想自由了。他们向他们的解放者奔去，生死不顾……

七个降落伞一个接一个落到离战俘集中营一里左右的高粱地里。七个队员立刻进入作战状态，他们每个人身上都带着魏特曼将军给日本人的信。这也是"鸭子"使命预先制订好的方案。可是，队长斯坦雷·斯泰格少校一落地，就发现原来计划好的方案用不上了。战俘们全部冲出了监狱，跟着降落伞跑，一路狂欢跳跃，追着到了高粱地里。按照原计划，伞兵们一落地，天上的 B-24 就要空投各种救援物品、食物、衣服和医疗器械。可是，没一会儿工夫，上千个大人小孩全跑进高粱地里来了，到处都是人。七个全副武装的伞兵赶快疏散人群，避免空投物品砸伤人。

那一天，是战俘们最幸运的一天。在"鸭子"使命的伤亡报告中，只记录了一个中国小男孩头上被空投物品砸破，其他人都没受伤。这个小男孩立刻被医生抱进监狱医院，坐在床上一边包扎一边高高兴兴地吃天上掉下来的水果罐头。他是那天唯一的小伤员。那一天，上帝把所有的好运气都给了好人。七个空降兵一到，所有的人都知道，战争结束了！

那天早上，当B-24飞机在天上盘旋的时候，日本监狱长伊竹正在和战俘营中的代表——九人委员会开狱事会议。会还没开完，突如其来的事故就发生了。管潍县集中营的日本守兵们一个个呆若木鸡，正如魏特曼将军预计的一样，他们不知拿眼前的局势怎么办。天上地下，突然，都不再是天皇的领地了。

斯坦雷·斯泰格少校立刻决定直接去参加九人委员会的会议。战俘和农民们把空投物资扛在肩膀上，带着和冲出来的时候完全不同的心情，跟着七个空降兵高高兴兴走回潍县监狱。这回，走到监狱门口，一些战俘已经自己组织了小乐队，站在高墙下，唱《幸福的日子回来了》。[1]

集中营解放了，不存在了。潍县自由了。

当斯坦雷·斯泰格少校通过泰德·那卡奇的翻译和监狱长伊竹谈判时，他毫不含糊地对监狱长说："我是斯泰格少校，我奉美军中国战区总司令魏特曼将军命令，前来接管你的监狱，治疗并接走你监狱里的在押病人。这是一个人道主义的行动，你必须配合。"日本监狱长则满腹懊恼。他的监狱？一监狱的犯人全跑了。对这样的事情，监狱长伊竹觉得大失面子。整个谈判过程，日方完全处在被动状态。[2]

斯坦雷·斯泰格少校拿出和九人委员会商量好的方案：监狱，由七个空降兵和九人委员会接管。日本守兵必须在正式投降之前，保障所有战俘的安全，做狱内日常勤杂事务。日本守兵显然不愿意接受事实，监狱长伊竹一次又一次问："如果你们的'鸭子'使命失败了，你们会

① 见一九四五年九月七日"'鸭子'使命每日行动报告"（Chronological Report on Duck Mission to Mr.Roland Dulin，Chief Mo/OSS，China Theatre）。

② 见一九四五年九月，"鸭子"使命汇报录音记录，Source of audio recording:National Archives，College Park，Maryland，USA（ARC Identifier:102069，Local Identifier:226.13）；由玛丽·帕利维特翻写成笔录，（2008）。

怎么样?"斯坦雷·斯泰格少校通过泰德·那卡奇的翻译,毫不客气地告诉他:"那么,大队中美联军就会开过来,再给你一个绝无失败可能的使命。"最后,日本守兵同意接受指挥。监狱中唯一像样的地方是日本守兵的房间,斯坦雷·斯泰格少校命令,日本守兵在中午前搬出住处,改作"监狱临时指挥部"。当时,日本在青岛的副参赞正好在潍县,他的地位远比潍县狱长高。他要求斯坦雷·斯泰格少校,让所有的日本兵撤出,不在监狱里给新权威和战俘干活。斯坦雷·斯泰格少校说:"不行。"

"鸭子"使命队员在看过狱中状况后决定,十二个病人必须立刻送到医院治疗。第二天,当 B-24 飞机来接病人的时候,当地日军突然聚集了两百多士兵,在潍县附近的飞机场全副武装,不知想干什么。立刻有潍县居民向斯泰格少校报告,斯泰格少校和"鸭子"使命队员们立刻向狱长抗议。伊竹狱长说,他管不了军方。斯泰格少校和"鸭子"使命队员们就要求他转达"鸭子"使命带来的通告:日本天皇已宣布日本投降,所有日军必须立刻解除武装,和平等待中美联军正式部队前来受降。

斯坦雷·斯泰格少校在后来汇报"鸭子"使命时,说"鸭子"队是一支勇敢的队伍,能领导这队人,是他的荣耀。使命顺利完成,功劳也要归于潍县战俘和潍县人民。[1]

"鸭子"队员从一九四五年八月十七日到三十一日全部接管潍县集中营。他们要找的 B-29 飞行员——威廉·仁帕勒曼少尉,没多久也被医生汉伦从当地游击队那里接回来了。在那些日子里,潍县的街上天天游行。"鸭子"队员走到哪里,潍县的人们就跟到哪里。小孩子们更是跑前跑后,又唱又跳。"鸭子"队员的降落伞被剪成小块,分给大人小孩做纪念,接着,他们衣服上的纽扣、带子,也被要走了。多少年后,泰德·那卡奇都还记得,一个不知哪国的欧洲妇女,拿着她小女儿的儿童帽,请他和队长斯泰格少校签字。那个儿童帽大概是她唯一还能拿出手的完整物件了。还有一个被救的潍县女孩子,剪下了泰德·那卡奇的一撮头发,留作纪念。

所有跟"鸭子"队员有关的小东西,都散发着"自由"的气味,都

---

① 同 181 页注①。

被要走了。什么都没有自由好，人们想把它永远留着。"鸭子"队员们坐在潍县集中营大门口的台阶上，教小朋友们唱一首美国歌，让他们留作纪念："你是我唯一的阳光，请不要把我的阳光拿走。"

四　"井"和"风轮"

无论过多少年，无论战略情报局训练出来的士兵多么守口如瓶，那一千六百个获救的战俘和潍县农民，是不会忘记这段"鸭子"故事的。后来，玛丽在她的议员演讲中唱了这首歌："你是我唯一的阳光，请不要把我的阳光拿走。"她一直在寻找"鸭子"使命队员。作演讲、写文章时，她常会把自己的电话、地址写在最后，说："谁要认识这些英雄，请跟我联系。我要对他们说：谢谢。"

五十多年后，凭着这首"阳光歌"，她找到了"鸭子"队长斯坦雷·斯泰格少校。年轻有年轻时的帅，年老了有年老的帅。斯泰格少校老了还是帅。玛丽抱着他就哭了，说："我是一个前后跟着我的解放者跑的潍县小女孩。我就想再见到我的英雄们。"玛丽终于把一个一个"鸭子"使命队员找到了，除了没有找到的王艾迪。只是这些当年的"盔甲天使"，有的已离开了这个世界，有的不久就离开了这个世界。

十四年前，玛丽飞到"沙丘"来见泰德·那卡奇，向他说谢谢。那时，泰德·那卡奇七十八岁，平静地住在盟军镇，在"沙丘"上开着联合收割机，种玉米、黄豆和牧草，从来没觉得自己是英雄。面对自己的土地和农具，他很满意。那个泰德·那卡奇和我十四年后见到的九十二岁的泰德·那卡奇没有多少区别，在无边无际的"沙丘"上，时间不改变，人也不变。

那次，泰德·那卡奇对玛丽说："在潍县那些日子，我感觉自己就像被人推到台子上，成了中心。"玛丽说："难道你那时没想过如果你们被日本人抓住，他们要杀要剐的首先就是你们？"泰德·那卡奇回答说："要想那么多，就当不成好士兵了。我只想我该做的事情。"[①]

---

① 见玛丽·帕利维特（Mary Previte）2002，"Tad Nagaki 泰德·那卡奇" June 2002 Ex-CBI Roundup.

到今天，泰德·那卡奇是"鸭子"使命队员中唯一活着的一位。不过，如果王艾迪还活着的话，那就是两位。我相信每个"鸭子"使命队员的传奇都很精彩。只是，我也许永远也找不到其他人的故事了。但是我想，能记录下泰德·那卡奇的传奇也行。也许泰德·那卡奇的传奇就是他们那一群人的代表。泰德·那卡奇的传奇写在"沙丘"上，其他人的，不过是写在了别的什么地方而已。他们各不相同，却共同完成了一个拯救"自由"的使命。

"沙丘"上的牧草，从不知季节，无边无际地绿下去，绿到天地尽头。泰德·那卡奇的割草机掉在牧草地里，就像一块石子落进湖水里，一圈一圈涟漪，原来画出来的是大问号：生命是不是应该这么活？泰德·那卡奇干完活站起来，他已经不声不响地用九十二年的春秋回答了这个问题。要想在一个故事里讲清楚泰德·那卡奇的九十二个春秋，不是一件容易的事。故事太多了。我想来想去，决定还是用"沙丘"上的常见公式来写这个传奇吧："一口井"和"一个风轮"。

"沙丘"上有很多风车，这里一个，那里一个。每个风车头上都顶着风轮，下面都是一口井。"沙丘"上的井，是一根直管子打下去，井上竖一个风车。"沙丘"上永远不停的风，吹着风车头上的风轮永远不停地转。风车就不停地把水自动打上来，流到大大的水盆里，水盆满了，流到草地上，成为一个小湖小塘，牛和马就会来这里喝水，鸟儿也会来……

我想写的"一口井"，就是泰德·那卡奇的简历，一根直线。他从哪儿来，怎么会进了战略情报局，到了中国，又回到盟军镇。只不过，"简历"这样的词儿，放在"沙丘"是一个太商业化的名字，不协调。还不如叫"井"，水源，水流，水的功效。

我想写的"一个风轮"，就是泰德·那卡奇那样的老兵们常去的酒吧，叫"社会环境"也行。只不过"社会环境"这样的词儿，放在"沙丘"是个太学术化的概念，不自然。"沙丘"，天人合一。酒吧，就是这幅图画里的"风轮"，人来人往，转一圈，西部的风吹着西部的品位。"凡人"进去，"酒神"出来。风轮的精神叫"民俗风格"，"风轮"转着，水流着，生活就开始了。

先讲"一口井"：

泰德·那卡奇的父母不是有钱人，他们是第一代日本移民，先到夏威夷种田，后来进了太平洋铁路局，到了美国大陆。跟着一条铁路，一边修，一边走，来到"沙丘"。他们在离盟军镇不远的一个小镇——斯格特岩镇住下。泰德·那卡奇的童年在斯格特岩镇度过。

斯格特岩镇是世界上最安静的地方。一望无际的土地，睡着。睡得正气十足，不容惊扰。史前的沙石陡壁在夕阳下变成金色，成了中世纪留下来的断壁残垣，西线并不天生就是风平浪静的。这里的故事一层一层夹在风化了的岩石里。生活和生命从荒蛮中走出来，走到沙山上的枫树和杨树林，让树上的叶子变红变黄，变成诗，变成词，变成千古绝唱，变成信天游。

斯格特岩镇有一块大石头，形状像一个大烟囱，印第安人叫它"烟囱石"。那是泰德·那卡奇小时候常去的地方。在烟囱石下玩到天晚，看着天上的星星一个一个冒出来，烟囱石似乎也把若有若无的炊烟吐出来了。在这样一种蓝幽幽的夜晚，不管你是谁，不管你的祖先从哪里来，月亮反正就是你家的亲戚。靠着一方水土，吃得白白胖胖，在你头顶上笑得无拘无束。不管愿意还是不愿意，往这样的天底下一站，就有一种精神，像一个骑在白马上的西部牛仔，踏着尘土，挥着响鞭，飞奔而来。这种精神叫：自由。自由是这块土地的灵魂。

泰德·那卡奇上小学才学英文，然后在斯格特岩镇高中读书，是学校橄榄球队的运动员。奋力打球，赢了高兴，输了不高兴，但第二天，就又高兴了。天大地大心大。他没觉得自己的姓"永木"和其他同学的姓"史密斯"或"布朗"有多大区别，直到有一天……

一九四一年十二月七日，泰德·那卡奇得到了一个好机会去访问纽约。那时，他刚从一个乡下男孩变成一个美军新兵。纽约的摩天大楼和红红绿绿的灯火，让第一次来到纽约的泰德·那卡奇无比兴奋。在这么小的空间里，城里人居然装进去了那么多热闹。和"沙丘"相比，纽约是个魔术师。这是另一种人造的快乐和壮观，人在这个地方变得忙碌，忙碌又让人们显得重要。城市和"沙丘"太不同了，一个是人的梦，另一个是自然的梦。

就在一九四一年十二月七日这一天，泰德·那卡奇从纽约回到营地，人的梦和自然的梦都突然被惊醒了——日本偷袭了珍珠港。罗斯福总统对全世界宣布："一九四一年十二月七日，这一天，将永远记录在人类耻辱史中。"战争爆发了。

泰德·那卡奇在一九四一年五月，到日本去玩过。在日本，他听说日美之间可能要打仗。他想，我最好立刻回美国，那是我的家。回来后不久，泰德·那卡奇就和其他一群男孩子，一起应征入伍了。到十二月，这才过了七个月，战争就真打起来了。战争一打起，泰德·那卡奇突然发现有一些事情变得奇奇怪怪。怎么再进城去，街上走着的亚裔人，衣服上写着："我是中国人，不是日本人""我是韩国人，不是日本人"，泰德·那卡奇想：我是美国人！

可是，事情就是有点儿不同了。怎么和他同一军营的士兵们都走了，上前线去了，却把他一个人留下了？和当时的许多男孩子一样，泰德·那卡奇想当飞行员。他过了体格检查，却也没当成。不仅没当成，他还被调到肯塔基州的托马斯港，进了由四十个第二代日本后裔组成的营房。他们有了一个怪怪的名字，叫"Nisei"（第二代美籍日裔）[1]。虽然他们也叫自己的连队"作战队"，却不能到前线去打仗，只能在美国本土军营里种树，给军部的人洗衣服，烧饭，做后勤。

泰德·那卡奇很生气。这是什么使命？这是打杂。西部的牛仔还不憋死了？为什么一直不让他上前线？直到一九四二年的一天，泰德·那卡奇看到战略情报局招收日裔特种兵的通知。干什么？招兵通知没说。只说去完成一些比任何一场前线作战都危险的使命。泰德·那卡奇在部队干了一年多的杂活儿，现在，他的机会来了。他立刻报名当特种兵，进了"四四二连作战队"。他们被送到密西西比河河边的营地受训，从跳伞到发报，从丛林作战到日语翻译，什么都学。最后又从二十三个志愿者中，选出十四个成立精英队，在一九四三年一月，送到中缅边界战略情报局一〇一独立支队。

当时，仰光失守，被日军占领。给中国送物援的滇缅公路被破坏，不能再用了。这十四人的精英队，从空中跳伞，在黑夜里悄悄降落到滇缅丛林。主要任务是在敌后打游击，收集日军情报，营救被日军打落的

---

[1] 后来Nisei作战队被派到欧洲战场，成了最英勇作战的队伍之一。

联军飞行员。

这一段故事，可以另写一部小说。拣精彩的说一点儿：一九四三年，史迪威将军命令OSS一〇一独立支队组织三千人的游击队，在敌后丛林打游击。泰德·那卡奇在丛林里训练出了两支缅甸土著人卡秦（Kachin）部落和山（Shan）部落的抗日游击队伍。缅甸丛林里的土著部落，非常痛恨日本兵，日本兵曾经把卡秦部落一个村子的人全杀死了。战略情报局一〇一独立支队的队长把泰德·那卡奇介绍给卡秦和山部落当军事教练的时候，对土著村民说："你们要分清楚了，对你们笑的是美国人，对你们龇牙咧嘴的就是日本人。"泰德·那卡奇不多说话，却爱笑。一笑起来，就是西部人的开怀大笑。

后来，泰德·那卡奇和他的土著游击队员们，多次偷袭日军运输线和营地。不仅在丛林里，有一次泰德·那卡奇还孤身潜入日本军队的司令部，收集情报，就在日司令部附近一带给战略情报局一〇一支队发报。人们都说日本军人会打丛林战，但在缅甸丛林，OSS一〇一独立支队比日本人打得更好。只是，做这样危险的工作，机智、勇敢、坚持、信念，缺一不可。威廉·皮尔斯上校在他的回忆录里写道，他的一组一〇一特种兵在缅甸潜入敌后收集情报，送回好些重要情报，但突然就没了消息。后来，其他敌后一〇一情报人员发现了他们，一个小组五个人全被敌人抓住了。日本人对五个情报人员用尽酷刑。其他一〇一情报兵，实在看不下去，却无法救他们出来。直到一天，美军一架飞机无意中炸平了那个关押五个被俘情报兵的房子，才结束了日本兵对他们的折磨。威廉·皮尔斯上校说：也许，上帝都实在看不下去了[①]。泰德·那卡奇和他的同伴们，真的做了比上前线更危险的工作。

再后来，泰德·那卡奇从缅甸被调到了云南，一九四五年八月又志愿参加了"鸭子"使命。当我称他是英雄，问他为什么要参加这些如此危险的使命时，他哈哈一笑，说："我不是什么英雄，我不就是想从飞机上往下跳一回嘛。飞行员当不成，跳降落伞，也算是沾到了一点儿'飞翔'梦嘛。"

---

① 见威廉·皮尔斯、丁·帕瑞利斯《滇缅小路的后方》（William R.Peers and Dean Brelis，1963.Behind the Burma Road.Boston:Little，Brown and Company.）。

泰德·那卡奇一辈子跳过两次降落伞，一次跳到滇缅丛林，另一次跳到潍县。他一个人，把美中日三个国家的近代史都沾上了。

战争结束，泰德·那卡奇和一万多退役士兵一起，回到了盟军镇。他娶了一个快乐的夏威夷 Nisei 姑娘，在"沙丘"上一年又一年过着我一开始描述的那种生活。泰德·那卡奇对谁也没有仇恨。他的任务完成了，现在，他可以在自己家的一张大纸上写自己的农民日志了。他在这张大纸上写：玉米、大豆、牧草、肥猪、奶牛。写了一辈子。这些"大字儿"永远年轻，从不见老。绿色、黑色、黄色，这就是泰德·那卡奇的好日子。就这几个字，反复写，年年写，轮流写，百写不厌。在他眼里，这些玉米、大豆、牧草、肥猪、奶牛也都是受他保护的小儿女。风调雨顺，这些小儿女长得风姿绰约，然后他们就远走高飞，变成油，变成饲料，嫁出去了。碰到坏年成，干旱洪涝病虫，这时，老兵的本事就显出来了。泰德·那卡奇不是一般的人，他是 OSS 的特种兵。慌什么，泰德·那卡奇知道自己的责任。一个农民的责任不就是保护他的庄稼吗？泰德·那卡奇总有办法完成任务。一季有灾，立刻换种子，赶种下季。他脚下的土地是他坚守信用的老朋友，会跟他吵一架，却不会背叛。泰德·那卡奇热爱土地。

农民日志写到后来，他自己就九十二岁了。老伴也走了，到天堂去了。接着，三个兄弟也走了，连三个儿子也一个一个走了，都到天堂去了。孙子重孙们也都相继搬到城里去了。只剩下他一个人还在这"沙丘"上坚守，像独自坚守一块阵地的老兵，守着一种责任。并不是为了向别人证明他是谁，也不靠成功和业绩来证实自己的存在。他就这么简简单单地活着，这样的勇气，堪配"自由人"的称呼。

再讲"一个风轮"：

"沙丘"，也并不总是如诗如画，它有自己的禀性。说粗犷就粗犷得没头没脸，一眨眼工夫，全世界都能变成狂风，夹着黄沙，夹着骆驼刺。"沙丘"的沙飞到天上，就不再是曲线了，正弦线余弦线全成了狮子吼，跟内蒙古沙尘暴卷起的黄沙没两样。黄天黄地不分昼夜，叫你呼吸都呼吸不成，只能赶快逃回屋里。这是自由世界，沙也是自由的，不管你喜欢不喜欢。这种时候，最好的去处就是酒吧。

泰德·那卡奇因为肺病才做了手术，有些日子不能去酒吧了。我说："我替你去。"我就想去看看泰德·那卡奇生活着的小社会。于是，在这么一个黄沙蔽日的下午，我逃命一样飞跑进一个酒吧。魔幻现实主义在这里不是作品，是生活。外面的世界，飞舞着翻脸不认人的黄沙，一群没心没肺的小黄蜂，往人脸上扎，往人眼睛里钻，把人捉住推着转圈圈。酒吧门口的灯光就像指引到天堂的路标，弱得看不见，却还在闪着。我一进"天堂"门，就听见一句名言："罪恶，就是踏过了底线。别人，那些和你一样的别人就是这条底线。"

这是一个八十六岁的老兵说的。他说，他当年是第五海军陆战队的新兵，就想当飞行员，可是，战争快结束了，不需要那么多飞行员了，他就成了海军陆战队的士兵，打到了菲律宾的吕宋。在吕宋的丛林里，他们新兵的任务是清理战场，他看到了无数日本兵死在热带丛林里，见证了日本兵惨败的情形。他说："臭不可闻呀。看到那种情形，我只能得出一个结论——永远不要让我的孩子们经历我所见到的情形。"

于是我想，若是泰德·那卡奇一进门听到这番话，会怎么反应？他大概会说："老弟，我们都是普通人。你老弟应该当老师，我就应该种种田。要叫我看，战争只有一个合法的目的——和平。若不是为了这个目的，你我绝不会跑去打仗。"

践踏别人的自由，是比战争更罪恶的东西。这个罪恶踏破了底线。

和"八十六岁"对面坐着的是一位从缅甸来的难民。他把头凑到大啤酒杯前，喝了一口说："你说的那些都是老战争，成传奇了。我五年前从家乡逃出来的时候，经历的是新战争，真的。你们这里的人，不相信鬼和神灵，把鬼和神灵这样的事儿当笑话。在缅甸，我们信佛，没有人怀疑鬼和神灵。我的好朋友十八岁，说，他下辈子的轮回要生在美国。他就走到难民营外面去砍竹子，他弟弟走在他前面，却被一根刺扎了脚，他超过了他弟弟，就踩到了地雷。那时竹子开花，那些开花的竹子很漂亮，他说去砍一根回家给他爸爸盖竹楼。但是，开花的竹子就是'死'的意思。他十八岁就死了。他妈妈在他头上画一个黑记号，为了下辈子好认出来。"这个缅甸难民，在铁路上打工，刚拿到美国绿卡。这天他来酒吧，算是庆祝一下自己成为美国人。他说："我也想来找找我的朋友，看他是不是再生了……"

在这个飞沙走石的时刻，听这种故事，让我瞪大眼睛，心里一抖。玛丽·帕利维特在山东潍坊市召开的"纪念潍县集中营解放六十周年"大会上讲了一句话："人们认为，二战是结束一切战争的战争。但是，战争结束不了任何战争。"

我就把玛丽的这句话说出来了，我说："这是人的不幸。"我想，若是泰德·那卡奇听到这个故事，他会怎么说呢？缅甸是他打游击的地方。打走了日本人，为什么一个民族又会自己人跟自己人打起来？这是最荒唐的事。这时，八十六岁的老兵用自己的大啤酒杯撞了一下这个年轻难民的酒杯，说："你家里打仗的故事我懂。我自己就是人，活了八十六岁，人的什么问题和劣根性，我都知道。战争结束不了战争，只有和平才能结束战争。想打仗的和爱好和平的，若经过战争，又活到我这个年纪，都会得出和我一样的结论。"

听了这话，我想，要是泰德·那卡奇这会儿也在这里，他大概也会撞一下这个年轻缅甸人的酒杯，说："到我这个年纪，我可以说，我们得把人的局限和毛病，看作一封邀请信，它邀请'宽容'。自由要有土壤，能养活自由的土壤是'宽容'。给你的民族时间。"

酒吧大门关着，外面的飞沙走石进不来。酒吧里的几个大吊灯优哉游哉地把人们的影子画到墙上，描到地上。老祖父一样的黄色灯光，暖暖地溢出来，像啤酒，也像中国茶。其实，小镇上的酒吧，就和老舍笔下的中国茶馆差不多，是个小社会。这里没有吵得人不得安宁的音乐，更没有KTV那种自己闹自己的新玩意儿。这里是老熟人新朋友见个面、聊聊天的地方，酒保就是某个老邻居家的大儿子或二儿子。大家说故事，不需要介绍背景，都是家里家外的事儿。只不过在这里，大家拿着大杯子喝啤酒，笑声不断，故事一个接一个，讲完就痛痛快快再来一杯。在茶馆，人们是捧着茶杯细细慢慢地品茶，讲完一个故事，再倒一杯茶。

八十六岁的老兵听说我是代表泰德·那卡奇来的，就立刻把我介绍给了另一个老兵。这个老兵八十二岁，和"八十六岁"是从小一直玩到今天的老朋友。他们小时候还一起看过泰德·那卡奇打橄榄球，现在又一起在当地的大学里选上"国际关系"课。八十二岁的老兵对我说："我一九四六年当兵，没赶上二战。但我赶上了朝鲜战争。六十二年前，你爸爸和我大概正在朝鲜战场上你打我一枪、我打你一枪呢。"我说："我爸爸没去朝鲜，我叔叔去了。但是活着回来了。""八十二岁"哈哈笑道："那是因为我和他都是对天开枪的。"我也笑，说："幸亏是这样。"

原来，你死我活的故事，可以变成一个玩笑。在这些老兵眼里，人类历史有很多时间，在它的手上，有一种东西比成败、英雄、功勋，甚至比江山都更有力、更真实。那就是"人道"。幸亏还有人并不为自己杀死多少人而得意；相反，他们知道，战争永远是让人遗憾的事。一个正常的士兵，在战争结束后，会为自己救下了多少人而自豪，恐怕不会为自己杀死了多少人自豪。我想，如果泰德·那卡奇在这里，他大概会说："'鸭子'使命，我们救了一千六百人，没死一个人。这是一个人道主义的使命。"

我还想起我读过的一本心理学家写的关于战后心理的书，这位心理学家说，他为那些勇敢杀敌的士兵骄傲，同时，他也不得不为那些不愿开枪杀人的士兵骄傲，在他们的品格中，都表现出了我们人这个物种的高贵之处。那时我不懂到底什么是一个好士兵的品格。在和这些老兵的谈话中，我感到勇气和怜悯是强者应该同时具有的品格。

那个成为自由人的缅甸难民，坚持要给我们讲完他的鬼和神灵的故事。他说："我姑姑不信鬼和神灵，她生了八个小孩儿。村里的人都说，小孩儿要想养大，得要让鬼不喜欢才能活。她不听，第一个小孩儿起了一个漂亮名字，死了。第二个，又起了一个漂亮名字，又死了。到第四个，是女孩儿，她怕了，就起了一个丑名字，叫'屎'，就活下来了。"

"八十六岁""八十二岁"和我都哈哈大笑，酒吧里另外几个人也围过来了。缅甸难民不紧不慢地继续讲："'屎'长到十八岁，被一个过路的流氓强奸了。这个坏蛋跑了，无名无姓。'屎'生下了一个小孩儿，也找不到爸爸。我们那里的人都信神灵。你要想保护自己的菜园子，剪一小截死人用过的上吊绳，埋下，谁偷吃了你家的菜，谁就生病。有男人强奸女人，也一样。女人只要手里拿着男人裤衩或背心上的一小块布片子，什么也不用做，这片布上面的神灵，就会把这个跑了的男人招回来，认罪。"讲到这里，这个缅甸难民突然转到现在。他认认真真地说："我对这个法子最感兴趣，一直在研究。想想这个法子多好呀，可以帮助 FBI 和警察对付美国的罪犯。可以帮助 CIA 对付恐怖组织。FBI，CIA，警察都可以不干活了，只要有一片罪犯留下的衣服、头发什么的，就等着吧，那些东西上的神灵会把罪犯全招回来。世界不就太平了吗?"

酒吧的人都哈哈大笑，兴奋极了。从古到今，人们想出了多少法子来保护和平呀。"八十六岁"和"八十二岁"同时说："你原来是想用坏蛋的DNA来破案呀!"于是，大家争吵起来，好像世界有了正义。泰德·那卡奇若在，也一定会跟着笑。早知这个法子，他当年在缅甸，出生入死跑到日军司令部，就不该去搞什么情报，偷他们几块破布回来，就万事大吉了。

从酒吧出来，我觉得，虽然我不能重新经历历史，但是，说不定那个曾经产生"鸭子"使命里的英雄的小社会，就像风轮，一直在一个位置上转。"沙丘"上的时间本来就不存在，七十年一眨眼，这里的一切那么普通，那么平常，那么生动，那么人性。就让老奸巨猾的世界嘲笑"沙丘"上的简单吧。如果政客们想把互相恐吓当作游戏，军火商们想多多地卖出军火；如果所有的人都跑到历史中来随意抓一把，想怎么演自己的角色就怎么演；如果历史这场戏本来就没有导演，也没有编剧……我也愿意相信：哪怕是在最混乱的场景里，也会有一种老祖父一样的光，温和地和每个人交谈，把一种精神保留在历史背后，让人的社会终以"人"的方式活下来。

风沙过去了。西边的太阳揉揉眼睛又亮起来，再揉一揉，就掉到沙丘的顶上了。夕阳成了首饰盒子，突然打开，把黄金白银暴风骤雨一样泻在秋天的树上，叶子全变成金色，尖尖角上，滴下来的都是水一样的亮光。我想，今天若泰德·那卡奇从酒吧里出来，他大概会说："和平和自由是人的属性，把它们叫作我们好人的DNA也行。"

我们也许永远都不能消灭世界上的罪恶，能和罪恶对抗的，不可能仅是多做几件善事，而应该是对"善"和"正义"的信念。只要生命的DNA上写着"和平"和"自由"，那么，我恐怕也可以有充分理由"魔幻"一回，说："好吧，我也许个愿，就把我写的这个'鸭子'使命，当作一小块布片子，从一场痛苦的战争中剪下来的，放在这里。让现在还想用战争说话的人们自动投降，让普普通通的老百姓继续平平静静地种田、上班、过生活。"

印度记

于坚

　　我少年时期读过《西游记》，以为印度太遥远了，恒河就是天上的银河。玄奘取经穿越大漠，大约一粒沙子就是一步路吧，如果把他碰过的沙粒每一颗都想象为星星的话，可以重建一个宇宙。印度是去不到的，那是一个神话。所以当我登上昆明飞往加尔各答的飞机时，有做梦的感觉，仿佛正在奔赴刑场，我要去的是天国。

　　我很怀疑这趟航班，它真的是飞往印度吗？怎么与飞往纽约、巴黎的航班一模一样？机舱里散发着某种熟悉的气味，这种气味来自一个有着巨大腹腔的机器人，它使用航空公司制造的香水。几个印度人走在我前面，眼睛发亮，牙齿发亮，手掌发亮。据说，印度人的祖先有许多是越过兴都库什山脉和喀喇昆仑山脉南下的高鼻子蓝眼睛的古雅利安人，只是皮肤被热带的阳光晒黑了。但在他们身上，我怎么都感觉不到通常雅利安人的傲慢冷漠，似乎他们只是皮肤更深的中国人。文明真是伟大的力量，它可以把血缘相同的人们改造成神态、动作、语言、信仰、生活方式完全不同的种类。这些雅利安人很亲和，自然纯朴，身体之间没有距离感，像中国人那样在身体上彼此信任亲近。陷入机舱，无序惯了的亚洲人都有某种遇难的感觉，紧张焦虑，争先恐后，毫无风度。大家一个个挨着往里走，想挤过去就挤过去，该让一让就让一让，有几个印度人紧紧地抱着用黑色塑料袋和胶带纸包扎得圆滚滚的大包裹，几乎塞不进旅行箱去，但他们显然很有经验，转了几下，一个个都塞进去了，黑糊糊的一排，像是宇航员的次品头盔。我从未见过如此奇特的行李，路上一直在想，里面包裹着什么，是什么中国宝贝值得他们如此神秘地带回印度去？

我以为至少得飞上七八个小时，才飞了两小时，飞机就下降了。有个印度朋友后来告诉我，在地理上，云南、昆明是亚洲的一个中心，从这里往亚洲的东西南北距离都差不多。书上说，加尔各答是印度最大的城市。该市有文字记录的历史，开始于一六九○年不列颠东印度公司的到达，公司的代理人约伯查·诺克在这里建立了贸易站。从一七七二年直到一九一一年的一百四十年间，加尔各答一直是英属印度的首都，东方最大的商业中心之一，人口九百一十六点五六万。罗宾德拉纳特·泰戈尔出生在这里。下面是沉在黑暗里的大地，看不出来住着九百多万人，黑茫茫，像是另一个星空。稀疏的灯火形成一些图案，有个孤独的梵天在黑暗的舞台上寂寞地舞蹈。上一次我在芝加哥夜空飞过，那城市也有九百万人，地面辉煌得就像一只正在黑夜之灶上翻炒着无数钻石、星子的大锅。

这是二○一○年三月二十八日，我在夜里两点来到了印度，落地于加尔各答。

运送乘客的大巴里面的胶带拉手全都断了，机场看起来过度使用，正在老化。机场大厅是国际标准，宽坦，光滑，广告牌上有个印度女郎在推销某种香水。关员在那个用来盖章放行、总是令我心惊胆战的柜台后面呼呼睡觉，叫也不醒。他的同事笑起来，推推他。他笑眯眯地在我的护照上盖了章，我进入了印度。

导游来了，一个中年男子，黝黑、热情、神情质朴、会说简单的英语。往我脖子上套了一串白色的鲜花，香气浓烈，这国家真是一个花园。在这花香扑鼻的瞬间，忽然想起四十年前，我在昆明秘密阅读泰戈尔。他的诗，就像一个语词组成的花园。

车窗外面看不清楚加尔各答，这里没有辉煌之夜。偶尔出现几盏昏暗的路灯，瓦数太低，似乎并不是为了照明，只是表示这是一盏灯而已。路面凹凸不平，有些高架桥悬崖般倒塌在公路一侧。汽车靠左行驶。在某个高架桥附近，客车转了一个弯，驶进一条土路，几分钟后我们到了宾馆，头上缠着土红色头帕的锡克人跑过来提行李。我看见那种司空见惯的大堂，印度女士请我出示护照登记。这是玄奘到过的印度吗？那个印度在沙漠深处，还是在这黑夜的后面，我等着天亮。

　　黎明，印度的风吹着。印度这个词总是给我阴天的感觉。天亮时拉开窗帘，外面正是阴天。窗外是一个发黑的大阳台，因为下面是旅馆的大堂。夜里下了一场雨，阳台上积了一摊水，倒映出阳台边的保龄球状的陶栏杆。一只乌鸦绷着腿落下来，干练敏捷，背上斜插着两只匕首似的翅膀。印度有很多乌鸦。有个高个子的人骑着自行车在下面的庭院里驶过。另外两个长衫飘飘的男子站在花台旁说话。接着又来了一位穿长裙的印度女子，风在后面跟着她，把她的纱丽贴着臀部往前推着，仿佛就要飘起来。白色和蓝色的旗幡在旅馆上空招展。远处是平原，在那儿，大地依旧是主导性的力量，草木葱茏，包围着屋宇。那些岛屿般露出的屋宇都不高，一两层楼。一份当天的报纸已经从门缝里插进来，躺在地毯上，瞥了一眼，头版是整幅的广告，大约是推销西装，一个系领带的男子笔挺地站在报纸中央。这场景很像一幕费里尼电影的开场。

　　这个阳台我似曾相识，昆明如今已经没有这样的阳台了，少年时代我就是在一排这样的栏杆旁边长大的。昆明受到法属印度支那影响，许多建筑中西合璧，我十一岁以前住的那个四合院，有一个欧式的阳台在照壁上穿过中式四合院的天井，正对着我家。那儿是我的天堂，我家的夏日餐厅，我曾经在晚霞的映照下，在一天的余光中做作业、吃晚饭，也捕捉过麻雀，越过阳台去摘房顶上的花。这是第二次了，印度唤醒我的记忆。昨天导游送我的花环有缅桂花的气味，我第一次闻到这花香是在昆明连接着越南和云南的滇越铁路的终点站，一九六二年的某日。法国人设计的昆明车站里有一个巴黎出厂的大钟，看起来像是一只腿长在自己胸部的大昆虫，当我盯着钟面上那根腿在罗马字母上爬的时候，风带来了这气味。外祖母说，那是缅桂花香，外祖母总是告诉我气味，上一次她说那是夜来香的气味。很奇妙，在如此遥远的天空下，故乡却不时闪现，仿佛我正在回到故乡。小时昆明有条街叫象眼街，我的小学语文老师家就住在那里。老师说，之所以叫象眼街，是因为牵着大象来的印度人一般都在这里歇脚。我从来没有在昆明大街上见到大象，大象随着革命一起消失了。当然，消失的还有印度。

　　这个旅馆在加尔各答的郊区，欧式的度假旅馆，大堂和客房后面是花园、游泳池和露天餐厅。一大早，就有人在游泳池里喧闹。通往餐厅的过道上挂着些西方表现主义风格的油画，画得很认真。"一种新的观察方式被引入，印度艺术家变得平庸，他们用尽技法，以欧洲式的风格去描绘本土的'风物'，或者有时压抑自己作为手艺人的本能的想法，压抑他们对设计和结构的感受，奋力去获得本来对他们毫无意义的康斯特布尔式（英国风景画家）的眼光……（V·S·奈保尔《印度：受伤的文明》）"早餐主要是西式的，面包、牛奶、咖啡、咸肉、水果。有一两样印度食物，薄饼、豆羹，味道说不上可口，还可以吃。这家宾馆的客人看上去很富态，个个西装革履，胖子多，安静斯文，喝着咖啡，看英文报纸。

大巴车来接我们去加尔各答市区。负责我们这趟旅行的有三个人，司机、导游和一个小矮人。专家说印度人种除古雅利安人外，还有蒙古人种、达罗毗荼人、前达罗毗荼人和尼格利陀人。尼格利陀人的特征是身材矮小，皮肤为深褐色，头发乌黑，鼻宽唇厚，肩窄腿短，胡须和体毛不多，臂长。他们是印度最早的居民。这位小个子看上去只是比侏儒略高，信心十足，结实有力，像阳光一样总是微笑，他大约从来没有因为个子小而被嘲弄过。我不知道在印度人们是否像中国那样在国家电视台公然地嘲笑身材不符合体检标准的人。他负责搬运行李、分发矿泉水、在车门一边待着，恭候乘客上下车。司机座周边香烟缭绕，一只铜制的小香炉固定在驾驶台一侧，插着花朵，点着香，香台前的玻璃上贴着几位印度教主神和大师的照片。行车途中，香烟一直在飘，为了使香支不倒，还做了一个固定香炉的小装置。这汽车最神圣尊贵的位置就是这里，整部车也没有它重要。这个小神龛使我们的车子仿佛是一座移动的寺院。

当汽车驶进公路时，我看见了印度，这是之后我一直都看见的印度。我们的宾馆其实只是印度的一个相当有限的局部，广大的、普遍的印度是在公路的两旁。这一眼所见的印度令我难忘：一个旧世界。陈旧、破烂但是安详的村庄——五颜六色的垃圾、有人在古井旁汲水、古老的耕牛、古老的田野。一列古老的火车穿过古老的大地，车厢口挂满了古旧的人们，他们仿佛刚刚从田野上收工回家。

收费站是一处监狱般的建筑，铁栅隔着，污迹斑斑。看不见收费员，一只手从铁栅栏后面伸出来接过卢比。卢比也是脏兮兮的，失去了硬度，像一块千万人用过的手帕。在印度很难看见新票子，大多数纸币都是脏兮兮的，纸币上印着十五种语言。据说印度有一千六百五十二种语言，十八种官方语言。过了这个收费站，就进入了加尔各答。城市普遍低矮，可以看见落日和新月。河流两岸零零星星的有几栋高楼，极少装饰，平庸而实用，暴露出这种西式盒子基于几何数学的本源性的贫乏、呆板和丑陋。没有花功夫把它设计装修出某种意味，比如象征高大壮丽辉煌雄伟、成功富裕、"站起来了"等等。印度的建筑物很少象征性，看上去政府的政绩大约也不体现在建筑物上。许多大楼停工了，热火朝天的是旧日子，现代化在此地还没有高歌猛进。

一条宽阔的大河穿过城市，河岸被水泥砌成了斜坡。是那条河，恒河！恒河？我吃了一惊，恒河的支流——胡格利河。我想起在纪录片和图片中看见的恒河，无数信徒在光辉灿烂的早晨顶礼膜拜，疯狂地往自己身上浇水。那不是河流，那是一座液体的圣殿。我一直想象着朝圣之旅，想象自己如何在黑夜将去、黎明将来的时候走向那金字塔般的圣水。哦，恒河不止一处，它长二千五百一十公里。

河岸的一处有个小庙，庙外面停着一群由纸、泥巴、竹篾扎的神像，不是妙相庄严、正襟危坐的神，而是浓妆艳抹、五彩缤纷、很花哨的神。中间一位女神骑着马，欢乐活泼浪漫性感。旁边聚集着一群人，站着的、躺着的、睡着的、坐着的，孩子们沿着河岸的斜坡冲下去，一次次扎进河中。有块地空着，我走去那里站着，立即被睡在地上的印度人呵斥，那是一块圣地，不能踩的。他们在等着时辰一到，就抬着神像下恒河去沐浴。现在是正午，气温四十摄氏度，除了孩子们，大人没有一个下水，在烈日下烤着，他们一定要等到那个时辰，而那个时辰还有三个小时才到。恒河，平庸得令人绝望，就像在我家乡穿过的盘龙江，那被改造过的水库式的河。恒河的水很浑，有些肮脏的机动船在河中央突突驶过，载着用帆布盖着的尸体般的物资。

从郊外向市区去，不是拥向世界大都市通常的珠光宝气的崭新购物中心，而是向着旧世界的心脏而去。闹市区太旧了，混乱、垃圾破烂堆积蔓延、黑漆漆的、灰乎乎的、无边无际，挤着各式各样的老爷车，仿佛是从废品仓库开出来的。街道两边一家接一家的都是铺子，卖百货的、做衣服的、卖香灯的、卖水果的、卖锁具的、修三轮车的，只要你想得出来的行当，街上应有尽有，日常生活的天堂。有一条街全是书店，书籍像经书那样堆积如山。无数的小巷。灰蒙蒙的、苔藓密布的殖民时代的大楼，早已死去。物死了，人们继续生活在它的躯壳里。有人在黑暗的大楼里洗衣服。生命活跃，生动活泼，自由鲜明，散漫无序，灿烂安详。许多人随意睡在人行道边上。人行道也是生活的场，人们摆摊、睡觉、看风景、聊天，杂耍艺人的现成舞台。

各式各样的房子高低错落，丑陋、华丽、贫寒、呆板、肮脏……富态轻薄的、高贵老迈的、五光十色的、摇摇欲坠的并置着，风格、质量、历史完全不同，少有那种雷同成片的街区，就像巨大的建筑品杂货铺。其间，各色各样的什物像是刚刚从某辆看不见的大卡车上倾倒出来，散布在各处，布匹、塑料、车辆、垃圾、果蔬……晾着的、挂着的、铺着的、滚着的……令人眼花缭乱。眼花缭乱一般是相对新生事物而言，这里的丰富却是旧世界的眼花缭乱、旧日子的五彩缤纷、旧家什的雨后春笋。一切都被用旧了，像是二手货仓库，但没有死去，没有自卑感，继续活着、用着，用得生龙活虎、熙熙攘攘、层层叠叠、密密麻麻、前呼后拥、此起彼伏。旧是伟大的，生活的目的是做旧。焕然一新在这里非常刺眼，那只会意味着出事了、反常了。堆积在历史中的英国殖民时代留下的大楼，凝固的航空母舰，笨重，爬满苔藓，就像沉睡的象群。堆积在垃圾堆旁，横空出世的长方盒子式新楼。堆积如山的棚户区、市场、巷道、私家建筑。这一栋洁身自好，独栋洋房，门前有花园；那一栋建在垃圾堆上，简易房子，锅碗瓢盆摆了一地，铁丝上飘着刚刚洗就的衣物。许多楼房的走廊朝着大街，有些人整日抄着手站在走廊上看大街。大街确实好看，像是水色不同的河流，忽然红了，忽然又黄了。有些旧建筑的某部分倒塌了，并不拆掉，后来的建筑接着那倒塌之处继续生长。物各有其主，都是私人的物产，那是怎样尊贵凛然的物产或者怎样卑微下贱的物产，与他人无关。怎么住都行，各得其所。建筑物的无政府主义。建筑物几乎没有雷同，除了基本的立方形、长方形格局。每一栋房子，无论那是豪宅还是贫民窟，一旦盖起来了，就矗立着直到死去。因此，有无数老态龙钟、垂垂将死的建筑物。甚至已经死了，已经是一片废墟，那也是有主的废墟，由它废着，任何人不能擅动。一位印度作者在评论以加尔各答为背景的城市电影时说到它的另类空间，"不是同质而空洞的空间""奇怪的公墓""多元并置的剧场""'时间的碎片'串联起来的异托邦（福柯创造的概念，与同质化的乌托邦相对的多元共存的异类乌托邦）"。加尔各答老城令我震撼。一切正在被创造出来的和已经死去的都摆在那里，像是某种天堂和地狱的混合物，古老、陈旧、累叠、堆积、漫漶、阻塞、发霉……就像岩层。一千六百五十二种语言的国度（而且这个数据很可疑，我估计其实还要多），如果一种语言就是一种生活方式的话，这个国家是多么丰富，因此堆积必然显而易见。我记得奈保尔在说到他的祖国的时候也使用过同类的词。与印度比起来，中国最近一百年的历史，就太像一场大扫除了，一个忙着搬新家的国家。印度没有焕然一新，印度灰暗而深厚，那显而易见的历史感沉重得令人窒息。这使得人们的表情呈现出某种尊严、某种自我意识，自信、安详、平静。不知道为什么有的民族会那样自卑自残自我否定自我毁灭，那么热恋归零。

整个城市就像一个巨大的集市，开水般沸腾着，其乐融融。街道两旁无边无际的铺子开门了，这些铺子大部分历史悠久，人们以某一行谋生，代代相传，铺面就是他们自己家的一部分，他们靠一楼的营生维持二楼的家。这就是百年老店的秘密。如果这房子是租来的，不是私有的，打一枪换个地方，是不会有地久天长的老店。他们的邻居、朋友、亲戚、寺庙、爱情、友谊、荣辱、历史和未来都植根在这个街区。这是熟人的街道，陌生人只是流水。随处可遇见兜售食物、商品的小贩、杂耍的艺人，来自穷乡僻壤的天才歌手或者得道的大师。没看见城管。这边有一条裙子飘在垃圾堆上，那边有一条裙子垂地浇花；这边有一伙人在下棋，那边有一伙人席地念经。我看见一个广场，其间坐着上千衣衫褴褛的人，分成数圈，每一圈里面都有人在念念有词，旁边的人出神谛听。交通警穿着土黄色的旧军装，给人低人一等的印象。街道两边骑楼下的人行道就像一排排洞窟，被各色各样的摊子所占据。大家各自摆弄开自己的各种生计、什物。人们大都穿着拖鞋或者赤脚，也有西装革履、皮鞋锃亮之辈。卖水果的、鼓捣果汁的、烙饼的、鞋匠、铜匠、钟表匠、理发匠、掏耳朵的、修指甲的、占卜的……无边无际、见缝插针的手艺生计，各行其是，无法细数。有一种叫作生命的暗流在其间汹涌澎湃，密密麻麻的人群蚂蚁般地穿行，谈生意、购买、裁布、修鞋、玩游戏、睡觉、乞讨、吃食物、漫游……许多人席地而坐，擦皮鞋的大师、诗人（长得像泰戈尔，留着白胡子）、打磨工具的手艺人、胖嘟嘟的黄色的出租车、捡到了玩具的儿童、一群刚刚爬出泥泞的羊逃兵般地跑过……刚刚抵达不久的乡下人在灰尘和垃圾中睡得死去活来，从睡态看，他们在做美梦。空气热得像天空中安装着一只隐身的大电炉。这是电影导演雷伊的加尔各答。我看过几部他拍摄于上世纪五十年代的电影，没错，还是那个加尔各答。还是老样子，为什么不是呢？与其说这是落后，不如说是一种选择。有人牵着奶牛走过大街，牛奶现挤现卖。卖茶的少年也出现了，他的茶盛在一个红色土陶小碗里，酒盅大小的一杯茶，某种茶叶、牛奶、可可和糖的混合物，可以提神。土陶小碗一次性使用，用过即归于泥土。为文盲写信写文件的写字公公也出现了，一排地等在街边上，他们不是用笔写，而是用一台台老式英文打印机，机器全身都被油污裹住，只有按键铮铮有光，键盘都快被打塌了。在印度，对某种文字文盲是很正常的。印度有数千种方言，这些语言有的有文字有的没有，而官方语言有十几种。一个知识分子，在方言中能说会道，读起经典来一目十行，但在英语或者印地语什么语里面很可能是个文盲。而如果要进入国家文档系统，比如打官司，你得用官方语言。一个人也许在加尔各答是知识分子，但在喀拉拉邦他就是文盲。而大多数时候，人们生活在方言口语中，文字只是用来记录宗教作品。马克斯·韦伯认为："中国的文献是一种象形——书法的艺术作品的形式，同时诉诸眼睛和耳朵。印度没有汉字那种统一南北东西的东西，印度的多样与随时处于分裂的危险与此有很大关系。而印度的语言构造是特别诉诸听觉而非视觉的记忆。""印度教的精神文化，和中国比起来，在本质上远不是纯然的文书文化。婆罗门——连同其他竞争者也大抵如此——极为长期地坚守着这样一个原则：神圣的义理只能口耳相传。"我发现，在印度次大陆，就是今天，这种传统依然如故，现代意义上的文学这种东西，是英国人进来之后的产物。汉字统一团结中国，但危险也在——容易趋向意义的单一化。二十世纪中国思想失去了古代思想那种百家争鸣的局面，与汉字的表意功能被限制到极致有关。

书店开门了，卖书的方式就像卖农产品，没有书架，书一摞摞靠墙堆积，店主在中间盘腿而坐，面前摆着一堆廉价出售的散书。书并不比其他物品高出一等，其他店铺的东西也是如此摆设。服装店如此，粮店也是如此。

大街上时常有男人在洗澡，只穿了短裤，脊背水灵灵地闪着光，哗哗地浇着水。街道边每隔一段就有一组水龙头，供路人饮用沐浴。许多人赤裸着上身干活，印度是身体很活跃的社会，随时可以感觉到身体的存在。身体只有一块很薄的布与世界隔着，这一隔反而使身体更强烈。城市里飘扬着各种各样的布、旗、衣物、帘子，到处可看见洗干净的布晾晒着，市场上到处是布。男人穿着长衫飘过，女人穿着纱丽飘过，还有裹着布的游戏队伍和尸体幡然而过，街道仿佛是就要飞起来的布匹，五颜六色。来自各种各样的信仰，来自远古的图腾，来自各式各样的生活方式，原始意义已经被忘记，只留下布在裹缠飘拂。就颜色来说，印度真是太"色"了，人们在身上脸上涂色，在节日播撒色（迎接春天的洒红节是红色的大狂欢），在屋宇上涂满色，就是一座桥，两边桥柱子也是彩色的。宝莱坞电影恐怕是世界上最艳丽的电影。在脸上涂金描彩的人很多，各色各样，各种图案，许多人的脸是早晨洗浴之后精心描画的杰作。

建筑物之间，是一条条小巷，如果说中国的城市改造基本消灭了小巷，仅剩下些宽阔的大动脉的话，那么印度的城市则保留着无数的毛细血管。这些小巷大多数仅可容一辆三轮车，人们溪流般地从里面涌出来汇入大街，蔓延到街道上，提着的、扛着的、抱着的、拉板车的，甩着两只空手的闲人，黄包车一辆接一辆地跑着，后面坐着神情高贵的人……印度人的身体从头到脚都在用，许多印度人头上顶着物品行走，健步如飞，顶着鲜花、水果、干草、麻条、电视机，只要脑袋顶得起来的一切，小到一个水罐，大到一个麻袋，有时候头上顶着的家伙大得惊人，就像顶着一辆卡车。

街道上空密布各种直径不同的电缆电线，粗如麻蛇，细如蛛网，纠缠交接。线路不是一个方向，而是无数方向，东拉西扯，七上八下，似乎每家都从主线上接一根进自己家去，电线密集得就像亚马孙丛林的藤子。其间蹲着许多乌鸦，目不转睛地盯着下面的大街，忽然一张翅膀，嚷嚷着抢下去，叼个什么又飞回来。一栋前英国殖民者的宅第空着，看样子已经空了一世纪。猴子家族就住在这宅第前面的阳台上，吃喝拉撒。忽然，得了谁的令，一起拍拍红屁股站起来，顺着电缆爬上建筑物。人丁兴旺的一群，公的、母的、高高矮矮、左顾右盼，扶着老的、兜着小的、牵着幼的，浩浩荡荡在电缆的密林中呼啸而去。下面的街道，就像泥沙俱下的河流或者沼泽地，猴子们一言不发，偶尔像奥林匹斯山上的神那样瞟一瞟人间。

街心也是一样生动，大街具有人行道、车行道、厨房、公园、浴室、商店、娱乐场、卧室等等五花八门的功能。物与人没有等级，物不贵，人也不贱。不像中国，人越来越贱于物了，物被顶礼膜拜，视为身份地位的象征。开高级轿车住别墅就自动高人一等，人的尊卑是按照轿车或住房的价格梯级排列，虽然嘴上不说，大家心知肚明，赔着小心。这是一个从容而自信的城市，流行世界的拜物教在这里没有市场。所谓脏乱差的东西都是物，而人在物质之上，女人裹着纱丽、男人趿着凉鞋，牵着那只叫作物的狗悠然而过。物是一种下贱便宜可以随便糟蹋折磨毫无尊严的东西，汽车飞机电视机自行车空调什么的，都是脏兮兮的。它们的本相从来没有被遮蔽起来，它们不过是工具，谁会成天把一把粪瓢或者锄头、大锤什么的擦得亮堂堂地供着？奔驰就是代步工具，脏兮兮的奔驰只说明它代步代得很卖力。满街行驶着排泄物般的汽车，有许多被撞得个头破血流、七凸八凹、口眼歪斜、鼻青脸肿、遍体鳞伤、浑身油垢，继续使用，那意思是一定要把这个机器用到吐血而死。司机开车开得生猛自在，司机是主子，是他在用车而不是车在用他，他才不怕车子受伤。这些钢铁牲口没有命，因此，可以毫无人性毫不吝惜地使唤折磨。小汽车大部分脏兮兮的，开着奔驰并不能令人对你刮目相看。汽车之流只是工具，这一点在印度被还原得非常鲜明。我在印度的日子里，坐过许多汽车，几乎没有一个司机按过喇叭。坐在汽车上感觉到走在路上的是人，是生命，是领导与神灵。而在中国大家已经麻木了，坐在汽车里的都是领导，步行者低人一等，可以随便呵斥，像是某种必须按喇叭才有反应的动物。印度司机宁肯跟着车流慢慢磨，人们不害怕汽车，人们在这些钢铁牲口之间随意穿行，人们过街要见缝插针，抽空子穿过，想从哪里穿越就从哪里穿越。行人没有方向，他们朝着任何一个方向穿越车流。汽车们不敢催人、不敢出气、不敢霸道，更不敢吼叫，仿佛只是些人养着的牲口，乖乖的，哑哑的，愁容满面，自惭形秽。它们的地位远远不及那些真正的牲口，牛们站在大街中央，傲慢威严，帝王般地斜目四顾；狗四脚摊开，在街心呼呼大睡，汽车只能等着它们恩赐一条出路。街道不宽，车流滚滚，汽车与汽车之间距离很近，只有几厘米，几乎是擦着开，司机得眼疾手快。一方面固然也是道路不宽，另一方面也许他们觉得没有宽的必要，这些无生命的东西要那么宽阔雄伟、那么风光、那么神气活现干什么。车子开得慢，但不拥堵，车辆总是在移动，没人抢道，人流和车流彼此交错川流，就像洪水决堤，但维持着一种整体的流通和缓慢，而不是局部的快和整体的堵死。公车有很多路，通常车门口都站着一个小伙子捏着一沓钞票，把头伸到窗外招揽乘客。招手即可上去，它们不停下来，只是放慢速度，要上车的人必须小跑几步，一把揪住拉手，一跃而上。妇女、白发老者、小孩、瘦子、胖子都是如此，每个人都有飞身一跃的功夫。车门口只要能拉能踩就可以上去，许多人在车窗口插着，露半个身子。车站旁边，等车的人蔓延了半条街，都伸着脖子朝一个方向张望，猛一看，还以为城市的另一端出事了，爆发了起义，要游行了，要进攻了……乌鸦向着街道中央滚下去。而真的，游行队伍就来了，敲锣打鼓，高举红旗，抬着横幅，急流般在街面上掠过。无人理睬，这是一个可以随便游行示威的国家。抬死人的队伍也一样，无人理睬，吹打着各种乐器自得其乐地穿街过巷，这是一种古老的游行。

大街上有许多摆摊卖小吃的，除了街边的小摊，几乎没有可以正襟危坐的馆子。偶尔也有，但里面完全没有享受美食的气氛，大多只是食堂水平。印度人吃得很简单，小吃为主，大街上可以看见一排排食客坐在露天的摊子前面，各人拾着一个小盘，吃点煎薄饼和豆汤，食物真可谓单薄寡陋。据说印度的素食者大约占人口一半，他们以吃素为纯洁、高贵，肉食者鄙。吃在印度太不重要了，维持身体必须就够了，没有奢华浪费。印度之味不在食物上，与民以食为天不同，这是民以神为天的地方。

电车幽灵般地驶来，大概已经用了两百年，似乎从来就没有清洗过，污垢像漆一样闪光。车厢里面阴暗如山洞，没有窗玻璃，木制或铁制的扶手被磨得像不锈钢般光滑。看不见乘客们脸上的细节，印度人深邃莫测的大眼睛一排排在窗口亮着，像已经出世的宝石。

现代化是一种患着洁癖的生活方式。现代化暗示，只有五星级宾馆的床才是床，其他都未达标。现代化在中国追求的是高大、壮丽、康庄大道、明亮光鲜、立竿见影、高速、高效、干净、卫生，兵营、医院式的整饬有序。有些中国人说印度脏，以中国卫生检查团的标准，印度真的很脏乱差。以这种标准来衡量，加尔各答就是典型的脏乱差，中国叫作城中村的地方。这是世界观的问题，不是质量问题。脏乱差只有不作为贬义词来用，那才是印度。美好的脏乱差，人性的脏乱差。加尔各答就像一位自由散漫的诗人的房间，这地方也确实产生了印度一大批最杰出的诗人、作家和思想家，就在这脏乱差中。倒是比较之下，中国那些被过度清洁的城市，没有历史的城市，最近二十年曾经产生过诗人和杰作吗？百度一下加尔各答，说："作为印度前首都，加尔各答是印度现代文学和艺术思想的诞生地。加尔各答对于文学艺术趋向一直持有特别的欣赏口味；并有着欢迎新来天才的传统，这使得它成为'狂野创造力之城'。"生活轰轰烈烈，热火朝天，生龙活虎，人们忙忙碌碌，只为了一件事——生活，更激情或者更腐烂的生活。这城市总是在过节似的，而节日到来，那就是彻底疯狂了。印度隔三岔五就是节日，有无数的神要祭祀要过节。热闹混乱喧嚣，但不焦虑，这是生活本身的热闹混乱喧嚣，生活的气质。这是一个教派混杂的地区，同一条街上，人们信仰各式各样的教，印度有上万种教。局部、细节没有雷同，但信仰是必需的。雷同的东西，只有西装。印度五彩缤纷，你红你的、我黄我的，共同的是世界要流通，要活泼泼的，谁要是企图用他的教阻断别人的生活之流，那就要流血。据说，十九世纪英国人曾试图搞清楚印度教是什么，花了二十年时间也没能给出一个确切的定义。英国外交部最后只好说，印度教既是有神论的宗教，又是无神论的宗教；既是多元论的宗教，又是一元论的宗教；既是禁欲主义的宗教，又是纵欲主义的宗教；既是宗教信仰，也是生活方式等等。印度前总统、哲学家拉达克里·希南在评论印度教的特点时指出："印度教在信仰和思想上的这种多元性，正是因为它在对待其他宗教或信仰时表现出一种宽容的态度，只有这种宽容性才使它能够将各种形形色色的思想包容在自己的体系之中。印度教采取宽容的态度，不是出于策略的考虑或者权宜之计，而是作为精神生活的一个原则，宽容是一种责任，并不仅仅是一种让步。在履行这种责任时，印度教几乎把形形色色的信仰和教义都纳入了它的体系之中，并且把它当作是精神努力的真实表现，不管它们看起来是怎样的对立。"

人行道上凸立着一栋旧建筑，下面有楼梯，不断地有人从里面走出来。楼梯口坐着一群面貌俊俏、古铜色皮肤的男女青年，宝莱坞的候选者。他们在乞讨，光明灿烂地乞讨，朝每个路过的人伸出手，理所当然。据说，印度有五百万人在乞讨，想想佛陀就是一位伟大乞讨者，就不会大惊小怪。无人路过的时候，他们就玩游戏、唱歌，比我这个衣食无忧的人更开心。我顺着那阴暗的楼梯走下去，下面亮几盏瓦数很低的灯，像是一处地下仓库。后来我看见阴暗的隧道和几个持枪的士兵，污迹斑斑的售票处，这是加尔各答的地铁，已经行驶了近三十年。那地铁驶过来了，我感觉与我在世界各地所见到的地铁不同，既不是趾高气扬、一副驶向未来的神气活现的样子，也不是那种秩序井然、冷冰冰的人类集装箱。有点像某种动物，已经被训练成听话的家奴，但没有动物的待遇。印度人对大象、猴子什么的很好，它们只是民族不同而已。但对待物，那真是太冷酷了，它们总是脏兮兮的，使用过度，奄奄一息，早就被判了死刑，好像连口水都不给它们喝，更别说洗澡了。

加尔各答非同凡响，这不是世界流行的那种拜物主义的城市。活泼泼的，犹如永远水泄不通的纽约时代广场，但那是拜物者的狂欢节，巨大的电子广告吸引着无数游客像长颈鹿那样仰视着摩天大楼。"一个被我们忘却的事实是，需要管理的是物而不是人。"（库尔马·沙哈尼）加尔各答却是生活的狂欢节，物在这里毫无尊严，被生活踩成烂泥。某栋楼的屋顶矗立着电影院宽银幕那么大的广告牌，广告布已经失色，布匹被风撕得百孔千疮，就像招魂的经幡，我估计在那广告上曾经风光一时的商品都早已停产了。人们当然知道物的价格贵贱，但物就是物，贵贱只是功能不同，而不是价值面子尊卑之内涵的不同。在这里，物显露了它毫无价值的本相，那就是一堆垃圾。加尔各答把一切物当作垃圾来使用，脏乱差彻底消除了物的傲慢，人高踞一切物之上，人控制奴役着物。我在加尔各答发现了人控制物的秘密，就是把它们视为垃圾——浑身泥污的汽车，黑漆漆的电视机，绑着绷带的苹果手机，灰头灰脑的电脑……在人之上的是神灵，这个城市没有不信神的人，不信神是完全不可思议的，神高于一切。中间是人，下面才是物，物就是第十八层地狱里的一堆垃圾。世界的拜物教在这里被解构了。人有效地控制着物，绝不让它升华到神的位置。用生命、感觉、信仰、诗意来解构它，解构它的性能、功能、产品说明书、操作规则、时刻表，把物当作长工、囚犯、丫环、挑夫、扳手、开关、起子、代步器……能用就行，好用就行。在印度，我不仅看见被用得死去活来的汽车，也随时遇到被用得死去活来的电脑、苹果手机、洗衣机、电视机……它们全都丧失了在中国的那种尊严、那种至高无上的地位，被使唤得鸡飞狗跳。

红砖砌的豪拉火车站，一座维多利亚风格的巨大建筑，像一座宫殿。人群潮水般地朝里面涌去或者涌出。人们大包小包，头上顶着，手里提着，一个挨着一个，摩肩接踵，从高架桥上涌下来，淹没了隧道。公共汽车像蝗虫一样飞来飞去，一群人猛扑过去抓小偷似的抓住其中一辆。灰尘滚滚，滚滚狂灰腾起来又消散，人们在灰尘里各走各的，各忙各的。鞋匠蹲在地上安静地为过路人补鞋，他真会找地方，补不完的鞋啊！警察高举着木棍在人群里吆喝。那样多的人，那样密集的人，在中国很少见到。似乎全印度的人都在涌向加尔各答，如果不是人们随遇而安的泰然自若，这场面真的就像是一场逃难。

人群里忽然闪出一位僧人打扮的老者，不由分说，一把捉住我的右腕，说时迟那时快，一串红丝带串起来的金刚菩提子念珠已经套上，打了死结，取不下来了。要取下来，只有剪断。然后伸手就讨钱，周围的印度人谴责他。翻译要我取下来还他，说这种事在印度太多了，都要戴的话，以后恐怕整只手都要戴满。随缘吧，我没有取下，给了他一点钱。珠子有十二颗，串成二、四、六的三组，什么意思？印度有那么多神，我不知道这是来自哪一位。十二颗珠子，据说，在佛教里代表十二因缘。有部奥地利电影叫《白丝带》，里面讲当地风俗，孩子犯了错误，父亲就要让他们戴上白丝带，直到他们反省意识到自己的错误，重新成为纯洁正直的人才取下。那电影暗示，这条丝带对于少年们是一种政治正确，藏着暴力的馊味。我仿佛就此和印度结了缘，某种保佑或禁忌转移到了我身上。这一串珠子意味着什么，我要小心什么，我要修炼什么，老者已经隐身了，真像是红楼一梦！

滚滚汤汤轰轰烈烈的车站并不妨碍另一些人在岛似的地带出售各种

快餐，污黑的地面上堆积着被洗磨得亮闪闪的锅碗瓢盆。岛后面有一条依然在走车的垃圾路，垃圾成了路基，路边矮墙上蹲着成群的乌鸦，这条路是它们的餐桌。一条高架桥在路上方穿过，下面桥洞里睡着流浪者，其中不乏相貌酷似大师、高僧的老者，或者他们就是。这条几乎废弃的大道成了天然厕所，总是有一大排男子站着小便，流液淙淙。但转过一条街，世界忽然安静下来，出现了华贵典雅的餐厅，被设计成一艘海盗船的内部，摆满真假难辨的古董，篮子里露出进口的葡萄酒，菜单印得相当精致，侍者穿着洁白的燕尾服。而隔壁，是人去楼空结满蜘蛛网的空宅。

夜晚，滑腻污秽的人行道边，许多人铺床席子，呼呼大睡，或者不睡，在黑暗里星星般地睁着眼睛。旁边就是垃圾堆甚至排泄物。有人就在睡眠中死掉了，人们从他旁边拍拍屁股爬起来，将他视为大地，继续在上面生活。一觉醒来发现身边同伴已经成为尸体，毫不奇怪。印度人对死亡的看法没有那么大惊小怪，有点像庄子。没有死亡，只有转世，转入天堂或者地狱是你今生今世的业的结果。这也是印度最为人诟病的地方，似乎现世只是一个渡口，对卫生条件、对脏乱差、对长命百岁满不在乎。印度思想把现实视为幻象，如果这一切只是幻象，那么坐在高级轿车上、身上洒满巴黎香水、听小夜曲，与躺在污水沟旁、患着麻风、看着老鼠游戏又有何高低贵贱之分呢？印度生活就像一本活着的关于生命与死亡的智慧之书，各种现象，无论在另一种文化看来是多么糟糕、绝望或者神奇、怪异都另有深意。如果你陷入印度的现实，以入世的眼光去看印度，很多时候你会因为现实的丑陋而沮丧。我看过路易·马勒上世纪七十年代拍的加尔各答，麻风病人、贫民窟……有些场面真是地狱的景象。我没去过那些地方，但我知道它们依然如故。进步的思想其实只是世界思想之一端，原在、甚至后退也是世界大多数人的想法，只是他们在这个世纪的广告牌上不得势而已。印度就像一场巨大的行为艺术，似乎全部表演就是要把现实的真相呈现出来，令人失去入世的信心。在印度旅行，我时常感觉到那种无所不在的超越性，你不能拘泥于现实，拘泥于现实，被沼泽吞没的是你自己。

印度讲梵我合一，梵是一，我是万，既有一，也有万。我是梵的各式各样的化身，都要归于梵，但我并不会因此消灭，我是梵的众相之一。梵是底线，我之相无论如何伟大、英明，都要归于唯一的无相的梵。我是幻，但这个幻不是虚无，而是一个我必须把握的当下的业。这个也决定你的来世。我的业是我的来世的渡口。印度是有是非的，但这个是非不是真理、道德、主义、意识形态……而是对轮回的肯定和对执着的否定。轮回最深刻的地方，就是神也要轮回。梵使现世不执迷于现世，来世也不会执迷于来世。轮回并非一劳永逸。这种根本性的消极，导致历史本身的轮回。

中国讲道。道可道，非常道。道生一，一生二，二生三，三生万物。道是无，而且非常道。这就为伟人留下了"替天行道"的机会，所以中国有"超凡入圣""五百年必有圣人出"的说法。替天行道，每个人都有超凡入圣的机会。道没有底线，道在屎溺，止于至善，各路替天行道的好汉说法不同，可以在一上道，也可以在万上道。要么唯一，要么一盘散沙的万。在一和万之间，有个中，中庸到位，天人合一，是盛世。极端的一或者万，都是灾难。说到根本，中国思想与印度相通之处，就是易。他叫轮回，我叫易。和其光，同其尘，生生之谓易，这里面没有底线、是非，只要生生就可。但是，如果只是易，不顾易是否生生，就要生灵涂炭。

从另一个立场，例如印度移民、现今定居在大不列颠本土的作家V·S·奈保尔的立场，印度则是这样的："它暴露在我们面前的是千年的挫败和停顿，它没有带来人与人之间的契约，没有带来国家的观念……它退隐的哲学在智识方面消灭了人，使他们不具备挑战的能力，它遏制生长。""印度需要新的教条，却没有。"他引用某位德里人士的话说："看到你毕生的工作化为灰土是件可怕的事"（V·S·奈保尔《印度：受伤的文明》）。V·S·奈保尔毕生的工作没有化为灰土，他获得了诺贝尔文学奖。作为诺贝尔文学奖的获得者和印度人后裔，奈保尔够得上一个权威，但他说服不了我，我直觉地热爱印度，直觉到它的方式中那种超越人类智识的东西。

开业已经三百年的服装店，整个铺面被布匹打磨得光可鉴人，像是一颗玉石的内部。店员看起来就像十九世纪的人物，依然在量体裁衣，手工制作。已经当了爷爷的伙计，笑容可掬，也透着由于该店数世纪一贯的守信而积蓄起来的德高望重培养的傲慢。比伙计年轻的老板，衣冠楚楚，正在玩弄着量尺。顾客一进去，就有人端上茶来。最令我惊讶的是，印度土布与华达呢、麦尔登什么的并列着，土布在印度依然大量被使用。我对此印象深刻，是因为我外祖母曾经是开布店的，在一九四九年以前，她在昆明有两家小布店，卖的大部分是蜡染的土布。但在我少年时期，社会风气已经以穿土布为落后了，我记得上世纪七十年代的某日，我父亲在专为干部开设的内部商店买到一块日本进口的化纤布料，叫作"块巴"。全家欢欣鼓舞，我得到一块做了一条裤子，成为我最珍惜的裤子，只在节日或约会时才穿。土布和加尔各答这样的老布店，在一九六六年以后的中国，已经差不多绝迹了。

布在印度有五千年以上的历史，考古显示，公元前五千年，印度河流域居民已经在利用棉花纺织。印度依然被布裹着，而且是被土布裹着。到处是土布，飘着的土布，穿着的土布，裹着的土布，铺着的土布，挂着的土布，打开来晾在风中的土布，长衫、裙裾、围巾、袍子、筒裙、披肩，各式各样风一来就飘起来的东西，印度总是拂着。圣雄甘地是一位伟大的布衣，我第一次见到他的照片，永远难忘的就是他身上的布和赤脚。布在印度意味深长，它已经成为一种伟大的印度象征。

二十世纪，未来主义、"生活在别处的"的思潮席卷世界，无数的政治家都把希望寄托于未来。破旧立新，未来就是天堂，过去就是地狱。当代历史成为向着"更高、更快、更强"一路狂奔的马拉松运动。"这得具备最高的科技、最清晰的洞见"（V·S·奈保尔《印度：受伤的文明》）。那个叫作"全球化"的摩西领导了一场巨大的迁移运动。以历史、传统为根基的民族、地方、故乡一个个被连根拔起、抛弃，趋向灭亡。背井离乡，要么是自觉，要么被强迫，当代世界已经成为"在路上"的世界，未来不过是各种物品不停地升级换代、变化包装的游戏。未来其实不过是大公司的技术革新、成本核算的进度表而已。《易经》说，生生之谓易。如今这个世界只追求易——交易、贸易、容易、平易、轻易、简易、便宜……易就是利润。至于是否生生，已经不重要了，这个世界戴着避孕套，避孕套的升级换代、促销才是最重要的。永恒正在缺席，永恒就要死了。

印度也不例外。雷伊的电影深厚而朴素，他有一部黑白电影叫《音乐室》，讲的是老贵族与他的家庭音乐会的故事。那定期在贵族之家举办的印度古典音乐会是一个古典时代的象征。终结的时代来了，谁也逃不过，但殉葬的气氛是诗意的，痛快淋漓地一刀两断则是残忍。雷伊式的贵族电影在中国最近一百年的电影运动中从未出现，中国电影青春烂漫，缺乏古典气质，这与中国革命一路摧枯拉朽朝着未来狂奔有关。印度的动人之处在雷伊的电影里被表现得缠绵悱恻、犹豫、忧郁、无可奈何、悲壮、牺牲、高贵。印度与历史的关系是儿子与母亲的关系，世界潮流是未来主义，但印度的速度很慢，印度的刹车没有失灵。当世界向着未来一路狂奔的时候，布衣甘地是一个伟大的刹车。甘地领导印度人回到大地，印度用布来抵抗，回到印度土布。"不抵抗"是一种布。当年，甘地领导印度人抵制西方商品的方式是穿印度土布。他号召印度妇女坚持织布，以此支持印度的独立运动。甘地的思想是向后看的，他是从印度历史的源头中去寻找适应现代社会的印度动力。他是少见的用古典精神来对抗现代主义的伟人。甘地说，毁灭人类的七种事是："没有原则的政治，没有牺牲的崇拜，没有人性的科学，没有道德的商业，没有是非的知识，没有良知的快乐，没有劳动的富裕。"这是古典思想，其源头可以在《薄伽梵歌》之类的印度经典中找到。

置身二十世纪，印度当然面临着选择。尼赫鲁说："对马克思和列宁的研究在我心中产生了一个强有力的影响，并且帮助我用新的见解来观察历史与时事。""我希望印度在这次巨大的斗争中充当一个热心活动的角色……在印度与世界将要出现伟大而带革命性的变化。"印度像整个亚洲一样，风起云涌。但是，印度人并不迷信未来，否定历史。尼赫鲁说："我们是'过去'的产物，而且我们是沉浸于'过去'中来生活的，不了解'过去'，不感觉到'过去'是我们心灵中一种活的东西，就是不了解现在。将它和'现在'结合起来并将它扩展到'未来'中去，在不能这样结合的时候，就和它截然脱离。使这一切成为思想和行为震颤悸动着的资料——这就是生命。""'现在'和'未来'都无可避免是由'过去'发展出来的，并带着它的烙印，忘记了这一点就等于建筑而无地基，就是切断民族发展的根源。""民族主义在本质上乃是对过去成就、传统和经验的综合回忆……资本主义通过它的卡特尔和联合组织愈来愈国际化，并且超越了国家界限。商业和贸易，便利的交通和迅速的运输，无线电和电影，都有助于造成一种国际气氛，并引起一种错觉，以为民族主义注定要灭亡了。然而每当危机发生时，民族主义就会重新出现……因为人们总是从他们古老的过去寻求安慰和力量的。"但是印度并非拒绝世界潮流，闭关自守，印度革命对历史的态度是用加法，对现代化的态度也是加法。"印度的思想并不反对或拒绝这些变革，而是从自己的思想出发使之合理化，并适应本身的思想体系。在这过程中，许多主要的变革可能会采用到我们旧的观点中，但它们不是从外面硬加上去的，而是自然地在民族文化背景中成长起来的。""就像古代的羊皮纸，在它的正反面，把它的思想和梦想一层层都写上去了，然而后来所写的几层并没有把从前写的几层完全遮掉或擦掉。""在它（印度）的范围内，对于信仰和习俗都采取了最宽容的态度，而且各色各样的信仰和习俗都得到承认和鼓励。""在印度，包括宗教一词一切涵义的古词叫作圣法（阿黎耶达摩），法（达摩）有团结在一起的意思……圣法可以包括一切在印度创立的信仰在内……印度像海洋一样具有吸收能力。"（以上引自贾瓦拉哈尔·尼赫鲁《印度的发现》，世纪知识出版社一九五六年八月第一版）这些思想就像中国古典思想"生生之谓易""和为贵"一样，来自印度思想的古老源头。和，并不只是一个当下的平面与空间上的和，它也是在时间层面的具有历史深度的和。它既是转喻的和，也是隐喻的和。印度依然保存着过去，一望可知。印度的过去还没有退回到史书中，印度的过去活着，这是加尔各答给我的最深刻的感受。

我认识的第二个印度人是我的导游。他叫什么？阿齐兹或者马齐兹。他告诉过我，但我发不了这个音。他五十多岁，给我一种古老的安全感，这种安全感我只在少年时代感受过。他一副既然人交给了我就要负责到底的样子。我喜欢到处走，忘乎所以，街道上那么多人，我这边转进去瞅瞅，那边钻进去拍照，他总是牢牢地跟着。他个子不高，样子深沉，似乎总是在沉思。许多印度人都给人沉浸在思考中的印象，他们在想什么？也许他们什么都不想，只是有着沉思的容貌？阿齐兹离婚了，有一个女儿，他当了二十年的导游，他每个月可以赚到大约合三千元人民币的卢比。他忠实地陪着我，我想去任何地方他都带我去，加尔各答到处都是生活之所，基本上没有禁区。中国导游喜欢带人们去有面子的地方，比如购物中心、摩天大楼，避开阴暗面和脏乱差。印度导游却没有这些概念，哪里都行。有一天我乘三轮车没有零钱付车资，他帮我付了。在去泰戈尔故居的路上，他忽然请司机停车，翻译说他要去洗手间，我朝窗外看看，街边只有一堵破烂的围墙，那就是他的洗手间。在印度，我在洗手间这方面不再焦虑，随便。接着就到了泰戈尔故居，他立即在售票处下面的台子上躺下来，显然不是第一次如此，你们看去吧，我要睡觉。

泰戈尔故居在加尔各答老街上的一条小巷里。门口有他的大理石雕像，西式的写实雕塑，与印度寺院里那些古代雕像的风格毫无共同之处。我一直想象他住在木楼里，他的诗给我木质的印象。他的家却是两层楼的白色英式建筑，规模宏伟，像个修道院。门票五十卢比，要脱掉鞋才可以进去。有位长得像泰戈尔的人握着一把锤子正在修理窗棂，留着一部雪白的美髯。泰戈尔住在里面的院子里，中间是庭园，为一个有许多拱门的回廊所环绕，很多房间都辟为展厅。"院子里的阴影是苍白的，头上的天空是明朗的"，这不是一个人的住所，住着一大群人。楼板被流水般的脚掌打磨得非常光滑，光着脚在上面走，有一种安全感。

泰戈尔出生于婆罗门家庭，在家里排行十四。他用孟加拉语写诗，也写小说、画画、作曲，他写了七十二年。创作的作品太多了，诗集五十二部，散文集五十多本，剧本三十多个、十二个长篇小说、一百多个短篇小说，还有大量歌曲……这是一条恒河。泰戈尔有时候是明星，有时候是圣人。他的诗是赤脚写的，歌颂大地、花朵、女人、爱情和神灵，他也关心底层的农民。他晚年的照片显示，他不仅是精神领袖，也是社会领袖，接见潮水般前来朝拜他的代表团。他不喜欢现代派，他挪揄他同时代诗人艾略特、庞德、洛威尔他们，视他们为恶作剧的顽童，他认为西方现代派诗歌是"无人参与的诗"。"现代诗歌就是打造个我，英语称之为有个性，它大声呼喊，请看着我"，"我们为什么非读它不可呢？"他重视的是写什么，为谁写。他写的是现代孟加拉语的《薄伽梵歌》。泰戈尔在中国的书里，是白髯长衫的高僧大德形象。而过去的照片显示他曾经是个健美先生，肌肉结实，穿着短裤，戴着拳击套，做出炫耀胸肌的样子。健美在印度是很普遍的运动。晚年他在庭院里飘着，失去了肌肉。

橱窗里摆着几本中文的泰戈尔著作，这是我在印度唯一一次见到中文书。这些书从印度出发抵达中国，现在又回到印度，成了无人能懂的语言，被神秘兮兮地供着，这就是文明。印度已经被我们遗忘了多年。印度对中国历史有巨大的影响，而且这种影响总是至善的，佛教西来是个证据。对于中国来说，印度和西方都是神，印度的神是古老的，西方的神是时髦的。近代的西方为我们带来血与火的经验，带来关于革命和阶级斗争的理论，带来科学、技术和商业贸易的"机心"。印度却不是，它传给我们的是关于人生、关于存在、关于生活的智慧。印度人来到中国，带着劝人向善的经书，就像中国人当年出洋，郑和带去的是丝绸、大米、瓷器……都不是凶器。上世纪三十年代泰戈尔访问中国，带着诗歌和善意。与那个时代汹涌而来的西潮不同，泰戈尔逆流而动，他不是对中国知识分子日益激进的否定民族文化的思潮推波助澜，这位耄耋老者在一群西装革履的新青年中间，语重心长，谆谆教导要尊重中国自己的传统，不要沉迷于物质与西方文化。印度思想在现代化开始之际就对它的异化有着高度警惕，现代化并非天经地义、唯一的未来，印度知识分子一直坚持乡村是印度的精神家园。一九二一年，泰戈尔就在孟加拉创立了圣蒂尼克坦（艺术之家）。评论家吉塔·卡普尔说，"现代"在泰戈尔这里是备受争议的，不是只有正面意义。圣蒂尼克坦的意识形态是反工业的，也显然是反都市而强调环境、生态关怀的。泰戈尔言，西方"欲以自己之西方物质思想，征服东方精神生活，致使中国、印度之最高文化，皆受西方物质武力之压迫，务使东方文化与西方文明所有相异之点，皆完全消失，统一于西方物质文明之下，然后快意，此实为欧洲人共同所造之罪恶"。泰戈尔的立场是玄奘当年去印度听来的那一套的现代演绎。这一套如果是耄耋孔子来说，必定马上被赶出去。但是泰戈尔是诺贝尔文学奖获得者，又用英语写作，新青年一开始趋之若鹜，但泰戈尔的话很不中听，讲的与孔子是一路，新青年愤怒了。听泰戈尔演讲的听众中有人印小册子说："我们已经受够了儒家、道家，泰戈尔居然想让我们回到传统中国的小脚女人时代并命名为精神力量；现在中国农业落后，工业不行，基础设施一无所有，泰戈尔居然认为没有必要成立政府。他是想让我们陶醉在抽象的爱里，陷入彻底的无作为（inaction）。我代表所有被压迫的中国人，坚决抗议泰戈尔先生和将他带到中国来的人。"在告别演说中，泰戈尔很失落："你们一部分的国人曾经担着忧心，怕我从印度带来提倡精神生活的传染毒症，怕我摇动你们崇拜金钱与物质主义的强悍的信仰。我现在可以告诉曾经担忧的诸君，我是绝对不会存心与他们作对，我没有力量来阻碍他们健旺与进步的前程，我没有本领可以阻止你们奔赴贸易的闹市。"泰戈尔高瞻远瞩，他那一套彻底失败。印度已经被二十世纪后期以来的中国遗忘了。

"南来的微风柔和地飘拂，絮聒的鹦鹉在笼子里酣睡"，某处在播放泰戈尔创作的乐曲。这是我曾经梦见过的地方。泰戈尔——我平生认识的第一个印度人，我青年时代的文学导师之一。"文革"中，所有关于生活、历史、文学的书，无论东方或西方，都成了禁书，要么被烧毁，要么失踪了。那时候，看书不是你挑选书，而是书挑选你，书籍只挑选那些勇敢的人。如果你害怕，那么你的一生只有在文盲的黑暗里虚度。好书都是在渴望读书、敢于读书、受到信任的人们之间秘密流传的，看禁书的人在中国成了一个巨大的地下社团。一本好书可以从北京一直流传到昆明，辗转千万人之手，直到这本书翻烂、模糊、死去。有个下午我经过昆明华山南路，遇到了地下诗人泰戈尔。一个鬼鬼祟祟的男子在卖书，他只有一本。绿壳子的，里面从头到尾画满了红杠。我不知道泰戈尔是谁，翻开就读到闪电般的一句："我已经把我的整个白昼贡献给你了，残酷的情人，你一定还要剥夺我的黑夜？"那个时代的汉语简陋、贫乏、粗糙、暴力，除了起码的事关油盐柴米的语词，大多数语词只与主义、革命、斗争、批判有关。没有爱情的语词，没有风花雪月的语词，没有人生的语词，没有友谊的语词，没有哲理智慧的语词。我已经二十二岁了，还没看过一首情诗。何谓被语言照亮，这一刻就是。他的诗像神谕一样吓坏了我，里面全是反动言论。旁边还站着几个路人，都不敢买，拥有这本禁书可能招致灾难。卖书的人也是胆战心惊，害怕被告发，也许是走投无路了，才冒险出手。他已经后悔，不想卖了，就要走开。这本书标价零点二六元人民币，他要卖三元，是我月工资的五分之一。我一把夺过，递给他三元钱，骑上单车就跑。在地下诗人王维（我秘密阅读了王维的《辋川集》）之后，泰戈尔再次证实了我对诗的那种预感，它就是那种东西，在《园丁集》和《飞鸟集》里，俯拾皆是。

"夏天的飞鸟，飞到我的窗前唱歌，又飞去了。秋天的黄叶，它们没有什么可唱，只叹息一声，飞落在那里。"夏天的飞鸟，是些肥胖的鸽子，依然在泰戈尔的故居住着。泰戈尔只有一位，千年前的鸽子和此刻的鸽子看上去都是一只。朝圣者络绎不绝，大多数都是不写诗的人或者对诗歌毫无兴趣的人。诗人泰戈尔已经超越了诗歌，几近于神，人们来这里就像走进寺院。他写过什么，这不重要，他是泰戈尔。

　　乘晚上九点的火车去迦叶。豪拉火车站是一九〇五年建成的，印度的第二大火车站，这个车站有个绰号叫"从不准时"。它有二十一个站台，每天发车超过三百趟，乘客超过一百万。维多利亚风格的庞大建筑，入口装模作样地安装着X光行李监测仪，其实早就坏了，只是一道假门而已。后来我发现印度的某些公共常用设备坏了，人们的态度是，坏了就坏了，像古迹一样，让它们继续待在那里。耐磨的水门汀地板被无数的脚掌打磨了一个多世纪，已经像镜子一样光滑。车站里面除了站台几乎空空如也，没有设置什么障碍，没有检票，乘客票都不用买就可以直奔月台。我感觉这车站与中国的火车站很不同，怎么不同，细想了一下，感觉不到政府部门的存在，没有那种如临大敌的管理。买票是一种自觉，普通客车许多人根本不买票，飞上去跳下来，就像跨进移动的输送带。一眼望去，车站就像一个巨大的通铺，月台大厅到处横七竖八地躺着人，人们沿着铁轨两旁躺着睡着站着，旁边堆着行李。后来我发现几乎所有车站都是如此。停着几辆待发的普通客车，里面的座位黑亮，漆皮早已被磨掉，被污垢汗液染过多遍，又磨出了包浆。车厢门口有两排铁环拉手，像手铐一样雪亮，这是短途乘客争先恐后要抢占的地方，因为火车里面没有空调，站在这里最凉快。火车进站，仿佛是驶进了人堆。月台上人群即刻汹涌起来，大包小包，朝着车门挤去，或者涌向车窗，把行李塞进去，最后整个身子翻起来，挤成一团，但没有人推拉揉扯。这种经验我不陌生，像移动的车厢似的，镜头再次回放，我想起我也曾经这样翘着屁股往车厢里爬，母亲在后面尖叫。这车站和火车都是英国人带来的，车站的设计师是英国人 Halsey Ricardo，制定车站管理规则的是英属印度政府。火车是西方文明的产物，它不仅是技术、机器、质量，更是时间和秩序。但一百年过去，在印度的火车站，我发现，西方完全失败了。印度依然土得掉渣，继续着大地上的那一套。印度到处是土，不仅仅在土地上。火车站就跟地头似的，想怎么睡怎么睡，想怎么爬就怎么爬。玩具是西方的玩具，但玩法是印度式的。这是东方的一个秘密，中国也一样。

我们乘的是卧铺，每节车厢的床铺比中国火车多出一个，另一侧的窗下面也横排着一张。同车厢的乘客表情动作就像亲戚熟人，微笑，微笑，谦让，谦让，释放着安全感。车厢里面有空调，身体凉下来，列车驶向黑夜，我即刻睡着了。

黎明时看见了蓝色的大地，大地在着。大地依然是大地上最辽阔的部分。就像我青年时代的大地，辽阔深厚，看不见闪光的塑料大棚，看不见携着垃圾堆蔓延的郊区。忽然想起，很久没有看见大地了，在我的家乡，大地日益成为碎片，偶尔在郊区的缝隙里一闪。

通过地理知识，我知道印度在喜马拉雅山麓以南，这片大地上有高山、森林、河流、沙漠以及无边无际的平原。这是一块大地。大地如故，我的意思不是大地在着，大地当然在，而同时在着的也是人们与大地的那种母子关系。通过对印度作品的阅读，我知道印度人无比热爱这块大地，当他们提到自己的祖国的时候，使用的语词抒情而浪漫。印度政治领袖贾瓦哈拉尔·尼赫鲁在《印度的发现》写道："当我想到印度，我就想到下面的许多东西，它的大地上遍布了数不清的小乡村……变幻无常的雨季，它把生命倾泻于焦干的土地里，忽然间把它转变为闪耀的广大美景和绿野，大江大河和流水，荒凉环境中的开伯尔隘口；印度的南端，个别的人或成群的人，尤其是巅峰积雪的喜马拉雅山或克什米尔的一些高山峡谷，其中春天开满了鲜花并有一条溪流奔腾而汩汩地从中穿过……"世界上恐怕少有政治家会用如此抒情的笔调描述自己的祖国。印度古典经常提到大地，大地是一个生命、一个身体，有着眼睛、血管、乳房、四肢。大地是一位母亲。印度古经《梨俱吠陀》第五卷第八十四首就叫《大地》，唱道："真的，你就这样承受了山峰的重压，大地啊，丰沛的河流啊，巨大的力量，润泽了土地，伟大的你啊，颂歌辉煌地轰响着，涌向你，宽阔无边的女性啊，像嘶鸣的马群，乳房丰满的云，洁白的女人啊。"大地是母性的。大地是一位母亲神。大地是一个隐喻，它是各式各样神灵的化身。

有个夜晚我在孟买的海边走，人们一个一个沿海堤躺着，盖着星空。我弯下腰来摸了摸那石头砌的堤面，热的。石头是热的，海水是热的，印度的大地是热的。当然有许多无家可归的人，但把大地作为床铺并非全是饥寒交迫所致。许多人背一卷毯子就背井离乡了，大地就是他们的家、他们的床。人们像文明开始的时代那样坐在大地上，躺在大地上，睡在大地上。随便睡在哪里，树下、河边、沙漠中、人行道上、车站、高架桥下、铁路线两侧，周身爬满苍蝇或者被落叶、阳光、尘土、垃圾覆盖……天空就是被窝，这是一种原始的信任，大地既是粮仓，也是床。如果乌鸦、树叶、泥土、风、水……可以去任何地方，在任何地方躺下、落下，人又怎么区别这里可以睡那里不可以睡呢？印度在户外，也在户内，大地是神的身体。在印度传说中，梵天是最高灵魂，伟大的创造神、生主。当梵天醒着时，世界是活动的；当他躺下时，世界就平静下来；当他要睡时，万物就消失融化于最高灵魂之中。最高灵魂就是通过睡和醒，永无休止地让万物生生灭灭。大地就是创造之神，你投身到大地上，你就时刻刻被神载着、创造着。印度的景象与中国太不一样了——大地，那是任何力量也无法摧毁的，但人们可以自己改变他们的大地史，改变他们与大地的关系。在印度，我更明白到我们与大地的关系已经被深刻地改变了，中国政府一再警告的土地红线为什么一再被侵犯、蚕食，因为大地在这个时代已经成为一个以亩为单位的存量。它不再是载我以形、息我以死的大地，也不再是"道法自然"这一中国思想的导师，大地只是在等待着被分批拍卖的商品。印度似乎没有中国式的自我批判，殖民主义，那是西方的罪恶。而在五四以来的中国知识分子那里，帝国主义的入侵乃是我们自己的文明出了问题。我见到对印度有限的批判来自奈保尔，但与中国知识分子的诅咒比起来，那真是温和多了。那种自我批判到今天持续不绝，其锋芒影响到政治、经济、文化甚至对大地的态度。在中国历史上，人们提到大地的时候，与印度一样，乃是一种感激、赞美。庄子说："夫大块载我以形，劳我以生，佚我以老，息我以死，故善吾生者，乃所以善吾死也。"大地是善的源头。"天地有大美而不言"，大地是文学的源头，屈原、李白、杜甫、苏轼们那些千古传颂的杰作都是大地诗篇，中国山水诗、山水画，那就是流传了几千年的大地之歌。但在二十世纪，大地一词越来越隐没于黑暗，人们以改天换地为重任，切断与大地的母子关系已经成为一种历史趋势。

火车在黎明中到达迦叶，弥漫着蓝色的雾。印度人深色的脸藏在后面，只露出五颜六色的围巾、头帕。空气里有强烈尿味。新的导游是一位锡克人，高大强壮。古铜色的脸庞，武士般结实的背，总觉得有头大象在后面跟着他。据传，乔达摩·悉达多云游到迦叶附近，在森林里苦修六年。肉体消耗到就要枯竭，还是未得解悟。一日停下修行，走出森林到尼连禅河中沐浴，洗干净身子，上岸。遇到一位牧羊女，给他乳粥喝，之后，他在一棵菩提树下坐下，发誓这次坐下，如果不能觉悟，就永远不再起身。七七四十九天后，一夜，尼连禅河上明月东升，圆满澄澈，王子悟得正道，成为佛祖释迦牟尼。迦叶的摩诃菩提寺是佛陀觉悟的地点，如今已经成为世界佛教徒的圣地，朝拜者滚滚而来。汽车穿过黄色的田野、黄色村庄。旅馆很简单，浴缸的龙头一打开，流出来半缸黑渣子。

迦叶的景象与印度其他地方不同，清洁安静。摩诃菩提寺是一座塔状建筑，用白色的石头建造，非常高，可谓高入云霄。塔内的释迦牟尼像被塑成金身，高大庄严，必须仰视。有棵苍老的菩提树倚着寺身生长，这菩提树真的是不同凡响，古稀龙钟，但自由舒展，生机勃勃，像是正在跳舞。树干上站着的绿鹦鹉、乌鸦已经得道般地走来走去，谦恭的样子。有时候菩提树叶会飘下几片，立即被人拾走了。扫地的老妈妈给我一片刚掉下的叶子，新叶，青绿，如此年轻的树叶也会落下来，我觉悟了一点。朝拜者都脱了鞋，钟表指针般地围着摩诃菩提寺一圈一圈地走，神色凝重，"终于到了"的样子，气氛神圣，不敢轻举妄动。这不是老印度的风格。佛教有强烈的升华感，芙蓉出淤泥，似乎对这个世界的无序和脏乱差深为不满，要清洁理顺世界。

迦叶为田野和乡村环绕，麦子正黄，等着收割。农妇弯着腰收土豆，爷爷背着手在田野上四处察看。有一棵菩提树，据说，牧羊女就是在那里遇见佛陀。被砖砌的高墙围起来，只看得见树冠。村庄正在休息。男人穿着西式衬衣，蹲在村口。女人则穿着古代传下来的服饰，有几个正在汲水洗衣服，水是从地下用压水机抽上来的。这个村有一个小学，有一排房子，四五间教室，六位老师，一百五十个学生，分三个班。外村的学生走五六公里来上课。学校把学生教到四年级，然后他们就去考正规学校，大约一半人可以考上。校长是位年轻人，锡克教徒，毕业于迦叶大学哲学系，他学的是社会学之类的专业。他说他的学校是台湾游客捐助的，已经办了七八年。他带我去他家看看，四层的水泥楼房，几乎没有什么家具。学校的办公室就在他家里。他告诉我，这个村庄有一万五千人，有人信印度教，有人信锡克教，有人信伊斯兰教，有人信万物有灵。他从抽桌里翻出一本发票，说都是游客捐款的收据，账目清楚。我奇怪他为什么告诉我这个。他问我想不想捐一点，我捐了一千卢比，他开给我一张收据。这学校旁边还搭着另一个棚子，我被另外一位青年带去里面，中间支着一张办公桌，后面挂着些照片，有位忧郁的青年孤零零地坐在桌子后面，他说他才是真正的校长。这个学校本来是他办的，但是被那些年轻人抢走了，他们利用这个学校来谋取捐款。他给我看许多照片，与游客的合影什么的。这个村庄变得有点诡秘，但是那位校长的教室里确实有学生在上课，还有一个幼儿班，满地坐着儿童，女教师正在教他们算术。

又去另一家小坐，房子很气派，外墙的砖裸露着，没有贴瓷砖，砖混结构的五层楼。花园，屹立在尼连禅河畔。屋子里基本没有家具，就像中国乡村的家，空空的，主人更喜欢待在户外。屋顶是水泥平台和栏杆，中间摆着一张大床，家人夜晚可在这里睡觉，仰望浩瀚星空，这是他家夜里最凉快的地方。我四下望望，景象很像云南七十年代的乡村，空阔，寂寞，依稀有些烟雾在消散。"乡村在正午的炎热里沉睡。大路寂无人影，树叶的萧萧声，倏忽而起，倏忽而落"（《园丁集》）。落日徘徊于远方的热雾中，现在是四月，旱季，麦田是黄的，大河干涸，没有一丝水，河床不深，宽阔平坦如漫长的广场，深度是沙漠那种在平面上展开的深度。也许根本就没有河床，洪流把河床也卷走了。一切都不见了，如果一切都会被卷走，一切不都是某种体积容量不同的垃圾吗？价值不菲的垃圾，一文不值的垃圾。几个少年在天空下叫喊着，他们在玩一个足球。留下来的沙闪着碎光，有几个人在沙漠中间走，卷起一溜烟。

如果这个制高点是立在千年前的话，我想也许可以在某日看见乔达摩从沙雾中走出来，捧着钵，赤着脚，袒露着肩膀。太热了，他极目四顾，只有河岸上有菩提树，那是此地唯一有阴凉的地方。佛陀于是朝那树下走去，热得要死，走到叶子下面，一阵凉爽袭来，觉悟了，彻底想通了。就是这样。村民说，乔达摩其实在多棵菩提树下都歇过，他们村的这棵菩提树下也歇过的。那菩提树就在他家的房子旁边，叶茂根深，正撑开着一顶巨大的绿伞，树底下围着裸露的树根，坐了一圈刚刚放学的儿童，几个爷爷在一旁打牌。看得出来，这树下是村人经常来玩的地方，不在这里玩又去哪里呢？此地树少，这边一棵那边一棵，老远地就看得见。我们看得见，佛陀也看得见，尊者抬起一只手在额头前遮着光，四顾，看见那边有棵树，到那里歇一下吧，就这样。迦叶靠近尼泊尔，蓝毗尼在喜马拉雅山中。佛陀是从高处向下走的，在高处他没有觉悟，来到印度平原那广袤的大地上，才逐步觉悟，觉悟于一棵树下，而不是一道光环里。我猜想，那时候佛陀不是孤独一人坐在树下，他先遇到住在那菩提树附近的村民，他们也热，他们先在树下乘凉，佛陀是后来的，他们给他一碗水。

如今前来朝圣的信徒都去唯一的菩提树下，说那是佛陀觉悟的地方。有人把觉悟说成顿悟，顿悟给人的印象是一截木头，当头一棒，瞬间通灵了，于是树叶勃生，随风起舞。佛陀一路上经过一千零一棵菩提树，都没有顿悟，到这一棵，忽然顿悟了。我觉得不对，觉悟是一个思的过程，我相信当地人的说法，佛陀走走停停，在这棵菩提树下喝点水，在那棵菩提树下睡一觉，路上一直在想着。菩提树是遮阴的，如果那是一根电线杆，佛陀不会往那边走。在这棵树下觉悟到这一点，在那棵树下想通另一点，真理是在大地上的行走中逐步接近的，不是一棒喝出的。孔子抵达真理的过程就是这样，《论语》是一路上说出来的，不是在书斋里写论文写出来的。海德格尔经常讲道"途中"，他把自己的思称作"上路"，称作"在途中"。"思本身就是一条道"。思是一个过程，无论佛陀还是耶稣或者孔子，都是如此，并非在某个瞬间抵达结论。但人们阅读神谕的时候，只注意它的结论。

各宗教在开始的时候，都是在大地上生中的，形而下里的形而上。后来才被迷信者拔高，越拔越高，最后只可以顶礼膜拜。在印度，印度教是过节，佛教则顶礼膜拜，佛教在印度盛行几百年，最后竟不传于印度，我估计恐怕也是因为不好玩了。基督教就更不好玩了，中世纪猎巫运动，二十世纪的奥斯维辛，总是有令人毛骨悚然的一面。有一天在北京，与我的老朋友幽兰见面，他是瑞典人，教师和小说家。他父亲是一位牧师，我对他说了我在印度的感受，他告诉我，基督教在早期也一样，他说到最后的晚餐，那顿饭表明耶稣也是要吃饭的，而且是和大家坐在同一餐桌上，吃着面包，而且也是要遭遇小人的阴谋的。最后的晚餐之后，耶稣就被供到十字架上去了。现在，进入教堂，已经没有走向一张餐桌的感觉。

　　飞往孟买。飞机场是干净亮丽的地方，看不出印度风格。当然，印度也要"举起手来"！到了安检处，发现排着两行队，男的一排，女的一排，安检是男女分开。都要"举起手来"。但检查得有些敷衍，对乘客怀着基本的信任。世上哪有那么多恐怖分子，何必草木皆兵嘛。我一向对"举起手来"很反感，现在呢又有点儿不放心了。

　　飞机升起时，太阳也在机舱的舷窗里，那不是太阳，那是伟大湿婆的光轮，下面是灰蒙蒙的印度斯坦平原。日日夜夜的热，把那土地上的泥巴晒成了粉末，风稍稍一吹，就像雾一样弥漫。我打开餐板，看见上面有几团显眼的黑斑。飞机有些脏，这情况在世界航空系统中并不多见，空中客车总是被世界各地奉为至尊，每架飞机都被擦得干干净净、一尘不染。这架飞机是个例外，飞机只是俗物之一，它飞得再高，也不会得到至高无上的地位。一九八四年，我得到一个出差机会，可以乘坐短途飞机，这可了不得，熟人都知道了，他要乘飞机了！那时候乘飞机是出差最高的待遇，机票由单位订购，乘机必须有单位证明，我拿到盖着红色印章的证明，"兹证明于坚同志……"兴奋得一夜都没睡好。终于到了机场，候机厅很小，像是会议室，铺着红地毯，通往飞机的过道还用金色丝带隔着，走过去就像外国来访的元首。没有安检，不必"举起手来"，只要晃出那张盖着红色大印的证明。那时候没有身份证这玩意儿，证明上也没有乘客的照片，一张证明，就绝对信任。进了机舱，就像是进了一个首饰盒，光芒闪烁，而里面的宝石不仅是那些规格统一、闪着银光的金属安全带，也是神采奕奕的乘客，光荣而自豪。进到机舱里，就是得到了国家最高信任，进入了时代的隐秘核心。此后，飞机逐渐普及，但它给我的在各种交通工具中种姓最尊贵的印象一直继续。现在，这种尊贵感消失了，消失得甚至有点危险。似乎这不是一架即将穿越万里无云天空的波音767，而是一辆即将在颠簸不平的长途中行驶的大客车，或许某处正在漏油呢。空调开得超冷，和冬天差不多。实在耐不住了，对穿着呢子制服的空姐说了几次，她才笑嘻嘻地去向机长报告，温度调高了，但又太热，和地面差不多。机上没有便餐供应，坐了四小时，只是给了一瓶矿泉水。终于到了孟买机场，一辆大巴开来载乘客去取行李，黑糊糊的，就像刚刚穿越了印度。

孟买是印度现代化程度最高的城市，沿着海湾，高楼林立。大多数建筑物没有怎么精心设计，材料也不讲究，高大但不雄伟巍峨，看不出来要利用建筑物来象征欣欣向荣、崛起、发达的意思。高楼就是高而已，平庸正常。公园里有甘地的肖像，没有塑成伟人的样子，一个赤脚的小老头，鸽子在他顶上拉屎。巨大的球场，人们在里面奔跑、玩板球。许多殖民时代留下来的老建筑，与过去或现在的印度混在一起，傲慢而迟钝。忽然想，印度，除了泰姬陵那样的大家伙，普通的印度本土的民居是什么，就像中国四合院那样的东西，没有印象。印度乡村，那些最古老的民居，是泥巴和木料以及茅草的长方形建筑。有风格且坚固的建筑物，只有神庙。

印度门是孟买的著名景点，建于一九一一年。巴黎凯旋门式的建筑，重墩墩的，门外是灰色阿拉伯海。官员经常在这里迎接贵宾，但并没有干干净净、戒备森严。很多游客，污迹斑斑。有个地方排列着许多桶，人们在那里接水，几根水管从凯旋门广场下面露出来。我注意到，以印度门为背景照相的大部分是印度人，虽然它已经屹立了一百年，大概人们还是认为这是一个标新立异的外国玩意儿。它确实有点标新立异，通常凯旋门都是城市的入口或者中心，这座凯旋门却濒临大海，要穿过它进入印度必须从船上下来。

孟买邮政总局，一八八七年的建筑，依然是那个邮政局。十九世纪的样子，木制的老柜台后面，各种包裹、信件堆积如山，伴随盖邮戳的声音。戴眼镜的老职员慢条斯理地写着单子，有人靠在椅子上打呼噜，有人在读报。我想拍照，一个职员走过来，不可。或许有很多人在这里喀嚓过，他们烦了。或许旁边的维多利亚火车站发生过爆炸，他们得提高警惕。孟买有"棉花港"之称，是世界上最大的纺织品出口港之一。邮政局内有个小商店，正在卖甘地穿的那种白棉布灯笼裤。我是棉布崇拜者，喜出望外，买了两条裤子，每条二百八十卢比。店里还有黑陶制造的器皿，买了一只杯子，做得很粗犷，像一截锯下来的黑树桩，编了一层细竹篾裹着把手，有一股子浓烈的泥巴味，卖二百五十五卢比。三样东西加上三十七卢比的税，共八百五十二卢比，相当于一百元人民币。便宜得残忍。印度是个便宜的地方，在物方面。我想寄回去，职员指示我要去门口包裹起来。邮政局对面有一排专门缝包裹的摊子，帮助顾客把物品用白布裹好，穿针引线缝起来，再在布面写上地址。穿针引线在印度依然普遍，手工无所不在。外祖母突然来了，少年时代，邮递员在门外一喊，我就知道外祖母的包裹到了。我在外地工作的舅舅每个月要寄给她一个包裹。咯吱咯吱地打开大门，在一张单子上盖上外祖母的图章，然后就手忙脚乱地拆线，急着想知道里面是什么，舅母缝那些包裹缝得又细又密，很难拆。看着那位印度男子在包裹上穿针引线，我忽然有些怅惘，已经很多年没见到做这手活的了。在昆明，连缝纫机都不常见了，那个传承了几千年的手工世界正像夕光一样，一点一点消失。

街上到处有卖槟榔的小贩，有一种叫瓦拉纳西槟榔。制作这种槟榔就像表演魔术，盘腿坐在摊子上的师傅在某种胶状物里面天女散花般地撒了十多种五颜六色的配料，宝石般的晶莹灿烂，然后用粽叶一包。丝绸也是这样灿烂，我进到一家卖丝绸的店铺，里面就像古代中国的仙宫，或者唐代的长安，灿烂艳丽，上千种图案不同的料子，尊贵、华丽、纯朴、神奇、奢靡、璀璨、肤浅……印度之色从来没有被摧毁过，试想长安之色一直持续到今天。印度当然经历过战争、革命，但这些灾难没有波及日常生活世界，色的自由世界重重叠叠，继往开来，生活世界从来没有被清一色统治。有一种暗绿，也许来自古代的孔雀，我从未见过。有一种暗红，像干掉的血，忧郁庄重。我从未见过这样多的色，真是大开眼界。五色令人目盲，但如果色就是空，就是幻觉，色奈我何？印度五彩缤纷，印度对色的理解与中国不同。

邮政局旁边有个擦鞋匠。他的摊位靠着一根柱子，显然这不是一个流动摊位，他已经在这里待了很久。柱子上贴着几张印在纸上的女神像，还钉了两颗钉子，用线挂着几朵花献给女神。我看他擦皮鞋，看得着迷，仿佛那些皮鞋只是停下来整理翅膀的鸟。他的手在上面扑腾一阵，那些皮鞋就闪着光，心满意足地拍翅飞走。然后他停下来，忧郁地望着大街，我总是觉得现实里的印度人有一种忧郁的神情，并不像宝莱坞电影里面的明星那么欢乐。他已经老了，看他的工具，显然已经用过无数年头，支皮鞋的木板都凹下去了。在印度，许多人终身从事一种工作，而不是像今日中国，只要能挣钱，干什么都可以，打一枪换个地方。马克斯·韦伯说，在印度教里，固守职业的重要动机还在于印度教至高无上的准则，种姓的忠诚。谨守传统规范而不贪工钱、不偷工减料的工匠，根据印度教教义，即可再生为国王、贵族等——按照其现在所属的种姓阶序而定。古典教义里也有如下著名原则："履行自己的（种姓）义务，即使不怎么出色，总比履行他人的义务要好，不管那有多么风光，因为其中往往暗藏着危险。为了追高求上而不顾自己的种姓义务，必然会给自己的今生或来世招来不幸"（马克斯·韦伯《印度的宗教：印度教与佛教》）。"尽你该尽之责，哪怕其卑微。不要去管其他人的责任，哪怕其伟大。在自己的职责中死，这是生。在他人的职责中活，这才是死"（《薄伽梵歌》）。

一位教徒站街对面，就像仙人，白髯红袍。我请他允许我拍照，他弯下身子，收缩肩膀，拄着杖，谦卑、仁慈。我拍了一张，贪心，又按快门，卡住了，镜头收不回去。在印度我总是感到冥冥的存在，越来越迷信，像是回到了古代，天象、地息、风吹草动、人事都不再那么确定不疑，像《易经》时代的人一样，什么事都要想到吉凶。在拍仙人的时候相机卡壳，令我惴惴。我去找徕卡相机的专卖店修一下，印度店员告诉我，没有，就是在新德里也不多，商场里的相机，都是大路货。印度人不在乎名牌，就是穿着也可以看出，能穿就行，不在乎体面。那部倒霉的徕卡相机只好待在黑盒子里——永远的神秘事件。

在孟买的大街小巷里，有时候会看见林伽，印度教里代表湿婆的男性生殖器雕像。就那么雄壮浑圆饱满地矗立在光天化日下，上面还撒着花瓣。在印度，我看见无数的男性生殖器雕像，描绘男欢女爱的雕刻。一方面是禁欲的种种规矩、奥秘，一方面是性的神圣灿烂、光明正大。性不是阳奉阴违、鬼鬼祟祟、见不得人、只能隐喻的事。在中国，性是一个道德问题或者科学知识，在印度，性是艺术、舞蹈、诗歌，也是"六经"之一。在印度教寺庙，有些印度少年看见亚洲东部来的黄皮肤旅游者，就主动为他们指出性交的雕塑所在，知道他们好这口。在一部纪录片中，西方记者问印度电视节目的女性主持人性的问题，她非凡美丽端庄，大家闺秀的样子，微笑坦然地回答。这种问题永远不能问中国的节目主持人。

孟买的一侧是阿拉伯海，海岸线修了漫长的水泥大堤。宝莱坞就在海边。导游指给我看印度明星的豪宅，与中国的豪宅相比，只能说是普通别墅。印度豪不起来，豪也毫无意义。"印度所有源之于知识阶层的救赎，不论其为正统还是异端，都有这么一层不只从日常生活，甚而要从一般生命与世界，包括从天国与神界当中解脱出去的意涵。因为即使是在天国里，生命仍是有限的，人还是会害怕那一刻的来临，亦即当剩余的功德用尽时，不可避免地要坠入大地上的再生"（马克斯·韦伯《印度的宗教：印度教与佛教》）。孟买是印度电影的诞生地，一八九六年七月七日，印度的第一部电影在此拍摄。我年轻时候只看过一部印度电影：《流浪者之歌》。一部足够了，我以为印度电影就是这样，一条关于印地语电影的词条如此解释：独一无二的电影。最典型的是诱人的虚构世界，英俊而正义的男主角，娇美善良的女主角，唯利是图、卑劣无耻的反面角色，他们会突然地歌唱、舞蹈、大笑、哭泣、咆哮和敞开心扉。确实如此。直到我看到雷伊的电影，这种印象才改变了。印度还有另一种电影，雷伊的电影有着纪录片般的真实、朴素而深刻、高贵的古典气质。这是一个有着伟大电影的国家。印度人对电影有一种超乎寻常的狂热。电影就像一种现代宗教，为众生平等提供座位。电影院是一种民主制度，取消了种姓等级，每个人都可以在电影院里有自己的座位，如果现世是一种幻觉，那么电影也许倒是现实的。在现实中，种姓制度有时候极端到一名婆罗门女子看见一名Candāla（不可接触者），就要洗眼睛。但在电影院里，不可接触者可以放心大胆、目光炯炯地盯着婆罗门们真实的私生活世界，婆罗门也可以看到其他种姓们的生活世界。"观众持有一系列权利，进入电影院的权利，作为贵客而被精心招待的权利，他还可以通过参与影院内外的各种影迷活动进一步行使这种权利"（阿希什·拉贾德雅克萨《印度电影的宝莱坞化：全球舞台上的文化国族主义》）。影迷们行使这种权利甚至进入政治领域，有些电影明星成为政治领袖，他们的选票来自庞大影迷群。印度电影强大到这种地步，在二十世纪，它几乎在世界上取代了古代世界由佛教散布的印度形象。电影是印度的民族主义，阿希什·拉贾德雅克萨说，它追求一种基于文明的归属感。它体现在诸如"再次心属印度""我爱我的印度"一类语词的蔓延狂潮中。我问一位印度导演,印度是否有电影审查制度。他说,有的,但是不知道标准在哪里。有的电影获得国家的电影奖,但不能在电视台播放。审查主要是宗教上的,不能引起教派冲突。但是,导演们总是有办法越过这些审查,审查制度对印度导演并不是个问题。

白天,一些人躺在海岸大堤上睡觉。另一些人坐在堤上,看海。一些人像微飔中的布那样飘来飘去。这不是一个拼命工作、忙忙碌碌、你追我赶的城市,有很多人有时间来闲着。而孟买在世界上被认为是印度竞争最激烈的城市。夜晚,长长的海堤成了一个大玩场,无数的人环绕着散步,海风兜着各式各样的布,卖小食品的小贩忙得不亦乐乎。大堤热得像炕一样,有人扑上去翻个身朝着大海一横,晚安!睡过去了。

印度给我强烈的空间感,它是无数的空间、场合、碎片的集合体,某种看不见的叫作印度的东西凝聚着它。德里也是场的集合,不像那些通常的首都,感觉不出世界城市那种轴心式的格局。或者说有许多轴心,政治的轴心、宗教的轴心、生活的轴心、贫民窟的轴心……一位司机带我穿越德里,他开着一辆似乎马上就要散架的机动三轮车,伤兵般地缠着许多胶带、布条,后座有一排满是破洞的座位。德里就像一块块巨大的云,飘在恒河支流亚穆纳河西岸的平原上。这一块高架桥林立,可见摩天大楼、推土机和载重车。那一块是旧城区,无边无际的小街小巷,衣冠褴褛,拥挤而嘈杂,仿佛正在发生骚乱。这一块高贵坚固富态但寂寞,另一块野心勃勃刚刚崛起但似乎还在沉思;有的云苍翠典雅而冷清,有的云灰尘滚滚自得其乐……忽然,经过印度门一带,纪念碑、巍峨的土红色宫殿。忽然,一个巨大的露天自由市场,堆积着旧衣服、旧鞋子、旧书、旧家什,与这些二手货一样老旧的人群在里面翻来刨去。回忆再次回来,少年时代,昆明红旗电影院附近,民间自发的自由市场,源自古代的集市,但现在交易毛泽东纪念章以及邮票、手表、书籍等等,是非法的黑市,警察会忽然包围,这是我少年时代的乐园。忽然,镜头转回德里,世界上空无一人,一个接一个的花园,流浪汉在菩提树下睡觉。

我住的旅馆在占帕特大街,首都最著名的街道之一,人行道坑坑洼洼，大道凸凹不平。旅馆里几乎没有客人，每次出入都要经过带有 X 光的安检仪。窗子外面飞着三千只乌鸦。沿街有一个市场，很多小铺子，卖各种针对游客的印度货。还有许多流动小贩，卖什么的都有。店里的老板们热情，一进店就缠住你。必须冷酷地杀价，很难判断那物品价格的底线在哪里。我总是以为价格已经够贱的了，这么低的价格买到这东西真是卑鄙，但老板笑嘻嘻地搂住我的肩膀，拿去！到了夜晚，这里就成了一个灯光集市。

旅馆旁边就是印度博物馆，正在关门维修。守门的是荷枪实弹的士兵。博物馆外面是大片的荒地，这栋藏着印度宝贝的灰色建筑群显得很疲惫。其实印度的宝贝大可不必去博物馆看，到处都有，许多博物馆级别的宝贝，就在闹市深处的神龛里，使用了上千年，并没有成为古董，还在用。

红堡就在德里老城的旁边，日出时开放，日落时关闭。印度的许多门都是这样开闭，被朝阳或者落日照耀着，就像我童年时代的昆明。红堡是一群安静的赭红色砂岩，醒目，旅游手册说这是印度的紫禁城。跟着印度人往里走，他们的门票是十一卢比，我的门票是一百卢比。完全没有走进皇宫的感觉，大门口垒着一排沙袋，上面架着枪柄被磨得很光滑的旧机关枪，大约是二次世界大战留下来的，穿土黄色军装的士兵守在后面。城堡是伊斯兰风格的建筑，雕刻着精致而刻板的图案。第二道大门包裹着整面的铜皮，已经关不上，靠墙支着。这道门里面是一个拱形的通道，两边是卖旅游品的铺子。穿过这个通道，里面有些大理石宫殿、花园、水池，几何感很强。凳子上有人在睡觉，我也找一个石凳小睡一会儿。一只狗走过来，钻到凳子下面，陪着我睡。有个外国游客崴了高跟鞋，尖叫一声，我才发现印度女人不穿高跟鞋。

红堡对面就是德里老城的昌德尼朝克大街，吵闹、混乱、拥挤，灰尘从无数黑糊糊的拖鞋下面漫出来，喷出来。生活发动着日复一日的骚乱，人口、车子、牲口川流，鸽子跳起来，乌鸦扎下去，猴子在密集的电缆上跳舞。街口几乎被三轮车夫包围着，导游劝我雇一辆三轮车，开始我还不太愿意，后来不得不登上一辆，不依赖三轮车，这地方简直就无法走进去，水泄不通，几乎全是商人、苦力和顾客，茫无头绪的游客只是里面逆流而行的小群的鱼。无边无际的生意，无边无际的铺面，无边无际的小巷，无边无际地讨价还价，无边无际地流着汗……挤得就像电影院散场时，比那时更拥挤，不是摩肩接踵，而是人贴着人，车憋着车，货物顶着货物，人们似乎把银幕里的道具全都搬到现实里来了，而且不仅是二十一世纪的道具，也有十九世纪的道具甚至莫卧儿王朝时代的道具。拉板车的、光着膀子扛麻袋的、卸货的、捆绑什么的、谈价格的、谈判破裂破口大骂的、称咖喱粉胡椒面的、坐着的、站着的、正在钻的、被大麻袋压得不见了脑袋的、坐在三轮车中高人一等的、蹲着的、睡着的、躺着的；貌似大师的人物，穿着脏兮兮的白袍，仙鹤般地在里面飘来飘去。有人蹲下去，在垃圾堆上吻他的脚。见缝插针，同样貌似大师的人物在卖甜茶，几十个口缸在桌子上摆着，洋瓷桶上摆着一只瓢，爬满苍蝇。猴子们蹲在电线上哈哈大笑一阵，又高高低低地边嚼边走。三轮车在巷子里走，旁边的人就得靠墙避开。车夫居然可以穿行，嚷嚷着请人让路，三轮车碰撞多年，三脚架已经扭曲，车夫靠身子保持车子的平衡。出来后我试着骑了一下，如果正常骑，一只轮子就要翘着。人们似乎并没有意识到空气的窒息、声音的烦嘈、千头万绪的混乱，各忙各的事，各有各的目标。整体很乱，但每个人的事情并不乱，一眼看上去完全是一团糟，但如果理出来，每一根都有头有尾。经常在某个交叉口挤成一团乱麻，又自动散开，没有维持秩序的人。彻底的无政府，莫衷一是，唯一的目标就是生活，比《清明上河图》上的场景混乱百倍。忽然记起那古代集市，那集市也是生活，但透着文雅、闲适、雅驯。不同在哪里？这市场没有喝茶唱戏的，没有卖花鸟虫鱼、蟋蟀猫狗的，不适于闲逛，人人都在做事，或者气喘吁吁地停下来，歇一会儿。忽然间空气中飘过来一股辣味，我猛咳起来，泪流满面，越来越剧烈，鼻涕眼泪不断，纸巾用了几包，咳得个五脏俱裂。一辈子没有这么咳过，过后腹肌疼了三天。原来我已经浑水摸鱼，来到了亚洲最大的香料市场，这一带临街数百家小店，随便一家都在这个市场待了几百年，全是卖香料干货的：腰果、葡萄干、大枣、花生、核桃、豆蔻、番红花、马芹、胡荽、肉桂、丁香、草果、花椒、干姜、冬瓜蜜饯、咖喱、辣椒……各种香料粉末飘出去几公里。

有个晚上跟着导游去一家国家剧院看舞蹈。经常有舞蹈大师在这里表演，对公众是免费的。这场舞蹈改变了我对印度舞蹈的印象，先出来的演员跳的是司空见惯的印度神话舞，模仿着猴子、蛇或者孔雀什么的，耸肩、摇臂。后来出来一位大师，从观众的鼓掌可以知道他非常受欢迎。赤脚，一身纯白，长得像佛陀，有些发福。他随着几个坐在地上的乐师演奏的美妙乐曲舞蹈，只是在原地跺脚，击掌，整个身子抖动着，就像一棵灵树在春天的风中逐步苏醒，抖动自己身上的叶子。与之前的舞蹈比起来，这舞蹈几乎就不动，贲象穷白，这是我见过的最美的舞蹈。

胡马雍陵建于一五五六年，是莫卧儿王朝国王胡马雍的陵墓，日出时开放，日落时关闭。里面有几排大理石棺，据说躺着国王和他的妃子们，石棺雕得非常精美。可以感受到这陵墓所暗示的文明有着一种清洁、纯粹、专一以及几何般的精确，过于讲究，决不能越雷池一步的风格。我感觉与这个陵墓曾经统治过的时代相比，印度似乎再次回到了那个老印度，多元、随便、好玩、万花筒般的、色彩缤纷的印度。德里的意思是起点或者开端。我站在陵墓顶上眺望德里平原，这个平原地处恒河平原和印度河平原分界处，几乎没有什么障碍物，依然一马平川。那里有无数的遗址，我仿佛看得见它们。

有一伙印度人坐在大地上用餐，铺一块布，盘腿而坐，灰尘在不远处嬉戏着，不时还有苍蝇、乌鸦或别的什么鸟掺和进来。

古特伯高塔，被称为"印度斯坦七大奇迹"之一。一个赫红色的圆塔，高耸入云，周围是一片废墟。印度教神庙和伊斯兰风格的混合物，高塔是伊斯兰式的，附近的回廊断壁则有印度教神庙的风格。巨大石块精密地咬合起来，组成莲瓣状的拱门，这是一个宏伟的地方。在印度很少见到这种高大壮观的场所。穆斯林、佛教追求宏伟，高于世界，印度教却是俯伏在大地上的。十二世纪，北印度地区，被穆斯林征服，定都德里。一一九三年，苏丹王古特伯·乌德·丁时代，这个塔开始修建。往昔人们也追求雄伟，但并不是大起大落地粗糙堆砌。雄伟的事物总是免不了粗制滥造。这个塔壮丽而精美，塔身雕着花纹和字母，人类总是崇拜文字。在中国，人们把汉字刻于泰山。文明是从远古的文身开始的——身，随着历史而丰富，文字被镌刻在更耐久的材料上。这个塔据说象征着穆斯林的胜利。高七十五点五六米的塔，到十四世纪才完工。站在塔下，喧嚣的德里似乎忽然间失去了声音，我估计当年它也很安静，它直刺苍茫，云纷纷坠下。一架飞机似乎正朝着塔身驶去，但后来像鸟一样避开了。

贫民窟是德里的另一片云，总是堆积在郊区或者火车站附近。只要那里有一根水管或者泉眼，人们就可以落地生根。六张塑料片就搭成一个家，一片是顶，一片是地，一片是门，另外三片是墙，生活就开始了。贫民窟后面是大地，就像文明的进程，先是赤身裸体，上无片瓦，下无寸土。然后是简易的棚子。古代用树枝、茅草，现在用石棉瓦、塑料片、编织袋、废料等等。材料不同，使用的方式是一样的。然后贫民窟等次向文明的中心推进，贫民窟也是有等级的，最边缘的地带，直接铺床毯子睡在地上。越接近市区，居住的质量越奢侈，床从泥巴中搬到了昂贵的弹簧钢丝床上。从一穷二白的硬地到摩天大楼顶上的席梦思，之间是一个梯级，一个布满蜂巢的金字塔结构。我去的这个贫民窟在火车站外面，那火车站只是一些钢架，车站内的情况可以一览无余。就像透明的蜂巢，不停地崩溃又聚拢起来。一趟车进站，人群像被解散的蜂群从车站里涌出来，跨过铁轨散去。车站周边都是现代运动流下的灰色废物，黑色残渣，没有一点绿色。忽然，一抹绿色出现了，那是一捆蔬菜，是一位老者搬来给一头站在铁轨旁的牛吃的，很快，就像烟一样在牛身上消失了。干燥的车站，仿佛时刻会着火。走下火车的人们得穿过这个贫民窟。它刚刚被一场火烧毁了一部分，一群工人正在用角钢搭棚子，电焊光刺着眼睛。活干得极为笨拙，天生不是干这种西式活计的料。这地区没有阴沟，污水就在棚子外面流淌，但是不臭。走进去得踩着一块块临时搭起来的砖块。每家都是铺着块布或者席子、毯子。地上摆着一堆碗和盘子。距离污水沟只有几步之遥。"近乎神圣的贫穷"（V·S·奈保尔）。大白天，有人在睡觉、有人在缝补、有人在弹琴、有人在下棋或者聊天。苍蝇汹涌。孩子们扑在地上做作业，屁股上爬着昆虫。没有任何迹象表明他们将离开这里或者在追求改善和进步。地久天长、听天由命的样子，仿佛世界开始就是如此。有个大眼睛的小姑娘在看书，打听了一下，她在附近的一所学校免费读书。

我偶然走进了这个贫民窟。也许在德里如果你要四处逛的话，你无法不遇到贫民窟。"人并不主动探索世界，甚而他们为世界所界定，就是指这种消极的认知。伴随着'冥思'，对无限的追求以及迷失自身的极乐，它还伴随着'业'和印度人生命里复杂的组织结构（种姓）"（苏德尔·卡卡尔）。贫民窟太庞大了，而且一个地区与一个地区不同，各式各样的，也许是先来后到，当时当地的建筑材料不同，更老的街区的房子是木料、集装箱什么的，现在似乎只有塑料片和编织袋了。贫民窟是局外人为他们取的绰号，在他们看来，这里的一切真是悲惨。但也未必，这要看那是谁的立场了。中国作者郭宇宽说："宪法规定，印度公民有选择在哪里居住的权利……我问印度朋友难道想在哪里住都可以，跑到新德里在总理府门前搭个帐篷，跟总理做邻居行不行？或者把帐篷扎在人家私人花园里行不行？他们告诉我理论上是没有问题的，不过操作上比较难，因为主人会把你赶走，这是人家的地盘。不过如果你成功地在一块地上住了一段时间，比如一年，别人没有赶你，以后就再也不能赶你了。这倒挺符合卢梭的契约理论，默认也可以视为一种契约。后来我发现果然不假，印度很多富人的宅第和花园会竖一块牌子'私人财产，禁搭帐篷'"（郭宇宽《一个中国人眼里的印度贫民窟》）。在一部纪录片中，被搬到政府建造的新房子里的居民并不喜欢他们的新生活，反而怀念贫民窟的人情味。一位印度知识分子说，贫民窟"重新创造了记忆中的乡村，并以新的形式激活了旧社群的连接纽带。甚至传统的信仰、忠诚和亲缘关系……它总是能讲出故事……它甚至可以被浪漫化和被赋予为理想社会的愿景或失落的乌托邦"（阿西斯·南迪，印度最具影响力的社会学家之一）。我未必完全同意这些观点，但可以看出印度人的深刻，他们并没有一刀切地将贫民窟视为脏乱差的毒瘤，他们用加法，首先是尊重这种活法，然后研究它为什么以及是什么。也许这位导演自己就是新德里中产阶级街区的一员，但并不妨碍他设身处地地看世界，而不是把自己的生活方式设为一个标尺。己所不欲，勿施于人。这个己所不欲，也包括不欲他人用他的活法来规范你的活法。如果一切都是幻象，那么活法就不存在是非。中国有句老话，金窝银窝，不如自己的狗窝。印度不是以金或银来衡量生活质量，而是另外的东西。像狗一样活着，并非贬义。

安排我们旅行的印度旅游公司的老板的一个惯例是，总要邀请客人去他家聚会一次，我们接受了邀请。他当然住在德里的中产阶级社区，华丽而舒适的家，英国家具、波斯风格的屏风，巨大的床铺上铺着丝毯。已经住了几辈子的样子，被某位仆人日复一日地打扫终成旧物，贵重且有品位，像一篇古代的八股文。"在印度，秩序乃至矫饰往往仅止于房子内。后院堆满了乱七八糟的东西……"（V·S·奈保尔）。楼顶是一个花园，我们站在那里吃烧烤，有一头品质优良的大狗在客人们腿间穿来穿去。从他家阳台上看，德里的夜晚没有火树银花不夜天，只点着一些必要的灯，像稀释了的古代之夜，最亮的是星空。

将要进入瓦拉纳西，这是世界著名的圣地，那些散布世界各地的、印着印度教教徒在恒河中狂热沐浴镜头的明信片就来自这里。一路全然没有走向圣地的迹象，田野、灰蒙蒙的村庄、年久失修的公路，满载着难民般的乘客穿过大地的火车，大卡车妖怪般风驰电掣——这些印度货车很奇特，大泵上画着神脸，几乎每一辆的车身都被文身般地涂上五颜六色的符号、图案，还挂着五颜六色的飘带，使这些车辆看上去就像一个个戴着印第安式面具的怪物，也许这样就标明了它们缺乏灵魂、知性的本相，因此可以避邪，可以避免车祸。印度到处是避邪的符号，邪是什么，我感觉除了看不见的，大概也包括那些现代之物。瓦拉纳西将近时，道路进入一团龙卷风般的狂灰，这团灰雾长达五六公里，形成一个灰尘隧道，汽车在其中逶迤穿过。公路两侧成了巨大的停车场，停着的全是那些妖怪般的大货车，过往的汽车，轮子都深陷在灰粉中行进，狂灰暴扬，灰雾遮天蔽日，车辆时隐时现，黑暗突然来临。偶尔有个裂缝一亮，看见印度人就坐在灰海的底部吃着东西，甚至躺在灰堆上呼呼大睡。有人骑着自行车在泥泞里艰难行进。一头洁白的就像它自己的奶的白牛，在狂灰中岿然不动。裙子依然洁白或者鲜红。一座神庙，再次被狂灰淋浴，悄悄地增加了厚度。仿佛那不是尘埃，只是某种更普及的加冕。这就是进入伟大的瓦拉纳西之路。之后，灰尘逐渐散去，恒河出现了，灰色的苍老的河流，宽阔地闪着光芒。瓦拉纳西垃圾山般地堆积在河畔。汽车从铁架桥上越过恒河，进入了瓦拉纳西。

世界上恐怕没有比瓦拉纳西更真实的城市了，没有丝毫伪装，没有丝毫做作，这城市没有装出中心、繁荣、高大、雄伟、进步、奢华、乐园、焕然一新、蒸蒸日上的样子，几乎看不到什么新的建筑物，它完全不在乎这城市的新或旧，它似乎没有新与旧的是与非，旧的要灭，新的也要灭，一切都是幻象。它不在乎它的光辉形象，它甚至似乎根本就没有世界城市普及的"市政"这种东西。一个在时间中自然生长起来的城市，无边无际，自由散漫，奇形怪状，破旧而坚固，落后但舒适，长满了包浆，丰富无比。无数时代比肩而立，石头老树油漆马赛克玻璃霉斑木头交相辉映；二○一一年的广告、一七四二年的神庙、古代就在此聚族而居的猴群乌鸦、刚刚沐浴后被母亲从恒河里抱出来的婴儿、站在楼顶跳舞或放风筝的少年……城市的规模，乡村的风格，集市的喧闹，其间不乏钟鸣鼎食的辉煌、奢华，超凡入圣的宁静、寂寞。瓦拉纳西处于从村落向城市过渡的途中，不是有计划的城市改造，而是时间、历史使从前的荒野变成聚落、变成村庄、变成集市、变成了市中心，又使曾经的市中心退回了村落。这一过渡已经持续了七千年，没有一种形态搞定，有的地区依旧是聚落，有的地区是集市、有的地区是村庄、有的地区是城市，高楼已经崛起……一百二十万人的集聚地，各式各样的建筑物——印度教神庙、清真寺、大树、废墟、古迹、店铺、广场、王宫、居民们城堡般的楼房或者洞窟、密密麻麻的小巷……按照各时代居民的意志，群山或森林般地堆积在恒河岸上。就像盘根错节的树根，彼此交错混合，彼此依偎，彼此牵肠挂肚；没有高低贵贱导致的壁垒森严，平民的私家花园隔壁就是王室的寝宫，灵验千年的神庙的对门就是老铜匠的作坊，瑜伽大师修炼的平台旁边就是流浪狗的巢穴。有的地带也许曾经显耀一时，但被时间的平庸吞没；另一个地带从贫寒中崛起，也跟着成为废墟。这城市似乎从来就没有拆迁过，除了战火、天灾，没有进行过人为的大扫除，无数世纪的旧物、故居成为灰烬、废墟、遗址，堆积在原处。废弃与过剩，旧世界与新景观，形式消逝了，灰烬留下来，比形式更坚固的原材料留下来，成为苔藓们的乐园，它们疯狂地在已经失去了围困对象的古墙上爬过。新世界在废墟旁边生长起来，并且一个个跟着落日沦为旧世界。也许权势者曾经有过梦想，要将这地方分门别类，高贵是高贵者的通行证，卑贱是卑贱者的墓志铭，但他们全都失败了。全城庙宇、寺院有一千五百多座，不仅住着一百二十万居民，还有十几万栩栩如生的神像。每年要举行大大小小的四百多个节日，前来朝觐或旅游的人有两三百万。人们永远没有时间来改造规范这个城市，有那么多的节日要庆祝，有那么多的祭祀要举行，人们不能停下来去清理、打整、扫除。于是一个个节日的劫后余灰、一场场祭祀的杯盘狼藉、一次次狂欢的排泄物，被再次卷来的生活流踏平摞叠，逐渐增厚积淀，成为高原、丘陵或者沼泽地。丰功伟绩、失败沉沦、沧海桑田，血与火、进步与倒退、新与旧、过去与未来没有是非地重叠在一起，各种铅华褪去的价值遗留下来的符号纠缠不清，水泄不通，彼此消解，彼此确认，彼此辉映……伟大或者渺小都任其自然，最后一切混为一谈，成为某个叫作瓦拉纳西的地方。瓦拉纳西营造出一种永恒的混沌感。这不是城市，这是一个场，一个巨大的装置，它创造出一个幻象，世界只是一个渡口，正在从此岸向彼岸过渡的途中，没有什么值得恋恋不舍，没有什么能够固若金汤，没有什么将会永垂不朽。其实连彼岸都没有，没有终极之地，只有轮回。就是最高神，也是睡去，又醒来。睡去是灵魂状态，灵魂是永恒，醒来则是投生，神的状态只是暂时的、过渡的、当下的。轮回才是永恒。

只有恒河，它在瓦拉纳西的最低处。

抵达瓦拉纳西不久天就黑了，看不见它，那个方向只有一片大黑暗，比黑暗更黑。

黑暗之神坐在星空下。

黎明，瓦拉纳西油锅般地翻滚起来。一切都涌向恒河去。

这圣城的醒来是一场舞蹈，仿佛瓦拉纳西从大地上一跃而起，就开始载歌载舞。

恒河上的薄雾为这城市造出蓝色的黎明。狂欢开始了。来到街上，通向恒河的各种小巷、道路，已经行进着长长短短的游行队伍。大家要赶在日出之前到达恒河边，要在初升的太阳中清洗身子，要向太阳献上他们布施的河水。这些队列要么吹吹打打、跳着唱着，要么裙裾飘飘，要么一步一颠，要么诚惶诚恐，要么旗幡摇摇，要么涂脂抹粉，要么素面朝天……全是就要走到头，就要抵达归宿、圣殿、终极地的样子。有点像登山队走向珠穆朗玛峰，但没有人呼吸困难，只是那些庄严或喜悦的表情都在暗示，他们正在接近伟大的终端。

这是一个舞台，任何人都可以在这个过程中即兴表演，或歌或哭，或喜或悲，或癫或痴，或疯或傻。无数走向恒河的古老仪式被一代一代地继续着，无数个人化的灵感突至的仪式被当场创造出来，只要你是在走向恒河，怎么都行。群龙无首，无人组织这些滚滚不绝的游行，恒河是那个伟大的组织者。旅游团、出殡的队列、吉普赛人的小分队、高人一等的三轮车队、卖花女的游击队、货郎小贩们组成的叮叮当当走走停停的巡逻队、示威者、寻寻觅觅者、趁火打劫者、兴高采烈者、欣喜若狂者、百感交集者、大惑不解者、一心一意者、无神论者、农民、工匠、教师、鞋匠、妓女、大师、迫不及待者、心神恍惚者、东张西望者、闭口不言者、娇小玲珑者、虎背熊腰者、袒露裸裎者、三分像人七分像鬼者、粗服乱头者、浪子回头者、疑神疑鬼者、童颜鹤发者、披头散发者、蓬头垢面者、履轻头重者、牙牙学语者、小偷小摸者、朝圣者、教徒、祭司、苦行僧、遁世者、乞丐、妇人、婆罗门、刹帝利、吠舍、首陀罗、"神的孩子"、流浪汉、牛只、丧家犬、猴子、乌鸦、残疾人、地主、银行家、诗人、穿金戴银的、衣衫褴褛的、衣冠楚楚的、赤裸的、赤脚者、党员、无产者、政治家、白皮肤的、黄皮肤的、黑人、吉普赛人、骗子、小孩子、庆祝印度与斯里兰卡板球决赛获得冠军的狂欢者、世界各地赶来洗澡游泳的旅游团、清晨去恒河打一壶水回家献给神像的妇女们；抬尸体的队伍呼啸而过，有的震动街市，钟鼓齐鸣；有的悄然而去，一具尸体，四个人抬着，默默地走去烧了。高高矮矮、男男女女、老老少少……以及瓦拉纳西日夜不绝的污水、液体、垃圾、灰尘……

这伟大的游行也是一场狂欢，一个流动着的庙会、交易会、博览会、艺术节……无数的小贩、交易、买卖、施舍、表演活动穿插其间。卖祭品的、卖鲜花的、卖食物的、卖日用器皿的、算命的、乞讨的、杂耍的……忽然间，吉普赛人来了，鼓声琴弦一响，这声音就是舞台，周围立即立成为观众席，他们跳最美妙的舞蹈，每个人都是世界舞台上的舞蹈天才。舞蹈藏在印度的身体里。回忆再次闪现，在遥远的少年时代我到过瓦拉纳西，那是昆明的马街，环绕着一个神庙，山地民族的狂欢、对歌、跳舞，无数的新衣裳、无数的裙子和山茶花。在印度，我找到许多源头，比如佛教的源头，比如庙会。南朝四百八十寺，瓦拉纳西的一千五百个寺庙，没有一个庙是核心，瓦拉纳西祭祀的核心就是恒河，所有的庙都为恒河而建。

步行、小跑着、冲撞着、狂奔、跟着、尾随着、亦步亦趋、漫步、慢腾腾、独往独来、一意孤行、闲云野鹤、鱼贯而行、爬着、抬着、顶着（印度的头不仅用来思考，也用来载重）、牵着、拖着、扛着、拉着、喊着、唱着、吼着、边走边跳、哭泣着、眉开眼笑、愁眉苦脸、浩浩荡荡、熙熙攘攘、纱丽飘飘、赤脚滑滑、摩肩接踵、前呼后拥、鹅行鸭步、延颈举踵、扶老携幼、前赴后继穿过瓦拉纳西的街巷、大道小路，久旱逢甘雨，逃难似的逃向恒河。当然，也有大量的人背道而驰，逆流而动，他们已经沐浴完毕或者取到一瓢，再次走向那万里迢迢、历经千辛万苦的归乡之途。

瓦拉纳西是无数碎片的集合，无数自我圆满的碎片向着神的集合，万法归一，万象归一，归向恒河。"唯有超验的本相保持不变，所以唯有这个本相才是真实的。事物的多样性是假象，因为它们中间唯一不变的本性才是真实的"（S·N·达斯·古普塔）。

瓦拉纳西圣地的终端不是殿宇庙堂、不是宝刹纪念碑，不是哭墙，只有悲伤；不是梵蒂冈，只有服从；不是大雄宝殿，只有顶礼膜拜……不是世界上那些只能按照严格仪轨朝拜的地方，世界向高处去朝圣，走向希腊神庙是走向高处，走向法老的陵墓是走向高处，走向玛雅人的祭坛是走向高处……瓦拉纳西的朝圣之旅的终点是一条河流。芸芸众生从世界的台阶上下来，从文明的金字塔上走下来，回到大地上去，朝着大地最低处去，从衣冠楚楚向着沐浴走去。

大地上的河流没有哪一条被如此顶礼膜拜。就是中国那样曾经狂热地以大地为师的社会，道法自然，大地也没有如此被升华、神化。恒河已经不是河流了，它是液体的圣殿、活着的圣殿、有体温质感的圣殿，活在大地上的神灵，它是神灵之上的神灵，汹涌着更伟大的力量，就是伟大如湿婆者也要归顺于它。被恒河拥抱，就是进入了最后的怀抱，比母亲和诸神更久远与永恒的怀抱。

人与野兽不同，野兽不会无聊，不会陷入生命之无意义、天地无德之烦恼。于是人要在吃喝拉撒之外再弄出些事情，使原本无意义之存在具有意义。为什么活着，要回答解释。诗是一种解释，宗教是一种解释，意识形态是一种解释，战争是一种解释，革命是一种解释……解释、回答就是创造一种文化场域，使意义得以生成激活。有的场好玩，有的场不好玩，有的场其乐融融，有的场血雨腥风，有的场做作拘泥。瓦拉纳西的场是欢乐的场，好玩的场，众神在河流上、尘埃中、垃圾旁。

在有着种姓制度这种历史的印度，恒河接纳每一个人，就像大地一样，对每一次诞生开放，无论那是怎样的诞生，接纳每一个在它怀抱中出生的生命，大地没有种姓，只有容纳。唯一的至高无上者是恒河。瓦拉纳西最深刻的地方是，恒河被人民诗意地命名为各种有名有姓的神灵，但是众神的归宿却是一个匿名者。恒河一词其实毫无意义，这是一个匿名，大地上的哪一条河不是恒河？这种大地崇拜将文明带回它的本源，带回它的开始之处，上善若水。恒河朝拜的路线是后退的，世界从名目繁多的金字塔回到无名的大地上，回到万物平等，回到一，回到没有种姓、等级、阶级、职位、国籍、信仰、男尊女卑、富贵贫贱、老弱病残、巴别塔、神龛……的时代。回到众神之前，大地是唯一的神，它令我们这一切都诞生了。

朝圣的洪流抵达河边，什么都不要了，全部扔掉、脱掉，扑通一声，岸上抛下一堆堆衣服、包袱、鞋子。

人们扎入水中、浸入水中，捧着水、抱着水、喝着水、玩着水，就像是热恋的情人在做爱。有人遵循严格的仪轨沐浴，也有仅仅是在洗澡、游泳，创造着各种动作。一旦接触到水，人们就解放、放松了，就是最严格的教徒，在做完仪式后，也忍不住会像鱼那样游弋一下。每个人都在微笑，不自觉地笑，傻笑，来自身体而不是意识、观念的笑容。恒河沐浴，一方面是一个象征，这一行为意味着在这个瞬间，罪孽被洗涤，神接纳了沐浴者；同时它也是身体本身的清洗，水是凉的，刚一下水，皮肤剧烈地收缩，这不是象征，洗是在体验，被神接纳是一次体验。沐浴也是从涅槃到转世的一个可以体验的刹那。沐浴仿佛是一次次短暂的转世。洗净，就是从死亡中转世。无数的人在脱去旧衣服，无数的人湿淋淋地从河中神清气爽地走上来。

沐浴也是一种玩，但不是玩耍，是通过玩回到生命的本源，就像汉字"玩"这个字的本义，玩，由玉和元组成，玉石是石头之精者，元是开始，抚弄玉石就是揣摩大地的本元。玩其实是一种揣摩，玩物丧志，是因为没有用心去玩，玩堕落成了玩耍。玩不是耍，而是揣摩。瓦拉纳西地带的这一段的恒河，是长达两千五百多公里的恒河的一颗宝石，恒河的精华地段，印度最古老的人类聚居地，七千年前人们就在此聚居了。恒河本来自东向西，在这里忽然变成了自北向南流，这就是神迹。恒河被认为是印度最伟大神祇之一湿婆的一个化身，据说湿婆曾经在战争中杀人如麻，罪孽深重，他的生命被自己的罪行遮蔽着。在恒河中他才洗去了罪孽，被解放，获得神圣的力量。

瓦拉纳西就像一场永不终止的去蔽运动，日复一日的节日，日复一日的解放人性的戏剧，将人们从观念、教条、仪轨里解放出来，回到身体的狂欢状态。众神从神龛祭坛上跑出来，回到人间；麻木不仁的生命被一个巨大的场空前地激活。瓦拉纳西不像世界许多圣地，只是令人更加顶礼膜拜，循规蹈矩，亦步亦趋。瓦拉纳西最迷人之处是它并非麻醉品的狂欢，而是身体、心灵的狂欢，瓦拉纳西迷药是一个场，是所有在场者共同创造的迷药，通过沐浴这个身体的解放行为将精神引向原初的形而上，本源性的敬畏、感激、迷狂和超越。

东方就是这样，来自大地的精神性暗示总是使现代主义的直线运动弯曲改道，面目全非，那根热衷于拉直扯平一切直线的全球化米达尺刚刚过去，东方就又像原始森林中的树木一样，学着它们，枝节横生了。

重要的是沐浴而不是关于沐浴的各种仪轨、说法。这是瓦拉纳西的大秘密。真相就是下水，走到一条河流中去沐浴，洗掉身上的污垢，这个动作在创造人类和万物的时候就已经被创造出来。但在瓦拉纳西，这个古老朴素简单的行为却有着世界文明史上最丰富的含义和象征。印度人通向神明的道路不脱离身体，沐浴这个原始动作被升华为获得救赎的仪式，但沐浴并没有消失。基督教也有洗礼，但那已经成为仪式，沐浴被取消了。狭义地说，中国是文明的世界，以文明世；印度是神明的世界，以神明世；无论文明、神明，都必须一次一次去蔽，洗去雅驯、神话的累积重叠所导致的对生命本源的遮蔽，除去形而上污垢，回到身体，回到原人。如果说在中国文明中，是以诗的方式一次次更新激活语言，以保持文明的活力的话，瓦拉纳西则直接保持着一条后退的道路，通过沐浴。日复一日的沐浴，神明常新，神明永远不会成为僵死的教条，瓦拉纳西永远神清气爽。

我四点半出发，跟着导游苏加走去恒河。瓦拉纳西的居民习惯早睡早起，沐浴最佳的时候是日出时分。苏加六十五岁，婆罗门。有一儿一女，女儿嫁到了加尔各答。每天沐浴一次，但不一定是在恒河里，对印度人来说，所有的水都是恒河水。苏加穿着白衬衣和烫得笔挺的西裤。这位中学老师或者邮递员退休后（他告诉我一个职业，没搞清楚是做什么），又干了十年导游，亲切优雅，气质高贵，历经沧桑。他没有通常导游对待外国游客的那种神情——他似乎没有外国人这种概念，无非就是语言不通罢了，而在印度，语言不通是很常见的，他有长者对待年轻人的那种关怀、庇护。我们谈到诗歌，他也读过点英文诗。我听出他说的诗与我说的一样，那种分行的现代玩意儿。但不包括《罗摩衍那》，《罗摩衍那》想象的读者是神。而那些英文诗，想象的读者是诗人自己。他默默领着我走，稍微指点一下大方向。他没告诉我这是什么那是什么，我也不好奇，只是想着我得下水去沐浴一次。我们跟着人群，穿街过巷，从一排排坐在地上乞讨的叫花子之间穿过（恒河就是他们的全部生活，就像是河岸的礁石，每天都坐在原地），从油烟滚滚正在油炸小食物的锅子以及一捆捆香烛之间穿过，有人用普鲁树枝刷牙，大多数人满口白牙。从菩提树和猴群下穿过，从水井和院落之间穿过，从鹅群和狗群之间穿过，在垃圾、粪便、下水道泛滥造成的沼泽地带穿过——垃圾与献给诸神的香灰、花瓣、酥油什么的混合在一起，红红绿绿。在单车、摩托、手机和刻在石头上的神祇之间穿过；在叮叮当当的脚环、宝石、银饰、项链、戒指、手镯、耳环之间穿过；在蔬菜、水果、鲜花、塑料、铁器、陶罐、牛奶罐、旗幡、苍蝇、蚊子、虫虫、大麻袋……之间穿过；从电视机里传来的宝莱坞音乐、诵经声、锣鼓声、口号声、钟声、老鸹的聒噪声、各种各样听不懂的口音和一只游荡在尘埃中的丧歌之间穿过；从漆黑如夜的黑牛、洁白如印度棉花的白牛和花牛、黄牛之间穿过……一切的出口都在恒河身上。

湿婆是创造之神也是毁灭之神，是死亡和生命的合体，是一位救星也是一位灾星。人们生于斯也死于斯。生命是沐浴，死亡是灰烬，都是恒河接纳。在旱季，当无数的河流断流，成为沙漠，只有恒河浩荡汪洋，波涛滚滚救济众生。而在雨季，它又泛滥洪水，吞没大地。恒河在旱季极少下雨，但那一天，我正在瓦拉纳西古代的岸上，暴雨来了。忽然间，沙漠在对岸站起来，白沙滚滚翻起，此岸刚才还人声鼎沸，顷刻之间人已经跑光了，似乎化为了灰烬，只剩下空荡荡的恒河。暴风雨携着乌云如一群披麻戴孝的出殡队疾驰而来，嘶鸣腾跃，飞沙走石，天黑如夜，瓦拉纳西就要毁灭。但是千军万马被恒河挡住，暴雨在恒河上人仰马翻。神牛站在堤岸中，只有它没有逃跑，这就是神。我逃到岸边一个渔夫修船的棚子下避雨，风越来越狂，雨点如石崩，必须放弃这个棚子。我跟着一群印度人才跑开，后面就被撕掉似的响了一声，转头看时，已不见了刚才的避雨处。

这场雨洗掉了热。人们重新回来，继续侍奉恒河。瓦拉纳西沿着恒河绵延六七公里，河岸有七十多处通往恒河的石头台阶。与其说是祭坛，不如说是玩场。有些人在泼水洗澡，有些人站在水里念念有词，有些人在乞讨，卖河灯的、算命的、吃东西的、做买卖的、睡觉的、发呆的、唱歌的、跳舞的……公元三世纪的古泰米尔诗歌《马杜赖的花朵》曾经这样描写古代印度城邦的生活："街道变成各色人种汇合的河流，他们在市场上买和卖，或听流浪音乐师演奏的音乐唱歌。""货摊在经营买卖，出售甜品、花饰、香粉和槟榔子卷（供嚼）。老妇们挨家挨户兜售芳香花束和小物件。""大群的人前往寺庙听着音乐祈祷，把鲜花放在神像前，手艺人在自己的店铺里干活，有制镯匠、金匠、裁缝、铜匠、花匠、银匠、木匠、油漆匠……""受人尊敬的女人偕子女和朋友，带着点燃的灯作为礼物，前往寺院，她们在庙堂里跳舞，殿里回响着她们唱歌和聊天的声音……"已经快两千年过去了，瓦拉纳西的情景依然如此，只是加入了塑料、玻璃、石棉瓦、水泥、手机、广告牌、摩托……其他照旧。捣衣的继续捣衣，就是那样："长安一片月，万户捣衣声"，洗干净的被单就晾在河岸上。有人在大便或者小解，牛威严地或者疲惫地走来走去，狗在游荡，船夫在招徕乘客，照相的小伙子为游客拍拍立得；许多人的眉心点着一点红丹，看上去就像日出。他们都是恒河。老太太抹这一点已经得心应手，一指头上去，就是一个纯圆的小太阳。

正站着发呆，忽然一个指头点在你的眉心，已经被人用丹砂点出了一个红点，这就是为你辟了邪，给十个卢比吧。所有祭祀用品都没有固定价格，一盏河灯可以卖十卢比也可以卖一百卢比。女孩抬着花盘到处逛，游客可以买来献给恒河。一束花可以卖十卢比，也可以卖一百卢比。瓦拉纳西祭品的价格是唯心主义的，全看你的心意。唯物主义者会以为瓦拉纳西是一个大骗局。喏，那就是一骗子，他已经在脸上画好白粉丹砂金箔组成的印度教符号，拄着杖，穿着脏兮兮的棉布长衫，世界各地的旅游画报公布过的印度教教徒标准形象。心里一阵激动，就是他了，拍照、合影。然后，大师笑眯眯的，给点钱吧。唯物主义者大怒，以为是陷阱。但这些瓦拉纳西骗子永远在这里，"早晨在婆罗门的诵经声中到来，流浪乐队重新唱起歌，店主重新打开店门……整座城市到处只听见一片开门声，妇女从她们的院子里扫掉庆祝节日用过的已经凋落的花朵……"（《马杜赖的花朵》）瓦拉纳西的垃圾永远清理不完，因为节日日复一日。在瓦拉纳西，可以说碰到的每一处空气、踩下去的每一脚、一棵树、一块石头、一个动作、一种行为、一点一滴都是神迹、圣土，都是神的化身。宗教，如果这个词可以指称瓦拉纳西这个场的话，那么这不是教条，这是一个场，是瓦拉纳西的食物、服饰、装饰、神龛、家什、行为、经文、仪轨……是恒河，也是水瓢、水罐、水缸、水勺和沐浴，是日复一日一次接一次地洗澡——用沐浴一词都嫌隔。都是神的符号、化身、在场。上帝就是行动，克尔凯郭尔说。瓦拉纳西比这个更深刻，神就是生活。神是创造了来使用、体会的，随时随地地用，不是供着。"神虽唯一，名号繁多，唯智者识之"（印度古代箴言）。神不仅是湿婆、毗湿努、梵天，也是瓦拉纳西的垃圾。瓦拉纳西神性熠熠，瓦拉纳西就是神的身躯，但你如果要在此地当下就验证什么，得到一个量化的答案，你将一无所获。不成功便成仁，功是现世的幻，仁是来世的功。印度思想与中国思想最根本的不同是在入世与出世的这个世上，在印度看来，现世是一个幻觉，神明万世，所以现世怎么都行，只要能够转世。在中国看来，文明万世，现世就是事功，这个事功的德性高低，可以名垂千古，影响万世。千秋万岁名，在于现世的功。瓦拉纳西那些站在河岸打扮成神祇模样的化缘者，日复一日地上演着他的祭神长剧、他的玩耍似的心理测验，大师永远是这么褴褛、这么凄惨、这么快乐、这么无所谓，几个小钱，你给也罢，你不给也罢。你当然可以不给，但是你好自为之吧，但愿你不会从此疑神疑鬼、郁郁寡欢。他得到再多的钱对他的生活水平也不会有什么改变，他不会赚个钵满就开着奔驰跑掉，他将待在瓦拉纳西直到死去。他在走向死亡，而不是等待着死亡走向他。印度教徒以死在瓦拉纳西为善终，到处是等着死亡的幸福之人。瓦拉纳西的死亡不是愁云惨雾，死亡是积极的、主动的，浓妆艳抹、载歌载舞、心甘情愿的，活泼欢乐、水落石出的。铁石心肠的唯物主义者坚决不理会瓦拉纳西骗局，对那些跟着要钱的孩子不屑一顾，对苦行僧不屑一顾，对乞丐不屑一顾，对卖花姑娘不屑一顾，对那些奄奄一息的信徒不屑一顾……他们不知道，他们的无动于衷像魔鬼一样诅咒了神性的瓦拉纳西。

也许，瓦拉纳西就是原始时代伊甸园的持续，神的信仰只是庇护着这种生活方式。神是比瓦拉纳西更年轻的庇护者？神的信仰将一切原始都解释为幻觉，幻觉有进步的必要吗？显而易见的是，洗浴，这种最古老的动作，猴子们也会的动作被继续并神化，但它还是沐浴。与神到来之前一样地洗。而它又是怎样神性熠熠的一件事啊。

苏加朝着泊在恒河上的船群叫了几声，一个相貌英武的小伙子跳上岸来，穿着紫色衬衣和蓝裤子，戴着墨镜，像个摇滚明星。黑脚板巴在船板上，就像两根桩。他叫拉玛，我们坐他的船游弋恒河。刚上船，就有人叫起来，太阳来了。微红的一点，就像印度教徒点在眉心的红丹。看恒河日出已经成为一个著名的旅游项目。无数的照相机对着那太阳，无数的周身发光的沐浴者朝着那太阳；无数船只停下来，朝着那太阳；瓦拉纳西朝着那太阳，恒河似乎也停下来，朝着那太阳。世界，人们总是在太阳初升的时候，做某些最重要的事，祭祀、写作、下地、开工……这是一个亘古的、从未约定过的仪轨。之后，太阳越升越高，沐浴者纷纷上岸更衣，一天开始，做事去了。

有的船满载鲜花，有的满船亮着祭灯。船夫的摇橹声响着，隐约也传来狗吠鸡鸣或者一段笛子锣鼓什么的，恒河是一支乐队。在恒河上看，瓦拉纳西就像费里尼的电影：一个接一个、一群接一群的沐浴者，搓洗着身体；女子把长发打开在水面上；有人沿着河岸的小路长跑；有人穿着短裤直接从家里跳进恒河；有人搭着毛巾哼着歌从楼梯走下恒河。河岸上是孤独荒凉的古代王宫、若隐若现的神庙、芸芸屋宇、菩提树；各式各样的、洗得发白的旧布在飘扬。倒塌的废墟。神龛。沉思者。坐在菩提树下的居民。站在船头的乌鸦。驶过一座水泥平台，鹤发童颜的瑜伽大师，赤裸上身，领着一群人盘腿而坐，大声叫喊，他的声音那么嘹亮尖厉，好像把淤积在身体里的闷音都喷了出来。信徒白花花的一大片，都跟着他盘腿而坐，一起喊，惊天动地。火葬台在冒烟，光辉的火葬场，堆积着柴堆，死者被火焰举起来，死亡光明正大。乌鸦衔着一缕青烟朝苍茫飞去。狗在一尊神像下翻个身，又睡过去了。有头牛站在河岸，与河岸平行，已经站了一个世纪。另一个石砌的神龛里坐着一位穿衬衣的男子，他刚刚洗了澡，在里面穿衣服。某人站在神庙台阶上向着恒河哗啦啦小便，奏出来一段音乐。

恒河宽阔，水是灰黄色的，含着沙子，流得不急。瓦拉纳西建在恒河的左岸上，迎着太阳的光辉之城，右岸却没有一栋房子，无边无际的白沙。一边是堆积如山的城市，一边是被恒河冲击出来的亘古荒漠。为什么瓦拉纳西闹市不两岸都建？据说是为了看见太阳，朝着太阳沐浴。哦，把另一岸留给太阳！

船到了恒河右岸。那里白沙茫茫，仿佛瓦拉纳西洗了一个澡，抛弃了所有辎重，露出了真身。有人在沐浴。一群妇女，濡湿的纱丽紧贴着她们身躯。这批人刚刚朝着恒河跪下去，那批沐浴过后的人在穿衣服。一切都环绕着恒河，大地从没有像此地那样被崇拜到五体投地的地步。蹲在空地上拉完屎的人提起裤子走去恒河里洗干净。另一处，有人用被单搭了一个简易帐篷，女人在里面更衣，丽影绰约。剃头匠蹲在河岸上给沐浴过的男子剃头，这是一种古老的仪式。

我一直梦想着喝恒河水。我知道恒河的时候是少年时代，那是唐僧、孙悟空们的水。二十一世纪以来，传媒发达，关于恒河的谣言在世界游客中广布，它被罪孽深重地传为不洁之水，人们相信饮用这含有尸灰、垃圾、粪便的水会生病。科学家量化了恒河，把它像尸体一样分析成分，据说，恒河水中大肠杆菌的含量已经超过了每一百毫升一百五十万个，国际公认的标准是不超过五百个。我迷信上善若水，我迷信恒河，逝者如斯，生生之谓易。否则数千年的焚尸之后，灰、神龛灰、家具灰、窗帘灰、纱丽灰、小麦灰、花灰、口痰灰、香灰、恒河灰、光灰、尸灰……已经堆积成坝了。

在瓦拉纳西，焚尸炉烧毁的不只是死者，我听见钟声和风成为灰烬。

四月，亚洲的东部河流还在结冰，但恒河已经不冷，只是微凉。如果是在夏天，这河流就是一条温泉。

恒河是伟大啊！当我浸入略凉的水中，才感觉到这河流身躯的肥厚、浩大、深远。

我终于捧起恒河水来，喝了一口。与其他河流的水一样，没有味道或者有某种说不出的味道。

印度人望着我笑，我是船上唯一脱掉衣服下水的游客。他们指点我如何沐浴，我依照着将头浸入水中九次。恒河之洗没有施洗者，沐浴就是你自己的沐浴。梵我合一是你自己的修为。不是通过一个仪式来证实你已经皈依，皈依是看不见的，是内心的自我觉悟。

拉玛摇着橹，唱着歌。他出生在瓦拉纳西，这是他父亲出生的瓦拉纳西，他的祖先出生的瓦拉纳西。恒河就是他的生活。他每天五点就到恒河上划船，赚些卢比，有时候几十元，有时候几百元，他的木船值八千卢比。他每天最忙的时候是日出前后的两小时和日落前后的两小时。他一扔桨，把一个椰子壳抛向天空，说，这就是我。下了船，他在河岸用沙做了一个献给湿婆的塔，去垃圾堆里捧些花粉撒在上面，嫌做得不够好，推倒，又塑了一个。我坐了他的船，就成了他的朋友，就可以去他家玩了。他家住在河岸不远的一条小巷里。巷口有个卖茶的摊子，烟熏火燎，生意已经做了三百年的样子。除了茶，也卖两三种油炸小食。黑漆漆的茶桌边，坐着衣着雪白的老者。茶是用一个小铁锅现煮的，炉火微红，水一涨，茶叶、糖、牛奶，以及什么放进去，几分钟，一锅茶就煮好了。二十卢比一锅。炉子旁边放着一只水缸，过路的邻居舀瓢水喝了，用手心抹抹嘴，又走开。小巷里的墙壁斑斑驳驳，条状的灰黄色薄砖残缺不全，爬着暗褐色苔藓，看得出来这是古代的墙，他们住在古迹里面。隔壁就是三百年前建造的神庙，入口用铁链锁着。里面有湿婆的小雕像和一条石头刻的蛇，似乎刚刚爬回神龛。有几个肌肉突出的小伙子正伏在神庙的石坎上练俯卧撑。另一位对着菩提树练哑铃，树上挂着镜子。瓦拉纳西有许多青年练哑铃，他们喜欢身材健美。庙门上雕着美妙的女神像，被摸得像宝石一样光滑。从神庙的栏杆上可以俯瞰恒河，已经是正午，水色发灰。神庙旁边是巨大的菩提树，树冠正对拉玛家的窗子，有只老猴站在树丫上张望。拉玛家的门不宽，一道简陋的小木门，严格讲，只能说是柴扉。瓦拉纳西没有中国那种事关主人尊严、面子、家族规模、地位的朱门，一般都是普通的小门。他们一家在这个门里住了多少代，说不清。但我听下来，拉玛一家并非寒族，但从来也没有过车如流水马如龙的风光，他们的风光不在这方面。这是另一种文明。不独拉玛家，瓦拉纳西的小巷，根本没打算让车子走进去。现代出现的汽车，要在瓦拉纳西通行真是勉为其难。小门后面是一个天井，湿漉漉的，一个身材健美的男子正站在阴暗的天井里用塑料桶往身上浇水。古铜色的身体闪闪发光，像古代的武士，他是拉玛的哥哥，我问可不可以给他照张相，他很高兴，他知道他美。房子有四层楼，楼梯很窄，藏在一个墙角，二楼是卧室和厨房，拉玛的姊妹正在洗碗，亮晶晶地摆了一地，都是钢精做的小碗、小锅。印度的碗很小，锅也很小。三楼也是卧室，可以说是家徒四壁，只有床铺和简单的家具、似乎很少打开的电视机，看不出来这是在一个城市里居住了上百年的老家族。拉玛的双亲已去世，留下四男三女，姐姐领着全家过活。四兄弟都是船夫，三姊妹都在恒河边卖花。全家都住在这个房子里。拉玛还没有结婚，他说结了婚也是在这老屋里。姐姐是家长，她邀请我进屋坐坐，指着床，你可以躺下。我躺下了，她笑起来。"忙于微贱的日常家务的、许多妇女中的一个""轻快地微笑，也轻快地哭泣、闲谈和工作。她们每天到庙里去礼拜，每天点亮她们的灯，每天到河边去汲水""她在大门口放下她的灯，她站在我的面前。她抬起大眼睛瞧着我的脸，默默无言地问'你好吗？我的朋友'。我想要回答，可是我们的语言已经失落，忘记了"（泰戈尔《园丁集》）。屋顶空着。隔壁的家家户户都是水泥平台，与中国城中村的屋顶一样。这是一个乐园，人们在这里聊天、游戏、放风筝、玩板球。黄昏，孩子们牵着风筝从这家屋顶跳到那家的屋顶，猴子也跟着跑。落日在瓦拉纳西的后面，我多年没有在城市里看见过落日了，瓦拉纳西的落日，在紫色的天空中，像一个红色的煤球。

拉玛一家全家早出晚归，其乐融融，每天的生活都是节日，每天都汇入朝圣者的狂欢。他们迫不及待，家只是个睡觉的地方。游客如恒河，四季不绝，他们划船卖花所获不菲，但不是为了富裕起来，香车宝马地过好日子，好日子是朝着神去的，他们把挣来的钱捐给神庙。去年，在这个区域里他家捐的钱最多，因此，得到管理寺庙三年的资格。他家管理的这个寺庙在世界的摄影集上经常出现。这光荣的圣职不过是拥有那间屋子的钥匙，每天开门洒水，接待进来上香的教徒。

狗玩了一天，累了，不动了，就地倒下，睡去。神庙的入口成了卧榻。进进出出的脚，没有一只敢惊动它。

混乱无序、脏乱差的瓦拉纳西，其实有着严格的阶序。人们清楚地知道等级，怎样做是清洁的、怎样做是不洁的，什么是可以接触的、什么是不可触碰的，哪只手可以做什么、哪只手不可以做，什么可以吃、什么不可以——瓦拉纳西一丝不苟。瓦拉纳西的秩序在血液中，那是一条隐秘的恒河。禁忌与自由，每个人都清楚，只是我们这些局外人不知道。但不知道瓦拉纳西并不排斥你，瓦拉纳西的意思是，不知道也是神灵的化身，不知道有不知道的自由，不知道有不知道的神性。瓦拉纳西接纳一切，无神论者或有神论者，明察秋毫的居民或者懵懂无知的过客。我到处乱窜，瓦拉纳西几乎没有禁区，禁区在你的心中。小巷深处，是无边无际的迷宫，只有当地人才知道那些小巷通向何处。那道路穿过光辉小巷也穿过洞穴、废墟、庙宇，无数的脸暗藏在黑暗深处，数百万个古老的房间，噩梦般的隧道，长着白胡子的老鼠和裹满苔藓的蛇，满地的粪便。家族在两百年前就消失了，但它的灰继续堆在原处，恒河的金发在某个缝隙里一晃。一座座神庙里面烛光莹莹，香灰成堆。有些最古老的庙前排着长队，人们捧着花束，沿着小巷鱼贯而入，门口有士兵荷枪实弹守卫着。教派冲突的阴影永远笼罩着瓦拉纳西，这是多元共存必需的代价，如果嫌麻烦，就得像基督教早期那样，独尊一神，血洗异教。有的洞窟般的小庙里坐着已经成仙的苦行僧，身边堆积着花环，朝拜者匍匐进去。有的寺庙阴暗如森林，诸神在幽暗的洞穴里微笑，获悉你的命运但不告诉你的那种暧昧的冷笑，后心忽凉。旅游手册说，在瓦拉纳西，每年都有游客神秘失踪。这是一个真正神秘的地方，无数世代的未解之谜在此盘根错节。谜底压着谜底。没有谜了，瓦拉纳西就是最大的秘密。

附近有许多空着的房间，古老的房间，可以俯瞰恒河。有个男子在过道上睡觉。在一个阴暗的房间里，放着一排铁柜子。地上扔着一堆衣服。房间外面有个阳台，阳台旁是高大的菩提树的树冠。恒河在下面梳她银灰色的头发。它有时候是蓝色的，有时候是金色的，有时候是黑色的。另一日，我看见一张图片：艾伦·金斯堡在贝拿勒斯。他正在一个阳台上喂一只猴子。我查了一下，贝拿勒斯就是瓦拉纳西。这阳台我非常眼熟，他到过这里。我知道他来过印度，但不知道他去了哪里。一九八三年，他来昆明，他离开后的一个星期，有人告诉我，他来了，又走了。

庆祝板球比赛胜利的卡车在街上驶着，印度昨天击败了巴基斯坦和斯里兰卡。后面跟着一条街的青年，敲锣打鼓，播放音乐，他们疯狂地甩着头，跺着脚，挥舞手臂，猛拍巴掌。太疯狂了，真是群魔乱舞，发酒疯似的，震耳欲聋，万嗓齐鸣，我从未见过如此疯狂的场面，千钧一发，瞬间就会转成暴力。印度的身体是舞蹈，印度没有正襟危坐。

小巷里时常钻出参天大树，猴子在树上搭手张望。我很不习惯在文章里一再提到猴子，但在印度，猴子、乌鸦、老牛等等是人一样的存在，你如果要写作，你不能只看见人。猴子也大量地被写进印度的神史。无数的寺庙，没有高高在上被顶礼膜拜。我被那些圣坛累坏了。在科隆大教堂，巨大的管风琴震耳欲聋，红衣主教威严庄重，仿佛上帝就是像他那样用歌剧腔布道的。在吴哥，爬上空无一人的神庙累得我气喘吁吁，上去又担心着下不来，那神庙不但高，而且陡峭，故意设计得只容少数人攀登……而在瓦拉纳西，神与人肌肤相亲，神器就是玩具。瓦拉纳西是一个巨大的玩场，可以玩得欢乐灿烂，笑逐颜开；可以玩得奥妙诡秘，若有所失；可以玩得酩酊大醉，误入迷途；可以玩得茅塞顿开，清明睿智；可以玩得浪荡狎昵，混沌痴迷；可以玩得失魂散魄，忽然明白……也许这是世界上最神圣的但没有丝毫神圣感的圣地，神像、神龛、庙宇、祭坛、神器无不被用得脏兮兮的，摸来捏去，爬上爬下，猴子上去乌鸦下来，你抹香油我洒河水，污垢粘着污垢，包浆摞着包浆。高处有神像，妙相庄严；中间有神位，烟熏火燎；地面有神龛，糊着粘着，看上去就像果皮箱，弯腰看看，里面的石头上刻着美轮美奂的女神，也许还是一千年前的作品。重要的不是对着神龛诚惶诚恐，以为那些泥巴、石头、青铜、黄铜、紫铜、木疙瘩、菩提树子、玉石、玛瑙、珍珠……里面真住着谁，重要的是心意、行为、动作本身。沐浴、下跪、瑜伽、燃烧、制造……神性都在现场。

我胡说八道吧，瓦拉纳西是一个伟大的垃圾场。垃圾化是解构、去蔽最有力量的方式。在这种神出鬼没、神祇无所不在多如牛毛不可胜数的地区，只有垃圾可以解构神权。否则顶礼膜拜、循规蹈矩、恪守不渝、舍生取义、画地为牢、鬼使神差……就要泛滥成灾了。将一切垃圾化，就是当下的、日常的轮回。如果只是升华、顶礼膜拜，一再地升华，诚惶诚恐，人就神魂颠倒，下不来了。升华是一种洁癖，它其实终结了轮回。这是瓦拉纳西的哲学。基督教缺乏解构的功能，于是上帝死了。尼采说："上帝死了，眼前呈现一片新的黎明""海，我们的海重新展开，从未有过这样'广阔的海洋'。"在基督教那里，解构只是在近代才开始。只是到了尼采才意识到："啊，应该创造出许多这样的新太阳！恶人、不幸的人、畸形人也应该有他的哲学、他的权利、他的阳光！他需要的不是怜悯……他们需要新的正义！新的格言！新的哲学家！道德的地球也是圆的！它同样有着对立的两极！这对立的两极也都有存在的权利！"但对于瓦拉纳西来说，这是亘古的真理，不是近代的启蒙。湿婆是印度最深刻的思想，湿婆崇拜意味着印度人既承认生命、创造、胜利、成功、高尚、成品、清洁，也承认死亡、毁灭、失败、堕落、垃圾、废墟。它们没有是非，既承认现世也承认来世。西方近代兴起的解构往往只是在理论上，瓦拉纳西伟大的解构是升华与解构同时在场，活泼泼地、日日新地创造着。瓦拉纳西的场日日夜夜生龙活虎，那是众神的狂欢，那是众生的狂欢，那是垃圾的狂欢。

火葬场附近堆积着柴堆。通往焚尸台的路是石头砌的，非常光滑。只有抬尸体的人和死者亲属才能从这条路过去。那边烟雾弥漫，火神做着鬼脸，吐出血红的舌头。我不知道，正想走这条路，有人挡了我一下。

夜晚，在瓦拉纳西的月光下，疯掉的女子在污泥里翻滚，一群男子围着她，跟着她欢呼狂舞，她赤裸着，浑身泥泞，一双肥厚的油淋淋的乳房，被月光照亮。

许多人在黑暗深处跳舞，跟着任何音乐，音乐是一种印度迷药。印度导演吉哈塔克说："我们的民族天性热爱旋律。我们所有的感情都是以我们独特的乐／文组合方式表达的……万花筒般如游行狂欢，悠闲、散漫……同时我们是一个史诗的民族。我们喜欢无序的蔓延……我们喜欢听着同样的神话和传说一次次的重述。我们作为一个民族，并不特别关心事件'是什么'，而在意'为什么'和'怎么样'。这是一种史诗的态度。"

"不过在这片凄凉的景象中存在着安然。在世界萎缩、人类可能性的观念消失的地方，世界就被看成完满的，人退却到他们最后的、坚不可摧的防御力；他们知道自己是谁，他们的种姓，他们的'业'，他们在万物体系中无可动摇的位置；他们对这些东西的了解如同对季节的了解……生活自身变成了仪式，任何超越于这个完满而神圣的世界（这种完满感对一个男人或一个女人来说如此轻易就能获得）的事物都是空洞而虚幻的。""印度告诉人们，有为是虚妄的"（V·S·奈保尔《印度：受伤的文明》）。奈保尔对这个老印度非常失望，他是一位标准的现代人。他的话令我想到苏轼，他在大约一千年前也表达过类似的观点，但他的口气是肯定的。在那篇伟大的散文中，苏轼轻蔑地否定了"有为"："方其破荆州，下江陵，顺流而东也，舳舻千里，旌旗蔽空，酾酒临江，横槊赋诗；固一世之雄也，而今安在哉？"他肯定的是："客亦知夫水与月乎？逝者如斯，而未尝往也；盈虚者如彼，而卒莫消长也。盖将自其变者而观之，则天地曾不能以一瞬；自其不变者而观之，则物与我皆无尽也，而又何羡乎？且夫天地之间，物各有主，苟非吾之所有，虽一毫而莫取。惟江上之清风，与山间之明月，耳得之而为声，目遇之而成色；取之无禁，用之不竭。是造物者之无尽藏也，而吾与子之所共适。"

黑夜，这是神灵醒来的时候。河岸灯光灿烂，人们在恒河边搭起台子，唱颂歌，舞火，舞火者穿着雪白的长衫，头上扎着金丝带。歌手盘腿坐在河岸，歌声自麦克风传出，浑厚深沉，就像从一条大蛇的嘴里发出。瓦拉纳西全体向着恒河，它在黑暗里听着。我听出来，他们在唱，湿婆，伟大的湿婆。

在祭坛远处的黑暗里，还有许多印度人像神一样坐在黑暗里，恒河已经看不见了，他们继续望着恒河，他们已经瞭望无数个一生。

宝座

祝勇

第一章　贝托鲁奇

如果没有美国哥伦比亚大学刘禾教授的提醒，我可能不会注意到故宫太和殿上的那把御座。很多年中，我几乎走遍了故宫的隐秘角落。当我第一次走进寿康宫——当时的宫廷专门为前朝的嫔妃们准备的花园时，正是春天，遍地的野花已经长到没膝的高度，繁华中透着荒芜，寂静渗透到骨子里。我轻手轻脚地走进旧宫殿，生怕自己的鲁莽会惊扰嫔妃们的魂魄。我还曾轻轻地走进雨花阁——乾隆年间建造的那座藏传佛教密宗的佛堂，它红漆斑驳的大门似乎永远关闭着。我深知自己的幸运，许多在故宫工作了一生的人，都未曾进入过这座院落，人们的目光只能越过红墙，看见高高的脊檐上四条飞舞的金龙。我走进去的时候，佛堂内部的佛像与法器，依然按照从前的规制摆放着，三百年未曾动过，连上面的灰尘都是文物。阳光无法进入深深的殿堂，所有的佛像都隐在暗处，神秘而不为人知。

或许正是由于对故宫中隐秘的事物充满好奇，我却忽略了那把著名的皇帝宝座。它就在太和殿上，每天公之于众，所有的游客都能看到它。它被置于皇宫最显赫的位置上，成为所有视线的焦点；它同时也是历史最引人注目的部分，所有的权力争夺，那些血腥的游戏，都是围绕它展开的。皇帝宝座就这样，成为太和殿的中心、皇宫的中心、皇城的中心，以及整个帝国的中心。没有它，历史就会失重，那些触目惊心的故事，就无处安放。

或许，正因为它太公开，反倒成为我的盲点。

而一个外国人，当他进入故宫的时候，他的目光，可能首先落在御座上。

那把空空荡荡的皇帝宝座，会引发他们无穷无尽的想象。"皇帝的宝座上虽然空无一人，但上面却充满了旧梦新想。"①这一判断在许多作品中得到证实。意大利导演贝托鲁奇在电影《末代皇帝》中，把中国皇帝的宝座变成一条线索，他的镜头，总是在宝座的周围徘徊不去，宝座作为一个重要的符号，在电影中时隐时现。在少年溥仪的眼中，它甚至成为一个大玩具，以至于成年溥仪被特赦后，以一个旅游者的身份重回故宫，依然从太和殿宝座下面，找出了他少年时安放的一只蝈笼，昔日的蝈蝈，居然安然无恙。显然，贝托鲁奇高估了那只蝈蝈的生命力，但他以这种方式表达了他对那把宝座的执着。刘禾说："他几乎带着一种拜物教的执着与虔诚，使皇帝的宝座在影片里成了挥之不去的幽灵。"②

还有英国艺术史家克瑞格·克鲁纳斯——对中国皇帝的宝座进行过专门研究的学者之一。他十四岁时跟随父亲来到伦敦，他的目标是剑桥大学。他没有想到，这次旅程使他与一把中国皇帝的宝座不期而遇。那把乾隆时代的御座，被安放在维多利亚和阿尔伯特博物馆的"远东艺术"展厅里，在脱离了帝国的语境之后，依然保持着它昔日的威严。十四岁的克鲁纳斯挤在人群中，目睹了它的存在。然后，趁旁边穿着制服的保安人员眼睛转到别处的时候，他竟然不由自主地双膝跪下，将头叩在地板上，以示朝拜。

一九〇〇年，当八国联军冲进紫禁城的时候，最吸引他们目光的，或许就是那把空荡荡的皇帝宝座。《大清律》规定，僭越皇权者，一律凌迟处死，而这些不知轻重的外国屁股，则兴冲冲地轮流坐在御座上照相。这是他们炫耀胜利的一种方式，他们通过征服中国皇帝的宝座，表

---

① 刘禾：《帝国的话语政治》，第294页，北京：生活·读书·新知三联书店，2009年版。
② 同上，第305页。

明他们对古老的中华帝国的征服。中国皇帝的宝座，就在那时，作为战利品，被运送到大英帝国，并在很多年后，成为克鲁纳斯的研究对象。

刘禾教授回忆，二十世纪九十年代，在英国爱丁堡的亚洲博物馆，一件看上去很像清朝皇帝宝座的陈列品曾经引起过她的注意。她从说明中得知，这件不同寻常的展品，原来是英军的一个苏格兰旅长和夫人的捐赠，但展品说明并没有解释这对夫妻是如何得到这件展品的。后来，她来到维多利亚和阿尔伯特博物馆，在四十二号展厅的永久收藏部，目睹了克鲁纳斯描述过的那把皇帝宝座，她在它面前默立良久，心里在想，西方人是否对中国统治者的宝座有着某种特殊的情结？"假如我没有到国外来，假如我没有通过他人的眼睛，或者通过贝托鲁奇的镜头来看待这一切，我可能根本不会对清朝皇帝的宝座这一类文化遗产有什么特别的兴趣，因为出国前，我不认为这些老古董对我们今天的世界有什么意义。可是现在，我好像重新发现了它们的意义。"[1]

一件老古董，不仅与大清帝国的秩序有关，也与中西冲突中的世界秩序密切相关。

这使我突然关心起太和殿上那把皇帝宝座。它曾经被置于历史的风口浪尖，之后又悄然隐遁，没有人知道它的下落。中国的宫殿，曾经是一座丢失了宝座的宫殿，而在丢失宝座之后，它还算是宫殿吗？它不是一件物品，它有自己的灵魂；而丢失宝座的宫殿，则无异于丢失了灵魂的华丽躯壳。我急切地想重返故宫，认真打量太和殿上那把著名的御座。我不知道，当我站在太和殿的门外向里张望的时候，那把沉默已久的椅子，会对我说些什么？

第二章　绿　蒂

以描写异国情调闻名的法国作家皮埃尔·绿蒂夹杂在远征军中，于一九〇〇年十月走进北京城的时候，这座辉煌的东方帝都几乎已经变成一座死城。他进城的路上，看到的是一些被冻死的荷花，它们粗大的枝

---

[1]　刘禾：《帝国的话语政治》，第306页。

茎垂在铅色的水面上，芦苇丛中，埋伏着一些微微泛白的球状物，仔细打量，才能看出那是死人的头颅。他觉得那些头颅并没有死，它们还在生长，可以变得像篮球一样大，而且，当他打量那些头颅的时候，所有的头颅，也都以一种怪异的表情打量着他。

那些头颅曾经固执地相信，仅凭巫术的力量就可以瓦解洋人的攻势。在这一理论的指导下，大清王朝的王公大臣——义和团的支持者，曾经命令宫女向着洋人进攻的方向集体放屁，雄壮的屁声在幽深的宫殿深处形成了奇怪的和声；义和团还把马桶、裹脚布、月经带等污物在城墙上一字排开，以此对付洋人的炮火。在他们的"法力"面前，洋炮果然哑火了，原因是城墙上出现了洋人们从未见过的新式武器，他们只好停火一日，派人前去侦察。当他们知道答案后，气得半死，以更加猛烈的炮火回答经久不息的屁声。

一切都证明了光绪皇帝的预言："可惜十八省数万万之生灵，将遭涂炭。"①对此，绿蒂，这位八国联军成员②诚实地记录道：

> 近两个月内，在这座被八到十个国家的军队侵占的不幸的"天净之城"里，大肆破坏和疯狂杀戮相当地白热化。形形色色的夙仇挑起的最初几仗就发生在此。义和团先经过这里，跟着来了日本兵，我并不想说别人的坏话，但这些勇敢的小个子兵真像从前的野蛮部队一样到处烧杀抢掠；我更不想诋毁我们的友军俄国兵，所有这些战场上的士兵还非常精通亚洲人的作战方式；大不列颠来了残暴的印度骑兵；美国则派来了雇佣兵团。当意大利、德国、奥地利和法国士兵到达这里发动第一场回击中国兵的复仇战时，这里早已是面目全非了。③

这不是战争，而是屠杀。"成千成万的人在以屠杀为乐的疯狂放荡下被杀了。"④美国传教士丁韪良对这种行为作出两种解释：一、这是

---

① 袁昶：《乱中日记残稿》，翦伯赞等编：《义和团》（一），第339—340页。
② 这支联军包括8000名日本人，4800名俄国人，3000名英国人，2100名美国人，800名法国人，58名奥地利人和53名意大利人。他们于1900年7月末到达大沽，8月4日向北京进发，8月14日到达北京。
③ ［法］绿蒂：《在北京最后的日子》，第30—40页。
④ ［美］马士：《中华帝国对外关系史》，第三卷，第306页。上海书店出版社，2006年版。

对一个城市的报复；二、（联军）士兵的愤怒与贪婪一时无法控制。

绿蒂到来的时候，那座疯狂的城市已经安静下来，以一种可怕的沉默，拒绝对现实发表任何评说。所以，他没有看到那个狂躁和动荡的北京，不知道这座城市曾经怎样以自己的方式发言，他看到的是一个空旷的北京，远征军的枪炮，已经像剔骨刀一样，剔除了他们认为多余的部分，使城市的结构更加直截了当地裸露出来。这似乎可以使他的视线更加清晰，但实际情况正好相反，空旷反而使这座城市显得更加浩大和幽深。他看到的是一座空城，一座失去了语言和动作的城市，一座死人把守的城市——只有那些尸体，躲在城墙或者树丛的下面，在冷风中窃窃私语。城门大张着空洞的眼睛望着他，它们以一种无奈的姿态敞开着，不再像从前那样，像坚硬的手臂，环抱着自己的心脏。

八百年来，这座城市第一次以这样的面貌示人，宫殿的午门，变成了西方人的凯旋门。北京第一次成为一座没有皇帝的都城——没有皇帝的都城，还能算作都城吗？在皇帝和百官的身影消失之后，那些鳞次栉比的宫殿、环环相抱的城墙，显得尴尬和茫然——它们因皇帝的存在而存在。现在，在这座城市里，几乎没有人知道皇帝（皇太后）在哪里，宫殿和城墙的价值，受到空前的质疑。在城墙的内部，庄严的帝国秩序消失了，这座为皇权打造的城市顿然失去了主语，所有辉煌的建筑成了一张壳，一具更加巨大的尸骸，听候埋葬者的安排。

"你不会提早看到北京城的，"旅伴们说，"但它会冷不丁出现在你面前，当你看到它时，你就已经到了。"①

当巨大的城门在远处灰白的天幕下出现的时候，绿蒂的心情无比复杂。出现在他面前的，是曾经令马可·波罗惊愕过的大城：

> 这城市的主干大道，宽阔而笔直，是按照独一无二的设计图规划的。这种整齐划一和无边广阔的设计是我们欧洲任何一座大城市都没有的。②

> 一条三四公里长的道路，通向另一道雄伟的城门。远远望

---

① ［法］皮埃尔·绿蒂：《在北京最后的日子》，第47页，上海书店出版社，2006年版。
② 同上，第146页。

去，那道门嵌在黑黢黢的城墙里，顶上是飞檐翘角的塔楼，外面则一片空寂。道路两边的房屋只有一层，一间接一间整齐地排列着……好像一座海市蜃楼般的城市，没有真实的根基，建在云上……北京，这座齿形屋檐和镀金饰物集合而成的城市，处处装饰着兽角和鳞爪。即便是在大风、烈日，如此干旱的日子里仍能给人一种假象。在那荒原和废墟上空永不落定的尘埃中，在那层罩住破败不堪的街道和卑污肮脏的人群的尘雾纱幔里，北京城往日的辉煌依稀可辨。[1]

但他眼前的城市已经不再是马可·波罗曾经喋喋不休地炫耀的汗八里，他比马可·波罗迟到了七百多年。七百多年，改变一个国家的命运。那个在《马可·波罗行纪》里熠熠发光的帝国，如今只剩下一层弱不禁风的躯壳。无须特洛伊木马，那个令西方人花费了漫长时间才得以进入的帝都的大门，在一九〇〇年的炮火中如此轻易地被打开了——从开战到占领北京，只用了十天时间，联军把这场战争变成一场闪电战。出现在绿蒂面前的，是另一个北京："在那依然闪烁的金光之下，一切是那么陈旧衰败""到处是残垣断壁"。[2]进城的时候，取代了令整个欧洲为之战栗的蒙古铁骑的，是一队蒙古骆驼正穿城而出。这里曾经是蒙古风暴的起点，但是现在，早已不见蒙古刀的寒光，只有悠缓而坚韧的蒙古双峰驼，步履艰辛地穿越大陆，走向"西藏或蒙古荒漠的尽头"。[3]在天坛门口，他看到"长着斯芬克斯般细长眼睛的印度骑兵"，突兀地站在猩红的门前，"在这个极度中国化的神圣氛围里，他和我们一样迷惘"。[4]马可·波罗曾经毫不掩饰他对汗八里的敬畏，作为一个探路者，马可·波罗的荣耀潜藏在他的发现里。而此时，绿蒂和他的战友们正在摧毁这座奇迹之城，他们向往的华璨帝都已经沦为一座黑暗之城，这是胜利者的荣光，还是发现者的悲哀？

绿蒂就是这样一步步走近紫禁城，走向那把空寂的皇帝宝座。它们是军人的战利品，也是文人顶礼膜拜的对象。绿蒂兼具了军人和文人两

---

① [法] 皮埃尔·绿蒂：《在北京最后的日子》，第60—61页。
② 同上，第61页。
③ 同上，第60页。
④ 同上，第63—64页。

种身份，所以他的内心充满矛盾。当把守城门的日本兵为他们打开那两扇神秘之门、成群的乌鸦被惊飞的时刻，一座浩瀚的宫殿出现在他的面前。宫殿几乎是空的，太和殿巨大的阴影，孤寂而突兀。在那个巨大的入口背后，是一大片起伏不定的迷宫。宫殿的主宰者已去向不明，一些没有来得及逃走或者说无处可逃的妃子（包括同治、光绪两朝的嫔妃），还有宫女们，在同治皇帝最爱的妃子——瑜妃的指挥下，全部躲进西宫。她们蜷缩在一起，彻夜难眠，战乱，让勾心斗角的后宫粉黛第一次感受到彼此的温暖。瑜妃，这位十九岁就守寡的女人，在关键时刻显示出了超凡脱俗的气质。很多年后，我在阳光刺眼的午后走进那个野花盛开的寿康宫，心里就想寻找瑜妃在这里留下过的生命痕迹。她命人封住了宫苑的后门——贞顺门，只留下顺贞门，作为唯一的通道。太监们轮流值班看守，已经做好了牺牲的准备，使大清王朝最后的尊严不致受到侵犯。在众人的惊恐和不安中，夜幕降临到紫禁城，试图抹平一切快乐和忧伤。

我曾经不止一次在故宫里，从黄昏待到深夜。有一天日落时分，我和故宫博物院王亚民副院长走过太和门广场，空阔的广场上，只有守卫故宫的武警战士训练的号令声依稀传来，我似乎一瞬间读懂了宫殿的孤寂。还有一次，和白先勇先生、李文儒副院长一起在午夜的宫殿里漫步，突然想去太和门广场，它的寂寞和神秘，吸引着我，在混沌的夜色里，像一个悬念一样越来越清晰。那是另一个故宫，与白日里游人如织的故宫完全不同的故宫。在白天，它是那么理性，它虽繁复，却庄严典雅、秩序井然。只有在夜里，它才变得深邃、迷离、深不可测，没有人知道，夜色使一切变得深不可测。所以，绿蒂见到的慈禧太后的宫殿，与马可·波罗见到的忽必烈的宫殿迥然不同，没有浩荡的仪仗，空荡荡的台阶上，只有冰冷的月光。与马可·波罗笔下那座灯烛辉煌、香烟缭绕的宫殿相比，那一刻的宫殿是阴性的、含蓄的，仿佛是那座辉煌宫殿一张黑白的底片。这与《马可·波罗行纪》之后西方积累了几百年的想象大相径庭。一时间，他不知所措。空阔的宫殿把他吓住了，找不出一种合适的方式与它对话。他不知道这一无比巨大的存在，是增加了他们胜利的价值，还是使他们的胜利变得无足轻重。在他眼里，在巨大的宫殿的反衬下，他们这群征服者，"举止粗俗，满身灰尘，疲惫沮丧，肮脏不堪，貌如未开化的野蛮人，无异于置身仙境的僭越者"。①

　　一九六五年，另一位法国作家、时任戴高乐政府文化部长的安德烈·马尔罗，在走进"文革"前夕空旷的故宫时，心里想到的，是绿蒂描述过的、人去楼空的紫禁城："绿蒂看到……皇后在逃跑时，她在观世音前放了一瓶花，给观世音戴上了一串珍珠项链。观世音的位置没有动，一大堆菩萨都被横七竖八扔到院子里，腾出祭坛让士兵过夜。"②就在马尔罗站立的那个地方，六十五年前，作为闯入者，绿蒂和其他军官们一起，铺着军毯，睡在宫殿里，而瓦德西元帅，就住在一座不远的宫殿里。黑暗中，风在摇撼，撕扯着窗户上残存的米纸，就像夜鸟振翅，蝙蝠飞翔，在绿蒂头上发出连续不断的声响。半梦半醒中，在旧宫殿几百年的幽香里，他不时听到一阵短促的机枪排射的声音，或在树林深处传出的一声凄凉的鸟鸣。

第三章　慈　禧

　　绿蒂在紫禁城里和衣而眠的时候，慈禧太后一行已经离开了太原府。初出京城时的三辆马车已经发展到三十多辆，浩浩荡荡地向陕西挺进。自从她在一九○○年八月十五日早上，脱下她绚丽的朝服，换上李莲英为她备好的一套汉族老太太的青布裤褂，剪掉精心养长了几年的长指甲之后，雕栏玉砌的宫殿就消失了，变成了溽热的雨季里一条漫长而泥泞的道路。从紫禁城神武门，向西，经魏公村、青龙桥、西贯市、居庸关，向看不见的远方，越走越远。她看不见那条道路的尽头，不知道什么时候才能回到她昔日的宫阙。刚出神武门，她的目光就充满迷惑。那时，她并不知道，几乎与此同时，美国军队已经率先冲到了天安门前，他们密集的子弹把庄严的城楼打得千疮百孔，大清帝国的士兵们在用身体阻挡着呼啸的子弹，顽强地护佑着他们身后的皇宫和皇宫里的帝王，他们并不知道，他们的皇太后和皇帝已逃之夭夭，最高统帅部的其

① ［法］皮埃尔·绿蒂：《在北京最后的日子》，第74页。
② ［法］安德烈·马尔罗：《反回忆录》，第401页，漓江出版社，2000年版。

他首领也已各自奔逃——奕劻和载漪向西跑，荣禄向北跑，这个帝国里的抵抗者，只剩下他们这些士兵。宫殿截断了他们的去路，他们最终在血红的宫墙下集体倒下，联军的子弹为他们的胸前佩戴了一朵朵鲜艳的红花。他们用年轻的血肉之躯，为慈禧出逃争取了一个小时，否则，慈禧一行就会被封锁在城内，要么被当作平民乱枪打死，要么束手就擒，以后的中国史，就会被改写。当日本兵举着膏药旗，顺着云梯爬上天安门城楼的时候，他们高呼："这上面没有一个活着的人了！"此时，联军已由南面和东面涌入城内，北京城的北门——德胜门，云集着成千上万的战争难民——包括一部分拳民，这里于是出现了严重的交通拥堵现象。慈禧一行夹杂在逃难的人群中，被大篷车、骡驮子、驴车拥挤和冲撞着。没有人知道车上那个身穿半新不旧青布对襟衣衫的老太太就是他们的"最高领袖"。一位官员来了，对交通进行指挥疏导，让所有的车辆给他们让路，在他的特别照顾下，慈禧一行才"杀出一条血路"，逃向德胜门外那片开阔的郊野。慈禧看清了那个人的脸，是军机大臣、刑部尚书赵舒翘。后来，赵舒翘的名字和刚毅、载漪等人一起，被洋人写进《辛丑条约》，成为战后必须严惩的首祸。但此刻，对于慈禧来说，与洋人的讨价还价还没有开始，只有逃命这件事刻不容缓。

那时她的身边，只有皇帝、皇后、大阿哥傅儁（端郡王载漪之子、慈禧确定的皇位继承人）、三格格和四格格（庆亲王奕劻的两个宝贝女儿）、太监李莲英和崔玉贵，以及几名宫女；没有了绵延数里的銮仪卤簿，那纱帷飘荡、铜饰闪亮的大鞍车，也换作一辆没有帐子、摇摇晃晃的普通马车。漫长的道路足以修改她的身份，使她由这一国家的最高统治者变成一个仓皇而无助的老妪，几个胆大妄为的毛贼就可以要了她的性命。没有军队护驾，没有带走宫里的任何一件宝物（连她的宫女都佩服她舍弃珍宝的狠心），她的包袱里，只包了一点散碎银子，做路上盘缠。后来的事实证明，连这些散碎银子也是多余的，因为在前往居庸关的古道上，兵匪横行，能抢的东西早已被抢光，她的国民，穷得只剩下一条命了，所以她什么也买不到。不知那时，她是否突然失去过安全感——不是恐惧匪患，而是恐惧权力的失去。因为担心暴露身份，她没有携带任何身份证明——包括象征她权力的玉玺，她垂帘听政的宝座，更加遥不可及。她确信自己还会回去——回到钟鸣鼎食的旧日宫殿吗？

此时的中国皇帝光绪，穿着没领子的深蓝色长衫，戴着一顶圆顶的小草帽，下身是一条黑色裤子，看上去像个做买卖的小伙计。这样的装束，我们从许多外国记者在二十世纪之初拍摄的中国影像中都可以见到——说不定会有一张关于当年中国平民的历史影像，意外地记录下这位隐姓埋名的中国皇帝茫然的表情。在踏上逃亡之途的一刻，他就与皇帝宝座失去了联系。那段时光，对于这位饱经沧桑的年轻皇帝来说，太和殿的宝座，已经成为遥不可及的事物。尽管自戊戌变法失败后，他与宝座之间，仅保持着某种气若游丝的联系，但那种联系毕竟存在，是他日常生活的一部分，他还会象征性地出现在御座上，御座两边的扶手，已被他磨得熠熠生光。但此刻，自从外国的军队开进北京，他与宝座的联系就彻底中断了。失去宝座之后，他的帝国，也变得无比遥远，只存在于他的想象与回忆中。只有在宝座上，他才能看清他的帝国，现在，在遥远的山野，他的眼前一片漆黑，他以及王朝的未来，就像浓重的黑夜一样，深不可测。

光绪曾经试图留在北京，以维系与那宝座的联系。为此，他甚至不惜对列强亦步亦趋。在他看来，这或许是恢复久违的皇权的唯一办法。但慈禧早就看透了他的心思，所以她解除了光绪沦为帝国主义走狗的可能性，这不是因为她是一个爱国者，而是因为她不甘心放弃自己对宝座的控制权，让光绪与那把遥远的御座单独发生联系。与光绪相比，慈禧太后在洋人面前似乎更有血性，当八国联军整齐地向北京进军的时刻，在第二次御前会议上，慈禧太后气宇轩昂地说："现在是他开衅，若如此将天下拱手让去，我死无面目见列圣。就是要送天下，亦打一仗再送。"她接着对大臣们说："你们诸大臣均见了，我为的是江山社稷，方与洋人开仗。万一开仗之后，江山社稷不保，尔等今日均在此，要知我的苦心，不要说是我一人送的天下。"[1]但她的勇敢是由她对宝座的态度决定的。因为戊戌变法失败以后，洋人已经有了废慈禧而立光绪的意图。帝国土地上出版的英文报纸《字林西报》，长篇累牍地发表抨击慈禧、赞扬光绪帝的文章，这无疑动了慈禧的奶酪，也成为慈禧由恐惧义和团，转为决定支持义和团、向列强宣战的关键契机。

---

① 《恽毓鼎庚子日记》，《义和团运动史料丛编》，中华书局，1964年版。

写到这里，我的脑子里突然闪过一个念头：光绪为什么不逃跑？难道他也脑子进水？兵荒马乱之中，正是光绪这只孙猴子逃离慈禧这个如来佛的掌心，回到花果山，奔向阔别已久的皇位的最佳时机。如果他能抓住时机逃跑，塞外荒疏萧瑟的山谷林野会湮没他孤瘦的身影，慈禧率领的那支筋疲力尽的小型队伍将无力追踪到他，而且他们更主要的职责是保护慈禧的安全，他们很难分身。如果我是光绪，我将在途中的某一个夜晚义无反顾地踏上逃亡之路。如果他能活下来，那么，等慈禧回銮时，她已经很难插手朝廷的事务。对于一个囚徒来说，实在值得一搏。我猜他一定想过这个问题，这个问题一定诱惑过他，一定不止一次地令他在深夜里辗转反侧，但一旦进入深思熟虑，最初的冲动就会烟消云散。他一定是胆怯了，从他小时候起，他的性格悲剧就已经注定。他怕洋人的子弹，怕百姓的报复，更怕落得一个洋人"儿皇帝"的千古骂名；更重要的是，他被慈禧彻底控制住了，慈禧不是扯住了他的手，而是用一个看不见的紧箍咒，箍住了他的心，使他不敢有任何的非分之想。从这个意义上说，那把宝座根本不是他的，他只有使用权，没有所有权——慈禧只是借他用用，但随时可以把它收回去。他信命。他没有血性，哪怕像慈禧那样短暂而愚蠢的血性。如果他能拼死一搏，他自己，和他的国家，都有可能得到拯救，尽管这份拯救，为时已晚。

于是，他只能眼看着宝座的沦陷，他与宝座的距离越来越远。在西贯市，慈禧和光绪在一座破旧的寺院里度过了难熬的一夜，这或许是他们一生中唯一一次同居一室。繁冗的礼仪，因宝座的消失而消失。那一夜，他们——丢失了江山的皇帝和皇太后，会说些什么呢？

第四章　路易十四

皇帝寝宫里的龙床空着。法国人绿蒂站在它的前面。

漫长的噩梦之后，绿蒂从宫殿里醒来。紫禁城也从迷离、恍惚的梦中醒来，在阳光的擦拭下，一点点露出了它的本色。绿蒂开始在太监的带领下参观紫禁城，一间一间地，走进那些空落的房间。依据清律，任何人未经批准擅自通过紫禁城的任何一道门，要受一百下鞭刑；误闯任何一座宫殿，都要被处绞刑。而此时，宫殿所有的门都敞开了。太监们站在花瓣形的门洞里，偷偷窥视着他。每当绿蒂被精致的宫殿吸引的时候，他们总是企图把他的脚步引向别处，引向回环曲折的游廊或者空旷的庭院。在太监们看来，让这些未经开化的野蛮人走进宫殿，等于对宫殿的亵渎。

绿蒂就这样在太监们嫌恶的目光中，小心翼翼地在宫殿里周游。那个迷惑了西方几个世纪的神秘宫殿，在他的眼前一点点展开。整整二百年前，在绿蒂的故乡，路易十四和他的整个国家都不可救药地沉迷在对中国宫殿和园林的想象中，尽管他们对中国皇宫所知甚少。一七〇〇年一月七日，凡尔赛宫以一场中国主题的舞会迎接新世纪的到来，参加舞会的所有王公贵族都化装成中国人，贵妇小姐们装扮成菩萨，三十位乐师全部穿着中国袍，舞会开始时，一位"中国皇帝"（是"康熙"吗？）坐在华丽的轿子上，隆重出场，整座宫殿都被狂热的叫喊声湮没。

六年前，一个"中国公主"的故事震惊了法国宫廷。人们从这位少女的口中听到了她的传奇经历：她是康熙皇帝的女儿，康熙把她嫁给日本的王子，她的船队在海上遭遇了海盗的抢劫，她也被劫到了欧洲，最后，她流落到一座陌生的城市，名叫巴黎。当时的法国宫廷被她的故事迷住了，宫廷的贵族们争相收养这名中国公主，她也因此在巴黎过上了最豪华的生活。故事接下来的发展更加离奇。这时，有一位在中国生活了二十年的耶稣会传教士回法国述职，他对"中国公主"的经历深感疑惑，于是，在一位贵妇人的引荐下，与"中国公主"见了面。一见到她，他就立刻知道她是个骗子，因为她一句中文也不会讲。传教士当面揭穿了这一点，但"中国公主"却用她虚构的中文说，传教士说的中文才是假的。当传教士把一捆中文书籍摆到她的面前时，她居然用虚构的中文流利地"朗读"起来。贵妇们陷入迷惑：到底谁是说谎者？

一个与中国皇帝毫无关系的人，仅凭她在想象中建立的联系就征服了法国宫廷并扫荡了巴黎的上流社会，这是十七、十八世纪之交的法国人所面对的现实。宝座上的中国皇帝，在法国人心中，已经拥有了至高的地位。空想社会主义者圣西门在《回忆录》里写道："关于中国孔夫子和祖先崇拜的争辩开始变得沸沸扬扬……"莎士比亚《仲夏夜之梦》被改编成歌剧《仙后》在伦敦上演时，舞台布景全部是中国式的园林景色。一七○○年的伦敦和巴黎，到处可以买到广东的丝绸、福建的茶叶和景德镇的瓷器。一七○○年法国宫廷里的"中国舞会"，成为欧洲中国潮一个富于创意的象征。或许，路易十四更加希望自己是一名中国皇帝。为了实现这一点，他甚至早在一六七○年就在凡尔赛建造了一座"中国宫"，此后，欧洲对中国建筑的仿造热情一直燃烧了一个多世纪。有意思的是，在东西方的历史，有时截然相反，有时又存在着一种对称关系，两两相对——西方人以哥伦布和麦哲伦的航海，对应中国的郑和下西洋；而中国，就在路易十四"中国舞会"九年之后，康熙皇帝就决定在北京西北修建圆明园，法国式的宫殿和喷水池，第一次成为中国皇家园林中的风景。

而此时，那座令路易十四垂涎三尺的中国宫殿，正在绿蒂的面前一点点揭去神秘的面纱。他甚至抵达了宫殿最隐秘的地方——皇帝的寝宫，看到了那张挂着宝蓝色帐幔的、置于凹壁中的龙床。我曾经走进过这座寝宫，站在与一百多年前绿蒂相同的位置上，打量这个龙床。

中国皇帝在这里宠幸过他的妃子吗？然而，自打爆发过百年战争的英国和法国像亲兄弟一般联袂焚毁了圆明园这座"万园之园"后，大清王朝皇族的血脉，就像被一个咒语缠住了——后继无人。据不完全统计，康熙皇帝有三十二个儿子，乾隆有十七个，嘉庆皇帝明显减产，只有五个，道光九个，咸丰皇帝只有一个，而且他的儿子同治皇帝不到二十岁就死了。中国的皇帝，再也不可能拥有自己的子嗣，大清王朝父死子继、一脉相传的帝系，至此中断。宫殿犹如陷阱，将这个由满洲铁骑创建的王朝陷在了里面，使它曾经剽悍的生命力急剧枯萎，从这个意义上说，宫殿更像是一个华丽的阴谋，瓦解着王朝的威力。尽管朝廷以狩猎的方式，在形式上维持着草原民族的传统，但一个不可回避的事实是，宫殿里的皇帝，一个比一个虚弱，皇帝的子嗣难以为继，就是证明。从绿蒂的书上，我读到这样的句子：

> 他那些相当于半神的帝王先祖们，踩一脚曾能让整个古老的亚洲发抖，那些远道而来进贡的诸侯在他们面前卑躬屈膝，这里曾排列着我们无从想象的气势浩大的随从和旗队；他，这个被软禁的孤独的人，在如今静悄悄的城墙之内，怎样保留那

消逝的魔幻场景下辉煌往昔的印记呢？①

第五章　王懿荣

"洋人要坐朝廷了！"

这句传言令整个北京城为之一惊。

绿蒂终于目睹了那把宝座——令载漪父子念念不忘的皇帝宝座。他持着联军的通行证，穿过了美国兵把守的门——"世界上最森严的门"（很可能是太和门），沿着台阶拾级而上。太和殿所有的门都敞开着，像一件巨大的木制乐器，被风吹响，发出古怪的声音。它的对面，是一个法国人越来越近的身影——他的影子在斑驳不平的地上跳动着，被阳光越拉越长。终于，那影子消失了，它出现在大殿的内部，被大殿所吞噬。在那个楠木金漆雕龙宝座面前，绿蒂想了很多，我们通过他的著作得知他当时的心绪：

> 这个宝座也位于北京的中轴线上，它是北京的灵魂。若没有城墙环绕，帝王坐在那大理石和漆木的宝座上将能一眼望到城市的尽头，乃至最外围城墙上的雉堞；可以这么说，来朝贡的王公、大使和军队，一进入京城的南门，就在他那隐形的目光热辣辣的注视下了……
>
> 宝座的正面和左右都有陛，宝座上设雕龙髹金大椅，就是皇帝的御座。椅后设有雕龙髹金屏风，宝象、香筒分列左右。宝座前面，陛的左右，摆放着四个香几，香几上有香炉，香炉内焚着檀香，和香筒里焚的藏香混合着，使宝座弥漫着一种迷离的气息。②

在宫殿里，这样的龙椅不是唯一的。从前殿到后寝，从太和殿、中和殿、保和殿、乾清宫、交泰殿、坤宁宫，一直到养心殿、养性殿……

---

① ［法］皮埃尔·绿蒂：《在北京最后的日子》，第87页。
② 朱家溍：《太和殿的宝座》，《故宫退食录》（上卷）第404页，北京出版社，1999年版。

几乎每一座重要的宫殿，都将一把龙椅放置在它的中心。尽管那些龙椅时常是空着的，但它们的重要性不言而喻。皇帝的身体不可能遍及每一座宫殿，但他又无处不在，那些龙椅就像他的化身，或者说像他的细胞一样存在着，可以同时出现在不同的宫殿中。它们表明了皇帝对宫殿的绝对拥有。尽管它们的形态、体量各有不同，但它们同属于一个家族，一个散发着楠木芳香的、精美华贵的家族，它们共同构成了一个庞大的系统，用相同的语言，讲述着关于皇权的神话。

　　然而，没有一把龙椅，像太和殿的龙椅这样令人心潮澎湃。巨型的广场，恢弘的宫殿，把它突出到一个无比显要的位置上。即使远在凡尔赛，法国国王也感觉到了它的存在。这里，是中国的中心，而中国，几百年中又被认为是世界的中心。那么，坐在这把椅子上，究竟能看到些什么呢？绿蒂是否试着坐在这把椅子上，我们不得而知，但联军的其他军官，曾经分别代表各自的国家在上面轮流坐过，在历史照片上留下了他们的坐姿。他们的臀部不仅属于他们自己，也代表着他们的国家。他们不是旅游者，是军人，所以他们的行为，可以被认作国家行为。他们以旅游者般轻松的心态，悄然完成了对二十世纪世界秩序的建构。他们是那么地热爱那把龙椅，那把孤零零的椅子令他们不能自已。但是在他们眼中，中国的宫殿已经不再是一个封闭的系统，它的大门已经敞开，龙椅，连同它赖以生存的宫殿，都成为西方世界的附属物。出于对龙椅的偏好，他们甚至干脆把龙椅拿走，作为他们宫殿里最奢侈的装饰。二十世纪二十年代，人们在伦敦艺术品市场上，看到一把来自中国宫殿的龙椅。这是一把被八国联军抢到欧洲的龙椅。一位曾经做过沙皇大使的白俄移民，名字叫迈克·格思，以两千两百五十英镑的价格出售了这把宝座，然后被一个名叫斯威夫特的人买下，捐赠给维多利亚和阿尔伯特博物馆。博物馆的馆长塞西尔·哈库·史密斯立刻把这件来自慈禧王朝的龙椅呈献给英国女王观看，这似乎隐喻着世界的权力中心的转移。他在后来写给捐赠者斯威夫特的信中激动地说："陛下从前就见过这件宝座，并表示希望有一天它能成为我们的收藏。陛下让我一定向你转达，她对你慷慨无私的馈赠表示衷心的感谢。"①

————————

① 刘禾：《帝国的话语政治》，第295页。

一九〇一年四月，继德、美等国之后，法国人在此举行了欢庆仪式。这是两百年前路易十四"中国舞会"的翻版，只是法国人无须再去营造什么"中国宫"，舞会，可以在中国宫殿的实景里自由地举行。沉寂多日的旧宫殿，像一盏灯笼被点亮了。灯光如水，漫过窗纸，使那些镂空的花窗变得透明起来。只是在灯光中游动的人，不再是气宇非凡的中国皇帝，和像蝴蝶一样围绕在他身边的粉黛宫娥，而全部是深眼窝高鼻梁的外国人——"坐在上座的是瓦德西元帅，他身旁是我国的部长夫人；接着是两位主教，七国联军的一些将领，五六位装束亮丽的女士"。①这使人感到无比的怪异，一种非现实的、魔幻的感觉。即使在绿蒂看来，这也是一场"怪诞、颠覆及亵渎的晚宴"。②香槟、假面、华尔兹，在空旷的宫殿夜景中，更像是一场亮丽而忧伤的表演、一种为了告别的聚会。他们是胜利者，但他们终将离开。他们洗劫了中国的皇宫、王府、商号（京城两百家当铺只有四家未遭洗劫），他们可以带走那些名贵的珍宝古玩、真金白银，去填充他们的宫殿和博物馆。还有一纸条约，上面密密麻麻写下的，都是他们的贪婪，但没有一种容器可以带走整座宫殿、整个国家，以及这个国家独有的创造力。这个东方古国在他们的铁蹄下瑟瑟发抖，气若游丝，但它依然存在。它已经存在了五千多年，就有理由继续存在下去。

美国学者E・A・罗斯在一百年前写作《变化中的中国人》一书时，把中华民族屡遭异族入侵却没有毁灭的原因，归结为中华文明的诞生早于任何一个入侵者。十多年前，我在编辑他的著作时，就读到他写的话："一种特殊的种族生命力或活力从某种程度上造就了中国人顽强的坚忍不拔的精神。这种特殊的生命力是中国人在长期而严格的优胜劣汰的自然进化过程中形成的。与我们北欧的祖先所经历的自野蛮进入文明的历史阶段相比，中国人所经历的这一过程时间更长，优胜劣汰的程度更严格。这种自然选择的过程……培养了他们受伤后复原的能力……"③

就在慈禧太后逃离宫殿的那天，一个名叫王懿荣的大臣投井而死，深井中回荡的水声犹如他悠长的叹息。他的妻子和儿媳也跟在他的身后

① ［法］绿蒂：《在北京最后的日子》，第220页。
② 同上。
③ ［美］E・A・罗斯：《变化中的中国人》，第44页，时事出版社，1998年版。

相继投身于冰冷的井水。几乎与他们同时，内阁大学士徐桐以及帝国许多王公大臣，以及他们的妻妾子女，在北京城的不同地方，接二连三地投井而死。国破家亡的时刻，这位负责京城防务的满清官员不会想到，他前一年在北京菜市口的一家药店买药时的意外发现——龙骨上书写的甲骨文，像一个打开的瓶塞，令贮存了数千年的中华古代文明的芳香喷涌而出。似乎上天有意证明罗斯的结论，此前不久，敦煌藏经洞也被发现。正当这个东方帝国在新世纪的曙光中行将沉入永久黑暗的时候，它突然又露出一束文明的光芒，重新把世界照亮。

第六章　毓　贤

车过忻州的时候，慈禧看到一轮圆月，孤单地挂在深蓝的夜空里。圆圆的月亮，照耀着破碎的山河。慈禧想赶到太原府过中秋，山西巡抚毓贤已经由外地赶回太原接驾，然而事与愿违，黏稠的秋雨从拂晓以前就开始飘落不停，慈禧只能呆坐在忻州的贡院里，把阴沉的目光投向阴沉的天空。苦熬了几天，老佛爷的轿子（他们沿途不断更换交通工具），才重新出现在泥泞不堪的道路上，朝着太原府的方向，摇摇晃晃地前进。

八九月间的晋北，地上的水汽和天空的雾气混杂在一起，看不清是阴天还是晴天，只觉得灰蒙蒙的一片。老佛爷的轿子，像一艘颠簸的船，在一片灰蒙之中起伏出没。山野间的湿气，在雨后蒸腾起来，压得人喘不过气来。晋北山地的夜晚冰凉似水，但在中午，老佛爷的轿子却变成一个蒸笼，轿围子、褥垫子，到处都烫手。她喝的水全变成了汗，汗出多了，用手往脸上一抹，又变成了盐面。但她始终没有说过一句话。没人知道，在寂寞的旅途上，她在想些什么。

她们多么需要草帽，可以遮阳，可以扇风。沿京绥路从延庆奔赴怀来的时候，车把式看见路边的水井，就奋不顾身地扑上去。井台下有一顶草帽，在雨后随风掀动。他上去把草帽掀开，突然间大惊失色，那草帽下盖着的，是一颗血肉模糊的头颅，草帽的绳子，还系在他的脖子上，随着他用力的抓取，那颗人头还在向他点头示意。他大叫一声，屁滚尿流地跑回来，险些惊了皇驾。于是，大家一致认为，不要再喝井里的水了，许多井里都有死人，打开井盖，会发现一颗人头，或者一具死尸浮在上面，水是黄绿色的，上面泛着臃肿的白沫。

世世代代赖以生存的水井，在一九〇〇年，变成了死亡的凶器。

终于，太原城，在一片灰蒙之中浮现出来。这是慈禧西逃以来，走到的第一座大城。山西巡抚毓贤深知这一点，所以他给太后备足了体面。他为太后准备节日庆典，连太后的随从侍女，毓贤都发了红包，叫"添梳头油钱"。

在太原，慈禧找回了太后的感觉。山西巡抚府衙门官廨，成为临时的宫廷，在正厅中央，她又坐到她应该坐的椅子上，皇上、皇后、格格、大臣们行礼如仪。四盏吊灯照耀着她，后面飘来丹桂的清香，帘子缝隙里时时钻进木炭燃烧的气味，在深秋夜晚的凉意中，令人有一种恍惚感。在这种气味的熏染中，那颗在黏稠的雨季里缩紧发皱的心，一点点舒展开。金银器皿都是一七七五年康熙皇帝巡幸五台山时使用过的，在灯光下，闪烁着帝国辉煌时代的光泽。她刚刚起用了甲午战败后备受谴责的老臣李鸿章，与庆亲王奕劻一起与洋人协商停战条件，太后的信任和百姓的辱骂，李鸿章照单全收，因为他别无选择，而慈禧，却像看到了希望，长长舒了口气。

慈禧在清早醒来，就再也睡不着了，等到鸡鸣，像在宫里时一样，歪躺着，合着两眼养神，跟宫女们说话。她回忆毓贤为她备的御膳时，对宫女说："有个菜叫烩鸽雏，这是个时令菜，也是个寿菜，是大热的东西。目前已经是秋分了，阳气下降，阴气上升，正是吃这菜的时候，给老人吃，等于吃一服补药。难为毓贤想得周到。"①

然而，慈禧并没有在山西巡抚衙门久留，与泥泞颠簸的道路相比，即使这里是天堂，在议和的关键时刻，对她来说，与毓贤这位义和团的坚定支持者划清界限的重要性也是不言自明的。慈禧是与洋人开战的最终决策者，但此刻，朝廷需要替罪羊。宫殿是一个巨大的祭坛，辉煌的祭奠，需要源源不断的牺牲。毓贤是一个具有牺牲精神的大臣，在攻打洋人教堂的战斗中，他身先士卒，"将红布抹额，手持短刀"，率领团民

① 金易、沈义羚：《宫女谈往录》（下册）第305页，紫禁城出版社，2004年版。

冲锋陷阵。他们冲入天主教堂，将他们的俘虏——六十多名洋人全部绑到抚署大堂，稍加审问，就推到门外，一个一个地斩了。作为朝廷的官员和走狗，毓贤拥有许多美德，例如忠诚、执着、勇敢、清廉，但他最大的缺陷就是愚蠢。他的愚蠢被整个王朝的愚蠢所掩盖，使这一缺陷变得无关紧要，但正是这一缺陷，把他效忠的主子送入风雨飘摇的境地。

终于，所有孤注一掷的血性变成不可收拾的残局。可以想象，当他得知慈禧决定与洋人议和时内心的绝望。他看到了自己的结局，他知道自己将成为被朝廷精心挑选的替罪羊。没有人比他更胜任这一角色了——他是主战派，杀了许多洋人，又是皇室宗亲，可以代表皇室接受胜利者的惩罚。据说洋人在议和时提出了杀掉慈禧的条件，毓贤认为自己是代替主子而死，所以死得其所，死得比泰山还重。这是他最后一次孝敬慈禧，对此，他和慈禧都心照不宣。他们谁都没有多说什么。慈禧领了毓贤的情，知道在他死后好好照顾他的家人。毓贤跪拜慈禧时，眼睛湿润了，眼泪差点掉在青砖的地上。他深深地叩了一个头，算是谢恩。

后来，毓贤问斩的时候，义和团团民集体为他喊冤，甚至有人请求代他伏法，被毓贤制止了。他大义凛然地说："死何足惜，但愿继事吾志者，慎勿忘国仇可耳。"①刑官李廷箫曾是毓贤的手下，他不忍下手，又圣命难违，于是在一个寺院里为毓贤安排一桌酒席，准备乘毓贤不备突然下手。毓贤盛装出席，饮酒正酣时，毓贤突然说："动手！"刽子手领命，手起刀落，毓贤的人头飞了出去。

死前，毓贤给自己写下两副挽联。

其一是：

> 臣罪当诛，臣志无他，念小子生死光明，不似终沉三字狱；
> 君恩我负，君忧难解，愿诸公转旋补救，切须早慰两宫心。

其二是：

> 臣死国，妻妾死臣，谁曰不宜，最堪悲老母九旬，娇女七

---

① 许指严：《十叶野闻》，《义和团史料》。

龄，耄稚难全，未免致伤慈孝意；

我杀人，人亦杀我，夫复何憾，所自愧奉君廿载，历官三省，涓埃无补，空嗟有负圣明恩。

军机大臣、刑部尚书赵舒翘在西安被赐自尽，在先后吞食金块、鸦片和砒霜之后仍然顽强地活着，监斩官、陕西巡抚岑春煊不耐烦了，命人在窗纸上喷酒，然后一层层地蒙在他脸上，才将这个生命力旺盛的人活活闷死。

心情最好的，莫过于慈禧了。光绪二十七年（一九〇二年）一月七日，在经历了一年半的漂泊之后，她又回到自己的宫殿。她毫发未损地坐在从前的位置上，在薰香的缭绕中，表情仿佛观音菩萨一样静穆安详，仿佛什么事情都没有发生。

第七章　朱家溍

在二十世纪法国诗歌中，人们会读到一种被称为"绿蒂聚会"的仪式。那是一种高贵、时尚、充满异国情调的沙龙。在沙龙里，战后回到故乡罗舍福尔的作家绿蒂创造了一整套繁缛的礼节，绿蒂告诉人们，这就是中国皇帝的生活，一种完全出自他个人想象的、虚拟的生活，一种由他构建的"中国舞会"。但他凭借自己的虚拟，使之风靡了法国，以至于"绿蒂聚会"在法国诗坛长久流传。一九〇〇年的北京仿佛美梦注释着他们的黄金时代，既令他们陶醉，也令他们深感惆怅，因为所有的美梦都是临时性的——西方人在北京创造的"辉煌"只此一次，它终将破碎，只有在文字中它才能持久地发生。人们穿越华丽的法语诗行，看到绿蒂——八国联军中一个微不足道的上校，穿着中国的皇袍，坐在一把虚拟的龙椅上，醉眼蒙眬地，沉浸在对中国的意淫中不能自拔。

而在中国，在围绕宝座进行的角逐中，谁也没有想到，袁世凯成为皇帝宝座最终的主人。但与西方人的兴趣相反，为了表现他的"与时俱进"，他下令撤除了太和殿上的雕龙髹金大椅，换上了一把中西合璧的新式宝座。那把历经清朝数位皇帝的宝座，从此从历史的视野中消失了。

一九四七年，当国民党政府的故宫博物院接收前古物陈列所，准备撤除袁世凯的宝座，换上原先的龙椅时，才发现原来的那把龙椅已经去向不明——太和殿的宝座，真的丢失了。

它是一把椅子，但无疑是一把特殊的椅子，一把身世复杂、交集了太多目光的椅子，型号不同、产地各异的野心在它面前交汇和重叠，编织成十九、二十世纪之交混乱的世界图景。椅子上的人，在好奇地张望外部世界的同时，与整个世界窥视的目光不期而遇，在对视的一瞬间，它们看清了彼此的慌乱、恐惧和敌意。这把被一圈一圈的城墙包围的椅子，形似标靶的靶心，成为众矢之的、离死亡最近的地方，那些层层叠叠的城墙已经无法给它提供保护，偷猎者的枪弹在每一分钟都有可能不期而至。

没人再看见它。它以躲避的方式表达对捕猎者的抗拒。

直到一九五九年，才有一个人在故宫深处一处存放残破家具的库房中，发现了它的身影。那个人叫朱家溍。他在整理文物库房时，看见一块宝座残余的骨骼，但它的形神仍在。经过与日本人小川一真于一九○一年拍摄的太和殿照片比对，所有的细节都证明，这就是那把失踪已久的宝座。于是，故宫的工匠们开始了漫长的修复工作，木活、雕活、铜活花费了七百六十六个工作日，在滞闷的雨季里，又开始油漆、粘金叶，又经过了一百六十八天，直到一九六四年九月才完工，重新摆放在它原来的位置上。[①]

当我一步步走近它的时候，它就安放在太和殿的中央，完好如初，仿佛一个婴儿，安稳地倚靠在世界上最大博物馆的怀里。所有的刀光剑影都不见了形迹，只有清风，穿越那些镂空的门窗，在它的上面回旋——时间没收了所有的刀俎，但宝座仍在，宛如一座拒绝湮没的岛屿，或者一个早已设定的结局。一个国家，有时就像一个人一样，它也有属于它自己的意志和道路，所有妄图施加给它的命运，都不会得到它的赞同。

---

① 朱家溍：《太和殿的宝座》，《故宫退食录》（上卷）第405页。

当戏已成往事

李 晏

也许

当大幕徐徐关闭的时候

戏才刚刚开始

一 认识孟京辉

一九九四年十二月三十日夜,《我爱×××》最后一场演出结束,演员和观众混作一团,交谈、拍照,然后渐渐散去。导演孟京辉、舞美设计赵海指挥着部分演员和工人卸台,我坐在旁边帮不上什么忙。孟京辉很平静的样子,既看不出兴奋也看不出失落。不多的布景和道具,一个小时就装上了卡车,赵海也随之离去。临走前,孟京辉最后环顾了一下剧场,和我走进冬夜的黑暗中。

那年冬天不太冷,孟京辉的短大衣敞着怀,围巾随意搭在脖子上。我除了摄影包,怀里还多了一缸金鱼。我俩默默无言,缓缓走向美术馆东边的"二十四小时都有饭"。在没有簋街的年代,这家通宵营业的小饭馆是京城文艺青年热衷的去处,与它有同样吸引力的还有新街口的禾丰包子铺。一进门,就看见先到的《我爱×××》的演员们和他们的朋友们正在喝酒,气氛非常热烈。孟京辉平静地与他们打过招呼,我们继续往里走，又碰见了中戏沈林博士与几位中外朋友也在吃饭。这家饭馆由三间连在一起的房间组成，夜里生意一向很好，拥挤而喧闹。

只有中间屋靠窗的一张小桌空着，虽然是冬天，而且是深夜，但吃饭的人多得不可思议。我俩面对面坐下，我把鱼缸放在靠墙的地方——金鱼是《我爱×××》的道具，每场演出中，戈大立要往鱼缸里磕十三颗生鸡蛋，然后再不停摇晃十三次，可谓受尽折磨。那天晚上收拾道具时，工人要把它们倒进下水道，被我制止了，好歹也是四条生命啊，何况参加了五场演出，也算为戏剧做出过一点小小的贡献。后来，这缸金鱼被我养在办公室里，死一条便补充一条，始终保持四条的数量，直到一九九八年我筹备开酒吧时，疏于喂食和换水，才全部死掉，我把它们埋在一棵丁香树下。

酒、菜上来，我们不紧不慢地喝着啤酒。平时不太喝酒的孟京辉那天喝了不少，记得我们总共喝了十瓶。虽然从《我爱×××》开始排练到演出到刚才卸台，孟京辉非常累，但那天他的精神异常饱满、亢奋，与进饭馆前判若两人，好像刚从一个惬意的地方旅行回来，滔滔不绝，基本是他说我听。那个冬夜，孟京辉可爱得像一个孩子，既不在乎那些年轻演员是否邀他一起喝酒，也没因刚刚结束的演出而沾沾自喜——当时可能连他都没意识到，《我爱×××》已经成为中国当代戏剧史上的一个里程碑。

在酒精的作用下，孟京辉兴奋地说着自己以前的故事，说着别人的故事。讲他在大学如何办诗刊，如何从一名师范学院的学生成为一个中专学校的语文老师，如何与牟森认识并在他的《犀牛》里做演员，有一次演出出了意外差点被吊死，又如何考上中戏研究生，如何斗志昂扬地想排戏，齐立如何自杀，他如何在毕业后坐在学院小操场边的台阶上看着比自己小的少男少女穿梭，而自己从此踏上长达一年的寻找工作之路……但是，关于刚刚结束的《我爱×××》演出，他却只字未提。

那天孟京辉的中心话题是"成功"与"死亡"。我的感觉是，当时他对于"成功"没有一个明确的概念，也没有奢求，甚至还比较满足现状——成了中央实验话剧院的导演、导出了像《思凡》《阳台》这样有影响力的话剧……但我从调侃和聊以自慰中感觉到了他的悲怆与不甘。

"死亡"是一个沉重的话题。当时我们还都很年轻，所以在谈论的时候并不感到紧迫与恐惧。齐立是中戏舞美系八八级学生，他的名字首先是与一部著名的小剧场戏剧联系在一起的。

关于齐立，史航在他流传甚广的文章《名剧的儿女们——东棉花胡同三十九号》中是这样记述的："那出戏叫《思凡》，那出戏悄悄改变过许多人的命运。舞美八八级的齐立一直痴迷于节气，相信那是我们祖先与大自然的约会，只是后世子孙失约已久，于是，一年来每个节气他都用自己的方式悄悄纪念，悄悄履约。有时候是在楼梯扶手上刷小广告，有时候是在布告栏里贴版画，有时候是在露天的垃圾桶上留言，有时候则是他自己白衣白裤，伏在操场堆砌的几条大冰块上面（都是齐立自己买来，用三轮拉到学校），号称冰葬——齐立用这种方式提醒我们：今日春分，今日立夏，今日清明，今日大暑。我们喜欢他的这些提醒，宿舍管理小组和校方不太喜欢，嫌他公物私用，窃据宣传栏。大雪是齐立心目中最有意思的节气，他觉得应该隆重庆祝，隆重到排一出戏，就像农闲时乡间该响起锣鼓唢呐。于是他找到戏文八九级的关山，找到孟京辉，也找到《思凡·双下山》的昆曲剧本。一九九二年十二月七日，我一直记得这个日子，那一天的台历都是我从图书馆馆长办公桌上撕下来的，然后复印在了说明书上。关山在'演出者的话'里这样宣告：'前世有约，今日大雪，让我们一起下山。'那一天从早上起来，我们就把录音机和音箱搬到宿舍窗台上，重复播放着那些饱含雪意的歌曲，从《一剪梅》到《北国之春》。我们盼望真的下起雪来。晚上演出更是沉醉的狂欢，小和尚小尼姑在结尾团聚，剧场外已经有人点起了鞭炮，演员们谢幕的时候兴奋地向观众席泼水，舞台似乎直接暴露在星空下。那天晚上没有下雪，但是散场以后约二十分钟，外面下起了大雾……很快就看不见齐立了，他在演出一周后默默自戕。理由可以被分析出多层，但，伤痛只有一种。"

说完齐立，孟京辉沉默了很长时间，然后突然问我知不知道梅耶荷德。我当然知道，当年考戏剧学院准备专业课时，曾读过他的著作——虽然似懂非懂但总归知道。他又问："你知道他怎么死的吗？"这真把我问住了。然后，他用了很长时间说梅耶荷德之死。这个时候，他没有看着我，目光越过我头顶聚焦在某个点上，仿佛他眼中有个具体的梅耶荷德的形象，在与之交谈。当讲到梅耶荷德顾不得穿大衣跑到雪地里，跟跄着追逐文化官员的汽车，挽留其继续把戏看完的时候，他的思绪似乎也停留在了遥远的冰雪世界里。

当时我以为他谈到梅耶荷德只是偶然，是因为前面说到了齐立的死。后来看了陶子专访孟京辉的文章才知道，他对梅耶荷德是何等热爱，梅耶荷德简直就是他心目中的英雄、大师。他中戏硕士毕业论文的题目就是《梅耶荷德的导演艺术》。梅耶荷德所经历的、所实践的、所得到的——波澜壮阔的时代与反叛的性格、独特的演员训练和演出风格以及对戏剧革命性的继承和发展、有自己的剧院与众多的观众——正是他要追求的目标。

我们离开饭馆时已经五点多了，这是一九九四年的最后一天的清晨。深蓝的天空映出一抹朝霞，马路上已经有了早起的人们和无轨电车。我俩打了一辆面的回家。在摇晃的车上，孟京辉重又恢复了沉默。我努力保持着平衡，不让鱼缸里的水洒出来。

时光倒退五年，由尚在中央戏剧学院读硕士研究生的孟京辉和导演系本科八七级学生张扬发起，"一群无所事事又胸怀大志的有志青年，决定在二十世纪八十年代的最后一天，即一九八九年的十二月三十一日，在戏剧学院操场边的巨大煤堆上演出萨缪尔·贝克特著名的荒诞剧《等待戈多》。此举被校方所闻，予以制止……"（孟京辉编著《孟京辉先锋戏剧档案》新星出版社）

五年之后，孟京辉又遭遇到相似的情境。由于没拿到演出证，《我爱×××》不能做公开演出，只能以内部交流的形式在位于东城区南阳胡同六号的中演文化公司排练场内部演出五场，入场券全部免费派送。

心中有目标和能否实现是两码事，理想与现实之间永远有差距。所以在那个微醺的凌晨，孟京辉在冷静、坚强和少有的严肃中透露出少许淡淡的忧伤。

也许当时孟京辉还不十分自信，甚至对刚刚结束的《我爱×××》是否成功都不确定，所以才不愿提及，所以才用往事和梅耶荷德隔离自己的情绪。那一晚，我感受到了孟京辉最真实的一面，纯净如水，后来再没听他如此真实地袒露过心声。那个时候的孟京辉激情荡漾、满怀责任感与崇高理想，同时又愤世嫉俗、怀才不遇。

然而，过了一个星期——仅仅一个星期，当我陪法国《解放报》一位女记者去家中采访他时，我们又看到了一个无比自信、眉飞色舞的孟京辉。那次采访随意而热烈，话题广泛。女记者是中国人，是学中文专业的。她对《我爱×××》激赏有加，说以她的"想象力和能力，无论如何也不可能把这样一个剧本排成舞台剧"。孟京辉自信并略带匪气地笑道："这算什么呀，我可以把一张北京市交通图排成一部特别好玩儿的戏！"

　　那时，还是一个诗人受到尊重的年代，还是一个可以幻想并且不需要为幻想付出代价的年代。

　　刘震云曾说过："在生活中，我是一个不太会说话的人。该说的话，在作品里也已经说了。"许多艺术家都是这样，艺术具有补偿作用，可以弥补艺术家自身的某种缺憾。而孟京辉是个例外，他不仅通过作品说话，在生活中也特别能说，并且侃侃而谈的时候总是声情并茂、辞藻华丽，如果继续当语文老师，他肯定也特别胜任。我认识他时看到他的第一眼，就是他在给人讲故事。

　　一九九三年八月八日晚上，黄燎原借生日之机，把一大群朋友请到他刚开办不久的"汉唐工作室"的所在地——北太平庄七省联合办事处，聚会带认门儿，其中就有孟京辉和廖一梅。我去的时候，孟京辉正口若悬河地给几个人讲一部刚看过的电影《下次我演谁》，他身边坐着中学生一样文静、乖巧、留着短发的廖一梅。因为听说他是搞戏剧的，我便坐下来听他谝，后来他又和别人说起他正在排一部让·日奈的名剧《阳台》。那天，我俩没说话，他也不知道我是谁。

　　八月二十二日上午，我和黄燎原等人去王府井中央美院（原址）的一个画廊看展览。黄、孟约好了在那里碰面，商量《阳台》宣传的事情。孟带去了几幅剧照，构图、拍摄技术都很糟糕，黄说："这怎么能用，没其他的了？"孟嬉皮笑脸地说："没别的啦，我觉得挺好的，凑合用吧。"搞得小黄同学很无奈，见我背着相机，求助道："晏儿，你去给拍点片子吧，最好拍得怪一点。"于是，我跟着孟京辉去了排练场，这是我第一次走进实验话剧院（现中国国家话剧院）三楼排练厅。

　　那天下午，剧组原本的日程安排就是拍照，用于印节目单、海报等，已经找好一位姓戴的摄影师，人家带着灯，我就沾光跟在旁边一通狂拍。结果由于我的效率高，孟京辉先看到了我的照片，甚是喜欢，印节目单时，用了一半我拍的照片。那份节目单是当时我见到的最厚的、最讲究的节目单，像一本小书，我的名字赫然印在上面，这是我第一次与戏剧发生直接的关联。九月十八日《阳台》首演后，我三夜没睡觉，为剧组洗了上百张剧照。暗房里的红灯很容易令人发困，最后一个晚上，我几乎是洗一张照片打一个盹儿，因此，许多照片显影过度，不得不重洗。通过这次合作，我和孟京辉成了好朋友，我的呼机经常显示出他家的电话号码。

《思凡》是孟京辉早期的重要作品之一，奠定了他在实验话剧乃至中国戏剧界的地位。而此前，一九九二年中戏研究生毕业后，孟京辉怀揣导演学硕士文凭报国无门，整天在中戏校园溜达、踢足球、看姑娘，兜儿里揣一把牙刷在师弟们各宿舍蹭吃蹭住。后来，是当时的中央实验话剧院院长赵友亮先生慧眼识珠，把孟京辉调进了剧院，从此才开始了他既在体制内，又游走于边缘的戏剧生涯。

《思凡》是孟京辉到实验话剧院后排的第一部作品，不再是刘天池、吕小品、宋丽博等主演，而换成一水儿实验话剧院的青年演员，那时郭涛还没出名。在实验小剧场的舞台上，七位演员演绎了几个贯穿古今中外、特别好玩儿的爱情故事。经常被人们津津乐道提及的细节是，每当有"少儿不宜"的地方，便用一块写着"此处删去×××字"的白布遮挡住演员。每到此处观众无不会心大笑——当时，贾平凹的《废都》刚刚出版。一九九八年重排时又换了一批新演员，有刚毕业的朱媛媛、廖凡等。排第三版时，孟京辉还在日本，基本是演员自己对着老版录像抠出来的。他一回国，紧张合成后就演出了。这一版的舞美比较复杂、也很漂亮，使用了大量棉花，整个舞台像一个软雕塑，设计者是当时在中央美院任教的美术家焦应奇。从这三个不同版本的演员也可以看出，孟京辉当时网罗了众多实力派演员，这些演员现在已经成为中国戏剧界和影视界的佼佼者。

很遗憾，我没看到一九九二年十二月七日中戏那一版。

我是在初春乍寒的一九九三年初，通过报纸报道《思凡》知道孟京辉这个人的，但一九九三年春该剧首演时并没看，忘记因为什么事情耽搁了。十一月十八日《思凡》重演时，我第一次进实验小剧场。之后一年多里，只要此戏演出我都会去看，总共看了有二十多遍，当然是沾孟京辉的光。到目前为止，除了《暗恋桃花源》，我看的遍数最多的话剧就是《思凡》。

某次演出，我请朋友陈晓妮和佛教杂志《法音》的编辑纯一法师看戏，孟京辉也认识纯一。开演前，晓妮呼我，说因为堵车要迟到一会儿。开演最后一遍铃响过之后，却突然停电了。没了空调，剧场里马上闷热起来，观众只好重又回到院子里。过了十几分钟，晓妮和纯一刚到，电也来了。孟京辉知道这个小巧合后，调侃纯一："你这么牛啊，你不到我们都不能开演。"

一九八九年四月，中国剧协在南京举办了首届小剧场戏剧节。在基本上以写实的风格呈现的作品中，有一部《屋里的猫头鹰》（张献编剧、谷亦安导演），从内容到表现风格都与以往的话剧迥异，引起了诸多争议。在研讨会上，当戏剧界的著名导演、批评家都对这部作品横加指责的时候，有一位年轻人站起来，强硬地表达了对这部戏的支持，对自己师长的对抗。这位年轻人就是当时在中戏导演系读研究生的孟京辉。

九三中国小剧场戏剧展暨国际研讨会，是继一九八九年首届小剧场戏剧节之后的又一次小剧场戏剧盛典。《思凡》作为参演剧目之一，荣获了"优秀演出奖"和"优秀导演奖"。十一月十九日晚在中国儿童艺术剧场举行的闭幕式暨颁奖典礼上，孟京辉一如往常地不修边幅，与气宇轩昂的李默然等老艺术家一同站在领奖台上，颁奖者是夏淳等。

典礼结束后，外面飘起了雪花，似乎是一个好兆头。孟京辉和我从中国儿艺又赶往国际饭店，因为参加研讨会的日本代表团邀请孟京辉前去一叙。日本专家大概有七八位，我能记住的有丹羽文夫、濑户宏和杉山太郎，在交谈中，后两位一直在做翻译。在之后的几年里，我和丹羽文夫、濑户宏还打过几次交道，而杉山太郎因车祸英年早逝，这都是后话。那天的谈话是在大堂咖啡厅进行的，时间约两个多小时，主要是孟京辉向日本专家介绍中国实验戏剧的发展概况和自己的创作经历。正是因为这次谈话，才有了一九九五年孟京辉携《思凡》和《我爱×××》赴日参加爱丽斯戏剧节演出（《我爱×××》在日本演出时的剧名是

《温床》），和一九九七年至一九九八年应丹羽文夫之邀去日本游学、考察半年的事情；也才有了我和日本留学生合作，第一次上台演出的机会。谈话结束，日本人纷纷掏钱 AA 制交咖啡钱，我和孟京辉面面相觑，原来日本人是这样的！走出饭店，已经深夜十二点多了，外面已变成白雪皑皑的世界。孟京辉打了辆面包车，把我捎回儿艺取自行车。那天我基本是推着车走回宣武门的，因为地面的积雪太厚，根本骑不动。

那两年孟京辉不像现在这么忙，经常叫上我一起看戏、参加各种聚会。当时，盛志民在东三环内新源里附近的外交人员俱乐部（现在的"沈记靓汤"）地下一层搞了个摇滚酒吧。我们经常去那玩儿，黄燎原、何勇等也经常去。那个维持时间不长、赔本儿赚吆喝的酒吧在中国摇滚史上着实留下了一笔。那时候有面的，方便且便宜，而我则经常骑自行车游走于北京的大街小巷，所以我一直保持着令同龄人羡慕的身材。孟京辉非常佩服我的一点，是无论玩儿到多晚、喝多少酒，第二天八点我会准时出现在办公室。他哪里知道啊，我当时还没有宿舍，就睡在办公室的桌子上。

《阳台》演出和九三中国小剧场戏剧展之后，某个阳光明媚、温暖冬日的午后，我和孟京辉坐在去他家或来我这儿的公交车上，他向我说起了一个新戏的构想，"我要进行一次语言的实验，把某个汉字玩儿到极致，让观众先对这个字产生好感和敬畏，然后再产生反感，最后直到一听这个字就恶心、想吐！"他说的这部剧就是《我爱×××》。

这部剧从一九九四年七月三十日到十月二十三日，总共写了三稿。我知道时，剧本已经写得差不多了。编剧有四位：孟京辉、黄金罡、王小力、史航。我一直记得四位编剧中有廖一梅，没有孟京辉，这次一查资料才发现，当时廖一梅还没有参与到孟京辉戏剧的剧本创作中。

史航就是写《名剧的儿女们——东棉花胡同三十九号》的那位，也是后来成为著名电视剧编剧、影评人、网络红人、电视主持人、客串演员的可爱小胖子。当时他还没这么红，也没这么胖，中戏戏文系毕业后留校，但并没有当老师，而是在图书馆工作，与我同行。他的名片上印了一句特矫情的自我介绍："历史的史，航行的航。"史航的经典段子是，无论你说什么——只要是艺术范畴内的或与文学、戏剧有关的，他马上就可以说出在哪本书的第几页、第几行；还有，如果他认为某本书好，便一下买十本装在包儿里，向你推荐时，你已经有了便罢，如果没有或表现出丝毫怠慢神情，他立马儿掏出一本送你，送完再去买。

黄金罡当年年仅二十四岁，但我怀疑他有四十二岁，头发绵软，永远戴一顶形迹可疑的帽子。我认识他是在一九九四年一月二十二日，黄燎原在当时的"轩豪夜总会"（也就是现在的"蜂巢剧场"）一层举办了一场"新民谣运动演唱会"，演唱者有张广天、黄金罡、黄群、黄众、曹葳、王大鸣等。说是演唱会，其实就是一帮朋友自娱自乐。也许是我记错了，那天只是彩排，反正观众不多，都是朋友。那天，我同时认识了张广天和黄金罡，但真没觉得他那么年轻。黄金罡不仅是《我爱×××》的编剧之一，还是该剧的音乐设计，不知剧尾放映黑白纪录片时，配瓦格纳的音乐是不是出自他的设计，那感觉真的太棒了！后来据说他迷上了汉藏音乐，曾与张广天来往较多。再后来，写完《阿Q同志》的剧本，他就彻底沉寂了，消失得无影无踪。

王小力是四个人中唯一的女性，瘦小肤白，黄发细眼，搁现在是一副很潮的长相。她也是毕业于中戏文学系，写剧本乃是她本行。她后来去了澳大利亚一段时间，回来后写了一个剧本《囊中之物》，二〇〇一年四月底由林大导携其子林熙越联合执导，在北京人艺小剧场上演，反响还不错。孟京辉曾戏言"我排戏不是撮合一对儿，就是拆散一对儿"，当时说这话，指的就是在排《我爱×××》时，撮合王小力与戴方戴少爷成了一对儿，可惜后来两人劳燕分飞了。

虽然有四位编剧，但《我爱×××》剧本的排比句式，绝对是孟京辉式的——他在生活中也非常喜欢用这种语言方式。当我看过王翀导演的彼得·汉克剧作《自我控诉》后，突然产生了一个大胆的揣测："也许，彼得·汉克也是孟京辉早就喜欢的戏剧家之一"——我的确从没听他提到过这位奥地利戏剧家。但是，不管孟京辉与这位老外有没有关联，《我爱×××》以自我的强劲语势、第一次本土化的舞台语言实验和一种反讽的姿态呈现于中国戏剧舞台，它的意义毋庸置疑。

《我爱×××》于一九九四年十二月初正式在实验话剧院三层的排练厅开始排练，排戏过程也如同游戏一般。热身游戏是骑驴——当时还不兴玩儿"杀人"，骑累了休息，抽烟、聊天，然后才开始对词儿、走位置，大家像疯长的草儿一样肆意快乐。演员的禀性千差万别，有闷骚的，就有搞怪的，通常剧组总有个把活跃分子，时不时出来调节一下气氛。比如赵寰宇，平时话不多，但冷不丁就冒出些什么，逗得大家哈哈一乐。他有个外号叫"赵奔儿"，不知是怎么来的。孟京辉经常是一边大笑一边说："你大爷的，赵奔儿！"

孟京辉排戏的方法是由着演员的性子，让他们自由发挥，有意思的暂且固定下来，不满意的推倒重来。尽管表面轻松，但我感觉孟京辉排这部戏是最较劲的一次，我甚至武断地认为到最后他都没有信心了。《我爱×××》和牟森的《与艾滋有关》同是一九九四年十二月上演，但《与艾滋有关》提前半个多月演出。《与艾滋有关》第二场演出时，孟京辉带着全剧组的演员去观摩，看完后从后圆恩寺街走回帽儿胡同，一路上他沉默不语，回到排练场依然表情严肃，其他演员也不敢大声说话，排练场里的气氛非常紧张。见此情况，我和同去的石琳琳便悄悄溜了。石琳琳说："他正跟自己较劲呢……"

我不知道那天晚上，孟京辉和演员到底谈了些什么，也不知道他怎么会突然间坚定了信心，在没有剧院支持和缺少资金的情况下，搞出了一部不同凡响，甚至是经典的剧来。尽管最后没有公演，仅仅内部演出了五场，但影响力无疑是巨大的，当时全北京城的文艺小青年儿几乎都看过。过了好几年，有一次孟京辉让我转给伊沙一盘《我爱×××》的录像带。某天深夜，我围着被子坐在狭小宿舍的床上，一边看录像一边哭得稀里哗啦的，在瓦格纳磅礴的音乐中，许多排练和演出时的画面又清晰地浮现在眼前……

我在《我爱×××》节目单上的职务居然是"幻灯制作"，说起来挺滑稽。孟京辉有个设想：把所有关于"我爱……"的台词翻译成英语，做成幻灯片打在银幕上。于是他请人翻译、打印，又和我一起把那些A4纸翻拍下来。但最后不知因为什么原因没有实施，那些胶卷现在还在我这里。演出前两天，孟京辉突然意识到临时找的剧场特别生僻，根本没人知道，而宣传单上也没印具体地址。重印是不可能了，一是没钱，二是来不及，于是我给他出了个主意——复印，并且自告奋勇。某天晚上，他提着一大捆宣传单来找我，我先在一张宣传单后面画上地图，标明剧场的位置，再在复印机上调试好，然后一张张印起来，我往里续，他在另一头接，我俩一边印一边聊天，几万张宣传单竟然一晚上都印完了。印完已是深夜，我带他到我们单位食堂吃夜宵。后来他一想起来就无限怀恋地说："你们食堂的叉烧包真好吃。"

可能一些有心人至今还保留着那张三十二开的宣传单，只薄薄的一张纸，画着好多小人儿和红色箭头，那是赵海设计的。红色箭头朝上、朝各个方向，最上面还印着从−2到+2的标度，似乎表示着某种决心和方向。孟京辉是一个追求完美和极致，甚至喜欢奢华的人，如果有钱，他绝对不会让舞台和节目单如此简陋。

与现在动辄几十万、上百万的制作费不可同日而语，《我爱×××》是靠王朔当时的"北京时事文化事务咨询公司"六万元的捐助，才得以示人的，而且据说钱只到位了一半，因为不能公演，后续资金也就没影儿了。所以剧组买盒饭都挑最便宜的，我想放幻灯的设想没实现，很可能与没钱租幻灯机有关。演职员的报酬更是枉谈——关于这一点有一个佐证，女作家林白在长篇小说《守望空心岁月》里大量引用了《我爱×××》的台词，事后给他们几百块钱稿费。史航在《名剧的儿女》中有记载："我们四个编剧在操场就给分了——那是我第一次从实验戏剧中捞到一点报酬。"

王朔在首演前曾玩笑地向孟京辉提过一个建议：观众入场后免费发花生米，搞得齁咸，然后在场内高价卖矿泉水。当然这个起哄架秧子的建议只是个玩笑。

演员和观众都在舞台上，之间没有明确界限。舞台上没有多少道具，只有几台旧电视——孟京辉通过《一个无政府主义者的意外死亡》中的疯子之口曾自嘲过的；在舞台最后面有一排折叠椅；靠墙立着两排相框，相框里镶着胸口画着红色箭头的人像，下面一排是倒置的。

服装是用浅蓝色花被单一样的布料裁剪的西服，裤子是演员自己的，颜色式样不一；中间有一段所有演员还都穿上白大褂——孟京辉格外钟情白大褂，在许多剧中都出现过。廖一梅解释他的白大褂情结"透露出导演私人的医院恐惧"——这可能与他倍感压抑的童年有关；而电视机出于什么原因就不得而知了，在许多剧中也都用到。

不光孟京辉，我发现许多导演对某些物品都有偏爱，比如林大导偏爱椅子——各式各样的椅子，老式理发椅（《一九九○哈姆雷特》）、沙发（《建筑大师》）、许多椅子（《理查三世》）；李六乙偏爱厕具——马桶（《原野》）、浴缸（《穆桂英》）……扯远了，这个问题可以由专喜考究的史学家去研究。

当灯光暗下、演员出场，观众身后的大卷帘门轰然拉闭，人们的思绪随着扑面而来的语言的子弹在剧场内上下突审，寻找着缺口。

《我爱×××》由一千多个"我爱"构成，"我爱……"的句式犹如士兵方阵，一列列大踏步向观众走来，时而柳莺鸣唱，时而疾风骤雨。中间有一段，每位演员表演一个日常生活场景——起床、刷牙、赶路、打篮球、往鱼缸里磕生鸡蛋……这些动作被重复了十三遍。最后，银幕上放映黑白纪录片，全部是中央新闻纪录片厂拍摄的《新闻简报》，影像和时序全部是倒的，仿佛时光在倒流；配以瓦格纳的交响乐，气势磅礴——这是我印象中第一次在中国戏剧舞台上看到多媒体的运用，用得那么不同凡响。

人们在引用《我爱×××》的台词时，经常会选择开始部分："我爱光，我爱于是便有了光；我爱你，我爱于是便有了你……"而我更偏爱结尾的铿锵词句——

　　　　我爱我说到做到

　　　　我爱你应声倒地

　　　　我爱你轰然倒地

　　　　我爱你们轰然倒地

　　　　我爱我们轰然倒地

　　　　我爱编剧轰然倒地

　　　　我爱导演轰然倒地

　　　　我爱灯光轰然倒地

　　　　我爱舞美轰然倒地

　　　　我爱大幕轰然倒地

　　　　我爱剧场轰然倒地

　　　　我爱大地轰然倒地

　　　　我爱天空轰然倒地

　　　　我爱晚风轰然倒地

我爱钟声轰然倒地

我爱道路轰然倒地

我爱脚步轰然倒地

我爱楼梯轰然倒地

我爱房门轰然倒地

我爱你们轰然倒地

我爱你们愤然离去

我爱你们在回家路上轰然倒地

我爱你们在今天晚上的床上轰然倒地

我爱你们在明天的路上笑

我爱你们在笑的时候仇恨

我爱你们在仇恨的时候吃完所有的巧克力和汉堡包

我爱你们在吃药的时候想起知识

我爱你们在学习的时候想念我们

我爱你们在想我的时候嘲笑自己

我爱你们嘲笑我的时候坐立不安

我爱你们私下传抄我的剧本

我爱你们私下传阅我的日记

我爱你们给我鼓掌吧

我爱你们给我拍照吧

我爱你们给我献花吧

我爱你们给我拥抱吧

我爱你们把我杀了吧

我爱你们擦擦嘴又去祈祷

我爱你们把我忘了吧

我爱你们擦擦眼又四顾茫然

我爱光

我爱于是便有了光

我爱你

我爱于是便有了你

我爱舞台

我爱于是便有了舞台

我爱离开

我爱于是便有了离开

演员在朗诵上述台词时，交错着纵向来回疾步走动，把折叠椅掼倒，并动用了半导体喇叭，使台词变得非常嘈杂刺耳。

"我爱你们愤然离去"。某一场，有两位女观众真的愤然离去；还有一位女观众，在演出最后把节目单撕得粉碎扔在地上。而这，正是孟京辉想要的效果！廖一梅总是津津乐道地讲，今天观众中又有些什么异常举动，孟京辉听了一脸得意的坏笑。

"为了避免陈词滥调和筋疲力尽，为了追求瞬间的快感和感觉上的残酷，演出者经常不断地以袭击观众的心灵和侮辱观众的欣赏习惯为手段和目的……"

——《等待戈多》每晚演到结尾，胡军都会抢起雨伞将剧场的玻璃窗击碎。

——《秃头歌女》中的消防队长头戴防毒面具，从窗户上跳下来便大唱歌剧片段。

——《零档案》中，演员用电焊竖起了满台钢筋丛林，再一个个插上苹果，并把苹果掷向鼓风机，让果肉四溅。

——《与艾滋有关》结尾时，观众已经被民工砌的矮墙围在了中间，而一开始台上的半扇猪肉已经被演员做成了包子，请民工上台吃，脸皮厚点儿的观众也可以上去分得一餐（我的同事唐师曾就上去拿了俩包子——我这么说并无恶意）。

——《我爱×××》中，演员们把同一场戏重复了十三遍，仿佛"Today is tomorrow"。

……

然而，过了十几年，一帮自称"先锋""实验""前卫"的小年轻儿，退化到只会以网络俗语、浅薄和肉麻挑战观众的极限，何等悲哀！

二 认识牟森

一九九四年初，牟森得到美国福特基金会一笔钱，以"戏剧车间"的名义排一部新戏，这便是当年年底演出的《与艾滋有关》。

夏天的时候，有一次牟森带了许多画册让我翻拍，并给我开了一个书单，也在翻拍之列，我在我们单位图书馆和中国摄影家协会阅览室找齐了这些书刊。那些翻拍的照片后来只被用于《与艾滋有关》的海报和节目单上，我想，可能本来有更多的用途，否则他不会如此兴师动众。

十月底，《与艾滋有关》终于开始排练了，地点就是后来的演出场地，后圆恩寺影剧院（后来的"七色光"剧场）。在记忆里，这个剧场没改造前，我只在这里看过这部戏和《情感操练》。

其间，我曾去看过几次排练。十三位演员全部是非职业的，大多数连舞台都没有登过。其中有我认识的蒋樾、吴文光、文慧、田戈兵、凌幼娟，还有初次见面的于坚、金星、张大波、郑浩等。因为没有剧本，所谓排练之一就是金星带领着全体演员不断地进行各种肢体训练。当时金星还没做变性手术，头发长长地拢在脑后。所有演员从训练开始都穿着白色工作服，金星也不例外。他们不像要进行演出，而是像要参加劳动——实际上也是如此，所有演员做的第一件事就是收拾剧场，把落满尘土的幕布摘下，把舞台上所有杂物搬走，最后舞台上变得干干净净，只在中央放置了一块长长的案板。

后来，演员开始围坐在案板四周随意交谈，与正式演出时并无差别，只是没有大锅、猪肉、绞肉机等道具。虽然没有剧本，但有"与艾滋有关"这几个字做准绳，因而牟森不是盲目和没有主导意识的。他要求演员的谈话可以随意，可以不涉及"艾滋"这个词，想说什么就说什么，但必须真实。在三场演出中，演员的"台词"也不尽相同，全部是即兴发挥。

一九九四年十二月一日，我曾协助北京艾滋病热线的主持人万延海在王府井街头发放过宣传单，并向发放对象提问："你知道艾滋病是怎么回事吗?"颇像行为艺术。被询问者十之六七根本不知道艾滋病是怎么回事;知道者也几乎只是听说过这个名词,是一种致命的疾病;而知道其是通过不洁性行为和注射等途径传播的,更在少数。

看过《与艾滋有关》后,有些人不屑地认为"这样的戏谁不会做",而有的人认为剧中所表现的,没有什么是与艾滋有关的。这正是牟森通过这部剧要表达的:我们的生活看似与艾滋无关,殊不知,我们就生活在"艾滋"的包围之中,危机四伏。"艾滋"已不仅仅是一个医学名词,它有着更广泛的社会含义。

"艾滋""有关"在剧中是被具体呈现为物质的、动作的、声音的。正式演出时,剧场里搭起了钢架,覆以钢板,与舞台齐平,这便是观众席,原先的座椅被埋在钢板之下;演员在舞台上(更准确地说是演出区)剔猪肉、炸丸子、蒸包子时,被导演请来的十三位民工在观众的三面用砖头和水泥砌墙——他们被牟森赋予了古希腊戏剧中歌队的定义;十三位演员在观众的注视中天南地北一通神聊,讲各自的经历、性意识、插队的故事,甚至黄段子,边把半扇儿猪肉做成了红烧肉、丸子和包子。中间,全体演员突然莫名其妙地统一舞蹈起来,或者局部地定格。这些无意识的日常行为构成戏剧的主体。演出现场琐碎、嘈杂、无序,观众仿佛置身于任何的公共场合——街头、饭馆、澡堂子;演出快结束时,出现了一个小高潮,刚才还在砌墙的民工们放下工具,被演员请上台,一开始他们手足无措,紧张地把双手在满是灰土的工作服上擦来擦去,继而围坐在那个巨大的案子四周,开始吃红烧肉、丸子和包子。这一切,似乎都与"艾滋"无关。

在种种强烈的无关因素中,那份观众人手一张、由万延海编写的与艾滋有关的节目单就是唯一不可忽略的重要细节。

其实,所有细节都是精心安排的,钢板埋住的座椅、表情漠然的民工、冷森森的砖墙、食物的香味儿、印有艾滋病常识和调查表的节目单……这一切都令人们无处躲藏。原先牟森的设想更大胆:做一块可以升降的铁板,覆盖整个观众席,在演出时铁板下降压向观众,让他们无从逃避。但剧场的条件否定了这个设想,易立明才设计了砌墙的方案。观众进入这个装置一样的剧场,就开始经历着一番"消灭"和"重建"。牟森以他非常规的戏剧方式,邀请人们接受他的戏剧理念和思想，可惜大多数观众并没有意识到这些，只是在与传统戏剧呈现形式的对照中茫然地摇着头。

第二场演出结束后，一名上海戏剧学院毕业的学生说："操，像金星这种人活着有什么意思，还不如死了呢！"即使是搞艺术的年轻人，对很多事情的包容性都如此之低，还能指望其他人如何呢？那时，许多人对变性、同性恋等社会现象很排斥，对实验戏剧的心理也比较复杂，既好奇又犹疑，既向往又抵触。这就是当时中国的状况。

对此，牟森非常无奈，也很坦然，"我的戏是演给十年后的观众看的"。只可惜十年后观众已经看不到他的戏了。但是当时，至少有一个人看懂了，那便是孟京辉。

《与艾滋有关》同样是内部演出，观众都是媒体人士或所谓的"圈儿内人"。十一月二十九日首演当天，由于观众太多，场内坐满后，不得不关闭铁栅栏，后到的观众在寒风中不愿离去，有的人甚至是从很远的地方赶过去的。我的同事、摄影记者唐师曾同志，发扬了他一往无前的大无畏革命精神和排除万难不达目的誓不罢休的职业素质，翻越栅栏跳了进去，引起了一小阵骚乱，所幸后来没出什么意外。

一九九四年是牟森比较高产的一年。四月中旬，牟森在北京电影学院小剧场排练根据于坚的长诗而做的《零档案》，演员是吴文光、文慧、蒋樾。在这之前，我曾去过一次他们位于新街口的总政排练场（现在的解放军歌剧院），那个排练场非常破旧。几个人在舞台上排练，演员是冯远征、雅特（张越）等三人，都是职业演员。

春节刚过，天气还很冷，空旷的舞台显得更加冷清。那天大家在舞台上围成一圈儿，讲述自己的第一次，记得冯远征讲了第一次跳伞时的心情，他以前是名伞兵，还有谁讲的是第一次遗精。除了演员，还有女朋友陪伴在牟森左右忙这忙那。

排练过程中，牟森希望激发演员的创造力，让他们在舞台上展示自己，不扮演任何人。这个过程无比煎熬和痛苦，有很长一段时间，演员和导演之间无法激发创作冲动，两种不同的东西根本无法碰撞到一块儿，这种痛苦使他每天不愿走进排练场。最后的结果，是牟森把三位演员全部换掉了。为此，冯远征、雅特似乎还和牟森闹掰了。

四月十三日晚上十点，牟森得到通知，总政歌舞团停止让他们使用排练场。牟森折腾了一宿，第二天又疲惫不堪地出门奔波，最后是电影学院帮他解决了场地问题。

我生日前，不小心把脚崴了，脚踝肿得跟小腿一样粗，但我还是骑着自行车到北京电影学院小剧场看他们彩排。舞台上有铁质的工作台、电影放映机、老式录音机、鼓风机、电焊机等，地面铺了一层厚厚的帆布，就像一个建筑工地。这个舞台是易立明搞的，这是他第一次独立设计。

这部剧不像通常舞台演出那样先对原著进行改编，再根据剧本演出，而是将于坚的长诗直接转化为舞台演出，也就是说台词全部是原诗。开始，一名男演员（吴文光）向观众讲述他父亲的故事和他访问亲友、查阅档案、追寻他父亲的真实历史的过程；他的讲述不断被另一名男演员（蒋樾）切割钢筋和焊接钢筋的噪音所打断，被一名女演员（文慧）播放《零档案》的朗诵和小孩心脏手术的纪录片所干扰，但他提高声音继续讲述；两名男演员用鼓风机吹起长长的绸布，对女演员的录音机进行反干扰；舞台上竖立起钢铁的丛林，女演员把许多苹果一个个插到钢筋上，苹果的汁液顺着钢筋往下流，香味传遍整个剧场；后来，另一名男演员（蒋樾）也开始讲述，两人的讲述互相对抗；最后，两名男演员从钢筋上拿下苹果，用台钳夹碎，疯狂地在舞台上四处奔跑，并不断把苹果掷向高速运转着的鼓风机，任凭果肉的碎屑飞溅……

我总共看了两场在国内的彩排，一次是下午，一次是晚上，照片大多是晚上那次拍的。记得我拍了一张蒋樾演出完吃苹果的照片，那时他还比较胖，寸头。拍完蒋樾吃苹果的照片，还剩下两张底片，因为急着冲胶卷，我自拍了两张自己的左手，那是我三十岁生日的左手，是我无数次调整光圈、聚焦的左手。

牟森的戏剧作品大多在国外演出、获奖，国内的主流媒体很少报道。因而与孟京辉不同，我知道他不是通过国内媒体，而是因为吴文光的纪录片《流浪北京》。一九九三年六月中旬，我在平面设计家旺忘望家看到这部纪录片。看完后，旺忘望向我透露了一个信息："老牟现在正在电影学院排一个戏，你可以去看看。"

第二天，我便骑着自行车摸了去。在去的路上，我都没意识到这次探访将对我有着怎样的意义。在对戏剧心灰意冷，沉寂了四五年之后，一九九三年初夏这次心血来潮的小行动，把我心中的戏剧之火再一次点燃，使我重新回到了戏剧队伍中来，并且和牟森保持了近二十年的友谊。

我要去的是北京电影学院北边教学楼二层的一间大教室。走上二楼，就看到一具坐在破椅子上的假人，浑身缠着绷带。还没有认识牟森，却意外地遇到了老朋友蒋樾。

我和蒋樾是一九八三年考中国戏曲学院时认识的，最后他考上了，我落榜。从通过专业考试到开学，我们几乎天天混在一起。当时中国戏曲学院还在陶然亭附近的里仁街，我骑车片刻就到，所以直到他毕业实习前，我俩还经常见面。一九八六年夏天，我在中戏实验剧场观摩"第一届莎士比亚戏剧节"，其中有个第二外国语学院的剧目《雅典的泰门》，是用英语演出的，导演是温普林，蒋樾在剧组帮忙。那似乎是我们最后一次见面，后来我去学校找他一次，同学说他去内蒙古实习了。毕业后，他被分配到北影厂，干了一年半，拍完《龙年警官》《过年》（副导演），他对拍故事的重复劳动失去兴趣，辞职去了西藏，从那时起我们就再没联系过。后来在广播里听到对他的一个访谈，说他在西藏和温普林、温普庆兄弟一起拍纪录片，再后来就又没了消息。六七年没见的老朋友，相见竟没有多少激动，平静地说着话，好像昨天还见过似的。他问我现在干什么，我说："我还在新华社，还是那间办公室，还是那部电话、那个号码。"他说："你真行！"

在那间大教室里，牟森正在忙碌。高高的个子，剃个光头，光着膀子。蒋樾在一旁摄像，后来我才知道他在拍一部《彼岸》的纪录片，这部片子我是十年后才看到的。当时在现场拍纪录片的还有吴文光，他拍的是《四海为家》。当时我给吴文光拍了一张自认为特棒的工作照，但后来他不止一次地提起，说我把他拍得太丑了——看来他挺在意自己的形象。

刚进入新世纪，我在保利剧院碰见过蒋樾一次，他瘦得几乎认不出来，还留成了我刚认识他时的长发。后来听牟森说，他被误诊过一次，以为自己要死了，从此改变了许多习性。之后不久，我在王府井图书大厦看到他的《彼岸》；又过了些日子，在国家图书馆看了他的《幸福生活》。两次放映结束后都有座谈，因此，我了解到许多当时排《彼岸》时的情况。

我和牟森是当晚工作结束后喝酒时才说上话的。他知道我在图书馆工作后，马上毫不客气地求援，说需要大量的报纸。我再一次去北电时，打了辆面包车，装了满满一车旧报纸，真是来得早不如碰得巧。

加上认识牟森那次，我总共看了两次排练。六月二十一日首演那天，大教室已经变成报纸的海洋，地上、墙上、天花板上全是，连灯泡都被报纸罩住了。我当时特有成就感。牟森一直在带领演员做热身运动，可以感觉到他们有点儿紧张。也许是因为注意力过于集中，再加上天热，每位演员都一脑门子汗。

不算彩排，《彼岸》公演了七场。观众不是很多，估计每场平均只有百十人，不是没人看，而是坐不下。观众被安排溜着四周墙壁坐一圈儿，后来因为观众太多，围了足有三圈儿，更多人只能坐在地上，好在不冷，还有报纸垫着。

没有开场钟声、没有大幕拉开、没有场灯渐暗，十四名身着黑T恤的男女演员，在铺满报纸的教室中央开始了他们一生中也许是唯一的演出。教室中间横亘着一条粗粗的绳子，他们攀爬、对垒、抗衡、争夺，激情澎湃地翻来覆去，把塑料绳像蜘蛛网一样布满整个空间。剧中有很残忍的片段，比如当众杀死一只被赋予特殊意义的公鸡，也许从这个柔弱的生命联想到了自己的命运，其中一位漂亮的女演员顿时痛哭失声；也有很有意思的片段，演出中间，观众被要求从地上随意捡起一张报纸，随意挑选一句话，依序大声朗读出来，由于报纸内容各异，观众的性别、音频、口音不同，转着圈儿念下来，非常有意思；某些观众故意寻找比较各色的题目或内容朗读，偶尔前后不同的内容还会发生关联，颇有戏剧性。

《彼岸》是高行健的剧本，《关于〈彼岸〉的汉语语法讨论》是牟森特意约于坚写的一首长诗。参加演出的全部是报考北京电影学院落榜的考生，他们来自全国各地，怀揣着一个明星梦。考学失利令他们情绪消沉，而北京电影学院"演员交流培训中心"开办的短期演员方法实验训练班，又重新让他们燃起了希望。这个训练班的指导老师便是牟森，他做的第一件事就是让学生们丢掉明星梦，端正学习态度，不要把表演当作一种炫耀，而应该是艺术和表达自己情感的手段，并充分认识到残酷的现实，以及并不光明的未来之路。一开始有三十名学生，后来许多人因种种原因退出了，坚持到最后的只有十四名，都参加了《彼岸》的演出。

训练班的方法之一是从表演方法和训练入手。主要手段是一九九一年牟森在美国参观各个学校和剧院时，受一位名叫罗伯特·亚历山大的老人的影响，感悟到的非职业演员的训练方法。牟森请去了欧建平、文慧、冯远征、孔雁、孔新恒等老师给学员们上课。冯远征教的是格洛托夫斯基戏剧方法，孔雁、孔新恒教的是京剧，而他自己则带领学员们练瑜伽。各种方法都在尝试，在尝试中不断创新。与其说是训练方法的实验，实际更强调的是戏剧只是一种教育手段，他认为教育是一个长期的过程。

尽管只有短短四个月，但这个训练班对这些年轻人的影响非常深远，尤其是在戏剧之外的东西。首演结束，他们赢得了掌声与鲜花，但这些对他们似乎已经不重要了，错综复杂的情感使他们与牟森、文慧紧紧拥抱在一起，眼泪和汗水混合一处，久久不能平息。

通过蒋樾的纪录片和讲座，我补上了训练班整个过程的记忆。在钢琴的伴奏下，他们进行形体训练，剃着光头的牟森在做仰卧起坐的学生们的裤裆下窜来窜去；排练之余，牟森、于坚、吴文光对"彼岸"的语法进行探讨与解析；演出前，演员们做假人、用报纸糊墙；演出中，演员们朗读着对"彼岸"语义探讨的反讽词句："我们生活在彼岸中吗？彼岸不是这样的一种生活！这是一场戏，彼岸不是一场戏……演完了你干什么？熄灯，锁门，到楼下去，到街对面去！"

"今天是某年、某月、某日，我们共同面对着同样的现实，这里是世界，中国的某地，我们共同高唱着一首歌曲……"崔健看完《彼岸》，非常激动，回去便写了这首歌。

训练班和演出结束了，但生活仍在继续。排练之初，激情回避了许多他们本应该面对的东西，现在一切都过去了，等待他们的将是残酷的现实。其中一些人选择了留在北京，纪录片《彼岸》记录了来自湖南沅江的塞夫、湖南祁阳的唐长炼、河北获鹿的崔亚普、甘肃武威的段雪渊、云南晋宁的景彦、辽宁沈阳的祖儿的生活。他们有的蹬三轮卖方便面，有的做歌舞厅门口的迎宾小姐，但都无一例外地与舞台再无缘分。片中，蒋樾的提问简洁而冷酷："戏完了，人要散，你去哪里？"许多人被这突如其来的逼问搞得无所适从，愣愣地想了一会儿，才茫然而生硬说出了三个字："不知道。"

北京西郊，景彦、崔亚普在他们租下的房子里等待牟森下一个戏剧的排演，但是没有下一次了。面对翘首企盼的学员，他无奈地说："你们应该自己去工作挣钱，养活自己。"对于当时年轻的他们来说，"彼岸"只是一个乌托邦式的幻象和梦想。

一九九三年底，回到河北获鹿的崔亚普，把祖儿和唐长炼动员去，在他家新分的十亩果园里，演出了自己编写的戏剧《一只飞过天堂的黑鸟》。

戏是下午开演的，为数不多的乡亲们围在四周观看。戏的开始依然是《彼岸》中台词表达的模式。有母亲怀抱中的孩子被吓哭。结尾时唢呐骤响，"众"人推着破烂的拖拉机，在唢呐声中远去。崔亚普的母亲说："戏很热闹，但看不懂。"

一年之后，景彦回到云南晋宁帮父母经营餐馆；曾在歌舞厅上班的段雪渊又到北广进修；曾经蹬三轮卖方便面的塞夫回到湖南老家从事个体运输；唐长炼在做电影武打替身受伤后不知去向；崔亚普回老家与父母一起经营他曾经演出过戏剧的苹果园，据说效益还不错。

我再补充一个纪录片中没有的故事。他们中还有一个留在北京，并且后来做的工作与艺术稍微沾边的人，叫牛向方，来自河南。一九九六年他辗转找到我，索要当年演出的剧照。后来断断续续有联系，他当时在北京电视台做摄像。二〇〇〇年夏天，他和一个同事到我当时开的小酒吧喝酒，结账时嫌我给他打的折不够多，出门到路边抱起一个垃圾桶，把我酒吧外面玻璃房子的一块大玻璃砸碎，然后跑掉了。服务员要报警，被我拦住。第二天，我花二百二十元钱换了玻璃，但久久抹不掉的是心中的疑问与怅然。二〇〇一年三月，我随《切·格瓦拉》去上海演出，在火车上意外碰到了牛向方，他一看到我便紧张地站起来，我只是冷冷盯了他一眼，从他身边走过去。

什么是此岸？"彼岸"到底有多远？也许很近，也许是天边。

三 双M时代

上世纪八十年代中期到九十年代中期，牟森和孟京辉被人们公认为中国当代戏剧的"双M时代"。

如果把牟森和孟京辉做一个横向比较，可以发现他俩有许多相同的地方：都出生于六十年代初期，在"文革"中成长，接受同样的启蒙教育；都曾深受现实主义戏剧的影响，尤其是苏联戏剧家的戏剧观念和戏剧美学的影响，但后来又不约而同地另辟蹊径；都不是戏剧科班出身，都是学中文专业的。在没有正式说他们之前，我想先回忆一下我们这代人当时的生存状态，主要是经济上的。因为这一点能说明很多问题，而且与我们的主人公们关系密切。

一九八九年一月三十日，我在首都剧场第一次看北京人艺的经典话剧《茶馆》，坐在楼下三排十三号，票价是六元整，占我当时收入的五十分之一。

张广天曾在一篇文章里回顾了他一九八九年底刚到北京时，身上只有从亲戚那里借来的二百元钱，手里拎着一把吉他。在北京，他干过搬运工，在暑期吉他班教人弹过吉他，只要能挣钱的活儿他都干。后来，他又和朋友在人民大学租教室办广告培训班挣点钱以维持生计。

一九九〇年夏天，我的一位朋友带着一整套"喜来登集团"饭店员工职业训练的资料和经验从南方来北京想大展宏图的时候，遭到所有饭店的拒绝，原因只有一个：他没有北京户口。所以他们对他的东西再感兴趣，也不能聘用他——这在现在听来简直是天方夜谭。

一九九二年的最后一天，我排了一夜队，花一千二百多元钱买了自动寻呼机，存折上只剩下二十三元钱。

当时一名大学生一个月的全部生活费大约二三百元，而有些家境差的学生连这一半都达不到。

一九九四年夏天我去圆明园画家村，帮现在已经颇有成就的一位画家翻拍油画，他和另外一位画家要办展览，需要翻拍照片印制请柬。他不仅没法给我报酬，连饭还是我请他们吃的。他过意不去，执意要送我一幅画，我选了一幅最小的，画上是一只橘黄色皮靴，我有同样一双靴子。不知刁奕男的小诗《雪地鞋》，写的是不是这样的靴子。

九十年代初是这样一种情况，如果你是体制内的人，生活基本可以无忧，当然也富不到哪儿去，当时大家都没什么钱，但不需要买车，也不需要买房。关于这样的生活，刘震云在他早期的小说《单位》和《一地鸡毛》中曾详细描写过。我起码可以比较好地生活，孟京辉也可以，他有单位，家在北京，可以住父母的房子。但是许多艺术家的生活是没有保障的，因为他们没户口、没单位。熟悉圆明园画家村的情况，和看过吴文光《流浪北京》《四海为家》的人都会明白他们的处境。牟森在最艰苦的时候，和同住的张大力经常睡到下午，以减少活动来抵抗饥饿，起床后先盘算晚上去哪儿蹭一顿饱饭。一九九三年夏天之前他住在和平门附近一间平房里，好像也是借朋友的。我从来没去过他这个住处，我想他可能也不好意思请朋友去他家徒四壁的"家"。在不排戏的时候，他经常约朋友在香炉营头条的小饭馆里喝酒，几个凉菜、一堆啤酒，可以喝到深夜。我参加过两回，有一次刘震云、郑浩在，刘震云喝多了，我扶他到公共厕所去吐，那天下着蒙蒙细雨。

一九九三年八月，牟森要搬去西三环外普惠北里与蒋樾合租一套楼房。我从单位食堂借了辆三轮车，俩人轮流蹬，分两次把家搬完，主要是书。我俩骑到军事博物馆前时，停下来喝汽水休息，汽水是北冰洋的。军博前的广场上有一群老太太在扭秧歌儿。牟森突然说："如果用摄像机高速拍下来，再去掉声音，你感觉是不是很诡异？"

对此事我记忆深刻，却不明白他为什么突然要说这个事情。也许当时我在想别的心事，那时候，我们谁也不知道将来的生活是什么样的，前面有什么在等待着我们。刚刚重新燃起戏剧热情的我，没想到自己与戏剧的缘分会持续这么久，而当时还没达到创作高峰的牟森，却在四年后退出了戏剧舞台，后来一直从事与影视有关的工作。

四　"我们历史上见"

牟森，一九六三年一月二十二日出生于辽宁省营口市。一九八〇年秋天考入北京师范大学中文系。他上大学的时候，正赶上中国百废待兴、激情似火的时代。一九七九年复刊的《外国戏剧》期刊，在戏剧方面对他产生了最初的启蒙教育，并且整个八十年代，都伴随并影响着他。

八十年代是中国话剧的黄金时代，当时的辽宁人民艺术剧院还很红火，但生长在营口的牟森，并没有什么机会看到话剧。他对戏剧的喜爱是从大学一年级开始的。

我曾向许多人提过同一个问题："你为什么喜欢戏剧？你看的第一部话剧是什么？什么时候？"但牟森始终搞不清自己为什么喜欢戏剧，可能与他当过班级宣传委员，经常为同学订话剧票有关吧。整个八十年代，他看了许多当时上演的剧目。

除了看话剧，牟森还经常去看电影、逛书店。那时他最常坐的是二十二路公共汽车，起点站北太平庄，终点站是前门。这条线路上有很多电影院和书店。我一九八〇年至一九八二年在新街口的一五七中学上高中，一九八二年秋天到宣武门新华社工作，也经常去西单剧场、首都电影院、地质礼堂、胜利影院、红楼影院、护国寺人民剧场、新街口电影院看电影、看话剧。一九八五年西班牙电影周期间，有一天我在西四附近的几家电影院连看了四部电影，其中卡洛斯·绍拉的《卡门》看了两遍；有时还到新街口找同学玩儿，时常往来于这一带，不过我是骑自行车。说不定我们曾经擦肩而过，或者坐在同一个屋檐下欣赏过艺术。

他还经常去西单商场边上的那家中国书店，冬天挂着厚厚的棉布门帘。这家书店我也常去，记得在那里买过一本批判好莱坞电影对中国文化进行侵略的小册子，繁体字的。而且我认为这就是王小波在《绿毛水怪》中写到的老陈和杨妖妖常去的那家旧书店，只不过他们早去了将近二十年。牟森在那里发现了整年的《读书》杂志，还有整年的《外国文艺》和《世界文学》杂志，都是他喜欢的。其中就有刊登《课堂作文》的一九七九年第二期《世界文学》，原价七角，特价三角五分。

我前面提到的禾丰包子铺，因为离北师大较近，也是牟森他们最常去喝酒的地方。有一次，是夏天，他喝多了，"趴在马路边吐，看着雨水把吐出的污秽物冲进下水道，人却怎么也站不起来"。

看来我们这一代人的成长内容和方式都差不多。

一九八二年十月北师大八十周年校庆，学校排演了一出话剧《刘和珍君》。牟森报名参加了演出，演一名教授，跟随鲁迅先生去慰问学生，一句台词也没有。这是他第一次不再作为话剧观众，而是亲身参与其中。

一九八四年，八〇级学生夏天就要毕业了。大学二年级，牟森休学一年，随后转入八一级就读，所以他还要晚一年毕业。五月份，八〇级同学张宇和江心找到牟森，想为八〇级搞一次毕业纪念演出。张宇提议排演《课堂作文》——西德作家埃尔文·魏克德一九五一年创作的广播剧。他曾任西德驻华大使，是一位经历非常有趣的作家，牟森在大学一年级就读过这部作品。这部剧讲述了二十世纪二十年代，德国外省某城市，一个高中毕业班，全班七个学生，从当时一直到二战后，前后二十八年的不同经历和遭遇。江心和牟森都觉得好，就决定排这个戏。

扮演米勒的江心，后来分到文化部，现在是《中国文化报》市场周刊主编。在后面我们还会提到他，因为他与一些戏有关，还促成了张广天的音乐剧《风帝国》。

毕业前夕，《课堂作文》在北师大食堂兼礼堂演出，全年级的师生都去看了。排演《课堂作文》让牟森认识到了他的导演能力，并选择戏剧作为未来的职业。在一九八五年这个中国话剧全面进入低潮的标志性年份，作为非科班的学生，做出这种选择，是他选择了命运，还是命运选择了他？或者是埃尔文·魏克德后来的一封鼓励信改变了他的人生轨迹？这都很难说。

一九八五年，牟森在选择将戏剧作为未来职业的同时，也选择了毕业去处——西藏话剧团。但他不是为戏剧而去西藏的，他当时的动机很简单，就是想去一个最远的地方。为此，也是为了完成系里布置的作业，他利用暑期赴西部进行了一次社会调查——西安话剧院和陕西人民艺术剧院、甘肃省话剧团、青海省话剧团、西藏自治区话剧团、四川人民艺术剧院和成都话剧院、重庆话剧团，写成了《西北西南话剧体制现状调查》的报告。原青艺话剧院的陈颙导演和《剧本》月刊的颜振奋老师给他要去的每个剧团的负责人都写了私人信件，所以那些院团都非常认真地对待和配合他的调查。"那一次社会调查，所有院团对话剧危机的解释都是市场经济、电影，尤其是电视的冲击。我在调查报告中也写下对话剧体制和从业者自身的看法。"由此看来，这次调查对他后来选择的戏剧道路和创作方式，产生了深远的影响。

秋季开学后，牟森又开始排《伊尔库茨克的故事》，以实际行动表明自己跟戏剧摽上了。该剧讲的是苏联西伯利亚建设工地一群年轻人的故事，剧中采用了古希腊歌队的形式，夹叙夹演，形式感很强，颇适合青年演员演出。其实他从很早就想排演这部戏，一九八三年休学期间，他用蜡纸把剧本刻写出来，还专门拜访过童道明先生和中戏导演系的白轶本老师。那年冬天的一个夜晚，两位老师带着中戏导演系七九级的张子扬、吴小江到北师大，和他认真地交流过，在场的还有北师大中文系苏联文学研究所教当代苏联戏剧的陈宝辰老师。当时牟森并没有想自己做导演，而是打算请白轶本老师操刀。但后来因为条件不成熟，没能请白老师来排这个戏。

八十年代，苏联当代戏剧是中国剧院和戏剧学院的常演剧目。有一次，青艺的林克欢老师到北师大外语系办讲座，提到中央美院的温普林和他们的大学生艺术团，刚排演过陀思妥耶夫斯基的《舅舅的梦》。牟森向林老师打听温普林，得知他在第二外国语学院教艺术欣赏课，就骑自行车去遥远的二外找温普林。在排《伊尔库茨克的故事》过程中，温普林给了牟森很大帮助，不仅借给他人，还把排《舅舅的梦》时买的一整块黑丝绒天幕借给了他。黑丝绒天幕一挂上，整个舞台空间的质感马上就出来了。

一九八五年十二月，《伊尔库茨克的故事》以北京师范大学"未来人演剧团"的名义在北师大二食堂兼礼堂演出，就是《课堂作文》演出的地方。

这部戏进一步加强了牟森对自己导演能力的认知，以及对戏剧的热爱。一九八六年元旦前后，牟森骑着自行车到二外还黑丝绒幕布——因为温普林排《雅典的泰门》要用，给温普林和他的朋友们留下了很深的印象。如果我当时一直与蒋樾保持联系，也许认识牟森、温普林等会提前很多年。可是当时我还在一门心思考戏剧学院，一直考到一九八七年。那一年考的是中戏文学系，专业课同考场的有廖一梅、张向阳，后来她俩成了同班同学。那期间，除中戏的演出外，我对其他院校的戏剧实践一无所知，就像现在许多年轻人所误解的一样，以为当时只有国家院团在排演话剧，除此之外是一片荒漠。

其实不然。仅在北京，除了牟森的上述两个剧目，温普林的《舅舅的梦》《茶馆》《雅典的泰门》之外，还有成立于一九八四年的北师大"北国剧社"，北京师范学院中文系同学演出的《西厢狂想曲》（一九八六年，孟京辉编剧、娄乃鸣导演）等。

虽然牟森是从大学校园里开始戏剧实践的，但是从一开始，他就不喜欢"校园戏剧"这个词。"戏剧不是联欢晚会上的助兴节目。戏剧是一种创造。回过头看，我那时排的戏剧，虽然幼稚，但它们不是节目，不是'校园戏剧'，而是完整的戏剧。"

牟森也始终拒绝人们把"先锋戏剧导演"的桂冠戴在他头上，他认为，中国的戏剧一点儿也不先锋。一九九四年，我为某报副刊写了一篇介绍牟森和《彼岸》的文章，称他为先锋戏剧导演，他看后很严肃地和我交流过这个问题。他认为，"先锋"应该永远是排头兵，永远站在前面。这个标准怎么确定？他更愿意把自己的坐标点放在一个交叉的和网络状的环境下定位。所以后来我再写文章时，一概称他为"实验戏剧导演"，因为他的戏剧相对于当时中国大多数的传统戏剧而言，的确具有实验性；再说他当时的剧团也叫"蛙实验剧团"，这么说总不会错。

一九八六年，牟森离开母校，去西藏工作。去之前，他看了一部罗马尼亚电影《艺人之家》。讲述了十九世纪和二十世纪交替之际，一个卖艺家庭在欧洲巡回演出的故事。主题和音乐都很伤感，主人公喝醉酒，总是诅咒倒霉的十九世纪快些过去，盼望新世纪快些到来。我也看过这部电影，但情节模糊了，甚至与另一部罗马尼亚电影《齐普里安·波隆贝斯库》搞混了。那个时候我们能看到的好东西太少了，不像现在，家里动不动就存有几千张影碟，还可以从电脑上下载。当时，几乎每一部艺术作品都能令我们产生强烈的共鸣。牟森非常喜欢这部电影，追着在各个影院看了好多遍，还用板砖录音机将整部电影录了音。后来有人问他有什么梦想时，他说："拥有一个小剧团，在全世界流浪，巡回演出。"

也许当时牟森根本不会想到，八年之后，他果真带领一个自己的小剧团，走遍全世界，到处巡回演出。这是他生活中最具宿命感的一件事。

与牟森录《艺人之家》一样，一九八三年我也曾录过徐晓钟老师为中戏导演系七九级导的《培尔·金特》，这部戏决定了我一生的命运。

一九八六年夏天，牟森与女朋友取道成都到西藏。团里竟然完全不知道他要去这件事。西藏话剧团当时在八廓街北边，原先是密宗寺院。后来他向我描述，他住的那间屋子临街，打开厚重的木板窗，正看见马路。窗外有盏路灯，夜深时总有喝醉酒的人骑车从路灯下经过。刚去时赶上雨季，夜里雨很大，眼看着雨水渗过屋顶，泥水落在被子上。院子很大，厕所在院子的另一头，每次上厕所都要踏着泥泞穿过整个院子——这一切在现在的年轻人看来，似乎非常浪漫。然而生活不仅不浪漫，还很残酷。他到了很久，没见过一位演员，更别说见演员练功了。想排戏的愿望，根本是泡影。他只能一有机会就往下面跑，去过西藏的人都知道，光待在拉萨，等于没去过西藏。

一到拉萨，他女朋友就提出分手。这很出乎他的意料，后来他很快离开拉萨，与此有直接关系。深秋，牟森回了一趟北京，穿着话剧团的老羊皮袄，带回四个牦牛角。那段时间，他住在师大中文系学生宿舍，不知道将来怎么办，心中一片茫然，经常喝酒。他决定春节回拉萨，来年开春就彻底回北京。

回到拉萨后，他没和话剧团打招呼就走了。九十年代他因办理出国护照回去过一次，后来又是不辞而别。他一直觉得非常对不起西藏话剧团，总想找个机会，为西藏话剧团做点事情弥补一下。

一九八七年三月，牟森重又回到北京，住在沙滩文化部江心的单身宿舍。五月过后，他和好朋友华庆去北大俄语系，想联系同学排《三姐妹》。华庆是《舅舅的梦》的舞美设计，中央工美毕业的。后来觉得这戏难度太大，而且华庆觉得不好玩。有一天，牟森读到了发表在《外国戏剧》一九八〇年第一期上尤奈斯库的剧本《犀牛》，华庆认为这个戏好玩，于是他们就决定排演《犀牛》了。

排《犀牛》最初的资金只有一千元人民币，那是华庆的妻子雅娜的奖学金。雅娜是当时南斯拉夫斯洛文尼亚在北京大学的留学生，他俩是一对浪漫夫妻，一九八七年春天，雅娜与朋友去西双版纳旅行，给华庆来信。接到信那天下着雨，牟森和华庆去海淀浴池洗澡。洗完澡，华庆把信撕开，慢慢地看，边看边说："下雨天，看远方来信，真好。"

演员有北大西语系、俄语系、东语系的学生，还有二外的学生。主演是牟森在师大的师兄李雷，七九级的，在学校就喜欢演话剧，当时在北大二附中教语文，后来调去北京电影学院表演系。牟森又去找孟京辉，孟儿当时被分配在北京化工学校当语文老师。

牟森找到海淀文化馆，请求帮助。接待他的徐思也喜欢戏剧，愿意支持他们，文化馆的排练室免费让他们使用。整个夏天，他们都在海淀文化馆排练。

印海报和节目单时，除了海淀文化馆之外，还需要一个演出团体的名义，大家在一起给剧团起名字。当时北京有一个流行词——"挖路子"，比如说挖路子换外汇、挖路子出国。他们觉得"挖"这个字读起来简单、上口，于是选其谐音"蛙"做了剧团的名字，这就是"蛙实验剧团"的来历。

一九八七年九月，《犀牛》在海淀影剧院演出，首演是在一个星期天的上午。舞台布景有梯子、布、绳子——就是这些绳子差点儿要了孟京辉的命；而报纸、灭火器，甚至衣服夹子、苍蝇拍都成了道具。演员的脸被用墨笔画上各种箭头、十字架或者问号，以消除作为个人的特征，加强概念的象征性。

演出完大家就散了。留下的印记，除了人们的回忆，只有《外国戏剧》发表的一幅《犀牛》的剧照和孟京辉给北京剧协办的《戏剧报》（后改为《戏剧电影报》，再后来改成了《北京娱乐信报》）写的一篇介绍蛙实验剧团的文章。

《犀牛》演完了，牟森又无事可做。当时华庆和从中央工艺美院毕业没服从分配的张大力，在北大西门外的虎城租了个房子，牟森也搬了过去，他和张大力住一个屋子。他们经常去北大食堂吃饭，去礼堂看电影，北大校园的草地上经常有人弹吉他唱歌——一九九四年我为了采访校园民谣，见过这样的场景。张大力就是后来满北京城到处画人脸儿，署名 AK-47 的那位，他似乎是开了北京涂鸦之先河。参加《与艾滋有关》演出的张大波是他的弟弟。九十年代初，我曾经背着一架一二〇相机，满大街蹓摸着拍摄这些人脸。二〇〇八年圣诞节，我在望京黄柯家的流水席上，第一次见到张大力，他穿得异常整洁，人也非常平和，令人无法与那个满街涂鸦的人联系起来，听说他有两个特别可爱的女儿。

那年冬天的一个晚上，房东说有一个人找他们，等了很久才走。第二天，牟森按那人留下的电话打过去，才知道他是中央戏剧学院教马列的于乐庆老师。他看了《犀牛》的演出，非常喜欢，于是向徐晓钟院长说起，希望请他们去中戏剧场演一场。这是牟森从未想到的。他很快去中戏拜访徐晓钟老师，徐老师同意《犀牛》去演一场，条件是给中戏半场票。

如果相信命运，不如感谢遇到一个好时代，碰到一些好人。

一九八五年我参加中戏的专业考试，中午休息时，考生都坐在教学楼的楼梯上等待下午的考试。有一位衣着朴素、和蔼可亲的中年人过来和我们搭话，问我们哪里人、紧张不紧张，有些自命不凡的考生根本不屑搭理他。我也以为他是校工什么的，但还是很恭敬地回答了他的问题，并说我已经是第二次考中戏了。他问我为什么非要考中戏，不考别的大学，我说我喜欢戏剧，而且看了一部叫《培尔·金特》的戏之后，坚定了此生必须要搞戏剧的信念。他问我为什么喜欢《培尔·金特》，我说我特喜欢最后铸纽扣人说的一句话："咱们在人生的下一个十字路口再见。"并说出了我的疑惑：为什么培尔·金特这样一个混蛋，索尔薇格却等了他一辈子？不久后我通过初试，进入复试（口试），一进教室，对面坐着三位考官，中间的一位就是那个看似平凡的人。后来我才知道，他就是《培尔·金特》的导演徐晓钟。

现在我明白了，索尔薇格始终活在她的爱情里，活在她的信念中，与培尔·金特无关。这和我考戏剧学院的初衷简直如出一辙。

《犀牛》在中戏实验剧场的演出也非常成功，去了很多人看。也许这次演出还为后来的《士兵的故事》《大神布朗》在这个剧场的演出打下了基础。通过这次演出，牟森认识了中戏戏文系的王炜、表演系的田有良等人。两年后，田有良作为演员参加了《大神布朗》的演出，他演戴恩，并且从此他有了《大神布朗》情结，一直寻机再排此剧。二〇〇〇年五月他带的表演系九八级演出了《大神布朗》，但是不太成功，反而是稍后的毕业大戏《翠花，上酸菜》火爆了京城，邓超、王玉宁等是他的得意弟子，这部戏后来又演绎出许多故事。这到底是田有良的悲哀还是时代的悲哀呢？

《犀牛》演出前，牟森在北大西门碰见了北大的张玉书教授，送给了他几张票。其中一张票落到张教授的一名学生手里，她看完演出后，去找牟森，他不在，留了一张纸条便回去了。这张纸条在新的一年开始的时候，为牟森带来了一段新的爱情。

一九八七年九月，牟森认识了英国人丹尼尔，《犀牛》演出时，丹尼尔又带去了瑞士人德尼，当时德尼刚受命在北京设立瑞士文化中心。第二年春天，牟森和德尼一起商量排演新戏，他想选一部迪伦马特的戏。德尼来自瑞士法语区，他认为最好先排一部瑞士法语作家的作品，第二部再排德语作家的。德尼不仅为牟森选好了剧目——法语作家拉缪和音乐家斯特拉文斯基合作的著名音乐话剧《士兵的故事》，还为他联系好了乐队，中央音乐学院的青年室内乐团，指挥吕嘉，他是郑小瑛的研究生。《士兵的故事》在音乐史上是有名的高难度作品。

就在这期间，牟森认识了刚从云南来北京的吴文光，他的女朋友文慧在舞蹈学院读书，后来文慧担任了该剧的编舞。张大力设计了大幅扑克牌的布景。《士兵的故事》角色不多，士兵还是李雷扮演，说书人由孟京辉扮演，孟儿当时已经报考了中戏导演系张浮琛老师的研究生，并通过专业课考试。

中戏戏文系的王炜担任制作人，所以排练被安排在了中戏，他们许多人干脆就住在中戏的学生宿舍里。排演场成了很多艺术盲流的聚集地，经常人来人往，有些人他们根本不知道是谁。

一九八八年夏天，《士兵的故事》在中戏实验剧场演出，仍然以蛙实验剧团的名义，总共演出了五场。演出完，瑞士大使馆专门为此举办了一次招待酒会。

十月份，正在拍艺术纪录片《大地震》的温普林，组织了一次著名的慕田峪长城综合活动《大地震》。这次活动空前盛大，原本只与舞剧有关，结果变成了美术界、摇滚青年、外国人的狂欢节，各路神仙云集长城，闹了一天一夜。牟森、蒋樾担任现场总指挥，但情况一直处于失控状态。不知道谁还把《士兵的故事》的大幅扑克牌布景顺着烽火台挂下来。

这次活动后不久，行为艺术家王德仁要去西藏，继续在雪山上进行他的"大如意"行为艺术。牟森和张大力到西苑的公共汽车站送王德仁，牟森对他说："死在雪山上是最好的艺术。你别回来了。"王德仁说："好。"一九八九年一月，《大神布朗》在中戏实验剧场演出，王德仁从西藏回来，到后台第一句话就说："对不起，我又回来了。"

《士兵的故事》演出后，牟森去北京人艺找林兆华老师，说需要找一个工作。林老师让牟森去剧院跟他一起排戏，然后通过借调再办调动。他还为牟森解决了最重要的住处问题，那处房子在和平里十一区，中央乐团后面，小区里都是白杨树。他在那里住了两年多。

一九八八年，美国剧作家奥尼尔百年诞辰，中国剧协和《外国戏剧》要搞一系列纪念研讨和演出活动，北京、上海、南京分头搞。牟森上大学时就喜欢奥尼尔，特别是他的《大神布朗》，于是萌生了以排演此剧参加这次纪念活动的想法。张大力为他介绍认识了黄德莉，她是当时美国驻华大使洛德夫人包柏漪的秘书，美国大使馆文化处资助他一千美元。年底，因为经费关系，北京的奥尼尔百年诞辰纪念活动搁浅了，上海和南京还继续搞。虽然百年诞辰马上就要过去，但牟森还是想把《大神布朗》排出来。

一九八八年底到一九八九年初那个冬天很冷，雪下得很大。林兆华老师帮牟森联系到中央实验话剧院的一间排练室，他们在那里排练。

这期间，吴文光经常去排练场，拍摄他们排练，和后面的装台、演出等。当时他正在协助中央电视台海外中心拍摄大型纪录片《中国人》，后来这个纪录片没有播出，但是吴文光把拍的素材用在了他自己的纪录片《流浪北京》中。所以一九九三年我在旺忘望家看到这部纪录片时，印象最深的就是牟森穿着从国外带回来的一件牛仔羊毛外套，到处都是破的，是特意设计的，腰间还扎着一条麻绳，很酷，和田有良、席鸽等排练《大神布朗》的镜头。

席鸽毕业于中戏导演系，毕业大戏就是《培尔·金特》，她在剧中扮演索尔薇格。他们导演系七九级的同学如今都是戏剧界的重要人物：宫晓东、魏晓平、廖向红、丁如如、娄乃鸣、王晓鹰、吴晓江、查明哲等。培尔·金特由宫晓东扮演，他现在是总政话剧团的导演。

一九八九年一月二十八日，《大神布朗》在中戏实验剧场演出，这是牟森以蛙实验剧团名义演出的最后一部戏。该剧除了形式上的创新，比如设计用面具来表现人的两面性，在内容上也深刻地表现了当时的美国社会。中戏戏文系八六级的张有待为此剧设计了非常出色的音乐。牟森自认为那时候他没有完全理解这部戏，只是被剧本中某种气息所吸引。剧中席鸽扮演的妓女西比尔是他最喜欢的人物，她拥抱和安慰一切男人，成功的和失败的。

在我收藏的《大神布朗》节目单上，有一篇牟森写的很长的《蛙实验剧团致观众》。开头他引用了《大神布朗》中西比尔的台词："春天总是带着生命又回来，永远又回来。又是春天，又是生命，又是夏天，秋天，死亡跟和平，恋爱，怀孕，生产跟痛苦。春天又带来了不可忍受的生命之杯，又带来那辉煌灿烂的生命的皇冠。"接着他又写道："亲爱的观众，请记住一九八九年一月二十八日这个普通的夜晚。在这个晚上，当您在这里观看我们的《大神布朗》首演的时候，在首都的另外一个舞台上，北京人艺的老艺术家们正在最后一次演出老舍先生的经典名剧《茶馆》。一代老艺术家创造过一个辉煌的戏剧时代，但是，生命总是处于轮回和更替之中，就像《茶馆》埋葬了一个旧时代，《大神布朗》孕育着一个伟大的梦想一样，更替是必然的。我们在此怀着神圣的情感，以戏剧的名义，向老一代艺术家们致以我们最真诚的敬礼。这是一种巧合，我们将永远记住这一天。"

这一天我记得非常清楚，因为我看的就是一月二十八日的首演，而巧的是，一月三十日我在首都剧场第一次观看北京人艺的经典话剧《茶馆》。就在这场演出结束后，北京师范大学学生上台，打出"戏魂国粹"的横幅，我有幸拍下了这一场面。当时传说这是于是之、郑榕、蓝天野、英若诚等老艺术家最后一次演《茶馆》了，实际上一九九二年又演过一次。两种完全不同风格的戏剧形式，简直把我搞蒙了，我还是第一次看像《大神布朗》这样非传统的戏剧。可以说在那个寒冷的冬夜，我心中沉寂了两年的戏剧梦想已经开始渐渐复苏。

几经周折，一九九一年十一月，牟森作为美国新闻总署邀请的国际访问学者，赴美国考察一个月。在美国参观各个学校和剧院时，他曾经在华盛顿认识了一位名叫罗伯特·亚历山大的老人，他在华盛顿有一个很好的商业剧院，上演的作品都很卖座。此外他还主持一个生活剧院，这个剧院设在一个人种混杂的社区里，有拉美裔、非洲裔、华裔，男女老少都可以参加。第一次见面时，牟森问亚历山大的戏剧观念是什么，亚历山大回答说他的戏剧要改变世界。当时牟森很不以为然，觉得他是一个政治倾向激进的人。但后来看了他的训练，牟森完全信服了。

亚历山大带牟森去看他在生活剧院的训练。他让每个人进行长时间的身体动作，现场有乐队，在训练过程中他会突然叫停，这时候所有人的身体姿态就会组成某种图景，然后他向在场的每个人提问："你看到了什么？"当时牟森觉得自己看到的是名画《沉船》中，一群正在挣扎求生的人。

进一步的交流后，亚历山大告诉牟森，生活剧院的目的并不在于培养演员（尽管这个剧院也曾经出过著名演员），而在于经过这样高强度的身体训练，让每个人都觉得自己是重要的，让每个人都用诗人一样的态度去看待世界，从一个非常美好非常健康的角度去面对生活。

后来，牟森觉得亚历山大确实是在改变世界，这种改变是通过改变每一个个体而完成的，没有比改变人本身更重要、更艰巨的任务了。亚历山大对牟森后来的创作影响很大，他借鉴了许多亚历山大的训练方法，更重要的是他的戏剧态度。

同样对牟森的戏剧观念产生过重大影响的是格洛托夫斯基和铃木忠志。

上大学的时候，牟森就在《外国戏剧》上读到过格洛托夫斯基的文章，去学校图书馆借阅过《迈向质朴戏剧》，后来自己买了一本。二十年后他找出这本书，扉页上写着"一九八七年冬购于戏剧出版社"，并在一段画了记号："我们为什么和艺术发生关系呢？我们是要穿过我们的藩篱，逾越我们的限制，填补我们的空虚，彻底实现我们的抱负。这不是一种条件，而是一种过程，在这一过程中，我们身上黑暗的东西逐渐变成了透明的东西。"从读格洛托夫斯基的著作，到后来看他的戏剧演出录像，采用他的方法训练演员，去他居住的意大利弗塔拉演出，牟森始终都在受着他的影响。

最早将格洛托夫斯基介绍到中国的是黄佐临先生。黄先生认为贫困戏剧就是指可以把布景、灯光等都去掉，只有两个元素是不可或缺的：演员和观众。他还认为我们的京剧就是这样。牟森对这种解释持不同看法，他认为：格洛托夫斯基和布莱希特一样，与戏剧的关系都只在方法论层面。他的戏剧美学和精神本质与京剧并无关联。他一生的创作分为不同阶段，一个创作阶段结束后就很快地转向下一个创作阶段，每个阶段都有变化。早期他倡导"贫困戏剧"，只强调演员和观众这两个因素，并致力于两者之间的"对峙"关系；中期，他做"源头戏剧"，走遍世界各个古老戏剧的发生地；后期，他发展成"节日戏剧"，连观众都不需要了。他认为："一群无所畏惧的人待在一起，就是节日。"这句话让牟森很震撼。

格洛托夫斯基对演员进行非常严格的身体训练，通过"正身"达到"正心"，通过改变身体来改变心灵。上世纪九十年代初，也就是牟森刚从美国回来，对中国的戏剧学院的训练方法就有一些不同看法。在形体训练方面，中戏采用芭蕾的把杆和京剧的一些形体训练，这些跟身体内部关系不大；发声训练也一样。但格洛托夫斯基的训练体系不同，他最基本的系统是建立在瑜伽的基础上的，瑜伽讲究的理念是"我能"，格洛托夫斯基通过这种方式来开掘演员的内心。发声上，格洛托夫斯基有一个著名观念："全身都是发声器。"这些都与我们戏剧学院的教育理念是不同的。

现在看来，格洛托夫斯基对牟森的影响，主要是在戏剧态度和戏剧价值观方面。他八十年代所有的戏剧实践，可以说都是在"冲破内心的藩篱"。

铃木忠志从上世纪六十年代开始投身小剧场运动，与唐十郎、别役实、寺山修司等人被称为日本"战后第一世代"戏剧创作者。他要求演员的表演要有深度，要扎根在生活和人物经历上，汲取日本民族的传统形体动作和精神文明。铃木忠志经常参加各种世界性的戏剧节，在国际戏剧节中赢得西方观众赞赏的同时，使得他回过头来对日本传统剧场进行了更多的思索，开始尝试一种非西方的表演体系的实践。他认为，现代剧场的衰败，起因于运用了太多的"非动物性能源"，所谓"非动物性能源"是指现代剧场中灯光、音响、升降台等机械性、电子性设备的大量运用。这些"非动物性能源"的运用虽然使舞台更加具有视觉性，但同时也削弱了演员的表现。而日本能剧的一大特征，就是不仰赖任何"非动物性能源"，以演员的身体作为唯一的舞台表现方式，但是这些传统形式在现代剧场中却基本被忽略了。

这一理论与当时牟森的戏剧观念几乎完全吻合，在后来的创作中，尤其是与日本合作的两个剧目中，他对此进行了充分的实践。而且不光是他，许多中国导演也意识到了这一点，比如林兆华，比如后来出现的李六乙、田沁鑫、张广天等，都极其重视演员这一材料在戏剧中的作用。在科技如此发达的今天，技术是最容易解决的问题，关键是观念。

还有一句话，"态度决定一切"，这是米卢说的，牟森非常喜欢这句话。

牟森的"态度"似乎是从美国回来以后真正开始"端正"的，之前他的所有戏剧实践应该都是在潜意识下的打基础。前面我们已经说过的，一九九三年的《彼岸》，一九九四年的《零档案》《与艾滋有关》，都是态度端正后的结果。从一九八九年初到一九九三年夏天，这么长一段时间牟森没有出作品，实际上他一直在思考、在梳理自己的戏剧观念，这段时间对他来说非常重要，所以后来他的《零档案》《与艾滋有关》等取得成功，也就很自然了。

一九九七年，他开始筹排根据马原同名小说的意象创作的舞台剧。剧中人物和情节没有太多关联，而是把焦点集中在参加创作的人员的真实生活的表达上。剧名是《倾述》而不是《倾诉》，重点在述说上，多了份理性的心理体验，少了些自怨自艾的茫然。人物只有两个，一男一女，分别讲述他们的经历和经验。

演员之一孙海英，一九八九年从西藏军区文工团转业到内地，在沈阳市话剧团当演员。这之前演过一部电影《双旗镇刀客》，还比较为人所知，但远不如现在有名；女演员柴鸥当时非常年轻，上中戏时参加过《安道尔》等话剧的演出，毕业后分配到北京儿艺当演员。剧开始排之前，我和孙海英约见过一次，为他拍了几张照片，还翻拍了他以前的一些照片，是应牟森要求拍的。印象中，孙老师比较瘦，很精干的样子，话不多。

《倾述》是我看过的牟森的作品中制作最精细的一部，可能与他要进行商业化运作试验有关。舞台影像和装置是美术家宋冬做的，这之前我在后海北京西城体校划艇训练基地所在的小岛上看过他的一个装置展览，那是几只被布罩着的特制鹦鹉，鹦鹉体内的机关可以把你对它所说的话变声后复述出来，非常好玩儿；作曲是张广天，张广天与牟森只合作过两次，另一次将在六年后。在剧中，音乐几乎贯穿始终，但那所谓的音乐完全没有旋律，就是大提琴等乐器拉的一些类似噪音的声响，但非常符合剧的感觉。几乎同时，张广天还为孟京辉的《爱情蚂蚁》作了曲，两种音乐风格截然不同。我当时非常惊讶，认为他是一位很有天赋、很有实验精神的音乐家，比他后来做的戏剧强。

排练过程我几乎没有参与，因为一直在跟《爱情蚂蚁》。七月八日首演之前的彩排，牟森叫我去拍些剧照，以供媒体使用。演出地点是在刚落成不久的长安大戏院地下小剧场，我从来没见过这么逼仄的舞台，进深大概只有两三米，因为这个场地实际上是个电影放映厅，后面是银幕，留给《倾述》的只有这么狭长一条儿。

舞台上有三轮车、电视机、三脚架架着的小摄像机，还有一个用几只汽油桶做成的半封闭筒状物，孙海英在里面说了很长一段独白。

通过演员的述说，我们知道了一些很残酷的人生经历。当时孙海英四十多岁，他曾经有过一个儿子，两岁时因为摔了一跤而摘除了左脑，之后一直在病痛中挣扎，直到十三岁死去。十年中，他倾注了自己全部的父爱、精力和金钱。他有过怨恨，有过愧疚，但他始终没有逃避和退缩，勇敢地面对和承担着自己的生活。

后来我在看毕淑敏的小说《血玲珑》时，总想起孙海英的故事。

当时柴鸥才二十多岁，青春、漂亮、活泼，她讲述的是自己的情感挫折，苦恼于和一位企业家的爱情，以及找到真爱后的快乐与甜美。

虽然《倾述》有残酷的一面，但同时也饱含了温情，这在牟森其他戏里是少有的。但是，戏的结局非常惨，这部戏原定从七月八日演到二十八日，可是只演了七场就草草地收了，据说，最惨的一场只有几位观众，其中一位还是剧场管理员。

其实这也没什么，尤奈斯库的《秃头歌女》一九五〇年五月在巴黎梦游人剧院首演时，最后只剩下了三位观众。问题是你能不能坚持到底和有没有坚持的可能——后一点至关重要。在节目单印的"牟森的话"中，他以饱满的热情写道："……我们做的是当代戏剧，当代戏剧应该反映当代人的思想、情感和生活，在艺术风格上应该是丰富多彩、包容性极强的……"显然他是乐观地高估了"当代"观众，或者说市场。当时，手机和电脑都开始普及了，中国社会正在步入一个更高速、更现代、更多元化的发展时期。而不可避免的是，人们的心态也越来越浮躁，反而排斥"丰富多彩"了，人们开始对单纯娱乐的东西发生浓厚兴趣，有谁会对这种极端私人性的事例感兴趣呢？所以，牟森拿这样一部形式上非常有实验性，从内容看又非常残酷的戏进行商业试验，注定是要失败的。

一九九八年初夏我刚开酒吧时，牟森带着马原去过一次。马原人高马大，却长着一张娃娃脸。八十年代我就看过他的《冈底斯的诱惑》《上下都很平坦》等小说，仰慕已久。那次之后不久他就去了上海，在同济大学中文系任教授；牟森也去了广州。但我印象中，半年之后牟森便又回来了，然后就做了件我至今都费解的事情——办网站。一九九九年，牟森做过一段时间Zhongo网站的CEO，我的朋友王佩与他共蹚了这次浑水儿。至于他为什么要办网站，情况如何，他始终未说过，我也没问过。

二〇〇〇年元旦刚过，我被牟森请去北戴河为朱文的电影处女作《海鲜》拍剧照和工作照，他是制片。冬季的北戴河冷得让人伸不出手，人也奇少，晚上八点以后街上基本看不见人。我说我只能待一周，必须回北京参加考试。我当时在中国社会科学院研究生院读在职研究生，专业是电子媒介管理，我还和他开玩笑，说学我这个专业的人才应该当网站的CEO。他很严肃地问我："你读研究生的目的是什么？是想混个文凭，换个工作，还是真想学知识？"当时我真的无言以对。因为一开始我学习的目的是为了摆脱开酒吧给我带来的困扰，想让自己的生活正常一些，可是通过上学，我开始对知识本身发生了浓厚兴趣，因为我已经很长时间没有进行系统学习了，而且老师都是新闻界的著名学者，让我受益匪浅。后来学业结束，我没有申请考硕士学位，一是因为我已经在学习中有所收获，二是我英语太差。但更重要的一点，是牟森的问题起了作用，使我明白了不必为一些虚头巴脑的东西浪费精力。

牟森后来又去过我的酒吧几次。其中有一次，适逢某杂志在酒吧采访一九八〇年轰动一时的"潘晓讨论"事件的人物之一潘祎。杂志出来后，配了一幅潘祎的巨大照片，我看到在潘祎背后，牟森正回头望向镜头。也许别人不会注意到这个细节，但我觉得这一偶得的画面特别有意思。

人人都会有迷茫的阶段，可能牟森也是如此。虽然《倾述》之后他就淡出舞台了，但有段时间他也没闲着。二〇〇三年六月，牟森接受广州市话剧团团长王履玮之邀，为该团排演了反映广东抗"非典"事迹的大型话剧《最高利益》，身兼文学顾问和导演两职。合作者是张广天和金海曙，后者是北京人艺版《赵氏孤儿》的编剧。牟森的这部戏许多人根本不知道，我也是很多年后才偶然听参加过演出的陈彩璇说的。在这之前，他还参与了北京人艺的《万家灯火》和《赵氏孤儿》的演出，头衔也都是文学策划。关于这个头衔，当时媒体还做了一些解释，类似国外剧团的剧目总监，但权力要小一些。那一年，种种迹象表明，牟森要复出了。但是没有。

还是那句话：理想是一码事，现实是另一码事。

"我们选择戏剧作为自己的生活方式，是为了我们的生命力能够得到最完美、最彻底的满足和宣泄。我们选择戏剧作为自己的生活方式，除了对于我们自身的意义以外，我们希望通过我们的演出给我们的每一位观众带来审美的提高和情操的升华，我们自身也在不断升华、净化，像宗教一样。"这是一九八九年牟森在《大神布朗》说明书上写的一段话，八年之后，他在导《倾述》时实际上还是持这样的观点，所谓商业实验只不过是表面形式。其实，他始终都沉浸于自己的满足、宣泄和升华中，骨子里拒绝商业化。

许多人觉得，一九九七年之后再也看不到牟森的作品，是非常遗憾的一件事情。但我认为，更遗憾的是牟森自己，可能他还没有机会把自己所有的戏剧观念和理论付诸实践，就被迫退出了戏剧舞台。有人想过他的感受吗？不过话又说回来，牟森预知了后来的戏剧市场，自己不堪挤压，又不愿妥协，全身而退也不失为一种明智之举。这是个人选择，无可非议。

在历史和宇宙的长河里，我们每个人只不过是一粒微不足道的沙子。我喜欢卡里古拉被处死前说的那句话："我们历史上见！"

五 "我不能停止变化"

牟森退出舞台后，年轻一茬戏剧人里，孟京辉就是顶梁柱了。这些年人们对他的争议颇多，意见分两个极端，有的把他捧上了天，我甚至看到了"大师"这样的字眼儿。这主要是媒体，在对他进行频频曝光的报道时，只做表面文章，很少探究他的内心世界和创作思想，以及他对当下戏剧市场的真正态度；而有的人冷言讥讽，说他心安理得地戴着"先锋戏剧导演"的桂冠，却净做些商业戏剧滥竽充数，从艺术创作到运作手段都彻底商业化了。我想，孟京辉心里很清楚自己的位置和要做的事情，只是懒于解释、辩驳，或出于某种考虑有意回避一些事情的明朗化，故意保持一种神秘感。其实，就算他花费精力去辩解，也未必有意义。

在二〇〇八年十月《新京报》组织的国家图书馆系列公益讲座中，孟京辉讲述了中国先锋戏剧三十年的历程。讲座后与听众交流时，有位年轻人问："中国先锋戏剧您一个人在玩儿，孤独吗？"这个幼稚的提问反映出一个问题，很多人喜欢话剧，却对中国当代戏剧的发展脉络和历史并不了解。也因于此，有些记者在写文章时经常会出些低级错误，张冠李戴、断章取义、概念混淆。如果孟京辉事事争辩的话，就甭排戏，开课讲学去得了。

这个工作还是由我来完成吧，实际上这也是我写此文的初衷和本意。

二〇〇六年春节前的一天，我和柳青开车去通州办事，路上严重塞车，倒让我们有机会好好聊了一回。柳青毕业于中央戏剧学院舞台美术系设计专业，在没去做电影、电视剧之前，为中戏许多同学和孟京辉早期作品做过舞美设计，《升降机》《风景》《等待戈多》《蜘蛛女之吻》《阳台》《一个无政府主义者的意外死亡》等都是他的手笔。近年来突出的成就，是为电影《梅兰芳》和歌剧《图兰朵》担任总美术设计。大约十年前，我偶然看到一部电视剧《法门寺猜想》，看了半集就觉得美术设计应该是柳青，等到下集播放演职员表时一看，果不其然，可见他的设计风格多么凸显。

通过那次长聊，我了解到许多他们上中戏时的事情。柳青比孟京辉小几岁，却比孟儿早一年入校。那一年同时入校的八七级学生还有导演系的张扬、施润玖，戏文系的刁奕男、蔡军（蔡尚君）、廖一梅，表演系的胡军、韩青等。中戏八七级肯定不止这些学生，我之所以不厌其烦地把他们列出来，不仅因为他们在学校就非常活跃，而且因为他们与孟京辉多少都有些关联。首先，我要讲他们的军训。

从一九八六年开始，全国高校新生入校第一件事是接受军训。中戏相对于其他院校来说，学生数量本来就少，他们被集中到一起，在封闭和军事化管理的环境下，很快就打破了系的界限，鱼找鱼、虾找虾，志趣相投的凑到一块儿，等一个月后回到学校，已经成了铁哥们儿。同样原因，舞美系八八级的齐立，文学系的史航，表演系的郭涛、赵环宇，也是这样飞快熟悉起来的。一九八八年，孟京辉考上张浮琛老师的研究生，进入中戏导演系读硕士研究生。

柳青说，一开始他们对军训还比较抵触，但通过军训很快找到了志同道合的朋友，现在想起来倒要感谢那段时光。回到学校，无论谁有个什么想法，一呼群应，哪怕做最琐碎的事情也毫无怨言，根本没人计较报酬、时间。那时候大家都精力旺盛，无处宣泄，一心只想干事儿。

一九八八年的某一天，刁奕男、孟京辉、赵晓陵、蔡军四人组建了"鸿鹄创作集团"，英文 WILD SWAN（黑天鹅）。哥儿几个当时也许喝大了，起了这么个踌躇满志的名字，意在把编剧、导演、舞美、表演等力量联合起来，全方位出击，先商业后艺术。但没过多久这股劲儿就过去了，大家不约而同地搞起纯艺术，《升降机》《秃头歌女》等都是这个"集团"的产物。那个时候，孟京辉就有了排马雅可夫斯基的《臭虫》的念头。后来，"鸿鹄集团"又吸收了安宾和柳青加入，因为他们发现四个人全是文学系和导演系的，缺少舞美力量。安宾是"中戏四大混"之一，参加过《大神布朗》的演出，《阳台》的海报、节目单和T恤衫是他设计的。

经历过八十年代的人都深有感触，那是个激情四射、纯真美好的时代，而且经常会发生奇迹。

孟京辉一九六五年生于北京，一九八二年考上北京师范学院（现首都师范大学）中文系。大学期间，他与同班同学白云飞、师兄王纯溥办了一份叫《地平线》的诗刊。后来这两位去京郊顺义办了个专养黑鸡的养殖场，也就是电影《像鸡毛一样飞》中陈建斌扮演的诗人欧阳云飞的原型。孟京辉去养鸡场拍外景，他们特别支持，毁草地、建水池、盖房屋，一场戏杀死许多鸡，损失了近十万元。后来听说电影拍完了，他们养鸡场也倒闭了。也好，借这个机会换个活法也未必不是一件好事。

一九八四年，二十岁的孟京辉花三毛钱看了北京人艺的《推销员之死》，从此爱上了戏剧。

大四的时候，孟京辉写了个剧本《西厢狂想曲》，请全总话剧团的娄乃鸣做导演。牟森在去西藏前曾到学校看过这部戏，俩人因此相识。

一九八六年毕业后，孟京辉被分配到东郊的北京化工学校当语文老师。学生们非常喜欢上他的课，因为他讲课生动，不按教材讲，净讲些电影、话剧什么的，作业留得少。但是当他走出课堂，便沉默寡言，非常茫然。恰在这个时候，一个契机打破了他的固有生活，加快了他走向另一条路的步伐。

一九八七年夏天，牟森要排尤奈斯库的剧本《犀牛》，找到了孟京辉，请他扮演剧中的让。

《犀牛》某次演出时，孟京辉扮演的让在舞台上狂吼乱跳，质疑生命的意义，一不小心，脑袋钻进了一个作为舞台布景的绳套。孟儿说不出台词了，并奋力挣脱，观众以为这是剧中的情节要求，或许认为这个小事故具有某种隐喻和象征意义，总之他"演"得太真实了，便拼命鼓掌，观众越鼓掌他越是挣扎，差点儿被吊死。

一九八八年，他又演出了牟森导演的音乐剧《士兵的故事》。当时，他已经通过了中戏的专业考试。考入中戏后，孟京辉与牟森再没合作过，来往也少了，都各忙各的，主要是戏剧理念产生了分歧。但排演了新戏，都会请对方去看。

柳青虽然早孟京辉一年入校，但因为俩人的父亲是同事，两家住在同一个大院儿，所以来往比较密切。平时住校，周末俩人一起骑自行车回木樨地，经常是在楼下道别，各自回家，吃完饭又凑到一块儿神侃。尽管他考上了研究生，但孟儿的父亲深受"学好数理化，走遍天下都不怕"观念的影响，总觉得儿子是不务正业，羞于在同事面前提起，羡慕别人家的孩子考上清华、北大，认为这样才有出息。《我爱×××》演出的时候我问过他，请没请父母来看。"这种戏哪敢让他们来看啊，什么乳房、睾丸、阴道的都招呼着，非活劈了我不可。"他说《思凡》演出时倒是请母亲和姐姐看过，"她们好像根本不感兴趣。"

在这一点上孟京辉与牟森颇为相似，家里并没有人影响他们，却都走上了戏剧之路，而且成绩斐然。

关于环境戏剧《深夜动物园》，人们谈论得不多，原因是它只演出了一场。一九九〇年元旦前后，孟京辉把演出地点选在了刚刚完工、还散发着沥青味儿的新建教学楼的楼顶，但是校方认为存在安全隐患，所以只演出了一场就草草收场了。

一九九〇年元旦，孟京辉导演了他的第一部戏剧、英国剧作家哈罗德·品特的名剧《升降机》。这是一让人摸不着头脑的戏，写两个闲极无聊的杀手在一间原来是厨房的地下室等待指令，那里有一架通往楼上的送菜升降机。孟京辉为两个杀手准备的早餐（道具）竟然是咖啡和油条。最后指令来了，一个人奉命干掉了另一个人。两个杀手分别由韩青、胡军扮演。按照指令，胡军杀死韩青，戏就完了。这时候，却突然从观众席中冲上台一个头上蒙着丝袜的人，对着死尸拍照。他拍完走了，观众还在傻等，却没人再上台，演员也没出来谢幕，戏就这么结束了。观众不明就里，傻傻地鼓了半天掌，最后只好悻悻地离去，有人还不停回头，生怕错过什么。而这时候，剧组的人已经在后台开庆祝会了。

客串拍照人的，是后来的青年导演张扬，拍过《爱情麻辣烫》《洗澡》《昨天》等电影。一九九二年，他在中戏导演了曼努埃尔·普伊格的《蜘蛛女之吻》，主演是已毕业的中戏表演系八五级才子贾宏声，这个在八十年代独来独往的硬朗小生，与巩俐、史可、伍宇娟是同班同学，演过许多电影，是当时好多女孩子的偶像。后来他沉寂了多年，一九九六年三月，过士行编剧、林兆华导演的《棋人》在北京人艺小剧场上演，他在剧中出演儿子。散场后，我和孟京辉、廖一梅在剧场门口碰见他，和他打招呼，他一副爱搭不理的样子，大夏天戴顶毛线帽子，走路像在云中漫步。后来才知道那时候他刚戒毒。再次被人们关注，是因为他主演了自传影片《昨天》。

不谢幕，是《升降机》给人们留下的最强烈的印象。二〇〇五年第六届大学生戏剧节上，王翀导演的《哈姆雷特主义》，也采用了这个招数，演出结束时，演员鱼贯而出，骑着自行车飞奔离开剧场。但他们做得不彻底，最后还是回来了，站在剧场门口向观众道别。

一九九一年一月中戏黑匣子剧场里，五六个演员在台上狂躁地叱骂、跳到凳子上撕书、声嘶力竭地背《陋室铭》，演出将要结束时，所有演员突然僵在那里，停顿了三分钟之久。观众开始窃窃私语，却又不甘心退场。这就是孟京辉的《秃头歌女》，他总是独出心裁，这次他是想和观众较劲儿。

一九九一年，孟京辉在中戏发起、组织并举办了"实验戏剧十五天"演出季。那段时间的每个晚上，中戏校园里都上演着不同寻常的演出，像过节一样。不同年级、不同系的十几名戏剧狂热分子组成的创作集体，把他们用自信、狂想、冒犯、理性等做成的大菜一股脑儿端出来——尤金·尤奈斯库的《秃头歌女》（导演孟京辉）、《飞毛腿或无处藏身》（编剧刁奕男、导演施润玖）、R·基蒂的《黄与黑》（导演张扬）、哈罗德·品特的《风景》（导演蔡军、张晓陵）、萨缪尔·贝克特的《等待戈多》（导演孟京辉）。在此演出季之后，又演出了哈罗德·品特的《沉默》和曼努埃尔·普伊格的《蜘蛛女之吻》（导演张扬）。尽管这些演出没有豪华的布景和完善的灯光、音响，其中三部戏还是在地下室演出的，但丝毫不影响创作者和观众的热情，大家都陶醉在热烈的戏剧氛围中，倍感震撼。

这里面最不能不提的就是孟京辉的《等待戈多》。说起来这部戏磨难颇多，一九八九年十二月，孟京辉和张扬他们想在二十世纪八十年代的最后一天，即一九八九年十二月三十一日在中戏操场边的巨大煤堆上演出《等待戈多》，不知怎的被校方洞察到，予以严令禁止。无从发泄的几个年轻人只好穿着军大衣在图书馆楼的台阶上分角色朗读剧本，后来实在太冷了，大家干脆把剧本一扔，开始踢球。孟京辉还一再告诫大家："跑动要积极！"这句话后来经常被大家翻出来调侃，孟京辉也一直靠这句话撑着做事。

这一不幸事件使得《等待戈多》的演出推后了两年，也成为孟京辉在中戏期间最重要的一部作品。倒也不错，也许当初在煤堆上草草一演，就不会是这样的结果。

演出是在办公楼、也就是中戏老校门对着的灰色砖楼的四层小礼堂进行的。演出前两天，孟京辉发动全剧组成员，点灯熬油把礼堂重新粉刷了一遍，因为他觉得礼堂的墙壁太脏，不够雪白，跟演员的黑西装不足以形成反衬。刷到后来，他认为玻璃也应该刷白，这样才能像教堂般封闭，医院般恐怖。所以观众看到的是一个完全雪白的空间，连树、钢琴的影子都是白色的——在这部剧中，柳青把他的聪明才智发挥到淋漓尽致的地步。剧中需要一棵树，柳青把一束枯枝的一侧刷上白漆，另一侧刷上绿漆，然后固定在吊扇上，随剧情要求旋转，一会儿白一会儿绿，借以传递希望和失望的情绪；剧场里有一架黑色钢琴，校方不许挪动，柳青就用白油漆在地上画了一个白色的影子。

礼堂粉刷完后，刷墙的同学都累得躺倒了，打扫战场的活儿是廖一梅干的，真不知道那么羸弱的她是怎么完成的。中戏的同学都管廖一梅叫"宝宝"，也不知是大家随孟儿叫的，还是他随大家叫的。宝宝在《升降机》剧组里担任剧务，《等待戈多》演出的时候，她已荣升为音效，就是拿着一个闹钟，到预定时刻按响几次，营造某种气氛。某场演出时，她出了一次错误，无缘无故多按了一次，台上的胡军马上跟了一句："怎么又响了？"观众竟然没察觉出错，还以为是故意调侃呢。

演员是胡军、郭涛、王涛、雅特（张越）、许数敏、许数彬等。胡军、郭涛扮演流浪汉弗拉基米尔和爱斯特拉冈，分别穿一件黑西装和一件白西装，敞着怀，里面什么都没穿。两个流浪汉轮流擦一辆自行车，自行车是孟京辉的私人财产，当场被拆成几部分，也不知后来孟京辉骑的是不是复原了的这辆车。"希望迟迟不来，苦死了等的人。"最令人动容的，是他俩亲亲热热搂在一起吹口琴的时候。

负责通报戈多到来的孩子，由一对双胞胎姐妹扮演，穿着孟京辉所钟爱的护士服——孟京辉对双胞胎也情有独钟，电影《像鸡毛一样飞》中也出现过一对双胞胎姐妹。据说这部戏到德国演出时，评论界对这个处理大为赞赏，认为一个孩子说的话似乎是实情，两个孩子同时说就证明其纯属谎言了。

与原著略有不同的还有一点，在结尾处，剧场里灯暗，外面走廊的灯却亮了，一个瘦小的男子走进来，没等他说话，两个流浪汉就过去把他掐死了。孟京辉的这个改动简直是神来之笔，也许他就是戈多呢，戈多先生真的来了。但是来了又怎样？来了我们也要把你弄死！

扮演被掐死瘦小男子的，是后来唱《姐姐》出名的张楚，这部戏的音乐也是他创作的，他后来还为张扬的《蜘蛛女之吻》作过曲。当时有"中戏四大混"之说，指不是中戏在编学生，却吃住在中戏的四位神仙，名列榜首的就是张楚。

这部戏花的钱极少，最大的一笔开销恐怕就是镶玻璃了。按照导演的要求，胡军最后要抢起雨伞把玻璃窗砸碎。第二天，孟京辉会找师傅去安装玻璃，刷白，晚上再继续砸——在每一扇窗户外面，都专门安装了牢固的窗纱，因为担心碎玻璃掉下去误伤到人。孟京辉是一个叛逆的人，同时又心细如发。

一九九二年冬天，史航从图书馆馆长办公桌上的台历撕下十二月七日这一页，复印在了《思凡》的说明书上。这一天，由齐立、关山策划的《思凡·双下山》在中戏首演。这是孟京辉在中戏排的最后一部戏，也是以"穿帮剧团"名义演出的第一部戏。以此为剧团名字，孟京辉似有戏谑之意，"别人属于无心，我们则故意穿帮"。

在没有工作、游荡的一年中，人们经常看见孟京辉在中戏的操场上溜达，若有所思的样子。到了饭点儿，有人问："吃了吗？""还没呢。"于是就跟着人家去蹭饭。为此，学校还给了他一个处分，理由是毕业了还在学校不老实。

事实证明，孟京辉同学并不是一个捣乱分子，进入实验话剧院仅一年，他就排演了《思凡》和《阳台》，迈出了稳当的第一步。

与牟森、孟京辉认识后，我做照片的量陡增。当时我用的仿意大利都斯特斜桥式放大机，是从搞摇滚的王迪手里趸来的，他嫌忒大。在暗房枯燥地工作时，只有一台收音机相伴，我始终把频率固定在 FM97.4 兆赫上。一九九三年北京音乐台刚成立不久，有一次我听到一首烂熟的歌，非常惊讶并且气愤，马上就给黄燎原打电话，举报一个叫老狼的人盗唱王阳的歌，这才知道，老狼就是王阳，那首歌就是红遍大江南北的《同桌的你》。在此之前，还叫王阳的老狼尚是清华大学的一名学生，好几次和我们喝酒，喝多了就靠在墙根儿唱这首歌。张楚、何勇、窦唯、唐朝的歌差不多也是那个时候通过音乐台听到的。当时北京音乐台最著名的主持人叫张有待，他在没做主持人之前，是中戏戏文系八六级的学生，大家都叫他"有带"，因为他有很多音乐磁带，每天拿个录音机放在窗口向外播放，看来早有做DJ的潜质。在校期间，他参与了上述中戏的许多剧目，却做着与文学毫无关系的工作——设计、编排音乐。牟森《大神布朗》中的音乐也是张有待设计的，他为"大地母亲""妓女西比尔"选的音乐主题是从平克·弗洛伊德的作品中截下来的一段灵歌吟唱，戴恩和布朗都是在这段音乐声中死在西比尔怀中的。

许多事情不能假设，如果假设当初赵友亮院长没有发现孟京辉，他的戏剧道路将会怎样？他肯定会继续搞下去，但也许会是另一番模样。

也是在二〇〇八年十月《新京报》组织的公益讲座上，我当场问了孟京辉一个憋了许久的问题："你后来逐渐转向主流戏剧，是不是与《我爱×××》和《阿Q同志》被禁演，为了保持创作的主动性，才不得不转型的？"当时孟京辉的回答是否定的，"不是，那个时候的情况比较复杂，有上面对这个题材不感兴趣的原因，也有我们操作上的问题。其实，后来经过协商，是可以演的，但我们主动放弃了。"

我更倾向把孟京辉后来的作品归为"主流戏剧"，以区别于当下的纯商业戏剧。

我和牟森曾经谈论过这个问题，牟森认为，主流戏剧就是有较高艺术水准、与当下社会道德价值观相符、大众喜闻乐见并且接受起来没有障碍的戏剧，比如北京人艺的经典《茶馆》，台湾表演工作坊的《暗恋桃花源》，还有美国百老汇的戏剧、音乐剧等。在任何一个国家、任何一个时代，主流戏剧肯定是需求最多的。

而孟京辉一直在变化之中，他可以在一个阶段藐视权威、发泄愤怒，也可以在另一个阶段"恶毒地利用商业"。早在一九八八年"鸿鹄"成立之初，他们已经意识到了"商业"的重要性，《我爱×××》和《阿Q同志》可能只是起到了推动作用。按他"主动放弃"的说法，可能他当时认为《阿Q同志》没有什么突破，观众也未必喜欢，不会有市场，主动放弃会减少许多麻烦。

孟京辉的观念有根本性转变，是一九九八年从日本回来开始的，之前他还去香港排两部剧，眼界的开阔对他有决定性的影响；社会大环境的变化和自身地位的改变也是一个很重要的因素。社会大环境无需多言。孟京辉从一个愤青变成一个"既得利益者"，从一个无所顾忌的学生变成一名国家剧院的专业导演，可以操控更多的社会资源了，同时职业化也要求他必须遵循游戏法则，承担更多的义务和责任。"作为艺术家，什么是最重要的？是表达的结果？还是表达过程的权力？抑或是产生表达的欲念？一般人都会看重结果，但现在对我来讲，表达过程的权力感，这种东西对我是有诱惑力的。"

现在，美术市场卖价最高的几乎都是当代美术作品；摇滚也蓬勃发展，逐渐为大众所接受。那么，孟京辉的转变不也是很自然的事情吗？

"我不能停止变化。这个时代不是个停滞的时代""观众必须容忍我的变化"。经常以"愤青"姿态示人的孟京辉，有时又像个矫情的孩子。这个孩子只是贪玩儿，从未忘记回家。其实直到今日，孟京辉也没有停止探索，但这种探索与人们的期望产生了距离，而且经常重复自己以前的东西，给人造成江郎才尽的感觉。

孟京辉后来的戏剧严格来说也不完全属于主流，其观众群主要集中在年轻人当中。

一九九五年六月的一段时间，每天晚上七点一刻，帽儿胡同西端都要锣鼓喧天一阵子，那是《放下你的鞭子·沃伊采克》开演了。装扮起来的演员由胡同里敲着锣、打着鼓走进当时实验话剧院的院子，在围成一圈儿的观众中间开演《放下你的鞭子》，挺像当年的街头活报剧。很快演完了，观众又呼啦啦涌进小剧场，接着看《放下你的鞭子·沃伊采克》。

这是当时的实验话剧院与歌德学院北京分院合作的剧目，孟京辉与德国留学生安琪·布德联合执导。布德是位长相比较中性的高个儿姑娘，她对《沃伊采克》部分进行了一些改编。郭涛、伍宇娟分别饰演沃伊采克和玛丽。因为饰演沃伊采克需要付出巨大的体能，郭涛每天都要在当时狭小的单身宿舍里给自己炖一锅牛肉吃。在那个小小的舞台上，每当玛丽祈祷上帝的时候，水流自上而下，浇湿身穿长裙的她，曲线毕露。有一天伍宇娟一演完幕都没谢就匆匆离去，后来才知道开演前她接到电话，她父亲突然重病住进了医院，而她愣是把戏坚持演完。

一九九六年，孟京辉赴香港为沙田话剧团导演莎士比亚名剧《第十二夜》；之后又为"进念二十面体"排演根据哥伦比亚作家加西亚·马尔克斯名著《百年孤独》创意的戏剧《百年孤寂之第八年——万岁万岁万万岁》。从香港回来后，有一次孟儿和我聊天，说香港那么一个弹丸之地，居然有七八十个业余剧团，有的只有两三个人，他们大多有赖以谋生的职业，对于戏剧纯粹是喜爱，业余时间排演，有时就在谁家的大客厅里演出，观众都是朋友。说起这些，孟儿无限向往和感慨。当时在大陆，别说北京、上海，就是在全国范围内也找不出几个业余剧团（大学剧社不算）。

孟京辉向我说起《阿Q同志》的构思也是在公交车上，也是冬天，一九九六年的初冬。我陪他乘四十四路车去东直门取一样什么东西，漫长的路途使他可以从容地讲故事。车到崇文门，故事快讲完了，他又补充：阿Q第二天就要被砍头了，来了一位世界精英精子库的代表，说服阿Q为他们捐献精子，这样他即使不和吴妈困觉，将来也会有无数个小阿Q行走在这个世界上。阿Q动心了，可是在签合同时，画的圈儿不圆，甚是遗憾和伤心。

开始排练后，我经常去排练场。演员有郭涛、伍宇娟、何瑜、周迅（男）、李梅（小）、刘丹等。当时刘丹刚进实验话剧院，好像住得比较远，她索性拿去个睡袋，晚上就住在排练场。十二月六日晚上我没去，孟京辉让盛志民呼我，叫我第二天晚上务必去一趟排练场，多带些胶卷。后来盛志民可能怕我不重视，犹豫后告诉了我实情：《阿Q同志》要被禁演了，明天连排最后一次，所以你一定要来拍些照片。现在就咱仨知道，你可千万保密，明天来了也别表现出来。

第二天去到排练场，我尽量表现得平静。大家还和往常一样，该骑驴骑驴，该说笑说笑。连排开始后，我拍照，盛志民和另外一个人摄像。中间休息，有的躺在地上休息，有的聊天、抽烟，周迅弥勒佛似的看着大家，场内一片祥和，根本不像要发生什么。连排临近结束，林克欢等几位院领导悄悄走进来（因为这个戏是以实验和青艺名义连排的），大家鼓掌，按惯例等待领导提些意见和宣布何时正式进剧场。领导有些尴尬，说些感谢大家认真排练之类的话，寒暄之后，孟京辉请在场的非剧组人员先离开一会儿。别人觉不出有什么异常，而我非常紧张，真希望一夜之间情况又发生了戏剧性转变，但从领导的表情看，我知道这是不可能的。果然，过了一会儿，排练场里传出了哭声，声音越来越大。领导一离开，我们在门外的几个人马上冲进去，别人还没弄明白怎么回事。小李梅哭着捶打着盛志民（当时他俩是恋人）说：你早知道了是吧？我说昨天晚上你怎么对我那么好呢，你为什么要瞒着我……盛志民只是搂着小李梅默默流泪，什么也不说。当时在场的人像受了传染，都忍不住哭起来，包括我，也包括孟京辉。

王朔的小说《动物凶猛》中说到"在我少年时代，我的感情并不像标有刻度的咳嗽糖浆瓶子那样易于掌握流量，常常对微不足道的小事反应过分，要么无动于衷，要么摧肝裂胆，其缝隙间不容发"。我之所以多年后才问孟京辉那个问题，是因为那天晚上给我留下的记忆太深刻了，我一直不敢碰这件事，怕引起他的不快回忆。

一九九三年，陈建斌在中戏黑匣子演出《第十二夜》时，我们还不认识，但我对他演的马弗里奥印象深刻。一九九四年六月他们新疆班毕业大戏《樱桃园》演出时，因孟京辉让他给我留票而相识。毕业后他回新疆一段时间，很快又回到中戏读表演系硕士研究生，研究生毕业前，他第一次参加了孟京辉的戏的演出。

一九九四年五月的一天下午，我从一个很远的地方拍东西回城，直接去了中戏。在办公楼四层的小礼堂里，陈建斌、周迅（男）、陶红在东边角落里排练，孟京辉和张广天在西边角落里讨论音乐创作的问题。那天天气很好，不冷不热，窗外传来学生在操场上打篮球的嘭嘭声。我刚到就有朋友呼我，回电话时对方问我孟京辉在排什么新戏，我顺口说"一个风花雪月的爱情故事"，对方以为这就是剧名。

他们排的是《爱情蚂蚁》。印象最深的是有一件道具，就是八十年代初，许多有九英寸电视机的家庭，在电视机前面搁的放大镜。陈建斌把那玩意儿举在面前，面孔严重变形，正如剧中那畸形的爱情。

如果真以《一个风花雪月的爱情故事》为剧名，也蛮符合孟京辉风格的，起码比《关于爱情观念的最新归宿》顺口。《爱情蚂蚁》取材于以色列作家哈诺奇·列文的剧作《雅可比和雷弹头》，"文心译胆"黄纪苏翻译、改编。对于列文中国观众并不陌生，后来在中国上演的《俄亥俄小姐》和《安魂曲》也是他的大作。这位被称为"以色列的良心"的天才戏剧家，一生共创作了五十六部剧作，其中三十五部被搬上舞台，大多都由他本人亲自导演。可惜五十六岁就病逝了，甚至没看到《安魂曲》正式公演。

这是孟京辉第一部较多运用音乐元素的戏剧，并首次采用了现场演奏。作词关山，作曲张广天，词、曲都非常棒。其实，广天的第一稿曲谱孟京辉很不满意，"这是什么呀，跟陕北民歌似的！我们排的又不是《王贵与李香香》。"

广天同志当时正闹婚变，焦头烂额、腹背受敌，哪有心情写作呀。不过我窃以为，也多亏有这样一场变故，否则以广天的性格和曲风，作出来的肯定是另一个东西，不会如此贴切主体。"橘子黄了，快要掉了；狐狸老了，眼光暗了；生锈的钥匙，再也打不开家门；河水上涨淹没了大桥。我要对你说再见，我要对你说再见，我要对你说再见，我要对你说再见……"这多么像他当时的心境啊。

《爱情蚂蚁》是中戏外国戏剧研究所出资一万元排的，因此所长沈林经常泡在排练场和剧场。大家都叫他"沈博"，因为他是在英国获得戏剧博士学位回来的，正经的洋博士。《阳台》的剧本就是他翻译的。没见过沈博的人肯定以为他跟学究似的，其实不然，沈博一头卷发，说话带脏字，好凑热闹，激烈偏执，爱憎分明，几乎能对任何年龄段的女性产生爱怜。他不用手机，又经常不在办公室，基本属于神龙见首不见尾。有一次在首都剧场对面的小饭馆儿吃饭，我顺口问了句"你的手表是防水的吗？"他二话不说，摘下就扔啤酒杯里，临走才捞出来。还有一次借着喝高了，沈博坦白了他对女性的审美趣味，隐晦说明就像剧中陶红演的角色那样的，孟京辉恍然大悟，"噢……就是大胖艺术娘儿们啊。"沈博忙点头称是。对于当时瘦弱的沈博来说，这不能不说很具有挑战性。

黄纪苏与沈博是发小儿，但感觉像相差十几岁——沈博太显年轻，黄老师又过于老成。黄老师更牛，在国内没上过大学，直接考上了美国俄亥俄州某大学的社会学硕士研究生。一九九三年回国后，因为沈博的关系才对戏剧有了"一星半点儿的了解"，旋即被拉下水，后来搞出很大响动。黄纪苏与张广天就是通过《爱情蚂蚁》认识的，这才有了世纪之交轰动全国的《切·格瓦拉》。

《一个无政府主义者的意外死亡》里陈建斌演的犯人有一句台词非常耐人寻味，"钻圈是咱演员的基本功，我在戏剧学院跟沈林博士学了一年的英式钻法"，不仅调侃了一把剧中的警察局长，还透露出黄纪苏严肃外表下的幽默感，而且假公济私地向老朋友、戏剧领路人沈博致敬了一回。这部剧的改编还是黄纪苏，他把意大利戏剧大师达里奥·福的原剧本进行了彻底的改造，加进许多中国元素，如打油诗、天津快板儿、经典话剧《茶馆》片段等。

我认为陈建斌是一位比较有福气的演员，研究生毕业后留校当老师，虽没什么名气，却在五年多时间里演了六部话剧，而且导演都是名家——孟京辉的三部，《爱情蚂蚁》《一个无政府主义者的意外死亡》和《盗版浮士德》，林兆华的《三姊妹·等待戈多》，魏晓平导演、与姜文合演的《科诺克医生或医学的胜利》，最后是赖声川的《千禧夜，我们说相声》。然后又进军影视界，靠电视剧出了名。

《一个无政府主义者的意外死亡》一九九八年十月二十八日在中国儿艺剧场首演，被认为是孟京辉的经典之作，得到学术界、艺术界、观众的一致好评，票房也创下了连演三十场、场场爆满的奇迹。一九九八年底孟京辉夫妇去意大利米兰，曾拜访过达里奥·福。二〇〇〇年该剧赴意大利参加都灵艺术节时，达里奥·福又携夫人莅临观看，并给予极高评价。

二〇〇〇年五月他们从意大利回来，《一个无政府主义者的意外死亡》又在首都剧场演出了四场。此时，北京人艺小剧场正在上演《切·格瓦拉》，已经连演了一个月，场场爆满。仅隔一条窄夹道，两个相邻剧场上演的剧目，剧本改编者和作曲都是相同的两个人，这在中国戏剧史上恐怕是绝无仅有的。五月十四日《一个无政府主义者的意外死亡》最后一场演出，事先双方策划了一个节目，《切·格瓦拉》一结束，演员马上跑到大剧场的舞台上，张广天带领两个剧组的演员唱起了两部剧里的主题歌。

在唱歌之前，孟京辉说了一段话，大意是：中国的实验戏剧经过这么多年，终于取得了一点成绩，这是与许许多多台前幕后人的不懈努力分不开的，也是与长期以来支持我们的观众分不开的，我代表所有搞戏剧的人谢谢你们，并且希望你们今后继续支持，向你们的亲朋好友宣传，请他们到剧场来看戏。

> 这夜晚我不觉得孤独
> 在大地的黑暗深里
> 我是人民无数的人民
> 我的声音有纯洁的力量
> 能够穿越沉默和寂静
> 在黑暗中萌发新芽
> 为了生长为了歌唱
> 不畏风雨有着钢铁的坚强
> 为了明天有另一种光亮
> 照亮你我暗淡的心房
> 为了明天宽广的道路
> 通向你我向往的地方
> 从今天起你握住的手
> 其中就有一分我的力量
> 从今天起你接触的事物
> 总会因为我的欢笑有了希望

张广天用他那特有的嗓音，带领大家吟唱起《人民之歌》，许多会唱的观众也跟着哼唱。一开始声音还比较小，到后来越来越高亢，台上台下连成一片，歌声在首都剧场的穹顶下久久回荡。

最后，两个剧组的演职员到阜成路的一家小饭馆聚会，是刘天池选的地儿。那天陈建斌不知道是激动的还是喝多了，和李乃文一遍遍抱怨中戏不该把学生宿舍楼的爬山虎砍掉，"多漂亮的爬山虎啊，怎么能这么干呢，太傻了！这样就把中戏的气脉给断了……"

再回到一九九八年十二月三日，《一个无政府主义者的意外死亡》第一轮演出在海淀剧院的最后一场，当柳青设计的写着"剧终"的巨大瓦楞铁墙布景轰然倒地后，我给孟京辉和廖一梅在满是菜叶子的舞台上拍了一张合影。随后，演职员们杀奔回城里，到首都剧场旁边的一家桂林饭馆聚会，他们事先包下了整个二层。到了以后我才知道，那天是孟儿和宝宝请客，因为他们刚登记结婚。幸亏那天我没把所有胶卷谋杀掉，得以拍下了那个简单而热烈的婚宴。以李乃文为首，大家想出了各种闹洞房的招数折腾这对新人，他俩一脸幸福地配合着。孟儿面带桃红，宝宝满面红光，怀抱着各种礼物。他俩经过"八年抗战"，终于修得正果，从此开始了新的革命征程。

二〇〇〇年五月十四日晚上，孟京辉在首都剧场舞台上说的那番话，和他那谦逊的态度，都说明了他的转变。以前的孟京辉是张狂的、愤怒的、矛盾的、情绪化的，俨然一愤青，"你们爱看得懂看不懂""戏剧不是大众情人，我没必要让所有人都爱上我"，后来他很少再说这种话，起码在公开场合语言温和多了。这种转变是从他去日本回来开始的，并与其他一些事情有关。

一九九七年《爱情蚂蚁》做完后，孟京辉得到日本方面一笔资金，去日本待了半年。他住在丹羽文夫先生家，每天都有免费的戏剧票，所以在那半年里，他除了帮丹羽先生遛狗，就是看戏，总共看了一百多部，参观了许多小剧场，和各种各样的人交流。那是一次很难得的能量积累。日本戏剧和商业小剧场的繁盛，使孟京辉受到很大震动和刺激，眼界的开阔，让他彻底改变了先锋戏剧的封闭路向。他在日本期间，我正兼职《音乐生活报》舞台版责编，向他约一篇日本见闻的稿子，他没写文章，却通过宝宝转给我几幅漫画，其中一幅题为《最后的晚餐》——就是他后来用在《先锋戏剧档案》扉页上的那幅，所有人想的是左，只有耶稣想的是右；另外几幅也都表达了同样的意思。这些画似乎透露了他当时的一种思考与心情。

一九九八年回国后，适逢达里奥·福刚刚获得诺贝尔文学奖，这为他的商业先锋戏剧实践提供了很好的契机和基础。

二〇〇〇年正在排《臭虫》时，孟京辉的父亲去世了。这位老共产党员临终前又一次告诫自己的儿子：你无论做什么事情，都一定要为人民服务。

与左翼戏剧家达里奥·福和俄国大诗人马雅可夫斯基的这两次亲密接触，使孟京辉确定了把"人民"作为自己戏剧的关键词。在不同语境下，对一个词义的理解也需要审慎地解读，我认为孟京辉所谓的"人民"，用"大众"来表示似乎更恰当。而"大众"和"民众"又有区别，后来韩国和台湾盛行的"民众戏剧"，强调的是大众对戏剧的普及和参与，孟京辉的"人民"或"大众"，只是受众，而非主动参与者，有着本质的区别。

一九九九年我又犯了一次与《爱情蚂蚁》时同样的错误，别人问我孟京辉现在排什么新戏，我回答：《害相思病的犀牛》。我忘记了这是廖一梅最初起的名字，还是我臆想出来的。至今我都认为，这个剧名比《恋爱的犀牛》更富诗意。

"黄昏是我一天中视力最差的时候""初中毕业时我考过飞行员……我应该是个飞行员，犀牛原本应该是老鹰"，最初听到这些台词时，我的心怦怦直跳，我曾经给他俩讲过我高中毕业时考过飞行员，但因为我是文科班的没能进入后面的严格考试；后来因为连年考戏剧学院，看书看得眼睛近视了；他们也知道我有一段执着的、柏拉图式的爱情故事……我不敢说自己就是主人公马路的原型，但我觉得马路身上真的有我的影子——希望宝宝看到后不要嘲笑我自作多情。

后来看阿尔莫多瓦的《捆着我，绑着我》，我一下子就想到了马路。幸好我当时还比较理性，没有做出马路和影片中男主人公那么偏执的事情。

不过，我与《恋爱的犀牛》的故事的确很像。为了结束那段柏拉图式的爱情，我开始追求一位漂亮的姑娘，我曾在酒吧亲手调一杯鸡尾酒，半夜打车送到她家；也曾骑自行车带着她，半夜穿过整个湿漉漉的北京城送她回家；在她生日的时候，送给她一次西安之行，领着她走过古城的大街小巷……但她始终没给我一个明确答复。一九九九年六月六日晚上，我带那姑娘去看《恋爱的犀牛》彩排，第二天我就去了杭州，一周后回来，听到一个令我震惊并且痛苦的消息，她已经成了剧中一位演员的女朋友。

那天晚上拍的胶卷，我委托那位姑娘去冲洗，供孟京辉挑选，因此给了我的情敌乘虚而入的机会。其中有一幅成为《恋爱的犀牛》的经典剧照，至今都在使用。那天我一直在正面拍照，中间去下台口换镜头，回来时顺手按了一下快门，没承想就成了所有照片里最棒的一幅，什么叫"无心插柳柳成荫"啊。

我的故事结束了，但别人的故事还在发生。这部剧的服装是一个服装公司设计、制作的。我和老板杜逵很快成了朋友，他讲了一个故事：有一天他在剧场碰见两位朋友，是一对已经离婚的夫妻，分别带着自己的新女朋友、男朋友去看戏，过了几天，又碰见他们，是他俩单独去的，再过了些日子，就听说他俩复婚了。

　　这两件事我写成了一篇文章，最后，我引用了剧中"牙刷"的一句台词："我就不信马路的生活比电视剧还精彩。"但事实是：生活真的永远比电视剧精彩！

　　孟京辉再一次使他"我排戏不是撮合一对儿，就是拆散一对儿"的戏言得以兑现，我宁愿被拆散的只有我，而撮合成的无数。《恋爱的犀牛》真的就像有魔力一样。这还表现在票房上，首演创下了连演四十场、上座率百分之一百二十的奇迹，在一九九九年最热的两个月里，北兵马司胡同里天天晚上人头攒动，剧场的过道里每天不得不加许多椅子。后来，《恋爱的犀牛》又有过多个版本，甚至演到了首都剧场的大舞台上，如今仍然常演不衰，成为蜂巢剧场的保留剧目。这是廖一梅写的第一个舞台剧剧本，是孟京辉、也是中国戏剧史上第一部靠纯票房盈利的小剧场话剧，一共赚了五十万元。过了十年，在戏剧市场一片"火爆"的今天，这也是一个难以超越的成绩。

　　成功背后往往充满艰辛，为了这部戏能够顺利排演，孟京辉夫妇抵押了刚刚住上的新房，那是位于帽儿胡同的实验话剧院的集资建房，以前他们一直住在会城门他父亲单位分的房子里。所幸不仅没赔，还赚了。《一个无政府主义者的意外死亡》是孟京辉商业戏剧的实验和开始，而《恋爱的犀牛》则是一次彻底的商业操作，两者都很成功。但坦白地讲，我不喜欢《恋爱的犀牛》。孟儿后来的作品，除了《两只狗的生活意见》和《爱比死更冷酷》，我也都不喜欢。我是一个接受能力比较强的人，许多很俗的戏我也能看得下去。其实，他后来的戏都比较精致、好看，但关键是我仍然把他定位成一个实验戏剧导演，不愿意接受他的转变。问题在我，而不在他。

　　杜逵极其欣赏我为《恋爱的犀牛》拍的剧照，要了一些挂在公司墙上，逢人便夸耀他们为中国戏剧事业所做的贡献。这部戏使他彻底爱上了戏剧，并带动了周围的朋友和他公司的职员。不久，他又为孟京辉的新戏《盗版浮士德》设计、制作了服装。那段时间，我的小酒吧快成戏剧工作室了，杜�グ的太太、员工在为陈建斌赶织毛线外套，赵海在吧台上选照片、设计海报——赵海是这部戏的美术设计，他刚托朋友从香港带回一台数码相机，只有二百万像素，可那是我见到的第一款数码相机。所有以前需要在暗房完成的工作，只在一台笔记本电脑上就全搞定了，真是太神奇了。

因为《盗版浮士德》中有时装模特，服装又是正规服装公司出品，所以一位朋友策划在她主编的《时装》杂志上发一组情境时装图片，模特是陈建斌和常春晓，由我拍摄。那是我第一次拍摄时装图片，可能也是陈建斌的第一次。由于图片社的失误，把第一次拍的胶卷冲坏了，不得不重拍。我特别不好意思，但两位模特毫无怨言，积极配合。拍到最后，当陈建斌按照我的要求，把一只橘子一遍遍抛向空中时，我突然恍惚了，以为自己又回到了两年前《爱情蚂蚁》的舞台上。

当时大家都搞错了，以为一九九九年与二○○○年是世纪之交，所以一九九九年十二月三十一日，《盗版浮士德》被策划成一次跨世纪演出。开演时间故意拖后，演出完，剧组与观众开了一个联欢会，在新年钟声中度过了"二十世纪的最后一晚"。我没好意思向孟儿要票，再说新年之际我的小酒吧也很忙，猜想那天晚上的party一定很热闹。

那个夜晚，黄燎原与"唐朝"乐队在香港时代广场迎接新年的到来；新年到来之际，我和杜逹去黎昌海鲜吃夜宵，一进门就碰见了正在找座位的旺忘望。

以前孟京辉平均一年排一部戏，从日本回来后，速度大大提高，用他自己的话说就是"排戏都排疯了"。《盗版浮士德》刚刚结束，《臭虫》已经上马。孟京辉非常迷恋马雅可夫斯基的诗歌，电影《像鸡毛一样飞》可以说是向这位苏联天才诗人的一次致敬。早在读中戏研究生时他就有排《臭虫》的念头，如果那时候真排了，也许会像《秃头歌女》一样成为他的经典作品。时过境迁，孟京辉的兴趣点发生了变化，本想给"大众趣味一记耳光"，却落在了自己脸上。在此以前，他一直是媒体和观众的宠儿，《臭虫》使他第一次受到了媒体的集体轰击，观众也不太买账。面对"捏臭虫的人"，孟京辉不以为然，他认为自己一九九三年一出现在戏剧界，就被定位为"新生代""前卫的代表"等等，人们对他是寄予期望和有要求的，自己稍一改变，偏离了原来的轨道，与人们的固有标准产生了距离，人们便开始批评他、抛弃他，这是一种浮躁的、不清醒、不客观的表现。

尽管如此，《臭虫》却一直保持着八成的票房。观众在不买账的同时，也在试着接受孟京辉的变化。就像后来的《艳遇》《空中花园谋杀案》一样，人们骂归骂，可票房依然坚挺。

《臭虫》排练时，我去实验话剧院三层看排练，在一大群认识、不认识的演员里，一眼看出一名从未见过的演员有点儿与众不同，心想："这姑娘以后肯定能火！"果然，半年后得到消息，秦海璐因陈果的电影《榴莲飘飘》夺得了金马奖最佳女主角和最佳新人奖两项桂冠。之前我也几乎没走过眼，比如张万昆、仇晓光、陈瑾、倪大红、郭涛、夏立新、陈建斌、李梅（大）、伍宇娟、周迅（男）、刘天池、杨婷、李乃文、廖凡、白荟、班赞等，都是我心目中的话剧好演员，只不过因为机遇或个人性格等原因，有的人没红起来或暂时没红。十几年前我看过一部电视剧，欧阳奋强导演的《爱在雨季》，我觉得其中的二丫头肯定能火，果然不久江珊就大红大紫。一九九六年夏天，我和孟京辉夫妇去看中戏音乐剧大专班的毕业大戏《想变成人的猫》，一致认为里面演警察局长的演员太棒了，这位坏警察就是后来如日中天的孙红雷。如果我当时改行当星探，没准也能把这个很有前途的职业干得有声有色。

《臭虫》是以"Play Play 戏剧工作室"名义出品的，当时许多朋友以为我和这个工作室有什么关系，因为我的酒吧也叫 Play，后来我的网名就是取其谐音。但我与之没有任何关系，也不知道它是何时成立的，它可能算是中国国家话剧院"孟京辉戏剧工作室"的前身吧。

《关于爱情观念的最新归宿》是孟京辉唯一一部独立完成剧本的作品，自编自导，也是他第一次尝试多媒体舞台剧，寻找多种舞台呈现的可能性。舞美设计、灯光、音乐，以及香港"进念二十面体"胡恩威先生设计的多媒体影像，都为这部剧的品质定下了良好的基准，已经磨合得很好的演员们也为此剧增色不少，但是，人们对这部剧的评价依然不高。无论怎样，这部戏为孟京辉开拓新的市场和与更多能人合作奠定了基础。

《琥珀》在制作方面进行了新的尝试，孟京辉和制作人戈大立先找到香港艺术节，他们又帮助联系到新加坡艺术节，最后是两个艺术节与国家话剧院分别出资。二〇〇五年三月在北京保利剧院首演后，该剧作为中国国家话剧院第一部亚洲巡回剧目，又在香港、新加坡、上海演出。孟京辉的合作者也越来越强大，金马影帝刘烨和被誉为"亚洲戏剧公主"的袁泉担任主角，著名音乐人姚谦担任音乐总监，舞蹈家金星出任舞蹈设计，张武、丰江舟分别担任舞台美术设计和多媒体设计。

写《琥珀》的时候，廖一梅正怀着孕，每天穿着防辐射背心写作，加上装修时没注意到材料的环保问题，脸上起疹子，只能另租一处房子，已经是高龄产妇的她经历着身体和创作的双重痛苦。

我妈妈听说孟儿和宝宝要有孩子后，把我从西安带回来的一只布老虎掏空，续进蚕沙（蚕屎），那是我小外甥出生时，我在郊区买的，太多了没用完。老人家说："小孩儿睡蚕沙枕头，可以睡出好头型，还可以明目。"他们的儿子快一周岁的时候，我和石琳琳去看望过一次，去之前琳琳给我发短信："×日×时，去看孟子。"我一时没反应过来。"孟子"非常茁壮，可爱至极。孟儿说孩子非常喜欢那只布老虎，总抱着。

二〇〇六年初，廖一梅编剧、孟京辉执导的大型儿童剧《魔山》公演，也许他俩是以这种特殊方式给自己孩子的一件礼物吧。

感谢：牟森、孟京辉、史航、陶庆梅、汪继芳、赵宁宇

温州小店生意经

王　手

我老婆突然就下岗了

1994年，我老婆的工厂改制了。改制是个新词，也是个蒙词，其实大家并不太懂。改制？改什么样的制？改成什么制？本来是国营的，现在改成了什么营？是集体营？还是个体营？其实什么营也不是，改制后，这个厂就没有了，就把大家买断了，说拜拜了。

1994年，我们的生活是什么样的呢？我们住在靠近郊区的地方，房子是五十平方米的；我平时骑自行车去单位，我老婆则要倒三次公交车去上班；我小孩在市区一个小学读四年级，因为不好带，平时都寄养在我母亲那里；我们家的电视是1983年买的，不是东芝，也不是日立，是一个无名小牌奥丽安；洗衣机是半自动的，清洗是自动的，弄干要手动；空调只装在卧室里，是本地的"玉兔牌"单匹机，开起来室外响，室内也响；生活以外用于娱乐的电器，是朋友装搭的一台"卡拉"机，其实就是一个扬声器，还没带什么混响的；电话装不起，初装费要五千块，劳务费要外加一条"中华"；我们总不能"裤头都穿不起，雨伞还用袋装"吧，省省；本来计划先买个BB机的，虽然用起来麻烦，但终归也算是现代化产品，可现在，随着老婆的下岗，这个设想也要泡汤了。

在这之前，我们从来没有想过工厂有一天会关门的，就是想象力再丰富，我们也只能想到儿子能不能"顶替"，退休工资能不能照常。我们是一直为自己的工作而骄傲的，我老婆在国营单位，我在文联机关，按我们温州通俗的说法，我们是最最理想搭配的一对，一个在工厂，实惠；一个在机关，轻松；我们经常会偷偷地羡慕自己，我们的收入虽然不是太多，但它们细水长流啊，旱涝保收啊。

我老婆的单位叫温州肥皂厂，做洗衣洗裤用的肥皂，样子像那种拍人的板砖，但有一个好听的名字，叫"增产肥皂"。在没有洗衣粉、洗洁精、洗涤剂、洗手液的年代，它是很讨人青睐的，用途也非常的广泛。在城市，它可以洗脸、洗手、洗澡、洗衣，是消毒去污的必需品。在农村，它更是高档奢侈的日用品，我们经常可以看到农村的河边，那些埠头石阶上，洗衣的农妇村姑在那里不厌其烦地槌打，她们用的是一种叫作"油皂荚"的东西，肥皂是当味精一样用的，涂一点涂一点，然后她们就这样津津有味地槌打半天，然后就把河水弄得花白一片，就很得意。也因此，我老婆厂里的增产肥皂，就一直是紧俏货，甚至是硬通货，可以用来换其他东西。

那些天，老婆派了我许多差使，一趟趟地往返于她的厂里，去运回她的一些东西。她在厂里做会计，有一些书、账簿和杂七杂八的"细软"。她不像一般工人那么简单，只需抽走一个身子，就什么也没有了。我问老婆，厂都没有了，人都散光了，你还拿这些东西做什么？老婆说，现在厂里乱，没有人顾得上这些，我先替厂里保管着，等什么时候有用了，我再拿回去。我狡猾地说，这里面有没有什么厂里的机密？如果有，我们先据为己有，到时候再加个码，拿出来要挟一下。老婆说，做人要厚道，你不要这样小人好不好，你是不是想钱想疯了，想发混乱财啊。她的意思是，下岗归下岗，是大势所趋，跟厂里没有关系，跟领导的积怨也没有关系。老婆是个纯朴的人、细碎的人，任何时候都有忧患情结，不像我们在机关的，平时练就的都是些小心眼和世俗伎俩。

老婆在办公室里整理东西，我暂时没轮着事，就像无头苍蝇一样在他们厂区瞎逛。没有在工厂待过的人，是不知道工厂的味道的。老婆就经常会跟我说一些工厂的细节：赤条条进出的浴室，几百人吃饭的食堂，"抗台抢险"的巡逻，"三班倒"的夜餐，冬天的锅炉房，夏天的酸梅汤……我听起来都觉得生机勃勃，非常的有趣。肥皂厂的风景也是别样的：有宽阔的码头，有很大的煤场，有笔直的厂区道，有高高的反应炉，有垒得像山一样的油桶。站在江边的码头上，能看见瓯江对岸耘田的农民、墨绿而连绵的大山、山上的罗浮双塔，和白绸一样一动不动的瀑布。还有那浓郁的油脂味，油脂是做肥皂的原料，多站一会儿，好像身上也会黏乎起来。这天，老婆的厂里很乱，像灾难电影里的画面，厂房像突然地萧条了，每个路口都有聚集的人，他们和我老婆一样都是厂里的工人，都怀着一种复杂的心情，都在讨论和传递各种消息，他们的脸上一律挂着无奈和茫然，他们这里站站，那里站站，这里听听，那里听听，我也跟着他们走来走去，听到的都是坏消息，肚子也很快地饿荒了……这天，我用自行车把老婆的许多东西驮回来，同时也驮回了老婆灰暗和糟糕的情绪。

在过去，老婆也算是一个活络的人，她会经常地弄一些肥皂给我们家附近的小卖部卖卖。她在厂里当会计，有职位之便可以"假公济私"，说是什么单位需要，其实都是自己另有安排。一箱增产肥皂，厂里拿出来四十八块，给小卖部六十块，不动声色地赚了个差价。在思想还比较保守的当下，在路数还不是很多的眼前，她能有这样的小心思，有另外一条活水注入到我们的生活里来，已经算很超前了。

现在，这条路眼看就要被切断了。那些天，我老婆在厂里一定是落油锅一样。回到家还是恍恍惚惚的，和她说话，也好像不和她说一样，有一搭没一搭的；饭吃着吃着，也会突然地停住，像咽下了一块石头；喝水也会无端地呛起来，像喝了很多酒似的，趴在那里就吐起来；思想更像是一条开小差的狗，跑着跑着就折了回来，蹭一下又跑无影了。有时候刚从外面回家，屁股蹾一蹾，又说，我有事再出去一下。也不知去了哪里，回来时魂魄明显地还落在外面。生活的规律也一下子被打得七零八落，早上莫名其妙地起得早了，衣服也不常换了，垃圾堆得到处都是，饭也开得不正常了，烧开水好几次把铁壶也烧漏了。最能检阅人身体和心绪的"做爱"，也被搁置了起来，好像从来就没有过这么回事。有时候在床上，忍不住拿手探了探，或做了很好的铺垫，到了要具体实施时，要么被坚决地拿开了手，要么被很白的眼盯了一下，好像在说，你还真好意思！都这个时候了还想这个！我只得乖乖地抽回了身子，像被冷水冲了个澡，似乎一坚持，就是虐待，实施一下，就是要流氓。

那段时间，我其实也是特别老实的，像犯了最难听的作风错误。我调到文联的时间不是很长，按理说我应该表现得积极一点，没事也应该待在单位。但那些天我都早早地回家了。我们领导是个极其幽默的人，说，你最近是不是来例假啦？我讪讪地说，比来例假还要麻烦，是流产了。

要是往常，我回家的途中都会开个小差，因为我老婆倒车回家一般都会比我晚一点点，我会先拐到别的地方去玩一玩，会展中心的羽球馆是我经常会去的地方，那里有几个老朋友，还有几个市领导，每天下班，我都会径直地奔那里去。现在的领导也是越来越喜欢锻炼了，我们就投其所好，陪他们练球，让他们高兴，就好像《水浒传》里的高逑。但那些天，我不去羽球馆改去菜场了。

我要买老婆最喜欢的菜，买吃得爽口的菜，烧得也要比往日认真一点，用力一点，目的只有一个，伺候好老婆，让她安心。就是这样，她吃饭的时候也会无端地挑剔，说这个菜淡了，那个菜咸了，说又不是逢年过节，买那么多菜干什么？我知道她是心情不好才这么说的，我只是看看她，不和她抬杠。等她心里稍稍地平和一点，再和她讲讲道理，说天塌大家事，不是你一个人"运背"；说树倒猢狲散，你一个人抱着树哭，也是孤独的；说这是时代进程中出现的新事物，是必定要发生的，就看你怎么去理解和面对了；说我们是怀念毛泽东呢，还是要抱怨邓小平呢？怀念毛泽东，我们就这样穷下去；抱怨邓小平，我们就看着别人进步，自己继续落后？她听着听着也惨淡地笑了。

其实，我老婆也不是那种"铁板一块"的人。她还在上班的时候就已经在外面兼会计了，利用自己的一技之长赚点外快。开始是一个厂，后来是两三个厂。在温州，要想维持生计，要想稍稍地宽裕，总得动动脑筋，总得勤快一点，停滞是没有出路的。她兼的单位有个体的，有事业的，也有股份制的，说起来收入可以，就是人忙一点，做着做着就面黄肌瘦。我开始不明白这里面的奥妙，心想，她只是做做会计嘛，又不是挑担拉板车，怎么这么吃力啊？后来才知道，她思想里背的包袱太多了，像下雨天担稻草，越担越重。温州的小厂一般都是有两本账的，一本是明的，是假的，是应付检查的；一本是暗的，是真的，是给老板自己看的。换句话说，小厂要是老老实实的，不做点手脚，就只好"空忙赚吃喝"了，或"斧头剁了自己的柄"。因此，小厂在招募会计的时候都会问，会做假账吗？不会做？那就不好意思啦，那就请你另谋高就吧。老婆是国营大厂的会计，经手的项目纷杂繁复，过眼的资产百万千万，她要是使一点"小伎俩"，做做假账，那太小菜一碟了。但老婆是个认真的人，尤其对会计专业，觉得原则如山。她曾经说，我一做假账就有一种犯罪感，心就怦怦乱跳。可见，类似于"杜十娘"那样的人，也是有的。自然，老婆的会计生意也就越兼越少，穷途末路了。

老婆最后一个兼职的公司叫"嘉利龙"，乍一听让人一头雾水，不知道是个什么机构，其实是做竹木器具的，做饭掌、水勺、笔筒、扇骨，产品倒是精致，就是没用。民以食为天，企业以产品为大，一个公司，做着这些不易损坏的东西、难以消耗的东西，不倒闭才怪呢。也就是说，我老婆最后一个"外快"也很快地没有了。

现在我知道了，我老婆的工厂为什么要改制了，道理很简单，和嘉利龙公司有点像，洗衣机普及了，肥皂用得就少了，而奥妙、雕牌、纳爱斯、联合利华等等铺天盖地地崛起，等于是最后一刀，直接要命。这些企业，投资一砸就是几个亿，没有像老厂那样沉重的包袱，一切都是全新的，肥皂厂和增产肥皂，就像被逼进了死胡同，就不得不"缴枪投降"了。

温州一直以来就有一句很牛的话——不找市长找市场。说的是下岗工人不等不靠，自谋出路。这其实是很片面的，是躺着说话不腰疼。市场环境不好怎么办？没有合适的市场怎么办？没有能力涉足市场怎么办？还有其他因素呢？所以，贸然地高调地找"市场"，肯定是不懂市场规律的。我曾经在电视上看到这样一个情形：东北的一家国营商场改制，要在人事上做些调整，新接手的老板还算不错的，要每个老员工出资五千，算投资入股，还可以优先聘用。这不是挺好吗？但那些老员工没有钱啊，连五千块也没有啊，他们委屈得鼻涕眼泪，觉得老板在刁难他，在欺负他。是啊，我老婆现在也没有钱，我们也没有办法排其他的阵，我们只能束手无策。所以说，"不找市长找市场"是一句废话，是一句不负责任的好高骛远的空话。

这个时候，我们的思路也是相对有限的，根本就没有想到生意这个词，也没有想到我们也可以做生意。我对老婆说，我们不要着急，我们又不是没饭吃，我们只是少了一个人工作，本来四菜一汤的，现在少了一个汤而已，我们心平气和地等一等，说不定机会就来了。我老婆无奈地点点头。她这人就是这一点好，文化不高，但决策性的事情，她还是愿意听我的。

"运好不用起得早"，这是温州的一句老话，说的是你正等着好事吧，正好有一件好事掉到你头上。我杭州的一个朋友托人带话来，说要来温州摆摊"卖房"，说要我给他在温州找个地儿，还让我给他找个代理，也就是"售楼小姐"，帮他日常打理，然后拿售楼的提成。我犹豫地问朋友，你说的这个售楼小姐，一定要年轻的吗？如果找不到年轻的，售楼大姐要不要？朋友说，大姐好啊，大姐比小姐有经验，比小姐有耐心，我就放心大姐。我这么问的意思，心里是想把老婆推出来，我惦挂着她的事，而我朋友的态度，等于是给我们吃了一颗定心丸，为我们开辟了一条新路。

这位朋友原先也是宣传部门的，以脑子好著称，我们还在傻恋着工作的时候，工作以外的事还很懵懂的时候，他已经在"海边"走来走去了，鞋早就打湿了，他搞的是蜚声杭州的房地产，他想把房子拿到温州卖，觉得温州人有钱，想招揽温州人的生意。

我就把这个消息告诉老婆，她激动得声音都变了，本来是一件很高兴的事情，她却发出了像哭一样的声音，说这是真的吗？说你不会是骗我吧？说我们运气怎么会这么好呢？工厂买断的钱还不知寅时卯月才能到手，即便拿到了，按照我老婆的工龄，也就是一两万块钱，也派不上什么用场。大家都还在混沌迷茫的时候，都还在歇息调整的时候，我们的生活就出现转机了，糊里糊涂就有了一份"第二职业"，好像我们比别人更有能耐似的，我们当然就很高兴。待老婆平静下来，她问我，那我们去哪里给朋友找地方呢？我说，这个我早就想好了，你们的嘉利龙公司。

嘉利龙公司原来就租在外贸大楼，地点在市中心的边缘，不近也不远，不闹也不静，做一些试探性的事情最好，摆摊卖房，再合适不过了。公司现在正处在半停顿状态，我老婆找经理一问，想租个小型会议室，经理当场就答应了，还同意免费使用，说，我这里现在正冷清呢，我就买个炮仗雇你们打吧，打打热闹，打打人气，把地打打暖，说不定还能带动我的生意呢。

我们把会议室腾出来，在中间摆了模型，在墙上挂了图纸，这时候还没有所谓的楼书，我老婆就凭着现学的一些"知识"，作为杭州公司的全权代表，在那里接待客人了。她其实对杭州也是没什么概念的，方位也搞不清楚，因此，她的介绍也是半生不熟的，但她的态度是积极的、诚恳的，像刚参加工作的小青年一样满腔热情。我常常在边上暗暗窃笑，当然也为她的急迫和投入感到欣慰。

在整个售楼过程中，老婆印象最深的是一个女客户，她大概四十多岁，长得其貌不扬，衣着也很邋遢，背了个旧军用挎包，她看了一圈图纸后，就问我老婆首付要多少钱？老婆说，八万。那人说，那我买三套。老婆嘴巴都僵了，说你买那么多房子干吗？这是房子，又不是粮食。那人说，三套不多，正好，我自己住一套，两个女儿，一人给她存一套。说着她打开军挎包，倒出二十四万，都是整捆整捆的，有蓝色一捆的，也有绿色一捆的，散了一桌。老婆虽然做过会计，实际上真正接触到现金的机会还是不多的，一下子看到这么多钱，好半天没回过神来。回家后还在感慨，说，这些人真有钱啊。

这是1994年，我们都还没有钱，也没有买房的意识，觉得房子就是住的，有住就已经很满足了，没有人会把房子当作商品一样去抢购，去囤积。举一个例子：我单位的一个老师，退休后要回北京老家定居了，他在温州有一处五十平方米的旧房，想处理掉带钱回家。当时市面价是四万左右，他跟我关系比较好，说，你要，就优惠给你，三万。三万能买一套房子，就是纸糊的也是合算的。但我老婆说，我们有房住啊，我们买房子干什么呀？再说了，我们也没有那么多钱。房子就这样被溜掉了。这就是我们当时的想法和窘境，也没有觉得有多么傻，多么可惜。现在再来看嘉利龙买房的女人，她真的叫作有远见啊，她如果那时候就开始炒房了，那更是不得了了。

按照事先的协议，我老婆卖了一套房子，可得七百块钱的回扣，这样我老婆就可以拿到两千一百块钱。这是我老婆下岗后的第一笔收入，但她没有要。她在工厂待了有十几年了，做过各种各样的粗细杂活，已经习惯了出汗费力的劳动，习惯了微薄规律的工资，对这种靠资源优势获取的横财，她还是有点不适应，总觉得自己是在剥削一样。她还说，你朋友只卖了三套房子，他要是多卖掉几套，我也许还好意思一点。真是"无毛的鸡崽替鸭愁"。我杭州的朋友听了也颇为感动，他感慨，现在抢钱都不要命啊，怎么还有这样的人啊，都已经绝迹了。他还说，你老婆一定是个"前人"。前人就是前朝的人。我知道朋友的意思，他是说我老婆老实、未开化、跟不上形势。

那之后，我们还做过很多事，我们不能闲在家里是不是。我们织过毛衫，买了一台简易的织衫机，在家里织啊织的，织好了就挂在铁井栏的毛衫市场里……我们也摆过地摊，在环城路夜市，吃过晚饭把家什运过去，撂地一摆，卖粗劣的海绵乳罩……我们还做过展销，每逢节假日，人民广场都会有各种各样的展卖活动，实际上就是推销积压物品，我们就去租摊位，搭好雨棚，什么都卖，铁锅瓷碗，被单毛巾……但我们都做不长，一是没有自己固定的地点，二是没有自己熟悉的、适销对路的商品，这是关键。所以，失败也是在所难免的。

下决心我们自己开个店

有一天，我们做完爱，我们的气氛还延续着，意犹未尽的手还在摸来摸去，我老婆对我说，我们自己开个店吧，我们认真做个生意。我说好啊好啊，这个时候，我更要支持她了。

老婆正式下岗后，她拿到了一万八千元的买断费。我们曾讨论过今后的打算，我现在在机关谋事，工资马马虎虎还过得去，她再在外面兼个会计，我们"少吃点轻走点"，生活虽然达不到小康，但温饱是没有问题的。我们也曾经讨论过这个买断费，我建议再添入两千，凑个整数，放银行里吃息，或放朋友厂里吃高利贷。呵呵，都是些窝囊、胆小、原地踏步不思进取的想法。

其实，老婆是一直想做个正经生意的。我们前面的那些练摊不算，那是开开玩笑的，要认真了，我都没有同意。为什么？道理很简单。做生意要有"老奸巨猾"的素质，我老婆比较本分，她不是这样的料。做生意也不是百战百胜的，弄不好入不敷出了，血本无归了，那真是北斗朝南了。而我又不能真正地帮她，怎么说我也算半个文化人啊，算个机关干部，我不可能全身而出；她一个人单打独斗，万一有个闪失，我远水救不了她的近火。但现在她下岗了，条件起变化了，我们又尝试过练摊，现在又挑了个关键的时机跟我说，等于拿做爱和缠绵来"要挟"我，我当然不好反对了。我跟她开玩笑说，干部都是这样被拉下水的，吃别人的嘴软，睡别人的腿短，晚节就这样一点点不保了。老婆咯咯地笑起来，说，举例不当，你把我当成什么人了。

老婆计划要开的店是鞋料店。为了支持老婆，我给了她许多"优惠"政策：店面的租金我出、工商管理费我出、每月的营业税我出，我说，如果你店里的东西是代销的，那你等于是一文不出，白手起家，要做成了生意，等于就是"一本万利"。

我们的店开在隔岸路，这是条不大不小的路，和温州所有的路一样，两边都开满了各种各样的小店，有酒食摊、音像店、理发室、洗衣铺、小超市、摸脚穴、电脑复印店，不知从什么时候开始，这里也开起了鞋料店。暂时只有两家，一家是卖鞋扣的，一家是卖鞋线的，算专营性质。我老婆开的是鞋杂店，什么叫鞋杂？就是"百草糕"，什么东西都有，胶水、糨糊、邦钳、批刀、鞋蜡、皮擦、包装纸等等等等，一般人听不懂，解释起来要好半天。老婆说，像我们这种形式以前也不是没有，比如南北干鲜果，比如烟酒糖果杂，都是这样的模式。我开玩笑地附和，再比如卖粪桶扁担的"畚扫堆店"。

隔岸路渐渐开出了鞋料店，是因为这里搞了个温州"鞋都"。现在的牌头都乱叫，什么鞋都，其实就是一班小鞋厂挤在一起。隔岸路原来有个著名的企业叫温州茶厂，计划经济时代，茶农不能自己制茶，茶叶都是经过这里加工的、买卖的、出口的，很吃香的，曾经是地方上的利润大户，最多的时候安排就业岗位三千个。现在，茶叶流通的渠道敞开了，茶叶的面貌也越来越神秘了，茶农们就把这个生意拽在了自己手里，他们自己种，自己摘，自己炒，甚至自己打自己的品牌，怎么好听怎么叫，怎么好卖怎么卖，这样，这个国营茶厂马上就倒闭了。但茶厂的地大啊，从人民路边上拐进来，经茶厂桥一路走进来，沿水心河再转过一圈，俨然一个半岛，都是它的地盘。虽然茶厂没了，但机构还在，现在，他们把原来的场地和厂房利用起来，搞起了租赁，已经有大大小小的五十多个鞋厂待在里面，这不就成了鞋都了吗？还有个关键是，这里又和"来福门鞋市"比邻，隔一条马路，从茶厂桥走出去，跨过人民路，就在对面的松台山脚，温州最大的皮鞋集散地就在这里。只要鞋市在附近，茶厂改鞋都就是必然的，而隔岸路，相应的，鞋料店也就越开越多了。

据说，温州有一万多家各种各样的鞋厂，有些是上规模上档次的，有些则是"三无牌的"；有些有自己的专卖店，有些只是在商场里租个柜台；还有些就是家庭作坊，前店后厂，老公做老婆卖；最多的是那些自产自销的小厂，样鞋摆在来福门，让全国各地的鞋贩们来挑选，选中了，摆上商场，有了销路，再回头定做，那些小厂就有业务了，就有饭吃了。有这么多的鞋厂，就有这么多给鞋厂供货的鞋料店，哪怕都没有关系，"瞎子鸡啄虫"，捉漏也可以捉个半饱。照这样的理论，我老婆要开个鞋料店，思路和方向都是可行的。

我老婆的店租在"隔岸饭店"的楼下，这里原来是茶厂的食堂，后来被个人承包了，成了对外营业的饭店。承包的人脑子不错，餐饮、娱乐、足浴、KTV都搞，但也许是地段的关系，人留不住，生意一直不暖，所以就把几个临街的包厢理出来，捣出门面租给了我们。就这样，我们的鞋料店就开起来了，虽然像模像样，虽然有我给予的"优惠"做后盾，但毕竟是初次经商，毕竟不知道鞋料的水有多深，路有多远，她还是"醋碟里开荤"，好省就省。

老婆节省的途径有三条，或者说四条，其中有一条还和我有关。

一是她不装电话。店里的电话其实是很要紧的，叫货用电话，问询用电话，催款用电话，没电话就意味着"睁眼瞎"，就意味着信息不灵，甚至意味着服务跟不上。但我老婆坚决不装电话，原因很简单，就是我前面说的，初装费太高。我也去邮局问过这件事，不仅是初装费，还要打通关节，让里面排出一条线来，还要送中华烟给装机的老司，否则，你就是缴了费，电话依旧装不起来。这么麻烦的事，我当然也不会答应。但我老婆有办法，她现在店里就有一台装模作样的电话，是老婆向背后那个饭店租来的，是用来装装门面的。按照我老婆的说法，反正饭店的生意也不怎么好，电话空着也是空着，我向他租，他还可以多收个租金，何乐而不为呢。他们就把电话线从楼上放下来，很隐蔽地拐进我们的门框，我们每月向饭店交一百元，饭店则限定我们只许接不许打。这样也好，毕竟也方便了许多，一百元就是摆一台电话装饰，也是合算的。我老婆把电话号码印在了名片上，发名片的时候，都会刻意地提示，我店里有电话啊，你有事只管打啊。对方也无一例外地吃上一惊，说哇噻，你店里也有电话啊！有电话好啊，有电话我们要货就方便多啦。我老婆就欣然接应，是啊是啊，没事也可以打啊，多多联系啊。

二是她不叫帮手。开店是最最需要帮手的，特别是我们这种鞋料店，又脏、又重、又累。脏她是不怕的，她本来也不是什么太太小姐，她就是从工厂里出来的，也是从最差的工种摸爬滚打，慢慢才做到会计的。重她也可以安排，她这人嘴甜，逢人就叫，有人就派差事，老司啊，你帮我这个东西搬一下哦。老司啊，你好事做到底，帮我把东西放放好哦。一般也都能如愿。累就没办法了，这是她自己认定的生意，是服务厂家的生意，要赶在厂家上班前下班后，要轻松你去卖手表去，卖化妆品去。不叫帮手最麻烦的就是厂家要货，别看那些小厂作坊，架子都摆得很大，像龙头企业，一个电话打过来，像催命一样，都要你立马把东西送过去，哪怕是几张鞋纸、几条鞋油、几斤鞋钉，都像是天大的恩赐。这样的时候，我老婆只得把店门一拉，或把店门交给隔壁店里，跟他们说，你帮我把店看一下啊，我去去就来啊；有客人的话你先帮我接应一下啊，先叫他坐一坐啊。好在我老婆人缘还不错，她这招基本上也能行得通。

三是她经常地申请打烊。申请打烊是我老婆开店的最大发明。店是开起来了，但生意还是一般。开店不是都能有生意的，生意靠守，生意靠关系，生意靠信用，生意靠服务，这些我们都懂，这得一步一步来。但我们不是着急吗，我们不是有钱了才去经商，我们是下岗了无奈了才来经商的，我们巴不得立马有个起势。而有些费用是没有办法的，店门一开马上就产生了，即使是没有半点生意，它也是铁定的，要我们履行的，比如税，比如租金，比如管理费，你都少不了。后来我们就找了关系，做了税务的工作，设定了一个基本数，"包根"。但即便是包根，我老婆也嫌它贵，就打起了它的主意，想钻它的空子。她平时有事没事经常往税务那边跑，经常地送点小恩小惠，这是我给她出的主意，叫她要恬记着人家，要像浇花一样，经常地浇一浇，初一、十五、端午、中秋，不一定一下子都浇出花来，但等到出事了才找人家，那都已经迟了。这样，我老婆就给税务留下了好印象，觉得这女人勤快，有人情味，有社会流，就对她很客气。于是，我老婆向税务叹苦的时候，税务的同情心也油然而生。什么冬天不冷，棉鞋没生意啦；什么雨水太多，皮鞋穿得少啦；什么夏季太短，凉鞋穿不上啦；什么换季太快，鞋样吃不准啦；反正都是些"鞋难做鞋难卖"的理由，这些理由都导致了她生意不好。这时候，税务就会悄悄地给她出"主意"，说你打个报告来吧。老婆问，报告怎么打呢？税务说，你刚才不是说了很多生意清淡的理由吗？老婆说，刚才是私下里和你说说的，要拿到台面上去还是不行的。税务支持地说，你就说闲月淡季，申请歇业吧，我们又不是弄虚作假。这样啊，我老婆就心领神会，就堂而皇之地打了报告，说了生意不好的理由，要求歇业休息。税务也装模作样地批了字，同意她歇业，同意免税。这是最重要的。

其实，歇业休息是假，"犹抱琵琶"是真。要真的休息了，我们怎么赚钱呢？门都关了，我们还做什么生意呢？税务的意思是，你把门开一半，意思意思，似开不开，似关没关，我们看见了，就当你关门了，我们没看见，你生意照做，做来都是你自己的，我们睁只眼闭只眼就是。这等于"逃了税又做了生意"，哈哈。

四就是和我有关的一点，我也被老婆拉到店里帮忙来了。叫我帮忙就等于叫了一个免费的打工仔，不仅卖力，而且还可靠。这是我们家眼前的头等大事，我当然义不容辞了。是啊，我们家世代做工，我老婆家也是，现在时代变了，社会也变了，人的价值观更是变了，对事物的看法和理解也不一样了。过去我们以工人为荣，现在我们以贫穷为耻；工人肯定是赚不了大钱的，而贫穷至少证明了两点：一、我们家先天不足，没有什么暗财；二、我们后天也不努力，我们满足于现状，我们活该；我们要告别贫穷，只有做生意。生意是我们做出的重大选择，但也是我们无奈的选择。过去我们谁看得起生意人啊，我们对生意人的词汇都是贬义的，什么"十个商人九个奸，剩下一个更刁钻"，是不是？现在我们不这样想了，我们秉承了上面的说法，"发展是硬道理""让一部分人先富起来"，我们现在要发展，我们就是这一部分人。对生意，我们是一窍不通的,心里一点数也没有,我们没有经验可取,也没有前车之鉴,我们更没有太多的钱缴学费,所以我们就摸着石头过河,好省就省。我们要是做得好,钱也赚得来,我们今后就是生意人了,我们的后代也会继承我们的衣钵,我们的身份就会发生根本性的变化。我们要是填表格,就不会再填什么学生啊、工人啊,我们就会填个体经商户或小业主;轮着我们的后代,就会填老板,做大了还可以填企业家,甚至不用做事可以指手画脚的资本家。所以,这等于是一场革命、一场翻身仗,我肯定是要参与的。如果我们努力了,仍无起色,仍走不出这条路,我们就认命,再回来也无憾。这是我们的转型期,同心协力,意义非同小可。

我只好去单位请假。我现在的工作是编杂志,不是很忙,两个月一期,我把家里的事情跟领导说了,说上次是老婆下岗,是煎熬;这次是谋求发展,是痛苦的抉择。我把生意说成是我们家的"生死战",现在正处在"破釜沉舟背水一战"的关头,我要牺牲自己,力挺我老婆,也希望领导做我的坚强后盾,支持我。这一年也确实是非常时期,据说,"下海"一词就是在这前后被生造出来的,似乎没什么道理,却专指"放弃原有工作做生意",大家一听就懂。温州曾出现过很多生意方面的专用名词,什么"飞马牌",什么"八大王",什么"投机倒把",什么"割资本主义尾巴",都跟生意有关,都被人穷追猛打过,有的甚至还付出了生命的代价,像飞马牌供销员,就是因为人活络,业务接得好,被枪毙了。我们单位只是个群众团体,不会上纲上线,我们本来也没有什么硬任务,大家又都思想活跃,一时间,很多人都在蠢蠢欲动。很快,有人出国了,有人辞职了,有人"双免",有人"内退",都在外面试着下海。我没有他们那些条件,腰也硬不起来,我只能提一个不三不四的要求——不坐班,把杂志编好,只拿个基本工资,其他的什么都不要,怎样?领导掐指一算,这没有损失啊,也没有耽误啊,还可以拿我的"其他"聘一个临时工,给自己跑跑腿、打打杂,何乐而不为呢?于是,他开恩了一下就"准奏"了。

就这样,我请了假,来到了店里,帮老婆一起做生意。我们的分工是:她负责接洽、营业、发展;我比较简单,负责送货。我们店里有两辆送货的车,但都是自行车,一辆蓝色的"小海狮",是我老婆骑的,送一些可以放在车前篮兜里的小东西。一辆加重的"永久牌",那是我的坐骑,我还在后座上装了一块板,一次可以垫两大袋鞋撑、或十箱南光树脂、或八个圆桶的包头料……

送货其实是个有损尊严的活。不是指我要用怎样的精神去对付它,或是它和我现在的工作有多大的反差,都不是,我本来也不是什么大人物,我就是一个小编辑,骨子里本来也很贱,在单位受领导和同事的差遣,在店里受老婆的差遣,差不多,所以,我并不计较送货的性质。我苦恼的是我的身份,我毕竟不是一般的打工仔,不是纯粹干苦力的,不是把鞋料丢到对方厂里就可以完事的。我是我老婆的老公,如果我老婆是老板娘,那我就是老板,如果我老婆是总经理,那我就是董事长,送货只是我的一项兼职,我后面还会夹杂着许多责任和许多有碍面子又难以完成的任务。老婆说,你不要光送个货,不要着急着回来,顺便去他们厂里看一看,他们用的东西,如果我们也有的,你就把生意拉过来。接了命令,我送货过去的时候,就东看西看,贼眉鼠眼的,像个小偷一样。看中一个我们也有的东西,就恬不知耻地跟他们说,老板,这个东西我们店里也有噢,是不是分一点给我们做做噢?要不要我下次也带点给你们试试噢?老板斜了我一眼,爱理不理的,我就灰溜溜地回来了。

老婆说,他们别的也不做,就做这一样生意,你把东西送去时把账结掉算了。又是命令。我送货过去的时候就到处找签字,仓库签字、车间验收签字、财务主管签字,最后找到老板,我说,这一点钱是不是现钞结了算了?老板理直气壮地说,没有的,我们都是挂账的,我们的皮啊、革啊、鞋底啊,这些大宗的东西都挂账,你这些鞋杂还要结现钞?笑话。还说,一般生意我们都是半年付的,个别的我们还有一年付的,你老婆人好,我给她一季付,已经很优待了。呜呼,我哑然,我无地自容,我只能在心里骂,什么东西,"病人还狠过医生"!

从这些厂家出来,我常常会想,要是换到二十年前,我早就和他们打起来了,鸡蛋也要和石头碰一碰。二十年前我血气方刚,二十年前社会也混乱,但现在不行了,现在我得把心思藏起来,把脾气收敛住,我什么也不是,既没有在机关里待过,也没有什么能耐,我就是我老婆的老公,在她店里打工,帮她一起做生意。这是目前她摆脱困境的唯一希望,是她喜欢的寄托,我要任劳任怨地配合她,要努力维护好她的生意环境，不能给她添乱，更不能拆她的台，哪怕是没有了所谓的尊严，我也要忍着吞进肚子里。

当然，送货也有特别高兴的时候。那是有一次送鞋撑，鞋撑是个"胖货"，一千双鞋撑放在自行车后座上就像是一座山。那天下雨，还不是小雨，对方来电话说，急等着鞋撑装鞋，我老婆就叫我快点快点。那个小厂在靠近城郊的横渎，离我们隔岸路大概有六公里路，我急人所急，拼命地骑啊骑，雨衣被风吹得像风帆一样哗啦作响，我的鞋和裤很快就湿透了，头发和衣领也都是冰冷的水，但鞋撑不能淋，淋了雨就会像喝了水一样，装到鞋子里就可能发潮变霉，我就用薄膜把两袋鞋撑包裹好，这样，我身后的鞋撑就像是半空中飞行的热气球，我一路骑车飞奔，路人和车子见了以为是不明飞行物，都纷纷避让。

到了那个小厂，其实就是一间五层的农民屋，被"螺蛳壳里做道场"一样做成了一个皮鞋厂，一楼是办公室兼样品间，二楼是仓库和验收，三楼是复爪和烘干，四楼是车邦和夹邦，五楼是划料和落料，真的是"五脏俱全"。我受了老板的指引把鞋撑搬到二楼，仓库签了字，验收也签了字，大概是看在雨天和路远的面子上，老板叫老板娘把货款给结了，一袋一百块，两袋两百块。我第一次尝到了"收现钞"的滋味，心里居然生出了些许感激，向他们点头哈腰。

回来的路上我一点也不觉得疲惫，似乎还很兴奋，辛苦转化为成果，车也骑得很顺溜。老婆说了，鞋撑是放在我们店里代销的，九十五块一袋，我毛算了一下，这一趟风雨兼程，我赚了十块钱。十块钱是多少？补个轮胎都不够，吃碗点心都不够，洗个头淋个浴都不够，但我们是欢喜快乐的。真的，辛苦是次要的，钱也是次要的，重要的是，我们参与了，投入了，我们在做着一件实实在在的事情。

合伙人等不到收获就走了

我老婆怎么会开鞋料店呢？这应该算是相对比较专业的行业，如果对皮鞋不熟，那么你一双鞋拿在手里，就等于拿了一块石头在手里。说来话长，我老婆刚参加工作时，就是在一个小鞋厂做过。我前面说过，温州是中国鞋都，是鞋业基地，跟鞋沾边的"大王"有很多，中王小王更是不计其数。中王小王是指那些规模可以的、质量也不错的、品牌有一定效应的鞋厂。但更多的，则是那些"三无"小厂，无自己厂房，无固定品牌，无质量可言，这样的小厂遍布温州城乡各地，自食其力，也自生自灭。它们不仅解决了许多就业岗位，也推动了产业发展，实际上也烘托了那些明星企业，就像蜡烛一样，燃烧自己，照亮别人。也许有人会问，那些小厂的皮鞋有人穿吗？有，当然有，甚至生意还不错。社会如此之大，富豪毕竟是少数，中产阶级也是少数，大部分人还滞留在温饱线上挣扎，因此，低廉产品的受众，还是很多很多的。

说一个笑话，一次一位行业领导到温州视察工作，地方特意安排了最具温州特色的环城路夜市。环城路白天是交通要道，晚上便乔装打扮，变戏法一样变成了一个夜市。一顶顶花花绿绿的遮阳伞像雨后树林里的野菇在路边冒了出来，一张桌子，路边民居里电灯一接，一个夜摊就这样摆出来了。这是温州工商部门为解决市民练摊而开辟的一个"战场"，没有大买卖，都是些小打小闹的小玩意儿，卖晨昏鞋、卖海绵乳罩、卖纸做的皮带、卖塑料的首饰挂件，都是非常漂亮的东西，但质量都缄口不言。在温州，逛环城路夜市是市民晚饭后的最爱。大家买着玩，也卖着玩，没有人想在这里买到世界名牌，也没有人想在这里要成为世界五百强。视察的领导也被这里的气氛吸引了，被琳琅满目的产品撩拨着，他饶有兴致地观看。在一个卖晨昏鞋的摊位前，领导停了下来，做关心询问状，当问到晨昏鞋的价格时，领导被吓了一跳，多少？摊主又说了一遍，五块！领导吃惊地再问，五块钱也有鞋子买？摊主坦然地说，当然有，温州就是有，你要好点的也有，八块，但你要明天来，今天没有了。领导好奇地拿起鞋，左看右看，这真是一双漂亮的皮鞋啊，铮亮的漆皮、欧式的沿条、双明线车邦、硬邦邦的背头、鞋底还刻了厂标，就像"元青花"下面的落款，时髦又确凿。领导忍不住地要了一双，在现场大家的怂恿和欢笑中，当即试穿了一下，还装模作样地走了几步。

第二天，领导满载着收获的喜悦要回去了，他一直在为脚下的这双晨昏鞋而激动，但是，在临上车前的一刹那，鞋子出事了，他在跨入小车前被莫名其妙地绊了一下，他试着想再抬抬脚时，又被绊了一下，一看，鞋头像嘴巴一样张着，愕然地瞧着他。领导明显地生气了，这怎么搞的？他虽然是自言自语，但边上的陪同都感到了这是一句批评，忙说，这些小厂的鞋子一直就是个头疼的问题，刹都刹不住。领导说，前面不是已烧了几把火了吗？不会是野火烧不尽，春风吹又生吧……

前面的几把火，指的是在杭州武林门烧的劣质皮鞋，那是正式的规模厂家搞的，是做给"假冒伪劣"看的，和这种本来就"价廉物美"的皮鞋无关。这事如果让我解释，我就告诉这位领导，这种鞋不是给他这种人穿的，也当不得正经皮鞋穿的；那是给那些模特上台亮相时穿的，下台就准备收藏的。再说了，这种鞋本来就不能和质量连在一起，它的出发点不是质量，而是工艺、制造和它的意义。我们要这样想，五块钱您能做什么？但勤劳智慧的温州人能做出一双时髦漂亮的皮鞋，哪怕它只是一双玩具皮鞋，它的思路、它的创意也是新的。您要是这样想了，您就会觉得，它是多么了不起啊，您就会感叹，温州人是多么有创造力啊，那样，您就会惊奇，就会高兴。

这个笑话也说明，那些大厂跟我们这个店没有关系，我们的店，就是为那些小厂服务的。我们没有钱，我们也不做品牌生意，我们不会做皮啊革啊鞋底啊这些大宗生意，我们只能做做那些鞋杂，这些细而小、零而乱的生意，一些质次而价廉的生意。

说起来，我老婆开店也算是熟门熟路的，她最早在鞋厂时，虽然没直接做过鞋，但她在仓库保管过鞋材，知道点做鞋的门道，知道什么是鞋的"正件"，什么是鞋的"辅件"，什么是"鞋杂鞋末"，知道开什么店卖什么东西容易上手。应该说我老婆还是做过"市场调查"的，她的"可行性研究"还是过关的。

但是，做鞋料生意光知道什么便宜、什么好做、哪里进货还不行，还要有客源。温州的鞋厂很多，但鞋料店也多，如果说供大于求，鞋料店多于做鞋厂，十个罐子十三个盖，那总有几个盖子是多余的、闲置的，所以，还要靠渊源、靠关系、靠人脉。我老婆刚开店时，靠游说、靠自然客、靠服务态度，但一段时间后她就知道了，这样做是做不长的，是很难做的。那些厂家基本上都有自己固定的供家，我们要打破他们的旧秩序，建立自己的新秩序，让他们把原来的关系舍弃掉，反过来再回头照顾我们的生意，那真的比开天辟地还要难。

于是，我老婆在做了几个月生意之后，在尝到了冷清和麻烦之后，决定要在店里请一个顾问——一个她在鞋厂时的老工友，她称之为阿香姨的退休佬。

阿香姨大概六十多岁，老婆说，她有许多优势，她在工厂时做过皮鞋，熟知皮鞋的工艺流程；她老公生前也是做皮鞋的，曾在自己家里"自产自销"；她原来就住在来福门一带，鞋市上来往的鞋佬都认识她；她的儿女也都在做鞋料生意，她对鞋料的行情一直就不曾生疏过……我曾经疑惑地问老婆，她在家里好好的，为什么要跟你出来啊？老婆说，她寂寞啊，无聊啊。我又问，那她凭什么要帮你啊？老婆说，谁不想赚钱啊，我们给她诱人的报酬嘛。老婆又说出了阿香姨的秘密——她的子女在分配父亲遗产的时候闹了矛盾，大家都迁怒于她，所以，现在她和子女的关系很微妙；而阿香姨也不想依靠子女，也想自己攒点钱，又苦于独木难支；这样，老婆的橄榄枝一伸，她就答应"出山"了。当然还有最重要的一点，就是老婆说的报酬——看看店，搭搭话，不用投资，利润对半分。这似乎很对一把年纪的阿香姨的胃口。老婆把阿香姨分析得头头是道，对自己的计划又振振有词，我也就随她去了。这里说明一下，我这人空讲散讲还可以，具体到生意的细枝末节，我就没辙了，脑子就像糨糊一样。

阿香姨就这样"走马上任"来了。她往店里面一坐，好处马上就显现出来了。一是我老婆放心，把店交给阿香姨，就像交给自己的母亲一样；二是阿香姨对鞋料的了解，就像了解自己的眼睛一样，什么东西都能说出个一二三来。还有就是，她坐在店里，我老婆就可以到处乱跑了，跑厂家联络感情，跑市场了解行情。生意的道理就是这样，困则死，跑则活。最大的好处就是混淆了视听，混乱了面目。我老婆毕竟是"初出茅庐"，初涉鞋料，生意要么是厂家应急，临时拿一点；要么是碍于她的热情，勉强照顾一下，这样的生意，步履相当地艰难。阿香姨坐在店里就不一样了，她是老鞋料出身，她一亮相，给人的错觉就是阿香姨老店新开了。和她同时代的人见了，就会问，怎么啦阿香，你又开店啦；一些厂家见了，就会说，怎么来福门不开啦，开隔岸路来啦；她的儿女的朋友见了，就会惊讶，某某妈，你一家都在开店了，你还出来开啊，你想把别人的饭碗都抢走啊。这样的时候，我老婆丝毫没有被"张冠李戴"的不快，也丝毫没有被"篡班夺权"的危机，相反地还将错就错，偷着乐。因为这样的混淆对一个新店来说，无疑是莫大的福音，无形中起了广告宣传的作用，还丰富了人脉。

但是，阿香姨毕竟年纪大了，她的缺陷也是很多很多的，最大的缺陷就是落伍。不是落行业的伍，而是落社会的伍。社会在进步，但人的道德却在沦丧、在下滑。她以前在家里开店时没这么复杂，碰到的都是些纯粹的客户，她不用费别的心思，只需做好自己的买卖。现在不一样了，现在她会经常地碰到一些骗子，或者贼，这对她来说是个完全陌生的领域，她既不谙骗子的伎俩，也不知如何去对付防范，她要是碰到这些情况，真的是无奈又无语。

有一天，我老婆跑厂家去了，我也出去送货了，店里只剩下阿香姨留守。这时候，店里来了三个"采购模样"的人。阿香姨精神为之一振，忙迎上去招呼接待。一个问胶水多少钱，问是不是广东的产品，和市场的差价有多少；一个问包头的质量如何，厚度都齐全不，硬度能不能达标。这分明是调虎离山和声东击西，但阿香姨哪里知道这些"兵法"啊。阿香姨被这些"内行"的问题考试着，应接不暇。正这样津津有味地说着，三个人突然像刹了铽一样戛然走了。阿香姨觉得纳闷，但也没有多想。后来，我老婆回来了。老婆回来都会习惯性地问，今天有生意吗？阿香姨说，生意倒是没有，但有几个人来问过货。老婆狐疑地问，问货？问什么货？阿香姨说，东问西问，问胶水是不是正宗的？问包头的规格齐不齐？老婆哎哟一声，忙奔到桌前检查抽屉——抽屉里，今天的收入，加上昨天的找钱，都不翼而飞了。原来，那三个装模作样的小偷，以询问为由，分散了阿香姨的注意力，以篮球运动战里的挡拆形式，先挡住阿香姨的视线，由另一人迅速插入，行窃得手。教训啊。老婆当然也没有多说什么，但阿香姨则惭愧不已，她恨自己脑笨，没看穿小偷的伎俩；恨自己眼小，一张"树叶"就把她给挡住了。

后来，阿香姨就吃一堑长一智，店里只有她一人坐守时，她就钉在桌前岿然不动，貌似看店，实际上是在守抽屉。有人进来问货，她就雷达一样照着他，坐着应付，不被他调动。两三个人过来问货，她干脆就理都不理。实在是抵挡不住了，就说，我不知道，你要等就等老板娘回来。真要是有人买货了，她也矜持着，等对方把东西挑好，准备付钱了，她才起身稍稍地配合一下。总之，阿香姨现在有经验了，不轻易被诱惑了，不轻易擅离职守了。

但是，道高一尺，魔高一丈，阿香姨稍不留神，又被"敌人"摸了"哨"。这一次，阿香姨中的是"先入为主"的计。早几天，店里就有人过来分名片，说自己在鞋都里面开了店，也是做鞋料的。他做的是革，我们则以包头子跟为主，他的意思是，若有人到我们这里买革或到他那里买包头子跟，双方就互通有无，调剂一下。这是好事啊，等于我们在鞋都里面开了一个窗口，一个连锁店。这事老婆也没有太在意，但处心积虑的人你是防不胜防的，有一句话是怎么说的，不怕贼上门，就怕贼惦记。阿香姨已被人惦记了，你有什么办法呢。一天，也是阿香姨当班，又有人来要东西了，拿出名片，说自己是什么店的，说前些天刚来洽谈过合作。这名片阿香姨有印象，还在抽屉里放着呢，警惕自然就松懈了。那人说要多少包头子跟，要什么厚度什么形状，阿香姨轻而易举地就被调动了，她搬搬这个，又搬搬那个。那人还说，东西先放在这里，等你送货的来了，一并送到他店里。"生意"完毕，那人就走了，阿香姨静下心来后觉得哪里有不对劲——这生意看似热闹，忙活了半天，却什么也没有买啊。他没有提到钱，也没有拿走东西，那他的目的就值得怀疑了。阿香姨赶紧去看抽屉，果然，钱又消失了。开始的时候，阿香姨还抱着一丝希望，觉得那人的名片还在，他的店还开在鞋都里面，跑得了和尚跑不了庙，不怕。这事后来说给我老婆听了，她腰都笑弯了，她说，如果我们现在还相信那名片是真的，那我们真是太幼稚了。当然，她也在检讨和自嘲，说都怪我粗心大意，他当时过来分名片时我就应该有所警惕。又说，他也是花了心思的，等了那么长的时间，放了这么长的线，要是不让他钓点东西回去，他是不甘心的，我们也过意不去。话虽然这么说，也说得轻松，但阿香姨还是很不好意思的，说一定要赔钱。老婆一把拦住，说，我们前面缴的是"高中学费"，这次缴的是"大学学费"，都是正常的损耗，就当是今年的利润少算了一点嘛。呵呵。

再后来，阿香姨又受了一次挫。这一回，来人又换了一个新花样，先是在店里看了半天，最后也买走了一捆包头。一捆包头，二十双四十片，做鞋没有只投二十双的，也没有不配套子跟的，难道他做的是拖鞋，但拖鞋也不是现在的季节啊。本来，只要稍稍地一分析，这些"破绽"马上就暴露出来了。但阿香姨的确年纪大了，的确脑子钝了，她没有想到这里面还有"生财之道"。事后发现，阿香姨收进了一张百元假钞。一捆包头多少钱？四块。而来人就是用这个手段，用百元假钞找走了阿香姨九十六块真钞，呜呼，真是再有经验的老猎手也斗不过年轻聪明的狐狸精啊。

这些事对阿香姨来说是沉重的打击，时代在进步，她却还在原地踏步，甚至是退步，她已经不适合这种真刀真枪的生意了。老婆说，没关系，你就当是我妈，帮我看看店，你在，我放心，你在，我才可以无牵无挂地跑出去。阿香姨说，我没有帮你什么忙，倒是给你添了不少的乱。老婆开玩笑说，帮忙和添乱比起来，还是帮忙多的，换了别人，也许会更乱。

是啊，店里有个自己人，不知要省了多少的心呢，不用担心消极怠工，不用担心转移材料，不用担心卖多报少……对于阿香姨所产生的损失，我老婆都是一笑了之的。阿香姨也曾多次要求辞职回去，但老婆都以种种理由予以挽留。损失钱，老婆当然是心疼的，以她的秉性（会计一般都很在意钱），以她的处境（下岗后经济更是捉襟见肘），这些钱都好比月亮和太阳。但我知道，老婆现在是别无选择，华山一条路，她只有坚持着，才能够最终走出去。其实，我更知道，老婆心里还有个更大的目标，这个目标急需阿香姨的辅助，这些辅助是什么呢？只有老婆清楚，只有老婆知道它的价值。从这个角度讲，阿香姨就是一个"巨大的利润"。

这段时间，老婆任由店里的"松散"和"出乱"，也就是说，店里有做没做，她都无所谓，是亏是赢，她都可以接受。她就是一门心思，趁这个机会，跑厂家，跑业务，联络感情，建立门路，想在短短的时间里尽快地积蓄后劲。在她看来，生意的好坏是一时一刻的，而没有"后劲"是怎么也走不远的。这段时间，阿香姨被我老婆牢牢地陷在店里，每天就这样"温吞汤煮牛肉"，生意偶有做做，小错也凑巧犯犯，但没有关系，她的"贡献"在那里，她在"润物细无声"，在不知不觉地发生作用……

时间就这么杂乱、匆促、熬人地过去了，到了年底，这个店尽管还开着，但就像北京人说的，空忙赚吆喝。不过也有收获，那就是收获了

"名声"。做鞋的人都知道了，隔岸路新开的那家鞋料店，老板娘是我老婆，她勤勉，热情，好说话，不计较，生意似乎像孕育着，已看到日后的苗头了。而阿香姨，勉强熬到了年底，效益清汤寡水，期待也成了泡影，这不是她的初衷，她早已没了兴趣，她真的要走了。这时候，我老婆当然也是好话说尽，当然也意思意思地挽留，但心里已经是放弃了——随阿香姨去吧。

第二年春节，大年初一，我老婆一大早就去阿香姨家里拜年，连她自己的父母都排在阿香姨之后，可见阿香姨在她心里的位置。她送的礼很重，是温州市面上最高的规格，她真的把阿香姨当作救星，当作引路人，在她开店最最关键的时刻，是阿香姨在后面帮助了她，支撑了她，推动着她。

之后的每年春节，我老婆都一如既往地第一个到阿香姨家里去，这当然有感情的成分，但我觉得她更有"还愿"的成分。我曾经问过老婆这件事，你当初是真心邀请阿香姨加盟吗？你就没有利用她的成分吗？店里稍有起色后，你是不是就不想留她了？是不是故意放任了她的"小错"？是不是"导演"了她的离开？对于我这些问题，老婆没有正面回答，也不作解释，她笑笑说，你都这样想了，我还能说什么呢？老婆又说，你说我故意，我说没有，你肯定说我假，但我对我们的店是尽心的。仔细想想，我老婆也是没错的，她也是在黑暗中求索，也是为了店里的"最大利益"，当然也做到了"仁至义尽"，这也是发展的硬道理，也是一种生存方式和生存法则，我慢慢地也接受了。人们习惯把一些聪明又好玩的做法称之为"农民的狡猾"，其实，工人要是狡猾起来，肯定比农民还厉害。

讨债逃债是温州经济的特色

温州在人情方面是有许多优良传统的，比如借钱，比如借东西，温州人有句话叫"有借有还再借不难"。我小时候住在一个大院子里，有十八户人家，关系像亲人一样融洽，财物也不分彼此。放学回家，门进不去，先在隔壁玩一会儿；爸妈一时回不来的，会嘱咐一句，饭就在某某家吃吧；家里缺点什么的，就问隔壁邻居，你家什么东西借我一下噢；经济一时周转不过的，也会从邻居那里临时调剂，只用一句话，等过年发了补贴一并还上。这借的背后不仅有社会道德，还有做事的规矩；不仅有温暖的人情，还有相互的信任，以及自我的形象等千丝万缕的东西交织着。

现在，社会是进步了，但上述这些软性的东西却退化了，人们自私地保留了借钱借物的传统，而有意将人情和信用削减了、丢弃了。也不知从什么时候开始，温州的生意也生出了这种"赊账"的顽疾，赊账，欠账，再赊，再欠，还了前面的老账，又赊起后面的新账，最终，欠的人还不清了，而讨的人也讨不动了。秩序被人为地恶化了，而有人则喜欢这种恶化，不是说人们不愿意奉公守法，而是更多的人喜欢浑水摸鱼。所以，从一开始开店，我们就卷入了这种赊账讨债逃债的旋涡之中。我曾经和老婆说，别看这么多人热衷于赊账逃债，但大家对这个还是深恶痛绝的。现在从我们店做起，我们坚决抵制赊账之风，宁愿单刀落，也不要零碎剁，也就是说，宁愿打个折一次性结清，也不要吊死鬼一样这样吊着。但是做不到啊，我们一做就觉得障碍重重。有人过来买东西，你说要现金，他掉头就走，还说，现在哪还有带现金的？你把东西送到厂家，你要他结算，他说，那你拿回去吧，难道还要不到东西不成？账被他欠了不说，还被他奚落了一顿。我们的力量太渺小了，我们撼不动温州生意的陋习，我们只坚持了一小会儿，自己不得不败下阵来。没办法，大家都这样，我们洁身自好有什么用？"逼良为娼"啊。

前面说过，我老婆很在乎钱，一是我们穷怕了，二是她本来就是个会计出身，所谓斤斤计较就是老婆这些人的特点。虽然她接受了赊账的现实，但心里头还是相当抵触的，一旦被欠，焦虑、担心、吃不好、睡不着，还加上埋怨。这些都让我心疼，也让我纠结，谁让我是她的老公呢，谁让我支持她做这个生意呢。老公有什么用？老公就是在老婆困难的时候挺身而出，就是在老婆烦恼的时候来替她分忧。于是，无尽的麻烦——讨债，就落在了我的头上。其实，我哪里会讨债呢，讨债一点也不是我的特长。

讨债不分大债小债，性质都一样，都得觍下脸来，都得堆上笑，而相对于大债来说，讨小债更没劲，更窝囊。比较窝囊的讨债有那么几次——

　　第一次是一个熟人，我们曾经在环城路练过夜摊，那是多年以前，我老婆练的是"晨昏鞋"，她练的是"假奶大"。那时候，布乳罩已无奈地退出了历史舞台，海绵乳罩刚开始羞涩地流行，那时候，好像温州的女人一下子都丰满了，一个个"挺美挺好"。我老婆也时常从她那里弄一些乳罩送人，我们没有特殊的交往，但因为是隔壁摊，互有照应，关系还算融洽。就是这个人，她的家就住在来福门附近，大概是受了鞋市热闹的诱惑，现在也赶起了时髦，不卖乳罩做皮鞋了。她也从我们店里拿鞋料，虽然都是些小东西，但积少成多，慢慢地也积到了千儿八百块。我老婆曾说，她卖乳罩不是挺好的吗？她没钱做什么鞋啊？这是无奈的抱怨。这样的抱怨每天都像鞭炮一样在我耳边响着，又像鞭子一样无时无刻地不在抽打着我。我曾经好几次到这个熟人家里去，因为熟，每次去了我都觉得很难堪，她给你泡茶，给你让座，你自己就不好意思开口了，只好拖着。有几次在路上碰到她，我也刻意地堵过她，她也不回避，说自己没有钱，说要等鞋子运出去，钱才能够回过来。她说得不对吗？很对。有不想还的意思吗？一点也没有。但就是拿她没办法，只好等着。她到我店里拿东西时则说得更好，说鞋子运出去了，说对方也卖光了，钱已经走在路上了，就是还没到。我们还要为她的消息高兴，在为她高兴的同时，又不得不把东西再赊给她。不给吧，显得没人情味，有釜底抽薪的味道；给吧，是在赊上又赊，债上加债。我老婆也说，这就叫"旧疤未愈又添新伤痕"。后来有一天，我终于讨成功了，我得知她有钱之后立刻叫上老婆一起去纠缠。一般来说，男人讨债比较干脆，有就有，没有也不会死缠烂打。女人就不一样，女人讨债会声泪俱下，会诅咒自己，说自己身体不好啦，说等着钱看病啦，软硬兼施就是想把钱磨回来。我说我们一唱一和，一红一白，这个钱就到手了。我们约好，满怀希望去她家拿钱。但是，等我们到了她家，噢不，实际上还没到她家，只是到了她家的巷口，我们就被消防队拦住了，巷口都是人，地上都是水，近处有消防员在走来走去，远处有房子还冒着余烟，定睛一看，我们那熟人也站在那里，看看房子，抹抹眼泪，用脚踢踢抢出来的东西，捂着脸又抽泣一阵。我和老婆都明白了，她家里遭受火灾了。做鞋的材料都是易燃品，胶、皮料、香蕉水，这些东西，稍不留神，溅上点火星，红火就不可避免了。我们站在那里，我们不知说什么好，要再跟那熟人提钱的事，我们就太不厚道了，我们马上会背上许多骂名，什么落井下石，什么认钱不认人，我们还怎么做生意啊。我们就乖乖地回来了。

我们开店，亲戚们也为我们高兴，经常会介绍一些朋友过来，他们的本意是好的，是想照顾我们生意，但实际上很为难我们，我们也很难堪。如果是陌生人，我们该怎样就怎样，不用讲面子赔口水，但朋友就不一样了，如果他要赊、他要便宜、他还有别的要求，我们都不好回绝，不好坚持，我们还得装出客气和高兴，来感谢他的支持和惠顾。

一位亲戚的朋友，原来是个老师，他本来教书好好的，但也被"全民皆商"的热潮影响了，下海做鞋去了。他在我们店里拿了不少东西，但他毕竟是老师出身，还能善解人意，他会在一定的间隔里结一次账，似乎在说，他也是有面子的，并不完全赊账。这其实更让我们揪心，因为他结掉的往往是五百，再赊的可能就是一千，我们的赊账不仅没有丝毫地削减，反而聚沙成塔，在不断地递增。我们只好强忍着煎熬，加倍地关注他的生产动静。

对于老师做鞋，我们心里是忐忑不安的，老师怎么会做鞋呢？他能做好鞋吗？他做的鞋会有市场吗？他如果有一项做不好，我们的赊账也就泡汤了。做鞋是一项复杂又繁琐的工艺，不光有技术和设备的要求，还要了解市场的趋势，要知道社会的审美，要有鞋的美学概念，要懂得鞋的最佳搭配，才能准确把握好鞋的定位，这之间稍有失调和疙瘩，这双鞋就看不顺眼了，它的市场效应就呆滞了，它最终也是没有出路的。我常常像猫候老鼠一样去老师家附近蹲点，看看他家里有没有异常的动静，看看他家人有没有不祥的表情，来猜揣和判断他的鞋厂状况。有时候，我也会直接找上门去，想碰碰这位老师，毕竟是他欠我们的，而不是我们欠他的，我没有必要躲躲闪闪。但我很少碰到这位老师，碰到的都是他的妻子。刚开始，我没有发现什么"不祥"，我只是发现他们家有点凌乱，还有他妻子尴尬的表情，我想，没有秩序的家庭都是凌乱的，而尴尬，是因为夫妻吵架引起的吗？这些凌乱和尴尬与做鞋有关系吗？是因为做鞋导致了他的失败？还是因为失败导致了他们的吵架？想到这些，我心里也不免担忧起来。我把"所见所闻"说给我老婆听，她也不免有些紧张起来，我们先是去通报了一下亲戚，意思是我们"丑话说在前头"，到时候要是翻脸了，别怪我们没有打招呼。后来，在等待了一段时间之后，我们就按捺不住了。我们去了老师家，我们仍旧没碰到那位老师，碰到的还是他的妻子。老师的妻子倒是坦然，见了我们一点也没有吃惊，更没有惧怕，大有"债多不愁""虱多不痒"的派头。我们说明了来意，她表示非常理解，并逮住我们大叹苦衷，大倒苦水。她的话大致有这么几层意思：她说，我已经有半个月没有看见他了，他大概是不要这个家了，想和他那些鞋共生死了。她说，我一开始就不同意他做鞋，在学校教书好好的，像被鬼跟住了一样，一定要做鞋。她说，做鞋的都是些什么人啊？是他这种人能做的吗？做鞋一看就觉得复杂，而老师都是些什么脑啊？说得好听点是"照书读"，说得不好听就是缺一根螺丝。

她还说，自从他做了鞋之后我们就天天吵架，他的鞋做不出来我们吵，做坏了我们也吵；他把家里的钱花光了我们吵，他欠了债我们更加吵。最后她说，反正我们也要离婚了，反正这个家已被他糟蹋得差不多了。我也不知道他欠你们多少债，家里就这些东西，你们看中了什么你们就搬吧，搬完了我也要回娘家了。我老婆拿眼看看我，好像有埋怨的意思，好像在说，你这是怎么"踩点"的？他们家都到了这地步了，你怎么才知道啊？我下意识地看了看他们家，冰箱已被人搬走了，也不是什么好冰箱，因为地上还有漏水的痕迹；五斗柜上面也已经空了，那是原来摆电视的地方，有一个方方的灰尘印还在那里；沙发是自己在家里打的，又大又笨，根本搬不出门……但是，我也从老婆眼里看到了"恻隐"，好像在说，这债还能讨吗？讨下去有意思吗？我老婆对她说，你家老师是我亲戚介绍的，麻烦你告诉一下我家亲戚，说这个债我们不要了。老婆还说，婚就不要离了，做鞋本来就难，做好做坏的都有，做鞋把婚姻也做掉了，我们听起来也不好受。

回来的路上，我老婆一言不发，我知道，她尽管不要了这个债，但心里面还是不能释怀的，这毕竟是辛苦做下的生意，现在连本带利都打水漂了。当然，我也是一言不发，我是说不了响话，毕竟讨债的任务是我的，责任也是我的，"打埋伏反把自己给掩埋了"，失职又渎职，还有什么话好说的。这是件窝囊的事、倒霉的事。这件事我也很无奈，就是无奈没有办法控制，什么事都没有百分之百的，就像我们温州一句很著名的话：等你扒猪屎，猪也拉肚子了。

窝囊的讨债还在延续。一对南阳兄弟，租在我们店不远的农民屋里做鞋，感觉鞋也做得不错，来拿东西的时候都是挑最好的，很快就赊起了一笔账。说实话，我们对南阳人是没有好感的，改革开放初期，温州发生过许多诈骗案，骗钱、骗人、骗机器、骗房子，都是南阳人干的，特别是他们发明的"连环骗"，在外面很臭，声名狼藉。我开始不懂得什么叫连环骗，后来知道了，也觉得他们确实是下了功夫的、煞费苦心的。为了骗取一样东西，他们可以组团参与，不是简单的一骗了之，而是一个个环节设计好，一步步引你入骗，骗得你心服口服，被骗了还坚信自己没有被骗。所以，当南阳兄弟欠起了一定金额之后，我就和老婆决定，他们要是再来拿东西，我们就坚决现钞，起码也是"这趟结了上趟"的，否则，一根鞋带也别想拿走。我们这样坚持着，南阳人也没有办法。说到底，我们已经不想发展他的生意了，他要是嫌我们抠门，那让他去找豪爽的店家去吧。

南阳人的厂，我也是去过好多次的，我看到的情况是：鞋做得有板有眼，气氛紧张热闹。我回来跟老婆说，看来南阳人还是精做的。意思是说，虽然量少，但质量还是讲究的。按理说，我们对精做的人还是钦佩的，因为温州有太多的"假冒伪劣"了，他能够精做，至少说明他还有品牌意识，还是求上进的。我老婆说，还是要小心为妙，小心无大错。我就有事没事的经常去看看，也不是每一次都深入到他们厂里，那样太过于小气了，我一般都是在附近观察，像侦察兵一样，看看他有没有生产，有没有纸箱发出来，有没有车来车往，有没有人影走动，这些都有，说明他的秩序是正常的。只要他生产正常，总有缓过气来的时候，还债理论上说是没有问题的，无非是迟早问题。他们的厂总是人声鼎沸的，食堂里总有炊烟在袅起，楼上总有车邦的声音嗒嗒地传出来，也有笃笃的夹邦声此起彼伏。特别是他们的门口，空坦上总会摆着几个纸箱，是装鞋用的那种纸箱，这预示着他们又有新鞋要装箱了，在等待着运往远方，一种生机勃勃发展有序的态势展现在那里，我还有什么好担心的？我心里当然是欣慰的。我们希望看到客户赚钱，赚得越多越好，赚得多轮子转起来就顺；我们不希望看到客户倒闭，他倒闭了，被恶性循环的就是我们，我们是靠了他们才能发家致富的。

但是，突然有一天，我发现了一个现象，我惊出了一身冷汗——那些摆在外面的纸箱基本上一成不变，每次都是四只，没有三只，也没有五只，好像就是这四只搬进搬出，像演戏一样，这就很说明问题，说明这些纸箱是道具，是摆设，是摆给人看的，就是一个幌子，而背后玩的是阴谋。我预感到了不妙，但一时还想不出会产生什么后果。

终于有一天，我再去南阳人厂里的时候，门口已围起了许多人，大家七嘴八舌地哇啦哇啦，我走近一看，厂里已空无一人，也空无一物。再仔细一听，说是南阳人跑了，他的厂也跑了。那些人都在诉说着自己的遭遇，有说被骗了多少皮的，有说被骗了多少革的，有说被骗了鞋底和胶水的，有说被骗了鞋机的，都是些大宗的东西、值钱的东西，都被南阳人"空手套白狼"一样套走了。我摸摸自己心里，还好，和他们比起来，我们被骗的东西还都是"小儿科"，仅是些包头子跟而已，真是不幸中的万幸。

原来，南阳人玩了一个"障眼法"，他弄了几个人在厂里"做鞋"，这些人很可能就是他的同伙，他们一开始就是在演戏，看似在厂里做鞋，实际上就是几十双鞋在做做样子，在"流水线"上转来转去，让人们看见他生产得很正常，然后把赊来的东西不断地运往另一个"黑点"，或直接就把它倒卖掉。他们的目的就是骗，骗才是他们的生意。他们从来也没有想过要做鞋，做鞋多麻烦啊，做鞋就是骗局中的一个环节。现在，他们赚了一把，玩得差不多了，或觉得玩不下去了，就一夜之间从人间蒸发了。

大家看着一片狼藉的厂房，心里也感叹南阳人的手段，想象力真是丰富啊，骗得也煞费苦心啊。感叹完了，大家又回过头来埋怨那个房东，说你租房给他，怎么不问问他的人品啊？说你怎么眼瞎啦？这样的演戏也看不出来啊？房东也在叹苦，说我又不是他的跟屁虫，天天跟在他后面啊，我只是租房给他，只是抽空过来看看，我又不是他的保正。说做鞋其实我也看不懂，你们看懂的不也是没有看出来吗？又说，他用了我的水我的电，他还欠我的房租呢。噢，这南阳人，连房租也没交，捉鸡连米也不舍得下，抠门到家了。最后，大家也就是自嘲一下，也没有什么好怪的，要怪就怪自己有眼无珠。

这事怎么回去和老婆说呢，真的没法说，说自己被南阳人骗了，这么窝囊这么倒霉的事，怎么说得出口？老婆会说，你心呢？你眼呢？你怎么尽干些糊涂事？或者她嘴里不说，但心里肯定是怨怼的。这件事我得琢磨一下，不然，不仅被骗走了钱，还有损了自己形象，还可能危及我的家庭地位。

很快，我想好了，我准备牺牲一下自己的私房钱，来换取南阳人的欠"债"，虽然有些心疼，但和自己的形象地位比起来，这点心疼又算得了什么呢。这样，我就装作高高兴兴地回来了，老婆见了我这个样子，就知道我今天有所斩获，胜利而归了。我告诉老婆今天撞了个正着，南阳人想溜也溜不掉，他就是有一千个不情愿，也没用。讨债有个"规矩"，不管大钱小钱，不管重要不重要，谁早谁优先，我今天是捷足先登了。我把准备好的钱都递给了老婆，我说，这就是埋伏了几天的收获，对付南阳人就是一刻也不能放松，一点也不用客气。老婆也说，对他们的仁慈，就是对自己的伤害。老婆拿到钱，马上就笑逐颜开了。看着老婆高兴的样子，我心里也马上舒坦了，那点小小的心疼也早早地溜走了，私房钱，只能慢慢地再攒了。我们做生意为什么？不就是这样"连本带利"地收入囊中吗？夫妻关系靠什么？不就是靠这些一点一滴的无私奉献吗？只是，这件事千万不能让老婆知道，不能"沉渣泛起"，要烂也要烂在肚子里。

鸟枪换炮带来的麻烦

开店的第二年，老婆就抑制不住兴奋地问我，你觉得，前一年，我们这个店是赚还是亏？我仔细想了想，想想鞋料微不足道的赚头，想想老婆东跑西跑的辛劳，想想阿香姨啼笑皆非的失误，想想赊账逃债的损失，我说，不亏已经很不错了。老婆说，我们赚了一只手。说这话的时候，她还展开一只手在我眼前晃了晃，美滋滋的样子。我往大里猜，五千？老婆说，不对。我又往小里猜，这么说是五百？老婆说，呸呸呸，你不会说得好听一点啊，运气都被你说坏了。然后她说，是五万。我"啊"了一声，这样的景象也赚五万啊？老婆说，集腋成裘嘛，就算是捡捡钱角子，一年乘起来也是很可观的。这无疑给我们打了一针强心剂，老婆也明显地定下了精神。她开始走出了下岗的阴影，对鞋料也心里有数，充满信心了。我也觉得自己的假是请对了，放弃了单位的小头，收获了家里的大头，关键是家里的气氛也是空前地好。

有了钱之后，第一件事就是买摩托车。我支持老婆买。这是1995年，自备车几乎还没有听到，摩托车也是很大的奢侈品。买摩托车对我们来说是非常实用的，可以减少路途的辛苦，可以轻松地运送东西，可以提高一下自己的身价，老婆要是出去跑业务，骑了摩托车，就好像早些年那些阔佬戴金手链金项链一样，让别人觉得你有底心，有尊严。要问摩托车多少钱？本田的、女式的、黑款的、市区蓝牌的、发动机50型的，要两万八。要是市区黄牌的、红色本田的、发动机125的、号码好一点的，一手还买不到，二手也要三万多。

那段时间，我们先借了一辆摩托车起早摸黑地练。那段时间，交通法规好像也不是那么健全，也没有培训驾校，我们两个无证的家伙居然也在路上砰砰地乱开。当然，我们也是守安全的，我们趁着月黑风高，趁着路人稀少，开的也基本是屋旁的小路。这样磕磕碰碰地开了半个月，其间，我还烫伤过一次，是老婆骑车我扶助的时候，她骑不住了，控制不了了，嘴里哇啦哇啦地乱叫，车像慢镜头一样倒了下来，我没有办法，为了不让她摔倒，只好自己顶了上去，结果，小腿被排气管烫伤了。她也有过一次惊险的历程，骑在车上脑子突然空白了，油门不知道了，挡也不知道了，人完全被摩托车驾驭了，像脱了缰的野马，瞎着眼往前奔。我在她后面拉着车，坠着屁股拼命想制造点摩擦力，但也无济于事，车子拉着我们像飞一样，最后把我们摔倒在一个垃圾堆里才停了下来。当然，后来，功夫不负有心人，我们的考试都非常顺利，什么涉水、门洞、单边桥、九曲路，我们都做得很好，一闪而过。

拿到驾照后我们马上去买了一辆摩托车，是崭新的本田50型，花了两万八，我们过去一直在"醋碟子里开荤"，我们什么时候买过这样奢侈的物品啊，我们的感觉非常好，好像真的已经富起来了。特别是我老婆，得意的劲儿完全暴露了出来。早上出车的时候，她会叫得很响，老公，我走了啊。然后，我们整幢楼都听到了她发动摩托车的声音、预热的声音、拉油门的声音，最后是按着喇叭呼啸而去的声音。晚上回来的时候也是，本来可以从小路直插到我们楼前的，她却故意地舍近求远，绕到居委会前面，绕到自行车库那里，这个时候，居委会前一般都会有许多人，车库前也会有叮叮当当的自行车进出，我老婆就放慢了速度开过来，接着，我们可以想象，她的身后，立即就响起了一片扑哧扑哧的议论声。

蓝牌摩托车是不能带人的，尤其是不能乘载成年人，于是，老婆开她的摩托车，我还是骑我的自行车。碰到她早点出去，她骑摩托车走了，而我则骑着自行车慢慢地悠出来，先不说别人怎样看我，我自己都觉得有点寒酸。要是轮着我早点去店里开门，她在家里收拾完家务出来，我在路上吱呀吱呀地骑着，一会儿就会被呼啸而来的她赶了上来，她会故意地拉响油门，制造出紧张气氛，然后逼近我，从我的身边一闪而过。那些燃烧不尽的油烟喷在我前面，像狠狠地甩了我一个大嘴巴子。

自从老婆店里有了赢利，自从她买了摩托车，我明显感觉到老婆在我面前神气了、威风了，她开着摩托车总是那么带劲。这个时候，拥有摩托车的家庭还是不多的，因此，她在隔岸路一带进进出出，俨然就是一道风景。为了配合骑车，她还特地去买了一套皮衣皮裤，皮靴皮手套，除了气质上稍稍地差那么一点儿外，乍一看完全就是个警察范儿。

她说话的口气也明显变了，她要是去那些厂家，她会对我说，这里交给你啊，别东走西走，有什么客人来了，别像个木头似的，出来接应一下，把他先稳住，等我回来再说。然后跨上摩托车，点火拉油门，轰地一下蹿出去，有点"绝尘"而去的派头。

这直接带来了她地位的提升。以前她下岗的时候可不是这样的，束手无策，神志恍惚，精神一下子就崩溃了，好像天塌了一样，碰到一点点事都问我怎么办怎么办。现在好像突然地长进了，什么事都好像小事一桩，什么话都好像似听非听，最典型的就是去买"二哥大"，连招呼也不打，多大的用处都不知道，眼睛眨都不眨，八千块就出去了。要知道，以前，我们想买个BB机都是犹豫再三的，现在的二哥大可是非常"牛×"的。

我当然也为她高兴，为我们这个家庭高兴，家庭条件好了，现状改善了，就是好事，就是硬道理。即便是自己的形象受挫一点，地位受压一点，又有什么关系呢？家庭的总体形象还是在提升的，有美誉的。但有时候，我心里也会不平衡起来，酸味泛滥，我会拿她的二哥大开开玩笑，说二哥大是"狗撒尿"，每次使用都要跑到电线杆下，叉着脚在那里喂啊喂啊。有时候，她在外面转了一圈儿，灰头土脸地回来，我就知道，一定是基站坏了或信号不好，我就奚落她、揶揄她，怎么啦？气味没找着啊？哈哈哈。二哥大是手机的前身，但和手机有着本质的区别，通俗地讲，手机是高频无线发射，而二哥大是靠附近的基站传送。基站一般都装在电线杆上，隔一段距离都会有一个，没有基站的二哥大等于就是一块小砖头，但二哥大毕竟也是当时我们身份的象征。

夫妻间的玩笑一般都没有什么恶意，顶多也就是出出气，发泄一下情绪。但老婆听出了我话里有话，感觉出了我心里的不快。过了一段时间，她给我也买了一辆本田125，市区黄牌的，虽然是二手货，但也要三万多啊，我当然十分满意，觉得这是自己情绪斗争的胜利，也大大满足了我的自尊心、虚荣心。现在，我也骑上了摩托车，至少在外人眼里有那么几个信号：这个家庭的条件可以、这对夫妻的关系融洽、他们在家里的地位平等。

每天早上，我们从车库里出来，看车人会用羡慕的眼光看着我们，我老婆的摩托车是崭新的，发动机性能很好，开出来的声音很好听，嗖的一下，像划过一道黑色的弧线。我的摩托车虽然旧了点，火花塞的接触也不怎么好，排气管也有点漏气，开起来杂音很大，但也是闪过一片红光。我们一前一后开进隔岸路，两辆车同时停在店门口，让人家感觉到这两个人很时尚，这个店很有繁忙的气氛。

有了摩托车，我来回送货也方便多了。如果距离远，如果运的东西多，我也会骑得满头大汗，形象上也会稍显狼狈，但给厂家的印象却完全不同了。这个我亲身体会到了，当我的摩托车砰砰地临近他们厂房的时候，他们里面的人都会提前地抬起头来，瞪大眼睛，好像在说，看，这个送货的也骑摩托车啊。好像在说，别小看这个送货的，身上的价码可是不菲啊。这也带来了厂家对我的尊重，有时候他们会倚在我的摩托车上抽烟，有时候会拍拍我的车说，让我骑一圈儿兜兜风怎样？总之，摩托车让我心里生出了自信，也悄然改变了供需两者的关系。

最最风光的是我回单位的时候，那是我每月领工资的日子，人也特别多，虽然这几百块钱我已经不把它当回事了，但回单位时的炫耀，我还是在意的。我在炫耀自己当初的决定，在炫耀自己的成功，每一次都有点"荣归"的味道。我们单位大多数人都还在骑自行车，自行车排在单位门口，看上去又单薄又凌乱，我的摩托车在它们边上一放，看上去就壮实就威风。砰砰的声音还会引得楼上的同事钻出头来看，我会听到他们透着大气，也会听到他们啧啧的羡慕。每次去单位，我还会特地带上几包好烟，是硬壳的中华，是当时最好的烟，也被称之为老板烟和领导烟。碰见那些抽烟的同事，我会潇洒地甩过去一包，轻描淡写地说，破烟破烟，抽抽看抽抽看。他们都无一例外地抱拳接住，哈腰说，发财烟发财烟，快活吃快活吃。看着他们的样子，我心里的自豪感也会油然而生。我来到文联的时间不长，论资历和业务我都是小字辈，我什么也没有，什么也不是，但这会儿我明显感觉到我比他们风光，明显感觉到他们和我精神上的差距。这都是生意带来的，是摩托车带来的，是我们的鞋料店带来的，鞋料店就是好就是好。

生意继续做，接下来的日子，我们又买了"大哥大"。事实证明，当初人们对二哥大的尊重是应该的，因为当第一批大哥大出现在温州市场的时候，因为数量有限，就是先考虑二哥大的用户，是用二哥大去换。

我们还装了三部电话，翻开电话簿，找到我老婆的名字，挨在一起的是同名同姓的三个人，一个写着水心，一个写着隔岸路，一个写着浙南鞋料市场，不知道的以为是三个人，其实这三个都是我老婆，一部是水心家里的，一部是隔岸路店里的，一部是鞋料市场的新门市部的，时髦的说法叫"连锁店"。

我老婆更忙了，我也更忙了，我们要这个店跑跑，那个店跑跑，去会见客人，去洽谈业务。我们店里也叫起了许多帮手，有专门调度的，有专门送货的，有专门接电话的，有专门跑厂家解决问题的。我和老婆又重新做了分工，她负责联络厂家感情，开拓生意业务；我负责解决内部矛盾，处理外部纠纷。也许我在机关里待久了，除了有几手油嘴滑舌的本事，还具备了遇事不怵的优点，其实也没有什么大用，现在的社会，鳝鱼还咬地头蛇呢，谁怕谁啊，我只是在尽力地维护着和谐、稳定、来之不易的生意环境罢了。

我们也买了车，不再是摩托车，摩托车只风光了一小阵子，等一般人都能买摩托车了，我们也显现出寒碜了。我们嫌弃摩托车的时候理由是很多的，有的还很矫情，说它开着受风；说它夏天晒，冬天冷；说它是肉包铁，身体都露在外面，要撞上什么就没命了；说现在的环境多脏啊，骑摩托车等于在吃别人的尾气。于是，我们就买了汽车，有了汽车我们就不怕风吹雨打了，我们就不怕撞了，我们就让别人吃我们的尾气了。我们一次性地买了两辆，都是二手的，老婆是小一点的奥拓，我是老一点的普桑，尽管小和老，但终归是自备车啊，当一般人还在温饱线上挣扎的时候，当一般人还没有什么固定资产的时候，我们这样的车也是很发光的，说起来也是很好听的。

这时候，我们送货就不是自行车、摩托车了，我们是自备车。货物装在我们的车里，我们乐意。虽然我们车上被印了"自备车"字样很难看，但我们开出去还是很惹眼的，许多做鞋的厂家都还没有自备车呢，他们羡慕啊，他们在猜测我们的生意啊，说一个鞋料店，看不出来呵，还挺好的。但他们不知道我老婆干得辛苦，不知道我们背后有多少辛酸。

过了一段时间，我们又买了运货的车，是那种柳州五菱，我们俗称它"小四轮"，还不止一辆，一下就买了三辆，别以为三辆车有多么吓人的，其实没什么，这种车崭新的也就是四五万，三辆车也抵不上我那辆普桑呢。有了运货的车，我们的感觉就更好了，有点大企业的派头，厂家要是要货，我们就会爽快地答应，好，你稍等片刻，我马上派车运去。那些厂家也会互相告知，说还是我们店好，有运货专车，俨然一个车队，方便又快捷。这无形中也增加了我们的生意。

车多，费用就大，油费、保险、养路费、保养费，还不包括磕磕碰碰后的修理费。最最讨厌的是年检。有人说我矫情，说别人连车都没有，你有了车了倒喊起苦来了。但这是真的，一点也不矫情。这个时候，温州刚兴起买车的热潮，与车有关的单位都把自己做成了一个产业，车检部门尤其垄断，唯他独尊，一点点瑕疵都不让你过去，什么轮胎跑偏、刹车太软、离合太深、排气有异味、大灯焦距不准，都得推倒重来，都得凭他们的介绍，到指定的单位去补修。来来去去，往往一辆车都要检一个上午，没有一次不是汗流浃背的。因此，我们把五辆车的牌照尾数都挑在了一起,比如都是5,我们就在五月里匀出几天,专门对付年检。

所谓"风头和霉头两隔壁""方便和麻烦成正比"。年检适应了,紧跟着纠结的就是车辆的查扣。运货的规矩太多了,开始的时候是跨区不能运,比如市区的牌照,不能开到乡下去,浙CA的,不能开到浙CB去,开去了会怎样,罚款,说得也有道理,说你养路费都缴在市区呢,你现在开的是我们乡下的路呢。车子开着开着,突然被叫住了,碰到"热头气"的,罚款还不算,还要扣车。试想,那边厂家正翘首以盼地等米下锅,我们的车却因为一点点意外被扣在路上,千呼万唤去不了,不仅耽误了生意,形象和信誉还大打折扣。后来还有很多这样不能开那样不能开的规矩,弄得我有一段时间真想把车给砸了。

有车的日子,我最怕司机打电话来,电话一响,我就浑身哆嗦;电话一响,就说明车出事情了。说车被扣在哪里哪里啦,快找关系捞吧。这话说起来轻松,其实我身上的臭汗、头上的无名火已经冒出来了。哪里说捞就能捞的,哪里每个地方都有关系的?偏偏也就有不吃这一套的,也许他刚好被领导批评过,也许他刚好和老婆吵过架,我们正撞上他的枪口了,我们就吃不了兜着走了。有一次一车的货往龙湾开,在白楼下那个转弯处超速了,被交警扣了下来,好不容易问清了地点赶过去,没说上一句话,交警自顾走了,说明天到队里处理吧。那一刻,面对陌生的地盘,面对茫然的关系,一车货无助委屈地被扣在停车场里,像一个走失了爹妈的小孩,真是"叫天天不应,叫地地不灵"。

那段时间,我在外面吃饭喝酒最注意两种人:一是交警,二是运管处的。在一些活动啊、聚会啊、同学会、工友会的场合,我逢人便问有没有这方面的朋友,有就像蜜蜂见了花一样凑上去,牵个线怎样?介绍一下怎样?迫切和焦急的程度几近于失态。有人一定会问,好好的运货开车,怕什么呀?着什么急啊?各位有所不知,我们生意虽然好了,稳定了,但鞋料的赚头小啊,难做啊。我曾经悄悄地做过这方面的调查,十个做鞋料的人里面,有四个是亏的,有两个是混口吃的,有两个是空忙赚吃喝的,只有两个是有赢利的,而这两个赚的,也是在生意的过程里做了许多手脚,违反了许多规矩而得来的。没有规矩就不成方圆。规矩是谁定的?就是交警和运管定的,所以,我们才会怕他们,像老鼠见了猫似的。

像瑞安的一个厂家，来电说要二十件化学片，这是好事啊，但二十件东西要运到瑞安就不合算了，赚头付油费都不够，更何况还有过路费、车辆折旧、工资什么的，算起来还要倒贴。所以我们才会冒险，会不得已来一次超载。我们会说服对方，说反正你这个东西还要用的，又不是永远不用了，何不多备一些起来呢？我们一次性运过去算了。对方说，你说得倒轻巧，你免费啊，你白送啊，你这么多东西运过来，我放哪里啊？我不用饭给它吃，也要屋给它住，还是先放在你自己仓库吧。我们就骗他，已经接到上家的电话了，棉花马上就要涨了，胶水也跟着要涨了，所以化学片是势在必涨的，你还是存点起来吧。做鞋的都是精打细算的，这样一说，他们就勉强答应了，说好吧好吧，说知道你们会做生意，运吧运吧。于是，我们就满满地装了一车，小四轮限载一吨半，我们装了三吨，从生意的角度说，这样才有点赚，才不会白跑一趟，但风险也随之来了。这样的车一上路，明显是吃力的，走起来像孕妇一样，车身都快压到轮胎了，火眼金睛的交警隔远就看见了，等车慢慢地开近，他会客气地向车招手，好像有什么优惠给车似的，把车引到路边，意思意思地敬个礼，对不起，车子先扣着，罚款也从天而降。

还有就是运胶水。胶水也是鞋料的主打商品，但胶水是危险品，运输有严格的限制，要由专业部门来代运。规范、安全，我们都懂，我们也不是蛮干的人。但交给别人运，我们赚什么呢？你一定要自己运，也可以啊，要配专职的司机、要定期参加培训、要申领特许的资格证、还要有专用的危险品车辆，这怎么可能，我们是鞋料店，不是化工厂，我们要是把这些都配齐了、办好了，我们一个店专门养它还不够。所以，我们只能"偷"，偷偷摸摸，偷这个偷那个，个体经济基本上都是靠偷的，不是我们不愿意遵纪守法，而是规矩了、老实了，根本就不能生存。所谓夹缝中生存，就是像我们这种纠结的状况。因此，我们运胶水的时候，都要起早贪黑，或披星戴月，说得时髦点像夜游神一样，说得怀旧点像过去的淘粪工人，目的就是为了躲避那些运管人员，趁他们休息或睡觉的时候，我们捉他们的"手后"。但往往运管人员也很敬业，比我们还敬业。他们和我们之间的斗争已经不是一天两天了，我们知道他们的活动规律，他们也知道我们的所思所想，要么比我们睡得迟，要么比我们起得早，简直是斗智斗勇。所以，他们就像寄生在我们肚子里的蛔虫，很适应我们的环境，也依赖着我们的营养。我们背地里都叫他们"半夜鸡叫"，就像那个长工高玉宝的东家，那个著名的周扒皮，我们还沉浸在睡梦里的时候，他们已经起来了，比我们还勤勉。他们专门埋伏在我们车子经过的路上，还不敢在光明磊落的地方，专门在隐蔽处，像那些见不得人的"特务""暗哨"，等我们的车子一驶近，他们就冷不丁地跳出来，捉我们一个"现行"，等我们乖乖地投降，接受他们的处理处罚。我们真的不愿意做这个"贼"，但我们没有办法。我老婆对他们这种行为也很反感，她有一句很著名的话，说把化工的东西做到药里、食品里都没有人管，我们就是多运一点点胶水，他们就这样挖空心思地捉我们。她想不通。

　　这样的时候，司机求援的电话就像催命一样打过来，我们被交警逮住啦，我们被运管逮住啦，我的大脑立刻就"嗡"的一声，汗就淋雨一样下来了。你还不能怪司机，说句《南征北战》里的台词，"不是我们无能，而是共军太狡猾了"，他也是为了这个店，为了生计，也很辛苦的。冷静下来后，我就拼命地搜罗关系，硬着头皮去找交警、找运管。说实话，我也是很不擅长打交道的人，尽管有熟人牵线，尽管前面也打了铺垫，但毕竟还是求人啊，非常的尴尬，也非常的猥琐。我们送礼给别人，好像是在偷别人东西似的，我们求别人办事，好像是从别人兜里掏钱似的。但我老婆不这么想，她的思路正相反，她说，他们最喜欢我们找他们，他们不能白穿了这身衣服是不是，他们平时吃什么，就是吃我们这些人，我们不找他们，他们就没有吃的，所以，找他们就是给他们一次创收的机会，他们巴不得呢。老婆说得也不无道理，但毕竟是我们犯了事，总不能找他们还趾高气扬的。也的确像我老婆说的，一找一个准，基本上都能摆平。当然，送礼是主要的，面子是次要的，有时候还是"女儿大于娘"，就是说，送出的礼比赚来的钱还要大，有时甚至比罚款还要大。那这样说起来，我们情愿给他们罚款还合算一点，还干脆一点，还少了许多麻烦是不是？也不是这么说的。老婆说，这种事，你是不能用钱来衡量的，你要反过来想：花这么多钱，买来了一种社会关系，还是合算的。现在的社会，什么关系这么好找啊？现在做什么事不靠关系啊？这是辩证法。

官司像一把恶狠狠的刀

生意是越来越难做了，但生意又是不得不做的。没做过生意的人不知道，以为做生意很风光，有个店面，有几个员工，每天有东西进进出出，每天有人坐在店里说说笑笑，其实圈外的人不知道，那是骑虎难下，是生活所迫，是无奈之举。简单说吧，店里、工场里、仓库里这么多东西怎么办？扔掉不要吗？被厂家赊的账、欠的债，每一笔都是连本带利的，挥挥手一笔勾销了吗？还有我们欠别人的，比如供应商放在这里的东西，厂家让我们试用的东西，同行调剂一下借的东西，这些东西都流到下家去了，有的只付了个定金，有的只付了一半，有的则完全是先拿去再说，连个条子也没有，怎么办，拍拍屁股逃走吗？硬着头皮赖掉吗？但人还在温州啊，还得在温州生活啊。所以说，生意也像是一张网，粘上了，就难以脱身了。干脆一开始就亏了，血本无归，颗粒无收，那就快刀斩乱麻，洗手不干了，也好。关键是老婆做得还可以啊，基础打下了，信誉起来了，口碑还不错，我们就停不下来了。

不停，就得开拓新思路，研究新问题。我们碰到的新问题就是打官司。官司都是不得已才打的，都是气不过了，咽不下这口气。官司对于我们老百姓来说都是天大的事情，打官司在我们民间是有很多微词的，民间觉得，人民内部矛盾，是有很多办法解决的，商议、调解、相让，退一步海阔天空。只有"敌我矛盾"，才不得不打官司。官司的一些辅助词也是挺难听的，打官司、吃官司、官司缠身、输了、败了，反正都是些纠结的词、不愉快的词。和官司相关的词也都是没情没义的——我们法庭上见！再说了，打官司多么麻烦啊，从有想法的第一天开始，直到官司结束，人力物力都得煎熬，也许后续还没完没了。尽管后来我们对官司也有了一些溢美之词，什么社会进步了，什么法制观念增强了，等等，这都是说得好听，真要是把谁告起来，这个仇就算是结下了。

我们的官司当然都是和欠债啊逃债啊有关。其实，厂家的这些债，我们都是有思想准备的，这都是规律之中的事，虽然不规范，我们也慢慢地"入行随俗"了，无奈地接受了。关键是事出有因，事生变故，事情往恶的方向发展，我们就不得不拿起官司的武器，来捍卫自己的权益。

就说赊账，说好了这月付上月的，后来厂家赖皮了，说一个月太勤，要三个月一付；三个月也答应了，后来又说半年；最后还口出狂言，说，我为什么要先付你啊，我放银行里还可以吃利息啊。

还有就是故意恶语相向，本来都好好的，突然说你质量不好了，说鞋做得不好是你材料质量造成的，欠账说都不要说了，这批鞋你买掉算了。

还有就是无端地找茬，比如化学片的尺寸是 $110 \times 70cm$ 的，一件二十张，他一张张量过来，有一张 $108 \times 70cm$ 的，就说你质量不达标，账面要减。又比如四百一十斤的铁桶乳胶，都用了三百八十斤了，最后掺了五十斤水进去，反说胶水怎么越用越稀了，是不是假货啊？人要是心生了邪念，就什么事都干得出来。

我们选择厂家也都是慎之又慎的，做生意之前，我们都会到兄弟店问问，去市场打听打听，如果说，这个厂是个"牛皮糖"，已进了"黑名单"，我们就宁愿不做，敬而远之。我们也是上门看八字的，看厂家的面目，看厂家的管理，面目清爽的、管理有序的，这个厂就是好的。还有就是看老板表现，老板敬业，没日没夜，里里外外一把手，这样的厂一般也都是有起色的。但人是会变的，有个老板，妻子出国了，小三跟了起来，我老婆说，再多的钱也经不起小三弹花一样。有个老板，讲享受了，雇了经理，支票也拿在别人手里开，我老婆说，经济是命脉，命脉捏在别人手里，倒场是迟早的事情。还有个老板，忘了创业阶段的艰难，嫌做鞋赚得细、赚得慢，追求快速致富，迷上了赌博，我老婆说，十赌九输，他饭吃到头了，翻身无日了。这些，让我们对原来的赊账欠账失去信心了，觉得遥遥无期了，我老婆就说，路湿早脱鞋，我们就只好打官司了。

第一次打官司是我们最痛苦的选择，"索莲托"的老板，本来我们做得都像朋友一样了，老板的外甥女还是我老婆的同学。我们和他做生意，除了我们的东西好、服务好，还多了点友情在里边。但不知怎么的，索莲托的情况越来越坏。有人说他太好高骛远，生产线别人一条二条，他投了七条；有人说他太心凶，做鞋已经很吃力了，还在外面搞什么商场；有人说他太奢侈，花天酒地，还跟了两个随从，搞得像皇帝一样。总之，已经是积重难返了。我们的账也是一天拖一天，初一回十五，到了后来，我们去他厂里都觉得难为情了，碰见他都不知道说什么好了。没办法，我们还出了一个蹩脚的讨债方法，忍痛把八十多岁的老岳父请出来，每天一早，我把岳父送到索莲托门口，他再气喘吁吁地摸进老板的办公室，也不吵也不闹，就跟老板天南地北地闲聊，饿了吃点干粮，渴了讨点水喝，比上班的员工还正常，坐到下班，我再把他接回来。我们如此的"下策"也是不得已啊，我们怎么舍得让岳父去受这个罪呢？我们想，老板可能会心生慈悲，会念老人的面子，把欠我们的账还掉。但我们想错了，老板根本就不吃这一套，我们的"苦肉计"丝毫没有动摇老板的铁心，任凭你岳父坐着，他也无动于衷。无奈之下，我老婆选择了打官司。我跟老婆说，你自己想好啊，官司一打，脸皮就撕破了，这条路就彻底断了，什么朋友啊同学啊都一笔勾销了。老婆说，他执意不把我们当回事，我也没办法，除非我们的钱也不要了。那我们还做生意干什么？我们做慈善好了。老婆又说，打官司也只是讨债的一种方式嘛，农民还告过政府呢，有什么嘛，农民还不是照样活吗？我哭笑不得，我说，那是农民不知道好歹，农民把政府告了，县长就得站在被告席上，农民让县长丢了面子，县长心里若过不去，那农民还有好日子过的？这个时候，老婆打官司的决心已下，什么话也听不进去了，我也拗不过她了。

　　打官司说起来是一句话，但做起来就有很多事，而这些事，老婆肯定是不会做的，只有我来做。我把索莲托的账单收起来，把老板签了字的条子收起来，把申诉材料写起来，去法院缴费立案。老婆本来还想请个律师，她是电影里看的，以为打官司都要有个律师在那里说呀说的，我告诉她，我们又不用什么辩护，我们这件事很简单，"三块板两条缝"，我们提供了东西，他把我们的东西用了，现在他不想还钱了，想赖这笔账了，俗话说，欠债还钱，天经地义，我自己就可以辩护。为了稳当起见，我还通过熟人找了经济庭的关系，为什么？我还是为老婆着想，她毕竟还在做生意，还要跟人家接触，我私下里跟法官说了我的顾虑，我不想把对方打得太惨，给对方留点面子，官司太让自己占上风了，别人会难堪的，这样不好。法官说有数了。

官司开庭前要进行法庭调查，我请了假，陪老婆一起去。调查时，老婆一直在诉说委屈，我们连本带利，我们做得这么好，说了多少好话，跑了多少冤枉路，我们把年迈的岳父都请出来了，名正言顺的事，居然还做得这么憋屈，我们要是有计可施，我们打官司干吗呀？法官密密点头，表示理解。

调查完了，我们从电梯里出来，正好碰见了索莲托的老板和他的外甥女，那个尴尬呀，完全可以用"震撼"来形容。我发现老婆都不敢看他们，他们也一样，虽然没有到"仇人相见"的份上，但也是那种"形同陌路"的眼神，非常的咬人。关键是老板的外甥女，我老婆的同学，她进电梯时鼻孔里还"哼"了一声，声音很小，但我们听起来却非常刺耳。这事好像完全地逆袭了，好像对的是他们，错的是我们；他们在正经做生意，我们在狗屁倒灶；他们是正人君子，我们是狗肚子鸡肠；他们豪情万丈，我们忘恩负义。这个感觉非常糟，给老婆也带来了很大的压力，那天晚上，她饭也没有吃，夜里还做了噩梦，躺在床上缩着身子声泪俱下。

后来，这场官司最后也没有打成，在法院熟人的调解下，双方就坐在法官的办公室里达成了意向，其实也是无奈的意向。索莲托的老板没有来，来的是他的外甥女，开口就说，事情已经这样了，再念一下旧情，欠账打对折，怎样？这个时候，老婆的意志已经在慢慢地瓦解，没打官司之前，她理直气壮；打起了官司，没想到那么多的心理煎熬，又迫于法官的思想工作，迫于现场的那份尴尬，老婆眼一闭，签字接受了。

钱是拿了一点回来，但总体上还是亏的，亏了成本，亏了利润，亏了时间，亏了心情，还赔上了法院的费用。至于朋友关系同学关系，就不去说了，永远地没有了。圈子里还流传起了许多妄语，说我老婆把谁谁告起来了，把谁谁告死了，好像我老婆是个很坏的人，人家都已经很困难了，你还把人家往绝路上逼。呜呜。

再后来，有一段时间，生意明显地坏了，来店里坐坐的人也少了，私下里一打听，说，谁还敢和你们做生意啊，说万一被你们告了，打官司，吃不了还要兜着走呢。

我告诉老婆，没关系，慢慢解释吧，总有机会的，总会有人理解的。再说了，又不是我们一个被欠账的，肯定还有很多人对欠账"肉也咬他不下"的。这些人，眼下是迫于民间对官司的认识，才隐忍着、委屈着，其实也是早就想清算他修理他了。就是不和他打官司，大家一起说说他，唾沫也会把他淹死。只不过我们是先吃了一只"螃蟹"而已。

那些拿别人东西的人，欠别人债的人，准备赖的人，他们是丝毫没有不好意思的，丝毫没有羞耻之心的，你听听他们是怎么说的：要鞋料哪里有自己垫钱的？都是赊的，都是欠的，要是连这一点也欠不起，那你不要做鞋料嘛。这话刺激吧，就像在剜你的肉。还有：不告还有个面子，还可以喝杯酒；告一告，一分钱也没有。照他这么说，就像那个小品里演的，黄世仁真要去求杨白劳了。这样的事，以后肯定还会有的，我们小心行事就是。

后来，我们又打了一场官司。欠债的人总是有一些赖账的说法的，还振振有词，什么"要钱没有，要命有一条"，什么"真冇不怕你真会讨"，什么话，真冇你就不用还了？耍无赖就可以当饭吃啦？真是"病人还狠过医生"。官司，就是被这样的人气起来打的。这一次，我们吸取了上次的教训，为了不让自己纠结，我们委托了一个律师。经过前面的一次官司，我们的心理承受能力也加强了，我们不急，我们也慢慢耗。

我们和律师签了合同，缴了钱，按了手印，律师帮我们写诉状，帮我们复印资料，帮我们跑工商局调档案，帮我们出面和法官谈，一切停当，择日我携上老婆开庭去了。

我们在一个叫东郊的法庭开庭，对方没有来，根本不把我们当回事，因此，那天的开庭就像是一个形式，除了法官，就是我们，我们没费什么口舌，没花一枪一弹，都是我们说了算。几天后，我们拿到了"民事判决书"，摘要如下：

原告某某某为与被告某某鞋业公司、某某某买卖合同纠纷一案，于2004年7月8日向本院起诉。本院于当日立案受理后，依法组成合议庭，于2004年12月10日公开开庭进行了审理。原告某某某及其委托代理人某某某到庭参加诉讼，被告某某鞋业公司、某某某经本院合法传唤无正当理由拒不到庭。本案现已审理终结。

经审理查明：原告与被告之间素有业务往来。2003年1月至5月期间，被告结欠原告货款53854元。2003年6月1日，被告向原告出具一张欠条，后一直以各种理由予以推诿而不还款。故原告诉至法院，提出上述之诉求。

本院认为，被告向原告出具欠条，应当按照欠款数额予以偿还。双方虽没有明确约定付款期限，但在原告主张权利后，被告应在合理时间内予以积极偿还。但被告至今未偿还原告货款，已经构成违约，并承担赔偿利息损失的违约责任。原告主张从起诉之日起按日利率万分之三点五计算利息损失，符合法律规定，本院予以支持。因被告某某鞋业公司系有限责任公司形式，执照尚未注销，公司主体资格还在，具有法律的执行义务。据此，依照《中华人民共和国合同法》第一百五十九条、第一百零七条，《中华人民共和国民事诉讼法》第六十四条、第一百三十条之规定，判决如下：

一、被告某某鞋业公司于本判决生效之日起十日内支付原告某某某货款53854元及利息（利息从2004年7月8日起，按日利率万分之三点五计算至判决确定的履行之日）。

二、如果未按本判决指定的期间履行偿还货款义务，应当依照《中华人民共和国民事诉讼法》第二百二十九条之规定，加倍支付迟延履行期间的债务利息。

三、法院不支持原告的其他诉讼要求。

四、案件受理费780元，由原告某某某负担300元，被告某某鞋业公司负担480元。

如不服判决，可在判决书送达之日起十五日内向本院递交上诉状，并按对方当事人的人数提交副本，上诉于中级人民法院。

审判长、审判员、人民陪审员、书记员　若干

大家都看到了，我们的官司全面胜利，判决书写得也顺畅清楚，结

论肯定凿实。而实际上不是这样的，我们虽然赢得了官司，其实只是赢在了文字上，我们既没有见到人，也没有拿到钱，甚至有些诉求还得不到法庭的支持。反过来说，我们的对手才是全面胜利，他们视法律如粪土，笑法庭形同虚设，传他也不来，根本就不尿你。我们问法官接下来怎么办？法官也是摊摊手，他们跟我们说了一大堆执行难的苦衷，说这是众所周知的大难题，是全国现象，他们就是想执行，也没法执行，也没有地方执行。那个鞋业公司，名称还在，执照还在，法人还在，厂房还在，就是人找不到了，设备也没有了。这是对法庭和法官以及我们的莫大的嘲弄。

现在，这个官司的档案、判决书什么的，装进一个硬壳的文件袋，就放在我们床边的床头柜里，与那些裤头啊、袜子啊、脚布啊为伍，我们上床下床，只要拉一拉抽屉，都会看得见，已经好几年了。这些年，我们还搬了几次家，我几次劝老婆把这些东西扔了，但老婆一直舍不得扔，也不知为什么，是作为一次失败的经历来告诫自己，还是作为一次疼痛的回忆来提醒自己？官司难打，官司大家都不喜欢，官司赢了也不一定有用，赢了也拿不到钱，甚至赢了比输了更难看。我们知道，生意和官司是水火不相容的，但官司和生意又是交织在一起的，我们不是清高，我们就是要不得它。这其实也是我们唯一的一个官司文本，有一个就够了。

官司不打，不等于生意顺利，不等于平安无事。官司不打，不等于怨气在消解，不等于没有更大的情绪在酝酿，也许还会有更扭曲的办法和手段来对待它，也就是说，这口气肯定是要出的，只不过是通过自己的形式，做出极端的事情。于是，我们就听到了很多因为讨债而生出的无奈的事情。有人家里的玻璃被涂了油漆，有人家里的门锁被502胶水冻了，有人家里的下水道被人堵了，晚上一回家，别人家的粪便也满到自己家里来了。有人汽车被刺了轮胎，有人仓库被挖了墙脚，有人变压器被烧了柱头。有人赶到国外，找到欠家剁了他一只手或把他的脚筋挑了。有人什么也没做，就发了一条短信，你有本事把你全家人都带起来逃，否则，我第一个先把你的孙子搞死。是什么造成了这样负面的结果啊，这是我们多么不愿意看到的啊。

这些下三滥的事，我当然是不会去做的。因为我们是文明人，不是粗野人。我们也不是正儿八经的生意人，我们是下岗了，为了生计，被迫做了生意。我们想顺顺当当、平平安安地过生活，不想打架斗殴，不想提心吊胆。因为我们知道生意有生意的规律，生意有生意的不测，我们只有顺其自然，在过程里慢慢平静、慢慢满足。

鞋料店既像民政局又像劳动局

鞋料店开到一定的规模，很多事情就出来了，就是亲戚们看见你宽裕了，有条件了，就有很多人找上门来了，有些很久很久都没有联系的亲戚，这会儿突然出现了，你说他们会有什么事情？要么借钱，这个我和老婆说好了，坚决不能开这个口，一开就像是水库决口，就控制不住了；要么就是让你安排工作，这个还可以商量，反正我们也要用人嘛，用谁都是用。没办法，我们只得像过去的民政局一样，不断地收人；然后又像劳动局一样，给他们安排工作，解决他们的吃饭问题。

这些年，温州也和全国其他地方一样，倒闭了许多工厂，像我老婆原先的肥皂厂，本来还是个国家企业，在所谓改制的洪流中，说没有就没有了。没有了怎么办？这些人就散落在社会上，就失业了，像无头的苍蝇一样到处乱撞。前面说的"不找市长找市场"，意思是自己去摸索，自己去打拼。其实也是说得好听，哪有那么多市场好找，哪有那么容易的事情好打拼。只好找我们这些已经有点水性的、能在海里扑腾几下的人了。

开始的时候是嫡系亲戚来找，比如哥哥嫂子、大姐二姐；再就是远房的表亲；再就是亲戚的朋友或朋友的亲戚。按理说，用完全没有关系的打工仔，还不如用自己的嫡亲旁系，可靠，信任，但不能保证他们都会全心全意，假如他们的心思游离了，消极怠工了，你碍着面子说也不是，不说也不是，时间一久，我们就知道那句话的味道了，叫"沾在手上的什么什么，甩也甩不掉"。

经常碰到的问题有这么几个：一是纪律，曾经有一个亲戚，上班老是迟到，来了又玩玩电脑，出勤不出力，我们做了很多工作，说你这样会影响全局的，他却说，难道我们也要像打工仔一样吗？无奈，犹豫再三，我们还是把他给辞了。我们的亲戚关系也告急了。他母亲到现在还不和我们说话，逢人就说我们无情，说我们苛刻，说年轻人都是这样的，早上要睡，迟一点有什么关系，玩一下又有什么关系，又不是政府机关、窗口单位，搞得这么正式干什么？真是你说天，她说地。

二是工资，工资是个难伺候的问题，亲戚朋友的身份本来就很优越，要么是本地人，要么是企业下岗，和那些农村出来的、从来没见过世面的打工仔不同，他们觉得自己应该享有什么样的待遇。而我们是鞋料店，是个体，是普工性质，要"身兼数职"什么都干，工资也是相对而言的，这就和他的理想有悬殊了，心里的疙瘩也就生起来了。

三是"位置"，都是自己的亲戚，本来也没有什么差距的，现在你搞得好了，他们心里就不平衡了，要和你争一争"指挥权"。比如我老婆的哥哥，老觉得在妹妹手下干活有点错位，有失尊严，觉得小时候都是他为她挡风遮雨的，现在等于是寄妹妹的篱下，心里那个失衡啊。于是，抬杠，设置障碍，非得在一些地方说了算不可，弄得小小的店里内耗不止，还要生出许多心思去应对这个。原以为多一个亲戚就会多一份力量，其实正相反，是多了一块绊脚石。没办法，毕竟是哥哥，我们只好妥协，另开了一家鞋料店，办好证，铺好底，送给他。说好了"井水不犯河水"，其实哪里脱得了干系啊，他出去进货还是要报我的名；他要赊人家的账，人家还是会挂在我的名下；他要是和人家起了纠纷，还是要我们出面摆平。真是请神容易送神难啊。

从这个意义上说，用外地人，用农民工，用打工仔，后续的麻烦就会少很多。不满意的、达不到要求的、不听话的、改正不了的，大不了多赔点工资，走人了事。但用外地人也有头疼的地方，他们都会"打雷公"。打雷公是温州一句家喻户晓的土话，不知是不是这几个字，也不知出处在哪里，反正一说都懂，就是利用工作之便偷偷地攒钱，不知不觉地攒钱，从这个字面上去解释，打雷公应该叫"打累工"，积累的累，工分的工，呵呵。

我们平时在店里的时间不多，我们有更要紧的事情要办，大部分时间，店里、仓库里、工场里都是以他们为主，虽然也有管理，但管理毕竟是少数，而他们是大多数，阶层自然就分化开了，甚至对立起来了。谁是我们的敌人，谁是我们的朋友，这个问题是革命的首要问题。战争时期如此，和平的利益时期更是如此。而这些道理，作为革命的无产阶级，不学就懂。这样说了，他们就是在为我们这个敌人工作，他们要偷偷地打敌人的雷公，就很好理解了。曾经在别处听到过这样一句话，说看店若没有打雷公，傻瓜要看啊。言下之意是，来看店，就是看中了能打雷公的机会。

打雷公的方式有好多种，略举一二：一是利用盘存的机会截留货物。每个月底，我们的店、仓库、工场都会清点一下库存，看起来很规范，其实，真要是错了，我们也无从查起，因为每天都有东西进进出出，你不知道是哪一天错的，哪一个环节错的，哪个人手里错的。而有心人总是不会浪费一点点机会的。我们拿着本子煞有介事地一堆堆货物对过来，比如这一堆货物是五十件，而他装模作样地一数，报了四十六件，那么，这被他漏掉的四件，就是他的收入，他悄悄地处理后，就成了他的外快了。二是高价卖出，低价记账。这往往发生在零售环节，比如一件化学片一百八十块，他逮住了一个生客、过路客，宰了他两百块，这二十块就直接进了他的腰包了。我们一般要求在生意发生后收集客人的信息，手机、厂家、经常使用的货物，如果这条账目上没有这些信息，他说忘了问了，或说对方不肯留下，我们就知道，这里面肯定有经不起查找的漏洞，他怕我们追溯，那么，这笔生意肯定就有猫腻了。

我前面说过，老婆是会计出身，她对账目是非常敏感的，她说只要稍稍地一回顾，就知道错在哪里。她说我们过去在厂里，哪怕是少了一分钱，哪怕是轧账到深夜，也要把这一分钱轧出来。可见她的基本功是很扎实的。她曾经想彻底查一查打雷公，要"杀鸡儆猴"，她说，我不是心疼，不是他打了多少雷公，而是被他们耻笑当傻瓜的问题，他们会说，别看他生意做得好，其实什么都不懂。他们会笑我们是糊涂虫，偷了你的东西你还不知道。我对老婆说，管理是必要的，但睁只眼闭只眼也是管理的艺术。雷公是他们的生存空间，有雷公可打，他们才不会窒息，他们才待得住。即使你知道了雷公在哪里，也不能火眼金睛地去捅破它，要知道水至清则无鱼的道理。对于我的话，老婆还是能听得进去的，但要控制雷公的限度，让他们自觉地打适当的雷公，打得适可而止，则是个技术活，还需要我们在实践中在管理上不断地探索摸索。

林子大了，什么鸟都有。店里招募的人多了，也会有各路神仙造访。他们说是来打工的，但动机都不一样，有的是初来乍到温州，只想着暂时地歇歇脚，待身心稳定后立马就走；有的是借个地先练练心气，做腻了，无聊了，再换个新的岗位；有的开始是想学手艺的，学成了，心思就歪了，觉得外面的天地更宽，就想往高处走；还有一些人，为城市的新鲜而来，为陌生的繁华而来，为好奇的体验而来，但就不是来打工的，也不是为攒钱而来的，这似乎是一个悖论，但他们才不管什么悖不悖呢。他们往往拿了工资就吃喝玩乐，买这买那，即刻就花光了。所以我说，他们是来见世面的，他们和我们，没有情义可言，我们是路边的一个驿站，他们就像是匆匆歇脚的路客。在我们开店的这些年里，这些人就像走马灯似的换来换去，最多的时候我们有三十来个，少则也有十八二十个，他们大多没有留下什么印记，但也有个别鲜活的，让我记住了。这里我列举三个，为了加深印象，我给他们都加了"概括"，也可以说贴了一个标签。

一个是"卧薪尝胆"型的小李。浙江缙云人，和其他外地人不一样，浙江人要稍稍地灵活一点。小李在我们店里负责技术，当然，技术也是在我们店里学的，他能够判断生产事故的原因，比如鞋做软了，是化学片的质量不好呢，还是表面的胶水少了呢？是浸泡的药水不对呢，还是烘干的温度不够呢？总之，他会分析，会知道其中的问题所在。因此，厂家要是出了事，说鞋子出问题啦，你们来看看吧，我们就会立马派出小李，去分析，去调解，这时候，他的意见就是我们的意见，他怎么说，我们接下来就会怎么改进。我们对小李很信任，很放心，他也做得很认真，很卖力。因此，对于他的待遇，我们一直是很优厚的。开始的时候，他是自己租房住，后来提出来，让我们给他租，我们当然是答应了。后来他要求加工资，说他的作用已远远大过了一般的打工仔，我们承认，我们也支持了。后来他要把老婆带进来，说这样好照顾，他可以没有后顾之忧地做贡献，可以说，他的要求有点"得寸进尺"，但我们也都予以满足。不是每个员工都有这样的待遇的，一切都缘于他的工作性质，缘于他对技术的掌握。我们觉得，妥善地安稳他，就是对鞋料店的最大的维护。再后来，他要求在店里拿年薪，拿提成，我们也都同意了。我们觉得，这个可以一试，这种形式也许会促进我们的体制改善，也许还是我们今后的发展方向，我们不妨先做些尝试。

但是，突然有一天，是他在我们店里做了五年之后，在春节回家休整之后，他就消失了。每年的春节，我们都会有一些鼓励员工早点回来的优惠，比如大年初五前赶回温州的，不管你的路途有多远，不管你乘坐的是什么交通工具，我们都予以报销，以资鼓励。小小的优惠对他们来说也许还挺大，大家都很看重这个，都会在初五之前如期而至。但是，到了初八，一般员工都已经到齐了，我们也准备开张了，噼里啪啦的开门炮也打过了，这个我们店里最重要的角色小李还不见人影。我们的心慢慢地急促起来，我们打电话询问，他回说家里还有点事，还没有处理好。谁家没有个意外呢，我们非常理解。又过了几天，一些厂家也陆陆续续地开工了，一开工，如果有生产问题，马上就会用得着小李了，但他的手机却在这紧要关头关机了，准确地说，他已经换了手机了。他像泥牛入海，杳无音信。后来，有消息传入我们的耳朵，说小李在温州开店了，但不知开在哪里；说他别的都不做，就做他熟悉的，和我们做一样的，专做化学片。我们吃了一惊，这等于在和我们唱对台戏嘛。又有人报信过来，说在什么厂里看见小李在和老板接洽，在杀我们的价，拆我们的墙脚。我们背上的汗马上就冒了出来，我们进货的渠道他都知道，我们的一些"短处"他也一清二楚，我们的厂家等于就是他的厂家，我们辛辛苦苦建立起来的关系，他轻而易举就占有了，真的是坐享其成啊。我老婆捶胸顿足，欲哭无泪，说白眼狼啊，说农夫与蛇啊。但我们又能拿他怎么样？我们没时间和他斗，也没有精力和他斗；我们在明处，他在暗处；我们是正规军，他是游击队；他没有店，没有仓库，像那些讨厌的皮包公司，打一枪换一个地方，关键是我们没办法找到他。再说了，他既然选择了背叛，自然什么都想好了，自然想到了最终的结果，所谓"好汉怕赖汉，赖汉怕死汉"，他难道还会怕我们不成？

也有"工会主席"型的小王。高中毕业，这在农村算知识分子了，在农民工群体里也算个人物了。在我们工场，他是落料组长，手下有几个跟班。落料你就落料呗，但他热衷于组织员工开会，并给他们灌输他的思想。他也跟我们讲他的道理。比如个体劳动一般都没有时间观念，有事就多干一点，没事就休息。但小王不这么说，他觉得没事是你们的责任，是你们没有安排好，他们是被休息的，被休息没有责任；而八小时之外的干活就要算加班费，不能与前者抵消。温州有一句话叫"天不怕地不怕就怕农民有文化"，意思是说，农民往往把文化用在意想不到的地方。小王有了文化，老在琢磨我们的缺陷和漏洞，老想在关键的时候拿我们的软肋，比如厂家在试制新鞋时，我们要赶制新的包头子跟；又比如厂家在赶外销任务时，一般都要求我们多配些储备；这都是我们最最着急的时候，要加班加点的时候，我们的厨房里有菜，我们的炉火已呼啦啦地烧旺，但"厨师"小王不见了，或干脆煽动员工停工待机。目的就是要挟持我们，要特事特办。我跟他说，我们也是从困境中走出来的，我们对员工的疾苦都是感同身受的，我们知道该怎么做。但小王不相信，他觉得"天下乌鸦一般黑""地主哪有好心肠""当上猪儿娘嘴巴就会长起来的"，不这样"真刀真枪"地对峙着，根本就不能解决问题。我有时候想，要是小王出生在那个年代，如果他也在京汉铁路，他肯定也是个"施洋大律师"式的人物。

我曾经和小王促膝谈心，我们虽然也是乌鸦，但不是太黑的乌鸦。我们也不是天生做老板的，你也不是命中注定永远就是员工的，我只不过比你拼搏得早一点，先打造了一个做事的平台。没有这个平台，你们暂时还没有机会，而没有你们的帮衬，我们也一事无成，我们是相辅相成的一种关系。什么时候你做大了，你也可以当老板，也可以招募员工，你互换一下角色想一想，假如你的员工老和你抬杠，你心里什么感受？小王看看我，觉得我是在嘲弄他，他说，我们现在谈这些，本来就不在一个平台上，一开始就已经不平等。

有一次温州来台风，噢，其实温州每年都会来台风，沿海地区嘛，就看它打在什么地方，登陆的中心是不是在我们这个区域，往年都是在苍南、平阳这些县里，也经常要死人。死人就麻烦了，就得等民政部门的救济，甚至要等国务院的人下来。这一次台风打到了温州，正好是八月十五的光景，和大潮汛碰到了一起，风雨交加，海水倒灌，我们双屿这边又靠近瓯江，一下子水就满上了街道。我们的工场本来就租用在农民的房子里，上面漏雨，下面淌水，我和老婆都亲临现场抢险，我们加固房子，我们抬高囤物的木架，我们是私人工场，哪怕是吹飞了一张瓦，都是自己的损失，哪怕是打湿了一张纸，心里也难受。小王当然也在帮忙，这是他作为员工的职责，但他在暴风雨中却在动情地朗诵高尔基的《海燕》：——让暴风雨来得更猛烈些吧……心思和我们完全不在一个点上。

还有"以德报怨"型的小张。他是跟了我们最久的一个，到今年已经有十五个年头了。他也是落料工，他和我们的感情不是缘于时间和帮助，而是建立在一次货物的失窃上。

那还是我们的创业初期，一天早上，我们发现仓库里的化学片少了五件，一件两百块，五件就超过了一千块。这对当时的我们来说就是太阳一样的大钱。我们细想了一下这件事的经过，昨天还是好好的，白天还有人在干活，要动手脚，一定是在晚上。一夜之间，东西没了，问题肯定出在睡在仓库的工人身上，不然，事情不好解释。是谁呢，他们是一拨差不多的员工，平时在一起吃饭、休息、睡觉，谁会在夜深人静的时候心里有事，谁会像田螺一样显现出来，与外面的同伙互相接应，学几声蛐蛐叫，对上了暗号，把化学片从窗口递了出去？这事有点难为情，都是自己的员工，还都靠他们出力干活呢，我希望那个人主动站出来，可以是任何方式，悄悄地说一声，我们替他保密，知错就改，我们既往不咎。但他们似乎都在打心理战，都好像很无辜的样子，那我们就没有办法了，只好报警。

派出所的民警说，没关系的，小事一桩，我们一到就知道了。是啊，他们有他们的处理办法，我们做不出来。我老婆说，那你们不要打他们啊。民警说，那你叫我们去干什么？去唱歌给他们听？老婆说，你可以用你们的警服吓唬吓唬他们。民警说，他们要怕你吓唬，他们就不会偷了。又说，你这个老板娘还真有意思，这边呢报警，那边呢又不让我们教训，那我们可以关他们吗？老婆说，最好也不要关得太久，另外，我可以给他们送饭吗？民警笑了笑说，你可以给他们开宴会，还可以让他们吃花酒，呵呵。

民警来到我们仓库，他让所有的人并排站好，他像电影里演的那样，一个个盯着眼睛看过来，其他人都面无表情，只有小张的脸色突然就黄了，并且还明显有个不自然的动作，把放在身后的手，无端地拿到了身前。民警说，就是他了。然后也是电影里的口气，你跟我们走一趟吧，就把小张给带走了。

这一天，我老婆比小张还辛苦，她坐立不安，一会儿担心民警会打他，一会儿又担心把他送到牢里去。一会儿差我去看看，一会儿又叫我去送点吃的。老婆的心情我非常理解，她心疼她的化学片，但又不想发生偷盗的事，不想得罪自己的员工，又怕和他们结梁子。但这一步现在已经跨出去了，收不回来了。我也悄悄地去过派出所，看见小张无所事事地靠在楼梯下，我以为他是被罚了"定境"，定境是气功的一种入定形式，就是人站着一动不动，像没有了生命一样，仔细一看，他的一只手被铐在栏杆上，一只脚别扭地踮着，站也站不直，蹲又蹲不下，身体靠几个脚趾支撑着，一看就知道非常的难受。我回来把情况告诉老婆，说打是没有打，但比酷刑还刁钻。我老婆听了后就非常的自责，好像自己做错了事一样，觉得为五件化学片去报警真是不值得。又担心小张想不开，会不会看破生活自暴自弃。更担心他心生恨意，蓄意报复，今天砸我们家的窗户，明天堵我们家的阴沟，怎么办？

这天中午和晚上，我老婆亲自给小张送了吃的，每顿十个肉包，本来她还想送些酒菜，以示慰问，限于小张被铐在那里不方便，才打消了这个念头。后来，大概是二十个小时之后，小张被派出所放了回来。民警说不是他。老婆高兴地说，算了算了。民警又说，那要不要再问问其他人？老婆忙说，不了不了。

民警是基于小张确实说不出什么名堂才把他放回来的。那为什么他一下子就脸黄了呢？民警说，有些人就是这样，一看到警服就心慌，无端地紧张；也有些人遇事会不自在，与他不相干的事，他也会莫名其妙地有一种"自认"表示，精神病学里叫作"自我强迫症"，没病也说自己有病。民警还说了另外一个审讯出来的细节，小张坦白说，昨天夜里他"跑马"了。跑马一般都发生在睡得很死或梦得很怪的情况下，如果昨夜小张"作案"了，那他应该是彻夜未眠的，也就不可能发生跑马的事情，所以，盗窃案与小张无关。

那天后来，老婆还给了小张五十块钱，作为他这天的误工费，也作为精神补偿。小张拿着钱犹豫了一下，但还是收下了。我们都以为小张第二天就会走人的，我们伤害了他，都觉得他心里应该是有怨恨的，没想到小张什么也没说，像没发生过什么一样，他继续留下来做他的落料工，一直做到现在。

这几个"有型"的员工常常被我们想起，教训和收获都有。这些教训和收获都是店里的财富，指导着我们的组织建设和制度改善，也推动了我们这个店的发展。

鞋料生意也要和人打架

我们万万没有想到，做鞋料生意还要和人打架。我们没想到的事情多了，生意这么难做，秩序这么混乱，客户这么难缠，后续的事情千奇百怪，我们都没有想到。有人一定会问，做生意只限于供求，关系应该是很纯粹的，怎么会打架呢？也有人说，讨债、逃债是听说过的，大不了无奈嘛，打架却是闻所未闻。也有人说，话不投机半句多，生意也不是强买强卖，接触起来没诚意，大不了不做嘛。这些话都对，但也都是只知其一不知其二。好好的一切都顺，我们为什么要打架啊？我们吃饱了撑的，我们力气长在身上不舒服啊？做生意求的是稳定和平安，出发点和指导思想都是和气生财，但供求关系不融洽，恶意的欠债逃债，或没有道理地吹毛求疵，这口气咽不下，就容易发展成打架了。我们做生意为什么，就是要把生意做成，要是开店是给大家看的，我们为什么要开鞋料店，我们开手表店多好。不是生意难做就嚷嚷着不要做不要做，这也不做，那也不做，那你待在家里好了，改吃饭为喝粥好了。生意一开始都是诚意的、诚信的，但一旦强调了这些，就已经一脚踏空、不能自拔了，就只能跟着恶性循环走了。

当然，这都和我有关，大家不要以为我是什么"镇关西"或"蒋门神"，或是什么小流氓、黑社会，欺行霸市，横行乡里。不是的，我只是一个普通的机关干部，而且还和文字沾点边，尽管工作之余也去锻炼身体，但都不是对抗性很强的那种，是羽毛球这种小儿科，最知道自己有几斤几两了。再说了，我也是怕麻烦的，一没有能力，二没有背景，三没有社会势力，所以，平时我都是叫老婆忍一忍、让一让，那些"忍一忍吃不尽""退一步海阔天空"的话，都是我经常挂在嘴边的警句。关键是我老婆对我的"解读"也有误，对我的期望值太高，她以为机关干部都能够呼风唤雨，都能够摆平一切，殊不知，我们就是拿拿笔、叠叠纸的活儿，是那些工会、妇联、共青团的"等边"单位。而我老婆心里一点也没数，既没有吃一堑，也没有长一智，还动不动生出此类事情来。

前面说过员工的种类很多，其实客户的类型也很多，因为欠债而表现出的"躲躲闪闪""避而不见""逃之夭夭"也是层出不穷，其实更多的是"无赖"，是"死猪不怕开水烫"，是"要钱没有要命有一条"。曾经有一位瑞安人，是做加工的，就是接到了厂家的业务，来拿我们的材料，加工了再转给厂家，结果，厂家把他欠起来了，他也把我们欠起来了。我们有一条工作链是这样的，供应商、我们店、加工户、厂家，如果大家都有诚意和信誉，那么，这个轮子转起来还是漂亮的。如果哪一方心生了歪念，那这个轮子转起来就别扭了，比如厂家说鞋子碰到淡季啦、鞋样打不准啦、销售皮市啦、颗粒无收啦，他心里想赖账了，那这些都是他的借口，这个环节的链就断了。这个瑞安人就是这样，把责任全推给了厂家，他自己就准备"躺草地上让蛇咬"。我曾经去瑞安人那里威胁过他，每一次都像是"最后通牒"，第一次，我是客气的，嘻嘻哈哈的，我限他半个月还债，他口头答应了。但半个月一到，他仍旧是"老鹰拉个屁"，无影无踪。第二次我叫了两个朋友过去，身边有了朋友，我说话的口气也硬了起来，我说，你说话像句话好不好？他说，我也想说话算话啊，但我真没有啊，怎么办，要么指头给你剁一个去。当场把你气得就想打架。我是做鞋料生意的，又不是开熟食摊的，我要他指头干什么。没办法，只好再下一道"最后通牒"，好吧，再给你一个月，到时候再说一个"没"字，小心把你的机器搬了。机器是他赖以生存的工具，没有了机器等于没有了饭碗，我想他应该会当回事了。一个月很快又过去了，我想，这一回过去应该再给他一点压力，我把我店里的小四轮开过去了，也不熄火，在门口嘭嘭作响，一副马上要进去搬东西的架势。他依旧一副"硬骨头"的嘴脸，至于机器，他说，我已经停了好多天了，我反正饭也不想吃了，你要搬你就搬吧，搬了我也死心了。实际上他是将了我一军，给了我一个窝心拳，我们哪里要他的机器啊，他的机器我们也没有用，我们也搬不动他的机器，搬过来也没地方放，还要保管。呜呼，这样交锋了几次，我自己心里也疲软了，实际上也早已做了放弃的打算。

老婆当然是埋怨我的，埋怨我不心狠手辣，埋怨我没有强硬措施。我们怎样强硬，你问她她也讲不出来。当然，她的情绪已不像开店之初我们讨债时那样强烈了，也有点皮了，见怪不怪了。店开了一些年头，钱多少也赚了一点，对钱的认识和承受能力总会有所提高的。呵呵。

　　说"打架"其实真有那么一回，是真打，不是形容的打。一个厂家欠了我们的债，说起来也不多，也就是几千块吧，但我一直取讨未果。如果这个债继续是我来讨，也许也打不起来，我们毕竟是有修养的，受了多年机关的历练，脾气相对要克制一些，对钱的态度也散淡一些。但老婆一气之下亲自出马，局面就不好控制了。正好那天对方的老板不在，她碰到了对方的老板娘。在温州所有的行当里，我们公认做鞋的素质最差，因为它最早从手工而来，从家族而来，没有经过工业文明的熏陶，也没有经过严格的企业改造，等于直接跳到了历史前台，又来不及融入社会文明，所以面对秩序，面对道德伦理，它自己也是措手不及的……如果老板在，也许不会激发事情，男人和女人，总归有个性别的差异，性别就像一个距离，会阻隔双方的一些情绪，会绝缘一些火花。而女人和女人就不一样了。那老板娘好像要存心刺激我老婆似的，说话非常难听，说我们的化学片不好，说我们故意把坏的东西给她，说把她的鞋都做砸了。说现在不仅鞋卖不出去，还损害了她的声誉。说你还想来要债，门儿都没有，本来是要你赔我的鞋的，现在不让你赔已经是很宽大了。这话老婆听不下去了，前面的鞋做得好好的，钱和质量都没有什么话说的，甚至说好了什么时候结账，现在突然想赖账了，就血口喷人，反过来倒打一耙了。话无诚意就像石头一样甩来甩去，我老婆也被甩得火冒三丈，激动起来，两个女人不再说话，扑上来就打。女人的打，重是不重的，就是声势较大，就是样子难看一点，特点是凌乱无招，加之那老板娘先天强悍，善于在乱中取胜，很快便占了上风……

　　老婆哭哭啼啼地回到店里，诉说着对方的滔天罪行，诉说着自己的委屈，她委屈自己的辛苦，也委屈我没有尽力，还委屈有理反被别人欺。她越说越伤心，越伤心越觉得我表现不好。她觉得我应该一听她的诉说就怒发冲冠、拍案而起，没等她说完便哇啦哇啦，拍马赶去，不问青红皂白就把那个厂家砸个稀巴烂，把它的桌子掀了、凳子踢了，最后还一把火把它烧了。如果碰上的是老板，不由分说先痛殴一顿。要是那老板娘还在，起码也要衫襟扭住，扇她几个耳光再说，为老婆报仇雪恨，在所不惜。但我没有这样做，机关的经验告诉我，这样做虽然出了气、争了脸，但肯定是越做越糟的，是要出大事的，到最后肯定没法收场，要么有人在医院里，要么有人在监狱里。我告诫自己，越是这样越要冷静处理，老公有什么用？就是这样的时候做主心骨用，要掌控方向，把握全局，分清利弊，因势利导。我先是查看了老婆的伤势，脸上有点红，微微还有点肿，估计问题不大。我先带她去医院看看，对自己是个好，对伤势也有个数，还建立了一份"证据"，接下来不管是做什么，官司也好，调解也好，证据总是有用的。之后，我又带她去派出所报了案，尽管她情绪上有些抵触，跟在我身后吧嗒吧嗒的，但终究还是拏不过我的坚持。我对她说，既然事端已起，既然不选择打架，既然还想把债要回来，那就走正规路线，把事情交给警察吧。

那天晚上，她躺在床上一动不动，眼睛不看我，嘴巴却在唠唠叨叨地说话，每说一句话，都还要夹杂着眼泪。我知道，她虽然去了医院，去了派出所，但怨气丝毫未减，并还在不断地酝酿。我当然也是苦口婆心地劝说，我告诉她，报仇雪恨有好多种方式，"水浒"的做法固然解气痛快，但后果呢？后果就是我们犯事，反复地纠结，没完没了地复仇，这值得吗？有意思吗？你不想生活啦？再说了，这做法已经落后了。要反其道而行之，他喜欢打，我们偏偏不和他打；他喜欢硬，我们偏偏和他来软的，这个软不是软弱，是太极的云手。新式的做法就是以文明来遏制邪恶，以法律来解决争端。他既然没有诚意，那我们就借助警察的力量来对付他，这也是扬眉吐气啊。我还告诉她，以我们机关的特性，想点办法，找点关系，和警察打个招呼，定叫那厮俯首称臣，束手就擒。我还面授机宜，叫老婆在"调解"那一天化化妆，争取警察的感情分，也给对方施加点压力。老婆转过头，狐疑地问，化妆？化什么妆？怎么化妆？我告诉她，往惨里化，俗话说得好，"画鬼好画画人难"，化得难看点就是了。我老婆听后将信将疑，但也若有所思，情绪也稍稍好了一点。

挨到"调解"的那天，我、老婆、对方老板、老板娘都到派出所去了。我老婆在我的授意下，"浓妆艳抹"出场，她把乌青画得浓淡相宜，润得非常自然，好像不是人为地画上去的，而是几天后从皮底下泛上来的。连警察看了都大吃一惊，说，前天看看还不太明显嘛，怎么这两天这么厉害了？我老婆一直低头捂脸，做难堪和痛苦状。我趁机说，昨天还少点的，今天就越来越多了。毕竟是女人，一点点乌青也好像伤得很重一样。当然，没有人想到乌青也可以作假，伤势也可以化妆，这就是我们机关干部的智慧。那老板和老板娘开始还有点想吵架的样子，还想以势压人，后来一看我老婆的脸，再一听警察的倾向，也坐在那里不响了。本来以为艰难的调解过程，现在进入了我们布下的程序，进行得异常顺利。警察斩钉截铁地说那个老板娘，你说都不用说了，整个的事情就是你的不对，你欠了别人的钱已经不对了，你还动手打人，你真是胆大妄为，还有没有王法啦？你自己说怎么赔吧。又说，你看看人家的脸，女人哪，被你打得像熊猫一样，过后还不知道能不能褪呢，要是褪不了怎么办？她要说"生胡人打了生胡人赔"，也把你的脸上打几下，也把你打成熊猫一样，你出不了门，见不得人，你什么感觉？那老板和老板娘哑口无言，头密密点……

这件事虽然开头不好，但结尾还是比较漂亮的。开头我被老婆怨来怨去，说了很多难听的话，什么胆小鬼啦，什么白长了一身蛮肉啦，后来她慢慢地体会到了，我们机关干部还是有一点智慧的，文明的解决办法，同样也是充满力量的。

当然，也有一些事不那么尽如人意。曾经有一个小厂，我们都叫他"皮浪荡"，皮浪荡就是猪身上的那种抖抖动的板油，不能吃也熬不出多少油的那种。我们和他在欠账上的交道，就像在打一场艰苦的拉锯战，每一次都是兴奋而去，扫兴而归。我曾经劝老婆算了，日历一样翻过去就没有了，我们"堤外损失堤内补"也一样的。我老婆不同意，说倒不是钱多钱少的问题，是被他戏弄的那个感觉，实在是不好，每天都说下次下次，其实他根本就没有这么想，这比干脆让她绝望了还难受。这个小厂其实也已经是"家徒四壁"了，好搬的东西都被人搬光了，只有一台发电机漏了网，装在外面的角落里没被人发现，却被我老婆瞄住了。当时的温州经常会拉闸断电，尤其是我们所在的区域，小厂密集，大厂也密集，又是错峰，又是阶梯，所以，我们的工场也经常会像旧社会一样漆黑一片。我们深受其苦，有时候正赶着东西，电一拉，再紧的任务也要停下来。东西做不出来，客户就哇哇叫，甚至会影响到今后的生意。如果有一台发电机，遇到停电时我们自己发电，发电机在角落里嘭嘭作响，吵是吵了点，但我们的工场就会像天堂一样，周围一片漆黑，唯我们这里光芒四射，那是多么过瘾多么骄傲的事情啊。在各种情绪各种力量的作用下，终于有一天，我老婆忍无可忍，带了几个员工，把皮浪荡的发电机拆了回来。我老婆跟他说，你欠了我的债，又折磨我的精神，现在我搬了你的发电机，我们债物两清了，谁也不欠谁了。

这件事我开始不知道，后来知道了，我觉得不妥。第一是这种行为不妥，有打家劫舍之嫌，像流氓行径，虽然有时候我们也说要搬人家东西，但基本上都是雷声大雨点小，属吓唬吓唬性质，从来也没有真正地实施过；第二是这样做性质就变了，本来是正常的供求关系，虽然不那么顺畅，但还算是正常的，这样一来它就变味了，有了点敌对的意味；第三是明显的有落井下石的嫌疑，人家最最困难的时候，我们非但没伸手援助，反而还乘他之危砸了他一块"石头"；第四是留下了不可预知的隐患，至少是心里埋下了隐患，不知道哪年哪月又会"祸起萧墙"，生出什么个事情来。现在回也是回不去了，回去了更难看，不是吗？先顶着再说。我老婆是不会想得那么多的，毕竟是女人，行为经常受情绪支配，还经常"单头想"，觉得"是他欠我的我才搬他的"，公平合理，放哪里都可以说得过去。员工们更不会这么想了，发电机一开，生产没有耽误，收入正常，欢呼雀跃，他们才不管这么多呢。我却没有那么轻松了，自从来了这个发电机，就像是请入了一尊瘟神，发电机一响，我心头总是为之一颤，总觉得有个定时炸弹埋在地下，在嘀嗒嘀嗒响，不知道哪天就会轰然爆炸。我老婆说我是书生气，宁愿人人负我，我不负人人。宁愿少收入一些，也要求个安宁。我告诉老婆，和谐的生意关系，才是生意做久的根本。最好大家都做成了朋友，就没有这么纠结的事了。当然，也许是我有点神经过敏，也许生意场就是这么"血雨腥风"，一台发电机也算不得什么，没必要这样时时自危。

时间就这么慢慢过去，真的也都没有发生什么，我也把发电机的事给忘了。

大概是三年之后，那时候我早已经回单位上班了。生意逐渐稳定，又请了几个亲戚晚辈加盟，我就慢慢地腾了出来，回单位清闲去了。有一天，我老婆慌里慌张地打来电话，说这几天老有人来店里捣乱，开始还以为是同行嫉妒，今天才知道是阿赖来了。我问她，哪个阿赖？老婆说就是在双桥办厂的那个阿赖。我说，我哪里知道什么双桥单桥的？老婆这才吞吞吐吐地说，就是，就是那个皮浪荡，我搬了他发电机的，那个阿赖……我说，你那些亲戚不能为你撑撑腰啊，一点点小事也过来找我，好像我很有能耐似的。老婆说，他们帮帮忙是可以的，要吵架打架他们怎么插得上手啊。也是，拿工资的人，哪个愿意拼命啊。我说，那个发电机风吹雨打的，都不知烂到哪里去了，现在说这个有意思吗？老婆说是啊，但阿赖还惦记着这件事啊。我说，他想怎么样？老婆说，还能怎么样，寻衅呗，敲杠呗。

这事有危险，以我的经验，反复的事，都是比较麻烦的事。我急忙放下手头的工作，赶到店里，又听老婆仔细地叙述了一遍，说阿赖是带了人一起来的，这样的阵势就是想压我们，就是想敲竹杠。我说，他具体说什么没有？老婆说，他说自己被我们搬了发电机，运气被搬坏了，他的厂也办不下去了，又与人打架伤了人，在监狱里待了两年，现在出来了，生活无着落，所以，他要把先前失去的补回来。我说，看来是来者不善、善者不来。他是看我们现在稳定了、发展了，知道我们不堪骚扰，知道我们会求安求顺，才这么做的，这一点也不奇怪。

我一方面安慰老婆不要紧张，不要担心；一方面让老婆给我个"政策"，如果把他的敲杠摆平了，你多少钱能够承受？老婆说，顶多两千，本来就是他欠我们的嘛，他的发电机也是旧的，两千已经很优待他了。我心想，女人就是这样，心比钱小，钱比事大。但我也没有埋怨老婆的意思，我说，既然事已发生，就要全力以赴，所谓兵来将挡、水来土掩。我说，没事不惹事，来事不怕事，不仅要息事，还要做到彻底地宁人。我老婆惊讶地看着我，好像这时候才发现我有侠肝义胆似的。

但是，这一天，阿赖都没有来，我白等了一天。我只好向单位请假，我跟领导说，老婆的事就是我的事，老婆的事解决不好，我们就有后顾之忧，我们工作就没有心思，干脆我也耐下性子等，怎样？领导支持地说，你只管等等等。

这样我又等了几天。三天后，我终于等到了这位阿赖，人当然也认识，以前去他厂里的时候也打过交道，但感觉已完全不一样了，以前他欠我们的钱，他是"下风"，他见了我就像老鼠见了猫，恨不能遁地逃走；现在他要"清算"来了，是他处在"上风"，他既然从监狱里出来了，既然把脸皮都撕破了，既然开出了这个口，你要是不满足他的要求，是打发不了他的。说白了，还是江湖上那句话，你要给他一个台阶，让他舒舒服服地下去。

我把阿赖叫到外面，不让他在店里闹。我说有些事是只能在男人之间解决的，比如现在的这件事。我们的谈话就这样理性地开始了，实际上暗中也是剑拔弩张的。我说第一你不用带别人过来，我们之间的事，别人也不知道，好说的话，一个人就行。再说了，这些人我也见得多了，出来混吃还马马虎虎，真要是打起架来，逃得最快的就是他们。第二你也不用找我老婆，那样没意思，男人找女人了事，再大的本事也显得龌龊，女人她懂什么呀，女人就知道哭，她一哭，你能解决事情吗？第三你也不用说自己是监狱里出来的，这个没用，死刑犯我都见过两个了，眼睛都不会眨一眨的，你信不信？我们就事论事怎样？

我知道流氓是不怕流氓的，但有时候恰恰会怕一点点"机关干部"，因为干部的能量有时候是无法估量的。我告诉他，我是请了假专门来会你的，我没有工夫和你纠缠，我希望就到此为止，别像女人一样婆婆妈妈的。我告诉他，应该说，我们的事，早在几年前就已经了了，你欠了我的债，我搬了你的发电机，我们在一定意义上已经两清了。我说，我唯一做得过了的，是搬了你的东西，这有伤你的自尊，也有点不近人情。我说，我现在不和你说赔偿，说实话，你叫我赔个发电机，我现在也买不到这款式的。我赔你一个礼，你能够拉下脸来，来重提这件事，说明你真的有难处了，我得给你这个面子。我说，这样吧，多了没有，我给你两千，算是抱个歉。你也别嫌少，嫌少了我也没办法，你有元气，我也有精力，你有时间，我也请了假了，你来我店里耗着，我也天天过来陪你，开玩笑，我希望你也给我个面子……

整个见面的过程都是我在说，这就是我们机关干部的长处。我也摸准了他的"命脉"，不拿白不拿，不拿，反倒显得他不够硬码了。再说了，他就不怕我报警吗？他以为他是谁啊，刑满释放，还当自己是"老山前线"立功回来啊。当然，报警就猥琐了，报警就又把事情弄大了。有些事，适可而止是最有效的。我最后补充说，你也要在社会上混的，我做得也很社会流的，就当我请你吃杯酒，给你接风压惊，怎样？改天在路边碰上，招呼一声，我们还是朋友嘛。这样说了，阿赖就不好意思了，说，算了算了。就接了钱，往裤兜里一塞，走了。从此再没有出现。

事后，我老婆悄悄问我，你以前是不是也是"赖仑客"啊？赖仑客是温州土话，专指那些地痞流氓，街头的小混混。我没有正面回答她，我说，你都看见的啊，我们结婚之后，我一直都是安分守己的啊。

印象中，温州有很多行业一直是和争斗有关的，比如码头、市场、酒店、舞厅、托运部、担保公司等等，但做鞋料也像"打仗"一样，这是我没有想到的。

我起了个推波助澜的作用

在鞋料店，我其实就像是一个"保正"。保正是什么？古代的解释是：五百户设一个都保，都保的领导就叫保正，一个保正大约管两千五百人，相当于现在的乡长。按照我们文联的说法，就是联络、协调、服务。说得再有力一点就是靠山。正因为有了我这个保正，我们店才会生意兴隆，我的店才会左右逢源，店里的员工才会安心地工作。

有些事，本来和店里的生意是无关的，但你是店里的保正，你就得把它担起来。

一个员工的亲戚下身瘙痒，话是无意中说的，被我老婆听到了。乡下人不知道怎么回事，也许她觉得就应该是这么痒的，也许她以为大家都这么痒的，也没有大惊小怪。但说者无心，听者有意，我老婆就告诉她，说你这是妇科病，是要看医生的，不看不行的。乡下人哪里听过什么妇科病，哪里知道这也是病啊，哪里知道这东西也能够看的。我老婆叫她稍等，就让我联系我的朋友谢仲景，一个妇科中医，是地方上的名医。联系好，老婆就带了员工的亲戚去了，一看是个男医生，亲戚就忸怩得不行，红着脸连脉也不让医生搭。后来老婆说歹说，还自己做了示范，亲戚才勉强委身一试。开了七天药，遵嘱好好吃了，又洗了一礼拜汤，分了半个月床，下身奇迹般地好了。员工和亲戚要来谢我，话说得很玄乎，说这医生本事好，看一眼，喝了些水药，就不痒了。我开玩笑说，主要是你身体好。老婆后来问我，你说得更玄乎了，听都听不懂了。我说，乡下人这是没污染的身体，从来也没有被药药过，一药就特别灵。

一个员工的弟弟学开车，我们给他车练，给他学费，学出来希望在店里帮忙。开始在店里还是可以的，跟跟车，送一些近点的货，平时还指点他的车技。等熟练了，他却嫌工资低，嫌送货累，吵着要出去开出租车。我们当然也只好放行，我们留人的原则是看他热爱不热爱这份工作，就像强扭的瓜不甜，他不热爱，他不出力，硬要留在店里有什么意思呢？我们没说他怎么忘恩负义，人往高处走嘛，他又没答应你卖身。关键是他还想要一张客运资格证，要我们帮忙作担保的，这可不是易事。老婆说，你不是营运处有熟人吗？开后门办办看，真不行就买一张给他，好事做到底吧。

一个员工三岁的儿子在盆子里玩水，大人有一下没看牢，让他扑进去溺了，一时休克了一下。消息是从工场那边追到我家的，是晚饭刚吃了不久的时间，当时老婆正在洗澡，电话没听见，待从浴室里出来一看，有十一个未接电话，知道情况不妙，就赶紧拨了回去，才知道这事的紧急。员工声嘶力竭地要找儿童医院，我老婆哪里熟啊？还是找我。我说现在不是儿童医院的问题，而是就近找个医院赶紧抢救。员工也不知是哪里漏来的话头，说温州看小孩的是附二的儿童医院最好。乡下人当然不知道抢救和看病的区别，他要求得也没错，但那时候你怎么跟他说啊，说溺水不是病？说抢救不用好的医院？当然后来，小孩没事。但老婆还是再三嘱咐，要把小孩安排到儿童医院再看一看，这一关要是不过，万一小孩今后不灵了，都是我们的过错，我们会被他怨一辈子的。

这些事都和生意无关，也都是小事，我们完全可以一口回掉，或装傻卖愣。但老婆不忍，老婆心地好，老婆容不得自己知道了而又不出手支持的事情。而这些事做了也确实很值得，员工会觉得我们有亲和力，觉得我们拿他当自己人，店里的向心力一下子就起来了。他们也会视店为家，会更卖力地做事，人员也会相对地稳定，生意也会顺风顺水。我深有体会。

温州的一些报纸还专门做过这方面的报道，那是《劳动法》刚刚颁布的那几天，特别强调劳动安全，强调和谐的雇佣关系。那些天，小老板们个个都人心惶惶，怕企业有漏洞被捉，怕民工们揭竿而起。那些天，民工们也没有心思干活了，整天蠢蠢欲动，四处串联，泡劳动局泡仲裁委。那些天，我们这里的鞋都也气氛异常，各种横幅东拉西扯，内容也极具煽动性，什么"谁影响民工的饭碗，我们就砸谁的饭碗"、什么"不签订劳动合同，就是一万个无理"、什么"人身保险、劳动保险，人人必办，不办必究"，有点像"文化大革命"时期的味道。我老婆很担心这件事，她不是怕员工"造反"，我们的员工还是比较配合的，我们在这方面也没有什么短好揭，而是怕被上面查到，树你一个反面典型，那千年的道行就毁于一旦了。我们担心的是"劳动合同"。她说，我们只是个鞋料店，什么时候关门都不知道，这合同怎么签啊？签起来有什么用啊？老婆虽然是做过会计的，但在精神层面上仍然是个平民，对于这些大张旗鼓的活动，心里一点底也没有。这些事我就见得多了，我们机关的许多事也都是这样的，上面有精神了，就东风吹战鼓擂，像天塌了一样，过一段时间又回复原状，"刀枪入库"平安无事了。我安慰老婆让她一百个放心，让她相信我的经验和判断。当然，我也不是空口讲白话，我也是仔细研究过《劳动法》的，其中有一些条款对我们就非常有利，像"被证明不符合录用条件的，严重违反规章制度的，严重失职、营私舞弊、造成重大损失的，对完成任务造成严重影响的，或者经指出拒不改正的、不能胜任工作的等等……企业有权予以辞退"，有了这些条款，就是签了合同又能怎么样？还不是照样可以辞退他。光这些内容，我们就可以把它发扬光大。我们那些员工，我们还不知道吗？我们太了解他们了，一是我们对他好，他不敢乱来，我们给他的条件应该算是好的，他到哪里能找到这么好的条件呢，他要是造反，不是自己断自己的后路吗？再说了，他们都是从农村出来的，从大山里出来，他们赤脚在田园里走惯了，都是些散漫惯了的人，现在走在画了白线的马路上，一点也不自在。他们的思想从来也没有对自己要求过，从来就没有和规章对过频道，他们虽然在城市里工作，但意识和习惯仍停滞在农村里，所以，他们不可能不犯"错误"，他们犯错误都是家常便饭。如果我们给他们上条件，给他们提要求，马上就把他们难倒了。所以，对《劳动法》要求我们做到的，大可不必太放在心上。

事情真的像我们预测的那样，在上级要求我们签订劳动合同的最后期限，我们的员工一个也不愿意签。呵呵，这个我们就不好勉强啦，这个就怪不得我们啦，我们总不能像黄世仁强迫杨白劳那样，摁着他们上手印吧。不仅如此，员工们还主动写了保证书，说不签合同是他们的主观意愿，责任他们自负。这反过来也是"雇佣关系良好"的有力例证，正好媒体要抓这样的典型，有朋友就找到了我，说要宣传宣传我们。这可不是我利用工作之便开的后门，我虽然在文联工作，但和媒体联系也不是很多，主要是他们都知道我们这些人的良知，我们是受党教育多年的党员干部，无奈老婆下岗做点小生意，但不管怎么样也不会发展成"周扒皮"，不会是太黑的"乌鸦"。而我又是搞文字工作的，善于提炼素材，这也让他们省心省力，采访和配合都会做得恰到好处。

我给他们说了两件事：一是我们一直和员工一起吃饭。我们三个部门总共有二三十个人，仓库有七八个，工场有十来个，店里人稍稍地少一点，也有五六个，每次我们到哪里，到了吃饭的时间，我们都没有另开小灶，都和他们凑合一顿。这情景要是回想起来是非常好看的，菜是现成的熟食店买的，部门就简单地烧个饭，配个汤，一桌菜五颜六色，热气腾腾，一桌人吃得吧嗒吧嗒，碗筷都碰得叮当响，这是多么生动和谐的一幅画面啊，而其中就有我或我老婆。这不是作秀，是生活的真实反映，一个人作一两次秀并不难，难的是十几年如一日，那就不是作秀了。有些老板看我们这样也觉得很奇怪，问我们，你和他们一起吃饭，你吃得下吗？我们说，有什么吃不下的，宴席也是这么吃，饭菜都一样地香。话又说回来，多年前，我们的长辈也都是从乡下出来的，都曾是耳朵脚趾沾满泥巴的农民，你嫌弃过自己的长辈吗？你嫌弃过自己的出身吗？记者说，这个说法好，答案就在思想根源里。

还有件事也值得一提，就是员工的存折都在我们这里保管，这可是最有说服力的亮点。前面说过，有些员工不是来赚钱的，而是来消费的。他们在农村没见过多少钱，也没有体验过消费的快感。到了城市，特别是在五花八门的温州，他们就有了消费的欲望。他们对自己的辛苦一点也不珍惜，他们本来就是在辛苦里长大的，所以，面对辛苦和消费，消费就太有吸引力了。因此，很多员工拿了钱就像发了飚一样，喝酒、足浴、泡妞、买衣，工资一下子就花光了，到了下半个月都要借钱过日子。针对这种情况，我老婆就从管理的角度出发，想了一个办法，工资分三次发，每十天发一次，直接打到为他们建立的卡里，并代为保管。这样，大钱掰成了小钱，用途派不起来，员工也打消了消费的念头，反过来也尝到了积蓄的甜头，甚至还有了聚财的欲望。

这两件事都有不错的噱头，写起来也饶有趣味，记者想不吹都难。报道出来后还配了一张我们的"生活照"，拍的就是我和员工们一起吃饭的情形。当时记者来访时我们正好在吃饭，他顺手就抓拍了一张。画面上，员工们围着圆桌吃饭，而我则端着饭碗站在桌边，嘴里做咀嚼状，拿筷子的手正伸向桌子夹菜，一看就知道是简单的、快速的又有滋味的吃饭，也是一种"家长式"的吃饭，而一桌的员工则更像是家里的"孩子们"。

报道出来后我老婆也着实红了一把，店里的知名度也大大地提升，人气又旺了一点，不仅到店里买东西的人多了，特地过来看热闹的人也不少。有时候去市场，背后老有人在扑哧扑哧地议论，老婆知道，这时候的议论，都是好话，都是赞美和羡慕，说这女人能干啊，说她老公有能耐啊，说能搬来媒体推波助澜啊。我心里也是美滋滋的。

至于《劳动法》的事，签合同的事，就像我前面说的，很快就过去了。

其实，对于老婆的宣传，我也是不遗余力的。我们没什么其他本事，写几个字总还是可以的。我曾经为她写过好几篇文章，这种文章不在于写得怎么好，而在于情感的真挚，分寸的得当，就是吹，也不要让人家觉得矫情和肉麻。选一篇给大家看看：《老婆是个开店狂》（有删节）——

　　我曾经写过一篇文章，叫《美丽的老婆》，题目很抢眼，但并不是说老婆真的有多么漂亮，我是借了一本书名的意思，《工作着是美丽的》，是说我老婆任劳任怨，不拣轻怕重，下岗后片刻也没有等待，立马就开起店来。

　　老婆开的店叫"足够"，店名是我取的，最初的招牌也是我自己做的，用木头钉了一个框，再用三合板贴起来，再用白漆油了底，用正楷描了红字，显眼。我们是白手起家，好省就省。曾经有报社的老师看到这店名，卖的又是鞋料，觉得好。因为鞋料店一般都以人名挂帅，什么阿芬鞋纸、阿国鞋钉等等，叫"足够"，可见这个人有一点文化。我告诉报社的老师，说这店是我老婆开的，他们说，怪不得。

好店名还要有好的标识，"足够"后来注册的时候，我请了著名篆刻家张索先生创意，他把"足够"做成了一枚"印章"，这更体现了店主的文化素质，呵呵。当然，也有人觉得足够拗口，特别是电话里一报，听不明白，我老婆总说，足球的足，能够的够，足够。我如果在旁边，就会纠正她，叫她把足够的文化讲出来，什么是足够？就是和鞋有关的东西我们都有（当然指某个门类）；还有就是开店要有"足够"的心态，要有"有了""够了"的心态，有赚就赚一点，没赚就混个吃，哪怕是空忙赚吆喝也不要紧，只要斧头没把自己的柄剁进去就行。毕竟工作着是美丽的。

说老婆是个开店狂一点不假。先是开在隔岸路，后来开到太平岭，再后来开到鞋料市场，大有"见缝插针"的势头。开始的时候，我们做过一天几块钱的生意，是老婆接的业务，两大袋鞋撑送到横渎，我用自行车驮的。路漫漫其修远兮，但我们高兴，因为我们付出了努力，做成了一件事情。现在我们鸟枪换炮了，我们用江淮车送货，还不止一辆。当然，经营的内容也变了不少，过去卖包头子跟、鞋钉、糨糊，像个"畚扫堆店"；现在我们卖化学片、海绵乳胶、低温热熔布，一听就觉得有科技含量，还不断推出新产品。

我老婆做事很敬业，开店的第二年就参加了市里的个体劳动者代表大会。开始的时候，我觉得她像刚从岗位上退下来的老干部，闲下来难受，心里空得慌，总想找个事做做，她是个勤劳爱动的人。后来做着做着，她有别的心思了，她想做好事了。我们这个家族下岗待业的人很多，有了这个店，家里的闲散人员就有了去处，还包括一些乡下亲戚，还包括一些新温州人。从这个意义上说，她开店也是政治，先不说给社会提供了多少就业岗位，起码也是维护了我们家族内部的稳定，试想，家里要有个人没有工作，那是多么焦急啊。

　　她的这些心思，也得到一些部门的理解和体谅，据我所知，工商、国税、地税、市场、派出所等等，都帮过她许多忙，都给了她许多便利和通融，我们都心存感激。

　　其实，她做生意也是没什么特别的诀窍的，就是热情和真挚，与人接触，就像碰见了亲戚朋友。她文化不高，不会和别人做深刻的交谈，平时见了人，说来说去就那么几句话，"有空到我店里坐坐哪""什么时候我们一起吃个饭吧"，这两句话都很讨人喜欢。她唯一的遗憾就是没有人帮着去讨债，说到这件事，她总是生我的气，这没有办法，我有我的工作，也有我性格的缺陷，我不是那种渴望出事、出了事神经兴奋的人，这一点，我只能请我老婆原谅了。我可以做的就是在这里打个广告，希望厂家多到她店里看看，有什么中意的东西就带点回去，也等于是在帮我的忙，因为老婆的店开得牢、开得欢，我就省心了，我可以不受家庭的牵制和困扰，安心地从事自己的工作，呵呵。

这样说起来，我们这个店确实是很热闹，店越开越好，人也越来越多，还经常有宣传报道见诸报端，可谓多管齐下，多条腿走路，社会效益不错，不仅我们自己打拼出了一番天地，还带领亲戚朋友、新温州人闯出了一条路子。至于我们自己的收益，社会上的传闻很多，但我老婆概不承认，她会谦虚地说，知名度是有一点点的，但经济么，只是混个吃的。有内行人不这么看，说，一个小店，能开上十几二十年，能把这么多人容纳住，做得又"风生水起"，这就是好的。还有人说，做鞋料能开起奔驰的，可是不多见的，这说明有实力嘛。我说，奔驰也有好坏的，系列的差别也是很大的，一般人看去都是奔驰，其实一个天上一个地下，爱传传吧。对于我，机关里也有很多说法，说我有多少房、多少车。房子确实是越住越好了，从原来的近郊，到水心住宅区，到五马街商业区，再到杨府山花园小区，虽然不是什么豪宅，但从追求独立，到热闹，到安静，到舒适，都是一步一个脚印地往前走。车的事我也可以认，的确，我买车的时候我们单位还没有车呢，现在我已经开到第四辆了，基本是三四年一换，但开的都是"破车"，先是奥拓，再是普桑，再是大宇，现在是宝来，也开了有几年了。我主张低调，尤其不能在机关里张扬，要不，眼红的人又要瞄住你了，我们经不得别人瞄。我感觉舒服的是我和我老婆眼前的状态，一早，两个人像鸟儿一样飞出去，各忙各的；到了晚上，又像鸟儿归窝一样飞回来。我们吃饭，看电视，喝普洱茶，想睡就倚在沙发上睡一会儿，辛苦嘛，可别撑着。温州有一句很形象的土话——吃不如撮，睡不如瞌，就是烧了菜吃不是味道，撮最有味道；躺平了睡没有味道，坐在沙发上歪着头晃来晃去的最有味道。我们也有一条很好的"睡眠理论"——熬觉不熬睡，不想睡，晚上的觉都可以忽略不计；想睡了，哪怕是肮脏的地上也要赶紧躺下。还有舒服的就是工作性质，以前是一个国营，一个机关，是温州最理想的组合；现在是一个做生意，一个公务员，是温州最实惠的搭配。

说了这么多，好像都在说店里的皮毛，怎么讨债啊，碰到些什么困难啊，怎么与人打交道啊，其实还有很多可以说的，比如和经销商的关系，和竞争对手的关系，和好的厂家的关系，这里就不赘述了。但都没有说到关键的一点——怎么做生意。一个店，做的是细碎的鞋料，难上加难的鞋料，又能够做了这么久，中途没有夭折，肯定是有"生意经"的。不好意思，这是我们的秘密，且我们也没有总结好。

我们有生意经吗？有，或者没有。生意是个大社会，在这个社会里，什么都可能发生，发生什么都是正常的，没有语录好学，没有条条框框可言。好的地段，不一定能开出好的店；好的店，不一定能做出好的生意；好的生意，不一定都能做久做长。生意是一个复杂的过程，跟路段没有关系，跟什么店没有关系，跟卖什么东西没有关系，跟客源多少没有关系，跟市场原因没有关系，跟靠山和背景没有关系。我们是凭着感觉在做，凭着热情和智慧在做，有时候生意经真的和生意本身没有关系，但也许和什么都有关系。

敬告作者

为了保护有关作者的合法权益，我社曾多方联系本套书所涉及作者的版权事宜。但遗憾的是，由于种种原因，仍未能与少数作者取得联系。现谨对尚未取得联系的作者深表歉意，并请有关作者或著作权人见书后，尽快致函作家出版社，以便及时奉寄样书和稿酬。

通讯单位：作家出版社

通讯地址：北京市朝阳区农展馆南里10号

邮政编码：100125

联系电话（传真）：010-65925260

图书在版编目（CIP）数据

非虚构文学：上下卷 / 陈晓明主编． -- 北京：作家
出版社，2018.12

（改革开放40年文学丛书）

ISBN 978-7-5212-0315-8

Ⅰ．①非… Ⅱ．①陈… Ⅲ．①纪实文学 - 作品集 - 中
国 - 当代 Ⅳ．①I25

中国版本图书馆CIP数据核字（2018）第296076号

非虚构文学（上下卷）

主　　编：陈晓明
统　　筹：兴　安　崔庆蕾
责任编辑：丁文梅　李　夏
装帧设计：意匠文化·丁奔亮
出版发行：作家出版社有限公司
社　　址：北京农展馆南里10号　　邮　　编：100125
电话传真：86-10-65067186（发行中心及邮购部）
　　　　　86-10-65004079（总编室）
E-mail:zuojia@zuojia.net.cn
http://www.zuojiachubanshe.com
印　　刷：三河市北燕印装有限公司
成品尺寸：152×230
字　　数：744千
印　　张：49
版　　次：2018年12月第1版
印　　次：2018年12月第1次印刷
ISBN 978-7-5212-0315-8
定　　价：1200.00元（全20册）